ELIZABETH LOWELL

Bernsteinfeuer

Buch

Honor Donovan ist entsetzt und wütend. Ihr Lieblingsbruder Kyle ist plötzlich verschwunden – angeblich mit kostbarem, gestohlenem Bernstein. Kurz entschlossen nimmt die gewitzte Honor die Spur auf, die zu den San-Juan-Inseln im Pazifik führt. Aber der attraktive und völlig undurchschaubare Jake Mallory, den sie als Helfer anheuert, scheint mehr zu sein als nur ein Abenteurer mit einer wilden Vergangenheit. Dazu weiß er einfach zu viel über Bernstein.

Erst ist Jake Mallory einfach nur entsetzt, später gleichzeitig fasziniert und bezaubert, daß er ausgerechnet mit der schönen Honor in einem Boot sitzt. Denn einst hatte er der Familie Donovan finstere Rache geschworen. Obwohl beide gegen ihre erwachenden zärtlichen Gefühle kämpfen, erliegen sie auf der langen Reise ihrer glutvollen Leidenschaft. Doch Betrug und Verrat lauern an jeder Ecke. Von Unbekannten verfolgt und bedroht, stehen sie schließlich vor der Entscheidung ihres Lebens. Sie müssen wählen zwischen unermeßlicher Macht und ihrer Liebe …

Autorin

Elizabeth Lowell ist das Pseudonym der amerikanischen Erfolgsautorin Ann Maxwell, einem wahren Multitalent. Sie hat in den USA bisher weit über vierzig Romane veröffentlicht und wurde vielfach mit Preisen ausgezeichnet. Sie lebt mit ihrem Mann in Anacortes, USA.

Von Elisabeth Lowell ist bereits erschienen

Abenteurer meiner Träume. Roman (43484) • Brandung des Herzens. Roman (42489) • Fesseln aus Seide. Roman (42867) • Feuergipfel. Roman (43784) • Im Strudel der Gefühle. Roman (42492) • Lockende Nachtigall. Roman (43408) • Roulette der Liebe. Roman (42497) • Himmlische Leidenschaft. Roman (43979)

Von Ann Maxwell ist bereits erschienen

Flammender Diamant. Roman (42427) • Flammender Himmel. Roman (43615) • Lockende Wildnis. Roman (42428) • Schimmernder Rubin. Roman (43406)

ELIZABETH LOWELL

Bernsteinfeuer

Roman

Aus dem Amerikanischen
von Elke Iheukumere

BLANVALET

Die Originalausgabe erschien 1997
unter dem Titel »Amber Beach«
bei Avon Books, The Hearst Corp., New York

Umwelthinweis:
Alle bedruckten Materialien dieses Taschenbuches
sind chlorfrei und umweltschonend.
Das Papier enthält Recycling-Anteile.

Blanvalet Taschenbücher erscheinen im Goldmann Verlag,
einem Unternehmen der Verlagsgruppe Bertelsmann GmbH.

Deutsche Erstveröffentlichung Juli 1999

Umschlaggestaltung: Design Team München
Umschlagillustration: Schlück/Gadino
Satz: deutsch-türkischer fotosatz, Berlin
Druck: Elsnerdruck, Berlin
Verlagsnummer: 35129
Lektorat: Maria Dürig
Redaktion: Petra Zimmermann
Herstellung: Heidrun Nawrot
Printed in Germany
ISBN 3-442-35129-4

1 3 5 7 9 10 8 6 4 2

1

Honor Donovan warf nur einen Blick auf den Mann und wußte, daß er Schwierigkeiten bedeutete. Andererseits steckte sie aber bereits in so großen Schwierigkeiten, daß selbst die Firma ihrer Familie, Donovan International, ratlos war.

»Wenn Sie von der Polizei sind, machen Sie bitte die Tür hinter sich zu, wenn Sie gehen«, empfahl sie. »Und sollten Sie ein Reporter sein, dann fahren Sie zur Hölle.«

»Das habe ich alles schon hinter mir.«

»Besitzen Sie ein T-Shirt, wo das draufsteht, als Beweis?«

Seine Hand ging zu den Knöpfen seiner fleckigen Jeansjacke.

»Lassen Sie nur«, lenkte sie schnell ein. »Sind Sie Reporter?«

»Nein, ich bin der Mann, der Ihnen das Angeln beibringen wird.«

»Nach Piranhas?«

»Sie sind doch Miss Donovan, die mit einer Anzeige nach einem Mann sucht, der Erfahrung in den Gewässern des nordwestlichen Pazifiks hat und sich besonders mit Sportbooten auskennt?«

Sie seufzte und ergab sich dem Unvermeidlichen. Dieser hochgewachsene Mann mit dem schwarzen Stoppelbart, den hellen Augen und der Narbe über der linken Augenbraue, der Mann mit den sauberen Fingernägeln, war nicht zufällig in die Hütte ihres vermißten Bruders am Puget Sund gekommen. Trotz seines nicht gerade sehr beruhigenden Aussehens sagte ihr ihr Instinkt, daß er ein weitaus besserer Kandidat war als all die anderen, die sich um diesen Job beworben hatten.

Einer der Männer war ein Cop gewesen, der sich für einen

Fischer ausgegeben hatte. Ein anderer war ein Einwanderer, der erst seit kurzer Zeit im Land war und dessen Englisch sie nicht hatte verstehen können. Ein dritter Mann war davon überzeugt gewesen, daß sie in Wirklichkeit nur an seinem Körper interessiert war, auf den er so stolz war. Das Englisch des vierten Mannes war zwar gut gewesen, doch beim Blick in seine Augen hatte sie an Kreaturen denken müssen, die in den Sumpfgebieten lebten.

Seit drei Tagen hatte sich niemand mehr um den Job beworben. Sie zählte die Minuten, immer in der Erwartung, daß Kyle plötzlich wieder in der Tür stand, mit seinem etwas schiefen Grinsen und seiner guten Erklärung dafür, daß die Cops glaubten, er hätte Bernstein im Wert von einer Million gestohlen. Sie weigerte sich, an einen anderen Grund für sein Verschwinden zu glauben, besonders nicht an den Grund, der sie nicht mehr schlafen ließ, der bewirkte, daß ein Kloß in ihrem Hals saß, wegen der Tränen, die sie sich zu vergießen weigerte.

Kyle mußte noch leben. Es mußte ganz einfach so sein.

»Miss Donovan?«

Da wurde Honor klar, daß der neueste Bewerber um den Posten noch immer darauf wartete, daß sie ihm versicherte, die Frau zu sein, die die Anzeigen überall in der kleinen Stadt Anacortes aufgehängt hatte.

»Die bin ich«, sagte sie.

»Sie haben mir das Wort aus dem Mund genommen.«

Sie sah auf seinen Mund und ahnte, wie Rotkäppchen sich gefühlt haben mußte, als es zum ersten Mal die Zähne der »Großmutter« gesehen hatte.

»Wie bitte?« fragte sie.

»Ihre Anzeige ist so abgefaßt, als hätten Sie dabei mich in Ihren Gedanken gehabt«, erklärte er.

»Haben Sie Referenzen?«

»Führerschein? Fischereilizenz? Bootsführerschein? Tetanusimpfung?«

»Und wie steht es mit Tollwut?«

Die Bemerkung war ihr ungewollt entschlüpft. Das war eines der Resultate eines Lebens mit Brüdern.

»Entschuldigung, Mr. ...«

»Mallory.«

»Mr. Mallory.«

»Wie wäre es mit Jake? Das spart Zeit.«

»Hmm, Jake. Ich meinte Referenzen von Leuten, für die Sie in der Vergangenheit gearbeitet haben.«

»Sie haben nicht viel Kenntnis von einer solchen Arbeit, nicht wahr?«

»Wenn das so wäre, dann brauchte ich wohl kaum jemanden zu suchen, der mir den Kram beibringt, wie?«

Er lächelte.

Sie dachte erneut an das arme Rotkäppchen. »An diesem Lächeln sollten Sie noch arbeiten. Es ist wirklich nicht sehr beruhigend.«

Jake versuchte, niedergedrückt auszusehen. Doch das war auch nicht überzeugender als sein Lächeln.

»Wenn Sie mit den Händen nur halb so fix sind wie mit Ihrer Zunge, dann werde ich in kürzester Zeit einen Fischersmann aus Ihnen machen«, prophezeite er.

»Fischersfrau.«

»So etwas gibt es nicht.«

»Dann eben ein Fischergeschöpf. Wollen Sie den Job?«

»Fischergeschöpf«, wiederholte er und ließ sich das Wort auf der Zunge zergehen. »Ja, ich will den Job. Wir werden die einzigen Fischergeschöpfe auf dem Wasser sein.«

Diesmal war Jakes Lächeln warm, belustigt und noch mehr. Es erinnerte Honor daran, daß sie eine Frau war und nicht nur die verängstigte jüngere Schwester eines vermißten Mannes. Sie blickte auf ihre Hände und räusperte sich.

»Fischergeschöpfe«, wiederholte sie. »Aber Sie sind auch nicht gerade langsam. Wann können Sie anfangen?«

»Haben Sie eine Fischereilizenz?«

»Nein.«

»Dann können wir nicht sofort anfangen. Zu schade. Die Sonne scheint gerade. Der Wind hat sich gelegt. In ein paar Stunden ist Niedrigwasser. Besser kann es nicht sein auf den San-Juan-Inseln.«

»Und wonach würden wir fischen?«

»Nach allem, was wir fangen können. Dann werden wir auch nicht enttäuscht.«

»Ist das Ihre Lebensphilosophie?«

»Erst, seit ich erwachsen bin.«

Sie sah ihn eindringlich an.

»Was ist los?« fragte Jake. »Sind meine Ohren vielleicht falsch herum angewachsen?«

»Ich habe nur gerade versucht, mir vorzustellen, daß Sie ein Kind waren, das erwachsen werden mußte.«

»Komisch. Mir fällt es überhaupt nicht schwer, mir Sie als Kind vorzustellen. Können Sie schwimmen?«

»Wie ein Fisch.«

»Wenn man daran denkt, welchen Beruf ich ausübe und an alles, was damit zusammenhängt, sollten Sie den Ausdruck vielleicht noch einmal überdenken.«

»Da könnten Sie recht haben.«

»Das ist die geschäftliche Seite des Angelhakens. Erste Lektion des Fischens.«

In die Enge getrieben von Jakes offenem, unerwartetem Lächeln und seinem trockenen Humor, lachte Honor ein wenig hilflos. Dann mußte sie mit den Tränen kämpfen, die hinter ihren Augen brannten.

In den letzten Wochen hatte sie viele schlaflose Nächte hinter sich gebracht. Deshalb hatte sie nach nur einer Viertelstunde Bekanntschaft mit Jake Mallory das Gefühl, als hätte sie gerade den Zusammenstoß mit einem Lastwagen überlebt. Diese ganz besondere Kombination von Rauheit, männlicher

Wärme und ironischer Intelligenz, die er in sich vereinte, hätte sie auch unter anderen Umständen angesprochen. Doch gerade jetzt, wo sie wehrlos war und ihre Gefühle sich in Aufruhr befanden, war er für sie gefährlich attraktiv.

Schlechte Wortwahl, dachte sie. *Wirklich schlecht.* Wenn sie jetzt damit anfing, an den Tod zu denken, würde sie in Trauer versinken und würde Kyles unordentlichen Schreibtisch naß weinen.

Sie blinzelte ein paarmal heftig, dann starrte sie durch eines der vielen kleinen Fenster der Hütte. Hinter dem Glas des Fensters sah sie die Tannen, die den felsigen Abhang bedeckten und bis hin zu dem kalten, blaugrünen Wasser des Puget Sundes wuchsen. Amber Beach bestand aus einem Streifen goldbraunen Sandes, der von dunklen Felsen gesäumt war und auf dem angeschwemmte, von der Sonne gebleichte Baumstämme lagen. Kyles acht Meter langes Rennboot glänzte weiß neben dem Schwimmdock, das er gebaut hatte. Er hatte seinem Boot den Namen *Tomorrow*, also ›Morgen‹, gegeben, weil er kaum die Zeit fand, ›heute‹ fischen zu gehen.

Jetzt fürchtete Honor, daß er nie wieder die Zeit haben würde.

Sie räusperte sich, sammelte ihre Gedanken, und als sie sprach, klang ihre Stimme rauh. »Die geschäftliche Stelle des Angelhakens. Scharf. Das werde ich mir merken.«

»Besser im Kopf als im Daumen. Wie lange wird es dauern, bis Sie die Fischereilizenz bekommen?«

»Die Fischereilizenz?«

»Ja.«

»Nicht lange, denke ich. Wo bekommt man so etwas?«

»Überall dort, wo Ausrüstung zum Fischen verkauft wird.«

»Zum Fischen ...« Glitschige, schlüpfrigc, stinkende, abscheuliche Fische. Sie seufzte. »Ich kann es kaum erwarten.«

Jake zog die Augen zusammen, bis unter seinen schwarzen Augenbrauen nur noch schmale, glänzende graue Schlitze zu sehen waren. Er wußte nicht, was er von Kyle Donovans Schwester erwartet hatte. Er wußte nur, daß er auf keinen Fall geglaubt hatte, sie würde so sein wie Honor.

»Sie sollten sich um etwas mehr Begeisterung bemühen«, meinte er.

»Ich habe einen harten Monat hinter mir, wie Sie wahrscheinlich wissen werden, falls Sie die Zeitung lesen.«

»Einen Mann zu verlieren ...«, begann Jake, als wisse er nicht, wer Honor war.

»Einen Bruder«, korrigierte sie ihn.

»Einen Bruder, ach?«

»Und er ist nicht verloren. Nicht wirklich.«

»Ein Bruder, der nicht verloren ist, wenigstens nicht wirklich. Erwartet deshalb die Polizei, daß er irgendwann hier auftaucht?«

»Wie meinen Sie das?«

Jake zuckte mit den Schultern und dachte schnell nach. So etwas konnte er gut. Die meisten Überlebenskünstler taten das. Sein erster Gedanke war nicht gerade beruhigend; wenn diese Dame mit dem traurigen, sexy Mund, dem störrischen Kinn und dem ausgebeulten schwarzen Jogginganzug nicht bemerkt hatte, daß Polizeibeamte in Zivil an der Zufahrt zu der Hütte herumlungerten, dann war sie entweder zu dumm oder zu unschuldig, um zu wissen, was Kyle für ein Spielchen spielte.

Oder was für ein Spielchen er gespielt hatte. Daß er vermißt wurde, konnte genausogut bedeuten, daß er tot war.

»Der Name auf dem Briefkasten lautet Kyle Donovan«, sagte Jake. »Er ist doch derjenige, der vermißt wird, nicht wahr?«

Honor nickte. Bei der Bewegung warf die Sonne einen leuchtenden Schein auf ihr kurzes kastanienbraunes Haar. In ihren ungewöhnlichen bernsteingrünen Augen glänzten die Tränen, die Jake auch aus ihrer Stimme gehört hatte. Er schüttelte leicht den Kopf. Sie sah viel zu verletzlich aus, um die Schwester eines Lügners, eines Diebes und eines Mörders zu sein.

Aber das Leben hatte Jake gelehrt, daß das Aussehen ein lausiger Hinweis auf den Charakter war. Es waren die Taten, die zählten. Honor war eine Donovan, sie unterstützte und schützte einen anderen Donovan. Sie mochte so süß aussehen wie eine Pfadfinderin, die Kekse verkaufte, doch als sie mit einer Anzeige nach einem Mann gesucht hatte, der sie in die Kunst des Fischens mit einem Sportboot einwies, hatte sie gleichzeitig ihre Beteiligung an einer internationalen Schatzsuche eingestanden, deren einzige Regel es war, daß der Gewinner alles bekam.

Und Jake hatte die Absicht, dieser Gewinner zu sein.

»Sie können mir von Ihren Problemen erzählen, während Sie mir das Boot zeigen«, meinte er.

»Das wird nicht nötig sein. Ich suche einen Angellehrer, keinen Beichtvater.«

»Das gehört alles zu meinen Diensten«, erklärte er und wandte sich ab. »Genauso wie die Arbeit als Barkeeper.«

»Möchten Sie denn gar nicht mit mir über Ihr Gehalt diskutieren?«

»Hundert Dollar am Tag.«

»Das ist keine Diskussion.«

Er wandte sich wieder zu ihr um. »Zweihundert.«

»Mit hundert bin ich einverstanden.«

»Ich auch. Jetzt wollen wir uns mal das Boot ansehen.«

Honor fragte sich, ob sie einen Fehler gemacht hatte, während sie sich vom Schreibtisch ihres Bruders abdrückte. Bei der plötzlichen Bewegung begann eine der vielen Schachteln zu schwanken, die auf dem Schreibtisch standen. Sie rutschte über einige Papiere und fiel vom Schreibtisch hinunter. Ein transparenter gelber Klumpen glitt aus der Schachtel und fiel gen Boden.

Im selben Augenblick, als Jake begriffen hatte, was passieren würde, bewegte er sich bereits.

Nichts fiel auf den Boden.

»Mein Gott, Sie sind aber schnell«, meinte Honor erschrocken. »Danke. Kyle hat gesagt, daß Bernstein zersplittern kann wie Glas.«

Jake brauchte nicht erst Honors Worte zu hören, um zu wissen, daß er ein Stück Bernstein in der Hand hielt. Nichts sonst auf der Welt fühlte sich so warm, so leicht und so glatt an. Er hielt das Stück in einen Strahl des frühen Sonnenlichtes, der durch ein Fenster fiel, und erlaubte dem Licht, durch das goldene Harz zu fallen. Falls er sich nicht irrte – und das war nicht sehr wahrscheinlich –, hielt er ein ganz besonders kostbares Stück Ostsee-Bernstein in der Hand.

»Das ist ein Teil der Lieferung, die meine Schwester und ich gerade erst bekommen haben«, erklärte Honor. »Ich habe zuvor noch nie mit Bernstein gearbeitet, aber es ist wirklich faszinierend. Es ist so alt, so ewig, so äußerst zerbrechlich.«

Jake warf ihr einen raschen Seitenblick zu. »Sind Sie Händlerin?«

»Nein. Ich bin Designerin. Die Männer der Donovans würden niemals zulassen, daß eine Frau hinausgeht in die große, schlechte Welt und unbearbeitete Steine kauft.«

»Wie klug von ihnen.«

»Das ist Ansichtssache.«

»Ihr Bruder wird immerhin nicht in Disneyland vermißt.«

Honor preßte die Lippen zusammen.

Das Telefon läutete. Mit einem Gefühl der Erleichterung griff sie danach. Wenn es wieder ein Reporter war, würde sie mit Freuden den Hörer auf die Gabel knallen.

»Donovan hier.«

»Hi, Honor. Wie geht es dir?«

Die tiefe, ungeduldige Stimme ihres ältesten Bruders kam vom anderen Ende der Leitung, und es hörte sich an, als käme sie durch feuchten Sand.

»Du klingst, als seist du auf einem anderen Planeten«, antwortete sie.

»Ich bin in Petropavlosk in der autonomen Koryak Region.«

»Sag das noch einmal.«

»Ost-Rußland, für die Menschen, die nicht gerade hier leben. Auf der Kamtschatka-Halbinsel.«

Honor umklammerte den Hörer fester und bemühte sich, ihre Stimme weder zu hoffnungsvoll noch zu ängstlich klingen zu lassen. »Hast du Kyle gefunden?« fragte sie ohne Umschweife.

»Nein.«

»Die Polizei auch nicht.«

»Die Polizei! Hast du ihnen Bescheid gesagt, nachdem ich dir gesagt habe, du sollst nicht ...«

»Ich brauchte ihnen gar nicht Bescheid zu geben«, unterbrach sie ihn. »In den letzten drei Tagen haben die Cops sich über Kyles Hütte hergemacht wie die Fliegen. Was ist passiert?«

In der Leitung hörte man nur statisches Knistern. Sie konnte beinahe hören, wie Archer rasch und effektiv nachdachte.

»Was wollten sie denn?« fragte er schließlich.

»Sie sind genau wie du, sie beantworten keine Fragen, sie stellen nur welche.«

»Was für Fragen?«

»Sie wollten wissen, wer ich bin, was ich hier tue, wann ich Kyle zum letzten Mal gesehen habe, wann ich das letzte Mal von ihm gehört habe, ob ich irgendwelche Pakete bekommen habe ...«

Sehr vorsichtig legte Jake das Stück Bernstein zurück in die Schachtel und stellte sie auf den Schreibtisch.

»... ob ich einen Mann kenne, dem an der linken Hand zwei Finger fehlen und dessen Zähne Anzeichen einer Behandlung in der Dritten Welt aufweisen ...«, leierte Honor herunter, als würde sie einen auswendig gelernten Text aufsagen.

Jake wünschte, er könnte laut fluchen. Jedes Wort, das sie sagte, verriet ihm mehr, als er wissen wollte von Kyle und Honor und Bernstein ... und doch bei weitem nicht genug. Entweder war sie eine verteufelt gute Schauspielerin, die ihr Wissen darüber, wo Kyle den Bernstein versteckt hatte, gut zu verbergen verstand, oder sie war unschuldig in das Spiel geraten, das nur die Profis zu spielen verstanden.

Er hoffte, daß sie eine Schauspielerin war. Aber ob sie nun unschuldig war oder genauso schuldig wie ihr Bruder, so war Honor doch die einzige Möglichkeit für Jake, den verschwundenen Bernstein zu finden.

»... ob ich wirklich sicher bin, Kyle nicht gesehen oder von ihm gehört zu haben«, sprach Honor mit monotoner Stimme weiter. »Sie wollen wissen, wann er zurückgekommen ist oder warum er sich nicht mit mir in Verbindung gesetzt hat, als er in Seattle gelandet ist ...«

»Was?« fragte Archer. »Wann ist Kyle ...?«

»Frag doch die Cops«, unterbrach Honor ihn. »Es ist immerhin ihre Geschichte, nicht meine. Ich habe Kyle nicht mal von weitem gesehen. Aber was ich zwischen den Zeilen gelesen habe, ist, daß sein Paß über SeaTac ins Land gekommen ist. Wahrscheinlich mit ihm zusammen.«

Ihr Bruder stieß eine Reihe von afghanischen Flüchen aus.

»Ich bin sicher, ich würde dir zustimmen, wenn ich diese Sprache verstehen würde«, sagte sie. »Was ist überhaupt los?«

»Hast du in Kyles Postfach nachgesehen?«

Honor krallte die Finger um den Hörer. »Ich wiederhole noch einmal. Was ist los?«

»Wie steht es mit seinem Anrufbeantworter?«

Schweigen, nur das statische Knistern war zu hören.

Wie immer wartete Archer, bis seine jüngere Schwester nachgab.

»Ja und ja«, brachte sie zwischen zusammengebissenen Zähnen hervor.

»Und?«

»Nein und nein.«

»Versuch es weiter.«

»Es wäre vielleicht ganz hilfreich, wenn ich wüßte, wonach ich suchen soll.«

»Nach deinem Bruder. Du erinnerst dich doch an ihn, nicht wahr? Kyle mit dem charmanten Lächeln und den eigenartigen Augen.«

»Vergiß nicht den gestohlenen Bernstein«, gab sie zurück.

»*Was?*«

»Gestohlen. Bernstein. Läuten da nicht irgendwelche Glokken?«

»Ich würde deine Glocken läuten, wenn ich dich in meine Finger bekommen würde. Was für Bernstein?«

»Da mußt du die Cops fragen.«

»Ist das alles, was sie gesagt haben?« wollte Archer wissen. »Gestohlener Bernstein.«

»Ja.«

»Im Naturzustand oder bearbeitet?«

»Das haben sie nicht gesagt. Was war in der Ladung, die zusammen mit Kyle verschwunden ist?«

»Wer hat denn etwas davon erzählt, daß eine Ladung Bernstein verschwunden ist?«

»Die Cops.«

Archer grunzte. »Nicht gut. Jemand erzählt Märchen.«

»Dafür brauchst du mich nicht verantwortlich zu machen. Du hast mir nichts verraten. Du hast nur gesagt, ich solle hierherkommen und warten. Stimmt das?«

»Was?«

»Daß Kyle verschwunden ist, zusammen mit einem Vermögen an gestohlenem Ostsee-Bernstein?«

»Das weiß ich nicht. Ist es das, was die Cops behaupten?«

»Sie deuten es an«, erklärte sie. »Das ist ein Unterschied. Der Unterschied, befragt oder angeklagt zu werden. Was ist mit Lawe? Wo ist er?«

»Das letzte, was ich von ihm gehört habe, besagte, daß er noch immer in Litauen ist.«

»Und was ist mit Justin?«

»Kaliningrad«, antwortete Archer. »Ist Faith bei dir?«

»Nein. Sie ist auf dem Weg von Tokio zurück nach San Francisco. Sie wird unterwegs ein paar Wochen Urlaub in Hawaii machen.«

»Für diese kleinen Dinge, lieber Gott, bin ich dankbar.«

»Was soll das jetzt wieder heißen?«

»Das heißt, daß du und deine liebe Zwillingsschwester zusammen in größere Schwierigkeiten geraten werdet, als wenn ihr getrennt seid.«

»Das gleiche könnte man von Lawe und Justin behaupten«, erklärte Honor. »Aber du solltest lieber die guten Seiten sehen.«

»Zeig sie mir.«

»Mom hätte auch drei Töchter bekommen können. Faith, Honor und Chastity. Kannst du dir vorstellen, mit einer Schwester gestraft zu sein, die Chastity heißt?«

Ihr Bruder lachte und überraschte sie damit beide. »Danke, das habe ich gebraucht.«

»Was?«

»Ich mußte unbedingt einmal lachen.«

Honors Lächeln war genauso traurig wie ihr Blick. »Archer?«

»Ja?«

»Du glaubst doch auch, daß er noch lebt, nicht wahr?«

Das statische Knistern in der Leitung machte sie nur noch nervöser. Sie hielt den Atem an und wartete auf seine Antwort.

»Solange ich keine Leiche sehe …« Archers Stimme verhallte.

»Ja.« Sie holte tief Luft. »Kyle ist weder ein Dieb noch ein Mörder.«

Schweigen breitete sich aus. Ein kalter Schauer lief über Honors Rücken.

»Archer?«

»Kyle hat seinen Hormonen die Kontrolle über sich überlassen.«

»Was soll das bedeuten?«

»Irgend so ein kleines Luder hat ihn um den kleinen Finger gewickelt.«

»Willst du etwa behaupten, daß Kyle so sehr nach dieser Frau verlangt hat, daß er sogar bereit war, für sie zu stehlen?« fragte Honor.

Mit geschlossenen Augen und angehaltenem Atem wartete sie auf Archers Antwort. Doch alles, was sie hörte, war Schweigen, gefolgt von dem statischen Knistern in der Leitung. Nach einer langen Weile fluchte ihr Bruder erschöpft. In Gedanken sah sie, wie er sich mit der Hand durch das Haar fuhr, in einer frustrierten Geste, die allen Männern der Donovans zu eigen war.

»Wir wissen nicht, was wirklich passiert ist«, sagte er dann, »Die Beweise gegen Kyle sehen gut aus. Verdammt viel zu gut. Beinahe, als ob ...«

Wieder verhallte Archers Stimme vor dem Hintergrund des statischen Knisterns in der Leitung.

»Sprich weiter«, forderte ihn Honor auf. »Sag mir, daß du nicht das glaubst, was die Cops von Kyle behaupten.«

»Daß er sich des Diebstahls schuldig gemacht hat?«

»Und des Mordes.«

»Was auch immer geschehen ist, ich finde, die Erklärungen, die ich bis jetzt gehört habe, sind viel zu einfach.«

»Wieso sagst du das?«

»Zu lange und zu kompliziert. Du kannst mich beim Wort nehmen.«

»Aber ...«

»Hast du im Boot nachgesehen?« unterbrach Archer sie.

»Nach etwas, das kleiner ist als mein einsfünfundachtzig großer Bruder?« fragte sie übertrieben freundlich.

»Laß nur. Du kannst zurück nach Hause fahren.«

»Was? Dabei bin ich gerade erst hier angekommen.«

»Du wirst zurückfahren.«

»Und was geschieht mit Kyles Boot?«

»Bleib weg davon. Selbst wenn sie am Dock festgemacht ist, ist die *Tomorrow* eine Sache für sich. Pack deine Sachen, Hornet. Geh zurück nach Hause und entwirf hübschen kleinen Krimskrams für Faith.«

Honor haßte diesen Spitznamen. Sie haßte es auch, behandelt zu werden, als wäre sie süchtig nach Dauerlutschern.

»Archer, du ...«

»Wenn die Cops dir Schwierigkeiten machen, bevor du abreist«, sprach er weiter, als hätte sie überhaupt nichts zu sagen, »dann hetzt du ihnen einen der Anwälte von Donovan International auf den Hals.«

»Und was ist mit den Reportern?« fragte sie gepreßt.

»Kein Kommentar.«

»Das ist ja auch kein Problem. Ich habe immerhin keine Ahnung.«

»So soll es auch sein. Beginn zu packen.«

»Aber ...«

Sie sprach in eine tote Leitung. Mit einem Wort der Empörung legte sie den Hörer auf. Eher würde die Hölle einfrieren, ehe sie gehorsam ihre Koffer packte und abreiste. Schließlich war sie kein Schulmädchen mehr, dem man Befehle geben konnte.

»Schwierigkeiten?« fragte Jake.

Honor zuckte zusammen. Sie hatte ganz vergessen, daß sie nicht allein war. Sie wirbelte herum. Jake stand ein paar Schritte von ihr entfernt und hielt die örtliche Zeitung in der Hand. Sie fragte sich, ob er die Mischung aus Halbwahrheiten und atemlosen Spekulationen über Kyle Donovan verstanden hatte, die Andeutungen über eine Leiche und den verschwundenen Bernstein, die in der Morgenausgabe des *Patriot* in Fidalgo Island als neueste Nachrichten standen.

»Familie«, erklärte sie angespannt. »Man kann nicht mit ihr leben, und sie lassen es nicht zu, daß man ohne sie lebt.«

Jake stieß einen Laut aus, der Zustimmung bedeuten konnte, doch es war schwer zu sagen. Sie zog es vor zu glauben, daß sein Brummen Mitgefühl ausdrücken sollte.

Und das brauchte sie dringend. Ihr ältester Bruder hätte selbst noch einer Muschel das Schweigen beibringen können. Die Cops glaubten, ihr Lieblingsbruder sei ein mordender Schuft. Dieser Lieblingsbruder war zusätzlich verschwunden … und sie hatte gerade Vorbereitungen getroffen, fischen zu lernen.

Eine vollständige Katastrophe, auf der ganzen Linie.

»Sind Sie jetzt bereit, sich mit mir zusammen das Boot anzusehen?« fragte Jake.

»Warum nicht? Alles andere ist schon schiefgegangen.«

»Sie schäumen ja geradezu über vor Begeisterung.«

»Verständlich. Ich bin auch sooo aufgeregt.«

Er zog seine schwarzen Augenbrauen hoch. »Immerhin haben Sie nach einem Mann gesucht, der Ihnen das Fischen beibringen soll, richtig?«

Honor holte tief Luft. »Ja. Es tut mir leid. Ich bin ein wenig genervt.«

»Sie sehen aus, als könnten Sie eine Tasse Kaffee brauchen«, stimmte er ihr zu. »Ist die Kombüse auf Ihrem Boot in Ordnung?«

»Ich denke schon.«

»Sie denken schon.« Er schüttelte den Kopf. »Haben Sie das Boot schon lange?«

»Nein. Mein Bruder … hat es mir hinterlassen.«

Die Erklärung klang sogar in Honors Ohren schwach. Sie hatte entsetzliche Angst vor kleinen Booten und haßte es zu fischen.

Beides würde Jake schon sehr bald herausfinden. Dann würde er sich fragen, warum sie lernen wollte, ein Boot zu fahren, und warum sie unbedingt fischen wollte.

Vielleicht würde er ja als Grund Masochismus akzeptieren.

»Ich ...« Sie schluckte und versuchte es erneut. »Es ist noch immer sehr schmerzlich. Ich möchte lieber nicht darüber reden.«

Jake war nicht überrascht. Ganz gleich, wie unschuldig Honor auch aussah, sie verbarg eine ganze Menge vor ihm.

Aber letztendlich tat er das auch.

»Kommen Sie«, sagte er. »Wir sehen uns Ihr Boot einmal an.«

2

Im Südwesten schob sich eine Wolkenwand wie eine Federdecke über die Berge der Olympic Halbinsel. Über ihnen beherrschte noch die Sonne den Himmel. Das Wasser lag ruhig da, es glänzte wie feine blaue Seide. Nur der geheimnisvolle mächtige Strom der Gezeiten störte die ruhige Oberfläche der Meerenge.

Honor zögerte am Ende des Kiesweges, der die felsige Klippe hinunterführte zum Strand, der etwa fünf Meter tiefer lag. Die Luft war kühl und sauber, es duftete nach Tannen. Sie wollte wirklich nicht diesen kleinen Frieden stören, indem sie fischen ging. Andererseits war alles besser, als nur dazusitzen und sich über Kyle Sorgen zu machen. Mit entschlossenen Schritten ging sie auf das Dock zu.

Jake war Honors Zögern entgangen. Er lief den Weg zum Dock hinunter und betrat das offene Heck der *Tomorrow*. Er hielt kurz inne, um ein kleines Fach des Dollbordes am Heck zu öffnen. Dort drehte er eine Scheibe herum, um beide Batterien anzustellen.

Als er sich wieder aufrichtete, stellte er fest, daß er noch immer allein an Bord war. Er wandte sich um, um nachzusehen, was mit seinem unwilligen Fischergeschöpf geschehen war.

Honor stand auf dem Dock und betrachtete die *Tomorrow*, wie eine mißtrauische Katze eine gefüllte Badewanne beäugt.

»Stimmt etwas nicht?« fragte er.

»Es bewegt sich.«

Er sah sich aufmerksam das Boot an. Sowohl der Bug als auch das Heck waren sicher an den Klampen am Dock festgemacht.

»Wie meinen Sie das?« fragte er. »Es ist an beiden Seiten festgebunden.«

»Aber warum hüpft es dann so herum?«

Jake blickte auf das Deck der *Tomorrow*. Das Boot schwankte leicht, während es sein Gewicht ausglich und das von dem sanften Wind bewegte Wasser leise gegen das Boot plätscherte.

»Es hüpft herum«, wiederholte er ihre Worte. »Honor, sind Sie schon je zuvor auf einem Boot gewesen?«

»Natürlich.«

»Wann?«

»Beim letzten Mal habe ich die Fähre nach Vancouver Island genommen.«

»Das zählt nicht. Diese Fähren sind so groß wie ein Flugzeugträger.«

»Deshalb mag ich sie ja auch. Sie hüpfen nicht auf und ab.«

»Sie wären überrascht, wenn Sie wüßten, was sie in einem ordentlichen Wind tun.«

Sie ignorierte seine Bemerkung.

»Sind Sie schon je zuvor auf einem *kleinen* Boot gewesen?« fragte er.

»Einmal.«

Der Blick in ihrem Gesicht verriet ihm, daß es nicht gerade eine angenehme Erfahrung gewesen sein mußte.

»Was ist passiert?« wollte er wissen.

»Lawe und Justin – zwei meiner Brüder – haben mich mit zum Fischen genommen. Ein Wind kam auf, und das Boot hat sich aufgebäumt wie ein Bulle beim Rodeo. Ich mußte mich auf den Boden legen, zu den Fischen, damit ich nicht über Bord fiel.«

»Und wie alt waren Sie damals?«

»Dreizehn.«

»Sind Sie danach noch öfter zum Fischen gegangen?«

»Sehe ich etwa aus wie ein Masochist?«

»So, wie ich das sehe, tragen Sie unter Ihrem überweiten Jogginganzug ein härenes Hemd.«

Sie hob ihr schwarzes Sweatshirt hoch und enthüllte einen turmalingrünen Pullover, der ihr sehr gut paßte.

»Einfache Baumwolle«, erklärte sie. »Und mein Jogginganzug ist nicht überweit. Er ist bequem.«

Schnell blickte Jake weg von dem schlanken Körper, den Honor ihm so unerwartet gezeigt hatte. Unter dem Anzug, der groß genug war für einen Mann wie ihn, war seine Arbeitgeberin genauso gebaut, wie er eine Frau liebte. Nicht zu dünn. Nicht zu dick. Nicht zu groß. Nicht zu klein. Genau richtig für seine Hände. Genau richtig für seinen Mund. Genau richtig überall.

Zu schade, daß sie eine Donovan war. Jake war längst aus dem Alter heraus, eine Frau zu bumsen, der er nicht traute.

Doch leider konnte er sich nicht mehr daran erinnern, wann ihn das letzte Mal eine Frau so sehr interessiert hatte wie diese hier. Außerdem gab es nur wenig bessere Gründe, in der Nähe einer Frau zu bleiben als eine neue, heiße Affäre. Und er hatte die Absicht, in Honors Nähe zu bleiben, bis sie Kyle gefunden hatten und mit ihm die Ladung gestohlenen Bernstein.

Jake blickte sie an und lächelte.

»Bequem, wie?« sagte er. »Nun, wenn ich naß werde, weiß ich immerhin, wo ich einen trockenen Jogginganzug finden kann.«

»Halten Sie die Luft an. Ich werde wahrscheinlich viel eher naß werden als Sie.«

»Weil Sie noch immer auf dem Dock stehen?«

Sei seufzte und sah ihn an. Sobald sie in das Boot trat, würde sie wieder zu ihm aufsehen müssen. Und sie würde mit dem Boot hin und her schwanken. Mit einem wortlosen Stoßgebet machte sie einen großen Schritt vom Dock – und blieb prompt mit dem Absatz ihres Turnschuhs irgendwo am Dollbord hängen.

Jake fing Honor auf, so mühelos, wie er in das Boot getreten war. Er sah in ihre erschrockenen Augen, lächelte ein wenig und ließ sie dann viel langsamer los, als er nach ihr gegriffen hatte.

»Danke«, murmelte sie.

»Gern geschehen. In der Stadt gibt es einen Laden, wo sie Deckschuhe verkaufen.«

»Wie schön für sie.«

»Noch besser für Sie. Wenn das Deck naß wird, werden Sie glauben, daß Sie Schlittschuhe untergeschnallt haben, wenn Sie keine Deckschuhe tragen.«

»Naß! Das Deck sollte nicht naß werden. Deshalb habe ich Sie doch eingestellt.«

»Wasser ist nun mal naß. Boote schwimmen auf dem Wasser. Boote werden naß.«

»Und schon verschwindet Ihr Trinkgeld.«

Jake kicherte, dann schüttelte er den Kopf und lachte laut auf. Auch wenn sie in der Wahl ihrer Geschwister einen schlechten Geschmack bewiesen hatte, so war Honor Donovan doch ein Mensch, den er mochte.

Der Gedanke ließ ihn sofort wieder nüchtern werden. Das letzte, was er jetzt brauchen konnte, war, Kyles kleine Schwester zu mögen. Nur weil sie offensichtlich eine große Portion des Charmes der Donovans geerbt hatte, war das noch lange kein Grund, sie zu mögen, und noch weniger Grund, den Fehler zu machen, ihr zu vertrauen. Am Ende dieses glatten, verräterischen Abhanges wartete die Art von Wut und Enttäuschung, die er auch damals gefühlt hatte, als er festgestellt hatte, daß Kyle auf der einen Seite ein so guter Kamerad sein konnte und dennoch so hinterhältig war. Es würde Jahre dauern, bis sich Jakes Firma von dem Schlag erholt hatte, für den Kyle verantwortlich war, wenn sie sich überhaupt noch einmal davon erholen würde.

Es war schon lange her, seit Jake einen anderen Menschen so falsch eingeschätzt hatte. Soweit es ihn betraf, würde eher die Hölle einfrieren, ehe er noch einmal einen solchen Fehler machte.

Leute starben, wenn sie einen derartigen Fehler begingen.

»Ich werde auch ohne Trinkgeld überleben«, erklärte er ihr. »Besorgen Sie sich Deckschuhe, wenn Sie sich um Ihre Fischereilizenz bemühen.«

Honor starrte ihn an, die Überraschung stand ihr deutlich ins Gesicht geschrieben.

Er zwang sich zu einem Lächeln und rief sich ins Gedächtnis, daß Kyles Schwester, was auch immer sie sein mochte, auf keinen Fall dumm war. Sie durchschaute ihn viel mehr, als es ihm lieb war. Ebenso wie ihr, offensichtlich. Sie schien nicht sehr glücklich zu sein über das, was sie in seinen Augen gelesen hatte.

Doch das war nichts Neues. Eine Menge Menschen wurden unsicher, wenn er sie auf diese gewisse Weise ansah.

Jake streckte die Hand aus.

»Ich dachte, Sie erwarten kein Trinkgeld«, sagte sie.

»Die Schlüssel.«

Ohne ein Wort steckte Honor die Hand in die Tasche ihres Sweatshirts und holte eine einfache Schlüsselkette hervor. Zwei Schlüssel hingen daran. Der eine sah eher aus wie ein altmodischer Dietrich, der andere wie ein übergroßer Kofferschlüssel.

»Ich weiß nicht, wie man den Motor startet«, gestand Honor.

»Aber ich weiß es. Deshalb haben Sie mich ja eingestellt.«

Er nahm den altmodischen Schlüssel und steckte ihn in die Tür, die in die Kabine des Bootes führte, dann drückte er die Türklinke herunter. Die Tür öffnete sich leicht. Die große, getönte Glasscheibe in der Tür glänzte im Sonnenlicht.

»Warum setzen Sie sich nicht einen Augenblick in den Pilotensessel?« schlug er vor.

»Äh, sicher. Welcher ist das denn?«

»Vorne auf der Backbord-, auf der linken Seite«, sagte Jake. »Gleich gegenüber vom Rudersitz. Das Ruder ist das Ding, das so aussieht wie ein Steuerrad.«

»Eines davon ist gleich hinter Ihnen.«

»Das ist die Achterstation. Ich möchte, daß Sie im Inneren des Bootes sind.«

Honor rührte sich nicht. »Sie sollten mir beibringen, wie ich das Boot fahre. Ich werde nichts lernen, wenn ich drinnen sitze, während Sie draußen zu tun haben.«

»Ist Ihnen das mit dem Lernen wirklich ernst?«

»Sehr sogar.«

Jake blickte in ihre ruhigen, golden-grünen Augen und zweifelte nicht an der Ehrlichkeit ihrer Worte. Was auch immer für ein Interesse sie am Fischen hatte, sie wollte lernen, wie sie das Boot ihres Bruders fahren konnte.

Erleichterung und auch Enttäuschung stiegen in ihm auf – Enttäuschung darüber, weil sie Teil von Kyles Plan zu sein schien, wie auch immer dieser aussehen mochte, und Erleichterung, daß sie doch nicht so unwissend zu sein schien, wie sie bei dem Telefongespräch mit Archer vorgespielt hatte.

»Okay«, meinte Jake. »Sind Sie bereit für Lektion Nummer eins?«

Honor nickte.

»Das erste, was Sie tun müssen, wenn Sie an Bord kommen, ist, die Abdeckung über der Maschine aufzumachen und den Motor zu überprüfen.«

»Dieses kleine Fach dort?« fragte sie und deutete auf das Heck.

»Nein, diese große Abdeckung hier.«

Er deutete auf die quadratische Wölbung, die mehr als die Hälfte des freien Raumes im Heck des Bootes einnahm.

»Aber Sie haben zuerst dieses kleine Fach geöffnet«, wandte Honor ein. »Und dann die Kabinentür.«

»Ich wollte sichergehen, daß Sie nicht im Weg sind, wenn ich den Motor überprüfe.«

»Warum?«

»Die Abdeckung frißt Zehen.«

»Würde sie sich auch mit einem Käsesandwich zufriedengeben?«

Jake versuchte, nicht zu lächeln, doch es gelang ihm nicht. Sie war eine sehr weibliche und noch viel humorvollere Ausgabe von Kyle.

Kyle, der mit seinem Charme sogar Stahl entrosten konnte.

»Stellen Sie sich hierhin«, befahl Jake und deutete auf eine Stelle rechts neben sich, gegenüber vom Dock. »Und passen Sie auf Ihre Zehen auf.«

Er bückte sich, schob die Finger seiner linken Hand unter die Motorhaube und hob sie hoch. Sie öffnete sich zum Heck hin. Als die Haube oben war, gab es kaum noch genug Platz, wo man stehen konnte, ohne in den Motorraum zu fallen. Es gab keine freie Stelle, um sich zwischen die Kabinentür und die Haube zu schieben.

Honor pfiff leise durch die Zähne, als sie den glänzenden schwarzen Motor betrachtete, der den Hohlraum ganz ausfüllte. »Das ist eine tolle Maschine!«

»Vierhundertvierundfünfzig Kubikinch«, stimmte er ihr zu. »Sie geht ab wie ein verdammter blauer Blitz, wenn man nichts dagegen hat, viel Benzin zu verbrauchen.« Er zog den Ölmeßstab heraus und hielt ihn ihr hin.

»Sieht aus wie Öl«, bemerkte Honor.

»Gute Nachrichten. Salzwasser im Öl ist wie Zucker in einem Benzintank. Pech. Also, das erste, was man tut, wenn man an Bord geht, ist, sicherzugehen, daß kein Salzwasser eingedrungen ist, seit man angelegt hat.«

Er steckte den Ölmeßstab zurück. Dann hockte er sich hin

und begann eine gründliche Inspektion der verschiedenen Schläuche, Klemmen und des Zubehörs.

»Wonach fahnden Sie?« wollte Honor wissen.

»Nach sorgloser Wartung.«

»Kyle mag ja recht aufbrausend sein, aber sorglos ist er nicht.«

Jake grunzte und suchte weiter. In der kurzen Zeit, in der er Kyle gekannt hatte, war er ihm nicht sorglos erschienen. Aber er war ihm auch nicht vorgekommen wie ein Schuft. Wenn es um Kyle Donovan ging, nahm Jake nicht ein einziges verdammtes Ding als gegeben hin, bis er es in der Hand gehalten und es mit eigenen Augen inspiziert hatte.

»Tipptopp und sieht sehr gut aus«, meinte er schließlich und richtete sich wieder auf. »Passen Sie nun auf Ihre Zehen auf. Diese Abdeckung ist schwer genug, um sie Ihnen abzuhacken.«

Honor rückte an die Seite des Bootes zurück, als Jake die Motorhaube vorsichtig wieder schloß. Es gab keinen Verschluß, mit dem die Haube gehalten wurde, der war nicht nötig. Das Gewicht allein genügte, um sie an ihrem Platz zu halten.

»Und was jetzt?« fragte sie.

»Das Gebläse. Gehen Sie rein, und setzen Sie sich links neben den Fahrersitz.«

»Fahrer? Heißen die Leute auf einem Boot nicht Kapitän oder Pilot oder haben sonstwie einen wichtigen Namen?«

»Das kommt ganz darauf an. Ich persönlich *fahre* ein Boot und wende nicht mehr Seemannssprache an, als unbedingt nötig ist.«

Honor ging nach unten in die Kabine, durch den schmalen Gang, dann kletterte sie hoch auf einen Sitz, von dem sie nach vorn über den Bug blicken konnte. Im Gegensatz zu einem Auto war das Steuerrad des Bootes auf der rechten Seite. Die »Windschutzscheibe« bestand aus drei getrennten Fenstern, die von oben nach unten steil nach innen ragten.

Nach einem Moment kam auch Jake und stellte sich neben

sie. Er füllte den schmalen Gang ganz aus. Mit jedem Atemzug atmete sie den Geruch nach Seife und Wärme ein, zusammen mit einem Duft, der irgendwie unerklärlich männlich war. Sein schwarzer Bart war nicht neu und auch nicht sehr gestutzt. Seine Haut war sauber. Das Haar war dick und glänzend schwarz, er hatte es aus dem Gesicht gekämmt. Der Schnurrbart war ein wenig länger als der restliche Bart. Er betonte die scharfe Linie seines Mundes.

Sie fühlte sich versucht, die Hand auszustrecken und mit dem Finger über die scharf umrissenen Konturen seiner Oberlippe und der vielversprechenden Wölbung seiner Unterlippe zu fahren. Der Gedanke verwirrte sie genausosehr, wie er sie erregte. Sie hatte eine so eindringlich weibliche Neugier für einen Mann nicht mehr gefühlt, seit sie in der Pubertät gewesen war.

»Dies ist die Kontrolle des Gebläses«, sagte er.

Zögernd blickte sie auf das Kontrollpult vor dem Steuerrad. Er deutete auf eine Reihe schwarzer Kipphebel.

»Gebläsekontrolle«, wiederholte sie.

»Das Gebläse saugt Luft aus dem Motorenraum. Man darf ein Boot nie starten, wenn das Gebläse nicht vorher schon einige Minuten lang gelaufen ist.«

»Warum nicht?«

»Gasdämpfe. Wenn sie sich ansammeln und man dann die Zündung einschaltet, könnte die Explosion jemanden bis ins Weltall befördern.«

Ihre Augen weiteten sich. »Pech.«

»Das schlimmste Pech.«

Er legte den Kipphebel um. Irgendwo im Heck des Bootes, unter der Motorhaube, schaltete sich ein Ventilator ein.

Jake hob den unteren Teil des Fahrersitzes hoch und lehnte sich gegen das Steuerrad. Unter dem Sitz befand sich ein kleines Spülbecken. Er stellte die Wasserpumpe an, suchte nach einem Kessel und gab sich dann mit einem Kochtopf zufrieden.

Er goß Wasser hinein und stellte ihn auf den kleinen Ofen in der Kombüse.

Danach wandte er sich wieder dem Boot zu. Er kontrollierte alle Funktionen, sah sich die Skalen an und hörte dann den Seewetterbericht aus Kanada ab, das nur zwanzig Meilen weit entfernt lag. Dabei zeigte er Honor jedes einzelne Teil der Ausrüstung und gab ihr eine kurze Erklärung seiner Funktion.

Sie sah ihm zu, lauschte und nahm alles in sich auf. Unter normalen Umständen hätte sie ein seemännisches Etwas nicht von einem nautischen Sonstwas unterscheiden können, und es hätte sie auch nicht gestört. Aber seit Kyle verschwunden war, war überhaupt nichts mehr normal.

Mit der *Tomorrow* hatte sie die besten Möglichkeiten, ihm zu helfen. Der logische Teil ihres Verstandes wußte, daß das Boot ihr allerdings keine großen Chancen einräumte. Doch ihre Gefühle störte das nicht. Dies war der einzige Weg, der sich ihr bot. Sie würde das Beste daraus machen, und sie würde Archers guten Rat, nach Hause zu gehen und sich wieder an ihre Entwürfe zu machen, ganz einfach ignorieren.

Es war schwer, Entwürfe zu machen, wenn sie das Gefühl nicht abschütteln konnte, daß der Schlüssel zu Kyles Verschwinden – und zu seiner Wiederkehr – irgendwo in den San-Juan-Inseln lag und nur darauf wartete, von ihr entdeckt zu werden. Deshalb hatte sie auch in der ganzen Stadt die Zettel aufgehängt, auf denen stand: »Gesucht: Fischereiführer, der sich mit SeaSports auskennt.«

Jetzt hatte sie endlich ihren Führer. Und sie mußte sich nun nur noch auf kalte Elektronik konzentrieren und nicht auf einen Fremden mit sauberen Händen und einem ironischen, sexy geschwungenen Mund. Wenn man bedachte, daß sie aufgehört hatte, mit Männern auszugehen, weil sie es leid war, daß die Männer ständig glaubten, Sex sei genauso obligatorisch – und auch genauso aufregend – wie das Atmen, dann würde es kein Problem sein, ihre Gedanken auf die Elektronik zu richten.

Doch es war ein Problem.

Sie fragte sich, ob Jake vielleicht aufhören könnte, Luft zu holen, wenn er so nahe neben ihr stand. Der Duft nach Kaffee und Sahne, der aus seinem Mund kam, machte sie unruhig.

»Kartenplotter«, sagte Honor und versuchte, ihre Gedanken beisammenzuhalten.

»Was ist damit?«

Sie runzelte die Stirn und blickte auf den kleinen Computerbildschirm links neben dem Steuerrad. Der Bildschirm und andere elektronische Ausrüstungsgegenstände waren an einem beweglichen Arm montiert, den man beiseite schieben konnte, wenn das Boot vor Anker lag. Es gab eine ganze Anzahl von Knöpfen mit geheimnisvollen Beschriftungen um den Bildschirm herum. Darunter entdeckte sie noch eine Zahlenreihe, doch er sah nicht aus wie irgendein Computer, den sie je gesehen hatte. Keine der Aufschriften half ihr, sich vorzustellen, wozu all die Knöpfe dienen sollten. Außerdem hatte Kyle noch dazu eines seiner verrückten Zusatzgeräte angeschlossen. Sie hatte keine Ahnung, welche Änderungen ihr Bruder in all den elektronischen Geräten noch eingebaut hatte.

Aber wenn er einen elektronischen Schlüssel in seinen Computer eingebaut hätte, dann kannte sie das Paßwort, das er in all seinen anderen Computern benutzte. Sie brauchte also nur noch herauszufinden, wie man diese ganze elektronische Ausrüstung benutzte, während sie gleichzeitig lernte, wie man das Boot fuhr. Dann würde sie Zugang zu dem ganzen speziellen Computerzeug – wenn es das überhaupt gab – mit Kyles Paßwort bekommen. Sie würde den Schlüssel zu all dem herausfinden, würde die SeaSport anlassen und losfahren, um ihren Bruder zu retten.

Ganz einfach.

Honor schob alle Selbstzweifel und die großen Lücken in ihrem Plan beiseite. Wieder und wieder in den letzten Wochen hatte sie über all das nachgedacht, sie hatte nichts anderes mehr getan, als den Teppich in ihrem Haus abzunutzen, weil sie ständig ruhelos hin und her gelaufen war. Das Geheimnis des Erfolges lag darin, eine Sache nach der anderen in Angriff zu nehmen. Im Augenblick war es das wichtigste, die Elektronik der *Tomorrow* zu kapieren.

»Wie arbeitet der Kartenplotter?« fragte sie.

»Gut, hoffe ich. Wenn nicht, dann gibt es noch immer die altmodische Art, einen Kurs zu bestimmen.«

»Und was ist die altmodische Art?«

»Kompaß, Stift und Lineal.«

»Erklären Sie mir die elektronische Methode.«

Jake zog ein wenig die Augenbrauen hoch. Der unterschwellige Befehl in ihrer Stimme hatte zwar höflich, aber doch sehr bestimmt geklungen. Erregung ergriff von ihm Besitz. Sie mochte weder Boote noch Wasser, aber sie hatte die ernsthafte Absicht zu lernen, wie man einen Kurs ausarbeitete. Wenn die Cops recht damit hatten, daß Kyle heimlich in die Vereinigten Staaten zurückgekehrt war, dann konnte der Schlüssel zu dem Versteck des gestohlenen Bernsteins die *Tomorrow* sein.

Die Dame mußte bei all dem wahrscheinlich ständig an Bernstein denken. Das war die beste Neuigkeit, seit Jake gehört hatte, daß der Bernstein verschwunden war und die Regierungen von Litauen, Kaliningrad und Rußland entschieden hatten, daß der Paß von J. Jacob Mallory in ihren Ländern nicht länger willkommen war. Genauso wie die aller übrigen Vertreter seiner Firma, Emerging Resources.

»Ich bin an ein anderes elektronisches System gewöhnt«, erklärte Jake ihr, und das stimmte auch. »Ich muß mich erst mit diesem hier befassen, ehe ich Ihnen etwas beibringen kann.« Das stimmte zwar nicht, aber Teufel, sie war eine Donovan. Lügen waren für den Clan der Donovans nichts Neues.

»Wir werden es zusammen lernen«, meinte Honor.

Jake hätte dem Computer lieber die Wahrheit entlockt, ohne

daß ihm dabei ein Mitglied der Familie Donovan zusah. »Wenn Sie es eilig haben, können Sie es sich auch selbst beibringen.«

»Wie?«

»Lesen Sie die Handbücher, die zu der Ausrüstung gehören.«

»Ich habe keine gefunden.«

»Dann werden wir es wohl auf meine Art tun müssen, nicht wahr?«

»Teufel, ja.«

Er mußte trotz allem lächeln. »Geduld ist eine Tugend.«

»Keuschheit auch. Aber ich kenne kaum einen Mann, der voll dahintersteht.«

»Und auch kaum eine Frau.«

»Gleichberechtigung. Ist sie nicht großartig?«

Jake sah ihr fröhliches Lächeln, das ihm ihre strahlendweißen Zähne enthüllte, und fragte sich, ob wohl auch Honor auf das sexuelle Karussel aufgesprungen war, das in den Städten üblich zu sein schien. Ihm hatte es nie gefallen, ein Punktekonto zu führen. Und er mochte auch keine Erfolgskontrollen.

»Ja, großartig«, gab er kühl zurück. »Der weiße Knopf ist das Signalhorn. Diese beiden Hebel hier drüben sind die Benzinzufuhr und der Schalthebel.«

»Welcher ist welcher?«

»Der schwarze ist der Schalthebel. Der rote ist für das Benzin. Sie können jetzt das Gebläse abschalten.«

Um an den entsprechende Hebel zu kommen, mußte Honor sich über den Gang zwischen ihnen lehnen. Bis auf das Signalhorn sahen alle anderen Hebel gleich aus. Schwarz.

Als sie sich ein Stück weiter vorbeugte, um die feine weiße Schrift unter den dunklen Hebeln zu lesen, stellte sie fest, daß Jakes Körper viel wärmer war als seine Stimme. Die Wärme seines Körpers drang durch die fleckige Jeansjacke. Sie war fleckig, aber nicht schmutzig. Der Stoff der Jacke war so sauber wie ihre eigenen Fingernägel. Sie fragte sich, ob wohl auch sein restlicher Körper so warm und so sauber wäre.

Denk nautisch, rief sie sich selbst zur Ordnung. *Denk wie ein Fischer. Denk an eine Wurzelbehandlung ohne Betäubung.*

Ihre sauberen, unlackierten Fingernägel drückten auf den Knopf des Gebläses. Der Lärm aus dem hinteren Teil des Bootes erstarb.

»Ich nehme an, der Motor funktioniert genauso wie die anderen Volvo-Bootsmaschinen, die ich kenne«, sagte Jake.

»Und was bedeutet das?«

Er legte seine große Hand um den Hebel mit dem roten Knopf. Dann drückte er ein paarmal auf den Knopf der Benzinzufuhr. »Sie springen schneller an, wenn man sie zuerst ein wenig streichelt.«

»Ist das etwa so eine Redensart bei den Seeleuten, die eine doppelte Bedeutung hat?« murmelte Honor leise vor sich hin und glaubte, Jake hätte sie nicht gehört.

»Wie zum Beispiel ›Breitseite‹ oder ›jeder Hafen im Sturm‹?« fragte er mit unbewegtem Gesicht.

Ihr Kopf fuhr herum. Er sah sie aus einer Entfernung von nur fünf Zentimetern an. In dem transparenten Silbergrau seiner Augen entdeckte sie blaue, grüne und schwarze Fleckchen. Seine Wimpern waren viel zu lang für einen Mann, der eine fleckige Jeansjacke trug und Schwielen an den Händen hatte.

Seine Augen waren wunderschön.

»Sagen Sie es mir nicht, lassen Sie mich raten«, griente er. »Ihnen gefallen meine Augen.«

Eine leichte Röte überzog Honors Wangen.

»So viel männliche Bescheidenheit«, sagte sie gedehnt. »Schwärmen all Ihre weiblichen Klienten für Sie?«

»Was glauben Sie?«

»Ich finde, es ist eine gute Sache, daß Sie kein Trinkgeld erwarten. Sie besitzen die zwischenmenschliche Finesse einer Neutronenbombe.«

Er lachte kurz auf, dann steckte er den kleinen Zündschlüssel in das Schlüsselloch und drehte ihn herum. Der Motor erwachte zum Leben. Er verstellte den Hebel und regelte die Benzinzufuhr. Der Motor beruhigte sich zu einem zufriedenen Brummen.

»Wir werden ihn ein paar Minuten warmlaufen lassen«, erklärte er. »Es ...«

»Sagen Sie es mir nicht, lassen Sie mich raten. Das ist wieder eine seemännische Predigt über heiße Motoren und eine glatte Fahrt.«

»Wenn das Öl sich nicht verteilt, dann ist die Reibung schlecht für den Motor.«

»Im Ernst. Würde es Sie interessieren, daß Kyle und ich zusammen Rennwagen gebaut haben?«

»Dann werde ich keine Zeit mehr damit verschwenden, Ihnen zu erklären, wie man die einzelnen Flüssigkeitsspiegel kontrolliert.«

»Gut.«

»Ja. Das läßt uns mehr Zeit für die interessanten Dinge.«

»Elektronik.«

»Fischen.«

Honor versuchte, nicht so begeistert auszusehen wie eine verstopfte Toilette, die gurgelnd überläuft.

»Wo bewahrt Ihr Bruder seine Papiere auf?« fragte Jake.

»Was für Papiere?«

»Bootsregistrierung, Eigentumsnachweis, Versicherung, Bedienungsanleitung des Herstellers und solche Dinge.«

»Hinter Ihnen, in der zweiten Schublade.«

Er trat einen Schritt zurück und wandte sich um. Die winzige Kombüse befand sich gleich hinter dem Sitz des Fahrers. Zusätzlich zu dem kleinen Propangasofen gab es noch einen Schrank und vier Schubladen. Jake sah nach dem Kaffeewasser, das noch nicht kochte, dann suchte er nach den Papieren. Mit einem schnellen Griff öffnete er den Verschluß der zweiten Schublade.

Zwei große, wasserfeste Umschläge lagen darin. In dem ersten Umschlag fand er die Dokumente, die er brauchte. Im zweiten Umschlag entdeckte er Garantiekarten, Anleitungen und Handbücher für alles an Bord bis auf die Elektronik.

»Ich werde den Kaffee machen, während Sie sich das ansehen«, schlug Honor vor.

Er nickte abwesend und setzte sich an den kleinen Tisch in der Kombüse, ohne von den Papieren aufzublicken. Eine Zeitlang waren die einzigen Geräusche das Klirren der Kaffeekanne und der Becher und das Brummen des Motors.

Sie reichte ihm einen Becher mit Kaffee.

»Danke«, sagte er und las noch immer in den Papieren. Er nahm einen kleinen Schluck, dann sah er überrascht zu ihr auf. »Woher wußten Sie, daß ich Sahne im Kaffee trinke und keinen Zucker?«

»Das habe ich an Ihrem Atem gerochen. Sie haben Glück, daß ich meine Frühstücksflocken mit Milch esse.«

Sie stellte die Milch zurück in den kleinen Kühlschrank unter dem Sitz in der Eßecke.

Jake beobachtete sie genau und fragte sich, ob sie wohl mit ihm flirtete oder ganz einfach nur seine Frage beantwortete. Er wußte es nicht, weil er ihre Augen nicht sehen konnte.

»Und was den Zucker betrifft ...« Sie reckte sich, nahm ihren Kaffeebecher und kletterte auf den Fahrersitz. »Wenn Sie Süßes mögen, dann hat es sich in Ihrer Persönlichkeit noch nicht gezeigt.«

Jake lächelte ein wenig, dann beschäftigte er sich weiter mit den Papieren. Als er damit zufrieden war, steckte er alles wieder in den entsprechenden Umschlag und schloß die Schublade.

»Und?« fragte sie.

»Alles in Ordnung.«

Was er ihr nicht verriet, daß er mehr Garantieurkunden und Anleitungen gefunden hatte, als es auf der *Tomorrow* Ausrüstung gab. Zwei zusätzliche Außenbordmotoren wurden erwähnt. Einer davon war fest montiert am Heck des Bootes, um als Motor beim Fischen eingesetzt zu werden. Der andere, kleinere Motor war wahrscheinlich für ein Zodiac, ein Beiboot, für das er in dem Umschlag auch Papiere gefunden hatte.

Zusätzlich mußte es noch den Empfänger für ein globales Satelliten-Navigationssystem geben, dessen Garantiekarte auch in den Umschlag gestopft worden war, als hätte Kyle es viel zu eilig gehabt, um sie ordentlich dazuzulegen. Das Datum auf dem Kaufbeleg lag erst dreizehn Tage zurück.

Kyle war vor vier Wochen in Kaliningrad verschwunden und war auf der anderen Seite der Erde wiederaufgetaucht, im Nordwest-Pazifik, nur um sofort wieder zu verschwinden. Der kleinere Motor und der Zodiac waren offensichtlich zusammen mit ihm verschwunden. Wahrscheinlich auch dieses Ortungssystem.

Jake nahm sich insgeheim vor, heute abend den tragbaren Empfänger seines eigenen Ortungssystems von seiner SeaSport zu holen.

»Besaß Ihr Bruder vielleicht noch irgendeinen Tender?« fragte Jake.

Honor sah ihn verständnislos an. »Wie bitte?«

»Ein kleines Boot.«

»Noch eines?«

»Nein, nur so einen kleinen Flitzer. Ein kleines Skiff, mit dem er an Land fuhr, wenn er irgendwo ankerte, wo es kein Dock gab.«

»Das weiß ich nicht. Ist es wichtig?«

»Es wird nicht verlangt von der Küstenwache, wenn Sie das meinen.«

Sie hatte keine Ahnung, was sie meinte, deshalb hielt sie lieber den Mund. Ihre lose Zunge hatte ihr bei diesem Mann bereits genügend Schwierigkeiten gemacht. Ihre Zunge oder ihre Hormone oder beides zusammen, ohne daß sie ihren Verstand gebrauchte.

»Wo verwahrt er denn seine SWs?« fragte Jake.

»Seine was?«

»Schwimmwesten.«

»Oh. Ich habe keine Ahnung.«

Der Blick, den Jake ihr zuwarf, verriet ihr, daß er nicht überrascht war. Er bückte sich und sah kurz in die Koje im Bug. Doch dort entdeckte er nichts, was einer Inspektion der Küstenwache genügt hätte.

Und er nahm an, daß sie kontrolliert werden würden. Genau das hätte er getan, wenn ihm kein besserer Weg einfiele, die *Tomorrow* gründlich zu inspizieren.

Honor versuchte, an Jake vorbei in die Koje zu gucken, doch das gelang ihr nicht. Er versperrte den Eingang zur Koje und noch mehr. Ein wirklich großer Mann.

»Sind die … äh, die SWs dort?«

»Nein. Hier ist nichts als Kleidung, Angeln, ein Landungsnetz und zwei Takler.«

»Ich nehme an, ein Takler ist keine SW?«

»Wohl kaum. Er schwimmt wie ein Anker.«

»Wofür sind die denn gut?«

»Zum Fischen.« Er trat eine Schritt zurück und wandte sich dann zu ihr, ohne sich wieder aufzurichten. »Rücken Sie Ihr Bein zur Seite.«

Sie atmete schwer, als er eine Hand zwischen ihre Unterschenkel schob. Die Berührung war nur sehr kurz, doch genügte sie, sie zu beunruhigen. Schnell setzte sie sich so, daß er unter den Sitz sehen konnte, ohne sie zu berühren.

Auch wenn Jake nichts sagte, so war ihm doch nicht entgangen, daß ihre Augen sich plötzlich geweitet hatten, als er ihre Beine berührte. Wenn sie wirklich auf dem sexuellen Karussell gefahren war, so mußte es schon eine Weile her sein. Instinktive Körpersprache log nicht. Die junge Dame war es entschieden nicht gewöhnt, daß man sie berührte.

Zu schade. Es wäre wesentlich leichter gewesen, wenn sie der Typ Frau gewesen wäre, die jeden Tag den Mann wechselt und zusätzlich dreimal an einem Samstagabend. Dann würde er sich nicht wie ein rücksichtsloser Schuft fühlen, wenn er dem rein weiblichen Interesse folgen würde, das er in ihren Augen las.

Er verfluchte sich insgeheim für diese völlig unpassende Anziehungskraft für die Schwester eines Diebes – und wahrscheinlich sogar eines Mörders –, dann zwang Jake seine Aufmerksamkeit wieder zurück zu dem offenen Raum hinter dem Sitz. Dort bewahrte er seine Schwimmwesten auf, wenn er allein auf dem Boot war.

Dort hätte er sie auch gleich gefunden, wenn er nicht so lange darüber nachgedacht hätte, wie schön es doch wäre, unter diesen weiten Jogginganzug zu greifen und darunter ein warmes, glattes Bein zu spüren.

»Hier sind sie ja«, grummelte er und griff unter den Sitz. »Genau das, was die Küstenwache verlangt. Eine geprüfte Schwimmweste.«

Sie blickte auf die dicke grellorangefarbene Jacke, die er in der Hand hielt.

»Ich finde, das sieht eher nach einer Verkleidung für Halloween aus«, meinte sie.

»Im Wasser ist sie deutlich zu erkennen, ganz gleich, wie dunkel es ist. Wenn Sie die tragen bei einem Kopfsprung in das kühle Naß, dann schwimmen Sie immer oben und sind leicht zu finden. Das macht den Leichenbeschauer glücklich.«

»Den Leichenbeschauer? Ich dachte, die Schwimmwesten sind dazu gedacht, daß man am Leben bleibt.«

»Wenn Sie das wollen, dann fallen Sie nicht ins Wasser. Ob im Sommer oder im Winter, es ist so kalt, daß es Sie spätestens nach dreißig Minuten umbringt.«

Honor blickte aus dem Kabinenfenster auf das blaugrüne Wasser der kleinen Bucht. Eine unbeständige Brise kräuselte die seidenglatte Oberfläche, so daß sie aussah wie glänzender Samt. Das Meer sah so gefährlich aus wie Zuckerwatte.

Und doch wußte sie, wie schnell der Wind auffrischen und

stärker werden konnte, wie er gefährliche Wellen vor sich hertreiben konnte. Das hatte sie als Mädchen erlebt, als sie dreizehn Jahre alt gewesen war. Justin und Lawe hatten es zwar geschafft, das Skiff gerade noch an Land zu bringen, doch für sie war es eine beängstigende Erfahrung gewesen. Seit diesem Tag hatte sie kein kleines Boot mehr betreten. Wenn es nach ihr ging, hätte sie das auch nie wieder getan. Aber Kyle zu finden war wichtiger als die alte Angst aus ihrer Kindheit.

Jake legte die Schwimmweste wieder unter den Sitz. Dann sah er sich die beiden einfacheren Schwimmwesten an, die weiter hinten in der Öffnung lagen. Jede der dicken, unförmigen Westen hatte den Stempel der Küstenwache auf dem grellorangefarbenen Stoff.

Er richtete sich wieder auf und wandte sich zu der Frau um, die entweder eine hervorragende Schauspielerin war oder die sich wirklich von ihm als Mann angezogen fühlte. Er hoffte, daß sie nur eine Schauspielerin war, vom gleichen Kaliber wie ihr Bruder. Immerhin hätte sie auch genauso arrogant und hochmütig sein können wie der Rest der Familie.

Irgendwie glaubte er, daß er nicht so viel Glück haben würde. Oder Unglück. Er war sich noch nicht ganz sicher, wie er sich entscheiden würde. Das wiederum störte ihn mehr als der frische, ein wenig nach Pfefferminze duftende Geruch von Honor Donovan.

Denk an Kyle, versuchte Jake sich einzureden. *Den hast du auch gemocht. Und er hat dich grausam über den Tisch gezogen.*

Wenigstens würde es mehr Spaß machen, sich von Honor übervorteilen zu lassen.

»Ich nehme an, Ihr Bruder hat ein Logbuch geführt?« fragte Jake jetzt ungeduldig.

»Ja. Könnten Sie mir meine Tasche geben? Ich habe mir das Logbuch angesehen, weil ich hoffte herauszufinden, wo er ... gefischt hat.«

Jake blickte über seine Schulter zu der Stelle, an die sie deutete. Auf der anderen Seite der Kombüse stand ein Tisch zwischen zwei weiteren Bänken. Man konnte dort mit vier Leuten sitzen, wenn es vier Freunde waren. Und Tisch und Bänke konnten umgebaut werden in ein Bett für zwei, wenn es sehr, sehr gute Freunde waren. Oder wenn sie planten, sehr gute Freunde zu werden.

»Das ist eine Tasche?« fragte er und legte den ledernen Rucksack auf den Tisch.

»Für mich schon.«

Er hielt ihn mit einer Hand hoch. »Haben Sie denn welche gefunden?«

»Was?«

»Gute Fischplätze.«

»Äh ... nein.«

»Also haben Sie sich entschieden, einen Fischereiführer einzustellen?«

»Äh ... ja.«

Jake entschied, daß Honor noch viel Übung brauchte, um lügen zu können. Falls sie nicht wirklich eine Weltklasse-Schauspielerin war, die so tat, als ob sie die unschuldige Schwester eines diebischen Bruders ...

Genervt rief Jake sich zur Ordnung und sagte sich, daß das ganz egal war. Auf jeden Fall bedeutete die Dame mit den Katzenaugen und dem schnellen Verstand für ihn Schwierigkeiten in übergroßem Jogginganzug.

»Warum gucken Sie so skeptisch?« fragte Honor. »Sie haben doch sicher schon einmal die Tasche einer Frau gesehen.«

»In allen Größen und Formen. Ich habe sogar schon erlebt, daß eine Frau einen lebenden Hahn und zwei Hühner aus ihrer Tasche gezaubert hat. Natürlich war sie auf dem Weg zum Markt, deshalb war es im Grunde nicht so überraschend.«

»Und auch frische Eier?«

»Zählen Rühreier?«

»Nein.«

»Dann gab es dort keine Eier.«

Ein Lächeln veränderte Honors angespanntes Gesicht. Es war nur ein sehr kurzes Lächeln, deshalb war es um so bezaubernder.

»Also gut«, lenkte sie ein. »Vielleicht beim nächsten Mal. Wo war denn dieser Markt?«

Wenn er ihr verriet, daß es in Kaliningrad war, hätte er die Art von Fragen zu erwarten, die er ihr nicht unbedingt beantworten wollte.

»Auf dem Land«, sagte er. »Ist das das Logbuch?«

»Ja, aber es steht nichts Interessantes darin. Nur Reihen von Daten über Benzinverbrauch und Inspektionsnachweise und solche Sachen.«

Adrenalin pulsierte durch Jakes Adern. Er hatte gehofft, daß Kyle ein Kapitän war, der ordentliche Bücher führte. Dieses, zusammen mit dem Kartenplotter und dem Computer, könnte ihm eine Menge darüber verraten, wo das Boot in letzter Zeit gewesen war.

Jake nahm Honor das Logbuch aus der Hand. Ein paar Minuten lang blätterte er darin herum und runzelte die Stirn, wie ein Mann, der hart nachdenkt. Dann musterte er sie.

»Ich kann nicht mit Bestimmtheit sagen, ob das Boot fahrbereit ist, ehe ich es mir nicht genauer angesehen habe«, meinte er. »Ich könnte das Logbuch studieren, während Sie sich in der Stadt Deckschuhe kaufen und eine Fischereilizenz besorgen. Wenn Sie sich beeilen, könnten wir es noch vor dem Gezeitenwechsel schaffen.«

Sie zögerte. »Ich denke, das ist okay.«

»Wir treffen uns hier in neunzig Minuten«, schlug er vor und glitt aus dem Steuersitz.

»Warten Sie! Was mache ich denn in der Zeit mit dem Boot?«

Er sah sie fragend an. »Wie meinen Sie das?«

»Der Motor läuft«, rief sie ihm ins Gedächtnis.

Jake drehte den Zündschlüssel herum, zog ihn heraus und legte ihn in Honors Schoß.

»Das ist doch nur eine Maschine«, erklärte er mit übertriebener Geduld. »Sie wird Sie nicht beißen. Behandeln Sie sie, als wäre es ein Auto.«

Alles, was Honor davon abhielt zu sagen: *Beiß du mich, großer Junge!*, war die Tatsache, daß er es wahrscheinlich tun würde.

3

Jake lenkte seinen verbeulten Truck mit dem Vierradantrieb auf den lehmigen Weg, der zu seiner Hütte führte. Umgeben von dunklen, windzerzausten Tannen, duckte sich das kleine Haus auf eine Klippe über dem Puget Sund. Dies war seine Zuflucht von dem Hauptquartier seiner Firma in Seattle, der Ort, wo er rückständige Arbeit erledigte, sein Zuhause, weg von zu Hause, der einzige Ort, dessen Adresse und Telefonnummer niemand sonst kannte.

Deshalb fluchte er auch unflätig, als er einen Ford auf seiner Einfahrt stehen sah. Als noch dazu eine Frau in einem eleganten roten Blazer und einem schwarzen Rock aus dem Wagen stieg und ihm zuwinkte, wußte er, daß der bis jetzt so vielversprechende Tag plötzlich verdorben war.

Ellen Lazarus war eine alte Bekannte aus einer Zeit in seinem Leben, als er noch daran geglaubt hatte, die Welt vor sich selbst retten zu können. Jetzt war sein Ziel weniger grandios: Er wollte auf keinen Fall auf dem Tiefpunkt sein, wenn das große Klo im Himmel sich über ihm entlud.

Er stellte den Motor des Trucks ab, kletterte hinaus, lehnte sich an die Wagentür und wartete darauf herauszufinden, wieviel Scheiße ihm auf den Kopf fallen würde.

»Was, noch nicht einmal ein Lächeln oder ein Willkommensgruß?« fragte Ellen, während sie auf ihn zukam.

Jake sah ihr entgegen, mit einer Mischung aus Zynismus und männlicher Anerkennung. Sie brauchte sich nicht extra darum zu bemühen, die Hüften zu schwingen. Sie war mit dieser besonderen Gangart geboren worden, genauso wie mit den großen blauen Augen, dem schwarzen Haar und einem Pragmatismus, der Machiavelli wie einen Chorknaben aussehen ließ. Es war auch nicht überraschend, daß sie, nachdem sie die Mantel-und-Degen-Spiele auf offenem Gelände leid war, eine außergewöhnlich intelligente Analytikerin geworden war.

»Ich werde dich gar nicht erst fragen, wie du mich gefunden hast«, sagte Jake. »Die Leute, mit denen du verkehrst, würden alles herausfinden. *Warum* hast du mich gefunden?«

»Junge, Junge, wir sind aber schlecht gelaunt, wie? Dabei ist es ein so wunderschöner Tag.« Sie deutete mit einer eleganten Geste auf den sonnenbeschienenen Wald. »Ich habe gehört, daß es im Nordwest-Pazifik immer regnet.«

Er brummte.

»Bedeutet das, du möchtest nicht über die guten alten Zeiten reden?« fragte sie.

Seine Augenbraue mit der Narbe zog sich sarkastisch in die Höhe. »Die guten alten Tage? Das würde ungefähr drei Sekunden dauern. Auf Wiedersehen, Ellen. Ruf mich nicht an, ich melde mich bei dir. Deine drei Sekunden sind vorbei.«

Ihr fröhliches Lächeln verschwand, und zum Vorschein kam ihre ruhelose, brennende Persönlichkeit, die sich nie mit nur einem zufriedengeben würde, einschließlich Männern.

»Hey, komm schon, Jake«, sagte sie leise. »Es war gut, und das weißt du auch.«

»Seit wann verbringst du deine Zeit damit, über die Schulter auf die Asche der Vergangenheit zu starren?«

»Du bist entschlossen, dies auf die schwierige Art zu machen, nicht wahr?«

»Das erste, was ein Junge lernt, ist, daß er hart sein muß, um gut zu sein.«

Sie machte eine ungeduldige Handbewegung. »Ganz, wie du willst.«

»Die Absicht habe ich. Auf Wiedersehen. Und grüße Onkel Sam nicht von mir.«

Jake machte Anstalten, um Ellen herum zu seiner Hütte zu gehen. Sie vertrat ihm den Weg und blickte ihn an, mit Augen, die so blau und so klar waren wie die eines Porzellanengels.

»Würdest du eher zur Zusammenarbeit bereit sein, wenn wir jemand anderen schicken?« fragte sie.

»Nein.«

»Du weißt doch noch nicht einmal, was wir überhaupt wollen.«

»Das ist auch besser so.«

Der Wind frischte auf und wehte den schwarzen Seidenkragen von Ellens Bluse hoch. Geistesabwesend hob sie die Hand und rückte ihn wieder gerade, während sie ihre verbleibenden Möglichkeiten überdachte. Es dauerte nicht lange. Sie war kein langsamer oder kleinlicher Denker.

»Ich habe ihnen gesagt, das mit der Geliebten würde nicht klappen«, erklärte sie ruhig. »Du hast seit Jahren keine Anstalten gemacht, dich mit mir in Verbindung zu setzen. Eigentlich hast du es nie versucht. Wenn du dich einmal verabschiedest, dann meinst du es wohl auch so.«

Jake wartete und wußte, daß er sie so einfach nicht wieder loswerden würde. Zusätzlich fürchtete er, daß er sie überhaupt nicht mehr loswerden würde. Die Typen vom US-Regierungs-Geheimdienst – ganz gleich für welche der Abteilungen mit den Kürzeln aus der Buchstabensuppe sie auch arbeitete – belästigten ehrbare Bürger nicht. Es sei denn, sie steckten bis zum Hals in der Tinte, und der Teufel verfolgte sie mit einem Speedboot.

»Ich könnte an deinen Patriotismus appellieren«, sagte Ellen.

Er lächelte.

»Gütige Mutter«, murmelte sie. »Reformierte Idealisten sind die schlimmsten. Wenn sie sich erst einmal den Feenstaub aus den Augen gewischt haben, wollen sie überhaupt nicht mehr mitspielen.«

»Diese Unterhaltung ist eine Wiederholung.«

Sie klopfte mit ihrem manikürten Fingernagel gegen ihre kleine Ledertasche und betrachtete die Wälder hinter Jakes Truck. Ein Weißkopf-Seeadler flog über sie hinweg, er drehte seinen schneeweißen Kopf auf der Suche nach einem Opfer. Auch als der Schatten des Vogels über ihr Gesicht fiel, reagierte Ellen nicht.

»Also gut«, entschied sie endlich. »Du möchtest Kyle Donovan finden. Wir auch. Wir könnten einander helfen.«

Jakes ausdrucksloses Gesicht veränderte sich nicht. Er hatte so etwas erwartet, seit Ellen aus ihrem Wagen gestiegen war.

»Warum?« wollte er wissen.

»Warum was?«

»Warum seid ihr hinter Kyle her?«

»Du weißt, warum. Er hat Bernstein im Wert von einer Million Mäusen gestohlen.«

Jake wußte, daß der Bernstein nur halb soviel wert war. Aber wenn die Familie Donovan diesen Betrag bei der Versicherung angegeben hatte, würde sowieso niemand auf ihn hören. Die Donovans besaßen Reichtum und Freunde in hochrangigen Stellungen – eigentlich war das das gleiche.

»Also hat Kyle ein wenig Bernstein gestohlen«, meinte Jake. »Na und? Menschen stehlen zehn Millionen Mäuse, und unserem Onkel Sam treten keine Schweißperlen auf die Stirn, solange die Steuern bezahlt werden.«

»Aber Kyle hat dieses Geld einem fremden Staat gestohlen.«

»Du machst Spaß, nicht wahr?«

»Falsch.«

»Sei doch vernünftig. Du redest mit mir und nicht mit irgend so einem frischgebackenen Politiker, der hofft, dich aufs Kreuz zu legen. Du mußt mir schon einen besseren Grund dafür nennen, daß ihr Kyle verfolgt. Einen viel besseren Grund.«

Ellen dachte angestrengt nach. Eigentlich blieb ihr nur noch eine Möglichkeit. Die Wahrheit. Die einzige Frage war, mit wie wenig der Wahrheit könnte sie davonkommen? Und wie könnte sie sie zu ihrem Vorteil verschleiern? Aber sie durfte nicht zu viel verschleiern. Jake konnte ein sehr brüsker Schuft sein.

»Kyle hat sich mit litauischen Separatisten eingelassen«, erklärte sie. »Wir befürchten, daß er den Bernstein dorthin gebracht hat, um irgendwelchen Basis-Terrorismus damit zu finanzieren.«

Jake hoffte, daß sie sich irrte, doch er bezweifelte es. Aber es blieb nach wie vor die Frage, warum Onkel Sam sich um Kyle bemühte.

»Das ist sicher nicht alles«, hakte er nach. »Wenn es um Geopolitik geht, ist Litauen nur sehr unbedeutend. Also, was hat er dem Onkel angetan?«

Sie wollte ihm keine Antwort geben, dennoch wußte sie, daß sie es tun mußte. »Ich habe ihnen gesagt, daß du den Plan durchschauen würdest.«

Jake wartete.

»Kyles Fahrer hat zu der Ladung noch etwas hinzugefügt, ehe er umgebracht wurde«, sagte Ellen.

»Und was war das?«

»Keine Antwort.«

»Du weißt es nicht, oder willst du es nicht sagen?«

»Das ist das gleiche. Keine Antwort.«

Jake versuchte es in einer anderen Richtung. »Ich kaufe dir das nicht ab. Kyle war nicht so dumm, sich auf einen Handel mit nuklearen Dingen einzulassen.«

»Wenn es sich um diese Dinge handeln würde, dann würden wir niemanden um Hilfe bitten, wir würden diese Hilfe befehlen.«

Das konnte auch Jake nicht abstreiten. »Also ist es mehr als nur Rohbernstein und weniger als Nuklearwaffen. Dennoch hat es Onkel Sam auf den Plan gebracht. Muß verdammt wertvoll sein. Ich glaube kaum, daß Kyle so bescheuert ist.«

»Idealismus, Feenstaub und ein knackiger Arsch«, betonte Ellen. »Das bringt sie immer wieder dazu, sich wie Idioten aufzuführen.«

»Sprichst du etwa von Marju?« wollte Kyle wissen.

Ellen nickte. »Sie ist die Enkelin eines harten Falles, der noch aus dem zweiten Weltkrieg übriggeblieben ist. Er hat gegen die Deutschen gekämpft. Er hat gegen die Russen gekämpft. Er hat gegen die Sowjets gekämpft. Er hat gegen seine eigenen Landsleute gekämpft, als diese den Frieden wollten.«

Jake verbiß sich einige kräftige Worte des Abscheus. Er wußte zu genau, wie sehr eine Frau den IQ eines Mannes herabsetzen konnte. »Ich habe Kyle erklärt, daß Marju mehr Schwierigkeiten bedeuten würde, als sie wert ist. Aber nein, er war verliebt. Er hatte die feste Absicht, ihr kühner Ritter in der strahlenden Rüstung zu sein.«

»Ich weiß nicht recht, ob sie strahlend war, aber er ist ein kühner Schweinehund. Er hat den litauischen Fahrer umgebracht, ist in den Truck mit dem Bernstein gestiegen und dann in der Nacht verschwunden.«

»Erzähl mir lieber etwas, das ich noch nicht weiß.«

»Sag du mir, was du weißt, dann werde ich dich nicht länger mit Wiederholungen langweilen«, schlug Ellen vor.

»Wo habt ihr Kyle verloren?«

»Wir brauchten ihn gar nicht erst zu verlieren. Er hat nie uns gehört.«

Jake fragte sich, ob er ihr glauben sollte, doch dann entschied er, daß es nichts zu bedeuten hatte. »Ich habe es geschafft, ihn aus Kaliningrad heraus zu verfolgen und durch Litauen. Ich habe ihn aus den Augen verloren, als er die Grenze nach Rußland überquert hat.«

»Da haben wir ihn auch verloren«, gab sie zu.

»Und wenn ich nun sagen würde, daß ich ihn bis nach Tallinn verfolgen konnte ...? fragte Jake sarkastisch.

»Dann würde ich mich sofort ans Telefon hängen. Wir werden sehr unter Druck gesetzt, um Resultate zu bringen. Hast du das wirklich?«

»Ihn bis nach Estland verfolgt? Nein. Er ist nach Osten gefahren, nicht nach Norden. Ich habe ihn ungefähr dreihundert Kilometer hinter der russischen Grenze aus den Augen verloren. Ehe ich ihn wiederfinden konnte, bin ich gegen die Mauern der Bürokratie gelaufen und einigen unbürokratischen Typen mit ekelhaften Gewehren begegnet. Offiziell wurde ich aufgefordert, das Land zu verlassen und nicht zurückzukommen.«

»Und inoffiziell?«

»Inoffiziell bot man mir einen dauerhaften Ruhesitz in der Erde von Mutter Rußland an, in einer Größe von zwei mal einem Meter.«

Ellen schüttelte den Kopf. »Was ist bloß aus der byzantinischen Unaufdringlichkeit geworden?«

»Das gleiche, was aus Byzanz geworden ist. Es ist verloren.«

»Du bist also vor ungefähr zehn Tagen hier eingetrudelt, um deine Wunden zu lecken. Vielleicht wolltest du außerdem irgendwann in der Nacht einmal Kyles Hütte durchstöbern?« fragte Ellen.

Jake zuckte mit den Schultern und sagte nichts. Sie war der Wahrheit schon so nahe, daß es ihm unangenehm war.

»Dann hast du diese Inserate bemerkt, die überall in Anacortes angeschlagen waren und in denen ein H. Donovan einen Fischereiführer suchte«, sprach Ellen weiter.

Er wartete und beobachtete sie.

»Und dann hast du dein lässiges Jake-Mallory-Grinsen eingesetzt und hast den Posten bekommen«, schloß sie.

»Das stimmt nur zu Hälfte. Ich habe den Posten bekommen, und das war mehr, als euer Mann geschafft hat.«

»Woher hast du gewußt, daß ... Teufel«, rief sie verächtlich, weil sie ihm auf den Leim gegangen war.

»War nicht böse gemeint. Jemanden in ihre Nähe zu bringen, indem er als Fischereiführer auftrat, war doch eine ganz natürliche Sache.«

»Hast du Honor verraten, daß du nach ihrem Bruder suchst?«

»Das Thema ist nicht zur Sprache gekommen.«

»Das dachte ich mir«, meinte Ellen mit selbstgefälliger Zufriedenheit. »Die Donovans haben sich allen Leuten aus Übersee gegenüber verschlossen, und dazu gehörst auch du. Deshalb schleichst du also jetzt durch die Hintertür, indem du ihre jüngere Schwester in Amerika benutzt.«

In Ellens Worten lag keine Mißbilligung. Wenn überhaupt, so schien sie ihm insgeheim dafür zu gratulieren, daß er eine Möglichkeit gefunden hatte, an die sonst noch niemand gedacht hatte. Jake wäre es lieber gewesen, wenn sie schockiert gewesen wäre. Aber Menschen, die leicht zu schockieren waren, überlebten nicht lange in einer Welt ohne Feenstaub.

»Wir werden dir nicht im Weg stehen«, versicherte sie ihm schnell. »Du solltest uns nur informieren.«

»Aber du stehst mir momentan im Weg.«

»Daran solltest du dich gewöhnen, denn sonst werde ich der kleinen Miss Muffet einen Besuch abstatten und ihr verraten, wer ihr Fischereiführer wirklich ist.«

Kurz sah Jake Ellen wortlos an. Dann schüttelte er beinahe unmerklich den Kopf. »Das glaube ich nicht.«

»Was?«

»Im Augenblick bin ich alles, was du hast, innerhalb der Mauer des Donovan-Clans. Du bist nicht einfältig genug, um mich zu verraten, bis dir wirklich klar ist, daß du mich nicht gebrauchen kannst.«

Manikürte Nägel klopften gegen schwarzes Leder. Ein kühler Wind kam auf und wehte durch eine Gruppe schlanker, rotrindiger Madronabäume.

Ohne aufzusehen, wußte Jake, daß die Wolken im Südwesten langsam wieder den Himmel bedeckten. Wahrscheinlich würde es noch vor Sonnenuntergang regnen. Die Wälder waren nicht umsonst so grün.

»Also gut«, lenkte sie ein. »Was haben wir, was du haben willst?«

»Ist Kyle vor zwei Wochen über SeaTac zurück ins Land gekommen?«

»Sein Paß ist gekommen. Der Mann von der Einwanderungsbehörde, den wir danach gefragt haben, meinte, der Mann sei dem Bild in dem Paß sehr ähnlich gewesen. Dabei muß man bedenken, daß er gerade einen zweiwöchigen Angeltrip auf der Kamtschatka-Halbinsel hinter sich hatte.«

»Und was meinst du?«

»Wir sind davon überzeugt, wenn der Mann und das Bild in dem Paß übereinstimmten, war wohl weder das eine noch das andere Kyle Donovan.«

Jake zog die Augen zusammen. »Schlechte Neuigkeiten.«

»Für Donovan ganz bestimmt. Er hat wahrscheinlich das Stückchen Erde bekommen, was Mutter Rußland dir angeboten hat. Ob es schlecht für uns ist? Das wissen wir noch nicht.«

»Aber hat ...«

»Jetzt bin ich dran«, unterbrach sie ihn. »Hat einer deiner Kontaktmänner von Emerging Resources Gerüchte darüber gehört, daß erstklassiger Ostsee-Bernstein aus zweifelhaften Quellen zum Verkauf angeboten wird?«

»Roh oder bearbeitet?«

»Beides.«

»Nur das Übliche. Ein wenig Schmuggel und Diebstahl in den Minen sind nicht außergewöhnlich und auch kein Teil einer größeren Verschwörung. Die großen Schmuggler stehen alle in Verbindung mit der Regierung. Teufel, die Hälfte der Zeit ist es sogar die Regierung selbst, die schmuggelt.«

»Willkommen in der früheren Sowjetunion«, meinte Ellen

bitter, »wo Interessenskonflikte die beste Möglichkeit sind, reich zu werden.«

»Wenn deine Währung sich im freien Fall befindet oder du nicht einmal mehr eine eigene Währung besitzt, dann mußt du halt ein wenig kreativen Tauschhandel von den Einheimischen erwarten.«

»Kreativen Tauschhandel.« Sie lächelte süffisant. »Das ist gut. Haben deine Leute irgend etwas herausgefunden, das besonders mit russischem Bernstein zu tun hat?«

»Nur die üblichen kleinen Fälschungen aus den russischen Plastikfabriken. Zusätzlich etwas gestohlenes Zeug, das wahrscheinlich aus Haushaltsgegenständen aus dem Zweiten Weltkrieg stammt. Eine ziemlich gut gemachte Replik eines Dreiecktisches aus dem legendären Bernsteinzimmer des Zaren.«

Allein jemand, der dieses Spiel früher einmal gespielt hatte, hätte bemerken können, daß sich Ellens Gesicht bei diesen Worten ein wenig anspannte. Jake war der plötzlich interessierte Blick nicht entgangen, und er hatte das Gefühl, ein Eisklumpen läge ihm plötzlich im Magen.

Mehr als roher Bernstein und weniger als Nuklearwaffen.

Das Bernsteinzimmer!

Jake hatte Gerüchte gehört, daß man das Bernsteinzimmer gefunden hätte ... aber es gab immer wieder Gerüchte über den berühmtesten verlorenen Schatz des Zweiten Weltkrieges. Im Jahre 1941 hatten die Nazis eines der außergewöhnlichsten Zimmer im Palast des Zaren abgebaut, ein Zimmer, dessen Decken, Türen, Wände und Möbel – Tische, Stühle, Lampen, Nippes, Kerzenständer, Vasen, Messer, Gabel, Löffel, Schnupftabakdosen, Kunstgegenstände, *alles* – aus Bernstein geschnitzt waren oder mit Mosaiken des kostbaren Bernsteins verziert waren.

Die einzige Ausnahme davon waren die großen, vergoldeten Spiegel, die den Schein des Lichtes in diesem magischen Raum vervielfältigten. Als das Zimmer noch intakt war, mußte es gewesen sein, als würde man ein schimmerndes, goldenes Paradies betreten in dem riesigen, eisigen Grau des russischen Winters.

Die Deutschen hatten ihre einzigartige goldene Beute von Sankt Petersburg nach Kaliningrad geschickt. Von dort aus war sie verschwunden und hatte eine Schatzsuche nach sich gezogen, die so lange dauern würde, wie die menschliche Vorstellungskraft und Gier – oder so lange, bis das verlorene Bernsteinzimmer gefunden war.

»Der Tisch war nur eine Nachbildung?« fragte Ellen.

»Die Mosaik-Einlegearbeiten waren aus echtem Bernstein. Der Tisch war sehr gut gearbeitet, doch er war nie Teil des Bernsteinzimmers des Zaren.«

»Wie kannst du da so sicher sein?«

»Das ist mein Job.«

»Überzeuge mich.«

Jake dachte den Bruchteil einer Sekunde nach, dann entschied er sich, großzügig zu sein. Auf diese Art befand er sich in einer Position, auf die er sich zurückziehen konnte.

»Größere Mengen Ostsee-Bernstein sind schwer zu bekommen«, sagte er, »es sei denn, man hat sehr gute Verbindungen zu einem Ostsee-Anrainerstaat oder einem der örtlichen Mafiachefs, ganz wie du willst. Bernstein aus Mexiko und Costa Rica sind für jeden zugänglich, der das nötige Geld besitzt. Wer auch immer diesen Tisch hergestellt und gefälscht hat, war gezwungen, Bernstein aus der neuen Welt zu benutzen.«

»Woher kannst du denn den Unterschied zwischen Bernstein aus der Neuen oder Alten Welt feststellen?«

»Frag doch deine Experten.«

»Du bist hier. Sie nicht.«

Er warf einen wehmütigen Blick zum Himmel. Die Wolken über den Olympics wurden immer dichter, aber er hatte bis jetzt noch genügend Zeit, zusammen mit Honor eine Probefahrt auf der *Tomorrow* zu machen, ehe das Wetter endgültig schlecht wurde.

»Ostsee-Bernstein nennt man auch Succinit, wegen seines hohen Prozentsatzes an Succinitsäure«, erklärte er. »Das ist einzigartig unter allen Bernsteinsorten. In der Tat erklären einige Puristen, daß dies der einzig wahre Bernstein ist. Der gasamte Rest ist etwas anderes.«

»Der Ostsee-Bernstein ist also einmalig wegen seines Gehaltes an Succinitsäure, ganz ohne Ausnahme?« fragte sie.

»Keine, die wichtig ist.«

»Erzähle mir von denen, die nicht wichtig sind.«

Jake warf einen Blick auf seine Uhr. Er hätte lieber in der Zeit Kyles Logbuch fotokopiert, als Ellen das zu erzählen, was jeder Bernsteinhändler ihr ebenso hätte sagen können. Er hoffte, daß seine Geduld sich später bezahlt machen würde.«

»Ungefähr zehn Prozent des Ostsee-Bernsteins besitzt keine Succinitsäure«, erklärte er. »Aber der wurde nicht im Palast des Zaren verarbeitet.«

»Warum nicht?«

»Diese Sorte Ostsee-Bernstein ist zu weich, zu brüchig oder zu häßlich, um ihn für Dekorationszwecke einzusetzen. Er wurde zu Glasur verarbeitet oder in der Medizin eingesetzt. Oder man hat ihn als Duftstoff verbrannt. Der Bernstein, den ich in dem gefälschten Tisch gesehen habe, war so klar und leuchtend wie flüssiger Sonnenschein. Erstklassiger Bernstein aus der Neuen Welt. Die Alte Welt nimmt nach wie vor Bastard-Bernstein.«

»Bastard?«

»Opak oder Halbopak. Das kommt ganz auf die Farbe an oder auf die Oberfläche. Undurchsichtigen Bernstein nennt man butterig, knochig, elfenbeinern, fettig, wolkig, Halbbastard ...«

»Ich verstehe«, unterbrach sie ihn. »Das sind eine Menge Ausdrücke.«

»Es gibt auch eine Menge Unterschiede in der Farbe und in der Durchsichtigkeit. Die Verbindung des Bernsteins mit der menschlichen Kultur ist sehr lange und sehr unterschiedlich, ganz besonders in der Ostsee-Region. Man hat soviel Zeit damit verbracht, die winzigen Unterschiede zu beschreiben und ihnen Namen zu geben, wie wir es mit dem Zählen von Engeln und Stecknadelköpfen getan haben.«

Polierte rote Fingernägel klopften einen langsamen Takt zu dem schwächer werdenden Wind, während Ellen mit ihrem scharfen Verstand noch einmal das überdachte, was sie gerade erfahren hatte.

»Ist denn die Farbe und die Klarheit ein verläßlicher Weg, um Ostsee-Bernstein von anderem Bernstein zu unterscheiden?« fragte sie.

»Nein. Was ich dir gerade gesagt habe, ist wirklich nur ein oberflächlicher Abriß. Es gibt in Wahrheit Hunderte von Wörtern in der baltischen Sprache, um die Unterschiede des Bernsteins zu beschreiben. Jeder Unterschied in Reinheit und/oder Farbe hat seine eigenen leidenschaftlichen Sammler und seine eigene Mythologie.«

»Die Zaren haben mit der ganzen Welt gehandelt«, meinte Ellen. »Könnte es denn nicht sein, daß qualitativ hochwertiger Bernstein, der nicht aus der Ostsee-Region kommt, in der Herstellung des ursprünglichen Bernsteinzimmers verarbeitet wurde?«

»Alles ist möglich.«

»Ist es auch wahrscheinlich?«

»Nicht wirklich. Die Bernsteinfunde in Mexiko und Puerto Rico stammen erst aus jüngster Zeit. Das Bernsteinzimmer hingegen stammt aus der alten preußischen Zeit, aus dem frühen achtzehnten Jahrhundert. Außerdem, warum sollte man eine Ware auf der anderen Seite der Welt einkaufen, wenn man sie für einen hervorragenden Preis auch zu Hause erhalten kann?«

»Und das beudeutet?«

»Die Ostsee-Bernsteinminen waren ein kaiserliches Monopol.«

»Du liebe Güte«, murmelte sie. »Was du damit sagen willst, ist, daß, ganz gleich, was für eine Farbe und für eine Reinheit der Bernstein auch hat, jedes einzelne Stück des Bernsteinzimmers aus den Palmnicken-Minen stammt.«

»Oder aus anderen Minen am Strand der Ostsee. Litauen und Kaliningrad besitzen die besten Minen, aber es sind nicht die einzigen.«

»Nun, das ist wohl das Ende meiner Theorie.« Sie runzelte die Stirn. »Was ...«

»Jetzt bin ich dran«, unterbrach er sie. »Hast du einen Beweis dafür, daß die Familie Donovan Teil von Kyles Plan ist?«

»Keinen Beweis, der vor Gericht Bestand hätte. Es ist unsere Hypothese. Hast du eine bessere?«

»Nein. Suchst du nach dem gesamten Bernsteinzimmer?«

»Wer sagt denn, daß wir überhaupt danach suchen?«

»Das ist das Problem eines Verhörs. Du kannst keine Fragen stellen, ohne Informationen zu verraten. *Sucht ihr nach dem gesamten Zimmer?*«

Schweigen. Dann zuckte Ellen mit den Schultern. »Immerhin können sie nicht behaupten, ich hätte sie deinetwegen nicht gewarnt. Im Moment ist alles, was uns interessiert, die Tafel, die Kyle gestohlen hat.«

»Ist etwa das ganze Zimmer in seinem Besitz?«

»Das wissen wir nicht.«

»Dann verrat mir doch wenigstens deine Vermutung.«

»Wir denken, daß er vielleicht der Handlanger eines anderen ist, der das ganze Zimmer verkaufen will. Auf jeden Fall besitzt er eine Tafel aus dem Zimmer als Visitenkarte, um den internationalen Markt in Aufregung zu versetzen.«

»Verdammte Hölle. Wer war die Leiche, die auf den San Juans angespült wurde, der mit den Zahnersatz aus der Dritten Welt?« wollte Jake wissen.

»Ein früherer KGB-Mann aus der ehemaligen Sowjetunion.«

»Und was hat er in letzter Zeit erledigt?«

»Menschen.«

»Jemand Besonderen, oder war er ein Gelegenheitskiller?«

»Er hat eine Weile für einen der Mafia-Bosse aus Moskau gearbeitet, dann hat er auf eigene Rechnung sein Glück versucht.«

»War er hinter Kyle her?«

»Keine Antwort.«

»Was weißt du über Marju?«

»Sie war die übliche treue Tochter eines geknechteten, heruntergekommenen, unterwanderten baltischen Landes. Die Verlierer können von Fehden, Kriegen und Blutvergießen berichten, die Jahrhunderte zurückgehen. Sie sind gute Hasser.«

Das wußte Jake bereits. Was er allerdings nicht wußte, war, ob Marjus Patriotismus noch darüber hinausging, lediglich eine obskure Sprache zu sprechen und sich der traditionellen litauischen Kunst zu widmen.

»Wie ernst war es ihr damit, Litauen zu befreien?« fragte er.

»Nach dem, war wir herausgefunden haben, hat ihr guter alter Großvater exzellente Arbeit geleistet, indem er seine Enkeltochter mit einer gehörigen Dosis Geschwafel über das Vaterland angesteckt hat. Sie hat die üblichen ›geheimen‹ Versammlungen besucht, die von litauischen Informanten pflichtschuldigst an die Russen verraten wurden.«

»Es gibt Versammlungen, und es gibt Verschwörungen. Zu welcher Sorte gehörten sie?«

»Mein Schatz, man hat in Litauen keine nützliche Verschwörung mehr abgehalten, seit der liebe Gott noch kurze Hosen trug. Es hat eine Menge Geschrei darüber gegeben, wie ihre armen Ur-Ur-Urgroßväter hereingelegt wurden, und auch die Geschichten über noch viel älteren Raub und Vergewaltigung wurden erneut aufgewärmt.«

»Sie würden besser daran tun, nach einer eigenen Währung zu verlangen, die nicht auf dem russischen Rubel basiert«, meinte Jake.

»Da fehlt aber der Sex-Appeal.«

»Und was ist mit ...«

»Um zu dem verschwundenen Bernstein zurückzukommen«, unterbrach Ellen ihn. »Hast du irgendwelche Gerüchte über das Bernsteinzimmer gehört?«

»Sicher.«

Wieder bemerkte Jake die Anspannung in ihr, als wäre ihre Aufmerksamkeit noch schärfer geworden.

»Erzähl mir, was du gehört hast«, forderte sie ihn auf.

»Du hast vielleicht den ganzen Tag Zeit, ich aber nicht.«

»Wenn ich Zeit habe, dann hast du sie auch.«

Impulsiv drohte seine Ungeduld ihn zu überwältigen. Doch dann rief er sich wieder ins Gedächtnis, um wieviel einfacher sein Leben sein würde, wenn weder Ellen noch jemand wie sie an ihm kleben würde wie eine Laus im Pelz.

»Einige Menschen sagen, daß das Bernsteinzimmer Sankt Petersburg niemals verlassen hat und erst verlorenging, als wir am Ende des Krieges mit unseren Bomben eine rauchende Ruine aus der Stadt gemacht haben. Die meisten Menschen sind allerdings davon überzeugt, daß die Nazis das Bernsteinzimmer mit Metallsägen und Stemmeisen im Jahr 1941 abgebaut haben, alles verpackt haben und es nach Kaliningrad geschickt haben.«

»Und?«

»Dann hat der Spaß erst richtig begonnen. Die Kisten, in denen das Bernsteinzimmer verpackt war, sind irgendwann im Jahr 1945 verschwunden. Niemand hat sie seither gesehen. Die Typen der Abwehr behaupten, daß das ganze Ding in Rauch aufgegangen ist, als wir die Stadt bis auf die Grundmauern zerbombt haben.«

Ellen verzog das Gesicht. »Und was sagen die restlichen Leute?«

»Du hast doch von Erich Koch gehört, er war ein früherer Nazi aus dem damaligen Ostpreußen?«

»Habe ich?«

»Er ist derjenige, der behauptet, das Bernsteinzimmer sei noch immer in Königsberg versteckt, das die Russen wieder Kaliningrad nennen. Er sollte es eigentlich wissen, denn er ist derjenige, der es damals vergraben hat.«

»Warum hat er es denn nicht wieder ausgegraben?«

»Er hat sein Leben im Gefängnis verbracht, nachdem die Nazis geschlagen worden waren. Eine Menge Leute haben ihn umworben und haben ihm Versprechen über eine Freilassung zugeflüstert, aber selbst auf seinem Sterbebett hat er niemandem verraten, wo er die Kisten versteckt hat.«

»Die nächste Theorie«, verlangte Ellen kalt.

»Da gibt es noch Dr. Alfred Rohde, der behauptet hat, daß er den Bernstein in einem Keller eingeschlossen hat. In derselben Stadt, die auch Koch genannt hat, doch an einer anderen Stelle. Natürlich war das, ehe die Alliierten die Stadt in Schutt und Asche gelegt haben und die Russen einmarschiert sind, alles eingeebnet haben und eine neue Stadt auf den Ruinen errichtet haben.«

Ellens Gesichtsausdruck veränderte sich nicht.

Jake sprach weiter. Der Ton seiner Stimme verriet ihr, daß er davon überzeugt war, alles sei nur Feenstaub, und daß er nicht länger an dieses glänzende Zeug glaubte.

»Einer der Männer, die heute noch nach dem Bernsteinzimmer suchen, glaubt, daß es in einer Brauerei in Kaliningrad versteckt ist«, stellte er abschließend fest.

»Und was glaubst du?«

»Ich glaube, daß es eine gute Art zu sterben ist, wenn man unter dem Schutt dieses alten Gebäudes zu graben versucht. Munition aus fünfzig Jahren Krieg und Revolution, überschwemmte Keller, einstürzende Wände und all diese Dinge. Gefährlich.«

Ellen machte ein Geräuch, das ihm verriet, daß sie zuhörte.

»Zusätzlich gibt es diese Theorie, daß alles nach Amerika verschifft wurde«, meinte er. »Irgend so ein großer, und bequemermaßen auch anonymer Sammler, hat Megamäuse bezahlt und das Zimmer in seinem modernen amerikanischen Schloß versteckt. Eine Abwandlung dieser Theorie ist es, daß das Zimmer nach Südamerika – Uruguay oder Argentinien – geschickt wurde, zusammen mit einem ausreisenden Nazi, als das Dritte Reich über Hitler zusammengebrochen ist. Habe ich schon von der Stasi gesprochen?«

»Nein.«

»Die darf man auch nicht auslassen. Das frühere ostdeutsche Ministerium für Staatssicherheit, bei seinen Freunden als Stasi bekannt, hat Jahre und Millionen dafür verschwendet, nach dem kaiserlichen Zimmer zu suchen. Natürlich ohne Glück.«

»Warum sagst du natürlich? Glaubst du denn nicht, daß das Bernsteinzimmer je gefunden werden wird?«

»Ich denke, es ist alles in Rauch aufgegangen, als die Alliierten das, was damals Königsberg war, dem Boden gleichgemacht haben. Bernstein brennt genausogut wie das, was es ist – Pech, die Grundlage der altertümlichen Fackeln. Großartiger Duft, eine Rauchwolke und ein schnelles Feuer.«

»Aber Boris Jelzin hat den Deutschen erzählt, daß das Bernsteinzimmer irgendwo in dem früheren Ostdeutschland versteckt ist«, widersprach Ellen.

»Jelzin hat auch gesagt, daß man auf einer korrupten, selbstzerstörerischen kommunistischen Grundlage einen freien Wirtschaftsmarkt aufbauen kann, dazu noch in nur einem Jahr. Ich bin sicher, er würde gern das Bernsteinhäschen aus seinem Zylinder ziehen, um die empörten Massen zu erfreuen und abzulenken. Aber ich wette, daß er schließlich mit leeren Händen dasteht.«

Wieder klopften Fingernägel gegen Leder. Der Wind frischte auf, und die Tannen bogen sich. Weiße Wolken wehten darüber hinweg. Die Wellen schlugen mit einem leisen Plätschern gegen die Klippen.

Jake sah auf seine Uhr. Es waren erst wenige Minuten vergangen. Ihm erschien die Zeit viel länger. Gewisse Menschen übten diesen Effekt auf ihn aus. Ellen war einer von ihnen. Es war nicht immer so gewesen, aber irgendwann wurde jeder einmal erwachsen – wenn man nur lange genug lebte.

»Du bist gar nicht hinter dem Bernsteinzimmer her«, sagte Ellen und musterte ihn aufmerksam.

»Wie du schon sagtest, ich glaube nicht länger an Feenstaub.«

»Wenn du etwas Nützliches gehört hättest, würdest du mich dann anrufen?«

»Ich habe deine Telefonnummer nicht.«

»Aber wir haben die deine. Ich werde in der Nähe sein.«

Jake versuchte erst gar nicht, glücklich auszusehen über diese Aussicht. »Mach dir keine Mühe.«

»Das ist keine Mühe.«

»Jesus«, seufzte er voller Verachtung. »Du glaubst also wirklich, daß Kyle ein Stück des Bernsteinzimmers besitzt.«

Sie zögerte, dann meinte sie: »Wir müssen so tun, als würden wir es glauben.«

»Aber warum?«

»Die Alternative wäre, mit nacktem Hintern über einer Kreissäge erwischt zu werden. Du hast zweiundsiebzig Stunden Zeit, ehe ich dich an Honor Donovan verrate. Meine Karte liegt neben deinem Telefon. Wenn du Glück hast oder schlau bist, dann ruf uns an. Wenn du hilfst, werden wir dir auch helfen. Sei klug, Jake.«

»Auf Wiedersehen«, sagte er und ging um sie herum.

»Ich meine es ernst.«

»Ich auch.«

Ehe sich die Tür hinter ihm schloß, hörte er, wie Ellen den Motor anließ. Während er das Telefon aufnahm, verschwand sie gerade hinter einer Kurve der unbefestigten Straße. Er brauchte die Nummer, die er anrufen wollte, nicht erst herauszusuchen. Als es am anderen Ende der Leitung läutete, nahm er Kyles Logbuch und blätterte darin.

»Emerging Resources, kann ich Ihnen helfen?« fragte eine angenehme Stimme.

»Das will ich doch hoffen, Fred. Ist meine Nummer zwei da?«

»Hi, Jake. Sie spricht gerade mit Kaliningrad.«

»Eine verdammt teuflische Zeit, um so etwas zu tun.«

»Offensichtlich hat unser Kontaktmann dort drüben den örtlichen Wodka probiert, lange über die üblichen Bürostunden hinaus. Er hat eben erst zurückgerufen. Oh, warte. Sie hat gerade aufgelegt. Ich verbinde dich.«

Jake zog konzentriert die Augen zusammen und blätterte weiter im Logbuch. Ein paar Sekunden später meldete sich Charlotte Fitzroy, die Vizepräsidentin von Emerging Resources und Jakes älteste Freundin.

»Hey, Präsident. Bist du irgendwie weitergekommen?« wollte Charlotte wissen.

»Ich arbeite noch daran. Hat die Regierung dich belästigt?«

»Wie ein Hautausschlag. Ich habe versucht, hilfreich zu sein ...«

Jake lachte und sah sich weiter das Logbuch an.

»... aber sie wollten mir nicht genau sagen, was sie überhaupt wollten«, sprach sie weiter. »Da konnte ich ihnen auch nicht helfen, nicht wahr?«

»Sie wollen das Bernsteinzimmer.«

»Das will doch jeder, der davon gehört hat.«

»Ja, und wie geht es sonst?«

»Meinst du das Geschäft im allgemeinen oder Kyle Donovan im besonderen?«

»Beides.«

»Alles geht ganz gut ohne dich, aber ich werde dir ein paar Verträge schicken, die du unterschreiben mußt. Und was Kyle betrifft, da gibt es keine Neuigkeiten. Ebenso keine Leichen mehr mit Zahnersatz aus der westlichen Welt, keine Morde mehr, die mit dem baltischen Bernsteinhandel zu tun haben.«

»Du sitzt da auf etwas«, meinte Jake.

»Auf meinem zarten kleinen Hintern.«

»Komm schon, Char. Erinnere dich gefälligst daran, wer die Rechnungen bezahlt.«

»Ich möchte lieber warten, bis ich etwas Solides zu erzählen habe.«

»Ich aber nicht.«

»Oh, also gut. Einer unserer Kontaktmänner aus Kaliningrad hat vorgeschlagen, daß wir einmal auf der anderen Seite der früheren Sowjetunion suchen sollten.«

»Wo?«

»Kamtschatka.«

Jake hielt mit dem Blättern in dem Logbuch inne. Die Kamtschatka-Halbinsel war nur einen Sprung von Alaska entfernt. »Warum?«

»Kyle hat eine Telefonnummer dort ein paarmal angerufen. Ein Urlaubscamp für Fischer, soweit wir wissen. Es wird von Russen geführt. Vlad Kirov ist der Eigentümer.«

»Sprich weiter.«

»Sonst gibt's nichts Besonderes. Sie kennen Kyle. Er und die anderen Donovans haben dort schon mehrmals mit Kirov zusammen gefischt. Ende der Geschichte.«

Jake widmete sich wieder dem Umblättern. »Haben wir jemanden in Kamtschatka?«

»Ed Burls, aber er spricht kein Russisch.«

»Sorge dafür, daß Ed ein Bild von Kyle bekommt. Er kann mit einem Übersetzer zusammenarbeiten.«

»Er ist Geologe, kein Privatdetektiv«

»Wenn wir nicht beweisen, daß Emerging Resources mit dem verschwundenen Bernstein nichts zu tun hat, dann hat Ed auch keinen Job mehr.«

»Ein guter Grund. Ich werde ihm das sagen, wenn er zu quengeln beginnt.«

»Und laß Zack in allen Krankenhäusern, in allen Notfallkliniken und ähnlichen Einrichtungen nachfragen.«

»Wo?«

»Von SeaTac bis Anacortes.«

»Ist Kyle denn in den Staaten?« fragte Charlotte verblüfft.

»Sein Paß ist es, wenn ich Ellen Lazarus glauben darf.«

»Die! Was hat die denn mit der ganzen Sache zu tun?«

»Sie sucht nach dem Bernsteinzimmer.«

»Oh. Herrjeh. Meine Güte.«

»Ja. Das Leben ist voller Wunder.«

»Ich habe dir stets gesagt, es wurde nicht zerstört! Du schuldest mir tausend Mäuse!«

»Ich sagte, sie sucht danach. Ich habe nicht behauptet, daß sie es gefunden hat.«

»Einzelheiten«, wehrte Charlotte ab.

»Tausend davon. Und zwar meine, nicht deine.«

»Trotzdem. Ist Ellen noch da?«

»Nein.«

»Was ist passiert?«

»Sie hat mir ein Bündnis angeboten.«

»Und?«

Jake blickte auf die Visitenkarte neben dem Telefon. »Ellen Lazarus, Beraterin.« Die Telefonnummer war eine der 800er Nummern. Keine Vorwahl verriet den Ort des Telefonanschlusses.

»Ich denke darüber nach«, sagte er. »So, wie ein Schweinskotelett darüber nachdenkt, sich mit einem hungrigen Wolf zu verbünden.«

Charlotte lachte. »Ich höre dich. Benutze sie, wenn du kannst, aber du solltest Gummihandschuhe tragen. Glaubst du, sie haben Kyle?«

»Sie würden mich nicht anbellen, wenn sie ihn hätten.«

»Glaubst du nicht, daß er es bis in die Staaten geschafft hat?«

»Das weiß ich nicht. Aber die Leute benehmen sich so, als wäre der Bernstein hierhergekommen, mit ihm oder auch ohne ihn. Und nicht nur Ellen scheint das zu glauben. Die Regierung nimmt an, daß Miss Donovan es so aussehen lassen möchte, als würde sie fischen gehen.«

»Und was glaubst du?«

»Onkel Sam hat wahrscheinlich recht. Die Cops beobachten Kyles Hütte.«

»Warum?«

»Weil sie das dürfen«, erklärte Jake sarkastisch. »Und weil sie Kyle ausfragen wollen über den Toten mit dem Zahnersatz aus der Dritten Welt, den sie am Strand gefunden haben.«

»Hast du eigentlich den Truck gefunden, den Kyle in Kaliningrad gestohlen hat?« fragte Charlotte.

»Noch nicht. Aber das ist auch nicht so wichtig. Wenn wir ihn finden, wird er sowieso leer sein.«

»Du bist voller Begeisterung, nicht wahr?«

»Kyle ist nicht doof. Er hätte sicher einen anderen Truck in der Nähe bereitgehalten, einen Truck, den man nicht mit dem gestohlenen Bernstein in Verbindung gebracht hätte.«

»Hätte er denn keine Hilfe gebraucht, wenn er den gestohlenen Bernstein in den anderen Truck laden wollte?«

»Bernstein ist sehr leicht«, erklärte Jake abwesend und untersuchte eine Seite des Logbuches.

»Du klingst, als seist du abgelenkt.«

»Bin ich auch. Ich lese gerade Kyles Logbuch.«

»Steht etwas Gutes darin?«

»Das Interessanteste ist das, was nicht hier steht.«

»Zum Beispiel?«

»Die Uhr, die automatisch mitläuft, wenn der Motor an ist, stimmt nicht mit den Stunden überein, die Kyle in das Logbuch eingetragen hat.«

»Und was heißt das?«

»Entweder hat er aufgehört, das Logbuch zu führen, ehe er zu seiner letzten Reise nach Kaliningrad aufgebrochen ist, oder er ist zurückgekommen und hat das Boot benutzt, ohne die Fahrt in das Logbuch einzutragen.«

»Dann lebt er also noch?« fragte Charlotte gespannt.

»Möglich ist alles. Ellen sagt, der Leichnam mit dem fehlenden Finger war ein russischer Killer. Sie arbeiten aber gewöhnlich zu zweit.«

»Wunderschön.«

»Ja.« Mit einem Knall schloß Jake das Logbuch. »Ich muß mich gleich mit Kyles Schwester treffen. Hast du sonst noch etwas für mich?«

»Mit seiner Schwester? Was ist los?«

»Ich bringe ihr bei, wie man fischt, auf Kyles Boot.«

Am anderen Ende der Leitung herrschte kurzes Schweigen, gefolgt von einem neutralen: »Wie praktisch.«

»Das ist genau das richtige Wort dafür. Wenn du irgendwelche Nachrichten auf meinem Anrufbeantworter hinterlassen möchtest, dann sei vorsichtig. Wahrscheinlich werde ich nicht der einzige sein, der sie hört.«

»Verstanden. Glaubst du, Miss Donovan weiß, wo der Bernstein ist?«

»Wenn sie es nicht weiß, dann weiß es ein anderer der Donovans. Sie ist allerdings die einzige Donovan in meiner Nähe.«

»Und du glaubst, der Bernstein ist auf den San Juans?«

»Damit rechne ich. Diese Ladung in meine Hände zu kriegen und meinen Namen reinzuwaschen ist die einzige Chance, daß Emerging Resources wieder in die Russische Föderation hereingelassen wird.«

»Wie ist denn die Schwester?«

Jake antwortete nicht.

»Oh, oh«, machte Charlotte. »Eine weibliche Ausgabe von Kyle?«

»Sehr weiblich.«

»Denk an Ellen.«

»Honor ist nicht Ellen.«

»Das sagst du mir? Ellen würde das Wort Ehre nicht einmal in einem Wörterbuch finden.«

Er lächelte ironisch. »Honor Donovan ist Kyles Schwester.«

Jake legte den Hörer auf, ehe Charlotte noch mehr unangenehme Fragen stellen konnte. Er wandte sich zu dem kleinen Fotokopiergerät und machte sich an die Arbeit.

Es dauerte nicht lange, das Logbuch zu fotokopieren. Kyle besaß das Boot erst fünfzehn Monate. Er hatte bei weitem nicht die Zeit an Bord verbracht, die dieses Boot verdiente. Die *Tomorrow* hatte den passenden Namen. Kyle hatte offensichtlich nicht viel Gelegenheit gehabt, damit zu spielen.

Laß es nicht zu, daß dieser charmante Schuft dir auch noch leid tut, sagte sich Jake. *Niemand hat ihm eine Pistole an den Kopf gesetzt und ihm gesagt, daß er klauen sollte, statt fischen zu gehen.*

Aber dennoch konnte Jake nicht anders. Er mußte an das strahlende Grinsen und das spontane Lachen des jüngeren Mannes denken, an die Stunden, die sie in dem elenden baltischen Regen zusammen verbracht hatten, mit Bier und Erzählungen davon, wie sie Lachs gefangen hatten, wenn das Meer kalt und das Fischen glühendheiß gewesen war.

Sobald Jake mit dem Kopieren des Logbuches fertig war, machte er sich mit einem Bleistift in der einen und einer Karte der San Juans in der anderen Hand an die Arbeit. Als der Alarm an seiner Armbanduhr sich meldete, war er sich einer Sache ziemlich sicher:

Kyles Logbuch war keinen verdammten Heller wert.

Denn trotz all der verlockenden Hinweise auf geheime Stunden, die er auf der *Tomorrow* verbracht hatte, verriet ihm das Logbuch nicht, wo Kyle im Augenblick war oder ob er den Bernstein bei sich hatte.

Je länger Jake darüber nachdachte, desto mehr war er gezwungen, die leidige Tatsache anzuerkennen, daß Honor sein einziger Weg zu dem Bernstein war. Um seine Unschuld zu beweisen, würde Jake sich ihrer genauso rücksichtslos bedienen, wie Kyle sich aller anderen bedient hatte.

Doch auch wenn Honor eine Donovan war, so gefiel es Jake trotzdem nicht, sie auf diese Art auszunutzen. Auf der anderen Seite: Wenn er es sich genau überlegte, hatten ihm eine Menge Dinge, die in den letzten Monaten geschehen waren, nicht gefallen.

4

»So hübsch wie auf einer Postkarte, nicht wahr?« fragte Jake.

Honor zuckte beim Klang seiner Stimme zusammen. Gequält starrte sie aus dem Seitenfenster der *Tomorrow*. Das blaugrüne Wasser der Rosario Meerenge sah wirklich aus wie auf einer Postkarte. Sie wünschte, es wäre eine. Seit sie das Dock hinter sich gelassen hatten, war sie sich überdeutlich bewußt, daß ihr fester Boden unter den Füßen fehlte. Sie leckte sich über ihre trockenen Lippen.

»Postkarten hüpfen einem aber nicht unter den Füßen hin und her«, sagte sie.

»Hüpfen? Es ist spiegelglattes Wasser.«

Wieder leckte sie sich über die Lippen und sagte nichts.

Jake war Honors wachsende Unruhe nicht entgangen. Er war sich der Ursache dafür ziemlich sicher: Sie fürchtete sich. Er war oft genug in schwierigen Situationen gewesen, um Angst zu erkennen, wenn er sie sah. Seine Arbeitgeberin hatte die Lippen zusammengepreßt, sie war blaß und zitterte wie eine Hochspannungsleitung.

Man brauchte eine sehr starke Motivation, um sich einer so tief sitzenden Furcht zu stellen. Er hätte zu gern gewußt, ob es die Liebe zu ihrem Bruder war, die sie auf das Wasser getrieben hatte, oder die Gier nach dem Feenstaub, auch Bernsteinzimmer genannt.

Während Jake die glatte Wasseroberfläche betrachtete, fragte er sich, was Honor wohl tun würde, wenn es schwierig würde. Er hoffte, sie würde dann nicht durchdrehen. Der Gedanke, sie schlagen zu müssen, damit sie sich wieder fing, gefiel ihm gar nicht. Statt die Seetüchtigkeit der *Tomorrow* gleich bei ihrer ersten Ausfahrt zu testen, wie er es geplant hatte, entschied er, daß sie lieber etwas tun sollte, was ruhig und einfach war, wie zum Beispiel Lachse fangen. Die örtlichen Gerüchte besagten, daß dieser Fisch in Secret Harbor sehr gut anbiß.

Normalerweise hätte der Gedanke, nach Lachs zu fischen, Jake fröhlich gestimmt, doch im Augenblick liefen die Dinge nicht gerade normal. Er entschied sich, in offeneres Wasser zu fahren, wo er herausfinden konnte, ob Kyles SeaSport sich so verhielt, wie sie es sollte.

Außerdem, wenn seine Arbeitgeberin schon hysterisch würde, dann sollten sie beide es jetzt gleich herausfinden, wo noch alles relativ friedlich war.

Jake änderte den Kurs um fünfundvierzig Grad und gab gleichzeitig Gas.

»Was tun Sie?« fragte Honor.

Sie wußte, daß ihre Stimme viel schärfer klang, als sie es beabsichtigt hatte, doch sie konnte nichts daran ändern. Sie fühlte sich so nervös wie Seegras im Wind. In einem kleinen Boot aufs Wasser hinauszufahren zerrte wesentlich mehr an ihrer Fassung, als sie es erwartet hatte. Sie war dreißig Jahre alt, aber jetzt spürte sie wieder die gleiche überwältigende Furcht, die sie als Kind gehabt hatte, und ihre Nerven lagen blank.

»Ich dachte ans Fischen«, begann er vorsichtig, »aber ...«

»Gut.«

Er war überrascht, weil er glaubte, einen Anflug von Begeisterung in ihrer Stimme zu hören. »Gut wie?«

»Ja. Ans Fischen zu denken ist noch viel besser, als es zu tun.«

Er schüttelte den Kopf. »Sie sollten sich wirklich um eine andere Einstellung bemühen.«

»Glauben Sie mir, das habe ich getan.«

»Ein beängstigender Gedanke.«

Sie antwortete ihm nicht. Ihre Hände umklammerten den Sitz, als erwartete sie, daß er unter ihr weggerissen würde.

Er murmelte etwas vor sich hin. Honor zu benutzen war eine Sache, sie zu quälen eine andere. Er stellte fest, daß er das nicht fertigbrachte. Das war auch einer der Gründe dafür gewesen, daß er Ellen ihren Spinnenspielchen überlassen hatte und niemals wieder zurückgekehrt war. Es hatte ihm nicht gefallen zu sehen, wie etwas Lebendiges im Spinnennetz zappelte.

Mit einem unterdrückten Fluch drehte Jake das Steuerrad hart herum und lenkte das Boot zum Dock zurück.

»Was tun Sie?« fragte Honor.

»Wir fahren zurück.«

»Aber warum denn? Stimmt etwas nicht?« Ihre Stimme klang genauso gepreßt, wie ihre schmalen Lippen aussahen.

»Ja.«

»Was denn?«

»Sie.«

»Wovon reden Sie überhaupt?« brachte sie zwischen zusammengebissenen Zähnen hervor. »Mit mir ist alles in Ordnung.«

»Und ich bin der Osterhase.«

»Das ist das falsche Märchen. Sie sind hier aufgetaucht mit der Geschichte des Mädchens mit der roten Mütze.«

Er lächelte ein wenig und schüttelte den Kopf. Selbst noch bleich vor Angst hatte sie ihren bissigen Spott nicht verloren. Und auch ihre spitze Zunge nicht.

»Wenden Sie das Boot«, befahl sie. »Wir gehen fischen.«

Er fuhr weiter auf das Dock zu, von dem sie jetzt nur noch etwa fünf Minuten entfernt waren. Sie warf ihm einen schrägen Blick von der Seite zu.

»Ich meine es ernst«, sagte Honor. »Wenden Sie das Boot.«

»Etwas Angst ist vielleicht ganz gesund«, meinte Jake ruhig. »Sie hält einen wachsam. Aber zu viel Angst ist überhaupt nicht gut. Es hält einen davon ab, das zu tun, was getan werden muß.«

»Wie zum Beispiel fischen«, gab sie zurück.

»Wie überleben.«

Honor sah ihm in die Augen. »Was weiß denn ein Mann wie Sie über Furcht und Überleben?«

»Mehr, als mir je lieb war.« Seine ausdruckslose Stimme warnte sie eigentlich davor, weitere Fragen zu stellen.

Doch sie zögerte nicht. »Was ist geschehen?«

Er musterte sie flüchtig. »Die übliche willkürliche Gewalt.«

»Oh. Sachen, wie man sie in den Sechs-Uhr-Nachrichten hört.«

»Schlägereien in der Kneipe kommen normalerweise nicht in die Nachrichten.«

»In der Kneipe, wie? Haben Sie ...«

»Nein«, unterbrach er sie.

»Woher wußten Sie, was ich fragen wollte?«

»Das wußte ich gar nicht.«

»Oh. Es geht mich also nichts an, ist es das?«

»Genau das ist es. Lassen Sie das Sitzkissen los, ehe Ihre Hände ganz taub werden.«

Sehr vorsichtig löste sie ihre Finger davon. Das Blut floß in ihre Hände, und sie nahmen wieder eine rosige Farbe an. Sie seufzte, dann schluckte sie und leckte sich nervös über die Lippen.

»Wieso haben Sie gemerkt, daß mir die Finger weh tun?« fragte sie.

»Das habe ich selbst schon einmal erlebt.«

Honor fürchtete sich davor, den Blick zu lange vom Wasser zu nehmen, deshalb schaute sie Jake nur kurz an. Er sah kein bißchen ängstlich aus. Seine linke Hand lag locker oben auf dem Steuerrad. Die rechte Hand war in der Nähe der Kontrollschalter und einem rätselhaften Ding, das er Trimmschalter nannte. Sein Körper war entspannt, er sah zuversichtlich aus und schien sich auf dem unberechenbaren Wasser zu Hause zu fühlen.

»Sie fürchten sich?« fragte sie. »Das können Sie mir nicht erzählen.«

»Bringen Sie mich nicht in Versuchung.«

»Ich wüßte nicht, wie ich das anstellen sollte.«

Er warf ihr einen ungläubigen Blick zu. Ohne Vorwarnung schob er den Gashebel ganz zurück.

Das Boot hörte auf, durch das Wasser zu rauschen. Honor stieß einen erschrockenen kleinen Schrei aus und hielt sich am Schott fest. Nach einem Moment hoben die Wellen des Kielwassers das Boot, und es rollte ein wenig. Wenn Jake das spürte, so schien es ihn nicht zu stören.

Doch Honor störte es.

»Was tun Sie?« fragte sie verzweifelt.

»Ich werde jetzt ein paar Grundregeln festlegen. Nummer eins. Sie sind verdammt attraktiv, und das wissen Sie auch. Wenn Sie also vorhaben, sich weiterhin die Lippen zu lecken und mich mit Seitenblicken zu bedecken, dann rate ich Ihnen, sich so etwas für einen Jungen aufzusparen, der sich daraus etwas macht.«

Ihre Augen wurden tellergroß. »Wovon reden Sie …«

»Regel Nummer zwei«, sprach er weiter. »Halten Sie sich an Regel Nummer eins. Verstanden, mein Schatz?«

»Das Problem existiert nur in Ihrem Kopf«, fuhr sie ihn an. »Wenn ich mir über die Lippen lecke, dann nur, weil ich nervös bin. Das gleiche gilt auch für die Seitenblicke. Verstanden, *mein Schatz?*«

Jake bewunderte ihre strahlenden, leicht zusammengezogenen Augen. Die Wut hatte ihre Wangen gerötet und ihnen die Blässe der Angst genommen. Er lächelte breit.

»So ist es schon besser«, sagte er.

Sie sah ihn mit offenem Mund an. »Hallo? Streiten wir beide hier über dieselbe Sache?«

»Wir streiten nicht, wir diskutieren.«

Honor bemerkte, daß ihr Mund noch immer offenstand. Schnell schloß sie ihn.

»Wir diskutieren?« fragte sie verblüfft.

»Richtig. Wir diskutieren darüber, wie wir es schaffen können, Ihnen die Angst vor dem Wasser zu nehmen. Ganz einfach. Wir geben Ihnen etwas anderes, worüber Sie nachdenken können.«

Eine schwindelerregende Mischung aus Wut, Lachen und Enttäuschung ergriff von Honor Besitz. Die beiden ersten Gefühle begriff sie, das dritte ignorierte sie.

»Bereit?« fragte er.

»Um Ihnen den Hals umzudrehen? Jederzeit.«

Er lachte amüsiert. »Es wird schon gehen, Honor Donovan.«

»Versprechen, Versprechen.«

Sie ließ zitternd den angehaltenen Atem entweichen, wollte sich über die Lippen lecken und zwang sich, es nicht zu tun.

»Okay?« fragte er.

Sie nickte und war überrascht, als sie feststellte, daß sie es auch wirklich so meinte. »Ihre Methoden sind grausam, aber wirkungsvoll.«

Sein Lächeln wurde breiter. »So bin ich nun mal. Ich besitze das Zartgefühl einer Neutronenbombe, aber mit mir macht es doppelt soviel Spaß.«

»Ich hatte nicht die Absicht, Sie zu beleidigen.«

»Daran bin ich gewöhnt. Charme hat noch nie zu meinen Tugenden gezählt. Das überlasse ich den Schwindlern der Welt.«

Wie zum Beispiel Kyle Donovan, dachte Jake grimmig. Samt seiner Familie. Die darfst du auch nicht vergessen. Sie sind die Menschen, die Befehle erteilen, die dir jede Tür vor der Nase zuschlagen lassen und verhindern, daß du die Wahrheit erfährst.

Und Honor war eine Donovan. Daran mußte er sich immer wieder erinnern.

Er gab Gas, wendete das Boot und fuhr schneller. Rasch erhöhte er das Tempo, so daß die SeaSport über das Wasser flog, aber in einer Geschwindigkeit, die nicht so viel Benzin verbrauchte. Er regulierte den Trimmschalter, genau wie er es mit dem Gashebel tat, vollkommen unbewußt. Diese Bewegungen waren ihm ebenso in Fleisch und Blut übergegangen wie das Atmen.

Das ließ ihm Zeit, sich umzusehen. Er entdeckte genau das, was er erwartet hatte, was er aber zu vermeiden gehofft hatte: Als die *Tomorrow* wieder hinaus in die Meerenge fuhr, wechselten drei andere Boote den Kurs und gaben Gas, um ihm zu folgen.

Zwei der Boote waren kurz nach dem Zeitpunkt aufgetaucht, als die *Tomorrow* das Dock verlassen hatte. Das dritte war ein neues Boot, ein großer Zodiac der Küstenwache in grellem Orange. Er befand sich auf einem Kurs, der der *Tomorrow* den Weg abschnitt. Als der Zodiac näher kam, winkte einer der vier Männer an Bord zur SeaSport, damit sie anhielt.

»Das war wohl das Ende unserer Bemühungen, beim Gezeitenwechsel zu fischen«, sagte Jake.

»Haben wir ihn verpaßt?«

»Noch nicht, aber das werden wir.«

»Warum denn?«

»Sehen Sie den orangefarbenen Zodiac?«

Da es nur ein orangefarbenes Boot auf dem Wasser gab, war es also nicht schwer zu entdecken.

»Das ist doch mehr ein Floß als ein wirkliches Boot«, meinte Honor kritisch.

»Es kann auch ohne anzudocken an Land gehen und kann auf dem Wasser alles einholen, was es verfolgt.«

Jake legte den Gashebel um, und das Boot hielt an, doch er machte es behutsam, um Honor nicht zu ängstigen.

»Stimmt etwas mit unserem Boot nicht?« fragte sie mißtrauisch.

»Das will ich nicht hoffen. Wir werden gleich eine ›stichprobenartige‹ Inspektion der Küstenwache über uns ergehen lassen müssen.«

Der grellfarbene Zodiac kam schnell näher, jetzt, wo die *Tomorrow* ohne Antrieb auf dem Wasser dümpelte.

»Untersuchen sie alle Boote?« wollte Honor wissen.

»Nein.«

»Die meisten Boote?«

»Nein.«

»Ein Viertel der Boote?«

»Nein.«

»Eines von zehn?«

»Ich bezweifle, daß sie eines von hundert anhalten.«

»Aber warum belästigen sie dann uns?«

»Ich nehme an, wir haben einfach Glück gehabt.«

Der zynische Ton seiner Stimme wurde von ihrem Lächeln beantwortet.

»Cops an Land und Cops zur See«, sagte Honor. »Himmel, was fühle ich mich beschützt.«

»Ja. Das gibt einem ein so warmes und matschiges Gefühl, nicht wahr?«

»Genau wie eine volle Windel.«

Jake lachte noch immer, als er die Papiere der *Tomorrow* aus der Schublade holte und anschließend zum Heck ging, um der Küstenwache die »Erlaubnis« zu geben, an Bord zu kommen.

Sie bemühten sich erst gar nicht darum zu fragen, wann die letzte Inspektion der Küstenwache stattgefunden hatte. Es schien, als wüßten sie genau, was Jake tat; den Papieren in der Schublade zufolge hatte Kyle die *Tomorrow* vor noch nicht einmal sechs Monaten freiwillig zur Inspektion gebracht. Sie war ohne Beanstandung durchgekommen. Normalerweise würde es weitere sechs Monate dauern bis zur nächsten Inspektion.

Der erste von zwei Männern der Küstenwache kletterte über die Schwimmleiter am Heck auf das Schiff.

»Guten Tag die Herren«, begrüßte Jake ihn. »Was kann ich für Sie tun?«

»Eine generelle Sicherheitsinspektion, Sir«, sagte der jüngere der beiden Männer.

»Dann haben wir ja noch Zeit genug, den Gezeitenwechsel zum Fischen zu nutzen«, meinte Jake. »Das Boot ist innerhalb der letzten sechs Monate untersucht worden. Es gab keine Beanstandungen. Ich habe den Bericht gleich hier. Und wenn Ihnen das nicht reicht, dann können Sie ja Ihren Stützpunkt anrufen und in Ihren eigenen Unterlagen nachsehen.«

Der junge Mann zögerte und lugte über seine Schulter zum Heck des Schiffes.

Jake tat es ihm nach. Er unterdrückte einen Fluch und versuchte erst gar nicht, den zweiten Mann mit dem Lächeln zu begrüßen, das die Leute immer nervös machte.

»Hallo, Bill«, sagte Jake. »Wen hast du denn so verärgert, daß man dich zur Inspektion eines Freizeitbootes abgestellt hat?«

Der Mann verhielt den Schritt. »Jake? Was tust du denn hier? Dieses Boot ist auf den Namen von Kyle Donovan registriert.«

»Ich bringe Honor Donovan bei, wie man es bedient.«

»Oh. Nun, äh, ich bin sicher, sie wird nichts dagegen haben, wenn wir uns einmal umsehen.«

Jake wandte sich um und sah zur Kabine. Honor stand in der offenen Tür.

»Was ist?« fragte er. »Haben Sie etwas dagegen?«

»Sollte ich?«

»Sie haben das Recht, Kapitän Conroy zu sagen, er soll so zügig wie möglich hier verschwinden.«

»Würden Sie mir das raten?«

Jake zuckte mit den Schultern. »Wenn wir jetzt eine Untersuchung über uns ergehen lassen, wird uns das davor bewahren, zu einer ungünstigeren Zeit angehalten zu werden.« Er warf Conroy einen Blick zu. »Stimmt das nicht, Kapitän?«

»Wenn ich dabei etwas zu sagen habe, dann stimmt das.«

Jake zog ein wenig die Augen zusammen. »Ich habe verstanden. Sie haben dir aber einen teuflischen Job gegeben.«

»Es gibt Schlimmeres.« Conroy winkte dem anderen Mann mit dem Kopf. »Sieh dir das Übliche an.«

»Jawohl, Sir!« Der jüngere Mann drehte sich zur Kabine um.

»Zeigen Sie ihm, daß das Gebläse in Ordnung ist«, forderte Jake Honor auf.

Sie ging vor dem jungen Mann her in die Kabine. Das Gebläse wurde angestellt. Dreißig Sekunden später stellte sie es wieder ab.

»Ist das ein Neuer?« fragte Jake und reichte Conroy die Papiere des Bootes.

»Irgend jemand muß die Neuen ja ausbilden.«

Während die beiden Männer, die in dem Zodiac geblieben waren, das Boot in der Nähe der *Tomorrow* hielten, sah Conroy sich die Papiere an. Niemand war überrascht darüber, daß alles in Ordnung war. Er reichte Jake die Papiere zurück.

»Was sucht er denn hier?« fragte Honor, die an der Tür der Kabine stand.

»Einhaltung der Vorschriften«, antwortete Jake.

»Und was sind das für Vorschriften?«

»Feuerlöscher, von der Küstenwache zugelassene Schwimmwesten für jeden an Bord, die richtigen bürokratischen Hinweise, daß es illegal ist, etwas anderes als Geräte zum Fischen in die Gewässer des Puget Sundes mitzunehmen und noch andere solcher Sachen.«

»Deshalb hat also Kyle diesen roten Aufkleber für den Abfall über seinem Herd kleben.«

»Vergessen Sie nicht den schwarzen Aufkleber über das Motoröl, der an der Unterseite der Motorhaube klebt.« Er wandte sich an Conroy. »Möchtest du nachsehen?«

»Ich werde warten. Jimmy hat noch keinen der neuen großen Volvos gesehen. Er wird begeistert sein.«

»Ich bin immer froh, wenn ich bei der Erziehung der jungen Leute behilflich sein kann«, erklärte ihm Honor mit unschuldigem Augenaufschlag.

Jake gluckste.

Conroy zog ein philosophisches Gesicht. Wie er schon erwähnt hatte, es gab noch schlimmere Jobs hier draußen.

Als es an der Zeit war, die Motorhaube zu öffnen, war es Honor, die die magischen mechanischen Erklärungen abgab, mit der offensichtlichen Begeisterung eines Professors, der über den Partizip Perfekt in den Sonetten von Shakespeare diskutiert. Mit besonderer Sorgfalt deutete sie auf den Ölmeßstab, den leckfreien Benzintank und den Flammenlöscher am Vergaser. Sie beschrieb die Ansaugöffnung, den Ausstoß, Filter, Zündung, Wasserkühlung und die Versorgung aller vierhundertvierundfünfzig Kubikinches, bis sogar Jimmys Augen glasig wurden.

Jake trat dazwischen, ehe sie damit beginnen konnte, den Motor auseinanderzunehmen, damit sie jedes bewegliche Element davon und auch einige der unbeweglichen untersuchen konnten.

»Nicht heute«, wehrte er ab. »Wenn Sie jetzt dieses Püppchen auseinandernehmen, dann werden wir nicht mehr zum Fischen kommen.«

Einen Augenblick lang hätte er schwören können, daß Honor enttäuscht aussah.

»Sind Sie sicher?« fragte sie den Mann von der Küstenwache. »Das ist wirklich eine ganz tolle Maschine.«

Conroy grinste. »Ich kenne ein paar Ingenieure, die Ihnen liebend gern ihre Maschinen zeigen würden.«

»Dampfmaschinen zählen nicht. Und auch keine atomgetriebenen. Ich bin eher der wahre, amerikanische Typ für den Verbrennungsmotor.«

Diesmal lachte Conroy laut auf. Dann winkte er Jimmy, mit ihm zurück auf den Zodiac zu gehen. Der junge Mann beeilte sich, ihm zu gehorchen.

»Danke für Ihre Gastfreundschaft, Miss Donovan«, verabschiedete sich Conroy. »Und ich schwöre Ihnen, ich werde nie wieder einen Motor so ansehen wie bisher.«

»Macht ihr jetzt noch andere Inspektionen?« wollte Jake wissen.

»Das weiß man nie.«

»Wenn ihr euch langweilen solltet«, meinte er und deutete über das Heck des Bootes. »Dort drüben sind noch zwei zivile Boote. Oder sind das etwa auch eure?«

»Soweit ich weiß nicht.«

»Werdet ihr die ebenfalls untersuchen?«

»Heute nicht.«

»Morgen?«

Conroy preßte die Lippen zusammen. Es war deutlich, daß er mit der ihm zugeteilten Aufgabe nicht recht glücklich war. »Wann bist du in die Stadt zurückgekommen?« lenkte er ab.

»Das ist noch gar nicht so lange her. Hast du heute abend frei?«

»Ja.«

»Dann lade ich dich zu einem Bier ein.«

Conroy entspannte sich. »Gern. Wie wäre es mit der Salty Log? Um achtzehnhundert Uhr.«

Jake warf einen Blick auf seine Uhr. Es war schon beinahe fünf, oder siebzehnhundert, für die militärischen Typen. Er hatte nicht mehr viel Zeit, die SeaSport zu testen, ehe er zum Dock zurück mußte. Aber er beklagte sich nicht. Herauszufinden, ob derjenige, der die Küstenwache unter Druck setzte, aus der Gegend hier kam oder ob es jemand aus dem Bezirk war, vom Land oder sogar international, war viel wichtiger, als alles, was Jake auf dem Wasser unternehmen konnte.

»Ich werde kommen«, sagte er. »Bring doch Janet mit, wenn du möchtest.«

»Diesmal nicht«, wehrte Conroy leise ab. »Ich will nicht, daß sie auch nur in die Nähe dieses ganzen Durcheinanders kommt.«

Das waren keine guten Nachrichten, trotzdem lächelte Jake. »Richtig. Dann sehen wir uns um achtzehnhundert Uhr.«

Neidisch sah Honor zu, wie Conroy mit der Anmut eines Tänzers auf die Haube der Motorabdeckung trat, von dort aus auf die Schwimmleiter und dann in den Zodiac.

»Wie macht er das nur, wenn das Wasser bewegt ist?« fragte sie Jake.

»Sehr vorsichtig.«

Er wandte sich um und ging in die Kabine zurück. Sie blieb noch einen Moment am Heck stehen und betrachtete den offenen Zodiac mit einer Mischung aus Entsetzen und Faszination. Die vier Männer hatten keine Kabine, in die sie sich zurückziehen konnten, wenn der Wind die Gischt in das Boot peitschte, sie hatten keinen Schutz, wenn aus den schwarzen Wolken eisiger Regen fiel.

Sie fragte sich, ob es auf dem Boden der Zodiac wohl zusätzlich nach Fisch roch. Mit einem Schaudern drehte sie sich um und tauchte in die Kabine, die Tür schloß sie hinter sich. Verglichen mit dem kleinen Boot der Küstenwache schien ihr die SeaSport ihres Bruders wie eine Zufluchtsstätte an Bequemlichkeit und Sicherheit.

Jake saß bereits hinter dem Steuer und beobachtete das Wasser und die Boote um sie herum. Der Sitz war breit genug für zwei, sogar für drei, wenn es Kinder waren.

»Seit wann trägt die Küstenwache eine orangefarbene Uniform?« fragte Honor.

»Das ist die Überlebensausrüstung.«

»Erwarten sie etwa unterzugehen?«

»Vorschrift. Offene Boote und kaltes Wasser erfordern Überlebensausrüstung.«

»Grelles Orange für den Leichenbeschauer. Wundervoll.«

»Sie tragen Trockenanzüge. Damit können sie tagelang im Wasser schwimmen und trotzdem am Leben bleiben.«

»Da wir gerade von Windeln sprechen ...«

Grienend legte Jake den Gashebel um. Der Motor brummte fröhlich, als mehr Benzin durch die Leitungen floß und tief unten im Motor zu brennen begann. Die kontrollierte Explosion, auch interne Verbrennung genannt, ging wie ein Schlag durch die Maschine, der Propeller drehte sich und trieb die SeaSport über das kalte blaue Wasser.

Honor schloß die Augen und lauschte dem tiefen, musikalischen Brummen des starken, gut eingestellten Motors. Auch wenn sie mit großer Geschwindigkeit über das Wasser glitten, so verriet ihr das Geräusch des Motors, daß seine Kraft noch nicht ausgeschöpft war. Momentan liefen nur zwei der vier Töpfe des Vergasers. Die anderen beiden waren Reserve, sie warteten darauf, daß sie zum Leben erweckt wurden.

»Ich wette, es hört sich wundervoll an, wenn die anderen beiden Triebwerke auch noch laufen«, sagte sie.

Jake beobachtete ihr wissendes Lächeln und verbot sich, daran zu denken, wie befriedigend es wäre, wenn sie im Bett so reagierte. Er sagte sich, daß es dumm war, überhaupt an so etwas zu denken. Dies hier war Geschäft, schlicht und einfach.

Aber wie sehr er auch versuchte, seine Gedanken unter Kontrolle zu bringen, so erstanden doch vor seinem inneren Auge Bilder, Bilder, bei denen seine Hose mit jedem Herzschlag unangenehm eng wurde.

»Hören Sie gut zu«, meinte Jake und gab noch mehr Gas. »Hier kommen Nummer drei und vier.«

Das Boot schoß davon. Der Klang des Motors veränderte sich, er wurde sowohl tiefer als auch lauter. Wie purer Alkohol floß er durch Honors Blut. Ihr Lächeln wurde breiter, und dann lachte sie amüsiert auf.

»Herrlich«, sagte sie. »Du solltest Trübsal blasen, Beethoven.«

Auch Jake lächelte, ganz besonders, als er über seine Schulter zurückblickte. Die drei Boote, die ihnen folgten, hatten Schwierigkeiten mitzuhalten. Er richtete seine Augen wieder nach vorn, suchte das Wasser ab nach schwimmenden Baumstämmen, Seetang oder anderen Dingen, die ihnen Schwierigkeiten machen konnten. Doch nichts anderes als sauberes, glattes Wasser war zu sehen.

»Dann können wir genausogut ausprobieren, was das Püppchen alles kann«, meinte er.

Besser jetzt als später, wenn vielleicht ein Menschenleben davon abhing. Aber das sprach er natürlich nicht aus. Ihm gefiel die Art, wie Honor lächelte, viel zu sehr, um daran zu denken, daß sie vor viel mehr Dingen Angst haben mußte als nur vor kaltem blauen Wasser und dem Geruch von Fisch.

Und dann dachte er daran, daß sie vielleicht, und nur vielleicht, viel zu unschuldig war, um zu begreifen, in welcher Gefahr sie sich befand.

Aber sofort versuchte er sich einzureden, daß das lächerlich war, natürlich wußte sie Bescheid. Er mußte allerdings daran denken, daß sie nicht einmal bemerkt hatte, daß Kyles Hütte beobachtet wurde. Und doch war sie wohl kaum dumm oder unaufmerksam.

Dann blieb also nur unschuldig.

Ganz sicher hatte sie so geklungen, als sie mit Archer telefoniert hatte. Ihr älterer Bruder hatte ihr genauso die Tür vor der Nase zugeschlagen, wie er es bei Jake getan hatte.

Verärgert sagte sich Jake, daß er ein Dummkopf war, wenn er auch nur im Traum daran dachte, daß Honor so ehrlich war wie ihre klaren bernsteingrünen Augen. Es hatte nichts zu bedeuten, ob sie nur ehrlich war oder ein Schuft, Honor war für ihn die Eintrittskarte in die geschlossene Welt von Donovan International. Er brauchte dieses Mittel zum Zweck weder zu lieben oder zu respektieren, noch abzulehnen. Er mußte ganz einfach die Zähne zusammenbeißen und es benutzen.

Die *Tomorrow* flog über das glatte kalte Wasser des Puget Sundes. Das immer breiter werdende V-förmige weiße Kielwasser breitete sich hinter dem Heck aus wie eine fächerförmige Spur. Eines der sie verfolgenden Boote fiel zurück. Das andere blieb dran. Genau wie der Zodiac.

Jake gab weiter Gas. Mit einem kehligen Dröhnen erreichte die SeaSport vierzig Knoten.

»Ich wußte doch, daß es einen Grund dafür gibt, daß Kyle mein Lieblingsbruder ist«, gluckste Honor, als sie das Dröhnen des Motors hörte.

Jake musterte sie. Sie lächelte verträumt, mit geschlossenen Augen. Jegliche Furcht, die sie vor kleinen Booten und dem großen Wasser empfunden hatte, war nicht so groß wie ihr Vergnügen beim Klang des kraftvollen, perfekt funktionierenden Motors, der das tat, wozu er gebaut worden war. Er konnte nicht anders, als sie anzulächeln.

Während er die Umdrehungen bei viertausend hielt, achtete er gleichzeitig auf das Wasser vor sich und auf die Kontrollanzeigen des Armaturenbrettes. Doch außer der Geschwindigkeit des Bootes, das über die sachten Wellen flog, die von der Gezeitenwende verursacht wurden, änderte sich nichts.

Er drückte den Gashebel weiter nach vorn. Die SeaSport konnte noch schneller fahren. Viel schneller. Die Bewegungen des Bootes wurden weniger kontrollierbar, weil ein immer kleinerer Teil des Rumpfes auf dem Wasser auflag. Er hielt es mit fester Hand unter Kontrolle, während er herauszufinden versuchte, wie es geschaffen war, was es noch in Reserve hatte und wo es versagen würde.

Die Anzeigen blieben im Normalbereich. Die *Tomorrow* schnitt glatt durch das Wasser. Es gab keine Gischtfontänen zu beiden Seiten des Bootes. Jake war ein zu erfahrener Lenker, und der Schiffskörper war viel zu gut konstruiert, um bei ruhigem Wasser nicht die gewünschte Leistung zu erbringen.

Zwanzig Minuten später beendete Jake die Fahrt mit einem großen Bogen um eine der Inseln, zufrieden, daß der Motor keine verborgene Schwäche gezeigt hatte. Während er die Umdrehungen des Motors auf dreitausendvierhundert drosselte, schaute er über seine Schulter zurück, um zu sehen, wer noch hinter ihm war.

Die Küstenwache war zurückgefallen, nicht mehr als ein orangefarbener Fleck erkennbar. Jake wußte allerdings, daß es eher die Entscheidung Conroys war und nicht eine Frage der Motorleistung; der große Motor des Zodiac hätte leicht mit der SeaSport mithalten können. Eines der anderen Boote, die ihnen gefolgt waren, war nicht mehr zu sehen. Das andere hing ein gewaltiges Stück zurück und bemühte sich mitzuhalten. Es hüpfte hart über die Wellen und knallte dann auf die Wasseroberfläche zurück. Dabei spritzte die Gischt hoch in die Luft.

Jake fragte sich, ob der Fahrer des Bootes wohl einen Nierenschutz trug. Er brauchte bestimmt einen.

»Nun?« fragte Honor.

»Hübsches Boot.«

»Mmm. Langsam beginne ich zu begreifen, was am Fischen so verlockend ist.«

»Am Fischen? Aber nur in Ihren Träumen. Bei dieser Geschwindigkeit könnte man höchstens fliegende Fische fangen.«

»Es wird besser und besser.«

»Mögen Sie Fisch?«

»Lecker!«

»Frischen Fisch?« fragte er.

»Anderer ist es doch nicht wert, gegessen zu werden.«

»Ich werde einen Fischersmann – äh, ein Fischergeschöpf – aus Ihnen machen.«

»Das wird nicht nötig sein. Ich habe bereits den örtlichen Fischhändler bestochen. Er sorgt dafür, daß mein Fisch immer frisch ist.«

»Aber nichts ist so gut wie frischer Fisch, den man selbst gefangen hat.«

Honor warf Jake einen Blick zu, als würde sie ihm keine Wort glauben. »Ich würde lieber lernen, wie man ein solches Boot fährt.«

Sein Lächeln hätte Rotkäppchen dazu bewogen, so schnell wie möglich davonzulaufen. »Okay. Das erste, was Sie wissen müssen, ist, daß der Eigentümer des Bootes immer das Benzin kauft.«

»Sollte mir das Sorgen machen?«

Er musterte die Benzinanzeige des halbleeren Tankes. »Das wird es sicher noch. Bis dahin hören Sie gut zu. Unter guten Wetterbedingungen ist die vernünftigste Geschwindigkeit, bei der man am meisten Benzin spart, für dieses Boot ungefähr dreitausendvierhundert Umdrehungen. Bei diesem Tempo spricht das Boot am besten an. Es gibt ein direktes Verhältnis zwischen Geschwindigkeit, Trimmung und ...«

Jake fuhr langsam zum Dock zurück, die ganze Zeit über redete er. Er sprach noch immer, auch nachdem Honors Augen schon glasig schimmerten. Er überschüttete sie mit Fakten und Zahlen und nautischen Ausdrücken. Mit jedem Wort zeigte er ihr, wieviel er über die SeaSport wußte – und wie wenig Ahnung sie hatte.

Es war eine lausige Art, ihr beizubringen, wie man ein solches Boot beherrschte. Aber es war eine großartige Art, wie man einer störrischen Frau der Donovans zeigen konnte, wie sehr sie einen J. Jacob Mallory brauchte, um ihr bei dem zu helfen, was sie wirklich wollte – ein Vermögen an gestohlenem Bernstein zu finden.

5

Das Salty Log war ein alter Treffpunkt für die Holzfäller, die Fischer und Krabbenfänger von Anacortes. Das Glück des Lokals war gesunken – zusammen mit dem örtlichen Fischbestand, der Entdeckung der gefleckten Eule und dem Aufstieg des Fischfanges der Ureinwohner Amerikas, die nach Stammesritualen fischten und sich nicht um staatliche und örtliche Gesetze kümmerten. Das Salty Log, das nie ein hochrangiges

Lokal gewesen war, konnte man am besten umschreiben, indem man behauptete, es habe ›Atmosphäre‹.

Als Jake diese Atmosphäre betrat, bestand sie aus kaltem Rauch und alten Klagen über Fischereibürokraten, die von nichts eine Ahnung hatten, von Städtern, die die Bäume schützen wollten, und von gierigen Ureinwohnern. Die Klagen waren so alt wie die Wirklichkeit der abnehmenden Naturschätze und viel einfacher zu begreifen. Jake hatte jedes der Argumente bereits gehört, er hatte eine Zeitlang an einige davon geglaubt, und jetzt betrachtete er alle mit saurer Miene.

Conroy wartete an einem kleinen Tisch in einer entlegenen Ecke des Raumes, weit weg von dem belebten Weg zur Toilette. Außerhalb seiner Arbeitszeit trug er graue Arbeitshosen und dazu ein Flanellhemd, dessen Farben genauso gedeckt waren wie der Raum selbst. Er sah müde und irritiert aus. Das Bier, das vor ihm stand, hatte er noch nicht angerührt.

Jake holte sich an der Bar ein Bier und ging damit zu Conroy hinüber. Niemand nahm Notiz von ihm, außer ein paar flüchtigen Blicken von Stammgästen, die sie den Leuten zuwarfen, die aus dieser Gegend zu stammen schienen, die aber nicht zu der trinkfesten Bruderschaft des Salty Log gehörten.

»Ich habe dir doch versprochen, daß ich dich einlade«, sagte Jake, als er sich zu Conroy gesellte.

Keiner der beiden saß mit dem Rücken zum Raum. Die Bar war zwar alt, doch hieß das nicht, daß dort nichts los war. Prügeleien waren an der Tagesordnung. Sie waren brutal und wurden von den örtlichen Gesetzeshütern ignoriert, solange dabei keine Schußwaffen oder Fischmesser eingesetzt wurden.

Conroy hob sein Bier in einem ironischen Salut. »n'Abend, Kumpel. Ich kaufe mir mein eigenes Bier, danke. So, wie ich das sehe, bist du weit vom Ufer weg, in einem lecken Schiff, und überall wird vor kleinen Booten gewarnt.«

»Es könnte schlimmer sein.«

»Wieso?«

»Bis jetzt wird nur gewarnt.«

»Was zum Teufel hast du getan?« fragte Conroy geradeheraus.

»Nichts.«

»Unsinn. Man hat mir gesagt, ich soll die *Tomorrow* nicht aus den Augen lassen.«

»Mir gehört das Boot nicht, das weißt du doch.«

»Dann bleib weg davon.«

»Ist das offiziell?« wollte Jake wissen.

»Nein. Es ist eine Erinnerung an die Zeit, in der wir zusammen gefischt und Bars auseinandergenommen haben.«

»Dann ist unsere Unterhaltung also nicht offiziell?«

»Dafür gebe ich dir mein Wort.«

Jake nickte und setzte sich bequemer hin, dann nahm er einen Schluck von seinem Bier. In Hintergrund stritten sich vom Rauchen rauh gewordene Stimmen darüber, was idiotischer war, Baumschützer in Penthäusern oder Schwachköpfe, die glaubten, ein Mann könne eine Fischereisaison überleben, die nur alle drei Monate für einige Stunden das Fischen erlaubte.

»Haben deine Vorgesetzten Kyle Donovan erwähnt?« fragte Jake mit einer Stimme, die zu leise war, um von den anderen Barbesuchern gehört zu werden.

»Nur als den Besitzer der *Tomorrow*.«

»Haben sie dir gesagt, wonach du suchen solltest, als du zu uns an Bord gekommen bist?«

»Nichts Besonderes. Deshalb nehme ich an, daß Donovan Zigaretten nach Kanada oder Chinesen in die USA schmuggelt oder Drogen in beide Richtungen oder eine Mischung aus allem. Oder noch eine Steigerung. Es gibt eine Menge unaufgeklärter Mordfälle in Anacortes, besonders für eine Stadt dieser Größe.«

»Mord? Ist es das, was die örtliche Zeitung mittlerweile behauptet?«

»Ein Toter, der mit dem Gesicht nach unten im Wasser schwimmt und dessen Genick man durch einen Schlag mit dem

Ellbogen oder einen Karateschlag gebrochen hat, ein vermißter Kyle Donovan, den man nirgendwo finden kann, ein teurer Haufen russischen Bernsteins, der verschwunden ist, die russische Regierung, die ihren neuen Verbündeten USA um Hilfe bittet, um den Bernstein zu finden. Der Rest ist der typische Unterhaltungsunsinn, um Anzeigen zu verkaufen – Andeutungen über den Jungen aus dem Ort; Kyle Donovan, der ein Mordopfer sein könnte oder ein Mörder oder beides; Gerüchte über einen unermeßlichen Reichtum, den man sich holen kann; eine kurze Erwähnung über einen Mord im Paradies und Geschrei darüber, wie skandalös das alles ist.«

Jake lächelte über Conroys offensichtliche Empörung. »Du bist noch zynischer als früher.«

»Ich bin verantwortlich für Such- und Rettungseinsätze, die ich nicht mehr wiedererkenne, wenn ich am nächsten Tag darüber in der Zeitung lese. Das weckt in mir Mißtrauen über die anderen sogenannten *Tatsachen* hinter den Schlagzeilen.«

»Ich habe schon immer gewußt, daß du ganz besonders schlau bist. Wenn du es müde bist, in der Küstenwache zu arbeiten, dann kannst du für mich arbeiten.« Jakes Lächeln verschwand. »Wenn ich dann noch immer eine Firma habe.«

»Bleib von der *Tomorrow* weg. Was auch immer Kyle Donovan getan hat, es wird nicht so einfach verschwinden. Er hat für die größten örtlichen Schlagzeilen gesorgt, seit die Holzfabrik geschlossen hat.«

»Ich würde dieses Durcheinander gerne vergessen, aber das kann ich nicht.«

»Dann mußt du es mit aller Macht versuchen.«

Jake nahm einen Schluck von seinem Bier und entschied, daß das Risiko, Conroy die volle Wahrheit zu erzählen, es wert war, einen Verbündeten zu gewinnen.

»Der Bernstein, den Kyle gestohlen hat, kam aus einer Mine der Regierung in der früheren Sowjetunion. Emerging Resources hat den Handel vermittelt. Der Bernstein sollte aus der Obhut von Emerging Resources an den Käufer weitergeleitet werden, an Donovan International. Die USA – und offensichtlich auch die russische Regierung – glauben, daß ein Stück gestohlener Kunst bei dieser Ladung war. Die Russen wollen es zurückhaben.«

»Und warum machen sie dir Schwierigkeiten?«

»Entweder hat Kyle es gestohlen oder ich«, erklärte Jake mit ausdrucksloser Stimme. »Donovan International behauptet, ich sei es gewesen. Alles, was ich darüber weiß, ist, daß ich die Ladung an Kyle Donovan übergeben habe. Das war das letzte Mal, daß ich ihn gesehen habe. Donovan International behauptet, der Transfer sei nie erfolgt.«

Conroy runzelte die Augenbrauen.

»Die Donovans haben bei der Regierung mehr Einfluß als ich«, erklärte Jake. »Meine Gesellschaft wird jetzt des Diebstahls des Rohbernsteins beschuldigt, zusätzlich dem, was sonst noch irgendwo auf dem Transport zu der Ladung reingeschmuggelt wurde. Wenn ich meine Unschuld nicht beweise, wird Emerging Resources untergehen und ich auch.«

Conroy pfiff leise durch die Zähne.

»Die Donovans schlagen mir überall auf der Welt die Tür vor der Nase zu«, knurrte Jake. »Ich bin schon aus den baltischen Staaten und aus Rußland rausgeworfen worden, weil ich zu viele Fragen gestellt habe. Ich will Kyle Donovans verdammten Hintern kriegen.«

»Du glaubst also, daß er noch lebt?«

»Dessen war ich mir ziemlich sicher. Jetzt würde ich nicht mehr darauf wetten. Aber ehrlich gesagt hoffe ich, daß er noch lebt. Ich würde mich wirklich gerne einmal mit diesem Jungen unterhalten.«

»Da bist du nicht der einzige.«

»Sag bloß nicht, daß er auch die Gesetze der Küstenwache verletzt hat«, meinte Jake sarkastisch.

Conroy zögerte, doch dann schien er sich entschieden zu haben. »Ich wünschte, es wäre so einfach. Die ganze Sache stinkt nach Politik, nach internationaler Politik, wo niemand gewinnt und jeder verliert.«

Jake verzog das Gesicht und trank noch einen Schluck Bier. »Ich höre.«

»Bist du sicher, daß du nicht mehr aus der Sache herauskommst?«

»Ich habe keine andere Wahl.«

»Mist.«

Conroy nippte an seinem Bier, zog eine Zigarette aus der Schachtel und steckte sie mit einem uralten Zippo-Feuerzeug an.

»Ich dachte, du hättest aufgehört zu rauchen«, meinte Jake.

»Viermal, und ich geb' nicht auf.«

»Versuch wenigstens, die leichten Zigaretten zu vermeiden. Nach allem, was ich gehört habe, haben sie mehr Nikotin als die anderen. Die Sorten, die angeblich an dein Gesundheitsbewußtsein appellieren sollen, machen dich süchtig. Daran besteht kein Zweifel.«

Conroy blickte voller Verachtung auf die Zigarette. »Das ergibt einen gewissen Sinn.« Er zog noch einmal daran und blies dann den Rauch zur Decke. »Wenn meine Vorgesetzten von unserer Unterhaltung heute abend Wind bekommen, dann werde ich den Job brauchen, von dem du gesprochen hast.«

»Seit wann ist es denn ein Verbrechen, mit einem alten Freund ein Bier zu trinken?«

»Seit ich anhand der Registrierungsnummern die Eigentümer der Boote herausgefunden habe, die dir heute gefolgt sind.«

Im schwachen Licht der Bar glitzerten Jakes Pupillen wie Kristalle. »Du brauchst kein weiteres Wort mehr zu sagen.«

»Ich wollte nur versuchen, die Chancen ein wenig auszugleichen. Wann immer namenlose Männer in Anzügen den Männern in Uniform Befehle zu geben beginnen, werde ich wirklich nervös.«

»Politik.«

Mit einem Brummen schnipste Conroy die Asche seiner Zigarette in den schmutzigen Aschenbecher neben seinem Bier. »Irgend so ein Typ aus Washington – ich meine aus Washington D. C., nicht aus dem Staat Washington – saß irgendwo an einem Funkgerät und wartete darauf, daß ich ihm jedesmal Bescheid sage, wenn du deinen Kurs geändert hast.«

Ohne seinen Gesprächspartner aus den Augen zu lassen, griff Jake nach seinem Bier. Der Ausdruck der Empörung auf seinem Gesicht konnte genausogut von dem lauwarmen Bier kommen, doch das war nicht so. Er dachte an Feenstaub und an das sagenhafte Bernsteinzimmer.

»Du siehst gar nicht überrascht aus«, konstatierte Conroy.

»Ich sehe nicht anders aus, als ich mich fühle – ich habe die Schnauze voll und bin gleichzeitig auch interessiert. Hat der Anzug dir verraten, für welche Abteilung der Regierung er arbeitet?«

»Nein. Er hat mir weder seinen Namen noch seinen Rang, seine Nummer oder sonst etwas genannt, bis auf den Codenamen für seinen Einsatz, und den brauchst du nicht zu wissen. Er könnte genausogut vom Militär kommen. Der zwanzig Fuß lange Bayliner, der dir gefolgt ist – der mit dem blauen Segeltuch –, gehört einem Kapitän der Navy, der in Whidbey stationiert ist.«

»Hat er das Boot gefahren?«

»Das weiß ich nicht. Der Junge, der das Boot gesteuert hat, sah viel zu jung aus, um schon Kapitän zu sein.«

»Vielleicht werden wir langsam zu alt.«

Conroy stieß den Rauch seiner Zigarette aus. »Ein teuflischer Gedanke.«

»Oder er hat das Boot an die Anzug-Brigade ausgeliehen«, überlegte Jake laut. »Zusammen mit einem Fahrer der Navy.«

Abrupt drückte Conroy seine Zigarette aus, als sei er ungeduldig mit sich selbst, weil er von diesen Dingern abhängig war.

»Das zweite Boot, der zerbeulte kleine Bayliner, der von einem Amateur gefahren wurde, ist ein örtliches Leihboot. Ich habe den Namen des Mannes, der es ausgeliehen hat, nicht erfahren können, aber ich werde ihn noch rauskriegen.«

»Du solltest dich nicht zu weit aus dem Fenster lehnen. Morgen werde ich dafür sorgen, daß ich nahe genug herankomme, um mir meine Konkurrenz einmal genauer anzusehen. Vielleicht erkenne ich ihn ja.«

»Ein Junge aus der Gegend hier, wie?«

»Das hoffe ich, doch würde ich nicht darauf wetten.«

Conroy murmelte etwas vor sich hin, dann starrte er auf die ausgedrückte Zigarette, mit einer Mischung aus Verärgerung und Bedauern.

»Wenn du den Bayliner, der nicht der Navy gehört, untersuchen mußt«, fügte Jake leise hinzu, »dann solltest du nichts als gegeben hinnehmen. Die Leiche mit dem Zahnersatz aus der Dritten Welt war ein russischer Killer. Und wo einer von ihnen ist, ist auch meistens noch ein zweiter.«

»Nette Leute, mit denen du dich umgibst.«

»Es ist eine tapfere neue Welt dort drüben. Du arbeitest nur mit den Überlebenskünstlern. Die anderen Leute haben nichts mehr zu kaufen oder zu verkaufen.«

Conroy schüttelte den Kopf. »Ich kann es kaum erwarten herauszufinden, wer das dritte Boot gefahren hat.«

Jake setzte sich gerade. »Welches dritte Boot?«

»Die Olympic mit dem großen schwarzen Tauchnetz neben dem Radar und dem Namen *Tidal Wave* an der Seite. Es hätte auch nur ein Fischer sein können, der herausfinden wollte, wer sonst noch hinter dem Lachs her war. Doch er hat dich mit seinem Fernrohr gründlich gemustert. Er hat sich auch die beiden Bayliner genau angesehen.«

»Auf wen war das Boot zugelassen?«

»Ich glaube, das wird dir nicht gefallen.«

»Versuch es.«

»Auf einen der russischen Immigranten, der sich hier vor zwei Jahren niedergelassen hat. Vasily Baskov. Ich habe Vasi schon vorher unter die Lupe genommen. Ich weiß also, wie er aussieht. Aber er hat die Olympic nicht gefahren.«

»Du hast recht, das gefällt mir nicht.«

Conroy nahm die halb aufgerauchte Zigarette in die Hand, steckte sie erneut an und verzog beim ersten Zug angewidert das Gesicht. Trotzdem rauchte er weiter.

»Wie hat denn der Fahrer der Olympic ausgesehen?« hakte Jake nach.

»Männlich, ungefähr so groß wie ich, aber blonder als ich. Er hatte eine Angel im Wasser, doch er hat sie nie beachtet.«

»Dann war er also auch kein Fischer. Sonst noch etwas?«

»Es war mindestens noch eine Person in seiner Kabine. Er war zu schlau, um mich näher heranzulassen, damit ich genauer hinsehen konnte. Außerdem hatte ich ja den Befehl, dich nicht aus den Augen zu lassen.«

»Hm.«

»Der Kerl, der das Boot gefahren hat, ist ein recht guter Fahrer, aber nichts Besonderes. Er weiß nicht, wie er am besten mit den kleinen Wellen des Puget Sundes umgehen muß.«

»Ich werde daran denken.«

»Du wirst herausfinden, was er vorhat, nicht wahr?« fragte Conroy und griente kurz.

Jakes Lächeln war keines, das beruhigen konnte. »Ist dir sonst noch jemand aufgefallen, der sich, mehr als mir lieb ist, für mich interessiert hat?«

»Nur die hübsche Dame. Ist das tatsächlich Kyle Donovans Schwester?«

»Das ist sie.«

»Weiß sie, warum du dich so für ihren Bruder interessierst?«

»Nein.«

Conroy schüttelte den Kopf. »Nun ja, so ein Mist passiert nun einmal, denke ich. Sie sieht recht attraktiv aus.«

»Sie ist reichlich dickköpfig.«

»Sie mag dich.«

Jake starrte in sein Bier. Es war so schal und bitter, wie er sich fühlte. »Sie wird darüber hinwegkommen, wenn sie erst einmal herausfindet, warum ich ihr helfen wollte.«

»Ja, ich denke, das wird sie. Hat sie ein aufbrausendes Temperament?«

»Amen.«

»Das könnte doch interessant werden.«

»Nicht für mich.«

Conroy grinste schief. Dann hob er sein Glas und trank, bis nur noch ein magerer Rest übrig war. Danach stellte er das Glas heftig auf den Tisch zurück. Seine Zigarette zischte, als er sie in das Bier warf.

»Wenn ich irgend etwas höre, das dir hilfreich sein kann«, meinte er und stand auf, »dann werde ich dich anrufen.«

»Aber sag nichts am Telefon, das deine Vorgesetzten nicht wissen dürfen.«

Zum ersten Mal sah Conroy wirklich schockiert aus. »Ist es denn tatsächlich so wild?«

»Wenn es das nicht schon ist, dann wird es bald so sein.«

»Wie mir scheint, ist das eine ganze Menge Mühe für Bernstein im Wert von einer Million Mäusen.«

»Eine halbe Million plus Wechselgeld ist das, was ich dem Vertreter von Donovan International, Kyle Donovan, übergeben habe.«

»Würde so viel Bernstein auf die *Tomorrow* passen?«

»Nicht sehr gut. Warum?«

»Ich habe den Befehl, einmal am Tag dein Boot zu durchsuchen oder immer dann, wenn dieser verdammte Anzug nach dem Telefon greift und es mir befiehlt. Es hört sich so an, als würden sie erwarten, daß du etwas irgendwo abholst.«

»Feenstaub.«

»Was?«

Jake schüttelte nur den Kopf. »Irgend jemand ganz oben ist von einem Floh gebissen worden, der ›verlorener Schatz‹ heißt.«

»Was soll das nun heißen?«

»Weißt du, was das Bernsteinzimmer ist?«

»Nein.«

»Wenn du Glück hast, wird das auch so bleiben. Auf Wiedersehen, Bill. Und vielen Dank. Von jetzt an solltest du so weit von dieser versauten Sache wegbleiben, wie dir nur möglich ist.«

»Hey, wozu hat man denn Freunde?«

»Um sie zu behalten«, erklärte Jake leise. »Wenn der Anzug dich über unsere kleine Unterhaltung ausfragen will, dann sagst du ihm das, was er bereits weiß.«

»Und was ist das?«

»Wir sind alte Freunde, und du bist die Sorte halsstarriger, ehrenhafter Kerl, der nicht gern seine Freunde auf Befehl von Männern im Anzug verrät. Du hast mich also getroffen, wir haben ein Bier zusammen getrunken, und ich habe dir verraten, warum ich glaube, daß Kyle sich irgendwo auf den San-Juan-Inseln versteckt hat, doch daß ich keine Spur von ihm oder von dem Bernstein gefunden habe. Später trat Honor Donovan auf den Plan, und ich habe den Job angenommen, den sie zu bieten hatte, weil ich glaubte, sie hätte eine bessere Verbindung zu Kyle – tot oder lebendig – und auch zu dem gesuchten Bernstein. Du hast mir zugehört und entschieden, daß du, was immer ich auch vorhabe, nichts damit zu tun haben wolltest. Und dann bist du gegangen. Ende der Geschichte.«

»Und was passiert, wenn ich ihm verrate, daß du genauso halsstarrig und ehrenwert bist wie ich?«

»Du könntest uns beiden eine Menge Ärger ersparen, wenn du ihm das nicht sagst. Und du solltest mir auch nicht die Hand schütteln, wenn du gehst.«

Conroy betrachtete sein Glas. Die Überreste der Zigarette schwammen in der Asche. Während er noch zusah, begann die

Kippe zu sinken. Er heftete seine Augen auf Jake. »Ich würde dir gern helfen.«

»Das hast du schon getan«, wehrte Jake ab. »Und jetzt solltest du dir selbst helfen. Bleib weg von mir, bis sich der Feenstaub gelegt hat.«

Einen Moment zögerte Conroy. Dann wandte er sich stumm ab und verließ die Bar. Er warf keinen Blick mehr zurück.

Jake zwang sich, sitzenzubleiben und noch ein paar Schlucke von seinem Bier zu trinken, ehe auch er aufstand und ging. Als er draußen war, bog er rasch um die Ecke der Bar. Dort blieb er stehen, drehte sich so, daß er hinter sich sehen konnte und bückte sich, um seinen Schuh zuzubinden.

Obwohl er sich dabei mehr als eine Minute Zeit ließ, kam niemand um die Ecke der Bar, um ihm zu folgen.

Honor war allein in Kyles Hütte. Sie rieb sich die Augen, seufzte und wünschte, sie hätte ein zweites Gehirn, um all die neuen Informationen aufnehmen zu können. Sie hatte nicht mehr so hart gearbeitet, seit sie sich auf ihrem Weg zu einem Diplom in den freien Künsten durch die Vererbungslehre gekämpft hatte. Sie grummelte abschätzig vor sich hin und las erneut das Kapitel in dem übergroßen Buch durch, auf dem ihr Fischereilehrer bestanden hatte, ehe sie am nächsten Tag in der Morgendämmerung wieder hinausfahren würden.

Sommernebel hüllte die Hütte ein wie eine hungrige Katze, die auf Futter hoffte. Sie bemerkte es kaum. *Chapman Führen, Seemannschaft und Umgang mit kleinen Booten* gehörte ihre ganze Aufmerksamkeit. Die Seite, die sie las, und das bereits zum ungezählten Mal, beschrieb die »Gefahrenstellen« – wie man sie fand, wie man feststellte, ob man selbst oder ein anderes Wasserfahrzeug auf Kollisionskurs war und wer nach dem Seerecht Platz machen mußte.

»Nur für dich, Kyle, tue ich so etwas«, murmelte sie in die Stille der Hütte. »Nur für den Bruder, der mich durch endlose

Varianten algebraischer Probleme geführt hat, indem er mir die Sache mit dem Zug erklärt hat, der um Mittag mit einer Durchschnittsgeschwindigkeit von zwanzig Meilen pro Stunde den Bahnhof verläßt, und wie lange es dauern würde, ihn einzuholen mit verdammten neununddreißig Meilen in der Stunde.«

Sie seufzte und rieb sich erschöpft die Stirn. Seit sie in dieser Hütte war, hatte sie nicht mehr gut geschlafen. Eigentlich hatte sie nicht mehr gut geschlafen, seit sie dreißig geworden war und begriffen hatte, daß die Männer, mit denen sie ausging, immer viel zu ... ruhig waren. Sie kam aus einer offenen, lebhaften, lärmenden, liebenden und lachenden Familie.

Als sie erwachsen wurde, hatten die Männer der Donovans sie oft zur Verzweiflung getrieben. Sie waren größer, schneller, stärker und arroganter als sie – so wie gesunde Tiere – und glaubten fest daran, daß »Macht vor Recht« ging. Nachdem sie oft gegen ihre Brüder verloren hatte, hatte sie sich geschworen, daß sie niemals mit einem Mann ausgehen würde, der sie an die großen, kräftigen und durch nichts zu erschütternden männlichen Wesen ihrer Kindheit erinnerte.

Sie hatte ihren Schwur gehalten. Jetzt aber fragte sie sich, ob das richtig gewesen war.

Zweimal hatte sie den Fehler gemacht, einen ihrer glattrasierten, ruhigen und reservierten Freunde mit nach Hause zu ihrer Familie zu nehmen. Beim ersten Mal hatten ihre Brüder ihren Verehrer so betrunken gemacht, daß er mit dem Gesicht nach unten auf dem Boden eingeschlafen war. Beim zweiten Mal hatte Kyle sich allein um den Unglücklichen gekümmert. Ruhig und rücksichtslos hatte er den Mann verbal gequält, bis der kopflos geflohen war.

Honor war nicht geflohen. Sie war geblieben und hatte versucht, Kyle fertigzumachen. Er hatte nicht aufhören können zu lachen, bis sie schließlich in Versuchung geriet, ihm eine Pfanne auf den Kopf zu dreschen. Und dann hatte er ihr das verraten, was sie eigentlich gar nicht hatte wissen wollen.

Du hättest dieses Schlafmittel von Mann zerquetscht, wenn du zum ersten Mal die Beherrschung verloren hättest. Probier doch mal, dir jemanden mit Rückgrat auszuwählen. Ihr werdet beide viel mehr Spaß zusammen haben.

Nett muß nicht unbedingt bedeuten, daß er kein Rückgrat hat!

Teufel, Schwesterchen, ich weiß Bescheid. Wann wirst du das endlich begreifen?

Mit diesen Worten hatte Kyle sie hochgehoben, hatte sie fest an sich gedrückt und ihr versichert, was für eine großartige Schwester sie war – und würde sie ihm bitte helfen, die Ventile an seinem Thunderbird einzustellen?

Zorn, Lachen, Tränen, Liebe. Sie besaß so viele Erinnerungen an Kyle. Honor hatte nicht gewußt, wie tief sie ihrem Bruder verbunden gewesen war, bis sie ihn verloren hatte.

Sofort korrigierte sie sich. Sie hatte Kyle nicht verloren. Sie würde ihn finden, ganz gleich, was es sie kostete.

Mit gerunzelter Stirn zwang sie ihre Aufmerksamkeit wieder auf die »Gefahrenstellen« und die Regeln der See. An ihre Kindheit und an Kyle zu denken und an die Männer, die viel zu nett waren, um gut für sie zu sein, würde niemandem helfen. Ihren Bruder zu finden wäre wesentlich hilfreicher.

Die Männer der Donovans hatten die Angewohnheit, sich auf der ganzen Welt rumzutreiben. Sie mußte also beginnen, auf der Gruppe der San-Juan-Inseln zu suchen, vielleicht auch auf den Golfinseln von Kanada. Um das zu tun, mußte sie in der Lage sein, selbst auf den Inseln rumzustöbern. Und dazu mußte sie lernen, ein Boot zu beherrschen, denn die örtlichen Schiffe fuhren nur eine Handvoll der größeren Inseln an.

Es wäre viel einfacher gewesen, ein Boot zu mieten, doch sie hatte sich entschieden, daß das nicht gutgehen würde. Wenn Kyle sich versteckte – aus welchem Grund auch immer –, dann wäre die einzige Möglichkeit, an ihn heranzukommen, sein eigenes Boot. Er wäre vielleicht zu stolz, die Familie um Hilfe zu bitten, wenn er in privaten Schwierigkeiten steckte, doch würde er nicht vor ihnen davonlaufen, wenn sie ihn erst einmal gefunden hatten.

Also mußte sie, um in die Nähe von Kyle zu kommen, sein eigenes Boot benutzen und deshalb kapieren, damit umzugehen. Aus diesem Grund war sie gezwungen, über Gefahrenstellen zu lesen und andere obskure Dinge, die ihr Kopfschmerzen bereiteten.

Manchmal fürchtete sie, daß das, was sie tat, viel zu kompliziert war und genauso vergebens, wie eine symbolische Blumenkette dort ins Wasser zu werfen, wo ein Schiff mit Mann und Maus gesunken war. Auf der Karte sahen die Inseln so klein aus, so leicht zugänglich, so *einfach*.

Doch das waren sie nicht.

Sie bestanden aus Reihe um Reihe von mit Tannen bewachsenen Felsen, die sich aus einer kalten See erhoben. Von Wind und Regen, Sonne und Nacht eingehüllt, wirkten die Inseln isoliert und wunderschön; viele von ihnen waren auch so unzugänglich, daß es schon an ein Geheimnis grenzte.

Denk nicht an all so was, ermahnte Honor sich zum tausendsten Mal. *Denk einfach nur an den nächsten Schritt. Und wieder an den nächsten. Und an den nächsten. Wenn du das nicht kannst, solltest du einfach Blumen kaufen, dich an den Strand stellen und um Kyle heulen, während du die Blumen ins Meer wirfst. Was du tust, sieht vielleicht nicht so aus, als wäre es eine Menge, aber …*

Das Telefon läutete und riß sie aus ihren unglücklichen Gedanken. Sie nahm den Hörer auf. »Archer?« fragte sie.

»Jake.«

»Oh, hallo.«

»Wie ich schon sagte, Sie sollten sich vielleicht bemühen, ein wenig mehr Begeisterung zu zeigen.«

Sie feixte und setzte sich gerade. Mit ihrem unerwarteten Fischereilehrer die Klingen zu kreuzen hatte sich bis jetzt als wunderbares Gegenmittel gegen ihre Furcht erwiesen. Energie durchströmte ihren Körper.

»Geben Sie mir etwas, worüber ich begeistert sein könnte«, forderte sie ihn heraus.

»Haben Sie schon gegessen?«

Sie warf einen Blick auf ihre Uhr. Es war schon nach sieben. Kein Wunder, daß ihr Magen knurrte. »Ich habe seit dem Mittagessen nichts mehr gegesssen, wenn man überhaupt ein halbes Käsesandwich Mittagessen nennen kann.«

»Mögen Sie Krebse?«

»Nein. Ich liebe sie. Ich bete sie an vor ihrem kleinen Krebsaltar. Ich würde töten ...«

»Das wird nicht nötig sein«, unterbrach Jake sie. »Das habe ich bereits getan. Nach dem Essen werde ich Ihnen die Grundlagen der Anglerausrüstung zeigen, die wir benutzen werden.«

»Ich habe gerade meinen Appetit verloren.«

»Er wird wiederkommen.«

»Haben Sie wirklich frische Krebse?« fragte sie mißtrauisch.

»Die habe ich wirklich. Zwei Dungeness Krebse, acht Inch groß, selbst aus dem Wasser gezogen heute morgen, gekocht und bis zum Abendessen auf Eis gelegt.«

»Sie haben recht, ich bin wirklich hungrig.«

»Meine Hütte oder Ihre?«

»Wo ist denn Ihre Hütte?«

»In der Nähe des Deception Passes«, sagte er.

»Oh. Ich habe angenommen, Sie wohnen in Anacortes.«

»Nicht mehr. Die San Juans sind für mich der Ort, von allem wegzukommen, sie sind nicht mein Zuhause.«

Sie zögerte und dachte an den Anruf von Kyle, auf den sie hoffte. »Ich denke, ich werde besser in der Nähe meines Telefons bleiben.«

»Okay. In einer halben Stunde bin ich bei Ihnen. Haben Sie Brot und Salat?«

»Ja, das wird für uns reichen.«

»Wein?«

»Ist auch da.«

»Haben Sie schon gelernt, wie man auf See eine Kollision vermeidet?«

»Indem man an Land bleibt.«

»Falsche Antwort. Sehen Sie nach unter ›Gefahrenstellen‹.«

»Warum sollte man Schwierigkeiten suchen?«

»Weil es besser ist, als wenn sie unerwartet auftreten. Bis in einer halben Stunde.«

Glucksend legte Honor den Hörer auf und sprang auf die Füße. Sie dachte daran, schnell unter die Dusche zu gehen und sich umzuziehen, doch dann entschied sie sich dagegen. Der schwarze Jogginganzug und die neuen weißen Bootsschuhe waren für diese Gelegenheit gerade richtig. Jake war ihr Lehrer, sie hatte keine Verabredung mit ihm auszugehen. Sie hatte nicht damit gerechnet, daß sie Bücher würde wälzen müssen, um zu lernen, wie man mit einem Boot umging, doch so war es. Je mehr sie jeden Abend studierte, desto schneller könnte sie damit beginnen, am Tag nach Kyle zu suchen.

Wenn man das alles bedachte, waren hundert Mäuse am Tag für Jake ein geringer Lohn. Er war bereit, lange Tage zu arbeiten.

Auch lange Nächte?

Dieser unerwartete Gedanke ließ einen Schauer durch Honors Körper rinnen. Sie schalt sich selbst dafür, so frivole Gedanken an einem Mann zu verschwenden, während ihr Bruder in Schwierigkeiten steckte, doch irgendwie schien ihre Ermahnung nicht zu fruchten. Die nackte Tatsache war, daß sie etwas brauchte, um ihre Gedanken von den bedrückenden Dingen abzulenken, die mit Kyle passiert sein konnten. Und gerade weil Jake so ungeschliffen war, war er die beste Ablenkung für sie.

»Trotzdem ist es die wirklich schlechteste Zeit, deine Hormone wiederzuentdecken«, murmelte Honor vor sich hin. »Du brauchst jetzt eine Affäre genausosehr, wie du zum Fischen gehen möchtest.«

Wenn man das alles so bedachte, war die Aussicht, fischen zu gehen, beinahe verlockend.

Sie lächelte spöttisch, ging in die Küche und stellte eine Flasche Wein in den Tiefkühlschrank. Dann machte sie sich erneut daran, viel mehr, als sie eigentlich wollte, über kleine Speedboote und großes Wasser zu lernen.

Das Telefon klingelte.

»Verflixt«, schimpfte sie. »Den letzten Satz hätte ich beinahe begriffen.«

Hartnäckig schrillte das Telefon weiter.

Sie ignorierte es und versuchte, sich die veränderte Strömung des Ozeans vorzustellen, die zu den Gefahrenstellen gehörte.

Immer noch läutete das Telefon. Schließlich griff sie nach dem Hörer.

»Hallo«, sagte sie kurz angebunden.

Schweigen.

»Hallo?«

Es klickte leise, als jemand am anderen Ende der Leitung den Hörer auflegte.

Sie starrte das Telefon an und sagte sich, daß sie dumm war, wenn sie sich durch solche Anrufe beunruhigen ließ. Es passierte ständig, daß jemand die falsche Nummer wählte. Ganz besonders hier, »am Ende des Gitters«, wie Kyle sich so schön ausdrückte. Das war nichts Besonderes.

Aber in letzter Zeit hatte das Telefon jede Nacht geläutet. Manchmal sogar mehrmals in der Nacht.

Auch wenn sie versuchte, sich nicht daran zu erinnern, so mußte Honor doch wieder an einen ganz besonderen Bewerber um die Stelle als Fischereilehrer denken. Er war ohne Anmeldung vor der Hütte aufgetaucht. Seine Augen hatten gierig geblickt, glänzend. Wie bei einem Reptil. Es war ein Typ, dem man lieber nicht allein in der Dämmerung begegnete.

Sie versuchte sich einzureden, daß sie hysterisch war, dennoch stand sie auf und versicherte sich, daß die Vorder- und Hintertür der Hütte abgeschlossen waren. Sie zögerte kurz, dann zog sie die Gardinen zu.

»Kyle würde sich krank lachen, wenn er dich sehen könnte. Angst vor der Dunkelheit! Vielleicht solltest du auch unter dem Bett nachsehen. Und vergiß nicht den Schrank.«

Ihre sarkastischen Worte tönten laut in dem kleinen Raum. Ihr stockte der Atem. Es war so still, daß sie hörte, wie die Feuchtigkeit des Nebels von den Ästen auf das Dach der Hütte tropfte.

»Kyle, wo finde ich deine zweiundzwanziger Pistole, wenn ich sie brauche?« flüsterte sie.

Als Antwort fielen nur vereinzelte Wassertropfen auf das Dach.

Sie wußte, daß ihr Bruder eine Pistole besaß, weil sie den Waffenschein entdeckt hatte. Ganz gleich, wie sorgfältig und wie oft sie die Hütte abgesucht hatte – die Waffe war nicht zu finden. Auch auf dem Boot war sie nicht, da hatte sie ebenfalls in sämtlichen Ecken rumgekramt.

»Wo könnte er die Pistole verstecken?« fragte sie laut.

Die einzige Lösung war Archers knapper Rat von damals, als er seine beiden Schwestern ins College geschickt hatte: *Alles kann zu einer Waffe werden, wenn es sein muß. Aber deine beste Waffe ist dein Verstand. Nutze ihn.*

Zusätzlich dazu hatte Archer Honor und Faith einige brutale kleine Tricks beigebracht, die sie einsetzen sollten, wenn ein Mann, mit dem sie sich verabredet hatten, ein Nein nicht akzeptierte. Doch er hatte immer bekräftigt, daß es besser wäre, erst gar nicht in Schwierigkeiten zu kommen.

Honor fragte sich, ob er wohl Kyle denselben Rat gegeben hatte. Und wenn es so war, hatte Kyle diesen Rat befolgt?

»Bernstein im Wert von einer Million Dollar ist verschwunden«, sagte sie in die Stille. »Ein toter Mann. Ein vermißter

Bruder. Wenn es das ist, was man bekommt, wenn man Archers Rat folgt, dann bleibe ich lieber bei ›Miss Gute Manieren‹.«

Ruhelos untersuchte Honor die Fenster. Zum ersten Mal bemerkte sie, daß die Fensterverschlüsse glänzend, ohne Kratzer und offensichtlich neu waren. Neugierig geworden, sah sie sich die beiden Türen ebenfalls genauer an. Neue Riegel verstärkten die fleckigen alten Schlösser.

»Das ist eine Ausrüstung für die Industrie«, murmelte sie überrascht vor sich hin. »Diese Schlösser halten allem stand, bis auf einen Rammbock. Warum beruhigt mich das nicht?«

Wahrscheinlich weil sie darüber nachdenken mußte, warum ihr Bruder – der wohl kaum ein Schwächling war und der eine Pistole besaß, die er auch benutzte, sobald es nötig wurde – Riegel an eine ländliche Hütte baute, deren Sicherheitsstandard für die Umgebung einer kriminellen Stadt vorgesehen war.

Ein Vermögen an gestohlenem Bernstein.

Ein toter Mann.

Ein vermißter Bruder.

»Wo bist du, Kyle?« hauchte sie. »Warum hast du uns nicht angerufen? Du weißt doch, daß wir dir helfen würden, ganz gleich, was geschehen ist. Wir machen einander vielleicht von Zeit zu Zeit verrückt, aber was heißt das schon? Wir sind eine Familie. Wir müssen einander verrückt machen!«

Das Tropfen des Wassers auf das Dach war wiederum die einzige Antwort, die Honor bekam. Sie rieb sich die Arme gegen eine Kälte, die mehr in ihren Gedanken existierte als in der Hütte selbst. Dann tigerte sie durch die kleinen Zimmer – Schlafzimmer, Küche/Eßzimmer, Wohnzimmer, Küche/Eßzimmer, Schlafzimmer und retour.

Als das Geräuch ihrer eigenen Schritte sie nervös machte, tat sie das, was sie schon von Anfang an hätte tun sollen. Sie nahm sich ihren Skizzenblock, einen Bleistift und das Stück Bernstein, das Jake an diesem Morgen davor gerettet hatte, auf den Boden zu fallen.

Schon bald hatte sie ihre Angst vergessen, ihre Sorgen und auch das Tropfen des Wassers auf das Dach. Seit Kyle ihr vor einigen Monaten den Bernstein gezeigt hatte, war sie fasziniert von der einzigartigen physischen Charakteristik – ein organischer Edelstein, geschaffen von früher lebenden Bäumen, so verschieden von den Edelsteinen, die durch geologische Prozesse geschaffen worden waren. Bernstein war der einzige Edelstein, der auch ein Fossil war.

Er war wunderschön, auf geheimnisvolle, seidige, sinnliche Art. Das Stück, das sie jetzt in der Hand hielt, war von der Zeit geschliffen worden, von einem fernen Meer und der wahren Natur eines fossilen Harzes; das faustgroße Stück Bernstein war sowohl ein Fenster in die Vergangenheit als auch ein verlockender Ausblick auf die zukünftige Gestalt, die in der durchsichtigen goldenen Masse verborgen lag.

Honor hatte den Bernstein in ihrer Wohnung in Laguna Beach in Kalifornien betrachtet, als Archer angerufen und sie gebeten hatte – nein, ihr befohlen hatte –, zu Kyles Hütte zu fahren. Der Gedanke, daß ihr äußerst distanzierter Bruder wirklich etwas von ihr brauchte, war so überraschend gewesen, daß sie das Stück Bernstein zusammen mit einigen Kleidungsstücken in ihren Koffer gepackt und dann den ersten Flug vom John-Wayne-International-Flughafen nach SeaTac genommen hatte.

Die folgenden Tage waren so hektisch und so beunruhigend gewesen, daß sie kaum Zeit zum Arbeiten gefunden hatte. Aber sie und Faith mußten eine Ausstellung in Los Angeles vorbereiten, die in weniger als sechs Wochen stattfinden sollte. Die Schmuckstücke und dekorative Kunst für die Ausstellung waren bereits entworfen, geschaffen und poliert worden. Sie waren bereit, ausgestellt zu werden. Und alles war aus den traditionellen anorganischen Edelsteinen hergestellt worden, mit denen zu arbeiten sie gewöhnt war.

Doch seit Honor die letzte Sendung Ostsee-Bernstein von Kyle gesehen hatte, war sie von den Möglichkeiten, die diese

Steine in sich trugen, gefangen worden. In diesem einzelnen Stück Bernstein lag etwas verborgen. Etwas Bemerkenswertes. Dessen war sie ganz sicher. Es war ihr nur noch nicht gelungen, es zu entdecken.

Mit dem Bernstein in der linken und dem Bleistift in der rechten Hand starrte Honor auf die sich verändernden Linien von Licht und Schatten in dem uralten Harz. Schatten und Licht bewegten sich, sie wanden sich und verschmolzen miteinander, beinahe schmerzlich war es zu beobachten, daß sie zu … etwas wurden.

Ein Klopfen an der Tür ließ sie zusammenzucken. Eine Vision von neuen, starken Riegeln und Schlössern ersetzte das flüchtige Bild in dem Bernstein. Ihr Herz begann zu rasen. Sie schluckte, weil ihr Hals plötzlich ganz trocken geworden war, dann leckte sie sich über die ebenfalls trockenen Lippen.

»Wer ist da?« rief sie mit brüchiger Stimme.

6

»Jake Mallory.«

Mit einem tiefen Seufzer legte Honor den Bernstein beiseite und schloß den Skizzenblock. Sie sollte nicht so erleichtert darüber sein, daß Jake hier war, doch sie konnte das Gefühl nicht abschütteln. Seine solide, manchmal reichlich überwältigende männliche Anwesenheit beruhigten sie auf eine Art, die sie nicht in Worte fassen konnte. Instinkt, Ahnung, es war ihr gleich. Sie wußte einfach, daß er nicht der Typ Mann war, der beängstigende, einseitige Anrufe bei Frauen machte.

Schnell ging sie zur Tür, öffnete die Riegel und winkte Jake mit einem Lächeln ins Haus, das viel zu strahlend war.

»Ein Fischhändler, der ins Haus liefert«, sagte sie. »Ich bin im Himmel.«

»Warten Sie erst, bis Sie diese Schönheiten gekostet haben.«

Er griff in eine Tüte und holte eine der »Schönheiten« heraus, damit sie sie bewundern konnte. Sie starrte auf den riesigen rostroten Krebs, den er in der Hand hielt. Eigentlich war es nur ein halber Krebs. Ein zerrupfter halber Krebs.

»Was ist denn mit dem passiert?« fragte sie.

»Wie meinen Sie das?«

»Krebse in der Schale sind normalerweise ganz, mit untergelegten Beinen, damit sie auch auf den Teller passen. Was Sie da in der Hand halten sieht eher aus wie ein Verlierer in einem Schalentier-Zerstörungs-Derby.«

»Aber nur, weil ich ihn saubergemacht habe, ehe ich ihn gekocht habe.«

»Und das macht einen solchen Unterschied?«

»Einen großen Unterschied. Ich säubere die Krebse, nachdem ich sie getötet habe. Ich koche sie nicht lebend mit Innereien und allem, wie die meisten anderen Menschen es tun. Sie säubern doch wohl ebenfalls alles, ehe Sie es kochen. Warum also nicht auch Krebse?«

»Äh, es tut mir leid, daß ich gefragt habe.«

»Sie kaufen Ihr Essen nur im Supermarkt, wie?«

»Ich gestehe.«

Er lächelte. »Haben Sie Teller?«

»Ich hole sie.«

»Und wohin soll ich den Chapman legen?« wollte er wissen.

Honor warf einen Blick auf das große offene Buch, das den halben Tisch einnahm. »Es wäre eine wundervolle Tischdecke.«

»Es ist noch viel besser als Nachschlagewerk. Es hat mich mehr als einmal aus großen Schwierigkeiten gerettet. Außerdem braucht dieser Tisch keinen Schutz. Sehen Sie sich doch nur diese Kratzer an. Er hat Kriege miterlebt, von denen Sie nicht einmal etwas ahnen.«

Sie blickte von Jakes vernarbter Augenbraue zu der Narbe

auf seiner Lippe, die beinahe vollständig von seinem Schnurrbart verborgen wurde. »So wie Sie?«

Er warf ihr einen raschen Blick von der Seite zu und fragte sich, ob Archer noch einmal seine Schwester angerufen und sich mit ihr über ihren neuen »Fischereilehrer« unterhalten hatte. Kyle hatte ihn immer nur Jay genannt und nicht Jake. Aber das hieß nicht, daß Archer nicht die beiden Namen vergleichen und feststellen würde, daß es sich dabei um einen gewissen J. Jacob Mallory handelte.

Die Frist, die Ellen ihm gesetzt hatte, war schon eng genug, doch vielleicht würde es ihm gelingen, sie davon zu überzeugen, diese Frist noch ein wenig zu verlängern, ganz besonders wenn er der Wahrheit über Kyle ein Stück nähergerückt war. Im selben Moment, in dem Honor erfuhr, was Jake wirklich vorhatte, war das Spiel vorüber. Er mußte sichergehen, daß Honor die Wahrheit nicht so bald herausfand. Trotz des weiblichen Interesses in ihren Augen, wenn sie ihn musterte, zweifelte er nicht daran, daß sie ihm die Tür vor der Nase zuschlagen würde, wenn sie herausfand, was er wirklich wollte.

Ohne daß Honor es bemerkte, beobachtete er sie dabei, wie sie das große Nachschlagewerk vom Tisch nahm und es auf die Anrichte in der Küche legte. Ihm gefiel die Art, wie sie sich bewegte, ganz ohne Eile und ohne großes Aufheben. Es gefiel ihm auch, ihre Figur zu betrachten, wenn sie das übergroße Sweatshirt nicht trug. Das blaugrüne gestrickte Top umschloß ihren Körper wie die Hand eines liebeshungrigen Mannes. Und die Rundungen unter der schwarzen Jeans verrieten ihm, was er bereits angenommen hatte: Bei Honor würde ein Mann sanft landen und eng und heiß umschlossen werden.

Verdammt, dachte Jake ärgerlich und sah hastig zur Seite, als sein Körper sich voller Verlangen rührte. Honor machte ihn an, als wäre er ein Teenager. Dabei war ihr Familienname *Donovan*! Das durfte er niemals vergessen. Die Donovans hielten zusammen und ließen alle anderen hängen.

»Hier«, sagte sie und reichte Jake Teller und Besteck. »Decken Sie den Tisch, während ich mich um das Brot kümmere.«

Er beobachtete sie aus den Augenwinkeln, während er den Tisch deckte. Sie überraschte ihn, als sie sich die Hände mit Wasser befeuchtete und dann das französische Brot damit abrieb.

»Haben Sie irgendwie einen Reinheitsfetisch?« fragte er. »Oder sind Sie ein Waschbär?«

Sie sah ihn verständnislos an.

»Nicht viele Menschen waschen ihr Brot, ehe sie es essen«, erklärte er.

»Die Kruste von französischem Brot wird so viel knuspriger.«

»Wenn es vorher gewaschen wird? Das ist mir völlig neu.«

Honor hatte das Gefühl, daß es für Jake nicht sehr viel gab, das neu für ihn war. Er besaß einen so erfahrenen Blick, der viel tiefer zu gehen schien als die Narben und die kleinen Linien um seine Augen und seinen Mund. Es hätte sie warnen sollen. Doch statt dessen erschien es ihr verlockend.

»Sie werden etwas brauchen, mit dem Sie die Schale des Krebses knacken können«, meinte er und warf einen Blick auf das Besteck, das sie ihm gegeben hatte.

»Zwei Krebszangen kommen sofort.« Sie suchte in der Schublade danach. »Das hoffe ich wenigstens.«

»Ich schaffe es auch ohne. Dungeness Krebse haben keine so harte Schale. Die der Red Rock Krebse schon. Da braucht man einen Hammer, um an das Fleisch zu kommen.«

»Ich bin sicher, daß Kyle so etwas in seinem Rattennest hat. Er liebt Krebse genausosehr wie ich.«

Jake preßte den Mund zusammen bei der Erwähnung ihres Bruders, doch alles, was er sagte, war: »Ich werde den Wein aufmachen.«

»Er ist im Gefrierfach.«

»Natürlich. Man wäscht das Brot und friert den Wein ein. Warum habe ich nicht gleich daran gedacht?«

»Sie sind eben viel zu altmodisch«, gab sie zurück.

»Ja, das ist es. Ich bin zu altmodisch.«

Er holte den Wein aus dem Gefrierfach, entfernte die Folie vom Korken, hielt die Flasche mit der Öffnung nach unten und schlug dann mit der Handfläche darauf, bis der Korken halb herauskam. Dann zog er ihm mit einer schnellen Bewegung der Finger ganz heraus.

Honor musterte ihn amüsiert. »Ich nehme an, Sie können auch Gewehrkugeln mit den Zähnen auffangen.«

»Ich fange nie Gewehrkugeln ein, wenn es sich vermeiden läßt.«

»Können Sie mir das auch beibringen?«

»Gewehrkugeln einzufangen?« Mit mildem Erstaunen sah er sie an.

»Eine Flasche Wein zu öffnen ohne einen Korkenzieher«, meinte sie übertrieben geduldig.

»Warum denn? Mit einem Korkenzieher ist es doch viel einfacher. Ich wußte nur nicht, wo einer war.«

»Ich möchte sehen, daß Kyle mich mit offenem Mund anstarrt. Archer auch. Vielleicht sogar der Donovan höchstpersönlich.«

»Wer?«

»Dad«, sagte sie und reichte Jake ein Weinglas.

»Es klingt ganz so, als stammten Sie aus einer tollen Familie.«

»Wirklich eine tolle Familie.« Sie lachte humorlos auf. »So kann man das auch nennen. Fünf große, herrische Männer. Faith und ich mußten von zu Hause weg, damit wir sie nicht alle im Schlaf erdrosselten.«

Jake schüttelte den Kopf. Er wußte, wie es war, wenn man mit der Familie nicht leben konnte, wenn man seine Eltern und Geschwister nur schwer ertragen konnte, geschweige denn, wenn man sie nicht liebte oder noch nicht einmal mochte. Trotz all der Widrigkeiten, die Honor mit den Männern der Familie gehabt zu haben schien, wurde ihre Stimme doch ganz sanft, wenn sie von den Männern der Donovans sprach.

Es überraschte Jake nicht. Er hatte auf die harte Art gelernt, daß die Donovans zusammenhielten wie die Wölfe einer Meute; und J. Jacob Mallory war das dumme Lamm gewesen, das zur Schlachtung bestimmt war.

»Keine Mutter?« fragte er, als er den Wein eingoß und wie immer versuchte, so viel Informationen über die Wolfsmeute der Donovans herauszubekommen wie möglich. Kenn deinen Feind, war eine der ältesten Regeln des Überlebens.

Honor nahm das Glas mit blaßgoldenem Wein, das er ihr reichte, und wartete, bis er sich ebenfalls Wein eingegossen hatte.

»Mom ist unglaublich«, sagte sie. »Die Frau reicht mir kaum bis zur Schulter, doch sie schafft es immer wieder, genau das zu tun, was sie will, wenn sie es will, ohne dabei die männlichen Egos zu zerzausen.«

»Das klingt, als hätte sie einen guten Plan.«

»Ich habe es auch versucht. Aber bei mir klappt das nicht. Mom besitzt eine Art eisenharter Nonchalance. Ganz gleich, welche Hindernisse die Männer ihr in den Weg stellen, sie gibt ihnen nur einen Kuß auf die Wange, tätschelt ihre haarige Brust und geht dann ihrer Wege.« Honor zuckte mit den Schultern. »Vielleicht kommt es daher, daß sie Künstlerin ist.«

»Künstlerin?« fragte er und griff nach seinem Weinglas.

»Sie ist Malerin.«

»Was für eine Malerin?«

»Eine gute.«

Jake lachte leise und stieß dann mit Honor an. »Auf das Fischenlernen«, sagte er.

Sie verzog das Gesicht. »Auf das Lernen, Punkt.«

Er hob sein Glas in schweigendem Salut, dann trank er und

machte ein überraschtes kleines Geräusch. »Ich wußte gar nicht, daß es in Australien einen so guten weißen Wein gibt.«

»Kyle hat mir davon erzählt. Meide die reinen Chardonnays, und nimm lieber die Mischung.«

Das war nicht neu für Jake. Kyle hatte es geschafft, selbst in dem verlassensten Rattenloch in Kaliningrad einen anständigen Wein zu finden. Dann waren die beiden Männer in ihr sogenanntes Hotel zurückgegangen, hatten Büchsen feinsten Kaviars geöffnet, dazu alte Cracker gegessen und sich über Sex, Politik, Religion und Einsamkeit unterhalten und darüber, wie man langfristige Verträge in einem Land abschließen konnte, das jünger war als der Wein, den sie tranken.

Kyle Donovan war der engste Freund gewesen, den Jake in vielen Jahren gehabt hatte. Zu schade, daß es sich schließlich herausgestellt hatte, daß Kyle ein Betrüger war, ein Dieb und ein Mörder. Es wäre besser gewesen, wenn er schlicht nur ein Dummkopf gewesen wäre, dessen Verstand von seinem Schwanz beherrscht wurde. So etwas konnte Jake verstehen. Er selbst war auch hin und wieder ein Dummkopf gewesen. Doch Kyle war ihm nie wie einer dieser einfältigen Kerle vorgekommen.

Blieb also nur noch unehrlich.

»Wann wird das Brot trocken sein?« fragte er.

»Trocken? Oh, heiß. Noch ein paar Minuten. Was möchten Sie auf den Krebs?«

»Meinen Mund.«

»Der Mann ist hungrig.«

»Der Mann ist bereit, ihn sogar mit der Schale zu verspeisen.«

»Möchten Sie Zitrone oder Meeresfrüchtesauce?«

»Beides. Ich mache die Sauce.«

Als Honor dann den Salat auf den Tisch stellte, war auch die Sauce fertig. Sie setzten sich und begannen zu essen. Es lag eine Intimität über dieser ungezwungenen Mahlzeit, die Honor überraschte. Es war schwer, jemandem distanziert gegenüberzustehen, während man sich kleine Stücke Krebsfleisch von den Fingern leckte.

»Sie hatten recht mit dem Brot«, gestand ihr Jake und biß ein Stück davon ab.

Sie hatte den Mund zu voll, um ihm antworten zu können.

»Ist das nicht der herrlichste Krebs, den Sie je gegessen haben?« mümmelte er.

Sie nickte heftig.

»Beim nächsten Mal werde ich Ihnen beibringen, wie man ihn tötet und saubermacht, ehe er gekocht wird«, meinte er.

Das Haar flog Honor von einer Seite des Gesichtes zur anderen, so heftig schüttelte sie stumm den Kopf.

Er lachte leise, dann knackte er ein Krebsbein mit den Fingern und holte mit einer der kleineren Scheren das Fleisch heraus. Mit einer erstaunlichen Geschwindigkeit wurde das kleine Häufchen saftigen Fleisches auf seinem Teller immer größer.

»Ich dachte, Sie seien hungrig«, sagte sie.

»Das bin ich auch.«

»Aber warum essen Sie dann all das herrliche Fleisch nicht?«

Jakes Lächeln ließ all ihre weiblichen Sinne auf höchste Alarmstufe schnellen.

»Ich werde es schon essen«, verriet er ihr. »Ich erhöhe nur die Vorfreude. Dann verspeise ich es. Auf diese Art hat man das dreifache Vergnügen.«

»Und nur ein Drittel der Kalorien. Trotzdem ...«

Er sah den Ausdruck in ihren Augen, als sie das Häufchen Krebsfleisch auf seinem Teller betrachtete.

»Denken Sie nicht einmal daran«, warnte er sie.

»Woran?«

»Von meinem Fleisch zu klauen.«

»Es wäre nicht gestohlen, wenn Sie es mir geben würden.«

Schmunzelnd nahm er eine Gabel voll Fleisch, um es ihr zu geben. Doch dann wurde ihm klar, was er da tat, und er hielt inne. Dieser alte Zauber der Donovans. Die Menschen überschlugen sich deswegen.

»Dieser Charme mit dem Blick aus großen Augen wirkt vielleicht bei anderen Männern, aber bei mir hilft er Ihnen nicht«, meinte Jake und kurvte die Gabel zu seinem eigenen Mund.

Sie starrte ihn ungläubig an. »Charme mit großen Augen?«

Er brummte nur und kaute das Fleisch.

Der Gedanke, daß jemand sie charmant fand, brachte Honor leichter zum Schweigen, als hätte er ihr eine Hand auf den Mund gelegt. Keiner der Männer in ihrem Leben hatte behauptet, sie sei charmant. Störrisch, impulsiv, zu klug, um gut für sie zu sein; all das. Aber charmant?

Niemals.

»Danke«, sagte sie.

Er hob den Kopf. Doch noch ehe er sie fragen konnte, warum sie sich für seine Beleidigung bedankte, läutete das Telefon.

Honor zuckte zusammen, als hätte etwas sie gebissen. Sie stand so abrupt auf, daß Jake nach ihrem Stuhl greifen mußte, der sonst hingefallen wäre. Ihre Hand schnellte nach dem Hörer.

»Archer?« fragte sie atemlos.

Niemand antwortete.

»Hallo?«

Schweigen.

Sie knallte den Hörer auf die Gabel.

Jake zog die Augen zusammen. Er begriff langsam, daß Honor viel angespannter war, als es den Anschein hatte, wenn er in ihre bernsteingrünen Augen sah, ihr Lächeln betrachtete und ihr seidiges braunes Haar. Im Augenblick war sie leichenblaß, ihr Mund war verzogen, vor Zorn oder vor Furcht, und sie hatte die Hände zu Fäusten geballt, damit sie nicht zitterten.

Furcht, kein Zorn. Jemand hatte die charmante Miss Donovan verängstigt.

Er verspürte das unerwartete Bedürfnis, sie in seine Arme zu nehmen, sie zu beruhigen und zu beschützen. Doch eilig schob er diesen Gedanken beiseite und konzentrierte sich darauf, was ihn zum Amber Beach gebracht hatte. Mord, Raub, Verrat und Kyle Donovan.

»Probleme?« fragte Jake.

»Machen Cops eigentlich so etwas?« fragte Honor angespannt.

»Was?«

»Einseitige Anrufe.«

Unter Jakes beherrschtem Äußeren regte sich das Adrenalin. Er hatte sich schon gefragt, ob er der einzige war, der sich außer den Gesetzeshütern für Miss Donovan interessierte.

»Hat er schwer geatmet?« fragte er.

»Nein. Er war nur diese Art von Stille, bei der sich einem die Haare im Nacken sträuben.«

Er rückte ihr mit dem Fuß den Stuhl zurecht. Sie setzte sich. Obwohl ihr der Appetit vergangen war, sah der Wein recht verlockend aus. Sie griff nach dem Glas und nahm einen tiefen Schluck.

»Vielleicht ist der Anrufer ja auch eine Frau«, meinte Jake.

»Wieso sagen Sie das?«

»Immerhin ist es die Hütte Ihres Bruders, nicht wahr?«

»Ja.«

»Ihres vermißten Bruders, nicht wahr?« fragte Jake und bemühte sich darum, daß es sich anhörte, als hätte er nur die Zeitungsartikel über Kyle Donovan gelesen.

Honor nickte.

»Dann ist die Erklärung doch einfach«, meinte er. »Jemand, der aussieht wie Kyle, hat doch sicher eine Menge Freundinnen. Und wenn die Ihre Stimme am Telefon hören, muß das doch ein ziemlicher Schock sein für ein Mädchen, das es auf Kyle abgesehen hat.«

»Ich bin auch ein Mädchen, und ich finde nicht, daß Kyle sexy ist.«

»Geschwister zählen da nicht. Sie sehen die Dinge nicht so wie normale Menschen.«

Kyle hatte das auch nicht so gesehen, dachte Jake säuerlich. Er hatte zwar von seinen Zwillingsschwestern erzählt, hatte behauptet, daß sie einen großartigen Sinn für Humor hatten und äußerst intelligent waren, doch hatte er ihm nicht verraten, daß Honor einen bezaubernden Körper besaß und einen Mann ansehen konnte, daß er das Gefühl hatte, drei Meter groß zu sein und so kräftig wie ein Fels.

»Außerdem, woher wollen Sie wissen, wie Kyle aussieht?« fragte sie.

Jake zögerte lange genug, um innerlich zornig auf sich selbst zu sein, weil er nicht weit genug gedacht hatte. Doch dann erinnerte er sich an das Bild von Kyle in der örtlichen Zeitung. Wahrscheinlich war es ein Paßfoto gewesen.

»Aus der Zeitung«, sagte er. »Sie haben sein Bild veröffentlicht.«

»Das war kein gutes Foto.«

Sie hatte recht, doch wenn er das zugab, würde es ihm nicht weiterhelfen. »Geschwister«, wiederholte er deshalb noch einmal. »Die sehen so etwas nicht.«

Honors Lächeln war ein wenig matt. Er merkte, daß sie ihm seine Erklärung für den Anruf nicht abnahm.

»Haben Sie viele solche Anrufe bekommen?« fragte er nach einer Weile.

»Eine Zeitlang haben einige Reporter angerufen, die sich nicht abwimmeln lassen wollten, doch das hat in den letzten Tagen nachgelassen.«

»Und wie oft hat sich am anderen Ende niemand gemeldet?«

»Oh, etwa fünf oder sechs Mal.«

»Am Tag?« hakte er nach.

»Nein. In der letzten Woche.«

»Das Telefonsystem ist auch nicht mehr das, was es einmal war.«

»Vielleicht.« Aber überzeugt schien sie nicht zu sein.

Die Furcht, die sich hinter Honors Lächeln verbarg, weckte in Jake den Wunsch, mehr zu tun, um ihr zu helfen. Dieser verdammte Charme der Donovans.

»Woran denken Sie?« fragte er, ohne daß er das eigentlich wollte.

»An den Mann, der gerade angerufen hat. Das war heute abend schon das zweite Mal.«

»Wenn er nichts gesagt hat, wie können Sie dann sicher sein, daß es derselbe war?«

Während Honor sich mit ihrem Krebs beschäftigte, überlegte sie, wie sie dieser Frage ausweichen könnte. Doch es fiel ihr nichts ein. Und sie hatte auch keine Erklärung, die sie ihm geben konnte, ohne gleich wie eine Verrückte auszusehen, die an den New-Age-Kram glaubte.

»Honor?«

Seufzend legte sie das Krebsbein zurück auf den Teller und sah Jake an.

»Sind Sie etwa auch so ein Macho, der sich überlegen vorkommt, wenn eine Frau von ziemlich verläßlichen, wenn auch nicht unbedingt gradlinigen Arten spricht, wie sie ihre Informationen bekommt?« fragte sie.

Es dauerte ein paar Sekunden, ehe Jake begriff, was sie damit sagen wollte. Doch selbst dann war er nicht sicher – bis er sich daran erinnerte, daß Kyle immer von seinen berühmten Ahnungen gesprochen hatte, von so einer Art Spielerglück, von dem er lachend behauptet hatte, es käme von den Druiden in der langen Ahnenreihe der Donovans. Von der Seite seiner Mutter.

»Nicht geradlinige Information«, wiederholte Jake. »Soll das etwa eine Art sein, mir zu erklären, daß dabei Ihre weibliche Intuition zum Tragen kommt?«

»Ich nenne es lieber eine Ahnung. Männer machen keine sarkastischen Bemerkungen über Ahnungen.«

»Okay. Sie haben also eine Ahnung, daß der gleiche Mann heute abend zweimal angerufen und dabei nichts gesagt hat. Was sonst noch?«

»Sie werden denken, das sei eigenartig.«

»Das sind Krebse auch. Trotzdem hat es mich nicht davon abgehalten, sie zu fangen.«

Sie lächelte etwas schief.

Wenn er nicht bereits gewußt hätte, daß sie Kyles Schwester war, jetzt wäre er sicher gewesen. Dieses ein wenig schräge Lächeln war ein großer Teil des Charmes der Donovans.

»Einer der Männer, die sich auf meine Anzeige hin gemeldet haben, hat mir eine fürchterliche Angst eingejagt«, gestand Honor ihm.

»Hat er Sie angerührt?«

Auch wenn Jakes Stimme sich nicht verändert hatte, so stockte Honor doch der Atem. Sie fühlte, daß er wütend war, so sicher, wie sie die Feindseligkeit des geheimnisvollen Anrufers gefühlt hatte.

»Nein«, flüsterte sie. »Ich habe ihn nicht einmal ins Haus gelassen.«

»Warum denn nicht?«

»Seine Augen.« Ein Schauer lief durch ihren Körper. »Dagegen sieht eine Schlange noch freundlich aus.«

»Die meisten Schlangen sind freundlich.«

»Sie und auch Faith sind dieser Meinung. Sie sagt, die einzigen Schlangen, vor denen man sich fürchten muß, haben zwei Beine.«

»Trinken Sie noch etwas Wein«, forderte er sie auf und füllte ihr Glas. »Sie sehen angespannter aus als die Saiten einer Hawaiigitarre.«

Sie nippte ein paarmal an ihrem Glas, dann nahm sie einen großen Schluck. Mit einem kleinen Seufzer lehnte sie sich in ihren Stuhl zurück und betrachtete voller Interesse ihren Krebs.

»Abgesehen von den Augen«, fragte Jake. »Woran können Sie sich bei dem Mann sonst noch erinnern?«

Sie hatte die Gabel gerade zum Mund führen wollen, jetzt hielt sie inne und dachte an den Moment, als der Mann vor ihrer Tür gestanden hatte.

»Er war weiß«, sagte sie. »Über dreißig, mittelgroß, mittelschwer, mittelbraunes Haar, alles war so ziemlich mittel an ihm, bis auf seine Stimme. Er sprach mit einem eigenartigen Akzent.«

»Europäisch?«

»Schon möglich, aber Französisch, Italienisch oder Deutsch war es nicht.«

»Sind Sie sicher?«

»Ziemlich sicher. Faith und ich haben in unseren Geschäftsbeziehungen mit einer Menge Europäern zu tun gehabt.«

»Es gibt eine Gruppe Russen, die noch nicht lange in Anacortes sind«, meinte Jake. »Es sind hauptsächlich Tagelöhner. Und dann gibt es auch noch Finnen und Kroaten, aber diese Familien sind schon so lange hier, daß nur noch die Großeltern mit Akzent sprechen.«

»Für jemanden, der in Seattle wohnt, wissen Sie aber eine ganze Menge über Anacortes.«

»Ich bin hier groß geworden.«

»Oh. Und hier haben Sie dann auch diesen Kapitän Wie-war-doch-gleich-sein-Name kennengelernt, der mit dem grellorangefarbenen Zodiac?«

»Conroy. Was für eine Art von Kleidung hat denn Schlangenauge getragen?«

»Nichts Auffallendes. Dunkles Hemd, dunkle Hose, beinahe wie ein Sportanzug. Dazu eine Lederjacke, eine recht billige, nehme ich an. Und Sportschuhe, aber keine neuen. Eine Baseballmütze, die aussah, als wäre sie per Anhalter aus der Hölle gekommen.«

Das Bild eines Mannes mit Schlangenblick von der anderen

Seite der Welt kam Jake in den Sinn. Doch selbst noch als er sich sagte, daß das ziemlich unwahrscheinlich war, konnte er die Erinnerung an Dimitri Pavlovs kleine schwarze Augen und die Kleidung eines Schlägertyps nicht abschütteln, eine Kleidung, die nur in einem Land modern war, in dem westliche Konsumgüter sehr selten waren.

Das Problem, daß Pavlov nicht das Schlangenauge sein konnte, war ganz einfach. Er hatte kein Geld für ein Ticket in die Vereinigten Staaten. Die Hälfte der Zeit konnte Pavlov sich nicht einmal einen Wodka leisten. Auf der anderen Seite würden Gerüchte, daß man das Bernsteinzimmer gefunden hatte, eine Zusammenkunft internationaler Raubtiere erklären. Verglichen mit der unbezahlbaren Kunst des toten Zaren waren die Kosten eines Flugtickets gar nichts. Irgendein schurkischer Unternehmer konnte Pavlovs Reisekosten bezahlt haben, in der Hoffnung, ungeheuren Gewinn zu machen, wenn das Bernsteinzimmer wirklich gefunden worden war.

»Besaß der Mann noch all seine Finger und Daumen?« fragte Jake.

Honor verzog das Gesicht und erinnerte sich an die Fragen der Cops über den Toten, der am Strand einer felsigen Insel angespült worden war.

»Ich habe nicht nachgezählt«, antwortete sie langsam. »Aber mir ist nicht aufgefallen, daß etwas fehlt.«

»Wann haben Sie ihn zum ersten Mal gesehen?«

»Vor ungefähr vier Tagen.«

»Und wann zum letzten Mal?«

»Zehn Sekunden später. Ich habe ihm erklärt, der Job sei schon vergeben und habe dann die Tür vor seiner Nase zugeschlagen.«

»War er wütend darüber?«

»Danach habe ich ihn nicht gefragt. Aber er hat nichts gesagt und hat auch keine rüden Gesten gemacht.«

»Und danach haben Sie ihn nicht mehr gesehen?«

»Gott sei Dank nicht.«

Jake runzelte die Stirn. »Das ist nicht gerade sehr viel, aber ich werde mich in einigen der Spelunken nach ihm erkundigen.«

»Das brauchen Sie nicht«, wehrte sie hastig ab.

»Haben Sie Angst, daß ich mir die Zehen an einem Barhocker stoße?«

Honor mußte trotz ihrer Anspannung lachen. »Ich möchte nicht, daß irgend jemand meinetwegen in Schwierigkeiten kommt, das ist alles.«

»Mir wird schon nichts passieren.«

»Soll das heißen, daß Sie sich in Spelunken zu Hause fühlen?« fragte sie, neugierig geworden. Er beantwortete kaum eine Frage nach sich selbst, doch das bedeutete nicht, daß sie es nicht weiter versuchte.

»Ich habe schon vor langer Zeit damit aufgehört, mich in Spelunken herumzutreiben«, sagte er. »Aber damit ist es genau wie mit dem Fahrradfahren – man vergißt nicht, welche Bewegungen man machen muß, um oben zu bleiben, und welche dazu führen, daß man auf seinem Hinterteil landet und sich wundert, wie das passieren konnte.«

»Ich wußte gar nicht, daß es so harte Arbeit ist, ein Fischereiführer zu sein.«

»Das ist es auch nicht. Erwachsen zu werden ist die Schwierigkeit, wenigstens in Städten, in denen es langsam bergab geht, wie in dieser hier.«

Honor blickte von ihrem Krebs auf, dem sie sich wieder mit Appetit gewidmet hatte. »Was hat denn Ihr Vater gearbeitet?»

»Ein wenig von allem.« Jake nahm sein Glas und trank einen großen Schluck. »Ist das etwa ein Skizzenblock, der da neben dem Chapman liegt?«

Sie seufzte. Das Thema Jake Mallory war beendet. Aber wenn es darum ging, konnte sie auch sehr gut austeilen.

»Ich kann es nur eine Zeitlang ertragen, über Vektoren und Schnittpunktwinkel zu lesen, ehe ich durchdrehe«, sagte sie.

Er folgte ihrem Gedankengang sofort. »Und dann beginnen Sie zu zeichnen?«

»Das ist ein Teil meiner Arbeit. Ich entwerfe Dinge, die aus Halbedelsteinen gefertigt werden.«

»Schmuck?«

»Schmuck, dekorative Kunst, Dinge, die das Auge erfreuen und den Geist. Oder ›kunstvollen kleinen Krimskrams‹, wie meine herablassenden Brüder sagen würden.«

Jake lächelte flüchtig. »Könnten Sie ein Bild von Schlangenauge zeichnen?«

»Sicher.«

Sie lehnte sich in ihrem Stuhl zurück und griff nach dem Skizzenblock auf der Anrichte. Um den Bleistift zu erreichen, mußte sie sich etwas mehr nach hinten strecken. Sie schob den Stuhl zurück und balancierte dann auf zwei Stuhlbeinen. Der Stuhl schwankte, schien sich zu fangen, begann aber dann zu fallen.

Mit einer erstaunlichen Geschwindigkeit kam Jake auf die Füße, stellte den Stuhl wieder aufrecht hin und reichte ihr den Bleistift.

»Hat Ihre Mutter Ihnen nie gesagt, nicht mit dem Stuhl zu kippeln?« fragte er.

»Immer wieder.«

»Und haben Sie je auf sie gehört?«

»Tut das überhaupt ein Kind?« gab sie zurück. »Nicht zusehen. Es macht mich nervös, wenn mir jemand beim Zeichnen zusieht.«

Nach kurzem Zögern setzte sich Jake und widmete sich seinem Krebs.

Honor beugte sich über den Skizzenblock, die Augen hatte sie konzentriert zusammengezogen, entspannt und doch mit festem Griff hielt sie den Bleistift. Es fiel ihr nicht schwer, sich das Aussehen des Mannes ins Gedächtnis zu rufen. Auch wenn sie ihn nicht lange angesehen hatte, so hatte doch ihr Instinkt sie sofort vor diesem Mann gewarnt. Ihr Adrenalinspiegel war derart hoch gewesen, daß sich sein Bild ihr tief eingeprägt hatte.

Zu sehr sogar. Nach dem ersten unheimlichen Anruf hatte sie sein Gesicht in einem Traum verfolgt. Es war ein Traum gewesen, der sie hellwach gemacht hatte. Danach hatte sie angestrengt auf jedes kleinste Geräusch von draußen gelauscht, das der Wind, der Wald und die Wellen verursachten.

Zügig entstand das Bild des Mannes auf ihrem Skizzenblock. Zuerst zeichnete Honor die Form seines Gesichtes, seine Körperhaltung und dann die Einzelheiten seiner Kleidung und seines Gesichtsausdruckes. Nicht einmal hielt sie inne. Sie zeichnete nur dann langsam, wenn sie etwas erschuf, das noch nicht existierte. Was sie jetzt zeichnete, war jedoch eine direkte Übersetzung der Wirklichkeit. Leider.

Nach einer Minute hielt sie den Skizzenblock ein wenig von sich weg, legte den Kopf schief und betrachtete das, was sie gezeichnet hatte.

»Fertig?« fragte Jake und griff nach dem Skizzenblock.

»Noch nicht ganz.«

Sie veränderte die Augenbrauen und die Linie des Mundes, fügte noch ein paar Schatten hinzu und hielt den Block dann Jake hin. Er pfiff leise durch die Zähne, vor Überraschung und vor Anerkennung ihres Talents. Es erinnerte Honor an Kyles Geschick mit Flöten und Kinderpfeifen.

»Sie sind eine verteufelt gute Künstlerin«, sagte Jake, der sofort Dimitri Pavlov erkannt hatte. Wie Honor schon gesagt hatte: Schlangenauge.

»Das ist Illustration, keine Kunst.«

»Wer sagt das?«

»Leute, die dafür bezahlt werden, daß sie den Unterschied erkennen.«

Er grunzte, unbeeindruckt von ihren Gründen. Dann betrachtete er noch einmal die Skizze und dachte an all die guten, gesetzlichen Gründe, daß einer seiner besten litauischen Verbindungsmänner zum Bernstein in den Vereinigten Staaten war und versuchte, sich als Fischereiführer anheuern zu lassen.

Jake fiel nicht ein einziger guter Grund dafür ein. Schlechte Gründe waren leicht zu finden. Er hatte schon immer vermutet, daß dieser Hundesohn für mehr als nur einen Herrn arbeitete. Jetzt blieb nur noch die Frage, für welche anderen drei oder sogar vier er tätig war. Politik in den baltischen Staaten war ein blutiger Sport, der auf Tausenden von Jahren alter Fehden beruhte. Jeder konnte bei diesem Spiel mitspielen. Es wurde kein Eintrittsgeld erhoben. Und es gab keinen Weg, aus dem Spiel wieder herauszukommen.

»War er allein?« fragte Jake und deutete auf die Skizze.

»Ich habe sonst niemanden gesehen.«

»Auch kein Auto oder einen Truck?«

»Danach habe ich gar nicht Ausschau gehalten. Als ich erst einmal die Tür geöffnet hatte, konnte ich an nichts anderes mehr denken als daran, sie so schnell wie möglich wieder zu schließen.«

»Da mache ich Ihnen gar keinen Vorwurf. Dieser Kerl sieht aus, als bedeute er schlechte Neuigkeiten.«

Was auch so war. Pavlov sprühte nicht gerade vor Intelligenz, aber er hatte die Art von Kontakten, die in einer Gesellschaft sehr wertvoll waren, wo es Ansichtssache war, ob man zu den Guten oder den Bösen gehörte, und wo niemand sich mit niemandem einig war, nicht einmal über die Farbe des Himmels. Sowohl Donovan International als auch Emerging Resources hatten sich in der Vergangenheit Pavlovs Erfahrung zunutze gemacht.

Jake fragte sich, für wen er jetzt wohl arbeitete.

Vorsichtig faltete er die Skizze zusammen und steckte sie in seine Jackentasche, obwohl er sich nicht länger nach der Identität dieses Mannes zu erkundigen brauchte. Er wollte aber nicht, daß Honor ihn fragte, woher er Pavlov kannte.

»Haben Sie das Boot gut abgeschlossen?« fragte Jake.

»Irgendwie glaube ich nicht, daß Diebstahl unser Problem ist.«

»Weil wir hier in einer so kleinen, rückständigen Stadt leben?« fragte er sarkastisch.

»Nein. Weil ich, nachdem Sie gegangen sind, die Verteilerkappe vom Verteiler abgenommen habe. Der Motor der *Tomorrow* wird nicht anspringen.«

Er zog überrascht die Augenbrauen hoch, denn er hatte die Idee gehabt, ihr anzubieten, auf dem Boot zu schlafen – und die Zeit dazu zu nutzen, sich die Elektronik genauer anzusehen, ohne daß ihm dabei Honor über die Schulter blickte.

Es gab verschiedene Möglichkeiten, etwas in der Größe der Bernsteinladung zu verstecken. Der schnellste und billigste Weg war, es auf dem Meeresboden zu verstecken und den Ort elektronisch zu markieren. Salzwasser hinterließ keine Spuren, und es verdarb den Bernstein auch nicht. Kyles Zodiac, sein Tauchanzug und sein tragbares Satelliten-Navigationssytem fehlten, zusammen mit einem Anker, der schwer genug war, um damit ein ganzes Vermögen an Bernstein versenken zu können. Alles, was Jake tun mußte, war, die elektronische Schatzkarte auf dem Computer der *Tomorrow* zu finden.

»Sie haben also den Motor unbrauchbar gemacht, wie?« fragte er. »Haben Sie die Elektronik mit ins Haus gebracht?«

»Daran habe ich nicht gedacht. Ist nicht alles verschlossen?«

»Nicht richtig.«

Sie runzelte die Stirn. »Wollen Sie damit sagen, daß man die Elektronik leicht abbauen und irgendwoanders wieder einbauen kann?«

»Nicht so, wie Ihr Bruder sie gesichert hat.«

»Man kann sich darauf verlassen, daß Kyle alles auf die schwierigste Art tut. Und was machen wir jetzt?«

»Kein Problem. Ich werde für ein paar Tage auf die *Tomorrow* ziehen. So kann niemand dort einbrechen und sich mit einer Elektronik, die Tausende von Dollars wert ist, aus dem Staub machen.«

»Glauben Sie etwa, daß jemand hinter Kyles Computer her ist?«

Honor ist verdammt schnell, dachte Jake ungemütlich. Doch das sollte ihn eigentlich nicht wundern. Die anderen Donovans, die er kennengelernt hatte, waren auch nicht blöd.

»Computer sind teuer, sie sind leicht wegzutragen, und man kann sie verkaufen«, meinte er. »Das macht sie zu einem Ziel von Einbrechern.«

»Ich habe das Boot abgeschlossen.«

Er zögerte, dann zuckte er innerlich mit den Schultern und setzte alles auf eine Karte. Nach all den Informationen, mit denen er sie heute überschüttet hatte und nachdem sie den Chapman gelesen hatte, würde sie wohl langsam begriffen haben, daß sie nicht über Nacht in der Lage sein würde, das Boot zu beherrschen. Wenn sie hinter dem Bernstein her war, brauchte sie einen Führer, dem sie vertrauen konnte.

Oder wenigstens jemanden, der sich auskannte.

»Nachdem ich die Zeitung gelesen habe«, begann Jake, »würde es mich nicht überraschen, wenn irgendein Amateur, der den Traum hat, ein Vermögen in Bernstein zu finden, hinter Ihrem Bruder her ist. Eine verschlossene Kabinentür mit einem Glaseinsatz ist kein großes Hindernis für jemanden, der einen solchen Ehrgeiz hat.«

Ohne es zu wollen, sah Honor sich in der kleinen Hütte um. Die neu installierten Schlösser erinnerten sie daran, daß sie wirklich nicht sehr viel über Kyle wußte, über gestohlenen Bernstein und all die Fragen, die Archer ihr nicht beantworten wollte.

»Ich denke, ich kann auch auf dem Boot schlafen«, lenkte sie ab.

Offensichtlich aber schien ihr dieser Gedanke nicht sehr zu gefallen.

»Warum wollen Sie sich die Mühe machen?« fragte er. »Ich bin gern auf dem Wasser, Sie nicht.«

Sie verzog das Gesicht, doch widersprach sie ihm nicht. »Sind Sie sicher, daß es Ihnen nichts ausmachen wird, auf dem Boot zu schlafen?«

»Ganz sicher. Machen Sie den Motor wieder betriebsbereit, während ich einige meiner Sachen von zu Hause hole. Ich werde noch heute abend an Bord schlafen.«

»Aber was tun Sie, wenn wirklich jemand einzubrechen versucht?«

»Dann werde ich schreien.«

»Das wird sicher eine große Hilfe sein.«

»Sie sollten die Möglichkeit nicht ausschließen, solange Sie es nicht versucht haben. Oder sind Sie jemand, der Pfefferspray in der Tasche mit sich trägt und eine Pistole?«

»Keine Pistole«, wehrte sie ab. »Ich habe schon ein paarmal überlegt, ob ich mir Pfefferspray kaufen soll, doch weiter, als darüber nachzudenken, bin ich noch nicht gekommen.«

»Und wie steht es mit dem Schreien?«

»Ich habe es bis zu einer Neun auf der Richterskala gebracht. Faith hat noch mehr Volumen, aber Archer hat geschworen, daß es mir gelingen würde, in einer Entfernung von fünfzig Metern jedes Trommelfell zum Platzen zu bringen.«

Jake lächelte. »Und wie sehr sorgen Sie sich wegen dieser eigenartigen Telefonanrufe, die Sie bekommen haben?«

»Ich mache mir genug Sorgen, um froh darüber zu sein, daß jemand in der Nähe ist, den ich mit meinem Geschrei aufmerksam machen kann«, gestand sie ihm.

»Heißt das, daß Sie glauben, ich werde Ihnen keinen Anlaß geben, zu schreien?«

»Wenn ich das glauben würde, hätte ich Sie nicht eingestellt.«

»Ich bin kein Schlangenauge, ist es das?«

Honor prostete ihm zu. »Ich habe noch nie eine Schlange mit grauen Augen gesehen. Was für ein Glück für Sie, wie?«

Viel mehr Glück, als sie sich vorstellen konnte, überlegte Jake. Sie war so vorsichtig wie intelligent. Doch ihr fehlte die abgrundtiefe Eigenart eines wilden Tieres – oder eines Menschen, der sich die Finger verbrannt hatte, weil er dem falschen Menschen vertraut hatte.

Jake hob sein Weinglas. »Auf das Glück.« Er würde eine ganze Menge mehr brauchen, um heil aus diesem ganzen Durcheinander herauszukommen.

Und ob Honor das nun wußte oder nicht – sie auch.

7

Es war noch dunkel, als Honors Wecker zu schrillen begann. Der Alarm begann als sanftes Läuten, wurde zu einem anständigen Summen und dann zu einer Imitation der Ekstase einer streunenden Katze, einem Geschrei, bei dem die sich paarenden Tiere Schwierigkeiten mit den Anwohnern bekamen. Das Ganze dauerte fünfzehn Minuten. Honor hatte die ersten vierzehn Minuten und fünfundfünfzig Sekunden davon verschlafen. Und sie wollte weiterschlafen.

Stöhnend zog sie sich das Kissen über den Kopf und vergrub sich unter der Decke. Doch das schrille Geräusch des Weckers ließ ihr keine Ruhe. Es war ganz einfach unmöglich zu ignorieren. Nicht zum ersten Mal verfluchte sie Kyles Erfindungsreichtum auf dem Gebiet der Technologie. Irgendwie hatte er es geschafft, das entsetzliche Geschrei in eine sonst normale batteriebetriebene Uhr zu integrieren.

»Schon gut, *schon gut! Ich bin wach!*«

Doch der Wecker war weder intelligent noch dumm genug, um ihr zu glauben. Die schrillen, jammernden Geräusche hörten nicht auf, bis sie aus dem Bett sprang, durch das Zimmer lief und die infernalische Maschine abstellte.

»Wenigstens bin ich sicher, daß Kyle kein Säufer ist«, murmelte Honor und rieb sich die Augen. »Niemand, der regelmäßig einen Kater hatte, würde einen solchen Wecker erfinden.«

Jemand hämmerte an die Eingangstür.

»Honor! Ist mit Ihnen alles in Ordnung?«

Sie kannte Jake zwar noch nicht lange, aber immerhin hatte sie eine ganze Menge älterer Brüder; deshalb wußte sie auch, daß der Mann, der da vor ihrer Tür stand, kurz davor war, handgreiflich zu werden. Sie rannte zur Haustür, riß den Riegel zurück und öffnete die Tür.

Im Licht der Lampe auf der Veranda erkannte sie Jake, der sich mit erhobener Faust am Türrahmen abstützte. Sie zweifelte nicht daran, daß er die Absicht gehabt hatte zuzuschlagen.

»Die Sonne ist noch nicht einmal aufgegangen«, fuhr sie ihn an. »Warum in Gottes Namen hämmern Sie gegen meine Tür?«

»Ist alles in Ordnung?«

»Das werde ich Ihnen sagen, wenn ich wach bin. Also, wollten Sie etwas Besonderes, oder sind Sie nur die Wiedergeburt eines unausstehlichen Menschen?«

Jake stützte sein Gewicht auf die Faust, mit der er sich über ihrem Kopf gegen den Türrahmen stützte und die sie nicht sehen konnte. Die andere Faust stützte er in seine Hüfte.

»Was zum Teufel ist hier los?« fragte er.

Der scharfe Ton seiner Stimme drang durch den Nebel des Schlafes, der Honor noch immer einhüllte. Ihre Augen weiteten sich, und sie sah Jake zum ersten Mal richtig an. Er hatte Rasierschaum auf einer Wange. Ein eigenartig geschnitztes Medaillon aus Bernstein hing an einer schwarzen Seidenschnur um seinen Hals und war halb in dem dichten krausen Haar auf seiner Brust verborgen. Eine dunkelblaue Unterhose hing tief auf seinen Hüften und umschloß die Überreste einer morgendlichen Erektion.

»Liebe Güte!« sagte sie und starrte ihn an. »Laufen Sie immer in Ihrer Unterwäsche herum?«

»Nur dann, wenn ich mich beeilen muß, irgendeinen schreienden Idioten zu retten.«

»Schreiend ... ach du liebe Güte. Konnten Sie das bis hinunter zum Boot hören?«

»Von wegen bis zum Boot. Ich nehme an, sie werden ein Geschwader von der Whidbey Naval Air Station Insel losschicken.«

Honor stöhnte und legte die Hand über die Augen. »Das ist alles Kyles Schuld.«

»Was? Ist er hier?« fragte Jake und blickte an ihr vorbei.

»Nein. Nur ein Wecker.«

»Sein Wecker? Sie meinen eine Uhr?«

Sie nickte. »Eines haben Kyle und ich gemeinsam. Wir sind keine Morgenmenschen.«

»Und?«

»Deshalb hat er einen Wecker gebaut, der mich garantiert aufwecken wird. Es war sein Geburtstagsgeschenk.«

Jake schloß die Augen und versuchte, den Adrenalinstoß, der durch seinen Körper gefahren war, als er das entsetzliche Geschrei gehört hatte, zu senken.

»Geburtstagsgeschenk«, sagte er und atmete tief durch. »Es ist ein Wunder, daß Kyle Ihre Dankbarkeit überlebt hat.«

»Ja. Es tut mir leid, wenn ich Sie aufgeweckt habe.«

»Ich war schon wach und habe daran gedacht, mich zum ersten Mal seit einem Monat zu rasieren. Haben Sie genug gesehen, oder haben Sie die Absicht, mir Geld in mein Suspensorium zu stecken?«

Honor starrte ihn mit offenem Mund an, zog die Augen zusammen und schlug ihm die Tür vor der Nase zu.

Jake stieß den Atem aus, den er angehalten hatte, wandte sich ab und senkte die Hand, die er so gehalten hatte, daß sie sie nicht sehen konnte. Die Pistole, die er in der Hand hielt, war dunkel und genauso wirksam, wie sie aussah. Er nahm an, daß es noch ein wenig zu früh war in seiner Beziehung mit der sexy

Miss Donovan, um ihr zu erklären, warum ein Fischereiführer eine Handvoll mattschwarzen Tod mit sich trug.

Gott sei Dank für das Temperament der Donovans. Sie wütend genug zu machen, damit sie die Tür zudonnerte, war reine Inspiration gewesen. Er hatte überlegt, daß er mindestens eine Stunde damit verbringen würde, die Waffe zu reinigen, nachdem er sie in die Dachrinne der Hütte hätte verstauen müssen.

Ganz zu schweigen von der Tatsache, daß es nur noch ein paar Sekunden gedauert hätte, bis ihm unter dem bewundernden Blick ihrer bernsteingrünen Augen seine Shorts wahrscheinlich geplatzt wäre.

»Runter, Junge«, murmelte er und ging mit schnellen Schritten zum Dock zurück.

Doch der Junge gehorchte nicht. Das war das Problem. Der Junge hatte etwas gesehen, was er wollte – und das Etwas besaß zerzaustes kastanienbraunes Haar, einen vom Schlaf sanften Mund und ein hüftlanges grünes T-Shirt, das gerade so paßte, um in ihm den Wunsch zu wecken darunterzukriechen.

»Ich brauche so etwas nicht.«

Aber ganz sicher wollte er es.

»Von all den verdammten, dämlichen … autsch!«

Obwohl er die kalten, unebenen Felsen verfluchte, die er nicht bemerkt hatte, als er barfuß zur Hütte gerannt war, so waren ihm doch die Beschwerden bei jedem Schritt willkommen. Sie halfen ihm dabei, seine Gedanken von seinem Unterleib abzulenken.

Auf dem Weg zum Boot entschied er, daß er sich, den Teufel noch mal, nicht rasieren würde. Nach vier Wochen war sein Stoppelbart ganz weich geworden, und er juckte auch nicht mehr. Außerdem kam bald der Winter, und er wußte aus guter Quelle, daß Frauen ein Fell im Gesicht haßten. Sie liebten die glattrasierten hübschen Jungen oder die coolen Typen, die ihre Verabredungen zwei Tage im voraus planten, damit sie gerade das richtige Maß an Stoppelbart auf ihren Stadtgesichtern wachsen lassen konnten.

Jake fluchte bei jedem Schritt vor sich hin und versuchte gleichzeitig, der Sache etwas Gutes abzugewinnen. Doch das Beste, was ihm einfiel, war, daß alle, die die Hütte beobachteten, jetzt wußten, daß ihr Opfer wach war.

Der Gedanke, daß Ellen noch vor der Morgendämmerung angerufen werden würde, um das zu erfahren, zauberte ein Lächeln auf sein Gesicht.

Honor riß sich zusammen, sie zog sich an und lief dann hinunter zum Dock. Es war noch immer dunkel. Die Lichter der *Tomorrow* brannten, der Motor brummte wie ein Baum voller Raben, und die Angeln lagen bereit. Sie blickte zu den Angelruten, die aufrecht in den Halterungen neben der Kabinentür standen. Dann betrachtete sie stirnrunzelnd das große schwarze Netz, das auf dem Dach festgemacht war in einer »Raketenabschußbasis«, wie Jake es genannt hatte. Exotische Stücke Fisch hingen am Rand eines weißen Plastikeimers. In dem Eimer taute ein Paket gefrorener Köder langsam auf.

»Dafür bin ich noch vor Sonnenaufgang aufgestanden«, murmelte Honor vor sich hin. »Ich sollte mir das Gehirn untersuchen lassen.«

Mit einem Gefühl des bevorstehenden Verhängnisses trat sie auf die taufeuchte Leiter zum Schiff und öffnete dann die Kabinentür. Das Aroma von frisch aufgebrühtem Kaffee hüllte sie ein wie eine Liebkosung. Jake saß am Ruder und hielt einen Becher heißen Kaffee in der Hand.

»Ich vergebe Ihnen«, sagte Honor sofort und griff nach dem Becher.

»Was denn?« fragte er verwirrt.

»Alles. Geben Sie mir nur den Kaffee.«

»Eigentlich ist das Ihr Kaffee. Mit Zucker und Sahne.«

»Der Himmel in einem angeschlagenen Becher. Her damit.«

Er reichte ihr den Kaffee. Sie nahm einen behutsamen Schluck, und ein Schauer lief durch ihren Körper, als der heiße Kaffee durch ihre Kehle rann, bis hinunter in ihren Bauch.

»Abgesehen von Ihrem Wecker, wie haben Sie geschlafen?« fragte Jake.

»Wie sehe ich aus?«

»Schlecht.«

»Autsch. Und ich habe geglaubt, alle Fischer lügen.«

»Nur in den Dingen, die wichtig sind.«

»Wie zum Beispiel Fische?«

»Ja. Haben Sie noch mehr Anrufe bekommen?«

Sie schüttelte den Kopf, nippte noch einmal vorsichtig an dem Kaffee und nahm dann einen großen Schluck, obwohl der Kaffee so heiß war. »Herrjeh, Sie machen einen guten Kaffee. Wie kommt es eigentlich, daß noch keine intelligente Frau Sie geheiratet, Ihnen Schuhe und Strümpfe ausgezogen und Sie an den häuslichen Herd gekettet hat?«

»Weil ich nicht schwanger werden kann.«

»Ah, nun ja, nichts ist perfekt. Bis auf diesen Kaffee hier.« Sie trank den Becher leer und lächelte ihn gewinnend an. »Müssen wir wirklich zum Fischen rausfahren?«

»Das müssen wir wirklich. Aber es war ein guter Versuch. Ganz besonders der Teil hat mir gefallen, wo ich Schuhe und Strümpfe ausziehen muß, ehe Sie mich anketten.«

Honor lachte, und auch der letzte Rest schlechter Laune verflog. Die Morgendämmerung mit Jake war gar nicht so schlecht.

»Waffenstillstand?« fragte er.

Sie zuckte mit den Schultern. »Ja. Jetzt bin ich wach.«

»Ich auch«, versicherte er ihr und wandte sich um zu dem Kartenplotter, an dem er gearbeitet hatte, als Honor kam. »Tut mir leid, daß ich die dumme Bemerkung über das Starren gemacht habe.«

»Tut mir leid, daß ich gestarrt habe«, murmelte sie. »Ich bin es nicht gewöhnt, so früh am Morgen fast nackte Männer zu sehen.«

»Was ist denn mit der Befreiung der Frau passiert?«

»AIDS, unter anderem«, sagte sie und griff nach dem Kaffeetopf, der auf dem Herd stand. »Enthaltsamkeit ist wieder in.«

»Klingt langweilig.«

»Das ist Sex auch.« Sie gähnte. »Wollen Sie welchen?«

Jakes Kopf fuhr hoch. Er sah, wie sie Kaffee in den Becher goß, und sagte sich, daß er erleichtert sein sollte und nicht enttäuscht, weil sie ihm Kaffee anbot und keinen Sex.

»Ja, danke.«

Sie goß Sahne in den Kaffee und reichte ihn ihm.

»Sie machen das, als seien Sie es gewöhnt, Kaffee für ... jemanden zu machen«, sagte Jake.

»Für Faith. Sie mag viel Sahne und Zucker. Am liebsten mag sie allerdings Kaffee mit Zimt.« Honor erschauerte. »Was für ein Frühstück.«

»Da fällt mir etwas ein. Haben Sie gegessen, ehe Sie die Hütte verlassen haben?«

»Meinen Wecker.«

Jake zuckte zu ihr herum.

Honor brach in lautes Lachen aus. »Sie sollten Ihr Gesicht sehen.«

»Das würde ich wirklich gern sehen. Ich versuche mir vorzustellen, wie Sie klingen in der Morgendämmerung morgen früh.«

»Dann werden wir doch nicht aufstehen müssen.«

»Aber natürlich. Möchten Sie zu Ihrem Wecker ein Omelett?«

Honor sah ihn mit weit aufgerissenen Augen an. »Können Sie wirklich kochen?«

»Sehe ich so aus, als wäre ich am Verhungern?«

»Es gibt doch Restaurants.«

»Gerade die örtlichen Restaurants sind der Grund dafür, daß ich kochen gelernt habe.«

Sie wollte ihn fragen, ob er verheiratet gewesen war, doch ihr fiel keine unaufdringliche Umschreibung ein. »Waren Sie verheiratet?«

»Ja. Sie auch?«

»Nein. Ich habe noch keinen Mann gefunden, der Mut genug besitzt, es mit dem Donovan-Clan aufzunehmen. Wie lange waren Sie verheiratet?«

»Was läßt Sie glauben, daß ich jetzt nicht verheiratet bin?«

Nun war es Honor, die sprachlos mit offenem Mund vor ihm stand.

»Es ist schon zwölf Jahre her, und die Ehe hat nicht einmal ein ganzes Jahr gedauert«, erklärte er dann und lächelte. »Ich war damals in der Marine, und sie war ein Partymädchen, das nicht gern allein war. Es gab keine Kinder und kein Bedauern. Sonst noch Fragen?«

Honor fuhr zusammen. »Es tut mir leid. Ich war ganz einfach neugierig. Außerdem ist es viel zu früh am Morgen, um intelligente Fragen zu stellen.«

Er zupfte leicht an einer Strähne ihres Haares. »Ich selbst bin auch sehr direkt. Haben Sie auch keine Kinder?«

»Ich habe Ihnen doch gesagt, ich bin nie verheiratet gewesen.«

»Mein Schatz, wenn Sie glauben, daß man verheiratet sein muß, um eine Frau zu schwängern, dann sollten Sie tagsüber mal den Fernseher einschalten.« Er schüttelte den Kopf und wandte sich dann ab. »Können Sie wirklich kochen?«

»Sicher. Soll ich Ihnen die Eier für das Omelett schälen?«

Er schaute sie verdattert an, ehe ihm klarwurde, daß sie ihn erneut auf den Arm genommen hatte. Grinsend drehte er sich zum Herd. Kyle war auch so gewesen – mit schnellem Verstand, immer bereit, ihn zu necken, und auch immer bereit zu lachen. Ein guter Kamerad.

»Was würden Sie tun, wenn ich damit einverstanden wäre, daß Sie die Eier schälen?« fragte Jake.

»Ich würde Schweinerei machen.«

»Das dachte ich mir.«

Er schlug Eier in eine Schüssel. Während er das Omelett fabrizierte, sah Honor sich den Bildschirm des Computers an.

»Was ist das auf dem Bildschirm?« fragte sie.

»Ich habe einige gespeicherte Routen gefunden.«

»Wohin führen sie?«

»Nach draußen, zu den Inseln.«

»Fischgründe?«

»Es scheint so.«

Sie machte eine ungeduldige Handbewegung. »Das Fischen kann warten. Ich möchte lernen, wie das Boot gefahren wird.«

»Sie können beides zusammen lernen.«

Honor verzog das Gesicht. »Was auch immer. Lassen Sie uns anfangen.«

»Sie müssen zuerst frühstücken. Man lernt besser, wenn der Magen nicht leer ist.«

Was Jake nicht verriet, war, daß er wollte, daß dieses geheimnisvolle vierte Boot, die Olympic, genug Zeit hatte, sich in die Parade einzureihen. Er würde wirklich gern genauer sehen, wer dort an Bord war. Es machte ihn nervös, wenn er nicht die Namen aller Mitspieler kannte.

Er goß die Eiermischung in eine heiße Pfanne. Während die Eier stockten, gab er die Zutaten dazu.

»Hat Kyle je etwas darüber gesagt, daß er getaucht ist?« fragte Jake und richtete seine Aufmerksamkeit auf die Pfanne.

»Hier?«

»Ja.«

»Nein, meines Wissens nicht. Er ist vor einigen Jahren in Australien getaucht, als Archer dort Broomes Möglichkeiten als Zulieferer von Perlen untersucht hat.«

»Aber Kyle hat nie erwähnt, daß er hier getaucht ist?«

»Höchstens auf negative Weise. Was das Tauchen angeht, nehme ich an, daß die San-Juan-Inseln nicht gerade ein geeignetes Revier dafür sind.«

»Verglichen mit den Tropen sicher nicht. Das Tauchen hier ist harte, kalte Arbeit. Die Strömungen sind schwierig und oft sogar gefährlich.«

»Tauchen Sie?«

Er zuckte mit den Schultern. »Manchmal. Hat Kyle seine Tauchausrüstung in der Hütte?«

»Nein.«

»Sind Sie sicher?«

»Ich habe die ganze Hütte auf den Kopf gestellt, als ich nach seiner zweiundzwanziger Pistole gesucht habe. Ich habe keine Tauchausrüstung gefunden.«

»Und was ist mit der Pistole?«

»Die ist auch nicht da.« Schnell fügte sie hinzu: »Aber der Kerl, der am Strand angespült wurde, ist nicht erschossen worden, wenn Sie das glauben.«

»Ich glaube nur, daß ich die Eier nicht anbrennen lassen sollte.« Er schüttelte die Pfanne und stieß mit der Gabel in die Mischung. »Haben Sie bei Ihrer Suche etwas gefunden, was so ähnlich aussah wie dies hier?« fragte er und deutete zum Tisch der Kombüse.

Honor blickte auf das kleine elektronische Ding, das er jetzt vom Tisch nahm.

»Was ist das?« wollte sie wissen.

»Ein GPS-Empfänger.«

»Hallo?«

»Globales Positionierungssystem, ein Satellitennavigationssystem. Der Empfänger sagt Ihnen von wenigen Metern bis hin zu etwa ein paar hundert Metern genau, wo Sie sind, unabhängig davon, wie die Regierung das Signal eingestellt hat.«

Mit hochgezogenen Augenbrauen starrte Honor auf das elektronische Etwas. »So ein Ding habe ich nie gesehen.«

Er war nicht überrascht. Er nahm an, daß Kyle den GPS-Empfänger mitgenommen hatte. Wahrscheinlich aus dem gleichen Grund, aus dem Kyle sich entschlossen hatte, die Sea-Sport zurückzulassen und den Zodiac zu nehmen. Auf dem Meer eine Position ausfindig zu machen war nicht einfach. Doch mit einem GPS war es eine Kleinigkeit. Fast.

»Wo könnte Kyle sonst seine Tauchausrüstung aufbewahren?« fragte Jake.

»Auf keinen Fall in seinem Wagen. Den habe ich zuerst durchsucht.«

Jake richtete seine Aufmerksamkeit auf das Omelett. Er wollte nicht zu durchsichtig sein in seinen Fragen danach, wo Honors Bruder die Sachen aufbewahrte, die nicht in der Hütte waren. Doch mit Vorsicht würde er nicht erfahren, was er wissen wollte.

»Hat Kyle vielleicht eine dieser gemieteten Boxen in dem Lagerhaus am Rande der Stadt?« fragte er und faltete das Omelett geschickt zusammen.

»Wenn das so ist, dann habe ich keinen Nachweis dafür in seinem Scheckbuch gefunden. Das Omelett duftet köstlich. Was haben Sie reingetan?«

»Cilantro, süße Zwiebeln, Käse«, zählte er abwesend auf. Er war noch dabei, die Information zu verarbeiten, daß Honor sich sogar Kyles Scheckbuch angesehen hatte, um etwas zu finden, das sie zu ihrem Bruder führen konnte. Trotz all ihres Geredes über nonlineare Informationsquellen hatte sie doch die linearen Quellen nicht übersehen. »Gab es ungewöhnliche Einzahlungen oder Abhebungen?«

»Keine größeren Summen, wenn Sie das damit meinen.«

»Das habe ich gemeint.«

»Der einzige ungewöhnliche Scheck war der für einen Weinhändler in Kalifornien. Doch für Kyle ist das wiederum eigentlich nicht ungewöhnlich. Er liebt einen anständigen Wein, doch keinen, bei dem es ein wirkliches Drama ist, ihn zu trinken.«

»Ein wirkliches Drama?« fragte Jake und sah sie dabei an.

»Ach, Sie wissen schon. Einen Wein, den man mit einem Korkenzieher aus Sterlingsilber öffnen, ihn in ein Glas aus Baccarat-Kristall gießen und ihn dann über die Zunge rollen muß, während einem dabei jemand all die feinen Fakten ins Ohr flüstert, die man als elender Bauer sonst einfach übersehen würde, nur weil man nach gutem normalen Alkohol Ausschau hält.«

Lächelnd hob Jake das Omelett ein wenig an und entschied dann, daß es noch eine Minute warten konnte. »Und wie steht es mit seinem Postfach?«

»Werbebriefe, Rechnungen.«

»Telefonrechnung?«

Der letzte Anflug von Humor verschwand aus Honors Gesicht. »Auch die Telefonrechnung.«

Er wartete, weil er hoffte, wie ein Cop bei einem Kreuzverhör, weitere Informationen von ihr zu bekommen. Er bewegte sich auf einem sehr schmalen Grat und würde sie mißtrauisch machen, wenn er ihr zu viele Fragen über Kyle stellte. Doch wenn er diese Fragen nicht stellte, wäre das Zeitverschwendung.

»Es sind keine Ferngespräche mehr geführt worden, seit Kyle nach Kaliningrad gefahren ist«, seufzte Honor nach einer Weile. »Wenigstens keine, die bereits in Rechnung gestellt worden sind.«

Jake machte sich nicht die Mühe, ihr zu erklären, daß ein Toter keine Ferngespräche mehr führen konnte. Und auch kein Mann, der mit einem Vermögen an gestohlenem Bernstein auf der Flucht war und nicht gefunden werden wollte.

Er schob das Omelett auf einen Teller und stellte es vor Honor. »Essen Sie, während ich ablege. Die Gezeiten warten nicht.«

»Und was ist mit Ihnen?«

»Ich kann unter gegebenen Umständen sehr geduldig sein.«

Sie registrierte sein unwiderstehliches Lächeln und fragte sich, ob er wohl einen Waffenschein dafür besaß. »Äh, ich meinte das Omelett. Wollen Sie denn nicht frühstücken?«

»Das habe ich bereits getan.«

Jake zog die Tür der Kabine hinter sich zu und schloß so den eisigen Wind aus, der in der Morgendämmerung erwacht war. Die Navigationslichter der *Tomorrow* brannten hell in der langsam heller werdenden Nacht. Er löste die Seile am Heck und am Bug des Schiffes, trat an Bord und steuerte das Boot mit dem Achterruder vom Dock weg. Sobald es sich in die gewünschte Richtung bewegte, kam er in die Kabine zurück und setzte sich ans Steuer.

»Haben wir Gesellschaft?« fragte Honor.

»Noch nicht.«

»Glauben Sie, Kapitän Conroy wird wiederauftauchen und uns durchsuchen?«

»Das würde mich nicht überraschen?«

»Ich glaube, es gibt nicht viel, was Sie überraschen würde.«

Jake warf ihr einen schnellen Blick zu und fragte sich, was sie damit wohl meinte. Sie leckte gerade die Plastikgabel ab. Kein Restchen des Omeletts blieb mehr übrig, nachdem ihre Zunge über die Gabel gefahren war. Er sah weg, doch nicht schnell genug. Seine Hose wurde unangenehm eng. Er konzentrierte sich auf das Wasser vor ihm und verfluchte die schnelle Reaktion seines Körpers auf Honors flinke kleine Zunge.

»Wundervoll«, sagte sie.

Er brummte nur.

»Nein, das meine ich wirklich ernst«, versicherte sie ihm. »Das war ein großartiges Omelett.«

»Das kommt von dem Cilantro. Es gibt ihm gerade genug Würze, um lecker zu schmecken.«

»Sind Sie sicher, daß Sie nicht verheiratet sind?«

»Ganz sicher. Das ist nichts, was ein Mann vergessen würde.«

»Gütiger Himmel. Und Sie sprechen von Leuten, die eine ganze Woche tagsüber fernsehen sollten ...«

Sie leckte noch einmal über die Gabel und seufzte dann.

»Das ist eine Gabel, kein Lutscher«, grummelte Jake.

»Was?«

»Haben Sie ein Fernglas mitgebracht?« fragte er dann laut.

»Ja.« Sie nahm die lederne Hülle, die sie mitgebracht hatte, und holte ein kleines Fernglas heraus. »Hier ist es.«

Er blickte auf das zierliche Fernglas. »Nehmen Sie lieber meins. In diesem schwachen Licht ist es viel besser. Sehen Sie sich das Boot an, das von rechts kommt.«

»Backbord«, sagte sie sofort. »Sehen Sie? Ich habe gestern doch etwas gelernt.«

»Aber Sie haben es falsch gelernt. Backbord bedeutet links. Beide Worte haben ein k, daran kann man es sich leicht merken.«

»Und was ist mit Steuerbord?« fragte sie und griente ihn an.

»Was soll damit sein?«

»Ach, lassen Sie nur. Sie besitzen eben nicht meine Schnelligkeit.«

Eine Sekunde überlegte Jake, ob er ihr raten sollte, eine Hand in seine Hose zu stecken, nur um festzustellen, *wie* schnell er war. Doch dann sah er ein Licht, das von einer anderen Seite auf das Boot zukam.

»Sehen Sie sich mit dem Fernglas diese Boote an«, sagte er und zeigte in die Richtung der Lichter.

»Wonach soll ich denn suchen?«

»Namen, Registrierungsnummern, Bootsmodelle, alles, was Sie herausfinden können.«

»Wäre es nicht besser, wenn ich unser Boot fahre und Sie sehen sich die fremden Boote an?« fragte sie. »Sie wissen, wonach Sie Ausschau halten müssen.«

Jake bemerkte, daß sie ihm keinen Vorwurf machte und sich auch nicht zu wundern schien, warum ein Fischereilehrer sich so sehr für die anderen Boote interessierte. Wahrscheinlich wollte sie aus dem gleichen Grund wie er wissen, wer in diesen Booten war – Kyles wegen und wegen des vermißten Bernsteins.

»Im Augenblick halte ich nur nach Baumstämmen Ausschau«, meinte er.

Honors Augen weiteten sich. Sie starrte auf das dunkle, glänzende Wasser. »Fahren wir deshalb nur acht Knoten?«

»Nur ein Dummkopf oder jemand, dessen Leben auf dem Spiel steht, rast im Dunkeln in einem kleinen Boot durch die San Juans.«

»Richtig. Sie sehen sich also nach Baumstämmen um. Ich sehe mich nach Booten um.« Sie holte Jakes Fernglas vom Regal über dem Tisch und stellte es ein, bis sie das erste Boot erkennen konnte. »Ich bin mir nicht ganz sicher, aber es sieht so aus, als wäre der Name des Bootes *Bay Timer*.«

»Bayliner. Das ist die Bootsart, wie Ford oder Honda. Wie viele Menschen sind an Bord?«

»Das kann ich nicht feststellen.«

»Versuchen Sie es mit dem Boot an Steuerbord.«

»Das ist das Boot auf der rechten Seite, richtig?«

»Ja, ja.«

Sie griente. »Es sieht viel kleiner aus als das andere. Das ist so ziemlich alles, was ich bis jetzt sagen kann.«

»Wahrscheinlich ist das der andere Bayliner.«

»Was?«

»Gestern waren zwei davon auf dem Wasser. Sehen Sie sonst noch Boote?«

»Ich suche noch.«

Langsam erhöhte Jake die Geschwindigkeit bis an die Grenze der Sichtweite. Die Morgendämmerung stieg jetzt sehr schnell hoch, es war wie eine Explosion von Farben und Licht am Horizont.

»Etwas Grellorangefarbenes ist gerade erschienen«, berichtete Honor. »Das muß Conroy sein.«

»Wahrscheinlich. Sonst noch jemand?«

»Hm, ich glaube, da ist noch ein viertes Boot, ganz weit links – Backbord.«

Er blickte in die Richtung, in die sie deutete. »Ich sehe keine Lichter.«

»Ich auch nicht. Aber da draußen ist etwas, und es sieht aus wie ein Boot.«

»Behalten Sie es im Auge.«

Jake löschte die Lichter der *Tomorrow*. Dann änderte er den Kurs und fuhr auf das geheimnisvolle Boot zu.

»Lassen Sie mich wissen, wenn wir nahe genug sind, um das Boot zu erkennen und zu sehen, wer drauf ist«, meinte er.

»Werden Sie uns nicht zuerst sehen?«

»Schauen Sie nach hinten.«

Das tat sie. In dieser Richtung war der Himmel viel dunkler. »Schlau.«

»Danke.«

»Suchen wir jemand Besonderen?«

»Schlangenauge.«

Honor hob das Glas an die Augen und begann zu suchen. Nach ein paar Minuten machte sie ein leises Geräusch und beugte sich vor.

»Was ist?« wollte Jake wissen.

»Es ist weg. Das Boot. Ich kann es nicht mehr sehen.«

»Setzen Sie sich auf den Pilotensitz.«

Ohne ein Wort sprang sie auf, und sie wechselten den Platz. Erst danach sah sie Jake mit zögernder Bewunderung an. »Was für ein Ton. Waren Sie etwa Ausbilder fürs Exerzieren in der Marine?«

»Die gibt es dort nicht. Halten Sie sich fest. Es wird ein wenig ungemütlich werden.«

»Was haben Sie vor?«

»Ich will nahe genug herankommen, um genauer nachsehen zu können.«

8

Das Geräusch des Motors der SeaSport wurde tiefer und breitete sich aus wie die Morgendämmerung, als Jake mehr Gas gab. Das Boot richtete sich auf und flog dann über die indigofarbene See. Eine Mischung aus Wind und Gezeitenströmung bewegte die Oberfläche des Wassers. Alle paar Sekunden sprühte Gischt zu beiden Seiten des Bootes hoch.

»Sehen Sie das Boot?« fragte Jake.

»Nein.«

»Sehen Sie sein Kielwasser?«

»Wir machen selbst so viel Wellen, daß ich mir nicht sicher bin.«

Jake drückte den Gashebel weiter nach vorn.

»Was ist denn mit den Baumstämmen, von denen Sie gesprochen haben?« fragte Honor zwischen zusammengebissenen Zähnen hindurch.

»Es ist ein sehr großes Meer.«

Als die *Tomorrow* sich über einer kleinen Welle erhob, verringerte Jake das Gas gerade genug, daß sie eine weiche Landung hatten. Honor machte ein ersticktes Geräusch und hielt sich am Armaturenbrett fest, als er danach den Gashebel wieder durchdrückte. Gischt wehte über den Bug des Bootes. Jake stellte die drei Scheibenwischer an, um das Fenster freizuwischen, dann trimmte er das Boot. Die Fahrt wurde etwas ruhiger.

Als sie aus dem Windschatten einer Insel herausfuhren, wurde das Wasser bewegter, und das Boot sprang über die Wellen. Er hielt die Drehzahl hoch und stellte die Trimmung neu ein, damit der Bootskörper in einen besseren Winkel zum Wasser kam.

»Der Rest der Parade bleibt zurück«, berichtete Honor.

»Das ist deren Problem, nicht unseres. Können Sie das vierte Boot schon sehen?«

»Nein.«

»Benutzen Sie das Glas.«

Sie nahm mit einer Hand das Fernglas und hielt sich mit der anderen Hand am Armaturenbrett fest. Das rauhe Wasser machte es ihr beinahe unmöglich, irgend etwas durch das Glas zu sehen. Nach ein paar Minuten ließ sie das Fernglas sinken und hielt sich mit beiden Händen am Armaturenbrett fest.

»Haben Sie etwas gesehen?« fragte Jake.

»Nicht wirklich.«

»Versuchen Sie es weiter.«

»Vergessen Sie es. Wenn ich bei dieser Geschwindigkeit noch einmal durch das Glas schaue, dann kommt Ihr wundervolles Omelett zurück.«

»Oh, oh. Ich wußte nicht, daß Sie seekrank werden.«

»Das war ich auch nicht, bis ich versucht habe, mit dem Fernglas etwas zu finden, das auf und ab hüpft auf dem ...« Sie schluckte. »Können wir bitte von etwas anderem reden?«

Jake warf einen Blick auf den Radarschirm. Nichts war zu sehen. *Der Schuft hat Beine*, dachte er bitter, *und die Eier dazwischen.*

»Lassen wir die anderen noch immer hinter uns?«

»Ja. Alles, was ich noch sehen kann, ist der grelle Zodiac.«

»Teufel.« Jake schob den Gashebel zurück und brach die sinnlose Jagd ab. »Ich möchte Bill nicht durch die Mangel drehen.«

»Er ist ein großer Junge. Er kann das aushalten.« Honors Stimme sagte ihm, daß sie kein Mitleid mit den Offiziellen hatte, die ihnen hart auf den Fersen waren. »Wenn er nicht mithalten kann, kann er immer noch zurückbleiben.«

»Er hat seine Befehle.«

»Die hat jeder gute Soldat auch.«

»Er ist nicht so schlecht, mein Schatz.«

Sie wollte ihm sagen, daß ihr Name Honor war und nicht Schatz. Dann wurde ihr allerdings klar, daß seine Stimme freundlich geklungen hatte und nicht bevormundend. Trotzdem …

»Sind Sie sicher, Schätzchen?« fragte sie übertrieben freundlich.

Er warf ihr einen überraschten Blick zu und grinste dann breit. Dabei gab er ihr das Gefühl, daß sie sich weiter vorgewagt hatte, als ihr lieb war.

»Schätzchen, wie?« fragte er.

»Entweder das oder Butterblümchen.«

Er lachte. »Butterblümchen. Mein Gott. Sie haben wahrscheinlich Ihre Brüder zur Verzweiflung getrieben.«

»Ich habe mein Bestes gegeben. Wenn ich nicht mehr konnte, ist Faith eingesprungen.«

Die traurige Zuneigung in Honors Worten, wenn sie von ihrer Familie sprach, ließ sofort das Lächeln von Jakes Gesicht verschwinden. Es erinnerte ihn daran, wie nahe Honor ihnen stand – und wie weit weg von ihm sie war.

»Haben Sie es aufgegeben, das andere Boot zu finden?« fragte sie.

»Ja.«

Sie wartete, aber er schwieg.

»Und was jetzt?« wollte sie wissen.

»Benzin.«

Er blieb stumm, bis er am Beginn eines öffentlichen Anlegers die Geschwindigkeit so sehr verringerte, daß sie nur noch im Schneckentempo vorankamen.

»Gehen Sie in den Bug und bereiten Sie sich darauf vor, dem Tankwart die Leine zuzuwerfen«, sagte er.

Selbst wenn Honor den Wunsch gehabt hätte, ihm zu widersprechen, sie hätte es nicht getan. Jakes Blick war nicht länger warm und freundlich. Sie trat auf das Dollbord an Backbord und schob sich dann vorsichtig bis zum Bug vor. Es war kaum nötig, die Landungsleine auszuwerfen. Die *Tomorrow* legte am Benzindock an wie ein gut trainierter Hund.

Der Tankwart war ein junges Mädchen mit einem wohlgerundeten Körper und hoch aufgetürmtem Haar, das nicht einmal alt genug aussah, um einen Führerschein zu haben. Geschickt befestigte es die Leine am Bug, dann beugte es sich vor und langte nach der Querleiste am Heck, damit das Boot nicht wieder vom Dock wegtreiben konnte.

Honor trat hastig aus dem Bug zurück und reichte dem Mädchen die Heckleine. Dann sah sie voller Neid zu, wie das Mädchen die *Tomorrow* mit gekonnten Griffen am Dock festzurrte. Als das Mädchen die schwere Benzinleitung zum Boot zog, öffnete Jake die Tür der Kabine.

»Hey, Kyle«, rief das Mädchen fröhlich. »Lange nicht ge ... Hoppla, Sie sind ja gar nicht Kyle.« Stirnrunzelnd sah sie auf den Namen des Bootes. Es war ganz sicher die *Tomorrow*.

»Kein Problem.« Jake lächelte sie an. »Es klingt ganz so, als sei Kyle ein regelmäßiger Kunde.«

»Er ist mindestens zweimal in der Woche hier, um Benzin und Preßluft zu kaufen. Oder wenigstens war er das«, fügte sie hinzu. »Ich habe ihn schon eine ganze Weile nicht mehr gesehen. Wahrscheinlich ist er in Urlaub.«

»Wahrscheinlich«, stimmte Jake ihr zu.

Der Blick, den er Honor zuwarf, sagte ihr, nicht zu widersprechen. Wenn das Mädchen keine Zeitungen las, wieso sollten sie beide ihr dann mit der Wirklichkeit Probleme bereiten?

»Cooles Boot«, meinte das Mädchen.

»Ja.« Jake schloß den Tankdeckel auf und drehte ihn dann los. »Ich halte es für Kyle in Ordnung. Ich dachte, ich fülle besser den Tank, ehe ich damit losfahre. Er hat mir keine Zahlen genannt, wieviel Benzin es verbraucht.«

Das Mädchen lachte, warf ihre lange Mähne von kleinen Löckchen über die Schultern und bedachte Jake mit einem Lächeln, das ihm verriet, sie würde gern mit ihm die Zahlen einmal durchgehen, ganz besonders die ihren.

Mit säuerlicher Miene überlegte Honor, daß es auch seine

guten Seiten hatte, wenn man keine Zeitungen las – das Mädchen wußte offensichtlich nicht, daß ihre Frisur schon seit Jahren nicht mehr in Mode war. Aber das zählte wohl nicht. Eine Figur wie die ihre hatte bei Männern nie ein Verfallsdatum.

Das Mädchen reichte Jake den Benzinschlauch und sah dann zu, wie er ihn in die Tanköffnung schob. Dampf stieg auf, als das Benzin zu laufen begann.

»Dieses Baby braucht eine Menge Sprit, wenn man es in vollem Tempo fährt«, meinte sie. »Kyle kann es sich bestimmt leisten. Alle paar Tage hat er mindestens hundert Gallonen getankt und noch mehr. Er muß ziemlich reich sein.«

»Er kann sich ganz gut helfen«, stimmte Jake ihr zu. »Wann war er denn das letzte Mal hier?«

»Oh, vor ungefähr zwei Wochen.«

Honor unterdrückte nur mit Mühe einen erstaunten Ausruf. Jake blickte nicht einmal auf.

»Aber da hat er nicht vollgetankt«, berichtete das Mädchen weiter. »Er ist nur gekommen, um seine Preßluftflaschen zu füllen und den Tank seines Zodiac.«

»Einen Tank für seinen Zodiac?« fragte Honor verwirrt.

»Benzin für den Außenbordmotor in seinem Beiboot«, erklärte Jake.

Honor begriff nicht so recht, worum es überhaupt ging. Doch Jake schien Bescheid zu wissen.

»Wonach wollte er denn tauchen?« fragte Honor das Mädchen. »Hier draußen gibt es doch gar keine Korallenriffe.«

»Einige der Taucher hier sind hinter der örtlichen Art des Königskrebses her. Einige fischen Kabeljau mit der Harpune. Andere suchen Seeigel für den japanischen Markt.« Das Mädchen schüttelte noch einmal das Haar zurück. »Einige tauchen auch nur, um ihren Frauen für eine Weile zu entkommen. Ist er eigentlich verheiratet?«

»Wer? Kyle?« fragte Honor.

»Ja.«

»Nein.«

Das Mädchen begann zu strahlen, dann lief es zu einem anderen Kunden.

»Glauben Sie wirklich, daß sie Kyle erst vor zwei Wochen gesehen hat?« fragte Honor Jake leise.

»Sie hat keinen Grund, uns anzulügen.«

»Aber ...«

Jake wartete. Er wollte, daß Honor selbst all die traurigen Verwicklungen herausbekam. Auf diese Weise würde sie wenigstens nicht den Botschafter erschießen, der ihr die schlechte Nachricht brachte, nämlich J. Jakob Mallory.

»Aber warum hat er uns nicht angerufen?« fragte sie.

»Sie kennen ihn besser als ich. Ja, warum nicht?«

Honors einzige Antwort war Schweigen.

Jake beobachtete die Anzeige des Tanks und lauschte auf das Geräusch, das das Benzin machte, während es in den Tank floß.

»Etwas stimmt nicht«, meinte Honor.

Er warf ihr einen Blick zu, der ihr sagte, daß sie den Verstand eines Steines besaß. »Das haben Sie auch schon gemerkt?«

»Nein. Ich meine, es stimmt *wirklich* nicht«, sagte sie angespannt. »Es ist eine Sache, wenn ich so eine Ahnung habe, daß Kyle in den San Juans ist. Doch es ist etwas ganz anderes, wenn er wirklich hier war und niemanden von uns angerufen hat. Warum sollte er uns so große Sorgen machen? Er weiß doch, daß wir ihn lieben, ganz gleich, was passiert ist.«

Die Qual und Verwirrung in ihrer Stimme ließen Jake zusammenzucken. Aber den naheliegenden, wenn auch schmerzlichen Schluß hatte sie noch nicht gezogen. Kyle war seiner Familie aus dem Weg gegangen, weil er etwas vor ihnen zu verbergen hatte.

Wie zum Beispiel einen Mord und ein Vermögen in heißem Bernstein.

Ohne ein Wort öffnete Jake den Tankdeckel des Steuerbordtanks und schob dort den Benzinschlauch hinein. Eine kühle, salzige Brise zerzauste sein kurzes Haar und brachte den Duft nach offenem Wasser und nach einem Tag ohne Grenzen mit sich. Hinter einer dichten Wolkendecke war die Luft unglaublich klar. Man hatte hervorragende Sicht. Das Wasser war nur leicht bewegt. Es war ein großartiger Tag, um sich auf die Suche nach einem Bernsteinschatz zu machen, der mit einem vermißten Anker auf dem Boden den Meeres versteckt war.

Jake ließ das Benzin weiter in den Tank laufen und fragte sich, ob Kyle wohl auch eine Leiche im Meer versenkt hatte, die den Schatz bewachen sollte. Vielleicht war der Mann mit dem fehlenden Finger so umgekommen.

Vielleicht war es aber auch Kyle, der umgekommen war, Kyle, der jetzt auf dem Boden des Meeres lag und der all die Geheimnisse mit sich genommen hatte.

»Woran denken Sie?« fragte Honor.

»Das möchten Sie wohl lieber nicht wissen.«

»Was hat es mit dem ganzen Durcheinander zu tun, was ich möchte?« fragte sie, und ihre Stimme wurde lauter. »Hat mich überhaupt jemand gefragt, ob ich das alles gewollt habe?«

Jake streckte ihr die Hand entgegen. Das überraschte Aufflackern in ihren Augen sagte ihm, daß das das letzte war, was sie von ihm erwartet hatte. Dennoch zögerte sie nicht. Sie griff nach seiner Hand und ließ sich zu ihm ziehen.

»Wir werden später darüber reden«, flüsterte er an ihrer Wange. »Wenn der Wind nicht jedes Wort, das wir sprechen, zu der fröhlich plappernden Miss Ringellöckchen weht.«

Honor holte tief Luft, dann legte sie die Stirn gegen seine Schulter.

»Jake?« flüsterte sie.

»Ja?«

»Ich habe Angst.«

»Das wird auch langsam Zeit.«

»Um Kyle, nicht um mich.«

»Sie sollten auch um sich selbst Angst haben.«

»Ich kann nicht glauben, daß er ... daß er etwas gestohlen hat. Aber ich würde lieber das glauben, als zu denken, daß er tot ist.«

Jake stieß die Luft, die er angehalten hatte, aus. Honor war ohne seine Hilfe den Dingen auf den Grund gegangen, und das bedeutete, sie würde keine Zeit damit verschwenden, wütend auf ihn zu sein, weil er ihr etwas erzählt hatte, das sie nicht hören wollte. Wenn er jetzt sehr, sehr behutsam war, könnte es ihm sogar gelingen, ihr Vertrauen zu gewinnen, um hinter den festen Wall des Schweigens der Donovan-Familie zu dringen und die Wahrheit über Kyle herauszufinden, über den Bernstein, den Mord und den Verrat.

Es sei denn, Honor würde vorher herausfinden, wer ihr Fischereilehrer war.

Das war kein sehr fröhlicher Gedanke. Jake hoffte, daß Ellen ihren perfekt geschminkten Mund noch zwei weitere Tage halten würde, wie sie es versprochen hatte, doch er konnte sich darauf nicht verlassen. Wenn ihr Boß ihr Druck machte, würde sie sofort zu Plan B übergehen, was auch immer das sein mochte. Jake wollte zu dem Zeitpunkt lieber nicht in ihrer Nähe sein, um das herauszufinden.

Er füllte den Tank bis zum Rand und stellte dann das Gebläse an, während Honor von Bord ging, um das Benzin zu bezahlen. Als sie zurückkam, schien sie in einer Art Schockzustand zu sein. Sie starrte auf den glänzenden Rumpf der *Tomorrow*, als erwarte sie, Benzin in das Wasser laufen zu sehen.

»Dieses Püppchen verschlingt aber viel Benzin«, meinte sie.

»Das ist der Preis, wenn man schnell sein will. Ich kann auch in der Geschwindigkeit eines Segelbootes fahren, wenn Ihnen das lieber ist. Bei dem Tempo würde es nicht länger als ein paar Stunden dauern, bis wir wieder zu Hause sind, wenn die Gezeiten und die Strömung in Ordnung sind.«

»Stunden?« Sie musterte ihn verblüfft. »Wie schnell ist denn ein Segelboot?«

»Das hängt ganz vom Wind ab, vom Gewicht, dem Segel und dem Entwurf des Schiffsrumpfes. Wenn sie unter Motor laufen und nicht mit dem Wind, sind die meisten ungefähr sechs bis acht Knoten schnell.«

»Und wie schnell waren wir, als wir hierhergefahren sind?«

»Die meiste Zeit sind wir mit normaler Geschwindigkeit gefahren.«

»Und wieviel Meilen sind das in der Stunde?«

»Oh, vielleicht fünfunddreißig, aber das hängt ebenfalls von den Gezeiten und den Strömungen ab. Wir waren schneller, als wir alle vier Triebwerke eingesetzt haben, aber dann braucht man auch sehr viel Benzin.«

»Ich bin froh, daß meine Kreditkarte in Ordnung ist.«

»Das bin ich auch«, sagte Jake und dachte an den Kartenplotter und die gespeicherten Routen, die er gefunden hatte. »Wir müssen nämlich eine ganze Menge Orte abklappern. Es sei denn, Kyle hätte Ihnen von Orten erzählt, die er besonders gern aufgesucht hat ...?«

»Immer wenn er vom Fischen gesprochen hat, habe ich das Thema gewechselt.«

Jake sprach nicht vom Fischen, aber das wollte er ihr nicht auf die Nase binden. Es kristallisierte sich sowieso heraus, daß er von Honor keine Hilfe bekommen würde, um die Suche auf ein Gebiet beschränken zu können. Wenn sie wußte, wo ihr Bruder oder der Bernstein war, dann verriet sie nicht den geringsten Anhaltspunkt.

Es sah leider so aus, als hätte diese intelligente Frau die einfache Wahrheit nicht begriffen. Es gab keine Möglichkeit, so fix genug zu lernen, um sich in Kürze in den San Juans allein auf die Suche zu machen. Dennoch benahm sie sich so, als hätte sie alle Zeit der Welt.

Falls Ellen den Mund hielt, hatte Jake noch Zeit bis übermorgen. Eine sehr vage Hoffnung.

Er unterdrückte seine Ungeduld und beschäftigte sich damit,

vom Dock wieder abzulegen. Keines der Boote war mutig genug gewesen, ihm hierher zu folgen, ganz besonders nicht die Olympic. Es dauerte jedoch nicht lange, bis drei kleine Boote aus verschiedenen Richtungen auftauchten und die *Tomorrow* wieder ins Visier nahmen, als sie sich erneut auf den Weg zu den San-Juan-Inseln machte.

Jake hielt Ausschau, doch die Olympic konnte er nirgendwo entdecken. Auch die Bayliner kamen nicht nahe genug, um die Passagiere erkennen zu können.

»Können wir ihnen entkommen?« fragte Honor.

»Wahrscheinlich schon, aber warum sollten wir Benzin verschwenden? Es wird noch eine Weile dauern, bis der Biß beginnt.«

»Der Biß?«

»Das ist der Zeitpunkt, wenn der Fisch anbeißt. Wir sind doch eigentlich zum Fischen rausgefahren, vergessen Sie das nicht.«

»Zum Teufel mit dem Fischen«, sagte sie angespannt. »Bringen Sie mir bei, wie man die Elektronik benutzt und das Boot fährt.«

Jake versuchte, seine Laune im Zaum zu halten. Wie er es befürchtet hatte, glaubte sie, daß ein paar wenige Stunden zwischen ihr und ihrer Freiheit auf dem offenen Meer standen. Miss Donovan brauchte eine Dosis Wirklichkeits-Therapie. Für den Anfang würden sie mit den Knoten beginnen.

»Bootfahren, wie?« sagte er. »Okay. Im Schrank sind ein paar Seile. Bringen Sie mir zwei Stücke davon.«

Kurz darauf kam Honor mit einem Stück roten Seil und einem dünneren blauen Seil zurück. Sie musterte sie mißtrauisch. »Was sollen wir denn mit zwei Stücken Seil anfangen?«

»Auf einem Boot heißt so etwas Leine und nicht Seil. Man benutzt sie, um Knoten zu schlagen. Wir werden mit einem Palstek beginnen.«

»Mit einem was?«

»Ein Grundknoten, den jeder kennen sollte. Man macht ihn so.«

Jake ließ das Ruder los und griff nach dem blauen Seil. Die SeaSport fuhr weiter und hielt brav Kurs. Honor sah Jake genau zu, wie er das blaue Seil in beide Hände nahm, eine schnelle und geheimnisvolle Bewegung machte und das Seil – die *Leine* – zu einem kniffligen Knoten schlang. Ganz anders als die meisten Knoten war dieser unsymmetrisch und nicht sehr hübsch.

In der Tat hatte ein Palstek eine flüchtige Ähnlichkeit mit einem Henkersknoten.

»Jetzt sind Sie dran«, meinte Jake.

»Sicher. Gleich nachdem ich gelernt habe, auf dem Wasser zu gehen.«

»Nehmen Sie die blaue Leine als Vorbild.«

»Aber ich ...«

»Aber nichts«, unterbrach er sie und wandte sich wieder dem Ruder zu. »Sie wollten lernen. Und ich unterrichte Sie. Knoten sind das Einfachste, wenn man Bootfahren lernen will. Während Sie das lernen, erkläre ich Ihnen einige der Grundlagen des Umgangs mit einem Boot, damit Sie wissen, was Sie erwartet, wenn Sie das Ruder übernehmen, um etwas Schwierigeres zu tun, als nur spazierenzufahren.«

Honor preßte die Lippen zusammen, blickte auf den blauen Knoten und versuchte, ihn nachzuahmen. Der erste Knoten fiel wieder auseinander. Der zweite auch. Genauso wie der dritte.

Inzwischen überschüttete Jake sie mit Fakten, einschließlich der Lage des Drehpunktes eines Schnellbootes gegenüber einem Segelboot. Dann ging er über zur Reaktion des Ruders, unter den verschiedensten Bedingungen von Geschwindigkeit, Trimmung, Stoßkraft, Wellen, Wind, Strömungen und den häufigsten Kombinationen von all den Faktoren zusammen.

Die Knoten, die Honor fummelte, fielen ohne Ausnahme ständig auseinander. Ihre Lippen wurden immer schmaler, auf ihren Wangen erschienen zwei hochrote Flecken. Sie wußte, daß sie eine sehr gute bildliche Vorstellungskraft besaß, doch sie konnte nicht begreifen, woher die kleine Schlinge kam, die die große Schlinge des Knotens zusammenhielt.

»Hier«, erbarmte sich Jake schließlich. »Üben Sie einen anderen Knoten. Dies ist ein doppelter Schotstek. Man benutzt ihn, um zwei Leinen miteinander zu verbinden. Er rutscht nicht, selbst wenn man synthetische Leinen benutzt.«

Seine Hände bewegten sich blitzartig. Zunächst löste er den Knoten in der blauen Leine – derjenige, den sie nachzuknüpfen probiert hatte. Dann erschien mit erstaunlicher Geschwindigkeit ein anderer Knoten. Er reichte ihr die blaue Leine und griff seelenruhig wieder nach dem Ruder.

Sie betrachtete voller Unglauben den neuen Knoten. Es sah aus, als hätte die blaue Mutter aller nächtlichen Kriechtiere sich zurückgebeugt und um sich selbst geschlungen. Wäre es ein Entwurf gewesen, sie hätte ihn in den Papierkorb geworfen.

»Ich dachte, Knoten seien etwas Wunderschönes, wie beim Makramee«, meinte Honor.

»Zwei Leinen, die zusammenbleiben, wenn man sie braucht, sind wunderschön. Der Rest ist nur Ästhetik, und Ästhetik wird Ihnen nicht den Hintern retten, wenn ein wunderschöner Knoten sich löst.«

Honor drehte den Knoten in ihrer Hand hin und her und versuchte, herauszufinden, welches Ende der Leine wohin gehörte und wo der Knoten die beiden Leinen miteinander verband. Doch immer, wenn sie gerade glaubte, es entdeckt zu haben, begann Jake zu reden.

»Denken Sie daran, daß Sie, wenn Sie das Dock betreten, immer nach der Windrichtung sehen, nach der Strömung und dem allgemeinen ›Gefühl‹ für das Boot, ehe Sie ablegen. Auf einem Boot gibt es keine Bremsen. Wenn Sie zu viel Tempo haben, müssen Sie zuerst den Gang herausnehmen und eine Sekunde warten, ehe Sie den Rückwärtsgang einlegen. Natürlich wird der Rückwärtsgang Sie vom Kurs abbringen, sollte das Ruder nicht ganz gerade ausgerichtet sein. Denken Sie daran, denn man bringt das Heck zum nächsten Dock, wenn …«

»Aufhören«, sagte Honor laut. »Das ist zu viel und viel zu schnell!«

»Sie machen wohl Spaß. Ich habe nicht einmal richtig angefangen.«

»Also gut. Dann bin ich eben langsam.«

Jake wußte, daß es eher seine Methode war und nicht Honors Verstand, der nicht stimmte. Aber die Zeit, die Ellen ihm gegeben hatte, rann ihm durch die Finger wie der Wechsel der Gezeiten.

»Sie sind nicht langsam«, erklärte er knapp. »Sie sind störrisch. Aber das bin ich auch. Raten Sie, wer wohl am störrischsten ist?«

»*Merde*.«

»Versuchen Sie noch einmal den Knoten. Probieren Sie so lange, bis Sie es schaffen. Und während Sie das üben, werde ich Ihnen etwas darüber erzählen, wie man den Bug trimmt für die verschiedenen Geschwindigkeiten und Wasserbedingungen.«

Honor beugte sich über den Knoten, während Jake schnell und erbarmungslos sprach. Das Ergebnis war totale Verwirrung anstatt Begreifen. Sie fühlte auch Angst, Angst, daß sie ganz einfach nicht die Fähigkeiten besaß, die sie brauchte, um nach Kyle zu suchen. Sie hatte sich nicht mehr so unzulänglich gefühlt, seit dem Versuch, mit ihren Brüdern Football zu spielen.

Der Knoten, mit dem sie sich abmühte, fiel auseinander. Wieder. Wenn Jake es bemerkt hatte, so hielt er jedoch nicht inne in dem Fluß seiner verwirrenden Erklärungen.

»Wie war das mit dem Kimm? Was ist das überhaupt für ein Wort?«

»Kimm ist der Übergang vom Schiffsboden zur Schiffswand.

Wenn man den Kimm im richtigen Winkel zum Wasser bringt, fährt das Boot ruhiger.«

»Oh.«

Und das war erst der Anfang. Je länger Honor ihm zuhörte, desto mehr begriff sie, wie dumm es von ihr gewesen war zu glauben, die *Tomorrow* zu fahren würde so einfach sein, wie Skifahren zu lernen – ein paar Stunden Übung, einige Nasenstüber, und dann würde sie losjagen können.

Jake sah die Bestürzung auf Honors Gesicht, die immer größer wurde, doch er hörte nicht auf mit dem endlosen Fluß an Informationen und Anweisungen. Die Dame hatte ihn eingestellt, damit er ihr das Fischen beibrachte und das Fahren des Bootes; niemand hatte davon gesprochen, einen vermißten Bruder oder gestohlenen Bernstein zu suchen. Bei Gott, er würde sie mit seinem Unterricht überschütten, bis sie begriff, daß sie sich nicht über Nacht in einen Kapitän verwandeln würde. Dann würde sie keine andere Wahl haben, als ihn um seine Hilfe zu bitten.

Er glaubte nicht, daß es lang dauern würde. Jeder Augenblick, den sie zusammen auf dem Boot verbrachten, machte ihm deutlicher, daß sie gegen sich selbst kämpfte – und gegen ihn –, wenn es um das Fischen und das Bootfahren ging. Unter anderen Bedingungen hätte ihn ihre Hartnäckigkeit vielleicht belustigt. Doch weil er wußte, daß einige abgebrühte, gerissene Leute hinter demselben Bernsteinschatz her waren, der Jakes Unschuld beweisen konnte, nahm das der ganzen Situation jeglichen Humor.

Zeit war kostbar, und Honor war es, die die Zeit verschwendete.

»Wir wollen etwas wirklich Einfaches probieren«, sagte er. »Gehen Sie ans Heck.«

»Und springen Sie über Bord?« fragte sie sarkastisch.

»Das kommt später, wenn wir das ›Mann über Bord‹ üben.«

»Den Teufel werden wir tun.«

Doch sie drehte sich um und balancierte zum Heck. Jake kam einen Moment später nach und steuerte das Boot vom hinteren Ruder aus.

»Wenden Sie sich zu der Querleiste am Heck«, befahl er und deutete auf eine der langen Chromleisten, die am Dollbord befestigt war.

Er verlangsamte das Tempo, sah sich aufmerksam um und ließ dann das Ruder los.

»Und jetzt binden Sie die Leine so an die Querleiste.« Mit atemberaubender Geschwindigkeit formte die blaue Leine zwei Achten, die ordentlich um die Querleiste lagen.

»Toll«, meinte Honor anerkennend. »Das ist der erste Knoten, der nicht aussieht wie eine Büchse mit Würmern.«

Trotz allem mußte Jake lächeln, als er wieder nach dem Ruder griff, Gas gab und über seine Schulter zurücksah. Der Knoten war einfach, doch bei weitem nicht so einfach, wie er aussah. Der Trick dabei war, daß die Schlingen flach und parallel liegen mußten.

Honor fand das bald heraus. Die Achten waren leicht, doch dafür zu sorgen, daß sie gut aussahen, war überhaupt nicht leicht. Ganz besonders dann nicht, wenn Jake sie dabei mit einem Schwall an Informationen und Tatsachen überschüttete.

»Drehen Sie nach der anderen Seite«, erklärte er gerade zum dritten Mal. »Die zweite Acht muß flach um die erste herumliegen.«

»Ich bin genau der blauen Leine gefolgt.«

»Wirklich? Warum ist dann der Knoten auseinandergefallen?«

»Da dürfen Sie mich nicht fragen. Immerhin sind doch Sie der Experte.«

»Vergessen Sie das nicht«, grinste er. »Und jetzt drehen Sie die Leine nach der *anderen* Seite.«

Sie sah auf das Stück Schnur in ihrer Hand. »Warum bringen Sie mir nicht etwas Nützliches bei?«

»Zum Beispiel?«

»Wie man dieses Boot fährt.«

»Dieser Knoten ist so ziemlich das Nützlichste, was Sie brauchen«, erklärte Jake. »So sorgen Sie dafür, daß Ihr Boot auch am Dock bleibt, damit es noch dort ist, wenn Sie zurückkommen.«

»Warum hat Kyle nicht ein Ruderboot gekauft?« murmelte Honor frustriert. »Sogar Zwölfjährige können damit umgehen.«

»Ob es nun groß ist oder klein, wenn es schwimmt, müssen Sie es trotzdem am Dock festbinden.« Jake blickte über das Heck zu den anderen Booten. Sie folgten ihnen unverdrossen. Und sie waren nach wie vor zu weit weg, um etwas erkennen zu können. »Versuchen Sie die zweite Acht noch einmal.«

Sie machte eine Schlinge und zog an dem lockeren Ende des Knotens. Zu ihrer Überraschung war das Resultat ein sauberer, wunderbarer Knoten, genau wie an der blauen Leine.

»Ich habe es geschafft.«

Im ersten Augenblick antwortete er nicht. Doch dann meinte er abwesend: »Sicher haben Sie es geschafft, Süße. Jeder, der so gut zeichnen kann wie Sie, kann einen einfachen Knoten schlagen.«

Süße.

Ihr Kopf ruckte hoch. Sie öffnete den Mund, um ihm zu sagen, was sie von Männern hielt, die Frauen mit solchen Namen bedachten.

Doch die Worte kamen ihr nicht über die Lippen. Er starrte angestrengt über das Heck auf das Wasser. Sie drehte sich um, um zu sehen, was seine Aufmerksamkeit erregt hatte.

Ein grellorangefarbener Zodiac flog geradezu über das Wasser und kam näher.

»Sagen Sie es nicht«, murmelte sie.

»Okay.«

»Haben die denn nichts Besseres zu tun?«

»Wahrscheinlich nicht.«

»Und wenn ich sie nicht an Bord lasse?«

»Wir wollen uns lieber auch weiterhin wie gute Staatsbürger verhalten. Wir könnten später noch einmal froh sein, sie zu sehen.«

»Das bezweifle ich.«

Jakes Blick wanderte von dem näher kommenden Boot zu Honor. Die Mischung aus Ärger und Ungeduld in seinem Blick erstaunte sie.

»Sie sind doch eine kluge Lady«, meinte er. »Benutzen Sie Ihren Verstand für etwas anderes als nur dafür, störrisch zu sein.«

»Sie klingen genau wie Archer, als ob Sie alles wüßten und schrecklich hoch über den anderen stünden.«

»Zum Teufel mit Ihrem Bruder. Zum Teufel mit der ganzen verdammten Familie. Sie sind so sehr damit beschäftigt, über Ihre Schulter zu sehen, ob irgendein Donovan uns beobachtet, daß Sie noch stolpern und sich den Hals brechen werden.«

»Sie sind gefeuert!«

Er ließ das Steuer los und trat einen Schritt zurück. Ungesteuert raste die *Tomorrow* durch das ruhige Wasser und hielt dabei den Kurs.

»Was tun Sie da?« keifte Honor.

»Ich bin es leid, Spielchen zu spielen.« Er deutete auf das hintere Steuer. »Es gehört Ihnen, Miss Donovan.«

Sie blickte von ihm zum Steuer. Wie auch immer er es nannte, für sie sah es aus wie ein Lenkrad. Der Rest des Bootes war vielleicht ein Geheimnis für sie, doch Lenkräder und schnelle Motoren waren es nicht.

Außerdem erkannte sie eine Herausforderung, wenn sie ihr unter die Nase gehalten wurde.

Sie trat hinter das schwere, verchromte Steuer im Heck. Das erste, was sie lernte, war, daß Boote und Autos nicht auf die gleiche Art reagierten. Das nächste, was sie lernte, war das gleiche wie das erste, doch mit weitaus größeren Auswirkungen. Sie konnte einfach nicht vorhersagen, wie das Boot reagieren würde.

Der Kurs der *Tomorrow* ging von einer geraden Linie zu einem wilden, ungleichmäßigen Zickzack.

»Nehmen Sie das Gas zurück«, sagte Jake. »Die Jungs in dem Zodiac werden ungeduldig.«

Mit einem leisen Fluch griff sie zum Gashebel und zog ihn heftig zurück. Das Boot bremste so plötzlich, daß sie gegen das Heck geworfen wurde.

Jake stolperte und hielt sich dann fest. Er wußte, was als nächstes kommen würde, deshalb stellte er sich breitbeinig hin und ging in die Knie. Die Bugwelle der *Tomorrow* baute sich unter dem Heck auf und hob das Boot hoch.

Honor kreischte entsetzt und hielt sich am Heck fest, um nicht zu fallen.

»Wir können von Glück sagen, daß dies eine SeaSport ist«, knurrte Jake. »Die meisten Boote kann man mit ihrer eigenen Bugwelle zum Kentern bringen, wenn man so schnell anhält. Nehmen Sie den Gang heraus.«

Erschrocken griff Honor nach dem schwarzen Hebel und zog sanft daran. Nichts geschah. Sie zog fester. Der Hebel bewegte sich ein Stück, doch der Klang des Motors sagte ihr, daß der Gang noch nicht draußen war. Sie riß an dem Hebel. Er glitt zurück und rutschte dann bis in den Rückwärtsgang.

Das Boot glitt noch immer weiter nach vorn.

»Das ist nicht richtig«, sagte er. »Versuchen Sie es noch einmal. Nicht so. Schieben Sie den Hebel bis nach oben und dann zurück in die neutrale Position in der Mitte.«

Diesmal fand sie die richtige Stellung. Sofort hörte das Boot auf, auf das Steuer zu reagieren. Sie drehte heftig an dem Steuer. Nichts geschah.

»Was ist passiert?« fragte sie ärgerlich. »Ich schaffe es nicht, daß es dahin fährt, wohin ich will!«

»Sie haben keinen Gang drin.«

»Das weiß ich! Warum reagiert das Boot nicht auf das Steuer?«

»Wenn das Boot nicht fährt, ist das Steuer nutzlos, das habe ich Ihnen doch erklärt.«

Der Blick, mit dem Honor ihn bedachte, sagte ihm, daß sie ihm kein Wort glaubte.

Der Blick, den er ihr zurückgab, sagte ihr, daß ihm das nichts ausmachte.

»Momentan befinden Sie sich auf einem sehr teuren Stück Gerümpel«, erklärte er ihr geradeheraus.

»Aber ...«

»Je schneller Sie fahren«, unterbrach er sie, »desto besser reagiert das Boot auf die Steuerung. Und auch das Gegenteil ist richtig. Erinnern Sie sich daran, daß ich Ihnen das erklärt habe?«

Jetzt wußte sie es wieder. Vorher war es einfach nur eines von tausend Dingen gewesen, mit denen er ihr den Kopf vollgestopft hatte.

»Keine Geschwindigkeit bedeutet keine Steuerung«, wiederholte sie mit zitternder Stimme. »Verstanden.«

Das nächste, was Honor lernte, war, daß es sie krank machte, auf bewegtem Wasser herumzutanzen wie ein Schwein auf dem Eis. Ihr Magen rebellierte.

»Das gefällt mir nicht«, erklärte sie heftig.

Sie schob den Ganghebel nach vorn und gab Gas. Gehorsam machte die SeaSport einen Satz vorwärts, doch dann schoß sie in eine unerwartete Richtung davon, weil sie zuvor das Steuer gedreht hatte, um eine Reaktion zu bekommen.

»Vorsicht!« schrie Jake.

Er hechtete neben sie, griff mit einer Hand nach dem Steuer und mit der anderen nach Honor. Gleichzeitig drehte er das Steuer, damit der Bug wegkam vom Zodiac der Küstenwache, die auf sie zugefahren kam. Erschrockene Rufe und wütendes Gebrüll kamen von dem kleineren Boot.

Schnell zog Jake den Gashebel zurück, nahm den Gang heraus und schaute in Richtung Zodiac.

»Alles in Ordnung?« schrie er.

Die Antwort kam nicht in der von der Küstenwache als angemessen angesehenen Sprache.

»Tut mir leid«, rief Jake laut. »Honor hat ausprobiert, wie das Boot reagiert. Wir sind jetzt bereit. Ihr könnt an Bord kommen.«

Diesmal war Conroy der erste, der ins Boot kletterte. Er kam allein und war stinkwütend.

»Wenn noch einmal so etwas passiert, werde ich das Boot beschlagnahmen«, schnappte er zornig.

Honor trat hinter Jake hervor und musterte Conroy giftig. Sie war zutiefst schockiert über den Beinahezusammenstoß. Wie die meisten Donovans reagierte sie auf diesen Adrenalinschub mit reiner, flammernder Wut.

»Niemand kommt auf die Welt und weiß, wie er mit einem Boot umgehen muß«, erklärte sie mit eisiger Stimme. »Wir sind gestern erst untersucht worden, und wir haben uns benommen wie gute Staatsbürger. Wenn Sie uns weiter untersuchen wollen, sollten Sie mit meiner Unerfahrenheit rechnen. Ich wußte nicht, daß so etwas passieren würde. Teufel, ich weiß nicht einmal, was wirklich passiert ist.«

»Was passiert ist? Sie haben uns beinahe gerammt!«

»Ja, ich weiß aber nicht, warum!«

Conroy blickte von Honors blassem Gesicht mit den zusammengepreßten Lippen zu Jake, der nickte.

»Sie ist ein reiner Amateur«, erklärte Jake. »Ihr gefiel es nicht zu treiben. Also hat sie einen Gang eingelegt und Gas gegeben.«

»Ohne vorher nachzusehen, wie das Steuer steht?« fragte Conroy, und seine Stimme wurde eine Oktave höher.

»Ja.«

»Mist.« Aber wenigstens schien er jetzt zu begreifen, und der Zorn in seiner Stimme legte sich. Er wandte sich wieder an Honor. »Ma'am, es gibt nur noch eine Kleinigkeit, die ich in Ihren Registrierungspapieren nachsehen muß. Tun Sie uns einen Gefallen und überlassen Sie Jake das Steuer, bis ich fertig bin und wir wenigstens hundertfünfzig Meter weit weg sind.«

»Was für eine Kleinigkeit ist es denn, die Sie überprüfen müssen?« wollte Honor wissen.

Conroy zögerte.

Sie hob beide Hände. »Oh, schon gut. Tun Sie es einfach. Ich möchte als Mittagsmahlzeit Lachs essen.«

Jake wartete, bis Conroy in der Kabine war, ehe er Honor fragte: »Lachs? Ich dachte, ich sei gefeuert.«

»Ich werde immer ein wenig ungeduldig, wenn ich unter Druck stehe. Ich habe es nicht so gemeint.«

»Aber ich. Ich lasse es darauf ankommen.«

»Wie meinen Sie das?«

»Sie wollen genausowenig lernen, wie man fischt oder wie man mit diesem Boot umgeht, wie ich lernen möchte, mit einem Kanu zum Mond zu paddeln. Also, was haben Sie wirklich vor, Miss Donovan?«

Honor blickte in Jakes entschlossenes Gesicht und in seine klaren Augen und wußte, daß er nicht nachgeben würde. Was allerdings noch viel schlimmer war: Ihr Bruder würde wirklich und wahrhaftig verloren sein, wenn sein Leben davon abhing, daß sie in der *Tomorrow* allein die San Juans nach ihm absuchen würde.

Sie hatte die Wahl. Sie konnte tun, was Archer wollte und »hübschen kleinen Krimskrams« entwerfen, während sie darauf wartete, daß die Männer der Donovans die Dinge für sie erledigten. Oder sie konnte offen einen nicht mehr ganz so fremden Mann darum bitten, ihr zu helfen. Einen Mann, dem sie instinktiv vertraute.

Einen Mann, den sie haben wollte.

»Ich ...«, begann sie und hielt dann inne, als Conroy aus der Kabine kam.

»Alles in Ordnung?« fragte ihn Jake, obwohl man seiner Stimme anhörte, daß es ihn nicht sonderlich interessierte.

»Alles okay. Tut mir leid, wenn ich Sie gestört habe«, erklärte Conroy und meinte es genausowenig ernst.

»Bis morgen«, verabschiedete ihn Jake.

Conroy zuckte mit den Schultern. »Wahrscheinlich.«

»Soll das bedeuten, daß Sie in der Nähe sein werden, wenn ich eine Leuchtkugel abfeuere?«

Der Gesichtsausdruck des Kapitäns veränderte sich von Langeweile zu Interesse. »Schießen Sie eine ab. Ich werde sofort kommen.«

»Aber auf wessen Seite werden Sie sein?« fragte Honor sarkastisch.

»Auf der Seite der Guten, wo sonst?« gab Conroy zurück.

Jake wartete, bis Conroy wieder in den Zodiac gestiegen und davongefahren war.

»Nun?« wollte er dann wissen. »Hinter was sind Sie her? Hinter dem Bernstein?«

»Hinter Kyle. Nur hinter Kyle. Sonst gar nichts.«

Jake mußte sich bemühen, seinen Zorn zu unterdrücken. *So nahe und doch so weit weg.*

Sie vertraute ihm noch immer nicht genug, um ihn hinter die Mauer zu lassen, die die Donovan-Familie um sich herum errichtet hatte.

»Also gut«, erklärte er mit ausdrucksloser Stimme. »Ich werde in der Dämmerung unseren Bewachern entkommen und Ihren Bruder holen. Auf welcher Insel ist er?«

Honor starrte Jake an, als sei er verrückt geworden. »Woher soll ich das denn wissen? Er hat nicht gerade eine Spur aus Brotkrumen hinterlassen!«

»Mist. Sie werden es mir nicht leichtmachen, wie? *Wo ist Ihr Bruder?*«

»Jake. Hören Sie mir bitte zu«, flehte sie mit übertriebener Geduld. »Ich. Weiß. Es. Nicht.«

Es gelang ihm gerade noch, einen Schwall russischer Flüche herunterzuschlucken. Es war eine so wunderbare Sprache zum Fluchen. Und wenn es je eine Situation gegeben hatte, die zum Fluchen geschaffen war, dann war es diese hier.

Jake glaubte ihr.

Keiner von ihnen wußte, wo Kyle oder der Bernstein war.

»Okay«, sagte er und überdachte schnell ihre Lage. »Wissen Sie irgend etwas, das uns helfen könnte, Kyle zu finden?«

Honor stieß den angehaltenen Atem in einem langen, erleichterten Seufzer aus. *Uns.* Seit sie vor sich selbst hatte zugeben müssen, daß es Wochen dauern konnte, bis sie gelernt hatte, das Boot zu beherrschen und in die Nähe von Kyle zu kommen, hatte sich ein Schraubstock um ihr Herz gelegt.

Sie wußte, daß ihr Bruder Hilfe brauchte. Sie war sich ganz sicher. Sie wußte nur nicht, wie sie ihm helfen konnte. Doch mit Jake zusammen fühlte sie, daß ihre Chancen, Kyle zu finden, weitaus größer waren.

»Dann werden Sie mir helfen, ihn zu suchen?« fragte sie.

»Ich bestehe darauf«, erklärte er voller Ironie.

»Ich werde Sie natürlich dafür bezahlen. Genauso, als würden Sie mir beibringen, zu fischen und das Boot zu fahren.«

»Das werde ich auch wirklich tun.«

»Was?«

»Ich werde Ihnen beibringen, zu fischen und mit der *Tomorrow* umzugehen.«

»Warum?«

»Wenn mir etwas zustößt, werden Sie das Boot fahren müssen. Einverstanden?«

Honor holte tief Luft und streckte ihm dann die rechte Hand hin. »Einverstanden.«

Die Hand, die sie schüttelte, war kräftig, männlich und sehr warm. Genau wie Jakes Lächeln.

»Meinen Glückwunsch, Süße. Sie haben gerade einen Fischereiführer und Bootslehrer eingestellt. Schon wieder.«

9

Diesmal übernahm Jake das Steuer. Honor widersprach ihm klugerweise nicht. Doch es hielt sie nicht davon ab, ihm Fragen zu stellen. »Wohin fahren wir?«

»Zu einem Ort, den man Secret Harbor nennt.«

»Warum?« wollte sie wissen, weil der Name sie neugierig machte. »Glauben Sie, daß Kyle vielleicht dort sein könnte?«

»Das bezweifle ich.«

»Aber warum fahren wir dann hin?«

»Um zu fischen.«

»Was?«

Er hätte beinahe gelächelt. »Ich dachte, Sie wollten einen Lachs zum Mittagessen.«

»Ich kann mir einen beim Lebensmittelhändler kaufen.«

»Dies hier ist viel besser. Vertrauen Sie mir.«

»Ich habe wohl keine andere Wahl, wie?« fragte sie mit ausdrucksloser Stimme.

Jakes Hände umklammerten das Steuer viel zu fest. Es gefiel ihm nicht, daran zu denken, was er zu tun beabsichtigte. Honor wäre verrückt, ihm zu vertrauen, und verrückt, es nicht zu tun.

Genau wie er.

Er wünschte, er hätte einen beruhigenden, charmanten und amüsanten Grund, doch den gab es nicht. Alles, was er hatte, war der kalte Trost zu wissen, daß, genau wie Honor, auch er keine andere Wahl hatte.

»Wir fahren nach Secret Harbor, weil man dort die Angelleine in einer langen Ellipse auswirft und uns das die Möglichkeit geben wird, uns unsere Verfolger näher anzusehen«, erklärte er. »Da Secret Harbor außerdem einer der Orte ist, die Kyle in seinem Logbuch aufgeführt hat, werden wir uns die Ufer ansehen und sie vom Boot aus absuchen nach allem, was vielleicht … angespült worden ist.«

»Was zum Beispiel?«

»Der verschwundene Zodiac, Taucherflaschen, ein Anker, alles, was dort nicht hingehört.«

»Und wenn wir nichts finden?«

»Dann fahren wir zum nächsten Ort, den Kyle in seinem Logbuch erwähnt hat. Und danach zum nächsten. Und wieder zum nächsten. Es sei denn, Sie haben eine bessere Idee.«

»Nein. Genau das hatte ich auch vor, wenn ich erst einmal gelernt hätte, das Boot zu beherrschen.«

Jake grunzte. »Die gute Neuigkeit ist, daß niemand eine bessere Idee gehabt hat.«

»Woher wollen Sie das wissen?«

»Wenn es so wäre, würden sie uns nicht folgen.«

Honor blinzelte. »Also, wenn wir uns umsehen, und niemand folgt uns, dann wissen wir, daß wir auf der falschen Fährte sind.«

Jake fragte sich, ob er ihr verraten sollte, daß er beinahe sicher war, daß Kyle den Kartenplotter so verändert hatte, daß er darin Routen verstecken oder ändern konnte. Es bestand auch eine gute Möglichkeit, daß Kyle sich entschieden hatte, eine offen sichtbare Route zu verändern und daß er irgendwelches unnützes Zeug an seinen Computer angeschlossen hatte, um alle, die danach suchten, zu verwirren. Es war die Art von Hintersinnigkeit, die zu Kyles Sinn für Humor gepaßt hätte.

Nach einer Weile entschied Jake, den Tag damit zu verbringen, sich die gespeicherten Routen von Kyle noch einmal genauer anzusehen. In der Nacht wollte er versuchen, Kyles Plotter zu entschlüsseln. Er hätte mehr als die vierundzwanzig Stunden gebraucht, die ihm noch blieben, ehe Ellen Honor etwas ins Ohr flüsterte. Wenn Ellen Wort hielt ... Er lächelte zynisch. Auf Ellens Wort konnte man sich nicht gerade verlassen.

»Wir werden zunächst einmal die Orte absuchen, die in der Nähe liegen«, meinte er. »Auf diese Weise verschwenden wir so wenig Zeit wie möglich, von einem Ort zum anderen zu kommen.«

Die *Tomorrow* glitt über den blaugrünen Sund. Eine weiße, überraschend flache Bugwelle bildete sich hinter der SeaSport. Die anderen Boote folgten ihnen. Honor wandte sich ständig um, um nach ihnen zu sehen. Jake machte sich diese Mühe nicht. Er beobachtete den Radarschirm und suchte nach dem vierten Boot. Auf die eine oder andere Weise wollte er sich den Fahrer dieses Bootes unbedingt näher betrachten.

»Ruhen Sie Ihren Nacken aus«, riet er ihr nach einigen Minuten. »Unser Radarschirm wird uns unsere Eskorte ganz genau melden.«

»Schön. Aber ich mache das lieber auf die altmodische Art. Dann weiß ich wenigstens, was ich da sehe.«

»Ich habe den Radar auf eine Viertelmeile eingestellt. Das bedeutet, daß jeder der drei Ringe auf dem Radarschirm ungefähr elfhundert Fuß abdeckt.« Er tippte auf den Radarschirm, der über dem Armaturenbrett angebracht war. »Dieses ungleichmäßige Stück hier an Backbord – links – ist eine Insel. Der helle Fleck dort drüben ist eine Markierung für die Fahrlinie. Diese große Ellipse ist ein Frachter, der auf dem Weg zu den Docks ist, um dort Holz für Japan zu laden. Die drei Flecken hinter uns sind unsere Bewunderer. Die Fähre an Steuerbord – rechts – ist noch nicht zu sehen, doch sobald wir ein Stück näher kommen, werden wir sie erkennen können.«

Honor blickte vom Bildschirm zum Wasser und wieder zurück. Es brauchte ein wenig Übung, doch schon bald begann sie, die elektrischen grünen Flecken auf dem Bildschirm mit der Wirklichkeit draußen in Verbindung zu bringen.

»Was ist das?« fragte sie und zeigte auf den Bildschirm, wo es aussah, als würde der Frachter sich in zwei ungleiche Hälften teilen.

»Es sieht so aus, als wäre noch ein anderes Boot im Radarschatten des Frachters gewesen und würde sich jetzt daraus entfernen.« Er nickte bestätigend. »Ein Fischerboot. Sehen Sie es?«

Sie starrte aus dem Seitenfenster und entdeckte ein verwahrlostes gewerbliches Fischerboot, das von der entfernten Seite des Frachters wegtuckerte. Die Farbe blätterte ab von einem rostigen Schiffskörper, es sah aus wie brandiges Fleisch. Der Frachter selbst war auch nicht gerade eine gepflegte Schönheit – Rost bedeckte großflächig die Seiten des Schiffskörpers. Der Name, der darauf stand, war japanisch. Das Fischerboot trug einen russischen Namen.

»Gibt es denn hier gar keine amerikanischen Boote?« fragte Honor.

»Sie fahren in einem.«

»Ich meine doch gewerbsmäßige Boote.«

»Davon gibt es etliche, doch die meisten der Lastkähne, die kein Öl transportieren und die in diesen Tagen Anacortes anlaufen, sind fremde Schiffe.«

Honor sah zu dem Frachter und versuchte, nicht zu vergessen, daß sie in einem kleinen Boot zu den San Juans fahren wollte, um nach Antworten zu suchen, die sie vielleicht gar nicht wissen wollte.

Doch es klappte nicht. Sie konnte nicht vergessen. Kyle war wie ein Kloß in ihrem Magen, und der Schmerz in ihren Schultern verschwand nicht. Sie zwang sich, sich auf die *Tomorrow* zu konzentrieren, was vielleicht gut für Kyle sein würde. Sorgen halfen ihr bestimmt nicht weiter.

Als das Boot sich den Weg durch die Fahrtrinne bahnte, verglich sie die Formen der Schiffe auf dem Wasser mit den blinkenden grünen Punkten auf dem Radarschirm. Als sie erst einmal die Hauptfahrtrinne verlassen hatten, verringerte sich die Anzahl der großen Schiffe. Die Anzahl der kleineren Vergnügungsboote jedoch nahm sprunghaft zu. Sie fühlte sich wie ein Teilnehmer an einer nicht angekündigten Regatta.

»Ich habe nie geglaubt, daß es so viele verrückte Menschen sogar im Nordwesten des Pazifik gibt«, staunte sie und wedelte mit der Hand in Richtung der kleinen Boote, die wie aufgeregte weiße Wasserkäfer auf dem kalten Wasser hin und her schossen.

»Verrückt? Oh, Sie meinen die Bootsfahrer? Die San Juans sind ein Mekka für kleine Boote, ganz besonders im Sommer.«

»Dann wäre Kyle also gar nicht so sehr aufgefallen …«

»Nein. Machen Sie sich keine Sorgen. Ich werde langsamer fahren und die Angeln herausholen.«

»Oh, wunderbar. Ich kann es kaum erwarten. Sei still, mein rasend' Herz.« Sie feixte. »Nun, wie beurteilen Sie meine Begeisterung?«

»Sie ist ganz tief unten.«

Langsam und vorsichtig verringerte Jake die Geschwindigkeit des Bootes, dann nahm er den Gang heraus. Die Bugwelle hob das Schiff sehr sanft. Er wollte Honor nicht unnötig nervös machen. Nur weil er sie dazu benutzen mußte, seine eigene Haut zu retten, bedeutete das noch lange nicht, daß er sie deshalb quälen mußte. Es war zwar keine Beruhigung für sein Gewissen, doch mehr konnte er nicht tun.

Schweigend sah Honor ihm zu, wie er die Angeln hervorholte. Dabei gab er Erklärungen ab über Halterungen für die Ruten, Leinen, Kanonenkugeln, Blitzer, Löffel und andere Wörter, die sie gar nicht erst behalten wollte. Dann begann er ihr den Unterschied zwischen dem Angeln mit Stücken von Fischködern gegenüber dem Angeln mit ganzen Fischen gegenüber den künstlichen Ködern auseinanderzusetzen. Weiter führte er aus, wann das Schleppen der Angeln besser war als das Verbleiben an einem Ort oder das Schwirren der Angel.

Seine Begeisterung hätte eigentlich ansteckend sein sollen. Doch Honor versuchte, nicht offen zu gähnen, aber sie versuchte es nicht intensiv genug. Als er darüber sprach, wie viele Angeln er hinter dem Boot schleppen konnte und wie sie ausgerichtet sein sollten, um den besten Fang zu garantieren, und in welcher Geschwindigkeit sich das Boot fortbewegen sollte, hob sie geschlagen beide Hände.

»Genug«, flehte sie. »Sie haben alles gesagt.«

Perplex klappte er den Mund zu. »Habe ich das?«

»Jawohl! Fischen ist viel komplizierter, als nur einen Wurm an einen Haken zu stecken und den ins Wasser zu halten.«

»Ich habe Ihnen das alles so wortreich erklärt, weil ich nicht wollte, daß Sie nervös werden.«

»Nervös? Ich befinde mich im Koma. Warum sollte ich nervös sein?«

»Aus keinem besonderen Grund.«

Jake verbarg sein Lächeln vor ihr, indem er sich vorbeugte und den Hilfsmotor anstellte. Wenn Honor nicht bemerkt hatte, daß sie im Wasser trieben und daß der Wind die Oberfläche des Wassers immer mehr kräuselte, so sah er keinen Grund, sie darauf hinzuweisen. Sie befanden sich ja auch in keinerlei Gefahr – die SeaSport konnte sogar einen Sturm überstehen und nicht nur den leichten Wind, der aufgekommen war. Doch Honor war auf dem Wasser halt nicht zu Hause.

Sobald er mit der Schleppgeschwindigkeit einverstanden war, überprüfte er die beiden Angeln in ihren Haltern und ging dann zurück in die Kabine. Er nahm die Fernbedienung, kletterte auf den Sitz hinter dem Steuer und schaltete den Computerbildschirm von der Karte zum Tiefenmesser um. Danach nahm er seinen Platz ein in der langen, ellipsenförmigen Reihe der Boote, die nach Lachs fischten.

Die beiden Bayliner, die der *Tomorrow* gefolgt waren, reihten sich ein Stück weiter hinten ein. Jake hatte die SeaSport hinter die einzige Olympic manövriert, die er entdecken konnte. Er bezweifelte, daß es das vierte Boot war, das ihnen bis jetzt entkommen war. Das Fischnetz war von einem verblichenen Blau, und der Fahrer des Bootes war alt genug, um Honors Großvater zu sein. Er war absolut nicht der Mann, der sich im Dunkeln eine Verfolgungsjagd mit einem Schnellboot leistete und dann wegfuhr, um in Secret Harbor zu fischen, während die Küstenwache wieder einmal auf die *Tomorrow* kletterte.

»Nehmen Sie das Steuer und halten Sie uns auf einer Linie mit dem Boot, das vor uns fährt«, befahl ihr Jake.

»Und was werden Sie tun?«

»Ich gucke durchs Fernglas.«

»Das kann ich auch tun.«

»Ich weiß aber, wie die Ufer aussehen, Sie nicht.«

Mißtrauisch übernahm Honor das Ruder. Sehr schnell stellte sie fest, daß das Boot nur sehr langsam reagierte, wenn es mit dem Schleppmotor lief. In der Tat war es äußerst schwierig, es in gerader Linie zu halten.

Während sie den Rhythmus von steuern, korrigieren, noch einmal korrigieren, übersteuern und dann alles zu wiederholen lernte, suchte Jake mit dem Fernglas die Ufer ab. Er sah nichts Unerwartetes. Es gab eine kleine Siedlung am Ende der Hafeneinfahrt, dazu noch einige Lachsschuppen ein Stück weiter am Rande der Bucht. Keines der kleinen Boote, die er entdeckte, ähnelten dem, das in Kyles Registrierungspapieren für den Zodiac aufgeführt war. Es lag auch keine Taucherausrüstung am Strand herum. Kein Anker war auf den Felsen gestrandet. Kein ungewöhnlicher Schutt war am Strand zu entdecken.

Als Honor es geschafft hatte, die SeaSport zu wenden und sie die andere Seite der Schleppstrecke hinunterschipperte, beobachtete Jake die anderen Boote. In einem Abstand von vierzig bis fünfzig Metern fuhren sie an ihnen vorbei. Sie konnten seinen scharfen Augen nicht entgehen, denn die SeaSport befand sich zwischen ihnen und dem offenen Meer.

Jake lächelte. Es war ein Lächeln, das nervös machen konnte.

»Nun?« fragte Honor.

»Nun, was?«

»Wie sehen sie aus?« Ihr Ton war ungeduldig.

»Wie Idioten. Sie haben nicht einmal Angeln im Wasser.«

»Ich behaupte mal, das spricht für ihre Intelligenz«, gab sie zurück.

Er antwortete nicht. Er hatte gerade einen litauischen Betrüger entdeckt, der versuchte, so auszusehen wie ein Fischer. Als hätte er erst zu spät bemerkt, daß er sich auf offener Bühne befand, mit dem Scheinwerfer auf seinem Gesicht, wandte sich Dimitri Pavlov ruckartig ab.

»Schlangenauge«, sagte Jake laut und deutlich.

»Was? Lassen Sie sehen!«

»Steuern Sie weiter. Er wird nicht so schnell verschwinden. Ich möchte mir das andere Boot ansehen, das uns gefolgt ist.«

Honor starrte über die Entfernung hinweg zu den beiden Booten. Sie konnte den Mann, der das eine Boot fuhr, nicht deutlich erkennen. Doch für ihren Geschmack sprang das Boot viel zu sehr auf und ab.

»Warum hüpft dieses Boot stärker auf dem Wasser als wir?« wollte sie wissen.

»Schlechter Entwurf des Bootskörpers, schlechte Trimmung, schlechter Fahrer oder alles zusammen.«

»Aber was für ein Unterschied ... ach, lassen Sie nur. Ich habe für einen Tag schon die Grenze nutzloser Fakten überschritten, irgendwann zwischen den Erklärungen über den Hundshai und dem Fliegenfischen.«

»Sind Sie ganz sicher?« griente er.

Sie bemerkte das Lächeln um seinen Mund unter dem Fernglas, durch das er nach wie vor schaute. Ihr Herz machte einen kleinen Sprung. Dieses lässige Grinsen war tödlich.

»Ganz sicher«, antwortete sie schnell. Ihre Stimme klang ein wenig rauh. Sie räusperte sich. »Erkennen Sie jemanden im zweiten Boot?«

»Zwei Männer. Eine Frau. Zwei Angeln.«

»Warum nur zwei?«

»Ich nehme an, nur zwei der Leute auf dem Boot haben eine Lizenz zum Fischen.«

»Er und sie?«

»Er und er. Die meisten Fischer sind ...«

»Männer?« vollendete Honor wissend.

»Jawohl.«

Er verriet ihr nicht, daß die fragliche Frau Ellen Lazarus war, die einen Verstand besaß wie eine Bärenfalle und deren Schenkel dazu paßten. Er kannte die Männer nicht, die bei ihr waren, doch der Kerl, der das Boot fuhr, war ein glattrasierter, breitschultriger Militärtyp mit kurzgeschnittenem Haar. Conroy hatte zudem recht – er sah viel zu jung aus, um Kapitän der Marine zu sein.

Jake fragte sich, welche der Jungen von der Whidbey-Insel wohl zum Dienst als Fischereiführer für Onkel Sams Schatzsuche nach dem Bernstein gezwungen worden waren. Wer auch immer dieser Mann war, er wußte, wie man fischte. Die Angelruten bildeten einen sauberen Bogen vor dem graublauen Wasser. Jede Angelspitze bewegte sich in langsamem Rhythmus, der verriet, daß der Köder sich unter der Wasseroberfläche bewegte und die Fische dazu verlockte, heraufzukommen, sich den Köder anzusehen und anzubeißen.

Der Mann bei Ellen hätte ein Sportfischer sein können, doch er beschäftigte sich mit etwas anderem. Er verschwendete keinen Blick an die Angeln an Backbord und Steuerbord. Er hatte ein Fernglas vor den Augen und schien sich jede Einzelheit der *Tomorrow* einzuprägen.

Jake salutierte zynisch mit nur einem Finger und senkte dann das Fernglas. Honor nahm es ihm ab, stellte es für ihre Augen ein und sah sich dann das erste der beiden Boote an.

»Sind Sie sicher, daß das Schlangenauge ist?« fragte sie. »Ich kann nicht viel erkennen unter der entsetzlichen Kappe, die er trägt.«

»Ich bin sicher.«

Sie wollte gerade widersprechen, daß sie nicht eine so perfekte Künstlerin sei – ihre Skizze und ein Blick durch ein Fernglas über fünfzig Meter würde für eine Identifikation nicht genügen. Doch dann guckte sie genauer hin. Was sie von dem Mann erkennen konnte, war abstoßend genug, um zu der Erinnerung an Schlangenauge zu passen. Kleidung, die billig war und schlecht paßte. Ein Hut, den man eigentlich als gesundheitliches Risiko hätte verbrennen müssen. Hände, die gegen Seife allergisch schienen.

Dabei war es nicht einmal so, daß sie in ihrer schwarzen Jeans, dem blaugrünen Pullover, der blaugrünen Windjacke und den weißen Deckschuhen mit ihrem vom Wind zerzausten Haar ein modisches Highlight war. Doch zumindest war sie sauber. Schlangenauge war das nicht.

»Pfui«, faßte Honor seine Erscheinung in einem Wort zusammen und konzentrierte sich dann auf das nächste Boot.

»Er ist ein wahrer Prinz Schrecklich«, stimmte Jake ihr zu. »Erkennen Sie jemanden in dem zweiten Boot?«

»Nein. Die Frau sieht etwas zu elegant gekleidet aus für einen Ausflug zum Fischen. Nette Jacke. Ein so klares Rot findet man nicht oft.«

Jake gefiel Honors glatte Windjacke und der Pullover in den Farben des Meeres besser als Ellens teure rote Jacke. Wohlweislich hielt er aber den Mund. Er fragte sich, ob Ellens Kleidung zum Wechseln wohl früh genug ankäme, ehe sie diese hier ruiniert hatte. Offensichtlich war sie aus einem wie auch immer gearteten Job im Büro herausgerissen und hier nach Anacortes zitiert worden, um einen gewissen J. Jacob Mallory zu verführen. Zeit zum Packen hatte sie offensichtlich keine gehabt. Und auch keine Zeit, sich zu verabschieden. Sie hatte vermutlich nur noch in ihren Wagen springen können, um so bald wie möglich das nächste Buschfeuer zu erreichen.

Es hatte eine Zeit gegeben, da hatte er diese Art zu leben geliebt. Jetzt vermißte er sie längst nicht mehr.

Ein Blick hinter sich sagte Jake, daß sich bei den Angeln nichts tat. Das überraschte ihn nicht sonderlich. Keines der anderen Boote hatte die Reihe verlassen, um einen Fisch an Bord zu holen. Er schaute auf den Fischsucher. Es gab nichts, das das Sonarecho reflektierte, außer dem flachen Boden der Bucht.

»Niemand fängt etwas«, bemerkte Honor.

»Die Gezeiten ändern sich erst in einer halben Stunde.«

»Und?«

»Es gibt ein Gerücht, daß fünfundneunzig Prozent der Fische in den zehn Minuten des Gezeitenwechsels gefangen werden.«

»Aber was tun dann diese Leute alle hier?«

»Sie hoffen auf die restlichen fünf Prozent.«

»Ich hatte doch recht. Sie sind alle verrückt.«

»Entspannen Sie sich. Das bestgehütete Geheimnis des Fischens ist, daß es großartig ist, nichts zu tun.«

Honor sah alles andere als überzeugt aus. Und auch nicht entspannt.

Er schaltete den Bildschirm um auf den Kartenplotter und verfolgte die Route nach Secret Harbor, die Kyle dort gespeichert hatte. Momentan nahm er an, daß die gestrichelte Route auf der Karte einfach nur die bevorzugte Route zum Schleppfischen war und daß die kleinen Kreuzchen auf dieser Route die Plätze anzeigten, an denen Kyle erfolgreich gewesen war.

»Was ist das?« fragte Honor.

»Eine Karte von Secret Harbor. Das ist die Cypress-Insel. Und auf der anderen Seite des Kanals ist die Geumes-Insel.«

Honor beugte sich über den schmalen Gang, um besser auf den Bildschirm sehen zu können. »Und was ist die gepunktete Linie, die einen Kreis bildet?«

»Ich nehme an, das ist die Route, die Kyle für das Schleppfischen bevorzugte. Sie ist ganz in der Nähe der kleinen Erhebung, die auf der Karte zu sehen ist.«

»Und was bedeuten diese Markierungen?«

»Wahrscheinlich die Orte, wo er Fische gefangen hat.«

»Aber sicher sind Sie nicht?«

»Nein. Deshalb fahre ich diese Strecke ja auch ab.«

»Aber wie wird uns das helfen, Kyle zu finden?«

Jake zögerte. Selbst sein wacher Verstand fand keinen Weg, dieser Frage auszuweichen. Außerdem, je früher Honor akzeptierte, daß ihr Bruder ein Dieb war, desto weniger würde sie sich von Jake betrogen fühlen, wenn sie herausfand, daß er genausowenig ein Fischereilehrer war wie sie eine Frau, die fischen lernen wollte.

Jake wollte nicht in dieselbe verlogene Kategorie gesteckt werden wie Honors rücksichtsloser, verräterischer, charmanter Bruder.

»Ich denke, Sie werden mir zustimmen, daß Ihr Bruder und ein Vermögen an Bernstein zur selben Zeit verschwunden sind?« begann Jake vorsichtig.

Honor schloß die Augen, dann öffnete sie sie wieder und begegnete seinem Blick. »Ja, aber das hat doch nicht automatisch zu bedeuten, daß er ein Dieb ist.«

Nicht einmal sein Bart konnte den Zorn und die Ungeduld verbergen, als Jake jetzt seinen Mund zu einer schmalen Linie zusammenpreßte. Er schaltete den Bildschirm wieder um zu dem Tiefenradar und starrte auf die rote und blaue Karte auf dem Bildschirm. Flacher Boden. Neunzig Fuß tief. Kein Fisch in Sicht. Nichts hatte sich verändert.

Einschließlich Honors störrischem Glauben an ihren Bruder.

»Sie sind eine treue Schwester, aber eine schlechte Denkerin«, meinte Jake. »Sie werden der Lösung nach dem Aufenthaltsort Ihres Bruders wesentlich näher kommen, wenn Sie die wahrscheinlichste Erklärung der Fakten, die wir bisher kennen, akzeptieren und sich von dort an weiter vorarbeiten.«

»Sie glauben, daß Kyle den Bernstein gestohlen hat?«

Jake sah von dem Bildschirm auf. »Können Sie sich eine bessere Erklärung denken?«

Sie öffnete den Mund, doch kein Wort kam heraus. Sie schluckte. »Ich habe eine Menge Zeit damit verbracht, darüber nachzudenken.«

Er zog eine Augenbraue hoch und wartete.

»Ich ... ich habe einfach ...« Sie hielt inne und schwieg mit schmerzlich verzogenem Gesicht.

»Lassen Sie nur«, wehrte er grob ab. »Glauben Sie, was immer Sie glauben wollen, aber erwarten Sie nicht, daß der Rest der Welt vor dem Altar von Kyle Donovan Opfer bringt.«

»Der Mann, der die Ladung Bernstein gefahren hat, ist umgebracht worden, als sie gestohlen wurde«, erklärte Honor mit angespannter Stimme. »Könnten Sie glauben, daß Ihr eigener Bruder ein Dieb und ein Mörder ist?«

»Ich stehe meinen Stiefbrüdern oder Halbbrüdern nicht nahe genug, um eine solche Frage beantworten zu können.«

Jake warf noch einen Blick auf die Angeln. Dort gab es nichts Neues. Er drehte sich wieder zu Honor um.

»Wie auch immer die Umstände sind«, begann er, »ich nehme an, daß Kyle und der Bernstein beisammen sind. Einige andere Leute in offiziellen Stellungen scheinen das auch anzunehmen. Können wir uns wenigstens darauf einigen?«

Sie nickte.

Er atmete tief auf und überschlug blitzartig all die Informationen, die er aus der Zeitung hatte, damit er nichts von dem verriet, was er aus erster Hand in Kaliningrad erfahren hatte oder von Ellen und Conroy.

»Also gut«, fuhr Jake fort. »Wissen Sie, von welcher Größe wir überhaupt reden?«

»Von ungefähr einem Meter neunzig«, antwortete Honor kurz angebunden.

»Ich meine den Bernstein. Von einer wie großen Ladung sprechen wir?«

»Das weiß ich nicht. Ich nehme an, das hängt von der Qualität ab. In der Zeitung stand etwas von einer Million Dollar. Wenn ich die Kosten der Sendung bedenke, die Kyle mir gerade geschickt hat, würde man mit einer Million Dollar eine ganze Menge Bernstein kaufen können.«

»Ist es die Summe, die Donovan International von der Versicherung verlangt, eine Million Dollar?«

»Wir haben gar nichts zu verlangen. Wir haben den Bernstein nie bekommen, also ist es auch nicht unser Verlust gewesen.«

Mist, dachte Jake wütend, doch er sprach es nicht laut aus. Offensichtlich verbargen die Männer der Donovans etwas vor ihrer geliebten kleinen Schwester.

»Und was ist mit dem Bernstein selbst?« fragte er. »War er roh oder bearbeitet?«

Sie runzelte die Stirn. »Ich bin nicht sicher, doch ich glaube, beides.«

Erregung ergriff Jake. Honor war der erste Mensch, der bearbeitetes Bernstein erwähnte und nicht allein Material aus dem Bergwerk. Es sei denn, er nahm Ellens Gerede über das Bernsteinzimmer ernst. Doch dagegen wehrte er sich. Er hoffte noch immer, daß Ellen nur einem Hirngespinst nachjagte.

Das letzte, was er jetzt brauchen konnte, waren die Schwierigkeiten, die er bekommen würde, wenn es sich tatsächlich um das gestohlene Bernsteinzimmer handelte. Eine Handvoll von Möchtegern-Rebellen zu finanzieren war eine Sache. Eine dumme Sache. Doch ein Stück der kulturellen Geschichte eines Landes zu stehlen war eine wesentlich andere.

Kriege waren schon aus geringeren Gründen ausgebrochen.

»Was für bearbeiteter Bernstein war es denn?« hakte Jake vorsichtig nach.

»Wie meinen Sie das?«

»Waren es alte oder neue Stücke? Becher, Skulpturen, Dosen, Rosenkränze, Tische, Kerzenhalter, Mosaiken, Schmuck? Wie sah der bearbeitete Bernstein aus?«

»Er war sehr alt. Aus der Jungsteinzeit. Kyle hatte damit begonnen, Stücke aus der Steinzeit zu sammeln, als er den Jadehandel von Donovan International übernahm. Dann entdeckte er kleine Figürchen und Anhänger aus der Jungsteinzeit, die aus opakfarbenem Bernstein geschnitzt waren. Bastard-Bernstein hat er es genannt.«

Jake kannte die Art von Bernstein, die Honor beschrieb. Es war eines der Dinge, die er mit Kyle gemeinsam hatte: Jake war seit langem besessen von fossilem Harz, das von Menschen in

Formen gebracht worden war, die schon vor Tausenden von Jahren gelebt hatten. Die Geschichte des Bernsteinzimmers war dagegen viel jünger. Es stammte erwiesenermaßen aus dem achtzehnten Jahrhundert.

Er atmete noch einmal tief durch. Sollte doch Ellen nach dem Feenstaub greifen. Er hatte etwas weitaus Wirklicheres zu suchen: eine Ladung von erstklassigem rohen Bernstein aus Kaliningrad. Er wußte genau, wie diese Ladung aussah, bis zum letzten Gramm – immerhin hatte er sie selbst eingepackt –, aber er wußte nicht, inwieweit die Donovan-Familie darüber informiert war.

»Kyle schickte normalerweise immer die Jade, die er gesammelt hatte, zusammen mit der anderen Ware, die Donovan International gekauft hatte«, erklärte ihm Honor. »Als er begann, Bernsteinschnitzereien aus der Jungsteinzeit zu sammeln, habe ich angenommen, er würde sie auf dieselbe Weise nach Hause schicken, mit einer Ladung gewerblich gekauftem Bernstein.«

»Also würde jeglicher bearbeiteter Bernstein, der zusammen mit der Ladung verschickt wurde, nur irgendwelches uraltes Zeug für seine eigene Sammlung sein«, schloß Jake.

»Soweit ich weiß, ja. Aber er hat auch mit anderen Sammlern zusammengearbeitet.«

Jakes Körper spannte sich an. »Mit wem?«

»Kyle nannte ihn immer nur Jay. Er mochte ihn wirklich sehr gern. Er hat gesagt, mit einem solchen Mann sollte ich ausgehen und nicht mit ...« Sie hielt plötzlich inne.

Jake zog fragend die Augenbrauen hoch.

»Meine Brüder finden, daß ich mit Männern ausgehen sollte, die so sind wie sie.« Honor seufzte und gestand dann: »Intelligent. Mit genügend Integrität und Rückgrat für ein ganzes Regiment. Loyal und ab und zu wirklich wundervoll.«

»Aber nur ab und zu«, schloß Jake.

»Hey. Ich bin ihre Schwester. Besser wird das nicht.«

»Das heißt, Sie sind bis jetzt mit rückgratlosen, zögernden, dummen und schwachen Männern ausgegangen.«

»Dumm waren sie nicht!«

»Okay. Dann also klug, rückgratlos und schwach.«

»Sie waren nicht schwach. Nicht wirklich.«

»Rückgratlos und zögernd also.«

»Höflich.«

»Ohne Rückgrat.«

»Einverstanden.« Sie lachte gequält. »Aber meinen Brüdern gegenüber würde ich das niemals zugeben.«

»Irgend etwas sagt mir, daß Sie auch schon selbst dahintergekommen sind.«

»Ja, nun ja, Jay, wie immer er auch heißt, kann in Kaliningrad bleiben und Bernstein aus der Jungsteinzeit sammeln. Ich möchte nicht noch einen riesigen, herrischen Mann in meinem Leben haben.«

»Ich bezweifle, daß er tatsächlich so schlimm ist«, meinte Jake mit ausdrucksloser Stimme.

»Ich nicht. Jeder Mann, der mit Kyle kämpfen kann und gewinnt, ist keine zerbrechliche Blume der Ritterlichkeit.«

»Sie haben miteinander gekämpft?« fragte Jake überrascht. Er hätte nicht geglaubt, daß Kyle die Geschichte von dem Bierfaß, der Bardame und dem Jungen, der sich mehr aufgeladen hatte, als er verdauen konnte, erzählt hatte.

»Sicher haben sie das. Kyle endete schließlich auf seinem Hintern in einer Bierpfütze. Jay hatte ihn dorthin befördert. Aber Kyle respektierte ihn wirklich. Er spricht von ihm, als sei er der Stiefbruder Gottes oder noch ein weiterer Donovan. Das ist wohl das gleiche, denke ich.«

Jake wußte nicht, was er darauf sagen sollte. Offensichtlich hatte Kyle seine Familie genauso hinters Licht geführt wie Jake. Sie glaubten, daß Kyle den Mann respektierte, den er doch betrogen hatte.

Es hätte ihn befriedigen müssen, daß er nicht der einzige war, der Kyle auf den Leim gegangen war. Doch das war nicht so. Er hoffte, daß Honor nie herausfinden würde, wie sehr Kyle sich von dem Mann unterschied, der er zu sein schien. Die Entdeckung war auch für ihn sehr schmerzlich gewesen. Er konnte sich sehr gut vorstellen, wie schlimm es für Honor sein würde.

»Okay«, sagte Jake. »Was wissen Sie sonst noch über den Bernstein und Ihren Bruder?«

»Nicht viel. Er hat vor ungefähr sechs Wochen angerufen und mir gesagt, ich solle mit den Entwürfen für einige phantastische Sachen beginnen, solche Sachen, die von Museen und besonders reichen Sammlern gekauft werden. Er hatte gerade von einigen sehr großen Stücken klaren, unbearbeiteten Bernsteins gehört, Stücke, die so groß waren, daß sie für eine Tischplatte ausreichen und nicht nur für Ohrringe oder Einlegearbeiten.«

Jake hoffte nur, daß seine Überraschung nicht zu offensichtlich war. Kyle hatte ihm kein Wort verraten über einen solchen Schatz. Aber Kyle hatte über eine Menge Dinge nicht gesprochen, die ihn beschäftigten, wie Jake erst viel zu spät herausfand.

»Das klingt ziemlich teuer«, meinte er vorsichtig.

»Das würde es auch sein. So große Stücke sind wirklich selten. Als Kyle anfangs in Kaliningrad arbeitete, bat ich ihn um ein Stück klaren roten Bernstein, in der Größe einer Honigmelone. Er lachte so sehr, daß er den Telefonhörer fallen ließ. Wie sollte ich wissen, daß ich genausogut um einen zehnkarätigen Diamanten hätte bitten können?«

»Hm«, war alles, was Jake dazu zu sagen hatte.

Er selbst mußte sich ebenfalls bemühen, nicht zu lachen. Er blickte auf den hellen blauen Bildschirm des Fischsuchgerätes und hoffte, daß sein Gesicht genausowenig aussagekräftig war wie dieser Bildschirm.

Nicht ein einziger Fisch war zu sehen. Keine Erhebung auf dem Boden war es wert, genauer untersucht zu werden. Er räusperte sich und drehte sich wieder zu Honor. »Dann sollten wir wohl annehmen, daß wir nach etwas suchen, das größer ist als ein Mann und kleiner als, sagen wir, ein Zimmer in Kyles Hütte.«

»Aber warum?«

Jake dachte eilig nach. »Das ist doch nur logisch. Würde er es hierherbringen, wenn er es nicht hier verstecken könnte?«

»Gute Frage. Ich werde sie ihm sicher stellen.«

»Aber zuerst müssen wir ihn finden.«

»Daran arbeite ich.«

»Und ich habe geglaubt, Sie würden fischen. Allerdings nicht sehr erfolgreich, wie ich feststellen mußte. Wie gut, daß ich ein Hähnchen zum Abendessen gekauft habe.«

»Ich bringe den Wein mit.«

Honor lächelte und wünschte, sie würde Jake gut genug kennen, um ihm einen Kuß auf die Wange zu geben, genau über seinem Bart. Sie hatte gehofft, daß sie den Abend nicht allein würde verbringen müssen, daß sie nicht darauf würde warten müssen, daß das Telefon läutete und sie vom anderen Ende schlechte Neuigkeiten, noch schlimmere Neuigkeiten oder gar Schlangenauge hören würde.

Jake versuchte, nicht zu tief Luft zu holen, um nicht den betörenden Duft der Frau einzuatmen, die so dicht neben ihm stand. Er versuchte, nicht daran zu denken, wie wunderschön es wäre, ihr kinnlanges Haar auf seiner nackten Haut zu fühlen. Er bemühte sich, nicht darüber nachzudenken, wie ihre Lippen seine Haut streichelten, wie sie ihn kitzelten.

»Jake? Was hoffen Sie da unten zu finden?«

»Ich bin ...« Er starrte noch eine Sekunde auf den Bildschirm, während er gleichzeitig überlegte, ihr auf eine nette Art zu erklären, daß er nach der Leiche ihres Bruders fahndete oder nach dem gestohlenen Bernstein, der mit dem fehlenden Anker irgendwo auf dem Boden des Meeres versenkt war.

Doch eine nette Art, ihr das zu erklären, gab es wohl nicht.

»Ich suche nach Fischen«, sagte er. »Das ist alles. Nur nach Fischen.«

»Aber der Bildschirm sieht so aus, als wäre da nichts.«

»Ist es auch nicht.«

Jake drückte auf einen der Knöpfe, und auf dem Bildschirm erschien jetzt wieder die Karte. Honor wollte eine bessere Sicht auf die Karte haben und kam näher, bis sie in dem Gang zwischen den beiden Sitzen stand. Er drückte auf noch einige andere Knöpfe, und ein neues Bild erschien, eine andere Route.

»Steuern Sie, während ich die Angeln einhole«, sagte er und stand vom Steuersitz auf.

Es gab keine Möglichkeit, sie nicht zu berühren, als er durch den schmalen Gang ging. Und er konnte es auch nicht vermeiden zu sehen, daß ihr dabei der Atem stockte und sich ihre Lippen leicht öffneten. Und ganz bestimmt bestand keine Möglichkeit, seine männliche Reaktion zurückzuhalten.

Wenigstens etwas arbeitet richtig an diesem Tag, dachte Jake ironisch, als er die Angeln einholte. Er war hart wie Stein und bereit loszulegen.

»Was jetzt?« fragte Honor, als er in die Kabine zurückkehrte.

»Jetzt werden wir herausfinden, ob ihre Benzintanks genauso voll sind wie der unsere.«

10

Zehn Stunden und fünfzehn Fischplätze später war Jake an dem Punkt, an dem er den Tag begonnen hatte: Es gab noch genauso viele unbeantwortete Fragen, und sein Unterleib schmerzte.

Das trug nicht dazu bei, seine Laune zu verbessern. Er hatte die Geschwindigkeit des Bootes auf dem Weg zum sechzehnten Fischplatz hochgetrieben, nur um zuzusehen, wie der Bayliner sich abmühte. Schlangenauge hatte es nicht geschafft. Er hatte vor einigen Stunden an der Fishermans Bay reumütig kehrtgemacht, um zu tanken, und bis jetzt hatte er sie nicht wieder eingeholt. Der andere Bayliner war auch eine Zeitlang verschwunden gewesen, doch hatte er keine Mühe gehabt, sie wiederzufinden. Ein direkter Draht zur Küstenwache hatte dabei zweifellos geholfen.

Die einzig gute Neuigkeit war die, daß Honor so ruhelos geworden war, daß er sie dazu hatte überreden können, einige Grundkenntnisse des Fischens zu lernen. Er begann damit, ihr die Kunst des Auswerfens des Köders beizubringen und auch das Fliegenfischen. Das allerdings interessierte sie wenig. Das Auswerfen der Angel machte ihr schon mehr Spaß. Sie hatte einen natürlichen Sinn dafür, genau abzuschätzen, wohin sie werfen wollte, und das machte ihre Würfe sehr lang und genau.

Als Jake die Geschwindigkeit verringerte, sah Honor sich um. Es waren keine anderen Boote in Sichtweite. Er hatte sie tatsächlich abgehängt.

»Und was tun wir jetzt?« wollte sie wissen.

»Kyle hat hier einen Fang eingetragen. Wenn die Daten richtig sind – und ich habe keine Möglichkeit, das zu überprüfen –, dann ist dies einer der Orte, an den er gekommen ist, den er aber nicht schriftlich in seinem Logbuch eingetragen hat, nachdem er von Kaliningrad zurückgekommen ist.«

»Daten? Was meinen Sie damit? Ich wußte gar nicht, daß auf der Elektronik der *Tomorrow* auch Daten vermerkt werden können.«

Es gab eine ganze Menge Dinge, die Honor über die Elektronik nicht wußte. Und es wäre Jake auch lieber, wenn das so bliebe. Er wollte nicht, daß sie auf den Gedanken kam, allein loszuziehen, wenn Ellen ihr am nächsten Tag die Wahrheit verraten würde. Die Art, wie Honor das Steuer übernommen hatte und über das Wasser geflitzt war, verfolgte ihn noch immer. Sie hatte mehr Mut als Verstand.

»Einige Programme halten alles mögliche fest«, sagte er. »Auf jeden Fall hat Kyle an dem Computer herumgebastelt, genau wie an Ihrem Wecker. Alles, was ich weiß, ist, daß dieser Kartenplotter völlig anders ist als alle, die ich je benutzt habe. Ich bin nach wie vor bemüht, wenigstens die Hälfte der Dinge, die ich gefunden habe, zu verstehen.«

Das stimmte zwar nicht hundertprozentig, aber zumindest fast. Jake nahm an, daß es in dieser Mischung zwischen Wahrheiten und Halbwahrheiten, Zugeständnissen und Ablenkungen an Honor Donovan eine Art poetischer Gerechtigkeit gab. Und genau das war es, was einer der Donovans ihm angetan hatte. Es gab keine einzige feste Tatsache, derer er Kyle beschuldigen konnte, doch der Beweis lag im Ergebnis: J. Jacob Mallory war des Diebstahls beschuldigt worden, und Kyle Donovan war mit dem Bernstein verschwunden.

Jake ging ins Heck und sah sich um, er achtete nicht auf die Angeln, die nur darauf warteten, benutzt zu werden. Er verspürte keinen Wunsch, die Schleppangel auszulegen.

Honor schob sich an ihm vorbei und nahm eine der Angeln aus der Halterung. Sie bog sich unter dem Gewicht des Köders. Nachdem sie erst einmal begriffen hatte, daß die Köder unterschiedliche Gewichte besaßen, von einer Viertelunze bis hin zu sechzehn Unzen und noch schwerer, hatte sie sich gleich den schweren Ködern zugewandt. Sie lächelte wie ein Kind mit einem neuen Spielzeug und begann, die Angel auszuwerfen.

»Wohin zielen Sie?«

»Genau geradeaus, dorthin, wo das Stück Holz schwimmt.«

Sie nahm die Angel in beide Hände, hob sie hinter die rechte Schulter und ließ dann die Schnur vorwärts sausen. Gleichzeitig löste sie die Halterung der Schnur. Die Schnur schoß genau geradeaus, wie ein leuchtender Fleck spulte sie sich ab.

Als wäre sie auf Schienen entlanggesaust, fiel der Köder neben dem schwimmenden Stück Holz ins Wasser. Die Entfernung war mindestens fünfzehn Meter.

Jake schüttelte den Kopf bei dem Gedanken, daß ein solches

Talent verschwendet wurde – so die Angel auswerfen zu können und sich nicht dafür zu interessieren, ob man auch etwas fing. In der Tat vermutete er, daß Honor einen Fisch genausogern sehen würde wie Ameisen bei einem Picknick.

»Warum schütteln Sie den Kopf?« fragte sie. »Ich war doch ziemlich nahe dran.«

»Ziemlich nahe? Teufel, Sie werfen die Angel jetzt schon besser aus als ungefähr neunzig Prozent der Menschen, die je eine Angel in der Hand gehalten haben.«

Sie holte die Schnur wieder ein, als gäbe es einen Preis für die Schnelligkeit. »Wirklich?«

»Ja. Aber Ihre Technik beim Einholen der Schnur braucht noch ein wenig Übung. Eine Menge Übung sogar.«

Sie ignorierte ihn.

Er dachte daran, die Schleppangeln wieder aufzustellen, doch dann entschied er, daß es nicht die Mühe wert war. Sie würden sowieso nicht lange hier bleiben, Kyle hatte auf dem Kartenplotter für diese Gegend hier nur einen Fang eingetragen.

»Ich werde mir nicht die Mühe mit den Schleppangeln machen«, meinte er.

»Einverstanden.«

»Holen Sie die Angel ein. Ich will noch ein wenig Kyles Route kreuzen.«

»Das wird mich doch nicht beim Auswerfen der Angel stören.«

»Aber dabei, einen Fisch zu fangen.«

»Wie ich schon sagte ...«

Jake gab auf und ging in die Kabine zurück. Zweimal fuhr er mit langsamer Geschwindigkeit über den eingetragenen Fangplatz. Auf dem Fischsuchgerät konnte er nichts entdecken. Keine Fische, keine Luftblasen, nicht einmal eine interessant aussehende Erhebung auf dem flachen Boden.

»Packen Sie zusammen«, rief er über seine Schulter. »Wir fahren weiter raus.«

Diesmal widersprach Honor nicht. Sie holte die Schnur ein, steckte die Angel in die Halterung neben der Tür und trat in die Kabine.

»Glauben Sie, wir haben unsere Eskorte wirklich verloren?« fragte sie und sah sich in der leeren kleinen Bucht um.

»Nein. Conroy hat mich nie wirklich verloren. Er sollte eigentlich jeden Augenblick auftauchen.«

»Aber warum sind wir denn so schnell gefahren?«

»Wenn man weiß, wie wir reagieren, sind wir eine viel leichtere Beute.«

»Dieses Wort gefällt mir ganz und gar nicht.«

»Sie kleiner Supermarkt-Plünderer«, sagte er und lächelte, obwohl er so schlecht gelaunt war. »Sie sind mir schon eine.«

»Warten Sie, bis Sie erst Faith kennenlernen.«

Jakes Lächeln verschwand. Wenn man es genau bedachte, würde er wohl kaum mehr Mitglieder der Familie Donovan kennenlernen. Wenigstens nicht unter freundlichen Umständen.

Er nahm das Fernglas und suchte das Ufer ab. Das dauerte nicht lange. Das Inselchen war nicht nur klein und unbewohnt, es bestand eigentlich nur aus einem Felsen mit einer Krone aus Fichten.

»Sehen Sie etwas?« fragte Honor.

»Nur das Übliche.«

Er richtete seine Aufmerksamkeit auf den Computer und gab einige Dinge in den Plotter ein. Das Bild auf dem Schirm änderte sich einmal und dann noch einmal.

Honor hatte gerade genug Ahnung, um zu begreifen, daß Jake sich eine Art Karte ansah. Aber sie wußte nicht, um was für eine Karte es sich dabei handelte. Es hätte der Weg zurück nach Anacortes sein können oder vielleicht auch der Grund des Südpazifiks, blau mit kleinen schwarzen Strichen, die in alle Richtungen zu sprühen schienen.

Als sich das Bild erneut änderte, blickte sie über Jakes Schulter. Wie üblich, ergab es auch jetzt für sie keinen Sinn. Sie beugte sich noch ein wenig weiter vor. Ihm so nahe zu sein erinnerte sie an die Zeit vor der Morgendämmerung, als er zum Saum ihres Nachthemdes geblickt hatte und seine Erektion sich dann wie ein Phoenix aus der Asche erhoben hatte.

Haben Sie genug gestarrt, oder wollen Sie mir Geld in mein Suspensorium stecken?

Zorn, Verlegenheit und noch etwas anderes, Heißes, stieg in Honor auf. Sie trat hastig einen Schritt zurück und sah sich um, versuchte, an etwas anderes zu denken als an Jake Mallorys verflixt männlichen Körper.

Er rief die letzte Route auf, die er überprüfen wollte – oder wenigstens die letzte Route, die er in dem veränderten Computer finden konnte. Es war eine Route, die weit abseits lag von den normalen Routen, die Angler und Segler benutzten. Sie führte zu einer Ansammlung von wasserlosen, unbewohnten kleinen Inselchen, Riffen und Felsen, die zwar bekannt waren, vor denen aber keine Warnlichter oder Baken schützten.

Es war absolut nicht der Ort, den er an einem späten Nachmittag mit fallendem Wasser erkunden wollte. Auf jeden Fall würde er es nicht mehr schaffen, bei Tageslicht diese Route zu erkunden und es noch zu der kleinen Hütte am Dock zu schaffen, ehe es völlig dunkel war.

Jake stellte das Radargerät auf eine weitere Entfernung ein. Ein winziger Punkt erschien östlich von ihnen. Zweifellos ein Zodiac. Er musterte Honor unauffällig. Sie tat alles, bis darauf, den Kopf in den Eimer mit den Ködern zu stecken, um zu vermeiden, ihn mit diesen großen, hungrigen Augen anzusehen.

Er wußte ganz genau, wie sie sich fühlte. Je öfter er sie ansah, desto besser gefiel ihm das, was er sah. Wenn nicht etwas geschah, das den Grad der sexuellen Hitze in diesem Boot drastisch verringern würde, würde er etwas wirklich Dummes tun.

Er konnte es kaum erwarten.

Jake zischte einen leisen Fluch vor sich hin, er war wirklich wütend auf sich selbst, weil es ihm nicht gelang, seine Gedanken von seinem Unterleib abzulenken. Er schaute auf das Fischsuchgerät. Nichts war zu sehen. Er betrachtete noch einmal die Karte und schätzte die Entfernungen ein. Er warf einen Blick auf seine Uhr und dann einen zum Himmel. Es war keine Zeit mehr, noch etwas Nützliches zu tun.

Aber es war noch genügend Zeit, etwas wirklich Dummes zu tun.

Andererseits konnte er fischen. Wirklich fischen, anstatt nur die Köder durch das Wasser zu ziehen, ganz gleich, wie die Gezeiten standen.

»Ich frage mich, ob die Könige noch immer am Falcon Cliff sind«, sagte er laut.

»Könige?« fragte Honor. »Sie meinen die königliche Familie?«

»Ich meine zwölf bis fünfundsechzig Pfund schweres reines Dynamit, das nur darauf wartet, an unsere frisch gespitzten Haken anzubeißen.«

»Könige sind Fische?«

»In dieser Gegend schon.«

»Wollen Sie damit sagen, daß wir wirklich fischen wollen?«

»Richtig.«

»*Merde.*«

»Falsche Antwort«, grinste Jake, ließ den Motor der SeaSport aufheulen und wendete das Boot. »Begeisterung, Sie wissen doch.«

»Oh, ich kann es kaum erwarten. Können wir gleich losfahren? Bitte, bitte, mit Zucker drauf und so weiter.«

»Ihre Begeisterung könnte noch schäumender sein. Aber machen Sie sich keine Sorgen, ich werde Ihnen noch genügend Möglichkeiten geben, das zu üben.«

Der Zodiac kam schnell näher, als die *Tomorrow* wieder auf ihren vorherigen Kurs einschwenkte. Jake winkte, als sie daran vorbeifuhren. Conroy winkte nicht zurück. Er wollte allerdings auch nicht an Bord kommen. Offensichtlich war er dieses Spielchen genauso leid wie Jake.

Honor seufzte und sah zu, wie das dunkle Wasser unter dem Bug der *Tomorrow* vorbeiflitzte. Sie versuchte, sich keine Sorgen über Kyle und das kalte Wasser zu machen, über den verschwundenen Bernstein und einen ermordeten Mann.

»Möchten Sie darüber reden?« fragte Jake.

»Worüber?«

»Über das, was einen so grimmigen Ausdruck auf Ihr Gesicht zaubert.«

»Nein, danke. Ich möchte lieber über etwas anderes reden.«

»Okay. Leben Sie allein?«

Sie blickte ihn verblüfft an.

»Nun ja, Sie haben gesagt, Sie möchten lieber über …«, begann er.

»Über etwas anderes«, wiederholte Honor. »Faith und ich teilen uns eine Eigentumswohnung in Südkalifornien, aber meistens ist die eine oder die andere von uns beiden nicht zu Hause.«

»Was macht denn Ihre Schwester?«

»Sie verwandelt meine Entwürfe in atemberaubende Kunst. Und während sie das tut, bin ich meistens unterwegs und sehe mir neue Materialien an, in Schmuck- und Mineralienausstellungen im ganzen Land. Wenn ich dann zu Hause bin und Entwürfe mache, ist sie unterwegs, um Rohstoffe zu suchen.«

»Haben Sie daher auch den Bernstein, den ich auf dem Schreibtisch gesehen habe?«

»Nein, den hat Kyle uns geschickt.«

Jake umklammerte das Steuer fester. Er sagte kein Wort.

»Alle unsere Brüder halten Ausschau nach interessanten Materialien, die wir benutzen können«, sprach Honor weiter. »Sogar der Donovan sammelt für uns.«

»Sind Ihr Vater und Ihre Brüder im Geschäft mit Ihnen?«

»Mit Frauen?« gab sie zurück. »Sie sollten sich auf die Zunge beißen. Donovan International ist der letzte Überrest der nur für Männer zugelassenen Clubs.«

Auch wenn ihre Stimme sarkastisch klang, so lag doch kein wirklicher Zorn in ihren Worten. Sie und Faith hatten gelernt, dankbar zu sein dafür, daß sie Frauen waren. Auf gewisse Weise machte es das viel einfacher, der liebevollen Tyrannei von Donald Donovan zu entkommen. Archer hatte mit einer Heftigkeit für seine Freiheit gekämpft, die in der Familie noch heute eine Legende war. Lawe und Justin hatten sich gegen den alten Mann zusammengetan und ihn auf diese Art weichgemacht. Kyle bemühte sich noch immer. Er trug zusätzlich die Last, der jüngste der männlichen Donovans zu sein, was bedeutete, daß er auch gegen seine älteren Brüder ankämpfen mußte.

»Donovan International«, sagte Jake langsam und sah dabei auf den Radarschirm. Drei Boote waren jetzt zu sehen. Offensichtlich hatte Schlangenauge es geschafft, den grellorangefarbenen Zodiac der Küstenwache zu finden. »Ich habe den Namen irgendwo gehört …«

Wie er gehofft hatte, schnappte Honor nach dem Köder.

»Wahrscheinlich auf der Wall Street«, meinte sie. »Die Firma von Dad entdeckt, gewinnt, kauft und verkauft Metalle und seltene Mineralien.«

»Eine hübsche Organisation. Ihre Brüder werden sich nie Sorge um einen Job zu machen brauchen.«

»Eine lausige Organisation. Sie alle wollen der Boß sein.«

»In jedem Garten Eden gibt es eine Schlange.«

»Nun, meine Brüder sind dieser Schlange entgangen und haben ihre eigene Firma gegründet. Donovan Edelsteine und Mineralien.«

Jake lächelte, trotz des wilden, männlichen Hungers, der jedesmal in seinem Körper aufstieg, wenn er Honors sanft geschwungenen Mund und ihren verführerischen Körper betrachtete. »Die Söhne haben dem alten Mann Konkurrenz gemacht, war es das?«

Honor nickte. »So war es. Der absolute Höhepunkt kam, als Dad entdeckte, daß seine eigenen Söhne ihn überflügelt hatten.«

»Hat er sie enterbt?«

Sie sah ihn schockiert an. »Natürlich nicht. Dad ist starrköpfig, aber er ist nicht boshaft. Die Donovan-Männer lagen ein ganzes Jahr lang Kopf an Kopf in den verschiedensten Untersuchungen nach Mineralien und so. Als Dad davon überzeugt war, daß die Jungen es tatsächlich ohne ihn schaffen würden, bot er ihnen eine Zusammenarbeit an.«

»Haben sie angenommen?«

»Teilweise. Sie arbeiten für ihn auf der Basis von Verträgen, aber sie gehen nie so weit, daß Donovan International ihr einziger Kunde ist oder auch nur ihr bester Kunde.«

»Sehr klug.« Aber das wußte Jake bereits alles. Die Männer der Donovans, die er kennengelernt hatte, waren genauso intelligent wie halsstarrig.

»Ich denke schon. Auf jeden Fall verleben wir immer sehr interessante Weihnachtsfeiern und Thanksgivings, wenn Dad bei jeder Mahlzeit darum betet, daß die verlorenen Lämmer zur Herde zurückkehren, und wenn dann genau diese Lämmer so fix laufen, wie sie nur können, um aus der Reichweite des alten Wolfes zu bleiben.«

Bei dem Gedanken, sich die Donovan-Brüder als Lämmer vorzustellen, mußte Jake laut lachen.

»Sind Ihre Feiertage auch so?« wollte Honor wissen.

»Wie was?«

»Müssen Sie ebenfalls darum kämpfen, sich Ihre Familie vom Hals zu halten?«

»Nein. Wir können gar nicht weit genug voneinander weg sein.«

»Das klingt … einsam.«

»Sie wissen doch, was man über die Freiheit sagt.«

»Nein, was denn?«

»Das ist eine andere Art zu sagen, daß man nichts mehr zu verlieren hat.«

Jake wechselte den Kurs, umfuhr eine kleine Insel und überquerte dann eine schmale Meerenge, bis er am Fuße einer Felsklippe die Geschwindigkeit verlangsamte. Er drückte auf einen Knopf. Das Fischsuchgerät leuchtete blau und rot auf dem Bildschirm.

Honor machte sich nicht die Mühe, ihn zu fragen, wo sie sich befanden. Selbst mit einer Karte fiel es ihr schwer, herauszufinden, welche Insel vor ihnen lag. Es gab zu viele Inseln, einige davon waren so winzig, daß sie nur Felsklippen waren. Sie hatte versucht, sich an der Karte zu orientieren, als sie von Ort zu Ort fuhren, doch alles, was ihr davon geblieben war, war ein schmerzender Kopf und ein rebellierender Magen.

»Verdammt!« sagte er. »Sie sind da.«

Sie beugte sich vor, um besser zu sehen. Der Bildschirm sah aus, als hätte jemand gelbe Striche daraufgemalt. Noch ehe sie fragen konnte, ob es sich bei den Strichen um Fische handelte, war Jake schon verschwunden. Sie folgte ihm hinaus ins Heck und beobachtete, wie er den Hilfsmotor startete und die Angeln vorbereitete. Die Angeln interessierten sie nicht besonders. Jake zuzusehen, wie er sich leichtfüßig und schnell bewegte, weckte schon eher ihr Interesse.

Er glaubte, ihre Anwesenheit hätte etwas damit zu tun, daß sie mehr über das Fischen lernen wollte.

»Wir haben heute all den toten Hering durch das Wasser gezogen, den wir an Bord hatten«, sagte er. Er beugte sich über den weißen Plastikeimer und holte einen Köder hervor, der über dem Rand des Eimers gehangen hatte. »Wissen Sie, was das ist?«

»Es sieht wie zwei Haken aus. Unglaublich. Ich denke, ich werde die Aufregung nicht ertragen können.«

Doch es lag kein wirklicher Sarkasmus in ihrer Stimme. Es machte ihr viel zuviel Spaß, Jakes Begeisterung mitzuerleben.

Und er war begeistert, das wußte sie. Es lag in seiner Stimme, in seinen glänzenden Augen und in der Art, wie er sich bewegte. Der Mann liebte es zu fischen. Nun ja, rief sie sich ins Gedächtnis, niemand ist perfekt. Ich selbst habe auch einige große Fehler.

»Die Haken«, erklärte er, »sind an einem hübschen halbflexiblen Köder befestigt, den man den Peiniger nennt. Ich werde ihn gerade soviel biegen, daß er sich so verhält, als sei er ein Hering. Jetzt werde ich die Führung des Peinigers an dem Dodger befestigen und ...«

»Foul!« unterbrach sie ihn.

»Was?«

»Sie sollen mir nicht das Fischen beibringen. Ich wollte nur lernen, wie ich mit dem Boot umgehen muß, das ist alles.«

»Ich habe nicht geglaubt, daß Ihnen das wirklich ernst war.«

»Falsch.«

»Okay.«

Jake machte sich wieder daran, die Angeln vorzubereiten. Nach ein paar Minuten begann er, vor sich hin zu pfeifen. Die süße, klare Melodie erinnerte Honor an eine Nachtigall beim Mondaufgang. Es war erstaunlich, etwas so Wunderschönes von den Lippen eines so harten Mannes zu hören.

Plötzlich begriff Honor, daß da noch etwas an Jake war, das sie überraschte. Wäre er einer ihrer Brüder gewesen, dann hätte sie sich mit ihm gestritten über die Tatsache, ob sie das Fischen lernen sollte oder nicht. Aber Jake hatte nicht nur ihre Entscheidung akzeptiert, er schien es ihr nicht einmal übelzunehmen.

Sehr bald hingen zwei Angeln im Wasser. Jake stand am hinteren Steuer, und sie schlichen an der Klippe vorbei in einem Tempo, das an wachsendes Gras erinnerte.

Jake hob den Kopf. Die Augen hatte er wegen der tiefstehenden Sonne zusammengekniffen. Der Zodiac hatte etwa dreißig Meter hinter ihnen angehalten und lag parallel zur *Tomorrow*. Der Bayliner mit Ellen an Bord lag noch ein Stück weiter draußen. Kein anderes Boot war in Sicht. Sogar Schlangenauge war offensichtlich nach Hause gefahren oder lag irgendwo außer Reichweite.

Jake achtete nicht auf ihre Eskorte. Er beobachtete den Bogen, den die Angeln beschrieben, und ihre leichte Bewegung.

»Und was jetzt?« fragte Honor.

»Jetzt fischen wir.«

»Wunderbar. Das ist genauso, als würde man dabei zusehen, wie Farbe trocknet, nur noch weniger aufregend.«

»Sie werden Ihre Meinung schon sehr bald ändern, wenn Sie erst einmal am anderen Ende der Schnur einen Lachs haben.«

»Sei still, mein rasend' Herz.«

Jake schüttelte den Kopf und blickte zum Ufer. Auf der Insel gab es keine Häuser oder Hütten, die die Wildnis störten, nur Klippen, windzerzauste Fichten und ein klarer, wolkiger Himmel. Zwischen den Wolken wagte sich hin und wieder ein Sonnenstrahl hervor und ließ das Wasser und die Felsen aufleuchten. Ein Weißkopf-Seeadler zog seine Kreise, und das Boot schwankte leise unter Jakes Füßen. Zum ersten Mal seit Wochen durchströmte Jake ein Gefühl des Friedens.

Honor betrachtete die Linie seines Mundes und wußte, daß sie in Schwierigkeiten war. Nur seine Freude zu sehen genügte, um in ihr den Wunsch zu wecken, zu lächeln und ihm die Arme entgegenzustrecken.

Hör auf, ihn ständig anzuglotzen, warnte sie sich selbst. *Tu lieber etwas Nützliches. Irgend etwas. Aber hör auf, über Jake Mallory nachzudenken.*

Aber sobald sie das tat, bestürmten sie Gedanken an Kyle und an Bernstein und an Tod. Was wiederum bewirkte, daß sie sich am liebsten in Jakes Arme geschmiegt hätte, um sich von ihm trösten zu lassen.

Merde, schimpfte sie innerlich, absolut empört über sich selbst.

Sie ging zurück in die Kabine, holte den Skizzenblock und

den Stift aus dem Rucksack und machte sich dann an den Entwurf, der noch immer in ihr herumspuckte. Nach ein paar Minuten holte sie eine Schachtel aus ihrem Rucksack, öffnete sie behutsam und musterte den Klumpen Bernstein darin.

Keine Inspiration stellte sich ein.

Vorsichtig nahm sie den Bernstein in die Hand und drehte ihn langsam. Aber ganz gleich, wie sehr sie auch auf seine wundervolle Form starrte, es stellte sich keine kreative Vorstellung ein. Vielleicht würde die Sonne ihr helfen.

Sie steckte den Bernstein in die Tasche ihrer Windjacke, nahm Block und Bleistift und ging hinaus. Sie stellte fest, daß die Motorhaube ein erstaunlich bequemer Sitzplatz war. Mit dem Rücken zum Heck setzte sie sich. Ohne den Bernstein aus der Tasche zu holen, begann sie, verschiedene Skizzen zu machen, allein aus dem Gedächtnis.

Jake stand an der Tür der Kabine, er lenkte das Boot vom hinteren Steuer aus, während er dabei gleichzeitig das Fischsuchgerät beobachtete.

Schon bald erfüllte das Trillern der Noten, die dem Gesang einer Nachtigall ähnlich waren, den Nachmittag. Auch wenn sein Pfeifen keine offensichtliche Melodie war, so fand Honor die Töne doch sehr entspannend und auch anregend, beinahe so, als würde sie gregorianischen Gesängen lauschen. Ihr Stift flog über das Papier, dann füllte sie eine weitere Seite und noch eine, versuchte die verschiedensten Arten, Formen und Linien miteinander zu verbinden, die Mischung aus Fluß und Bedeutung zu schaffen, die ihre Kreationen einzigartig machten.

Erst zu spät wurde ihr klar, daß das Pfeifen aufgehört hatte und Jake sie beobachtete. Ihr Kopf zuckte hoch.

»Tut mit leid«, entschuldigte er sich. »Ich wollte Sie nicht ablenken.«

»Das haben Sie nicht. Das Pfeifen hat mir in Wirklichkeit dabei geholfen, mich zu konzentrieren. Ich habe es bemerkt, als Sie aufgehört haben.«

Es muß etwas in den Genen der Donovans liegen, dachte Jake. Kyle hatte es immer gemocht, wenn sie »Pfeifduelle« ausgefochten hatten – Kyle mit seiner Kinderflöte und Jake mit dem Mund.

»Woran arbeiten Sie?« wollte er wissen. »Oder ist die Frage so, als würde ich Ihnen unerlaubt über die Schulter sehen?«

Sie lächelte. »Ich zeig's Ihnen.« Sie drehte den Skizzenblock so, daß Jake die Entwürfe sehen konnte.

»Das ist für dieses Stück Bernstein, das ich in der Hütte gesehen habe, nicht wahr?« Er hatte die Form und die Mischung von glatten und rauhen Oberflächen erkannt. »Das Stück, was ich aufgefangen habe, ehe es auf dem Boden fallen konnte.«

»Sie haben ein sehr gutes Auge.«

»Sie sind eine sehr gute Künstlerin.«

»Illustratorin.«

»Butterblümchen.«

Sie warf ihm einen Seitenblick zu, aus Augen, die beinahe so golden waren wie Bernstein, den die Nachmittagssonne zum Leuchten bringt.

»Die meisten Menschen können nicht beim ersten Blick ein Stück Bernstein vom anderen unterscheiden«, sagte sie.

»Schon möglich.«

»Aber Sie können das.»

Jake zuckte mit den Schultern, er wollte den Frieden dieses Augenblickes nicht stören durch Halbwahrheiten. »Bernstein interessiert mich sehr. Und zwar schon seit meiner Kindheit.«

»Wirklich? Haben Sie deshalb so viele Fragen gestellt nach dem Bernstein, den Kyle angeblich gestohlen haben soll?«

Jake nickte, doch insgeheim verfluchte er sich. Honor war viel zu aufmerksam. Je weniger er sagte, desto besser würde es sein, wenn sie herausfand, wer er war. Auf der anderen Seite war er es müde, immer auf dem schmalen Grat von Halbwahrheiten und Lügen zu balancieren und sich zu fragen, wann er wohl herunterfiel und sich verletzte. Hätte er ein solches Leben geliebt, dann würden er und Ellen noch immer denselben Boß haben.

»Was hat Sie denn am Bernstein angezogen, als Sie noch ein Kind waren?« fragte Honor neugierig.

»Die Fliegen, die darin eingeschlossen sind, haben mir leid getan. Was zeichnen Sie da?«

Ein Blick auf Jake genügte ihr, um zu wissen, daß sie nicht weiterkommen würde, wenn sie der Tatsache auf den Grund zu gehen versuchte, warum ein Kind sich mit Insekten identifizierte, die im Bernstein eingeschlossen waren. Deshalb beantwortete sie seine Frage, anstatt eine eigene zu stellen.

»Ich zeichne das, was Faith später aus dem Bernstein machen wird. So ähnlich wenigstens.«

»So ähnlich?«

Honor warf einen Blick auf ihren Entwurf. »Ich meine, es wird keine richtige Skulptur werden, nicht dreidimensional. Eher eine Art Relief.« Sie runzelte die Stirn, während sie auf ihren Entwurf blickte. »Eigentlich beginne ich zu glauben, daß das ein Fehler ist«, gestand sie ihm zögernd. »Es gelingt mir irgendwie nicht.«

»Wie meinen Sie das?«

Ohne zu antworten, griff Honor in die Tasche ihrer Windjacke. Als sie die Hand wieder herauszog, leuchtete ein Stück Bernstein darin. Es sah aus wie die Hoffnung nach Sonnenlicht und Wärme, die sich ein kalter, frierender Mann erträumt.

Jake pfiff leise durch die Zähne. In dem reinen Licht zeigte sich der wahre Wert des Bernsteins. Er war transparent, bis auf einen Wirbel kleiner Blasen und dunkler Flecken. Der Stein war auf einer Seite poliert, auf der anderen Seite rauh. Er strahlte ein seidiges Licht aus, das dem Wort *golden* eine ganz neue Bedeutung gab.

Er brannte.

»Glühender Stein«, murmelte er.

»Wie bitte?«

»Das ist es, was das Wort Bernstein ursprünglich bedeutete. Stein, der brennt. Darf ich? Ich hatte nicht die Möglichkeit, mir dieses Stück genauer anzusehen.«

»Sicher, aber Fliegen sind keine drin.«

Er schwieg und hielt den Bernstein einfach zwischen sich und die untergehende Sonne.

Honor stockte der Atem bei der plötzlichen, strahlenden Schönheit des Steins. Es war beinahe so, als hätte sie ihn zuvor noch nie richtig gesehen. Die kleinen Wirbel sahen fast so aus wie das kurzgeschnittene Haar eines Mannes und sein Bart, und die dunklen Flecken konnten halb geöffnete Augen sein, so tief, wie die Seele eines Menschen ... ein Mann, für immer im Bernstein gefangen, nur deshalb frei, weil er nichts mehr zu verlieren hatte.

»Bewegen Sie sich nicht!« drängte sie ihn.

Jake erstarrte sofort, ehe er begriff, daß alles in Ordnung war. Sie schlug eine neue Seite in ihrem Skizzenblock auf und begann dann zu zeichnen, mit einer Geschwindigkeit, die so erstaunlich war wie der Bernstein im Licht der Sonne. Er sah ihr zu und hielt den Stein so, daß sein goldener Schatten auf das Papier fiel.

Die Spitze einer der beiden Angeln bewegte sich.

»Äh, Honor ...«

»Noch nicht. Ich habe versucht, dieses Gesicht zu sehen, seit dem Tag, an dem ich geboren wurde.«

Aus den Augenwinkeln warf Jake einen Blick zu der Angel, die ihm am nächsten war. Sie bewegte sich viel heftiger auf und ab, als es der Dodger normalerweise zuließ.

»Honor ...«

Sie machte ein unwilliges Geräusch und zeichnete weiter.

Die Angelschnur tat das, was sie tun sollte. Sie sprang aus der Halterung und spulte sich ab.

»Zum Teufel«, knurrte er verärgert. »Wir können Pizza essen heute abend.«

»Also. Fertig! Wenigstens zum größten Teil.« Sie blickte auf.

»Pizza? Ich denke Huhn. Aber eigentlich würde ich lieber Lachs essen, wenn es Ihnen nichts ausmacht.«

»Ich auch!«

Er bückte sich, schob den Bernstein in ihre Tasche und riß dann die Angel aus der Halterung. Ein heftiger Zug daran zeigte ihm, daß der Fisch noch an der Angel hing. Die Bewegung der Angel sagte ihm außerdem, daß es ein Lachs war und daß er tatsächlich festhing.

»Hier.« Er reichte ihr die Angel und nahm ihr den Skizzenblock aus der Hand. »Holen Sie sich Ihr Abendessen, ich kümmere mich in der Zeit um das Boot.«

»Aber ich kann nicht … ich habe noch nie …« Die Angel bog und bewegte sich in ihrer Hand. »Mein Gott! Jake, es ist wirklich ein Fisch am Haken!«

»Sicher ist er das. Holen Sie ihn rein, Butterblümchen.«

11

Es war schon völlig dunkel, als Jake die *Tomorrow* abschloß und dann zu seiner eigenen Hütte fuhr, um seinen Anrufbeantworter abzuhören. Es gab keine Neuigkeiten von Emerging Resources, doch eine Nachricht von Ellen war auf dem Anrufbeantworter über Rennboote und ihre von Testosteron besessenen Fahrer.

»Ein harter Kampf, Lady«, sagte er. »Wenn du nicht mit den Wölfen heulen kannst, bleib in deiner Hütte.«

Er lächelte zufrieden, nahm sich eine Flasche Wein und kehrte zurück zu Honor. Dort gab es noch eine Nachricht, eine Art Nachricht – ein unbeleuchteter Wagen parkte hinter einer kleinen Biegung neben der Straße. Und falls sich jemand wundern sollte, was ein Wagen dort tat, so steckte ein Radarmeßgerät aus dem offenen Wagenfenster.

Jake war nicht der einzige, der die Anwesenheit der Cops bemerkt hatte. Der örtliche Verkehr, der normalerweise mindestens zehn Meilen schneller fuhr als die erlaubte Geschwindigkeit von fünfundzwanzig Meilen auf der schmalen Straße, hielt sich heute ganz genau an die gesetzlich vorgeschriebene Geschwindigkeit. Im Staate Washington waren Radarfallen eine wertvolle, wirtschaftlich gesunde und stetig sprudelnde Einnahmequelle, die durch die lächerlich niedrigen Geschwindigkeitsbegrenzungen gespeist wurde.

Honor öffnete die Haustür, sobald er den Motor seines Trucks ausgestellt hatte. Es hätte Jake eigentlich gar nicht so sehr freuen sollen, daß sie auf ihn gewartet hatte, doch es war so. Und was ihn noch mehr freute, war, daß sie, genau wie er, geduscht und sich umgezogen hatte. Ihr Haar war noch ein wenig feucht, und sie trug eine Hose und eine legere Bluse in der gleichen Farbe wie ihre grüngoldenen Augen. Sie sah zum Anbeißen aus …

Jake zwang seine Gedanken in eine andere Richtung und stieg aus dem Wagen. »Ist alles in Ordnung?« fragte er.

»Nein. Die Holzkohle wartet, und ich auch.«

Er blinzelte. »Worauf?«

»Auf den Lachs, worauf denn sonst? Ich bin beinahe verhungert.«

Das war er auch, doch Lachs war bei weitem nicht das, was er wirklich wollte – er wollte Honor Donovan, nackt im Bett. Er griff nach der Flasche kaltem Chardonnay, den er aus seiner Hütte mitgebracht hatte, und folgte ihr.

Während er die Marinade für den Lachs anrührte und den Fisch dann auf den Grill legte, stand Honor die ganze Zeit neben ihm, wie eine Glucke, die stolz auf ihr Küken ist.

»Nun ja, der Tag war wenigstens nicht vollkommen verschwendet«, meinte sie und schnitt ihm eine fröhliche Grimasse. »Aber es ist wirklich zu schade, daß Sie nicht auch einen gefangen haben.«

Jake griente und erinnerte sich an ihre Aufregung, als sie es schließlich geschafft hatte, den Fisch ins Boot zu ziehen. Sie hatte gestrahlt wie ein Weihnachtsbaum. Allein ihr zuzusehen hatte ihm mehr Freude gemacht, als er seit langer Zeit gehabt hatte.

»Das macht nichts«, erklärte er und legte den Deckel auf den Grill. »Für mich wird es noch mehr Lachs geben.«

Honor sah ihn jetzt aufmerksam an und folgte ihm ins Haus. Keiner der Männer der Donovans hatte sich je darüber geärgert, wenn eine Frau besser war als sie. Aber einige der Männer, mit denen sie ausgegangen war, hatten das nicht so leicht geschluckt.

»Sind Sie sicher?« fragte sie und schloß die Hintertür hinter sich.

»Hm-hm«, war alles, was Jake sagte, dabei strich er ihr eine Haarsträhne hinter das Ohr. »Ehrlich und tatsächlich, Süße. Selbst wenn ich einen Lachs gefangen hätte, hätte ich ihn wieder ins Wasser geworfen.«

»Warum das denn?«

»Nachdem ich ihn ausgenommen habe, hat Ihr Lachs noch immer vierzehn Pfund gewogen. Wenn Sie den erst einmal aufgegessen haben, auf Sandwiches, auf Pasta, Omeletts und Salaten, werden Sie glauben, daß Lachs nur ein Name für etwas ist, das viel zuviel Gutes bedeutet.«

»Ha! Ich habe noch nie genug bekommen können von frischem Lachs. Und auch nicht von gutem geräuchertem Lachs.«

»In diesem Fall werden wir für Sie einen sehr großen Lachs fangen.«

»Einen großen? Und was ist das da?« Sie deutete auf den Grill.

»Ein gutes Mahl. Aber wenn Sie den besten Fisch zum Räuchern wollen, dann brauchen Sie einen, der schwerer ist als fünfundzwanzig Pfund. Am besten einen von dreißig Pfund oder mehr. Leider gibt es von den Riesen nicht mehr viel in den San Juans.«

»Dreißig Pfund?« Ihre Augen weiteten sich. »Du liebe Güte. Dann sollte ich wohl besser mit dem Gewichtheben anfangen. Ich hatte schon Schwierigkeiten genug, diesen Brocken an Bord zu ziehen.«

»Sie haben das recht gut gemacht.«

»Wirklich? Und warum haben Sie mich denn angeschrien, ich solle die Spitze der Angel hochhalten?«

»Ich habe nicht geschrien.«

»Ha! Ich dachte schon, Kapitän Conroy würde vor Lachen aus seinem Zodiac fallen.«

»Aber nur, weil er noch nie gesehen hat, wie jemand ein Netz mit einem zappelnden Lachs in einer Hand und eine begeisterte Frau im anderen Arm gehalten hat.«

»Vergessen Sie nicht die Angel.«

»Die ist wohl schwer zu vergessen, immerhin habe ich sie mit den Zähnen festgehalten«, erklärte Jake trocken.

Das war auch das einzige gewesen, das ihn davon abgehalten hatte, Honors begeisterten Kuß zu erwidern. Was natürlich auch besser gewesen war. Er hatte das untrügliche Gefühl, daß dieser Kuß sich im selben Moment von einem Kuß des Glückwunsches in einen der rauhen Leidenschaft verwandelt hätte. Und das wäre wirklich dumm gewesen.

Zumindest versuchte er die ganze Zeit, sich das einzureden. Doch irgendwie nützte das nichts. Vor seinem inneren Auge tauchte ständig dieses hüftlange T-Shirt auf, in dem Honor schlief. Ihn bewegte der Gedanke schwer, ob sie darunter wohl noch ein Höschen trug. Und diese Überlegung führte zu anderen, zum Beispiel dazu, wie sie wohl aussah, wenn sie sich einem Geliebten hingab.

»Hallo«, rief Honor und wedelte mit der Hand vor seinem Gesicht.

»Was?«

»Wo sind Sie?«

Eine Sekunde war er versucht zu sagen, daß er ihr im Geiste

das Nachthemd über die Hüften hochgeschoben und dann mit seiner Zunge das weiche krause Haar zwischen ihren Schenkeln gekostet hatte, bis er den sanften Quell ihrer Weiblichkeit gefunden hatte.

Dumm. Wirklich dumm.

»Ich habe nur nachgedacht«, verteidigte er sich statt dessen lahm.

»Über das Essen?«

»Äh ... ja. Über das Essen.«

»Wie wäre es denn mit Pesto? Oder möchten Sie lieber heißes Brot und Salat?«

»Das klingt alles sehr gut.«

»Sie müssen tatsächlich hungrig sein.«

»Ja«, antwortete er knapp und machte ein paar Schritte von ihr weg. Es war noch dümmer als eine Reihe Baumstümpfe, weil sich ihm die Vorstellung aufzwang, wie es sich wohl anfühlen würde, wenn er in sie eindrang.

»Warum essen wir nicht erst ein paar Cracker mit Käse?« schlug Honor vorsichtig vor. »Sie sind so schlecht gelaunt, daß wir uns noch streiten werden, ehe der Lachs gar ist.«

Jake wußte, daß er sich in einer eigenartigen Stimmung befand, doch genausosehr wußte er, daß Käse und Cracker den Hunger in seinem Inneren nicht stillen konnten. Aber etwas zu essen war noch immer besser, als das, was er jetzt hatte.

Nämlich gar nichts.

Er knabberte an den Crackern und dem Käse, trank ein Bier und sah Honor zu, die Pesto und Pasta vorbereitete.

»Haben Sie etwas dagegen, wenn ich zeichne, bis der Lachs fertig ist?« fragte sie und stellte die Pasta beiseite. »Ich muß immer an das Gesicht in dem Bernstein denken.«

»Ich erwarte nicht von Ihnen, daß Sie mich unterhalten.«

Sie warf ihm einen leicht schrägen Blick zu und holte ihren Skizzenblock.

Das Telefon läutete. Jake erwartete, daß Honor schnell hinlaufen und den Hörer aufnehmen würde. Doch sie ging äußerst zögerlich darauf zu und nahm den Hörer in die Hand, als fürchte sie, er würde sie beißen.

»Hallo«, sagte sie.

»Sorgen Sie dafür, daß Sie Mr. Mallory loswerden, sonst wird Ihr Bruder darunter leiden müssen.«

»Was? Wer ist da? Wo ist …«

Die Leitung war tot. Wütend schüttelte sie den Hörer, dann knallte sie ihn auf die Gabel zurück. »Verdammt!«

»Wer war das?«

»Ich weiß es nicht. Nicht Schlangenauge. Dieser Kerl hier hat zu reden begonnen, sofort nachdem ich ›Hallo‹ gesagt hatte.«

Jake schloß die Haustür und ging zu ihr hinüber. Sie war blaß geworden, bis auf die roten Flecken, die der Ärger und der Schreck auf ihre Wangen gezeichnet hatten.

»Wie können Sie sicher sein, daß es nicht Schlangenauge war?« fragte er.

»Meinen Sie, sicher nach linearer Logik oder sicher nach Ahnung?«

»Beides.«

»Eigentlich bin ich in beider Hinsicht sicher. Ich wußte es, noch ehe er zu reden begann. Die Stille am anderen Ende war anders. Und auf jeden Fall war dieser Akzent nicht so breit wie der, den Schlangenauge hatte, als er vor meiner Haustür stand und murmelte.«

»Was für einen Akzent hatte denn dieser Anrufer?«

»Nicht französisch«, sagte Honor und ging in Gedanken die Worte noch einmal durch. »Und auch nicht so richtig deutsch. Nicht spanisch. Nicht britisch.«

»Wie meinen Sie das, ›nicht so richtig deutsch‹?«

»Ich weiß es nicht. Es war einfach kein richtiger deutscher Akzent.«

Er drängte sie nicht. Dazu bestand kein Grund. Die Wahrscheinlichkeit war beinahe einhundert Prozent, daß der Anrufer aus Rußland stammte oder aus einem der Satellitenstaaten an der Ostsee. Das war nicht neu.

»Was hat er denn gesagt?« wollte Jake wissen.

Honor versuchte, tief Luft zu holen, doch es gelang ihr nicht. Vorsichtig versuchte sie es noch einmal. Dann sah sie Jake an.

»Er hat mir gesagt, ich solle Sie loswerden, denn sonst würde Kyle darunter leiden«, berichtete sie ihm.

Jakes Augen zogen sich zusammen. »Trennen und erobern.«

»Was?«

»Die älteste Taktik, die es gibt. Und die beste. Da ist jemand, der möchte, daß Sie isoliert sind.«

Sie starrte aus dem Fenster. Das strahlende Gold der Sonne und das ruhelose blaue Meer waren schon lange nicht mehr zu sehen. Nur das tiefe Schwarz war geblieben, dem sie nicht allein gegenübertreten wollte.

»Kyle ...«, flüsterte Honor. »Mein Gott, was soll ich nur tun?«

Der Schmerz in ihrer Stimme traf Jakes Gewissen wie ein Messer. Er wollte sie trösten, wollte ihr versichern, daß alles gut würde, doch wenn er das tat, würde sie sich noch viel mehr betrogen fühlen, wenn erst einmal die Wahrheit ans Licht kam.

Er redete sich ein, daß er ihnen beiden einen Gefallen tun würde, wenn er all die logischen, vernünftigen Gründe anführte, warum sie ihn nicht wegschicken sollte. Er war noch damit beschäftigt, als er ihr die Hand entgegenstreckte.

»Kommen Sie her«, sagte er leise.

Honor kam in seine Arme, als hätte sie schon immer gewußt, daß sie dorthin gehörte. Er hielt sie auch so und verfluchte Kyle mit jedem Herzschlag.

»Was soll ich nur tun?« fragte sie schließlich.

»Das, womit Sie leben können.«

»Und was wird aus Kyle?«

»Er ist ein großer Junge. Sie sollten sich Sorgen um sich selbst machen.«

»Das sagen Sie mir ständig.«

»Ich hoffe halt, daß Sie auf mich hören.«

Sie lachte ein wenig zittrig. »Reden Sie mit mir, Jake. Ich muß … reden.«

Er schloß die Arme noch fester um sie. »Ich werde gehen oder ich werde bleiben. Das ist Ihre Wahl, Honor.«

»Ich möchte nicht wählen.« Sie drängte sich an ihn, als wäre die Kälte, die sie gepackt hatte, eher körperlich als seelisch. »Glauben Sie, daß der Anrufer, wer immer es auch war, Kyle in seiner Gewalt hat?«

»Nein.«

»Warum nicht?«

»Wenn er Kyle bereits in seiner Gewalt hätte, dann hätte er es nicht nötig, Ihre Suche zu vereiteln, nicht wahr?«

Zitternd stieß sie die lang angehaltene Luft aus. »Das war mein zweiter Gedanke. Es ist eher ein Bluff als eine Drohung.«

Jake drückte die Lippen in ihr Haar, doch so sanft, daß sie es nicht fühlen konnte. Jeder Atemzug, den er machte, war erfüllt von dem süßen Duft dieser begehrenswerten Frau.

»Was war denn Ihr erster Gedanke?« fragte er.

»Ich war froh, daß ich nicht allein war. Ich beginne, das Telefon zu hassen.«

»Ich werde Ihnen einen Anrufbeantworter besorgen.«

»Ich habe einen. Ich kann es nur einfach nicht ertragen, ihn einzuschalten, wenn ich hier bin. Ich denke ständig, daß Kyle vielleicht anrufen wird.«

Darauf konnte Jake nichts sagen. Statt dessen strich er Honor nur über ihr kinnlanges, glänzendes Haar und hielt sie in seinen Armen, bis sie sich von ihm löste und ein paar Schritte zurücktrat.

»Danke«, sagte sie unsicher. »Ich wollte nicht, nun ja, Sie wissen schon.«

»Äh, nein.«

»Mich an Ihrer Schulter ausweinen.«

Er berührte sein dunkelblaues Flanellhemd dort, wo ihr Kopf gelegen hatte. »Was wollen Sie denn? Es ist ganz trocken.«

Sie lachte hilflos. Dann holte sie noch einmal tief Luft, drehte sich um und lief zur Küche. »Wegen des Weins ...«

»Den hole ich, sobald ich nach dem Lachs gesehen habe.«

Das Telefon läutete erneut.

Honor zuckte zusammen. Jake ging zum Telefon. Doch noch ehe er den Hörer aufnehmen konnte, hielt sie ihn am Handgelenk fest.

»Nein«, wehrte sie hastig ab. »Ich schaffe das schon.« Sie griff nach dem Hörer. »Hallo?«

Jakes Körper spannte sich an, er beobachtete sie genau.

»Das tut mir leid«, sagte sie. »Er ist momentan nicht hier. Kann ich ihm etwas ausrichten?« Sie runzelte die Stirn. »Wirklich? Können Sie es noch eine Weile für ihn aufheben? Es ist bereits bezahlt? Gut. Sobald ich Zeit habe, werde ich es abholen. Danke.«

»Wer war das?« fragte Jake, als Honor den Hörer wieder aufgelegt hatte.

»Eine Frau aus dem Watermark Buchladen. Sie haben etwas bekommen, das Kyle bestellt hat.«

»Wann hat er es denn bestellt?«

»Das hat sie nicht gesagt. Aber es ist eigenartig.«

»Was?«

»Ich hatte keine Ahnung, daß mein Bruder sich für russische Geschichte interessiert.«

Das hatte Jake auch nicht gewußt, aber wenn er das laut aussprechen würde, würden sich daraus mehr Fragen ergeben, als er zu beantworten bereit war.

»Modernes Zeug?« fragte er so unbeteiligt wie möglich.

»Nein. Sie sagte, das Buch ist ein Katalog der Schätze in russischen Palästen vor der Revolution. Er hat nach einem ganz besonderen gesucht, von einem Palast, der als Tsarskoye Selo bekannt ist, doch einen Katalog darüber gab es nicht.«

Jake versteinerte. Ehe die Nazis nach Rußland eingedrungen waren, war der Tsarskoye Selo die Heimat des Bernsteinzimmers gewesen. Er preßte die Lippen zusammen und fragte sich, ob Alkohol wohl den bitteren Geschmack des Feenstaubes in seinem Mund würde vertreiben können.

»Ich werde den Wein öffnen«, brummte er.

Honor sah Jake nach, während er in die Küche ging. Sie wußte, daß er gerade die Beherrschung verloren hatte, doch sie ahnte nicht, warum.

»Und dabei behaupten die Männer, die Frauen seien Stimmungsschwankungen unterworfen«, murmelte sie vor sich hin.

Falls Jake sie gehört hatte, so ließ er es sich nicht anmerken. Er öffnete den Wein, goß ihr ein Glas ein und ging dann nach draußen, um nach dem Grill zu sehen.

Honor machte nicht den Fehler, ihm zu folgen. Sie nahm ihren Skizzenblock, holte das Stück Bernstein aus seiner Schachtel und verlor sich dann in ihren Skizzen. Der Bernsteinmann entzog sich ihr noch immer, doch sie war sicher, daß sie ihn irgendwann aus seinem goldenen Gefängnis holen würde.

Sie wußte nicht, zu welchem Zeitpunkt sie begriff, daß ihre Zeichnung ein Abbild von Jakes Gesicht war, doch nachdem sie das akzeptiert hatte, ging sie ihr viel leichter von der Hand. Es war Jake, und es war doch nicht Jake, Mann und Schatten, Dunkelheit und Licht, ein Lächeln aus einer Richtung und ein zynisch verzogener Mund aus der anderen.

Nach einer Weile bemerkte sie, daß Jake in ihrer Nähe stand und sie beobachtete. Sie fragte sich, ob er sich wohl in ihrer Zeichnung wiedererkannte. Wahrscheinlich nicht. Die meisten Menschen akzeptierten nur das Bild, das sie von sich selbst im Spiegel sahen als Wirklichkeit.

»Machen Sie sich nützlich«, sagte sie und reichte ihm das Stück Bernstein. »Halten Sie es zwischen mich und eine starke

Lichtquelle. Ich muß sicher sein, daß die Flecken tief genug sitzen, um zu bleiben, nachdem die Oberfläche geglättet und poliert ist.«

Jake nahm den Lampenschirm von der Lampe und hielt dann den Bernstein hoch. Honor senkte den Kopf und machte sich wieder an die Arbeit.

Jake versuchte, nicht darauf zu achten, daß goldene Lichter auf Honors Haar leuchteten, daß ihre Lippen voll genug waren, um sogar einen Heiligen in Versuchung zu führen, daß die schlanken Finger, die den Bleistift hielten, sich sicher wundervoll anfühlen würden, wenn sie sie in seine Hose schob. Doch nichts wäre so gut, wie sie dabei zu beobachten, wenn sie die Kontrolle verlor, wenn er so tief wie nur möglich in sie eingedrungen wäre.

Die Richtung, in die seine Gedanken strebten, zeigte sich in seiner harten Erektion. Er war dankbar dafür, daß Honor viel zu sehr mit ihrer Skizze beschäftigt war, um das zu bemerken.

»Sie machen mich nervös«, beschwerte sich Honor nach einer Weile.

»Warum? Haben Sie Angst, ich würde den Bernstein fallen lassen?«

»Nein. Aber ich komme mir wieder vor wie das arme kleine Rotkäppchen. Als sollte es zum Abendessen verspeist werden. Glauben Sie, der Lachs wird jetzt gar sein, Großmutter?«

»Sehe ich etwa aus wie Ihre Großmutter?«

»Nun ja«, sagte sie, ohne ihn anzusehen. »Sie haben beide einen hübschen kleinen Schnurrbart ...«

Er schüttelte den Kopf und mußte trotz seines pulsierenden Unterleibs grienen. Er reichte Honor den Bernstein und ging nach draußen, um nach dem Lachs zu sehen.

Sobald er weg war, stieß Honor den lang angehaltenen Atem aus und blickte zu der Stelle, an der er gestanden hatte. Sie wäre nicht überrascht gewesen, wenn Rauch von der Stelle auf dem Boden aufgestiegen wäre. Oder auch von ihrem eigenen Stuhl.

So, wie er sie angesehen hatte, war die Hitze groß genug, um sie beide zu verbrennen.

Eine solche Komplikation, wie eine Affäre mit Jake sie mit sich bringen würde, konnte sie jetzt wirklich nicht brauchen. Sie besaß die gefühlsmäßige Energie nicht dafür. Und ihre Gefühle wären hundertprozentig betroffen dabei. Denn ohne Gefühle bedeutete Sex viel mehr Schwierigkeiten, als er überhaupt wert war.

Finde dich damit ab, rief sie sich ins Gedächtnis. *Selbst mit Gefühlen bedeutet Sex viel mehr Schwierigkeiten, als er wert ist*. Zumindest für eine Frau. Männern gelang es immer sehr gut, unbeteiligt zu bleiben. *Bum, bum*, und weg bin ich wieder. Keine großen Umstände, kein Durcheinander, steck ihn zurück in die Hose, und sieh mal nach, ob im Fernsehen nicht ein gutes Baseballspiel läuft.

Mit einer ungeduldigen Bewegung legte Honor ihren Skizzenblock beiseite und schloß ihn. Doch das Gesicht darin, das in dem Bernstein verborgen war, verfolgte sie, rief sie. Egal, was sie auch für sein lebendiges Abbild fühlte, sie konnte das Gesicht nicht für immer zeitlos darin gefangen lassen.

Doch leider hatte sie keine Ahnung, wie sie es befreien konnte. Sie wußte nur, daß ihr normaler Zugang, eine Skulptur zu entwerfen, für Bernstein generell und für dieses ganz besondere Stück Bernstein nicht möglich war. Sie hatte nicht oft genug mit Bernstein gearbeitet, um ihn zu begreifen, so, wie sie es bei den härteren Edelsteinen tat.

Als Jake mit einem Teller voller Lachs zurückkam, saß Honor vor dem Bernstein und runzelte angestrengt die Stirn. Ihr Glas mit dem Wein hatte sie noch nicht angerührt.

»Ich bin wohl nicht der einzige, der heute abend schlecht gelaunt ist, wie?« fragte er und stellte den Teller auf den Tisch. »Haben Sie noch einen Anruf bekommen, während ich den Fisch geholt habe?«

Sie zuckte zusammen und fragte sich, wieviel Zeit wohl inzwischen vergangen war. Es passierte ihr oft, daß sie die Zeit vergaß, wenn sie über einen Entwurf nachdachte. Die Welt versank dann einfach.

»Keine Anrufe. Ich habe nur über dieses Gesicht nachgedacht. Wenn ich versuche, meine üblichen Reliefs zu entwerfen ...« Sie schüttelte den Kopf und stand dann abrupt auf. »Es klappt nicht. Da bin ich mir ganz sicher.«

»Und wie wäre es mit einem Intaglio?«

Honor wollte nach ihrem Weinglas greifen, doch jetzt hielt sie mitten in der Bewegung inne. Was sie über ein Intaglio wußte, konnte sie mit knappen Worten zusammenfassen. Es war das Gegenteil einer Kamee.

»Ich habe noch nie etwas entworfen, das man durch den Edelstein sieht statt auf seiner Oberfläche«, antwortete sie.

»Aber warum denn nicht? Gefällt Ihnen das Resultat nicht?«

»Nein, das ist es nicht.« Sie stellte ihr Weinglas auf den Tisch und ging zum Kühlschrank. »Ich entwerfe normalerweise Dinge für sehr kleine Stücke oder Steine, die nicht durchsichtig genug sind für ein Intaglio. Manchmal ist der Edelstein auch zu hart für Faith, um ihn so zu bearbeiten. Außerdem habe ich erst vor etwa einem Monat zum ersten Mal etwas entworfen, das aus Bernstein gearbeitet wurde.«

Honor holte die Pasta und den Salat aus dem Kühlschrank. Ihre Augen hatten einen abwesenden Blick angenommen, der Jake sagte, daß sie über den Bernstein und ein Intaglio nachdachte.

»Das Intaglio war im siebzehnten und achtzehnten Jahrhundert sehr beliebt«, sagte er. »Besonders für Bernstein. In einigen Fällen hat man die innere Schnitzerei mit Goldfolie hinterlegt. Wenn man sie dann von oben betrachtete, durch den Bernstein selbst, dann ist das Resultat sehr eindrucksvoll, beinahe lebendig.«

»Wie poliert man denn die Schnitzerei, ehe man die Folie aufträgt?«

»Genauso wie man sie schnitzt – ganz vorsichtig, mit winzigen Werkzeugen.«

Als er sich vorbeugte, um sich ein Glas Wein einzugießen, berührte er mit seinem Arm den ihren. Sie fuhr zurück.

»Entschuldigung«, sagte Jake. Was er allerdings nicht sagte, war, daß sie, auch wenn sie über ihre Arbeit nachdachte, so angespannt war, daß sie schier vibrierte. »Ich wolle Sie nicht erschrecken.«

»Das ist nicht Ihr Fehler. Ganz gleich, was ich auch tue, ich mache mir Sorgen um Kyle«, gestand sie ihm.

»Das ist verständlich. Setzen Sie sich und essen Sie. Oder sind Sie zu nervös?«

»Nicht nervöser als beim Frühstück oder beim Mittagessen.« Sie lächelte leicht spöttisch und setzte sich dann. »Ich fürchte, ich bin keine dieser Frauen, die schlank werden, nur weil sie sich Sorgen machen. Eher das Gegenteil.«

»Also, wo liegt das Problem? Ein paar Pfunde mehr könnten Sie ganz gut gebrauchen.«

»Beißen Sie sich lieber auf die Zunge.«

»Ich würde lieber in den Lachs beißen.«

Honor war überzeugt, daß sie sich das kleine Zögern, ehe Jake »Lachs« gesagt hatte, nur eingebildet hatte. Sie griff nach dem leckeren rosa Fisch und ermahnte sich, ihre Hoffnungen nicht zu hoch zu schrauben. Es war nach dem langen Tag auf dem Boot ziemlich deutlich, daß er nicht vorhatte, an der sexuellen Spannung, die sich zwischen ihnen aufgebaut hatte, etwas zu ändern. Trotzdem er offensichtlich ein gesunder Mann war, der in der Lage war, eine Erektion zu haben, hatte er wohl nicht die Absicht, diese Tatsache zu verfolgen. Na ja, oder sie.

Vielleicht hatte er ja die gleiche Einstellung zum Sex wie sie. Er war so aufregend, wie eine Toilette sauberzumachen.

Ein bedrückender Gedanke.

Jake hatte bemerkt, daß Honor nicht aß. »Haben Sie doch keinen Appetit?«

Statt einer Antwort nahm sie einen Bissen von dem Lachs. Einen Augenblick später gab sie ein kleines überraschtes und erfreutes Geräusch von sich.

»Schmeckt es Ihnen?« fragte er.

»Orgasmisch.«

Er zog die Augenbrauen hoch. »So gut, wie?«

»Noch besser.«

»Nichts ist besser als das.«

Da *Orgasmus* nicht mehr als nur ein Wort für sie war, wollte Honor nicht darüber mit ihm streiten.

Sie steckte einen weiteren Bissen in den Mund und genoß den Lachs. Und sie sprach auch nicht mehr, bis sie sich zweimal von dem Fisch genommen und auch ihren Salat samt Pasta mit Pesto aufgegessen hatte. Dann lehnte sie sich mit einem zufriedenen Seufzer in ihrem Stuhl zurück.

»Sie sollten ein Restaurant aufmachen«, meinte sie und unterdrückte ein Gähnen.

»Sie haben den Salat gemacht und den Pesto. Ist das Rezept dafür ein Geheimnis der Familie Donovan? Ich habe meinen Pesto gekauft, und er ist nicht einmal halb so gut.«

»Nein. Mein Rezept für Pesto ist das Resultat von Jahren selbstloser Aufopferung, in der Hoffnung eine bessere Zukunft für die Menschheit zu schaffen.«

»Aber für Pesto bekommt man keinen Nobelpreis.«

»Als nächstes werden Sie mir klarzumachen versuchen, daß es keinen Weihnachtsmann gibt.«

»Jetzt, wo Sie davon reden ...«

»Ich bin am Boden zerstört«, unterbrach sie ihn. »Wirklich am Boden zerstört. Auf jeden Fall war der Pesto nichts gegen den Fisch«, fügte sie hinzu und winkte mit der Hand ab, die sie dann aber rasch vor den Mund legte, um ein weiteres Gähnen zu unterdrücken.

Jake stand auf und begann, den Tisch abzuräumen.

»Das mache ich schon«, wehrte sie ab und gähnte wieder.

»Sie werden einschlafen dabei.«

»Und was soll das?« murmelte sie.

»Gehen Sie ins Bett. Der morgige Tag ist bereits über Europa und kommt unaufhaltsam auf uns zu.«

»Was für ein schrecklicher Gedanke.«

Er lachte und zauste ihr Haar, als er an ihrem Stuhl vorbeiging. »Und vergessen Sie nicht, sich die Zähne zu putzen.«

Einen Moment überlegte Honor, ob sie ihn beißen sollte. Fest.

Statt dessen entschied sie, sein Angebot anzunehmen. »Okay. Danke.«

Mit angehaltenem Atem sah Jake zu, wie Honor zu dem winzigen Badezimmer ging, das gleich neben dem Schlafzimmer lag. Eine Sekunde lang hatte er wirklich geglaubt, sie würde ihre hübschen kleinen Zähne in seine Hand graben. Er hätte nicht gewußt, was er dann hätte tun sollen, doch an dem endgültigen Ergebnis hatte er keinen Augenblick gezweifelt – sie hätten sich einen verschwitzten Kampf geliefert, in dem es keinen Verlierer gab.

Er fluchte leise vor sich hin, wusch das Geschirr ab und schrubbte es so sehr, daß er beinahe Spuren auf der glänzenden Oberfläche hinterließ.

Die Tür des Badezimmers öffnete sich. Aus den Augenwinkeln erkannte er einen Farbfleck, als Honor aus dem Bad ins Schlafzimmer ging. Die Tür schloß sich nicht ganz hinter ihr.

Als Jake die Küche aufgeräumt hatte, verließ er die Hütte. Die Tür schloß sich automatisch hinter ihm. Es war ein Geräusch, das ihm endgültig erschien. Langsam ging er den mit Kies bestreuten Weg zum Dock hinunter. Mit jedem Schritt beglückwünschte er sich dafür, was für ein feiner, ehrbarer, edler, dummer Schuft er doch war, allein in ein kaltes Bett zu gehen.

12

Es war dunkel, als Honor plötzlich aufwachte. Ihr Wecker hatte sie nicht aus dem Schlaf gerissen, es war ihr Instinkt gewesen.

Sie konnte aus dem Wohnzimmer mit entsetzlicher Deutlichkeit ein leises Kratzen hören. Es hörte sich an, als würde jemand versuchen, den Schlüssel in das Schlüsselloch an der Haustür zu stecken. Ihr Herz schlug schneller. *Kyle?*

Doch wenn nicht …

Sie begriff plötzlich, daß sie den Riegel nicht vorgelegt hatte, ehe sie eingeschlafen war.

Die undeutlichen Geräusche hörten nicht auf. Ein eisiger Schauer lief durch ihren Körper. Sie hatte das schreckliche Gefühl, daß es nicht ihr Bruder war, der versuchte, in das Haus einzudringen.

Am liebsten hätte sie sich die Decke über den Kopf gezogen und so getan, als sei sie nicht vorhanden. Doch gleichzeitig wollte sie so laut schreien, wie sie nur konnte.

Am Ende tat sie keines von beidem. So leise wie möglich schlüpfte sie unter der Decke hervor und tappte barfuß zur Schlafzimmertür. Sie war nur angelehnt, gerade so viel, daß sie ins Wohnzimmer lugen konnte.

Ein Windstoß fegte bis ins Schlafzimmer. Die Haustür stand weit offen. Eine Silhouette bewegte sich im Schein des Mondlichtes, das durch den Eingang fiel. Eine menschliche Gestalt.

Aus einer Taschenlampe kam ein dünner Lichtstrahl. Er huschte über Kyles Schreibtisch. Als die Gestalt sich vorbeugte und sich daranmachte, Schubladen zu öffnen, zeigte ihr das reflektierende Licht eine schwarze Skimaske, eine dunkle Jacke und Lederhandschuhe.

Angst und Zorn stiegen in Honor auf. Die Mischung von beidem machte sie schwindlig. *Ein gefährlicher Einbrecher war im Haus.*

Millimeterweise zog sie sich von der Tür zurück und schlich zum Fenster. Das neue Schloß machte kein Geräusch, als Honor das Fenster öffnete, doch der alte Fensterrahmen knarrte. Das Geräusch war lauter als das Kratzen, das sie aufgeweckt hatte.

Namenlose Furcht, von dem Eindringling im Schlafzimmer gefangen zu werden, erfaßte Honor. Sie schob das Fenster hoch, so schnell sie konnte, und sprang dann durch die untere Hälfte des Fensters. Das Fliegengitter riß sie mit. Sie stolperte, als sie den Boden erreichte, fing sich und hetzte auf das Dock zu.

Honor wußte gar nicht, daß sie Jakes Namen schrie, bis er vom Dock her auf sie zugelaufen kam. Er war völlig nackt.

»Honor, was ist geschehen?«

»Ein M-mann. In der Hütte. Er …«

»Ist er bewaffnet?« unterbrach Jake sie.

»Alles, was ich gesehen habe, ist eine Taschenlampe.«

»Schließen Sie sich im Boot ein. Und machen Sie nicht auf, bis Sie mich erkennen.«

»Aber …«

Es war zu spät. Jake raste bereits auf das Haus zu. Im Gegensatz zu ihr benutzte er allerdings nicht den mondhellen Weg. Er hielt sich im Schatten. Als er das Haus erreichte, stand die Haustür weit offen. Papiere lagen überall auf der Veranda. Kein Geräusch war aus dem Inneren des Hauses zu hören.

Jake sprintete gebückt durch die offene Tür. Dicht am Boden drehte er sich so, daß er das gesamte Zimmer überblicken konnte. Die Pistole in seiner Hand war dunkler als die Nacht.

Selbst in dem schwachen Mondlicht sah das Innere der Hütte aus, als wäre ein Tornado hindurchgefahren. Die einzige Frage war, ob der Eindringling sich noch irgendwo versteckte oder ob er aus dem Haus gelaufen war, als Honor zu schreien begonnen hatte. Wenn er schlau war, war er längst verschwunden. Doch Jake wußte, daß Feenstaub eine bedauernswerte Auswirkung auf Gehirnzellen hatte. Er ließ sie schrumpfen.

Behutsam schob er sich an der Wand entlang, bis er in der Nähe der Schlafzimmertür war. Sie stand ein Stück offen. Er trat so fest dagegen, daß die Tür gegen die Wand prallte oder gegen jeden, der sich dahinter verbergen wollte. Im selben Moment, als sein nackter Fuß die Tür traf, wirbelte er herum, wartete und lauschte. Er hörte nichts anderes als seinen eigenen Atem.

Dann kam von irgendwo weit hinter der Einfahrt das Geräusch eines Motors, der angelassen wurde. Wahrscheinlich der Eindringling. Doch sicher konnte er sich nicht sein.

Mit einem geknurrten Fluch griff Jake nach einem schweren Buch aus dem Durcheinander zu seinen Füßen und warf es in das Schlafzimmer. Noch ehe das Buch auf dem Boden aufschlagen konnte, war er schon im Schlafzimmer, er hockte sich hin wie zuvor im Wohnzimmer, seine Pistole beschrieb einen schnellen Bogen in jede Ecke des Raumes.

Er war allein.

Nur um sicherzugehen, sah er in jedem Winkel der Hütte nach, der groß genug war, einen Menschen zu verstecken. Dann schlich er ums Haus. Er war beinahe fertig, als er verstohlene Schritte hinter sich hörte.

Jake sank in einen tiefen Schatten und wartete, er atmete nur schwach. Zu siebenundneunzig Prozent war er sicher, wer dort draußen war, doch die letzten drei Prozent konnten sich als tödlich erweisen. Nach einem Augenblick huschte ein Schatten an ihm vorüber. Er griff so leise an, wie er zuvor gewartet hatte.

Honor hätte aufgeschrien, doch er hatte seine Hand über ihren Mund gepreßt. Sie hätte ihn gebissen, doch seine Finger lagen so fest auf ihrem Mund, daß sie nicht zubeißen konnte. Sie hätte ihn getreten, doch er hielt sie so, daß sie ihn nicht erreichen konnte. Sie wäre weggelaufen, doch ihre Füße hingen in der Luft.

»Wenn ich Ihnen beim nächsten Mal sage, Sie sollen irgendwo bleiben, dann tun Sie das verdammt auch«, zischte Jake.

»Mmmpf!«

»Ist das eine Entschuldigung?« fragte er und hob die Hand.

»Hören Sie, Sie arro ...«

Seine Hand legte sich wieder auf ihren Mund. »Nein, *Sie* werden mir zuhören. Ich habe hier draußen niemand anderen erwartet als den Eindringling, der vielleicht sogar bewaffnet war. Sie sollten verdammt dankbar sein, daß ich kein Mann bin, der erst einmal das Magazin seiner Pistole leerschießt, nur weil sich irgend etwas bewegt hat. Ich hätte Sie umbringen können. Verstehen Sie das?«

Honor erstarrte. Sie verstand ihn nur zu gut.

»Gut«, murmelte Jake.

Er hob die Hand von ihrem Mund und stellte Honor wieder auf die Füße. Dann beobachtete er ihre Reaktion, als sie seine Pistole bemerkte. Ihr stockte der Atem, und sie sah ihn erschrocken an.

»Keine Sorge, sie ist gesichert«, sagte er. Er hatte die Pistole gesichert, als ihre Brüste sich gegen seinen Unterarm gedrückt und ihr fester Po sich gegen seine Oberschenkel gedrängt hatte. Doch das verriet er ihr nicht. Er hatte das Gefühl, daß sie so etwas gar nicht hören wollte.

»Ich bin ... es tut mir leid«, flüsterte Honor. »Ich habe nichts mehr gehört, und ich habe mir Sorgen gemacht, daß Sie verletzt sein könnten.«

»Nur meine Füße.«

»Was?« Sie kniete sich schnell vor ihn. »Wo? Ich sehe kein Blut.«

Jakes Puls beschleunigte sich. Ihr Haar wurde gegen seine nackte Haut geweht. Hätte sie ihren Kopf nur ein ganz kleines Stück bewegt, dann hätte sie etwas berührt, das viel empfindsamer war als nur ein nackter Schenkel.

Sein Herz raste. Wenn er so weitermachte, würde sie sich überhaupt nicht mehr zu bewegen brauchen. Er hob sich ihr entgegen, wie eine Motte von einer besonders heißen Flamme angezogen.

»Jake?« fragte sie und blickte zu ihm auf. »Wo tut es denn ... oh!«

»Machen Sie sich deshalb keine Sorgen.«

»Warum nicht? Ist er auch gesichert?«

Er lachte leise auf und trat dann zurück. »Sehen Sie nach, ob was fehlt.«

»Von hier aus sieht es nicht danach aus«, hauchte sie.

»Falls Sie sich nicht mit dem Rücken im Dreck wiederfinden wollen, gehen Sie in die Hütte.«

Sie sprang auf, verlegen, weil er sie verstanden hatte. »Tut mir leid. Ich bin nur ein wenig verwirrt.«

»Ich auch.«

»Sie? Verwirrt?«

Er grunzte. »Wenn das so weitergeht, werde ich wohl demnächst besser in meinen Schuhen schlafen.«

Honor zuckte vor Mitleid zusammen, als er den Weg zum Boot hinuntertänzelte. Ihre eigenen Füße schmerzten und brannten ebenfalls, weil sie barfuß zum Dock hinuntergelaufen war.

Obwohl sie wußte, daß die Hütte leer war, zögerte sie, ehe sie hineinging. Noch immer war der Adrenalinspiegel in ihrem Blut so hoch, daß sie zitterte. Oder lag das vielleicht an der kalten Nachtluft? Das Hemd, das sie auf dem Boot übergestreift hatte – Jakes Hemd –, war kein besonders guter Schutz gegen die Kälte. Unter ihrem üblichen T-Shirt, das sie nachts trug, war ihr Po ziemlich kalt.

Ihre Hände waren noch viel kälter. Sie konnte kaum den Lichtschalter neben der Tür finden. Als sie das Licht schließlich angeknipst hatte, wünschte sie, sie hätte es nicht getan. Das gemütliche kleine Zimmer sah aus, als hätte man es an einem Ende hochgehoben und geschüttelt.

Zum ersten Mal begriff Honor, daß die schwachen Geräusche, die sie gehört hatte, von dem Eindringling stammten, der das Zimmer durchkämmte, und nicht von jemandem, der die

Tür zu öffnen versuchte. Bei dem Gedanken, daß sie geschlafen hatte, während der Mann systematisch das Zimmer auf den Kopf gestellt hatte, nicht einmal fünf Meter von ihr entfernt, wurde ihr übel. Sie verschränkte die Arme vor ihrem Bauch und schluckte. Dann schluckte sie noch einmal.

»Ich dachte mir schon, daß das mein Hemd war«, sagte Jake.

Sie stieß ein rauhes Geräusch aus, als hätte man sie geschlagen. Ihre Knie begannen zu zittern.

»Honor? Liebling?«

Sie versuchte, etwas zu sagen, doch sie brachte kein Wort heraus. Sie riß sich zusammen, während Woge um Woge von Adrenalin und Übelkeit durch ihren Körper schossen.

»Ganz ruhig, meine Süße«, sagte er. »Hat er Ihnen etwas getan?«

Sie schüttelte den Kopf.

»Das ist der Schock«, erklärte er leise und erleichtert. »Keine Sorge, das dauert nicht lange.« Er schob den Riegel vor die Tür und wandte sich zu ihr. »Atmen Sie durch die Nase ein und durch die zusammengebissenen Zähne wieder aus. Das wird gegen die Übelkeit helfen.«

Nachdem Honor es ein paarmal versucht hatte, schaffte sie es. Als Jake dann von Zimmer zu Zimmer gegangen und geprüft hatte, daß das Haus gut verschlossen war, hatte sie nicht länger das Gefühl, sich übergeben zu müssen. Doch sie zitterte noch immer. Und als sie aufhörte, die Zähne zusammenzubeißen, klapperten sie.

Jake behielt sie im Auge, während er das Feuer im Kamin anzündete. »Kommen Sie hierher«, sagte er, als die Flammen aufloderten. »Es wird Ihnen helfen, warm zu werden.«

»K-kann nicht.«

Er war nicht überrascht. So, wie Honors Beine zitterten, war es ein Wunder, daß sie überhaupt noch stehen konnte. Er zog die alte Couch nahe ans Fenster, holte eine Decke aus dem Schlafzimmer und trat dann auf Honor zu.

»Erschrecken Sie nicht«, murmelte er beruhigend. »Ich werde Sie jetzt hochheben.«

Selbst noch nach der Warnung zuckte sie zusammen, als er sie auf seine Arme nahm.

»Ist schon gut«, besänftigte er. »Ich werde dir nicht weh tun, mein Schatz. Ich bringe dich nur näher ans Feuer.«

Ihr Atem ging so unregelmäßig, daß es kein richtiger Seufzer war, doch sie entspannte sich in seinen Armen. Die Wange war eiskalt, die sie gegen seine nackte Schulter preßte. Als er sie auf die Couch setzen wollte, schlang sie die Arme um seinen Nacken und klammerte sich an ihn. Er zögerte kurz, dann setzte er sich mir ihr in seinen Armen auf die Couch.

Er konnte die Decke nicht um sie legen, weil sie ihn nicht losließ, und es sah nicht so aus, als wollte sie das in absehbarer Zeit tun. Ihre Haut war so weiß wie Schnee. Ihre Augen waren weit aufgerissen, und sie blickte wild um sich. Sie zitterte noch immer. Er zog die Decke über sie beide, so gut es ging, und hielt sie fest.

»Adrenalin ist ein komisches Zeug«, lenkte er ab. »Besonders dann, wenn man nicht daran gewöhnt ist. Es haut einen um wie eine große Welle.«

Sie machte ein piepsiges Geräuch, das er als Zustimmung wertete.

»Einige Menschen erstarren unter der Wirkung von Adrenalin«, redete er weiter. »Und sie bleiben wie versteinert. Sie können weder schreien noch weglaufen, selbst dann nicht, wenn ihr Leben davon abhängt. Andere Menschen schreien so laut, daß selbst Ihr Wecker nichts ist im Vergleich damit.«

Honor versuchte ein Lächeln. Es war nicht viel, aber Jake hatte das Gefühl, als hätte sie ihm ein Geschenk gemacht. Sie zitterte jetzt nicht mehr ganz so stark und drängte sich noch fester an ihn. Langsam wurde ihr Körper wärmer.

»Auf alle Fälle«, sagte er. »Ob sie nun erstarren, schreien, sich verstecken oder fliehen, sie tun es meistens nicht bewußt.

Der Körper entscheidet, und man muß sich dieser Entscheidung fügen. Wenn die Krise vorbei ist, ist der Körper noch immer voller Adrenalin, das nirgendwo hinkann. Und dann steht man da und zittert oder man läuft unruhig auf und ab und zittert oder man übergibt sich und zittert erst dann.«

»Wie ...« Honors Stimme brach. Sie versuchte es erneut. »Woher wissen Sie das?«

»Auf die übliche Art. Ich habe es am eigenen Leib erfahren. Und ja, ich habe auch ein Hemd, auf dem es draufsteht.«

»Wo ist das?« krächzte sie und rieb die Wange gegen seinen nackten Oberkörper.

»Sie tragen es.«

Honor begann zu lachen und lachte immer heftiger. Sie wußte, daß das, was Jake gesagt hatte, nicht lustig war, doch sie konnte nicht aufhören zu lachen. Sie wollte es ihm erklären, wollte sich entschuldigen oder ganz einfach nur seinen Namen aussprechen. Doch ihre Stimme gehorchte ihr nicht, und sie konnte ihr Lachen nicht kontrollieren.

»Das ist schon in Ordnung«, versicherte er ihr. »Kämpfen Sie nicht dagegen an. Lassen Sie alles heraus. Es ist eine harmlose Art, in der Ihr Körper Dampf abläßt.«

Er zog sie noch enger an sich und hielt sie fest, bis ihr Lachen erstarb und ihr Atem nur noch stoßweise ging. Schließlich wurde auch ihr Atem wieder normal, und das Zittern hörte auf. Sie atmete tief ein und seufzte dann so sehr, daß sich das krause Haar auf seiner Brust bewegte.

Jakes Körper reagierte sofort. Und auch sein Gewissen. Auf einige Menschen wirkte die Gefahr wie ein starkes Aphrodisiakum. Es war gut möglich, daß Honor einer dieser Menschen war. Er wäre ein gefühlloser Schuft, wenn er das ausnutzte.

Aber er wünschte es sich. Das war das Problem. Er hatte sich an die Wirkung von Adrenalin gewöhnt, doch er kam nicht weiter mit dieser unpassenden Lust, die er für Honor Donovan fühlte.

Vorsichtig veränderte er seine Position und versuchte, etwas mehr Abstand zwischen ihre Körper zu bringen. Sie folgte seiner Bewegung, so wie Wasser der Schwerkraft folgt. Vollkommen natürlich. Und unaufhaltsam.

Jake befahl seinem Gewissen, ihn nicht länger zu plagen. Honor war alt genug, um zu entscheiden, wann und wo sie sich einen Liebhaber nahm. Und wenn dieser Zeitpunkt hier und jetzt gekommen war, war er bereit, gewillt und in der Lage dazu.

Er bewegte sich ein wenig, zog sie noch enger an sich. »Besser so?« fragte er mit kratziger Stimme.

»Ja, aber ...« Wieder seufzte Honor. »Ist es immer so schlimm? Ich komme mir so dämlich vor.«

»Man gewöhnt sich daran, nach einiger Zeit.«

»Daran, sich dämlich vorzukommen?«

»Daran auch.«

Sie lachte leise. Doch diesmal war es Belustigung und nicht der Rand der Hysterie.

»Ist das auch eine der Lektionen, die man in rauhen Bars lernt?« fragte sie.

»In Bars und an anderen Orten. Die ersten Male, wenn man in Gefahr gerät, sind die schlimmsten.«

»Danach ist es nichts Großartiges mehr?«

»Danach ist es nicht mehr neu. Man reagiert, aber nicht so heftig. Möchten Sie etwas Wein oder einen Schluck Brandy, um die Nerven zu beruhigen?«

»Nur dann, wenn sich dafür keiner von uns beiden bewegen muß. Mir wird langsam wieder warm.«

Jake war es bereits warm, sehr warm sogar. Ihm gefiel es, Honors Wange auf seiner nackten Brust zu fühlen und ihren warmen Atem auf seiner Haut. Es gefiel ihm sogar noch besser, wie sich ihre Hüften an seinen Schoß schmiegten. Es hätte ihm noch besser gefallen, wäre er noch völlig nackt gewesen, doch er hatte sich klugerweise Jeans angezogen, ehe er zur Hütte zurückgekommen war. Wenn er sie nett darum bat, würde Honor ihm vielleicht auch sein Hemd zurückgeben. Und ihr T-Shirt dazu.

»Jake?«

»Ja.«

»Dieser ... diese Kreatur. Er war hier, während ich geschlafen habe. Er hätte ...«

»Versuchen Sie, nicht daran zu denken«, unterbrach Jake sie.

»Und ich sollte versuchen, nicht mehr zu atmen«, gab sie zurück.

»Okay.«

Mit diesem Wort senkte sich sein Kopf zu ihr. Er wollte sanft und höflich sein, geduldig und all die anderen Dinge, die von einem Mann erwartet werden, wenn er das erste Mal eine Frau küßt, die er zu verführen beabsichtigt. Doch auch in seinem Blut war der Adrenalinspiegel noch extrem hoch. Selbst wenn das nicht so gewesen wäre – nach der ersten Berührung ihrer Lippen wäre er sowieso verloren gewesen. Sein Körper war sexuell erregt, seit er Honor zum ersten Mal gesehen hatte.

Sein Kuß wurde sofort zu brennender Leidenschaft. Honor kämpfte nicht dagegen an, auch nicht gegen den Mann, der sie in seinen Armen hielt. Sie stellte fest, daß sie noch nie etwas so sehr gebraucht hatte wie die Wärme von Jakes Körper an ihrem, das Verlangen, das er ihr zeigte, als sich seine Zunge in ihren Mund schob, und seine großen, starken Hände, die sie streichelten, von ihren Schultern bis zu ihren Hüften, und die sie an ihn drückten.

Sie erwiderte seinen Kuß ohne zu zögern oder nachzudenken, sie begegnete seinem Verlangen mit ihrem eigenen, berührte ihn mit einer Offenheit, die sie erschreckt hätte, hätte sie nachgedacht. Doch sie konnte nicht mehr denken. Sie fühlte nur noch, und das, was sie fühlte, ließ sie schwch werden und nachgiebig unter seinen suchenden Händen.

Als er schließlich seinen Mund von ihrem löste, lag sie auf

dem Rücken und hatte die Schenkel um seine Jeans geschlungen. Sie machte verzückte, begehrliche Geräusche und rieb sich an ihm, bis das Feuer in ihrem Blut durch seine Jeans auf ihn übersprang.

Selbst noch als er verzweifelt in seiner Tasche nach einem Kondom suchte, wußte er, daß er Honor die Möglichkeit geben sollte, ihre Meinung zu ändern. Doch natürlich wollte er das nicht. Er wußte nicht einmal, ob er das überhaupt könnte. Er brauchte sie viel zu sehr.

Gerade, als er entschlossen war, herauszufinden, wieviel Selbstkontrolle er aufbringen konnte, bog sie ihm ihren Körper entgegen und berührte seine Erektion. Er hörte auf zu denken. Es gelang ihm gerade noch, sich so weit zusammenzureißen, das Kondon überzustreifen, ehe er sich zwischen ihre Schenkel drängte. Sie paßte sich ihm besser an als das Kondom, sie war heiß und glatt. Er stöhnte auf und er stieß so tief in sie ein, wie es möglich war.

Doch er wollte mehr. Sie war so eng und so feucht, und er würde verrückt werden, wenn er nicht vollends in sie eindringen könnte.

Honor stieß ein gutturales Stöhnen aus. Sie versuchte, das Gefühl der Enge ein wenig zu lindern. Sex war für sie noch nie besonders angenehm gewesen. Das war einer der Gründe dafür, daß sie es nur ein paarmal versucht hatte.

»Jake?«

»Ganz ruhig, mein Schatz. Hol tief Luft und laß sie dann wieder raus.«

»Das kann ich nicht. Du läßt mir dafür keinen Platz mehr.«

»Aber natürlich.« Er biß sie zärtlich in die Oberlippe. Sie zog scharf den Atem ein und seufzte dann hingebungsvoll, als er mit der Zungenspitze über ihre Lippen flatterte. »Siehst du?« fragte er.

Sie war nicht sicher, was sie sehen sollte. Sie wußte nur, daß er sie auf eine Art ausfüllte, die sie ruhelos machte. Doch es war kein unangenehmes Gefühl. Es war völlig anders als das Gefühl, das sie aus ihren Erinnerungen kannte, wo die Enttäuschung über den Sex schließlich zur Langeweile geworden war und zu dem Wunsch, es so schnell wie möglich hinter sich zu bringen.

»Mach weiter«, forderte sie. »Jetzt ist es okay.«

»Okay ist bei weitem noch nicht genug.«

Jake rückte ein wenig zur Seite, so daß er die Hand zwischen ihre Körper schieben konnte. Er strich mit dem Daumen über ihre prallen, heißen Schamlippen und stimulierte das Zentrum ihrer Weiblichkeit so lange, bis Honor sich leidenschaftlich aufbäumte.

»Schling deine Beine um mich«, flüsterte er mit rauher Stimme.

»Aber …«

Honors Stimme gehorchte ihr nicht länger, als seine Finger weiter an ihr rieben und nie gekannte Gefühle in ihr weckten. Ihre Hüften hoben sich wie von selbst, und dann nahm sie ihn tief, mit einem Stöhnen der Verzückung, in sich auf.

Jake kämpfte dagegen an, die Kontrolle über sich zu verlieren, als er kraftvoll in sie hineinstieß. Er befahl sich, langsam vorzugehen, sie mit sich zu nehmen, wenn er den Höhepunkt der Erfüllung erreichte. Doch dazu war es zu spät. Sein gesamter Körper spannte sich an, und er kam mit einer Heftigkeit, daß er zwischen zusammengepreßten Zähnen laut aufschrie.

Honor hatte die Arme fest um ihn geschlungen und hielt ihn. Die Schauer, die durch seinen Körper liefen, weckten ein sanftes, silbernes Zittern tief in ihrem Inneren, wie ein Rühren vor der Morgendämmerung. Das Gefühl war neu für sie, genau wie die Freude, einen Mann so tief in sich zu haben. Sie stellte fest, daß es ihr gefiel, Jakes Gewicht auf sich zu fühlen, seinen muskulösen Körper, seinen jagenden Atem zu hören, der sich langsam wieder beruhigte, seine glatte Haut unter ihren Händen zu spüren.

Ohne zu begreifen, warum sie das tat, bewegte sie den Kopf

ein wenig, leckte über seine Schulter und biß ihn zärtlich. Sie fühlte den Schauer, der dabei durch seinen Körper rann. Sein Körper spannte sich erneut an. Er barg den Kopf an ihrem Hals und erwiderte den Liebesbiß.

Das eigenartige silbrige Gefühl rann wieder durch Honors Körper. Sie bewegte sich sehnsuchtsvoll unter ihm. Noch einmal biß er sie, fester diesmal. Heiß stieg das Verlangen in ihr auf. Mit einem rauhen Schrei bog sie ihm ihren Körper entgegen, gab sich ganz diesem wundervollen Gefühl hin. Er saugte an ihrer Haut und stieß sachte tief in sie. Mit jeder Bewegung, die er machte, führte er sie höher und höher, bis sie kaum mehr atmen konnte.

»Jake?« flüsterte sie und wußte nicht einmal, daß sie seinen Namen ausgesprochen hatte.

»Ich weiß. Ich kümmere mich darum.«

Noch ehe sie ihn fragen konnte, was er damit meinte, zog er sich von ihr zurück und griff nach seiner Jeans.

»Nein.« Sie hielt ihn am Arm fest, weil sie fürchtete, er könnte glauben, daß sie aufhören wollte.

»Willst du es mir diesmal überstreifen?«

Honor wußte nicht, wovon er sprach. Es dauerte einen Moment, ehe sie begriff, was Jake vorhatte. Gierig nahm sie das kleine Päckchen, riß es auf und blickte von dem Kondom zu ihm. Neugierig fuhr sie mit zwei Fingern vom Beginn seiner Erektion bis zur Spitze. Glatt, aber nicht eben und sehr heiß.

»Bernsteinmann«, flüsterte sie. »Stein, der brennt.«

Bei ihren Worten und ihrer sanften, fragenden Berührung hielt er scharf den Atem an. »Eine Nebenwirkung, wenn man wie ein Teenager voranstürmt, scheint es zu sein, daß man sich auch schnell wieder erholt.«

»Was meinst du damit?« murmelte Honor, ohne ihn anzusehen. Sie stellte fest, daß ihr seine Männlichkeit gefiel. Mehr sogar noch. Sie war fasziniert von ihrem Bernsteingeliebten.

»Ich weiß, daß ich dir keine Erfüllung geschenkt habe«, sagte er.

Das weckte ihre Aufmerksamkeit. »Was redest du da? Du hast mir mehr Erfüllung geschenkt, als ich sie je beim Sex erfahren habe.«

Jake starrte sie ein paar Sekunden lang sprachlos an, während er versuchte, das plötzliche, wilde Pochen seines Herzens zu unterdrücken. Er hätte seine Energie besser für das aufbewahrt, was kam. Er verlangte jetzt genauso heftig nach ihr wie beim ersten Mal. Nein, Irrtum. Noch viel stärker.

»Weißt du«, sagte er und griff nach ihr. »Ich dachte, beim zweiten Mal würde es leichter sein für mich, ich würde genug Geduld haben und mir keine Sorgen darüber machen müssen, ob ich zu früh oder zu spät bin. Aber ich habe mich wieder einmal getäuscht.«

Honor blinzelte. »Ist mir da etwas entgangen?«

»Bestimmt.«

Sein Lächeln war liebevoll. Es bewirkte, daß jeder einzelne Nerv in ihrem Körper vibrierte.

»Verrat es mir«, forderte sie ihn auf.

»Streif mir dieses Ding über, mein Schatz. Es gibt Zeiten, da genügen Worte ganz einfach nicht.«

Voller Eifer begann sie, ihm das Kondom überzustreifen. Doch sie war nicht erfahren genug, um es rasch zu tun. Jake beklagte sich nicht. Er beobachtete sie nur mit glühendem Blick. Als sie es geschafft hatte, sah sie ihn an.

»Und was jetzt?« wollte sie wissen.

»Jetzt werde ich das tun, was ich mir gewünscht habe, seit dein Wecker meinen einzigen Wunsch zunichte gemacht hat, mich im letzten Monat zu rasieren.«

Er strich mit warmen Händen über Honors Wade hoch, weiter über ihre Schenkel, die sich willig seinem Streicheln öffneten. Sie gab ein ersticktes Geräusch von sich, als er sich über sie beugte und ihren Liebeshügel schmeckte, als sei er eine herrliche Nachspeise. Bebend stieß sie seinen Namen aus.

»Mach dir keine Sorgen«, flüsterte er und flatterte mit der

Zunge über ihre Liebesperle. »Diesmal bin ich derjenige, der zahlt.«

Sie wußte nicht, was er mit seinen Worten meinte, bis sie spürte, wie das Gefühl des Wohlbehagens sich veränderte. Zum ersten Mal in ihrem Leben baute sich tief in ihr eine kribbelnde, pulsierende, wilde Spannung auf. Als sie glaubte, das nicht länger ertragen zu können, flehte sie um Erlösung von dieser süßen Qual. Doch er lachte nur zärtlich und schob einen langen Finger in sie hinein. Damit dehnte er sie, während er gleichzeitig am Zentrum ihrer Weiblichkeit saugte. Und plötzlich schlugen die Wogen der Lust über ihr zusammen. Ekstatisch bäumte sich ihr Körper auf. Brennende Lava schien durch ihre Adern zu schießen, und auf dem Höhepunkt ihrer Leidenschaft drang Jake in sie ein. Er trieb sie noch höher, lehrte sie mit jeder Bewegung seines Körpers, daß sie eine Sinnlichkeit besaß, die für sie selbst neu und unerwartet war. Ihre völlige Hingabe und die Reinheit ihrer Reaktion führte auch seine Ekstase zu nie gekannten Höhen.

Sein letzter, vernünftiger Gedanke war der, daß er ein Dummkopf war, einer Frau so viel zu geben, so viel von ihr zu nehmen, deren Liebe sich zu Haß wenden würde, wenn sie herausfand, wer er wirklich war.

Ein paar Stunden später hätte Jake liebend gerne Honors Wecker zertrümmert. Er fluchte deftig in einer Mischung aus Russisch und Englisch, suchte im Dunkeln nach dem lärmenden Monster, brachte es mit einem Faustschlag zum Schweigen und zog dann wieder die Decke über sich.

Honor murmelte ein paar verschlafene Worte und schmiegte sich an seinen warmen Körper. Er schlang die Arme um sie und blickte zum Fenster. Nicht einmal der leiseste Anflug von Dämmerung war erkennbar.

»Wach auf, mein Schatz«, sagte er und biß ihr zärtlich ins Ohr. »Es ist Zeit, aufzustehen und fischen zu gehen.«

Eine warme Hand glitt von seiner Brust zu seinem Bauch und dann noch tiefer. Er fühlte ihr Lachen eher, als er es hörte, als sie das fand, was sie suchte.

»Fischen, wie?« sagte sie. »Ich nehme diese Angel hier. Ich frage mich, was ich damit wohl fangen werde.«

Jake zog scharf den Atem ein. »Honor ...«

Sie gab ein leises Geräusch von sich, das nur teilweise ein Lachen war, doch hauptsächlich ein Gefühl der puren Freude über das, was sie in ihrer Hand hielt.

»Mein Schatz«, röchelte er. »Wenn du so weitermachst, wirst du den ganzen Tag so verbringen, wie du die Nacht verbracht hast.«

»Versprechen, Versprechen.«

Jake hielt an seinem letzten Rest von Selbstkontrolle fest. Er zog ihre Hand an die Lippen und küßte sie heftig.

»Das wäre keine so gute Idee«, sagte er.

»Warum denn nicht?«

Er ließ seine Finger hinunterwandern zu dem herrlichen, wundervollen Quell ihrer Weiblichkeit. »Weil ich wette, daß du wund bist, deshalb.« Er fuhr spielerisch mit dem Finger in sie. »Habe ich recht?«

Sie keuchte heftig, als ihr Körper erwachte und sie sich an die Ekstase erinnerte und sich gleichzeitig nach mehr sehnte.

»Ja und nein«, gab sie zu. »Ich bin zwar ein bißchen wund, aber es wäre eine großartige Idee.«

Bedauernd zog Jake den Finger aus ihrer Wärme zurück, in der er sich so gern verloren hätte. »Wir werden dir Zeit geben zu heilen.«

»Wieviel Zeit?«

»Ein paar Tage.«

Der entsetzte Blick in Honors Gesicht weckte in ihm den Wunsch, über sie herzufallen und sie gleichzeitig liebevoll zu verwöhnen.

»Viel zu lange«, protestierte sie.

»Ich möchte dir nicht weh tun«, erklärte er schlicht. »Ich kann warten.«

»Ich habe mein ganzes Leben damit zugebracht zu warten, und ich habe es nicht einmal gewußt. Zum Teufel mit dem Warten.«

Er lachte leise und zupfte sie an ihrem verstrubbelten Haar. »Soll das heißen, ich habe dich nicht gelangweilt?«

»Mich gelangweilt? Was redest du da – o du liebe Güte«, rief sie, als sie sich wieder erinnerte. »Ich habe wirklich gesagt, daß Sex langweilig ist, nicht wahr?«

»Jawohl.«

»Du bist die Ausnahme von der Regel.« Sie lächelte ihn spitzbübisch an. »Komm her und sei meine Ausnahme.«

Als Jake sich über sie beugte, sagte er sich, daß er sie küssen und ein wenig streicheln konnte – Teufel, eine Menge sogar – und daß er sie glücklich machen konnte, ohne in sie einzudringen.

Honor war bereits ein gutes Stück zum Himmel der Ekstase, als das Telefon zu läuten begann. Sie knurrte einen unterdrückten Fluch der Ablehnung, doch das Telefon läutete weiter. Jake schmeckte sie noch einmal inbrünstig und zwang sich dann den Kopf zu heben.

»Hast du daran gedacht, den Anrufbeantworter anzustellen?« fragte er.

»Wann hätte ich das denn tun sollen? Du hast mich ja nicht aus dem Bett gelassen. Und umgekehrt.«

Jake lachte und küßte sie so leidenschaftlich, daß sie sich kurz vor ihrem Höhepunkt befand.

Das eindringliche Läuten war jedoch geist- und lusttötend.

»Geh schon ran«, stöhnte er. »Ich weiß, wo wir aufgehört haben, wir werden gleich dort weitermachen.«

Das Telefon läutete unbarmherzig, und seufzend griff Honor nach dem Hörer.

»Wissen Sie eigentlich, wie spät es ist?« fauchte sie hinein.

»Das dachte ich mir!« sagte Archer, und er klang genauso wütend wie sie. »Was zum Teufel tust du noch in Kyles Haus, nachdem ich dir befohlen habe zu verschwinden?«

Belustigung zeigte sich auf Honors Gesicht, als sie Jake ansah, der bereit und erregt zwischen ihren Schenkeln lag. »Du möchtest lieber nicht wissen, was ich tue, Archer.«

Jake erstarrte.

»Da hast du recht«, fuhr ihr Bruder sie an. »Alles, was ich wissen will, ist, daß du deinen störrischen Hintern erhebst und aus der Stadt verschwindest.«

»Kann ich nicht. Ich bleibe.«

»Honor, hör mir zu. Du mußt sofort weg dort.«

»Erlaube mir, dir zu erklären, daß du gar nichts tun kannst, damit ich deinen Befehlen gehorche. Ich bin hier, und du bist dort, und das Leben ist überall nicht einfach.«

»Hör doch auf die Stimme der Vernunft …«

»Immer noch besser als auf deine Befehle«, unterbrach sie ihn und gähnte. »Sag etwas Vernünftiges. Ich lausche.«

Am anderen Ende der Leitung herrschte Schweigen, dann hörte man ein kräftiges: »Mist.«

»Also, das ist wirklich vernünftig, großer Bruder. Hast du noch andere Perlen der Weisheit, die ich mir einverleiben soll? *Unsinn* vielleicht? Oder wie wäre es mit *Kacke*? Und wir wollen doch nicht das vergessen, was immer angebracht ist, *Merde*.«

»Honor, das ist nicht komisch.«

»Es tut mir leid, daß dein Sinn für Humor so karg ist. Siehst du, wie vernünftig ich bin? Ich bin sogar höflich.«

Jake unterdrückte sein Lachen, indem er seinen Mund gegen ihren Schenkel drückte, doch das brachte ihn der Versuchung sehr nahe. Er erinnerte sich nur zu gut daran, wo er aufgehört hatte.

Honor hielt die Luft an. Er neckte sie auf eine köstliche Art. Mit seiner Zunge zeichnete er hitzige Figuren auf ihre Haut und nahm sie dann sanft zwischen seine Zähne.

»Also gut«, erklärte Archer heftig. »Ich wollte dir keine Angst machen, aber du läßt mir keine andere Wahl. Ich habe Gerüchte gehört, daß einige sehr häßliche Menschen hinter Kyle oder dem gestohlenen Bernstein oder beidem her sind.«

»Glaubst du, sie haben Kyle gefunden?« fragte sie, und erneut stieg die Furcht um ihren vermißten Bruder in ihr auf.

Jake hielt in seinem sinnlichen Spiel inne. Die Sorge in Honors Stimme spiegelte sich in der plötzlichen Anspannung ihres Körpers wider, einer Anspannung, die nichts mit wachsender Leidenschaft zu tun hatte.

»Das weiß ich nicht.« Archers Stimme klang brüchig. »Ich weiß nur, daß sie nach ihm suchen.«

»Aber warum machen sie sich so viel Mühe um Bernstein, den sie mit einigen Fahrten zur Mine ersetzen können?«

»So einfach liegen die Dinge nicht.«

»Ich höre.«

»Ich habe jetzt nicht die Zeit, dir die nackten, blutigen Einzelheiten eines Clan-Krieges zu erklären, der auf den Ruinen eines Weltreiches ausgetragen wird. Du mußt mir schon glauben. Du bist in Gefahr, solange du dort bleibst. Verschwinde, Honor.«

»Ich glaube dir ja, aber ...«

»Kein Aber«, unterbrach er sie. »Ich werde kommen, sobald das Wetter gut genug ist, um das Flugzeug zu nehmen.«

»Warum solche Eile? Glaubst du, daß Kyle hier ist?«

»Ich denke, jemand sollte dort sein.«

»Kein Problem. Ich bin hier.«

»Verdammt, hast du mir nicht zugehört? Du könntest dich mitten in der Schußlinie befinden! Die Männer, die Kyle suchen, sind nicht gerade der Typ, der in die Kirche geht, Babys küßt und freundlich zu Mutter ist.«

»Das habe ich schon begriffen, nachdem ich diese einseitigen Telefonanrufe bekam, die Boote mir gefolgt sind und die ...«

»Boote?« unterbrach Archer sie. »Bist du etwa mit der *Tomorrow* rausgefahren?«

»Ja. Ich denke, Kyle …«

»Bist du verrückt?« unterbrach er sie wieder.

»Ich bin deine Schwester. Zählt das?«

Archer explodierte. »Du hast nicht die leiseste Ahnung, wie man mit einem Boot umgeht! Du hast nicht das Recht, herumzuspielen mit …«

»Ich habe jemanden eingestellt«, schnitt sie ihm das Wort ab.

»Wozu?«

»Um mir beizubringen, wie ich mit dem Boot umgehen muß.«

Jake versuchte, sich seine Anspannung nicht anmerken zu lassen. Es gelang ihm nicht. Aber Honor bemerkte das sowieso nicht. Sie war viel zu sehr mit ihrem Bruder beschäftigt.

»Hast du nach Referenzen gefragt?« bellte Archer.

»Jawohl.« Wenigstens war es beinahe die Wahrheit. Gefragt hatte sie. Sie hatte nur keine bekommen. »Jake ist ein sehr guter Bootsführer. Er kennt die SeaSport, und er lernt gerade, wie er mit Kyles Kartenplotter zurechtkommt. Wir sind gestern eine Menge seiner gespeicherten Routen abgefahren.«

»Tust du etwa das, was ich vermute?«

»Nach Kyle suchen? Natürlich tue ich das. Ich mag ja deine Schwester sein, aber deshalb bin ich nicht vollkommen verrückt.«

»Honor. Hör mir zu. Bitte. Das ist zu gefährlich.«

»Jake weiß schon, was er zu tun hat.« Er wußte auch besonders gut, wie er mit ihr umgehen mußte. Aber sie glaubte kaum, daß Archer diese Entdeckung so sehr zu schätzen gewußt hätte, wie sie es tat.

»Hat dieser Jake auch einen Nachnamen?«

»Damit du die Detektive von Donovan International auf ihn ansetzen kannst?« fragte sie übertrieben freundlich.

»Jake wie?« war Archers einzige Antwort.

»Mallory.«

Am anderen Ende der Leitung herrschte Schweigen.

Honor gefiel das gar nicht. Sie kannte zu gut das Schweigen, das einem gewaltigen Ausbruch der Donovans vorausging.

»Ist er ungefähr einen Meter fünfundachtzig groß, bewegt sich wie ein Kämpfer, helle Augen und dunkles Haar, eine Narbe an einer Augenbraue und eine kleine Narbe an der Lippe?« fragte Archer nun.

Honor hatte das Gefühl, daß ihr der Boden unter den Füßen weggezogen wurde. Sie wußte nicht, wie sich ein Kämpfer bewegte, doch der Rest stimmte. »Ja«, hauchte sie.

»Du kleiner Dummkopf! Er ist der Mann, der Kyle in diese ganze Sache hineingeritten hat. Er könnte Kyles Mörder sein. Verschwinde aus diesem Haus!«

13

Honors entsetzter Gesichtsausdruck sagte Jake all das, was er lieber gar nicht wissen wollte. Sie sah ihn an wie das Karnickel eine Schlange.

Er nahm ihr das Telefon aus der Hand, ehe sie sich dagegen wehren konnte. »Hallo, Archer. Du erzählst wohl wieder Lügen, wie ich annehme.«

Schweigen kam vom anderen Ende der Leitung. Dann hörte Jake, wie Archer scharf dem Atem einzog. »Mallory!«

»Jawohl.«

»*Du Hundesohn.* Wenn du Honor auch nur anrührst, dann werde ich ...«

»Erspar dir das«, zischte Jake. »Es gibt da eine ganze Menge, was du noch nicht weißt. Doch das hat dich nicht davon abgehalten, deinen verdammten Mund zu halten, nicht wahr?«

»Hör mir zu, du Arschl...«

»Du hörst mir zu«, schnauzte Jake. »Ich habe genug davon, daß ihr Donovans den Rest von uns zu überrumpeln versucht.

Kyle hat den Bernstein genommen und ist damit verschwunden, und all die Lügen von euch Donovans werden mir dieses stinkende Verbrechen nicht anlasten können. Hast du das verstanden?«

»Gib mir Honor noch einmal.«

»Erst, nachdem ich fertig bin.«

»Oh, du bist fertig, das ist sicher«, sagte Archer gefährlich leise. »Und wenn du Honor etwas antust, dann werde ich dich lebendig begraben.«

»Du solltest besser dafür sorgen, daß man sie nicht mit mir zusammen begräbt.«

»Willst du mir etwa damit drohen, daß ...«

»Ich sagte es dir«, fuhr Jake ihn an. »Ich bin nicht der einzige hier. Erst vor einer Woche hat Dimitri Pavlov vor Honors Tür gestanden.«

»Was?«

»Er hat sich auf ihre Anzeige nach einem Fischereiführer gemeldet.«

»Jesus.«

»Und dann ist da noch der Kerl, der in der letzten Nacht Kyles Hütte durchsucht hat, ebenfalls ein Profi. Er hat als Warnung ein völliges Durcheinander hinterlassen, doch er war so leise, daß Honor beinahe nicht aufgewacht wäre. Sie hätte keine Gelegenheit mehr gehabt, durch das Schlafzimmerfenster zu klettern, um mich zu alarmieren. Denn er hätte sie gnadenlos ausgefragt.«

Honor erstarrte, als hätte jemand sie geschlagen. Es war eine Sache, sich vor einem Einbrecher zu fürchten, der mehr im Sinn hatte als nur einen Diebstahl. Es war allerdings eine andere Sache, wenn man hörte, wie über eine solche Gewalttat gesprochen wurde, als ginge es dabei lediglich um ein paar Unzen Bernstein, Jade oder Perlen.

Jake warf Honor einen prüfenden Blick zu, konzentrierte sich aber sofort wieder auf Archer. Das Schweigen am anderen Ende der Leitung hätte wahrscheinlich die meisten Menschen beunruhigt. Doch Jake störte es nicht im geringsten. Er kannte Archer gut genug, um zu wissen, daß er seine Gefühle abgeschaltet hatte; im Moment suchte Archer in all dem Durcheinander nach Lösungen, mit einer Schnelligkeit und Präzision, die die meisten anderen Konkurrenten aus dem Feld geschlagen hätten.

Außerdem hatte Jake genug zu tun, ohne daß Archer ihn durch das Telefon beschimpfte. Honor rückte langsam immer weiter von ihm weg. Sie kam der Stelle immer näher, von der aus sie aus dem Bett springen konnte und außerhalb seiner Reichweite war. Er wußte nicht, was hinter ihren weit aufgerissenen, grüngoldenen Augen vor sich ging, doch hatte er keinen Zweifel daran, daß er sie nie wiedersehen würde, wenn er sie jetzt gehen ließ.

»Noch etwas?« blaffte Archer nun.

»Hat die Bruderschaft des Waldes eine Verbindung zu dem Bernsteinzimmer?« fragte Jake.

Archer begann zu fluchen.

»Ich nehme das als eine herzhafte Zustimmung«, unterbrach Jake ihn und beobachtete Honor, ohne es sich anmerken zu lassen. »Und das bedeutet, daß Kyle von Marju davon erfahren hat, richtig?«

»Da mußt du schon Marju fragen«, antwortete Archer.

»Frag sie in meinem Namen.«

»Dazu müssen wir sie erst einmal finden.«

»Das sollte nicht so schwierig sein. Versuch es über dein Heimatbüro.«

»Was läßt dich glauben, daß sie dort ist?«

»Ehe man mich aus dem Land warf, habe ich einen verzweifelten Anruf von ihr bekommen, in dem sie mir berichtete, daß Donovan International die Hunde auf sie gehetzt hat. Sie wollte von mir wissen, ob ich von Kyle gehört hatte.«

»Gute Frage. Hast du von ihm gehört?«

»Nicht mehr, seitdem ich die Ladung Bernstein dem Vertreter von Donovan International übergeben habe – Kyle Donovan.«

»Das behauptest du.«

Jake erstarrte. »Jawohl. Das behaupte ich. Mein Wort ist ehrlich, *Donovan*. Da kannst du jeden fragen, überall auf der Welt.«

»Jeder hat seinen Preis. Das Bernsteinzimmer gehörte dir.«

»Nicht mir. Kyle.«

»So kommen wir nicht weiter. Gib mir Honor noch einmal.«

»Gib mir deine Telefonnummer.«

Honor machte sich bereit, vom Bett zu springen.

Jake streckte die Hand aus und hielt sie an ihrem Bein fest. Dem wütenden Blick wich er nicht aus. Trotz seiner nach außen hin kühlen Kontrolle war er so aufgebracht wie die beiden Donovans zusammen.

»Sie wird dich anrufen, nachdem wir beide hier einige Dinge geklärt haben«, sagte Jake leise.

Das Schweigen, das jetzt vom anderen Ende der Leitung kam, war anders als zuvor. Er kannte den Grund dafür. Archer versuchte wahrscheinlich, den Hörer in seiner Hand zu zerdrücken. Das war das Problem mit Telefonen – man konnte dem Gegenüber, der einen ärgerte, nicht an die Gurgel.

»Ich werde in fünf Minuten noch einmal anrufen«, sagte Archer. »Wenn Honor mir dann nicht antwortet, werde ich die Cops alarmieren.«

»Fünfzehn Minuten.«

»Fünf.«

Und dann war die Leitung tot. Jake legte den Hörer auf, ohne Honor aus den Augen zu lassen.

»Na los«, forderte er sie auf. »Sag es schon.«

»Laß mich los.«

»Nein. Du wirst weglaufen, ich werde dich wieder einfangen, und auf dem Fußboden wird es weit weniger angenehm sein als hier.«

Es hatte schon viele Gelegenheiten in ihrem Leben gegeben,

wo Honor sich gewünscht hatte, so groß und so stark wie ihre Brüder zu sein. Doch nie zuvor hatte sie es sich so verzweifelt herbeigesehnt wie gerade jetzt. Es hätte ihr eine außerordentliche Befriedigung verschafft, Jake Mallory zwischen die Fugen des Holzfußbodens zu hämmern.

Er wußte das. Er beobachtete sie so vorsichtig wie einen scharf gemachten Sprengsatz. Das hätte ihr Freude gemacht, wäre sie nicht so schrecklich wütend gewesen.

»Nun, wenigstens fürchtest du dich nicht körperlich vor mir«, meinte er nach einem Moment. »So weit vertraust du mir wenigstens.«

»Das Vertrauen eines Schwachkopfes. Wie erfreulich das für dich sein muß.«

Der eisige, beißende Ton von Honors Stimme sagte Jake, daß fünf Minuten bei weitem nicht reichen würden, ihr alles begreiflich zu machen.

»Wenn ich zu dir gekommen wäre«, begann er ohne Umwege, »und dir gesagt hätte, daß der Donovan-Clan versucht, mir das anzuhängen, was dein geliebter Bruder Kyle getan hat, daß ich dich brauchte, um zu beweisen, daß ich unschuldig bin, du hättest mir die Tür vor der Nase zugeschlagen.«

»Ein wunderbarer Gedanke.«

»Nicht für mich. Meine Firma ist aus den baltischen Staaten ausgewiesen worden, und sie steht in Rußland auf der schwarzen Liste. Im Gegensatz zu den Donovan-Brüdern besitze ich kein großes Familienvermögen, das meinen tiefen Fall auffangen könnte. Ich kämpfe oder ich gehe unter und bleibe dort. Allerdings habe ich nicht die Absicht unterzugehen.«

Honor blickte in Jakes grimmiges Gesicht und glaubte ihm jedes Wort.

»Ich möchte den Mann kennenlernen, von dem du diese Narben hast«, schnappte sie. »Ich würde ihn sofort einstellen.«

»In der Hölle kann man keine Annoncen aufgeben.«

In diesem Augenblick lag in Jakes Augen keine Wärme mehr

und auch nichts, was ihr ein Gefühl der Sicherheit gab. Sie waren eisig wie der Winter und gnadenlos wie die Hölle, von der er gerade gesprochen hatte. Sie schluckte und fragte sich zum erstenmal, ob sie wohl einen Grund haben könnte, sich vor ihm zu fürchten.

Sie wünschte es sich. Es würde alles soviel einfacher machen. Doch sie fürchtete sich nicht vor ihm.

So ganz nebenbei fragte sie sich, welchen IQ ein Schwachkopf wohl haben mochte. Wahrscheinlich sehr nahe bei Null, wenn ihr sogenannter Verstand ein Beweis dafür war – immerhin war sie es gewesen, die von Liebe geplappert hatte, zu einem Mann, der ihren Bruder haßte. Ihr einziger, bitterer Trost war, daß Jake viel zu sehr damit beschäftigt gewesen war, sie zu bumsen, um ihr zuzuhören.

»Was hättest du an meiner Stelle getan?« wollte er von ihr wissen.

»Meine Möglichkeiten wären begrenzter gewesen, ich bin nicht so stark wie du. Und ich bin auch kein Weltklasselügner.«

Seine Hand um ihr Bein griff fester zu. »Ich habe dich nicht angelogen. Wenigstens nicht so, wie du es meinst.«

»Wirklich? Wie meine ich es denn?«

»Ich habe dich nicht geliebt, um dadurch an deinen Bruder zu kommen«, erklärte Jake geradeheraus.

»Ich glaube dir.«

Er atmete tief auf. »Gott sei Dank.«

»Du hast mich überhaupt nicht geliebt. Punkt«, vollendete sie mit einem sardonischen Lächeln ihre Anklage.

»Wie würdest du es denn nennen?«

»Sex.«

»Wie auch immer. Solange du nur weißt, daß ich mit Kyles Durcheinander nichts zu tun habe.«

Honor starrte Jake an und fragte sich, wer von ihnen beiden wohl verrückt war. Einer von ihnen mußte verrückt sein.

»Laß mich das einmal klarstellen«, begann sie. »Du bist unter einem falschen Vorwand zu mir gekommen …«

»Du hast mich eingestellt unter einem falschen …«

»… und dann hast du …«

»… Vorwand«, sprach er weiter. »Du wolltest gar nicht lernen, wie man …«

»… meine Furcht ausgenutzt, um zu mir ins Bett zu klettern und …«, führte sie unbeirrt ihren Satz fort.

»… fischt, und du fürchtest dich vor …«

»… dann behauptest du frech, daß der Sex und das Durcheinander mit Kyle nichts damit zu tun haben …«

»… kleinen Booten und …«

»Hör auf, mich anzuschreien!«

»Ich schreie nicht.« Jake stieß heftig den Atem aus, und dabei kam ein verächtlicher Fluch über seine Lippen. »So kommen wir nicht weiter.«

»Wenigstens dabei sind wir uns einig. Laß mich los.«

»Möchtest du diese Unterhaltung lieber auf dem Fußboden fortsetzen?«

»Es gibt nichts fortzusetzen. Es war vorüber, als Archer mir gesagt hat, wer du bist.«

»Und was hat dein Bruder dir gesagt?«

»Daß ich ein kleiner Dummkopf bin und daß du Kyles Mörder sein könntest.«

Jake versteinerte.

Zum ersten Mal fühlte Honor Furcht.

»Ist es das, was du glaubst?« fragte er leise.

Sie machte eine frustrierte, abwehrende Handbewegung. »Ich glaube nicht, daß Kyle tot ist, deshalb kann ich ja wohl auch kaum glauben, daß du ihn umgebracht hast, nicht wahr?«

»Und trotzdem verdammst du mich.«

»Du hast es nicht besser verdient.« Honors Stimme war ausdruckslos. »Aber du hast mir ja immer wieder gezeigt, wie dumm ich bin, nicht wahr?«

»Nein, ich habe dir nur bewiesen, wie leidenschaftlich du bist. Das ist etwas ganz anderes.«

Honor schloß die Augen und wünschte sich von ganzem Herzen, irgendwoanders zu sein. Ganz gleich wo. Und ohne die Erinnerung an die letzten Tage.

Der Schmerz und die Erniedrigung hinter all ihrem Zorn trafen Jake tief. Seine Hand auf ihrem Bein wurde plötzlich sanft, beinahe liebevoll. »Honor, mein Schatz, es tut mir so leid, daß du es auf diese Art herausfinden mußtest, aber die letzte Nacht tut mir nicht leid.«

»Faß. Mich. Nicht. An.«

Beim Ton ihrer spröden Stimme sträubten sich Jakes Nackenhaare. Wenn er sie noch mehr bedrängte, würde sie ihm an die Gurgel gehen wie ein in die Enge getriebenes Tier. Sehr vorsichtig hob er die Hand. Sie atmete tief und zittrig auf und öffnete dann die Augen. Was er darin las, gefiel ihm genausowenig, wie ihm der Ton ihrer Stimme gefallen hatte.

»Im Augenblick willst du mich nie wiedersehen«, begann Jake.

»Richtig.«

»... aber man bekommt nicht immer das, was man möchte.«

»Noch mehr herbe Philosophie?«

Jake versuchte, seine Beherrschung unter Kontrolle zu halten. »Zu schade, daß Archer nicht noch ein paar Tage warten konnte.«

»Hast du geglaubt, in der Zeit wäre es dir gelungen, mir meinen Verstand zu rauben?«

»Die letzte Nacht hatte mit dem übrigen Desaster überhaupt nichts zu tun!«

Das Lächeln, mit dem Honor ihn bedachte, war vernichtend, doch sie sagte kein Wort. Sie wartete ganz einfach und beobachtete ihn dabei mit den großen, kalten Augen einer Katze. Er warf einen Blick auf die Uhr auf dem Nachttisch. Viel Zeit blieb ihm nicht mehr.

»Du möchtest Kyle finden, nicht wahr?« fragte Jake.

Sie nickte knapp.

»Ich möchte deinen Bruder auch finden, stimmt's?« sprach er weiter.

Sie zuckte mit den Schultern.

»Glaub es mir«, fuhr er sie an. »Es gibt nichts, was mir lieber wäre als eine kleine Unterhaltung mit meinem guten alten Kumpel Kyle Donovan.«

Honor nickte. Wenn sie Jake nichts glaubte, so doch wenigstens das, daß er sich gern ihren Bruder schnappen wollte.

»Du«, sprach er weiter, »brauchst mich, um das Boot zu fahren und dir den Rest der Mitspieler vom Hals zu halten.«

»Ich werde jemand anderen finden.«

»Zu gefährlich. Schlangenauge hat viele Freunde. Außerdem«, schloß Jake, »möchtest du in meiner Nähe bleiben. Sehr nahe sogar.«

»Den Teufel will ich.«

»Denk nach. Wie sonst könntest du sicher sein, daß Kyle nichts passiert, wenn ich ihn in meine lügnerischen, betrügerischen, mörderischen Finger kriege?«

Das Telefon läutete.

Honor zuckte nicht einmal zusammen. Sie machte auch keine Anstalten, den Hörer zu nehmen.

»Du weißt, wer das ist«, meinte Jake. »Du kannst das tun, was Archer dir sagt, nämlich nach Hause gehen wie ein liebes, braves Mädchen. Oder du kannst ein böses, großes Mädchen sein und mit mir zusammen weiter nach Kyle suchen.«

Sie blickte nicht einmal zu dem Telefon hin.

»Nimm den Hörer«, sagte er angespannt. »Oder möchtest du dich den restlichen Tag über mit den Cops unterhalten? Wenn du glaubst, daß du jetzt schon in Schwierigkeiten bist, dann stell dir erst einmal vor, wie du ihnen erklären willst, daß wir die Nacht zusammen im Bett verbracht haben, anstatt einen Diebstahl zu melden.«

Sie riß den Hörer hoch. »Hallo.«

»Ist mit dir alles in Ordnung?« wollte Archer wissen.

»Natürlich«, antwortete sie abwesend.

»Das klingt aber ganz und gar nicht so. Hält er dir etwa eine Waffe an den Kopf?«

Zum ersten Mal dachte sie wieder an Jakes Pistole. Wenn er wirklich eine besaß, so hatte er sie auf jeden Fall nicht bei sich. Es gab keinen Zentimeter an ihm, den sie im Augenblick nicht sehen konnte.

»Honor?« drängte Archer.

»Nein. Er hält mir keine Waffe an den Kopf. Warum sollte er so etwas tun? Ich habe ihm vertraut. Wie du schon gesagt hast, bin ich ein kleiner Dummkopf.«

Jakes Augen zogen sich zusammen, nur mühsam konnte er seinen Zorn zügeln. Honors Stimme war so ruhig, so vollkommen vernünftig. Es war, als würde sie Säure auf sein wundes Gewissen träufeln.

Er hätte sie niemals anrühren dürfen.

Doch das hatte er getan.

Ein Zurück gab es nicht mehr, was er auch gar nicht wollte. Er wollte mehr von dem, was er in der letzten Nacht entdeckt hatte. Viel mehr.

»Du bist kein Dummkopf«, versicherte er ihr leise. »Du bist eine leidenschaftliche Frau mit einem guten Instinkt, wem du vertrauen kannst und wann.«

Honor ignorierte ihn, als wäre er nur ein Fleck auf dem Laken. Genauso ignorierte sie Archer, obwohl ihr Bruder das nicht wissen konnte. Sie brauchte alle Beherrschung, derer sie noch fähig war, um zu überlegen, wie sie sich aus der unheilvollen Situation befreien konnte, in die ihre Gefühle sie geführt hatten. Wenn sie nur die Erniedrigung und den Zorn beiseite schieben könnte, dann könnte sie ihren Verstand vielleicht zu etwas anderem benutzen als dazu, sich selbst mit allen möglichen Schimpfnamen zu überschütten.

Endlich begriff sie, daß Schweigen in der Leitung herrschte. Archer wartete offensichtlich auf ihre Antwort. Doch leider konnte sie sich nicht daran erinnern, was er gefragt hatte.

»Tut mir leid«, brachte sie mit angespannter Stimme heraus. »Auf die eine oder andere Art war es schon bis jetzt ein teuflischer Tag. Was sagtest du doch gleich?«

»Ist mit dir ganz bestimmt alles in Ordnung?«

»Archer, ich könnte bis an den Bauch in einem Teich voller Krokodile stehen, und es gäbe nichts, was du dagegen tun könntest, bis auf die Tatsache, mich dafür auszuschimpfen, daß ich so blöd war, in den Sumpf zu gehen!« Sie holte tief Luft. »Abgesehen davon geht es mir gut. Wundervoll, entsetzlich gut. Und jetzt will ich wissen, was du mir noch nicht verraten hast über Kyle und den gestohlenen Bernstein oder über andere kleine Einzelheiten, die mich ernsthaft in Schwierigkeiten bringen oder mich sogar umbringen könnten in den nächsten beiden Tagen.«

»Als ich dir gesagt habe, du solltest zu Kyles Hütte fahren, hatte ich keine Ahnung, daß er in die Staaten zurückgekehrt war oder daß andere Menschen hinter dem Bernstein her waren oder daß sogar die Polizei alarmiert worden war. Wenn ich das gewußt hätte, hätte ich dich niemals dort hingeschickt.«

»Okay. Das Ganze war also ein Aprilscherz. Und was hast du mir sonst noch verheimlicht?«

Zuerst herrschte Stille, dann hörte Honor ein paar gemurmelte Worte in einer Sprache, die sie nicht verstand, schließlich folgte ein heftiger Fluch auf Englisch.

»Den kenne ich«, fuhr sie ihn an. »Sag mir lieber etwas, das ich noch nicht weiß.«

»Hast du schon einmal etwas von dem Bernsteinzimmer gehört?« fragte Archer schließlich unwillig.

»Ein bißchen. Es gehörte dem Zar, die Wände des Zimmers waren mit Bernsteinmosaiken bedeckt, und man sagt, es sei eines der schönsten Kunstwerke, die je geschaffen wurden.«

»Die Nazis haben es gestohlen. Seit dem Ende des Zweiten Weltkrieges hat es niemand mehr gesehen. Oder wenn jemand es gesehen hat, redet er nicht darüber.«

»Und?«

»Eine Tafel dieses Zimmers ist zusammen mit der Lieferung Bernstein, die Kyle angeblich von Jay bekommen hat, verladen worden.«

»Jay? Wer ist … Oh, du meinst Jake.«

»Ein Hundesohn, der einen anderen Namen annimmt, ist noch immer ein …«

»Hundesohn«, beendete Honor den Satz und sah den nackten Fremden in ihrem Bett genau an. Dabei versuchte sie, nicht daran zu denken, daß sie genauso nackt war. »Dieser Jay/Jake hat also ein Stück des Bernsteinzimmers in seine Hände bekommen, hat es zu der normalen Fracht Bernstein dazugetan und hat es so eingerichtet, daß es ausgesehen hat, als wäre Kyle der Dieb?«

Jakes Augen blitzten, doch er schwieg.

»Das ist die einfachste Erklärung«, sagte Archer. »Es sei denn, du würdest lieber annehmen, Kyle hätte das getan.«

»Und wer ist diese Mar-you?«

»Mar-you? Oh, du meinst Marju. Sie ist diejenige, bei der Kyle den Kopf verloren hat.«

»Die, für die er gestohlen hätte, bis auf die Tatsache, daß Jake ihm zuvorgekommen ist?« fragte Honor kühl und ließ den angeblichen Dieb nicht aus den Augen.

»So könnte man es ausdrücken«, stimmte ihr Bruder ihr zu.

»Und was hat Marju zu dem ganzen Durcheinander zu sagen?«

Atmosphärisches Knistern war die einzige Antwort.

»Archer«, keifte Honor. »Du sollst mir nicht schon wieder etwas vorenthalten.«

»Teufel, Schwesterchen. Alles, was wir haben, ist nur der Klatsch aus zweiter oder dritter Hand.«

»Ich bin ganz Ohr.«

»Marju sagt, daß Kyle so getan hat, als sei er verliebt in sie, nur um das Bernsteinzimmer in seine Finger zu bekommen.«

Honors Augenlider zuckten. »Und was ist mit Jake?«

»Sie glaubt, daß er mit Kyle unter einer Decke steckt. Natürlich nur informell, wenn du verstehst, was ich meine.«

»Eine Zusammenarbeit von Gaunern.«

Schweigen.

»Was glaubst du, Archer?« fragte sie.

»Ich glaube, hinter diesem Mist steckt viel mehr, als wir bis jetzt herausgefunden haben.«

»Das habe ich nicht gemeint, und das weißt du auch.«

»Ich habe die Wahl, Mallory zu vertrauen, den ich noch nicht einmal ein Jahr lang kenne, oder ich kann Kyle vertrauen.«

»Wie gut kennst du ihn?«

»Kyle?« fragte Archer ungläubig.

»Nein.«

»Oh, Mallory.«

»Den Hundesohn«, fügte sie bitter hinzu.

»Bis das Bernsteinzimmer in die Sache hineinkam, hätte ich Jay meine Geheimnisse anvertraut, mein Geschäft und sogar mein Leben, wenn es zu einem Kampf in einer dunklen Straße gekommen wäre. Aber jeder Mann hat seinen Preis. Das Bernsteinzimmer war Mallorys Preis.«

»Aber nicht Kyles.«

»Kyle braucht kein Geld, und er ist auch kein ernsthafter Sammler von Bernstein. Seine erste Liebe gehört der Jade. Jay braucht zwar kein Geld, aber er liebt den Bernstein so sehr, wie manche Menschen Gott lieben. Liebe ist keine sehr vernünftige Gefühlsregung.«

Honors Hals wurde eng. In ihr machte sich das ranzige Gefühl breit, was für eine unvernünftige, übertriebene und widersprüchliche Empfindung die Liebe sein konnte. Immerhin war sie so idiotisch gewesen, einem Mann ihre Liebe zu gestehen, der nicht mehr sein wollte als nur ein ausgezeichneter Geliebter.

»Glaubst du, daß er Kyle umgebracht hat?« fragte sie.

»Ich glaube nicht, daß Kyle tot ist.«

»Das ist nicht die Antwort.«

»Es ist die beste Antwort, die ich dir geben kann. Teufel, unter den richtigen Umständen könnte jeder einen anderen umbringen, sogar du.«

»Da widerspreche ich dir gar nicht«, sagte sie und funkelte Jake an.

»Und was ist mit Dimitri Pavlov?« fragte Archer.

»Dimitri wer?«

»Schlangenauge«, sagte Jake, der vermutete, wovon sie sprachen.

»Oh, der«, sagte sie. »Ich habe ihn nicht eingestellt.«

»Halt dich fern von ihm«, riet Archer. »Er ist ein Mann, den man nicht gern um sich hat. Doch wenn man in der modernen russischen Föderation Geschäfte machen will, läßt sich das leider nicht vermeiden.«

»Wie meinst du das?«

»Ich meine die russische Mafia«, betonte er. »Die neue Schnittstelle zwischen dem Kapitalismus und dem Chaos in der alten Sowjetunion. Sie besitzen die Moral eines Nerzes und die Skrupel eines Hais.«

»So ist mir Schlangenauge auch vorgekommen«, stimmte sie ihrem Bruder zu. »Er folgt mir, wann immer ich zum Fischen rausfahre. Und auch die Küstenwache und mindestens noch ein anderes Boot. Vielleicht sogar zwei.«

»Verdammt wundervoll«, murmelte Archer vor sich hin. »Nun, wenigstens bist du auf dem Wasser in Sicherheit. Wer hat in der letzten Nacht Kyles Hütte durchsucht?«

»Das weiß ich nicht.« Sie sah zu Jake. »Weißt du, wer in der letzten Nacht hier war?«

»Nein.«
»Er weiß auch nicht …«, begann sie.
»Ich habe es gehört«, unterbrach Archer sie. »Frag ihn, ob er irgendwelche Vermutungen hat.«
»Frag ihn doch selbst. Ich bin es leid, zwischen euch beiden zu dolmetschen.«
Sie warf Jake den Hörer zu. Er fing ihn auf, ohne den Blick von ihr abzuwenden. Er sah ihr auch zu, als sie aufstand und ins Bad ging. Als er das Geräusch der Dusche hörte, seufzte er erleichtert und hob den Hörer ans Ohr.
»Was ist?« fragte er knapp.
»Wer war der Kerl in der letzten Nacht?«
»Er kam nicht von dieser Seite des Meeres.«
»Woher weißt du das?«
»Die Regierung der Vereinigten Staaten glaubt, daß sie in mir einen Insider vor Ort haben, deshalb besteht für sie kein Grund, ein Privathaus zu durchsuchen.«
Archer verdaute das. »Die Regierung ist schon an dich herangetreten?«
»Ja. Einige Russen haben sie um Hilfe gebeten, das Bernsteinzimmer zurückzubekommen.«
»Hast du es gesehen?«
»Nein. Und ich erwarte auch nicht, es zu sehen. Ich denke, es ist alles nur eine ganze Menge Feenstaub.«
Archer grunzte. »Ist Honor in Gefahr?«
»Bei den Spielern von Onkel Sam? Wahrscheinlich nicht. Immerhin sind alle Wetten zurückgezogen worden.«
»Gib sie mir noch mal.«
»Sie ist unter der Dusche.«
»Dusche! Wie nah seid ihr beiden euch?«
»Ungefähr drei Meter.«
»Was?«
»Das Telefon ist ungefähr drei Meter weg von der Dusche.«
»Mallory, ich hab die Schnauze voll von dir.«

»Du weißt doch, was du nicht willst, das man dir tu... Bist du noch immer in Kamtschatka?«

»Wieso willst du das wissen?«

»Wenn ich hier ausgeschaltet werde, möchte ich wenigstens wissen, daß für Honor Hilfe unterwegs ist. Die Leiche, die hier angespült wurde, ist die eines früheren KGB-Mitglieds. Nachdem die Mauer gefallen ist, hat er seine Talente überall angeboten. Er war mit noch einem Partner unterwegs. Dessen Leiche ist noch nicht aufgetaucht. Die gute Neuigkeit ist, daß man auch die Leiche deines Bruders noch nicht gefunden hat.«

»Himmel, was für ein Chaos. Sorg dafür, daß Honor da rauskommt! Ich zahle dir mehr, als das ganze Bernsteinzimmer wert ist.«

»Ich will das Bernsteinzimmer gar nicht. Ich will nur die Wahrheit.«

»Das ist es, was alle Donovans auch wollen.«

»Den Teufel wollen sie. Du willst doch nur Kyle reinwaschen, indem du mich dafür hängst.«

»Wenn du es schaffst, Honor von dort wegzubringen, dann werde ich überall verbreiten, daß du unschuldig bist.«

»Und wer ist dann der Schuldige? Kyle?«

Archer antwortete ihm nicht.

»Ein hübscher Versuch«, sagte Jake sarkastisch. »Aber ich lasse mir von den Donovans keinen Bären mehr aufbinden. Solltest du irgend etwas herausfinden, das dabei helfen könnte, deine Schwester am Leben zu erhalten, dann vergiß nicht anzurufen.«

Er legte den Hörer auf, lauschte auf die Geräusche aus der Dusche und überlegte dabei, wie er Honor in Sicherheit bringen konnte. Er dachte noch immer über die verschiedenen Möglichkeiten nach, als er hörte, wie das Wasser der Dusche abgestellt wurde. Ein paar Minuten später kam Honor ins Zimmer, in ihrem schwarzen, ausgebeulten Jogginganzug. Über dem Kragen sah sie frisch und sauber aus.

Doch dann sah Jake ihre Augen. Er hatte sich geirrt, als er Archer gesagt hatte, sie sei drei Meter von ihm entfernt. Die Entfernung, die er in ihren Augen las, konnte man nicht in Worten ausdrücken.

»Wer war dieser Kerl gestern abend?« fragte sie ruhig.

»Ich weiß es nicht.«

Sie fuhr sich mit den Fingern durch ihr kinnlanges Haar, eine automatische Geste, die ihm nichts verriet. Sie sagte kein Wort.

»Ich weiß es wirklich nicht«, wiederholte er verärgert. »Immerhin hat er nicht gerade seine Visitenkarte hinterlassen.«

»Sonst noch etwas?«

Ihre Stimme klang genauso, wie ihr Gesichtsausdruck war, kalt genug, um ihn erfrieren zu lassen.

»Du hast gesagt, du hast eine Schwester auf Hawaii?« fragte er.

Honor wirbelte zu ihm herum. »Warum? Ist etwas mit Faith?«

»Archer möchte, daß du sie besuchst. Das war eines der wenigen Dinge, in denen wir uns einig waren.«

»Zu schade. Ich stimme nämlich nicht zu.«

»Schlangenauge ist ein professioneller Killer.«

Ihre Augenlider zuckten. »Noch ein Grund mehr, Faith aus all dem herauszuhalten.«

»Also gut. Dann mach Urlaub auf Tahiti oder den Osterinseln, bis das alles hier vorüber ist. Donovan International wird dir ein paar Leibwächter stellen, die dir das Gepäck tragen. Wenn ihr niemanden kennt, der diesen Job machen könnte, dann kann ich jemanden besorgen.«

»Nein.«

»Warum denn nicht?«

»Wie du bereits klugerweise erwähnt hast, sollte ich in der Nähe sein, wenn du Kyle findest.«

»Ich werde ihm nichts tun. Darauf gebe ich dir mein Wort.«

»Das ist nett. Aber ich bleibe trotzdem.«

Jake spielte seine letzte Karte aus – das berüchtigte Temperament der Donovans. »Du kannst einfach nicht genug von mir bekommen, wie?«

»Ja, wie hast du das nur erraten?« antwortete sie hölzern, ohne jegliches Interesse. »Laß uns fischen gehen.«

Ein paar elektrisierende Sekunden lang betrachtete Jake Honor. Alles, was er sah, überzeugte ihn davon, daß dieses Angebot nicht nur das beste war, was er im Augenblick von ihr bekommen konnte, sondern daß es auch das einzige war. Sie war offensichtlich in der Stimmung, jetzt zu gehen und allein mit dem Boot loszufahren, ihn einfach stehenzulassen, mit all seinen guten Absichten.

Er schnappte nach seinen Kleidern und zog sich an.

14

Das Wetter war besser als Jakes Laune, doch das hatte nicht viel zu bedeuten. Niedrig hängende Wolken, Nebel, Nieselregen und unruhiges Wasser bewegten die Meerenge. Irgendwann einmal glitzerte sogar ein Flecken Sonnenlicht auf dem Wasser, doch das dauerte nicht lange. Wind schloß die Lücke in den Wolken, und Hunderte von verschiedenen Grautönen betupften Land und Meer.

Das Gebläse der *Tomorrow* war schon eingeschaltet, als Jake das Dock erreichte. Noch ehe er zwei weitere Schritte gemacht hatte, erwachte der Motor zum Leben und brummte dann kräftig und stetig. Jake beeilte sich, an Bord zu kommen.

»Willst du irgendwo Bestimmtes hin?« fragte er und schloß die Tür der Kabine hinter sich. Heftig.

»Es ist Zeit, daß ich lerne, das Boot zu fahren.«

Er knurrte. »Auf keinen Fall kannst du genug lernen, um allein in den San Juans auf die Suche nach Kyle zu gehen.«

Honor saß hinter dem Steuer und sagte kein einziges Wort mehr, bis der Motor der SeaSport warm genug war, um loszufahren.

»Mach die Leinen los«, befahl sie, ohne Jake anzusehen. »Diesmal nicht.«

Stumm stand Honor auf und ging auf das Dock. Sie löste die Leine am Bug, dann die am Heck, trat in das Boot und kam zurück in die Kabine. Jake saß bereits hinter dem Steuer.

»Ich habe das ernst gemeint«, sagte sie spröde, sobald sie die Tür geöffnet hatte. »Ich werde fahren.«

»Dann benutze das Steuer der Achterstation.«

Einen Augenblick später legte sie den Rückwärtsgang ein und gab Gas. Das Boot fuhr langsam rückwärts vom Dock weg, in die flache Bucht. Sie begann, das Boot vom Dock wegzudrehen, genauso, wie sie es immer bei Jake gesehen hatte. Dabei wartete sie, bis der Bug nicht mehr mit dem Ende des Docks in Berührung kam.

Ein Windstoß kam auf und erwischte die *Tomorrow* genau an der Seite. Viel schneller, als Honor es je für möglich gehalten hätte, stieß das Boot mit der Breitseite gegen das Dock.

Jake trat aus der Kabine, in der Hand hielt er einen Stock. Damit stieß er die *Tomorrow* vom Dock ab. »Versuch es noch einmal.«

Das tat Honor. Diesmal stieß der Bug gegen das Dock.

»Rückwärtsgang«, befahl er.

Sie fand ihn nicht gleich. Noch ehe sie den Rückwärtsgang einlegen konnte, hatte der Wind das Heck des Bootes gegen das Dock gedrückt. Jake stieß es wieder davon weg. Sie legte den Rückwärtsgang ein, doch irgendwie war die Stellung des Steuers falsch. Anstatt vom Dock wegzufahren, wurde das Heck erneut gegen das Dock gedrückt.

Honor biß die Zähne zusammen, um nicht die Worte zu benutzen, von denen ihr Daddy immer sagte, nur Männer dürften so reden. Sie versuchte es noch einmal. Jetzt kratzte der Bug am Dock vorbei. Als sie den Gang herausnahm, um die Geschwindigkeit zu verringern, riß sie das Steuer herum, damit der Bug vom Dock wegkam. Doch natürlich half auch das nicht. Ohne Gang war das Steuer nutzlos.

»Besser«, meinte Jake und stieß das Boot noch einmal vom Dock weg. »Es hätte geklappt, wenn der Wind nicht gegen das Heck gedrückt hätte.«

Wieder griff sie nach der Gangschaltung.

»Nein«, unterbrach Jake sie knapp. »Du mußt zuerst die Position des Steuers überprüfen, sonst werden wir das Dock rammen, diesmal aber kräftig.«

Nach ein paar Versuchen schaffte es Honor, die *Tomorrow* vom Dock wegzulenken, trotz des unberechenbaren Windes. Insgeheim mußte sie zugeben, daß sie das eher Jakes Befehlen zu verdanken hatte und nicht ihrem eigenen Können. Sie hätte nicht geglaubt, wie sehr ein bißchen Wind etwas so Großes wie die *Tomorrow* beeinflussen konnte. Der Gedanke, in einem wirklichen Sturm das Boot sicher anzulegen, ließ ihr kalten Schweiß ausbrechen.

»Jetzt gehst du an das vordere Steuer«, befahl Jake. »Und du fährst auf die Landzunge zu.«

Honor blickte in die Richtung, in die er zeigte, dann ging sie in die Kabine. Er blieb am hinteren Steuer stehen, bis er in den Händen fühlte, daß sie die Kontrolle vorn übernommen hatte. Als er dann neben ihr auf den Sitz glitt, bedachte sie ihn nicht mit einem einzigen Wimpernschlag.

»Wohin fahren wir?« fragte sie.

»Zum Hafen, um zu tanken.«

Der Gedanke, mit der *Tomorrow* dort anzulegen, ließ Honor innerlich zusammenzucken. Sie wußte, daß es viel schwieriger war, an einem breiten Dock anzulegen, als davon wegzufahren – und sie hatte nicht einmal das geschafft.

Den ganzen Weg über zum Hafen machte sie sich Sorgen.

»Ich werde das Steuer der Achterstation übernehmen«, sagte

Jake. »Wenn ich dir sage, mir die Kontrolle zu überlassen, dann wirst du das tun.«

Honor nickte und hoffte nur, daß ihr die Erleichterung nicht anzumerken war. Er ging in das Heck des Bootes und rief ihr Anweisungen zu. Sie zögerte nicht, sie zu befolgen, selbst dann noch, als sie davon überzeugt war, es wäre besser, genau das Gegenteil zu tun.

Das Dock kam mit unglaublicher Geschwindigkeit auf sie zu. Sie schaffte es nicht, den Rückwärtsgang einzulegen.

»Laß los!«

Noch ehe Honor ihre Hände hob, erwachten die Hebel unter ihr zu einem Eigenleben. Während sie sich die feuchten Handflächen an ihrem Sweatshirt abwischte, fing Jake die Vorwärtsbewegung des Bootes ab und legte es dann mit einigen knappen, schnellen Manövern am Dock an.

Honor stieß den angehaltenen Atem aus. Die ganze Zeit über, in denen der Benzintank gefüllt wurde, überlegte sie, was sie bei den Vorbereitungen zum Anlegen falsch gemacht hatte. Abgesehen davon, daß sie den Gang nicht gleich gefunden hatte, war sie zu schnell und in einem zu steilen Winkel auf das Dock zugefahren. Jetzt konnte sie das leicht feststellen, doch zuvor schien alles in derselben Minute passiert zu sein. Es war so, als wäre ein Film im Zeitraffer abgelaufen, aber gleichzeitig auch in Zeitlupe.

Als sie das Benzin bezahlt hatte und zum Boot zurückkam, lief das Gebläse, und Jake war in der Kabine. Er stellte das Gebläse ab und startete den Motor.

»Geh nach hinten«, sagte er und zog die Fender an Bord.

Honor biß die Zähne zusammen und ging an das Steuer der Achterstation. Der Wind pustete hier genau wie zuvor in der kleinen Bucht. Er drückte die *Tomorrow* gegen das Dock, als wäre er eine unsichtbare Hand. Sie konnte nicht zurückfahren, außerdem blockierte ein anderes Boot die vordere Ausfahrt.

Jake sagte ihr, wie sie das Steuer drehen sollte, ehe sie den

Rückwärtsgang einlegte. Er stieß das Heck vom Dock ab, griff dann nach dem Bug, drückte ihn weg und sprang über die Bugreling. Es dauerte nur ein paar Sekunden, um zum Dollbord zu gehen und von dort in das Achterschiff zu springen. Die *Tomorrow* war weg vom Dock.

»Okay«, sagte er. »Fahr sie aus dem Hafen. Aber denk daran, kein Kielwasser.«

Sie kamen ohne Zwischenfall aus dem Hafen. Als sie erst einmal in offenerem Wasser waren, begann Honor sich zu entspannen – bis sie die Wolken sah. An einigen Stellen hingen sie wie Gardinen aus dichtem grauen Musselin über dem Wasser. Die Inseln erschienen als niedrige dunkle Linien über dem Wasser, vom Nebel umwogt.

»Der Wetterbericht hat sich nicht verändert«, sagte Jake und stellte das Funkgerät ab. »Leichter Regen und Nebelbänke am frühen Morgen. Wind aus Südost mit zehn bis zwanzig Knoten. Gewitter am Nachmittag möglich. Die Haro-Meerenge könnte allerdings ein Problem werden. An ihrer Mündung bestehen Warnungen für kleinere Boote.«

»Fahren wir dorthin?«

»Es ist der kürzeste Weg zu der letzten Route, die Kyle gespeichert hat. Wenigstens ist es die letzte Route, die ich im Plotter finden kann. Er hat vielleicht noch etwas versteckt. Wenn das so ist, dann habe ich den Code dazu noch nicht rausgekriegt.«

Honor glaubte, daß sie den Code wußte, doch diese Information würde sie keinem Mann verraten, der etwas gegen Kyle hatte.

»Zeig mir die Route«, forderte sie ihn auf.

Jake preßte die Lippen zusammen. »Bis dahin sind es bei gutem Wetter neunzig Minuten. Es wird viel länger dauern, wenn der Wind stärker wird und wir uns im Windschatten der Inseln bewegen müssen.«

Honor blickte auf das Wasser. Es war nicht gerade glatt, doch gab es noch keine Schaumkronen auf den Wellen. »Ich finde, es sieht ganz gut aus.«

»Der Wind ist nicht schlimm«, stimmte er ihr zu. »Doch er wird uns Zeit kosten, es sei denn, du möchtest ein paar Schläge auf dein Rückgrat riskieren.«

»Wieviel Zeit?«

»Das hängt ganz davon ab.«

»Wovon?«

»Wind, Gezeiten und Sichtweite.«

»Wir haben Radar.«

»Möchtest du blind fahren?«

Honor krallte die Finger um das Steuer. »Nicht besonders gern.«

»Ich auch nicht. Und falls du es noch nicht bemerkt haben solltest, einige ziemlich riesige Schiffe teilen sich die schmalen Fahrtrinnen zwischen den Inseln mit uns. Auf einem Boot dieser Größe vertraust du dein Leben nur dann dem Radar an, wenn der Nebel dich in der Nähe des Landes erwischt. Du gibst nicht einfach blind Gas und fährst hinaus in eine solche Suppe, nur zum Spaß.«

»Ich tue nichts von all dem nur zum Spaß.«

Sie beugte sich vor und drückte auf einen Knopf am Kartenplotter. Gestern hatte sie ihm aufmerksam zugesehen, jetzt gelang es ihr gleich beim ersten Versuch, den Bildschirm vom Tiefenmesser auf den Kartenplotter umzustellen. Sie drückte den Knopf für das Menü und ging die gespeicherten Routen durch. Dann drückte sie die letzte Nummer auf der Liste.

Eine Karte erschien auf dem Bildschirm.

»Ist das die Route?« fragte Honor.

Jake murmelte einen leisen Fluch vor sich hin.

»Okay«, nickte sie kühl. »Das ist sie.«

Sie lenkte das Boot so, daß es in Richtung auf den ersten Punkt der gespeicherten Route lag.

»Erinnerst du dich noch daran, bei welcher Drehzahl du in

bezug auf die Geschwindigkeit den geringsten Benzinverbrauch hast?« fragte er.

»Ja.«

»Dann fahr los.«

Nach einigen Versuchen – ein paar haarsträubenden Zickzackbewegungen, die durch schlecht eingestellte Trimmung verursacht wurden – gelang es Honor, die SeaSport auf Kurs zu bringen. Sie wußte, wann sie es geschafft hatte, denn sie nahm die Hände vom Steuer, und das Boot fuhr weiter geradeaus. Schnell begriff sie, daß das Boot viel gleichmäßiger fuhr, wenn sie es in Ruhe ließ, ganz im Gegensatz zu einem Auto.

»Das ist besser«, lobte Jake. »Du übersteuerst das Boot nicht mehr.«

Honor blickte über ihre Schulter zurück auf das Wasser, über das sie gefahren waren. Selbst durch den Nebel konnte sie feststellen, daß das Kielwasser nicht so gerade war wie bei Jake, wenn er das Boot befehligte. Doch zu schlecht war es auch nicht. Sie lernte mit der Zeit, auf einer Straße zu fahren, auf der es keine Markierungen gab und die nicht stillstand.

Der Computer piepste, und Honor zuckte zusammen.

»Er hat dir nur gesagt, daß wir gerade die erste Wegmarkierung auf unserer Route überfahren haben«, erklärte Jake. »Du mußt den Radarschirm beobachten. Bei der nächsten Umdrehung wird er dir zeigen, wohin du dich als nächstes wenden mußt. Das gleiche zeigt dir auch der andere Bildschirm, aber der ist nicht so einfach zu lesen.«

Honor blieb stumm, sie wartete und beobachtete den Bildschirm. Ein paar Sekunden später drehte sie das Steuer und paßte den Kurs an. Sofort wurde das Boot schwieriger zu kontrollieren. Es schien ihm nicht zu gefallen, aus diesem Winkel gegen die Wellen anzufahren. Auch wenn die Drehzahl sich nicht verändert hatte, so fiel die Geschwindigkeit.

»Bring den Bug zwei Strich tiefer auf der linken Trimmung und einen Strich auf der rechten«, riet ihr Jake.

Die Fahrt wurde glatter. Nachdem die Trimmung angepaßt worden war, erhielten sie auch ein wenig der verlorenen Geschwindigkeit zurück, doch so rasant wie zuvor waren sie nicht mehr.

Jake sah zum Heck. Die üblichen Boote folgten der SeaSport. Er beneidete Conroy in dem offenen Zodiac nicht. Heute war die Küstenwache sicher dankbar für ihre grellorangefarbenen Trockenanzüge. Er blickte zum Himmel und dachte an ihr Ziel.

Seine Gedanken waren nicht gerade freundlich, das erkannte man auch an der Art, wie er sein Kinn vorschob. Kyles letzter Fischgrund lag beinahe auf der unsichtbaren Grenze zwischen den kanadischen Goldinseln und den San-Juan-Inseln der Vereinigten Staaten. Im Augenblick fuhr die SeaSport parallel zur Wetterfront, doch es würde nicht mehr lange dauern, bis diese Front sie einholte.

Er stellte das Funkgerät an. Auch wenn die volle Stunde schon vorüber war, so hatte sich der Wetterbericht nicht verändert. Es gab noch keine Warnungen für kleinere Boote, doch entlang der Meerenge wurde zu äußerster Vorsicht geraten.

Die Meerenge trug dazu bei, daß Jake sich nicht besonders gut fühlte. Eine Wettervoraussage war eine Kunst, keine Wissenschaft, besonders nicht im Gebiet der San-Juan-Inseln. Diese Inseln waren bekannt für plötzliche Windböen und unerwartete Gewitterfronten.

Schweigen legte sich über die Kabine wie giftiges Gas. Jake fragte sich, wie lange es wohl noch dauern würde, bis Honor ihm wieder in die Augen sehen würde oder ihn wenigstens nicht länger so behandelte wie etwas, in das sie angewidert getreten war. Die Art, wie sie ihren Rücken versteifte, ließ keine Hoffnung auf eine Besserung in ihm erblühen.

Eine halbe Stunde verging. Jake war nie ein besonders redseliger Mensch gewesen, doch diese geladene Stille machte ihm zu schaffen. Honor schien diese Stille gar nicht zu bemerken – und ihn auch nicht. Sie hatte ihn die ganze Zeit, in der sie jetzt auf dem Boot waren, nicht ein einziges Mal angesehen. So, wie sie sich benahm, hätte er auch unsichtbar sein können.

Mehr als einmal ertappte er sich dabei, daß er in einem der Fenster des Bootes prüfte, ob er noch ein Spiegelbild besaß. Er öffnete den Mund, um ihr zu sagen, was er von mürrischen Frauen hielt. Doch dann erinnerte er sich wieder daran, wie sie an diesem Morgen ausgesehen hatte, als er sie mit der Hand auf ihrem Bein im Bett festgehalten hatte.

Die direkte Konfrontation war nicht gerade förderlich für ein entspanntes Beisammensein.

Das Funkgerät knackte und erwachte zum Leben. Das Wetteramt hatte seinen Bericht geändert. Wind mit einer Stärke zwischen dreißig bis fünfzig Knoten wurde noch vor dem Mittag in der Haro-Meerenge erwartet. Zwanzig bis dreißig Knoten würde der Wind im Windschatten der Inseln noch betragen.

»Dreh um«, sagte Jake.

Honor wollte ihn ansehen, doch im letzten Moment wandte sie den Kopf wieder und starrte vor sich hin. »Es ist doch erst halb zehn. Wir haben noch Zeit genug.«

»Nein. Dreh um.«

»Aber …«

»Geh weg vom Steuer.«

Mit einem leisen Fluch drehte Honor die SeaSport herum. Wenn es zu einem Kräftemessen kam, würde sie verlieren. Auf jeden Fall.

Jake stellte den Kartenplotter so ein, daß er ihnen die Wegmarkierungen zurück zum Dock zeigte.

Schweigen legte sich wieder über sie, so schwer wie Blei.

Honor sah von dem aufgewühlten Wasser vor ihnen zum Radarschirm. Sie war vom Kurs abgekommen. Vorsichtig korrigierte sie den Kurs, dann wartete sie ein paar Sekunden, um festzustellen, ob sie noch einmal korrigieren mußte. Sie hatte gelernt, daß Boote und Autos sich nicht gleich verhielten. Meistens war die Steuerung bei den Booten nicht so direkt. Manchmal allerdings war sie wesentlich direkter.

Der gerade Strich auf dem Radarschirm vereinigte sich mit der gepunkteten Linie des Kurses, dem sie folgen mußte. Sie orientierte sich an den Inseln vor ihnen, achtete auf schwimmende Baumstämme, beobachtete die Fahrtrichtung und die Geschwindigkeit der sich ihr nähernden Boote und warf dann noch einen Blick auf die Meßinstrumente, um zu sehen, ob nichts Unerwartetes passierte.

Nachdem er ihr fünfzehn Minuten lang zugesehen hatte, schmerzten Jakes Kiefer, weil er so sehr die Zähne zusammengebissen hatte, um nicht das auszusprechen, was er über die dickköpfigen Donovans dachte. Er entspannte sich ein wenig und entschied sich, etwas feinfühliger vorzugehen. Irgendwo zwischen all diesem eisigen, weiblichen Zorn steckte eine intelligente, vernünftige Frau. Mehr noch, sie liebte ihn.

Er hatte es von ihren eigenen süßen Lippen gehört.

»Ich habe Kyle vor ungefähr zwei Monaten kennengelernt«, begann Jake. »Als Archer ihn in die baltischen Staaten schickte, als Verbindung zwischen meiner eigenen Gesellschaft, Emerging Resources, und Donovan International. Normalerweise arbeite ich von Seattle aus. Der einzige Grund, daß ich damals nach Kaliningrad fuhr, war der, daß mein Vertreter dort einen entzündeten Blinddarm hatte.«

Er wartete auf ein Zeichen, daß Honor ihm zuhörte. Wenn sie das tat, so schnappte sie allerdings seinen Köder nicht. Er gab ein unwilliges Geräusch von sich, hielt seine Beherrschung unter Kontrolle und knirschte mit einer Stimme, die übertrieben sachlich klang: »Wie können wir beide irgend etwas regeln, wenn du absolut nicht mit mir reden willst?«

»Was gibt es da zu regeln? Ich will, daß du mir beibringst, das Boot zu fahren, und du brauchst mich, um Kyle zu finden.«

»Und was ist mit der letzten Nacht?«

»War sie gut für dich?« fragte sie ohne jegliches Interesse.

»Es war die beste Nacht, die ich je erlebt habe.«

»Das ist nett. Warum zeigt das Meßinstrument für die Fahrtrichtung nicht genau in die Mitte?«

»Das muß es nicht. Honor, ich werde nicht zulassen, daß du die letzte Nacht so einfach abtust.«

»Sollte ich mir vielleicht Sorgen machen wegen dieser Wolken? Der Himmel ist wirklich verteufelt schwarz, in der Richtung, in der unser Kurs liegt.«

Jake ignorierte die Wolken, die tief über den San-Juan-Inseln hingen. »Sprich mit mir.«

»Das tue ich ja, aber du hörst mir nicht zu. Diese Wolken wabern bis aufs Wasser.«

»Wir sind wie ein Froschhintern. Wasserdicht. Wie lange wirst du mich dafür zahlen lassen, daß ich mir nicht meinen eigenen Hals durchschneide, nur weil ich dir nicht gleich bei unserer ersten Begegnung alles über mich erzählt habe?«

»Ein wasserdichter Froschhintern. Also, das ist ein wundervoller Gedanke.«

»Du bist eine Donovan, und die Donovans haben dafür gesorgt, daß man mich aus der russischen Föderation hinausgeworfen hat.«

Honor hielt das Steuer fest und bemühte sich um Beherrschung. Sie hatte immer geglaubt, daß Kyle jeden Menschen zu allem überreden konnte. Doch jetzt stand Jake neben ihr, mit seiner ernsten Stimme, mit seinem messerscharfen Verstand und einem Körper, der ihr Dinge über sie selbst gezeigt und ihr ein so überwältigendes Glücksgefühl geschenkt hatte, das sie in ihrem ganzen Leben nie wieder vergessen würde.

Was aber noch viel schlimmer war: Sie konnte an nichts anderes mehr denken. Es war nicht nur der Sex gewesen, es ging um das ganze Tohuwabohu. Sie war ihm gegenüber nicht ehrlich gewesen, und er war nicht ehrlich mit ihr gewesen. Aber sie hatte, verdammt noch mal, nicht mit ihm geschlafen, weil sie darin ein Mittel sah, ihren Bruder zu finden.

Jake konnte das nicht von sich behaupten.

Warum sonst war er wohl so sehr darauf bedacht gewesen, ihr dieses heiße Glücksgefühl zu schenken? Sie hatte ihm unmißverständlich gezeigt, daß sie sich von ihm angezogen fühlte; und er hatte alles getan, damit sie auf jeden Fall froh darüber sein würde, ihn in ihrer Nähe zu haben.

Sie war ein Dummkopf. Wenigstens hatte sie sich wie ein Dummkopf benommen, seit dem Augenblick, als Jake in ihr Leben getreten war, in ein Leben, das durch das Verschwinden ihres Bruders vollkommen aus seiner Bahn geworfen worden war.

Das Schweigen dehnte sich aus, bis es zu leben und sie beide zu erdrücken schien.

Jake beobachtete Honor, um zu sehen, ob sie in irgendeiner Weise auf seine Worte reagierte. Doch er sah nur ihre wachsende Anspannung und eine Verachtung, die sie nicht hinter ihrem sorgfältig ausdruckslosen Gesicht verbergen konnte.

»Ist es wirklich so unmöglich«, brachte er zwischen zusammengebissenen Zähnen hervor, »daß Kyle vielleicht, nur vielleicht, sich Hals über Kopf mit Marju eingelassen und etwas wirklich Schwachsinniges getan hat?«

»Du kennst sie besser als ich.«

»Sie ist so sexy wie keine Frau seit Eva.«

»Kyle ist wohl kaum ein grüner Junge. Er hatte es bereits mit zahlreichen Expertinnen zu tun.«

»Marju ist anders.«

»Es wird vielleicht neu für dich sein, aber wir sind alle anders.«

»Du weißt, was ich meine.«

»Nein, das weiß ich nicht«, antwortete sie und blinzelte in den immer dichter fallenden Regen. »Ich weiß nur, daß es nicht gerade von großer Intelligenz zeugt, von mir zu verlangen, daß ich mich entscheiden soll zwischen meinem Bruder, der mich noch nie im Leben betrogen hat, und einem Mann, der mich gerade erst hintergangen hat.«

»Ich habe dich nicht hintergangen!«

Der Regen rauschte hernieder und hüllte die *Tomorrow* in seine grauen Schwaden.

»Du hast mich nicht hintergangen«, stimmte sie ihm mit ausdrucksloser Stimme zu. »Richtig. Wo sind hier bei diesem Ding die Scheibenwischer?«

»Hier.« Jake streckte die Hand aus und stellte alle drei Scheibenwischer gleichzeitig an. Dann stieß er den Atem aus und versuchte noch einmal, mit ihr zu diskutieren. Er war nicht sehr erfolgreich. Seine Stimme klang viel ärgerlicher, als ihm lieb war. »Ich habe dich nicht betrogen, und das weißt du verdammt gut.«

»Das habe ich doch gesagt.«

»*Mist.*«

»Schon wieder sind wir uns einig. Siehst du, wie einfach das ist?«

Jake holte ein paarmal tief Luft und versuchte, ruhig zu bleiben. Honors neue Angewohnheit, ihm zuzustimmen, ohne ein Wort davon auch wirklich so zu meinen, war eine schwere Prüfung für seine Selbstbeherrschung. Es war unmöglich, mit jemandem zu streiten, der so penetrant einverstanden mit allem war.

Der Computer piepste und zeigte an, daß sie eine weitere der Wegmarken erreicht hatten. Honor musterte den Radarschirm, bis er einmal die volle Umdrehung gemacht hatte, dann paßte sie den Kurs an. Sie korrigierte das Steuer und beobachtete, wohin der neue Kurs sie führte.

Eine der riesigen Fähren des Staates Washington kam aus der Regenwand heraus auf sie zugefahren. Zusätzlich zu der *Tomorrow* und ihren drei Schatten gab es noch drei kleinere Boote, auf die sie achten mußte. Außerdem war da noch ein riesiger Tanker mit den dazugehörigen Schleppkähnen und ein Shrimpfischer, der im Zickzack über das Wasser fuhr und dabei seine eigenartig aussehenden Netze mit sich zog.

»Ein Boot, das die Netze ausgeworfen hat, hat Vorfahrt«, informierte Jake.

»Was hat der mitten im Schiffahrtskanal zu suchen?« murmelte Honor und paßte den Kurs an.

»Er fischt. Und außerdem ist er nicht in der Mitte. Er ist an der Stelle, an der alle drei Linien des Y zusammenlaufen, dort, wo sich zwei Schiffahrtskanäle treffen.«

»Und was ist mit dem Frachter und der Fähre?«

»Sie werden aneinander vorbeifahren. Wenn der Shrimpfischer nicht gerade verrückt ist, wird er auf seine Vorfahrt verzichten. Genau wie wir das tun werden. Wir sind in der Gefahrenlinie der Fähre, aber wir werden sie vorbeilassen und nicht umgekehrt. Von Menschen erdachte Regeln sind eine Sache. Die natürlichen Gesetze der Masse und der Bewegung sind eine ganz andere. Es gibt etwas, das man ›völliges Recht‹ nennt.«

Der kalte Regen ließ die Fenster beschlagen. Jake griff an Honor vorbei und stellte das Heizgebläse höher. Sie zuckte zusammen und trat zurück, als sein Arm sie berührte. Er ignorierte es, stellte den Radar so ein, daß er in alle Richtungen einen weiteren Umkreis anzeigte, und betrachtete dann den veränderten Bildschirm. Keine neuen Boote zeigten sich auf dem Kurs der *Tomorrow*.

»Also gut«, begann er. »Stell dir eine altmodische Uhr vor. Wir sind haarscharf in der Mitte. Genau vor uns ist zwölf Uhr, genau hinter uns sechs Uhr …«

»Drei Uhr ist neunzig Grad rechts von uns«, unterbrach sie ihn ungeduldig. »Neun Uhr ist neunzig Grad links. Und was jetzt?«

»Du fährst jetzt direkt in die Richtung zwischen ein Uhr und zwei Uhr«, erklärte Jake.

Honor blickte unsicher auf die immer schmaler werdende Lücke zwischen dem Frachter und der Fähre. Genau dorthin würde Jakes Anweisung die SeaSport dirigieren.

»Tu es«, befahl er mit ausdrucksloser Stimme. »Je länger du zögerst, desto schlimmer wird es sein.«

Während sie den Kurs änderte, stellte er den Radarbildschirm wieder um. Der Regen ließ leicht nach, doch die Wolken hingen noch immer dicht über dem Wasser, und sie schienen noch tiefer zu sinken. Selbst wenn das nicht so schlimm war wie Nebel, so war ihre Sichtweite doch eingeschränkt.

»Jake, ich kann nicht sehen, wo …«

»Sieh auf den Radarschirm«, unterbrach er sie und deutete darauf. »Das ist die Fähre. Das ist der Frachter. Das ist der Shrimpfischer. Das ist der Kreuzer von der Grand Banks. Das ist der Idiot in dem Skiff. Du fährst hierher. Erhöhe die Geschwindigkeit.«

»Und was ist mit den Booten hinter uns? Eines davon fährt in Richtung auf das Ufer.«

»Das ist Conroy. Sein Zodiac hat einen geringeren Tiefgang. Wir haben Niedrigwasser, doch ihm wird es gelingen, sich in der Nähe des Ufers aus dem Verkehr herauszuhalten. Die anderen können entweder zurückfallen oder ihr Glück versuchen.«

»Und was ist mit uns?«

»Bei Flut könnten wir genau das tun, was Conroy jetzt tut. Aber dort in der Nähe des Ufers gibt es Felsen, die bei Niedrigwasser nur zwei Fuß unter der Wasseroberfläche liegen. Wir brauchen mehr Wasser unter dem Kiel als nur zwei Fuß. Conroy wird noch innerhalb der Markierungen des Schiffahrtskanals am Ufer vorbeifahren. Wir halten uns gerade außerhalb davon. Paß auf Baumstämme auf. Hier treffen sich zwei Strömungen, und das bedeutet, daß sich dort viel Abfall ansammelt. Erinnerst du dich daran, was ich dir über die Baumstämme gesagt habe, wenn du ihnen nicht ausweichen kannst?«

»Genau darauf zusteuern, nicht davon weg. Jake, dieser Frachter …«

»Ich sehe ihn«, knurrte er.

Was er sah, war die Tatsache, daß der Frachter nicht den erwarteten Kurs einhielt. Er blieb in der Gefahrenzone der *Tomorrow*, und das bedeutete, daß es einen Zusammenstoß geben würde, wenn nicht einer von beiden den Kurs änderte.

Hastig warf Jake einen Blick auf den Radarschirm. Wie ein eisiger Schauer rann der Instinkt durch seinen Körper. Normalerweise hätte er jetzt den Gashebel zurückgezogen und darauf gewartet, daß sich der Verkehr auflöste. Das war das vernünftigste für ein kleineres Boot, wenn man mit Elefanten spielte, die einem den Weg versperrten.

Doch wenn die *Tomorrow* jetzt ihre Geschwindigkeit verringern würde, würden sie von der näher kommenden Fähre unter Wasser gesetzt. Der Kapitän der Fähre würde eine Ermahung dafür erhalten und vorzeitig in den Ruhestand versetzt werden, weil er die natürlichen Gesetze nicht eingehalten und der Sea-Sport in der Gefahrenzone der Fähre keine Vorfahrt gewährt hatte. Jake und Honor würden dagegen ein nasses Grab finden.

»Ich übernehme«, sagte er.

Wenn Honor etwas dagegen einzuwenden hatte, so bekam sie gar nicht erst die Möglichkeit, das auszusprechen. Er zerrte sie auf den Sitz daneben, noch ehe sie den Mund öffnen konnte.

»Halt dich fest«, riet er und griff nach dem Gashebel.

Die zweiten Vergasertriebwerke erwachten mit einem dumpfen Dröhnen zum Leben. Jakes Finger flogen über die Meßinstrumente, als er einen neuen Kurs eingab, die Trimmung anpaßte, den Entfroster höher stellte und sich auf eine kurze, holprige Fahrt vorbereitete.

Die *Tomorrow* flog über das Wasser. Es gab Momente, da wirkte sie eher wie ein hüpfender Stein und nicht wie ein Boot, doch es klappte. Der Frachter begann sich aus der Mitte ihrer Gefahrenzone zu bewegen.

Trotzdem würde es ziemlich eng werden. Sehr eng sogar.

Der Frachter ließ dreimal sein Horn dröhnen.

»Starrköpfiger Bastard«, murmelte Jake. »Er hat einen viel

besseren Radarüberblick als wir. Er könnte den Kurs ändern, ohne sich selbst in Gefahr zu bringen, es würde ihm nicht einmal Umstände bereiten.«

Offensichtlich hatte der Frachter allerdings nicht die Absicht, das zu tun.

Honor hielt sich mit einer Hand am Armaturenbrett, mit der anderen an der Armlehne ihres Sitzes fest. Selbst dann noch wurde sie durch die Kraft, mit der das Boot über das aufgewühlte Wasser knallte, aus dem Sitz gehoben und krachte dann wieder darauf, daß ihr Rückgrat knirschte. In dem angespannten Schweigen sah sie, wie der Frachter auf dem Radarschirm immer näher kam.

Sie konnte an der Stellung des Gashebels erkennen, daß die *Tomorrow* noch schneller fahren konnte, doch Jake nutzte das nicht aus. Noch ehe sie ihn nach dem Grund dafür fragen konnte, drehte er das Steuer und lenkte das Boot hart nach links. Etwas schlug gegen den Rumpf. Aus den Augenwinkeln entdeckte sie einen dunklen Umriß, der sich in einer Schaumkrone vom Boot entfernte. Ein Baumstamm.

Jake drehte das Steuer in die alte Position zurück und warf einen schnellen Blick auf den Radarschirm. Wo eigentlich ein Umriß hätte sein sollen, sah er plötzlich zwei. Der zweite Umriß war wesentlich kleiner, doch noch immer sehr viel größer als die *Tomorrow*.

Und er kam genau auf sie zu.

»Halt dich fest«, befahl er mit grimmig verzogenem Gesicht.

»Das tue ich!«

Er schob den Gashebel nach vorn. Der Bug der SeaSport schäumte die Wellen auf, und weiße Gischt flog an ihnen vorüber.

Das Funkgerät knackte. Die meisten der Worte konnte man nicht verstehen, weil der Lärm des Bootes zu laut war.

»... Conroy. Verstehst du mich, Jake? Im Radarschatten des Frachters ist noch ein Schiff. Ändere den Kurs auf ...«

Der Krach der *Tomorrow*, die auf eine große Welle aufschlug, überdeckte das, was Conroy sagte.

Obwohl Jake für die Warnung dankbar war, so hatte er doch keine Hand übrig für das Funkgerät. Er brauchte all seine Erfahrung, die *Tomorrow* vor dem Kentern zu bewahren. Selbst das seetüchtigste Boot hatte seine Grenzen, ganz besonders bei dieser Geschwindigkeit. Er wußte, daß er die SeaSport in die Enge trieb.

Weiße Gischt bedeckte die Windschutzscheibe. Die Scheibenwischer schafften es für einen Moment nicht mehr, das Salzwasser beiseite zu schieben. Doch Jake achtete gar nicht darauf. Er fuhr das Boot mit dem Radar, mit seinem Können und so, wie es unter den gegebenen Umständen notwendig war.

Honor machte sich gar nicht erst die Mühe, ihn auf den näher kommenden Punkt auf dem Radarschirm aufmerksam zu machen. Offensichtlich hatte Jake ihn ebenfalls gesehen. Es gab keinen anderen Grund, warum er die SeaSport so schnell fuhr, daß sie sich fast vollständig aus dem aufgewühlten Wasser erhob. Mit unnatürlicher Ruhe beobachtete sie den Radarschirm. Die Lücke, auf die sie zufuhren, schloß sich ruckweise, wann immer der Radar eine Umdrehung vollendet hatte.

Der Frachter ließ noch einmal sein Horn ertönen. Sie sah aus dem Fenster und entdeckte neben sich einen riesigen Schiffskörper. Ihr schnürte es die Kehle zu. Sie hätte nicht schreien können, selbst wenn sie es gewollt hätte.

Die Tomorrow flog über das Wasser, am Bug des Frachters vorüber, den sie nur um einen Sekundenbruchteil verpaßte.

Sobald sie den Frachter hinter sich gelassen hatten, sahen sie sich bereits der nächsten Gefahr gegenüber. Jake hatte nur den Bruchteil einer Sekunde Zeit, um die Umrisse eines großen Alaska-Fischerbootes zu erkennen, da riß er auch bereits den Bug herum. Die SeaSport rutschte, bäumte sich hoch und schlug dann wieder auf das Wasser auf.

Sie schossen an dem zweiten Boot vorbei. Sie waren ihm so

nahe, daß Honor die Roststreifen auf der Ankerkette erkennen konnte.

Das Kielwasser des Fischerbootes traf sie wie eine Faust, doch Jake war darauf vorbereitet. Er hatte bereits die Geschwindigkeit zurückgekommen und das Boot in den richtigen Winkel dazu gebracht, um die Wucht des Schlages abzufangen. Trotzdem wurde das Boot emporgehoben und zur Seite geworfen, es krachte auf die Wasseroberfläche auf, als sei sie aus Beton und nicht aus Salzwasser.

Honor starrte auf den Radarschirm, wie ein Vogel auf eine Schlange, und wartete auf die nächste schlechte Nachricht.

Der Schirm war leer, bis auf ein kleines Boot, das auf sie zugerast kam, aus dem Schatten der Insel vor ihnen. Im selben Moment, als sie den Zodiac der Küstenwache erkannte, mußte dieser auch sie gesehen haben. Das Funkgerät erwachte zum Leben.

Jake stellte die Kanäle um und nahm das Mikrofon in die Hand, um Conroys Fragen zu beantworten.

»Hier ist die *Tomorrow*. Wir sind unbeschadet.«

»Hübsche Fahrt war das«, quäkte Conroy. »Vasis Fischerboot konnte dich nicht sehen.«

»Hat der Frachter ihn denn nicht gewarnt?«

»So, wie ich es verstanden habe, während du ihnen entkommen bist, war der Radarschirm des Frachters ›fleckig‹, und niemand an Bord des Fischerbootes sprach genug Englisch, um etwas verstehen zu können. Oder war es Russisch, was sie nicht sprachen, und der Radar des Fischerbootes war fleckig?«

Conroys sarkastischer Ton sagte deutlich, daß er nicht beeindruckt war von der Erklärung, die er gehört hatte.

»Es ist ja nichts passiert«, wehrte Jake ab.

»Es war aber zu nahe dran.«

»Da widerspreche ich dir nicht.«

»Vielleicht solltest du für eine Weile vom Wasser bleiben.«

»Offiziell?«

»Seit wann ist gesunder Menschenverstand offiziell?« gab Conroy bissig zurück.

Jake lachte und beendete das Gespräch. Doch noch ehe er das Mikrofon zurücklegen konnte, kam noch ein Anruf auf derselben Frequenz. Er lauschte, stellte das Gerät auf einen anderen Kanal ein und warf Honor einen prüfenden Blick zu, ehe er erneut zum Mikrofon griff.

»Ist mit dir alles in Ordnung?« fragte er.

Sie nickte nur.

»Ganz bestimmt?«

»Bis auf ein paar blaue Flecken auf meinem Allerwertesten. Aber das macht nichts.«

Er lächelte, Erleichterung und noch etwas anderes lag in diesem Lächeln, etwas wesentlich Heißeres.

»Alles, was mit deinem Allerwertesten passiert, macht etwas, soweit es mich betrifft«, antwortete er. »Denn er paßt, als wäre er für mich geschaffen.«

»Hör auf, davon zu reden ...«

Ein Rauschen aus dem Funkgerät unterbrach sie. »Jake, hier ist Petyr. Allerhöchste Entschuldigung, mein Freund. Du mich hören? Ah, Entschuldigung, bitte. Aufregung zu viel. Hörst du mich?«

Jake blickte auf das Mikrofon, als hätte es ihn gerade gebissen. Von all den schlechten Neuigkeiten, die er gehört hatte, seit Kyle verschwunden war, war Petyr Resnikov die allerschlimmste.

»Ich höre dich«, sagte Jake in das Mikrofon. »Auf welchem Schiff bist du?«

»Auf dem Frachter. Der Kapitän ist sehr böse, aber du weißt ja, wie beschränkt die seefahrenden Bauern sind. Er besteht darauf, daß es dein Fehler war, obwohl sein Radar, wie sagt man, unzulänglich ist?«

»Das habe ich auch gehört. Was tust du in dieser Hälfte der Welt?« frage Jake direkt.

Lachen kam aus dem Lautsprecher. »Ah, Jacob. Du hast dich nicht verändert.«

»Du denn?«

»Fröhlich wie immer. Wenn du an Bord kommst, gleich nachdem wir angelegt haben, dann können wir beide einander mit dem besten russischen Wodka zuprosten.«

Jake hatte nicht die Absicht, in die Nähe von Petyr Resnikov zu kommen, ehe er nicht wußte, wer den Russen bezahlte.

»Diesmal nicht«, wehrte Jake ab. »Ich habe heute nachmittag schon etwas anderes vor.«

»Aber natürlich. Bring doch die wunderschöne, künstlerisch begabte Miss Donovan mit. Wenn sie genauso charmant ist wie ihr Bruder Kyle, wird sie uns eine strahlende Gesellschafterin sein.«

Jake warf einen Blick zu Honor. In dieser Sekunde sah sie allerdings eher verwirrt aus als charmant.

»Ein anderes Mal«, spuckte er ins Funkgerät.

Zum Beispiel nie. Er hatte nicht die Absicht, Honor auch nur in die Nähe des eleganten, hochgefährlichen Russen zu lassen.

»Ah, Jacob, du machst mich traurig«, antwortete Resnikov ruhig. »Soll ich darauf bestehen? Aus – wie sagt man doch gleich? – Gründen der alten Zeiten?«

Sein freundlicher Ton konnte Jake nicht täuschen. Man hatte ihm gerade eine Einladung unterbreitet, die er besser nicht ablehnen sollte.

»Wir treffen uns in zwei Stunden im Chowder Keg«, versprach Jake notgedrungen.

15

Stumm stellte Jake den Motor seines Trucks aus. Er musterte Honor von der Seite. Sie hatte sich umgezogen und trug jetzt schwarze Jeans, einen bronzefarbenen Rollkragenpullover und eine schwarze Leinenjacke. Um ihren Hals lag eine handgearbeitete goldene Kette. Der Anhänger daran war ein stilisierter Bergkristall in dem uralten Yin- und Yang-Zeichen. Ohne zu fragen wußte er, wer ihn entworfen hatte.

Er betrachtete die von Wind und Wetter gebleichte fensterlose Eingangstür des Chowder Keg und wünschte, er hätte ein eleganteres Restaurant vorgeschlagen. Es war schon Jahre her, seit er unverdrossen den Qualm und den ranzigen Geruch des Fettes ertragen hatte, um hier die beste Muschelsuppe des ganzen nordwestlichen Pazifiks zu essen. Er hatte ganz vergessen, wie unansehnlich dieses Lokal aussah. Und was für einen schlechten Ruf es hatte.

Honor hob die Hand, um an der Beifahrerseite die Tür zu öffnen. Jake streckte schnell den Arm aus und hielt die Tür zu. Sie riß ihre Hand zurück, als hätte sie sich verbrannt.

»Hör mal«, begann er. »Dies ist kein Ort für dich. Hier sind viel zu viele Kerle von den Fischerbooten.«

»Du kennst mich nicht gut genug, um zu wissen, was für ein Ort für mich der richtige ist.«

Seine Hand schloß sich über ihrer. Er bedachte sie mit einem Blick, der ihr sagte, daß er keine einzige Sekunde der letzten Nacht vergessen hatte.

»Süße, ich kenne dich von deiner Stirn bis zu deinen Fußsohlen, und ich kenne auch all die süßen Stellen dazwischen. Das Chowder Keg ist hart, schmutzig, verlottert und rauh. Du bist das nicht.«

Honor wußte, daß sie errötete. Sie hoffte nur, er würde als Grund dafür Zorn annehmen.

»Du verschwendest deine Zeit«, widersprach sie und weigerte sich, ihn anzusehen. »Ich werde mit dir dort reingehen.«

»Warum?«

»Rate mal«, brachte sie zwischen zusammengebissenen Zähnen hervor.

»Du traust mir nicht.«

»Was bist du doch für ein kluger Junge. Aber das wußten wir ja bereits, nicht wahr?«

Vorübergehend hörte man kein anderes Geräusch als Jakes heftig gehenden Atem, den er unter Kontrolle zu bringen versuchte.

»Du forderst mich so sehr heraus, daß ich irgendwann meine Beherrschung verliere, nicht wahr?« fragte er. »Und dann wirst du mir erzählen, was für ein böser, anmaßender, unzuverlässiger Schuft ich bin.«

»Warum sollte ich dir etwas sagen, was du bereits weißt?«

»Möchtest du deinen Bruder finden oder möchtest du mich lieber weiterhin quälen?«

Honor sah stirnrunzelnd auf den kräftigen Arm, der vor ihrem Körper schwebte. Jake berührte sie nicht, doch wenn sie tief Luft holte, würde sie ihn berühren.

»Mach dir nicht die Mühe, mich einzuschüchtern«, sagte sie. »Du brauchst mich viel zu dringend, um mich körperlich zu bedrohen.«

»Du brauchst mich genausosehr. Vergiß das nicht, und halte deine Zunge im Zaum.«

Einen Moment lang existierte für Honor nichts anderes mehr als das Blut, das heiß durch ihren Körper wallte und in ihren Ohren rauschte.

»Hör nur, wer hier davon spricht, den anderen zu bedrängen«, sagte sie, als ihre Stimme ihr wieder gehorchte. »Wenn du versuchen solltest, mir meine Beherrschung zu rauben, damit ich wütend davonlaufe, dann kannst du das vergessen. Kyle bedeutet mir nämlich viel zuviel.«

»Du liebst ihn.«
»Natürlich tue ich das.«
»Und was ist mit mir?«
»Was soll mit dir sein?« schnappte sie.
»Du entliebst dich aber sehr schnell wieder«, sagte er mit sanfter, eiskalter Stimme.
Honor zuckte zusammen. Sie hatte gehofft, daß Jake ihre einfältige geflüsterte Liebeserklärung gar nicht gehört hatte.
»Wie gewonnen, so zerronnen«, sagte sie und zuckte mit den Schultern. »Nimm den Arm weg.«
»Sieh mich an.«
Sie wandte den Kopf keinen Zentimeter.
»Hör auf, dich wie ein verzogenes Kind zu benehmen«, sagte er. »Petyr Resnikov ist ein gerissener, gutaussehender Frauenheld, der angeblich nicht länger für den KGB arbeitet. Ich glaube ihm nicht. Und du solltest es auch nicht. Wenn wir Glück haben, können wir Pete dazu benutzen, den Bernstein zu finden. Wenn wir kein Glück haben, wird er uns benutzen. Und wenn du nicht aufhörst, dich aufzuführen, als würde ich schlecht riechen, dann kann ich dir garantieren, daß wir diejenigen sind, die benutzt werden.«
»Was verlangst du von mir?« fragte sie angespannt.
Jake blickte auf ihren stocksteifen Körper und war in Versuchung, ihr einen Schock zu versetzen, indem er ihr ganz genau verriet, was er wollte, wann er es wollte und wie. Aber das würde ihm in seiner Situation leider nicht weiterhelfen.
»Du sollst schauspielern«, sagte er.
»Wie meinst du das?«
»Ich möchte, daß du dich so benimmst, als sei ich ein Dauerlutscher und du könntest es nicht erwarten, daran zu lecken. Ich werde mit dir das gleiche tun.«
»Eine so gute Schauspielerin bin ich nicht.«
»Das warst du aber, ehe Archer zum zweiten Mal angerufen hat.«

Sie wollte erwidern, daß sie davor nicht geschauspielert hatte. Doch gerade noch rechtzeitig erkannte sie, daß es eine Falle war, und verschluckte ihre Worte. »Ich werde tun, was ich kann.«

»Du könntest damit anfangen, indem du mich ansiehst.«

Honor ballte die Hände zu Fäusten. Dann aber entspannte sie ihre Finger und wandte sich ihm zu. Aber sie blickte nicht in seine Augen. Sie wollte nicht die Verachtung in seinen Augen lesen, die er für eine torfköpfige, blöde Eroberung übrig hatte.

»Sonst noch etwas?« fragte sie gepreßt.

»Pete wird wissen wollen, in welcher Beziehung wir zueinander stehen.«

»Ich habe dich eingestellt, um das Boot meines Bruders zu fahren.«

»Und?«

»Und das tust du.«

»Und warum schlafen wir dann zusammen?«

»Das tun wir nicht.«

»Falsche Antwort. Wenn du glaubst, daß ich schlaflos in dem Boot liege und mich frage, wann ein weiteres Mitglied der Mafia die Hütte durchsucht, dann bist du verrückt.«

»Nein. Ich schlafe nicht mit dir.«

»Ob du schläfst oder nicht, das ist dein Problem. Meines ist es, dafür zu sorgen, daß ich der einzige Mann in deinem Bett bin.«

»Nein.«

»Also gut. Dann machen wir es so, wie du es willst.«

Im ersten Moment glaubte Honor, nicht richtig gehört zu haben. Doch noch ehe sie Jake bitten konnte, seine Worte zu wiederholen, sprach er schon weiter.

»Ich werde dir ein Ticket nach Tahiti besorgen und ein paar starke Männer, die sich um dein Gepäck kümmern.«

»Ich werde nirgendwo hinfahren.«

»Wieder falsch. Du hast zwei Möglichkeiten – entweder akzeptierst du mich als deinen Zimmergenossen, während wir nach Kyle suchen, oder du akzeptierst Tahiti und die Leibwächter. Du kannst es dir aussuchen, Miss Donovan.«

»Du kannst mich nicht dazu zwingen …«

»Ich kann, verdammt noch mal, dafür sorgen, daß du aus dem Spiel verschwindest«, unterbrach er sie grob. »Wenn du mir nicht glaubst, dann bedräng mich nur weiter. Die einzige Möglichkeit, wie du dann etwas über Kyle erfahren wirst, ist aus der Zeitung.«

Diesmal schaute Honor Jake wirklich ins Gesicht. Sein Ausdruck war weder selbstgefällig noch hochmütig. Er war genauso zornig wie sie. Hätte sie es nicht besser gewußt, sie hätte geglaubt, daß er derjenige war, der betrogen worden war, und nicht sie.

»Wieso bist du so aufgebracht?« erkundigte sie sich zuckersüß. »Immerhin bin ich diejenige, die betrogen worden ist.«

»Das ist es also«, knurrte er. »Vergiß es. Mein Verbrechen war es allein, dir zu zeigen, wie gut Sex wirklich sein kann.« Seine Stimme wurde sanfter. »Sei nicht wütend, mein Schatz. Ich habe das gleiche gelernt wie du. Oder habe ich nur den Fehler gemacht, dir nicht im passenden Moment zu sagen, daß ich dich liebe?«

»Wenigstens erzählst du im Bett keine Lügen«, brachte sie heraus.

»Vergiß das nicht. Und nun such es dir aus – entweder du bist jetzt eine gute Schauspielerin oder du verschwindest aus dem Spiel.«

»Es ist kein Spiel. Hier geht es um Kyles Leben.«

»Es ist auch mein Leben, eine Tatsache, die du mir tunlichst verschwiegen hast, als du mich als deinen ›Fischereiführer‹ eingestellt hast.«

»Das habe ich nicht gewußt!«

»Du wolltest es nicht wissen. Du lebst in einer Phantasiewelt, in der Geld gar nichts bedeutet. In der wirklichen Welt bringen Menschen dich wegen einer Handvoll Mist um, geschweige denn für eine Million Dollar.«

»Du wußtest das, ehe ich dich eingestellt habe. Ich brauchte dir das nicht erst zu sagen.«

»Ich ahnte nicht, daß sich diese Angelegenheit zu einem internationalen Schlammringen über das Bernsteinzimmer ausweiten würde.«

»Dann hättest du nicht ein Stück davon in der Ladung mit dem normalen Bernstein verstecken dürfen!«

Jake versteifte sich. »Hat Archer dir diesen Floh ins Ohr gesetzt?«

»Leugne doch nicht. Entweder du hast das getan oder Kyle.«

»Und da Kyle ein Donovan ist, kann er es nicht gewesen sein«, konstatierte Jake mit eisiger Stimme. »Dann bleibe also nur noch ich übrig, der Weltklassetrottel, der geglaubt hat, Kyle sei sein Freund.«

»Das war er auch. Er mag dich!«

Jake betrachtete Honors Gesicht und sah all den Zorn, den Schmerz und die Verwirrung, die sie fühlte. Und die Liebe. Sie würde die Überzeugung mit in ihr Grab nehmen, daß Kyle nichts Falsches tun könnte.

»Kyle mag mich, wie? Gott sei Dank hat er mich nicht geliebt. Das hätte ich nämlich nicht überlebt.« Plötzlich zog Jake seinen Arm zurück. »Rein oder raus, Honor. Das ist deine Wahl und immerhin mehr, als man mir zugestanden hat.«

Der bittere Ton in seiner Stimme durchbrach die Mauer der Abwehr, die Honor um sich errichtet hatte. Er war nicht glücklicher als sie. Es hätte sie eigentlich nicht rühren dürfen, doch das tat es. Sie wußte nicht, was er damit bewirkt hatte, sie spürte nur, daß sich etwas verändert hatte.

»Rein«, flüsterte sie.

Jake stieg aus dem Wagen, holte einen abgenutzten Koffer hinter dem Sitz hervor und schloß dann die Tür des Trucks.

Ohne sich umzusehen, ob sie ihm folgte, ging er ins Chowder Keg.

Honor konnte kaum mit ihm Schritt halten. Er öffnete die Tür und schob sie in den verräucherten Raum. Der Chowder Keg war eher eine Bar als ein Restaurant und war vermutlich nicht mehr saubergemacht worden, seit Honor in den Windeln gelegen hatte. Einige Männer, die ihr Mittagessen in flüssiger Form zu sich nahmen, blickten von ihrem Bier auf. Sie musterten Honor von Kopf bis Fuß. Zweimal.

Jake legte ihr leicht die Hand in den Rücken. Bei seiner Berührung erstarrte sie. Doch schon mit dem nächsten Atemzug wurde ihr klar, daß sie keinen Grund hatte, sich Sorgen zu machen. Ganz gleich, wie intim seine Gesten für einen Außenstehenden auch scheinen mußten, so wußte sie doch, daß sie eher unpersönlich gemeint waren.

Ich möchte, daß du dich so benimmst, als sei ich ein Dauerlutscher und du könntest nicht erwarten, daran zu lecken. Ich werde mit dir das gleiche tun.

Ein großer, athletisch aussehender blonder Mann mit hohen Wangenknochen und einem breiten Mund stand auf und kam auf sie zu. Er ging um einige der Einheimischen herum und schien deren unverhohlene Abneigung gegen ihn als Fremden nicht zu bemerken. Seine Kleidung war lässig, teuer und weder russisch noch amerikanisch. Lächelnd streckte er Jake die Hand entgegen, als würde er ihn in seinem Zuhause zu einer Tasse Tee begrüßen.

»So gut von dir zu kommen«, meinte Resnikov und schüttelte Jakes Hand. »Und dies ist die charmante Honor Donovan, ja?«

Honor verzog den Mund zu einem freundlichen Lächeln, nickte und erlaubte dann dem Russen, ihre Hand behutsam in seine beiden Hände zu nehmen. Sein Akzent gefiel ihr. Er war dem von Schlangenauge ähnlich, aber bei weitem nicht so grob. Sie hatte das Gefühl, diesen Akzent schon einmal gehört zu haben … aber wie Jake schon sagte, es gab hier eine ganze Menge russischer Einwanderer.

»Diese wundervollen Augen«, sagte Resnikov. »Haben alle Donovans sie?«

»Zwei davon«, gab Honor zurück. »Das ist die Standardausgabe.«

Er lachte, als hätte sie etwas wirklich Lustiges gesagt. »Sie besitzen sowohl Geist als auch Schönheit. Sicher sind Sie die jüngere Schwester von Kyle.«

Jake befreite Honors Hand aus Resnikovs Fingern. »Hör auf, sie anzumachen, Pete. Sie ist schon vergeben.«

Resnikov blickte von Honor zu Jake und seufzte. »Ich bin vernichten.«

»Trostlos«, korrigierte Jake ihn. »Oder vernichtet. Du hast die Wahl.«

Hinter ihnen wurde die Tür des Lokals geöffnet. Jake drehte sich leicht um, damit er sehen konnte, wer da hereinkam. Ein Mann und eine Frau traten mit einer Selbstverständlichkeit ein, die offensichtlich die Einheimischen irritierte.

Jake wandte dem Paar wieder den Rücken zu. Zu diesem Zeitpunkt würden Ellen und ihr Begleiter in dem gestreiften Anzug ihm wohl kaum ein Messer in den Rücken jagen.

»Laß uns etwas zur Seite rücken«, schlug er vor.

Auch Honor hatte die Frau bemerkt und runzelte die Stirn. Sie trug zwar keine rote Jacke, aber sie kam ihr sehr bekannt vor, auch ohne das Fernglas. »Ist das nicht die Fr…«, begann sie.

Jake brachte sie mit einem Kuß zum Schweigen. »Beweg dich, Liebling. Wir stehen hier mitten im Weg.«

»Aber natürlich, *Butterblümchen*. Ganz, wie du willst.«

Er warf ihr einen warnenden Blick zu. Sie erwiderte ihn mit großen, unschuldigen Augen und einem ausdruckslosen Lächeln. Dann folgte sie dem Russen zu seinem Tisch.

Ellen wählte einen Tisch in ihrer Nähe. Ihr Begleiter ging zur Bar und bestellte zwei Portionen Muscheln und zwei Gläser

Bier. Jake beobachtete die beiden, ohne daß es auffiel. Er zog Honor den Stuhl zurecht, dann setzte er sich so nahe neben sie, daß ihre Schenkel sich berührten. Sie zuckte ein wenig zusammen, doch sie veränderte ihre Haltung nicht.

Die Tür der Bar wurde erneut geöffnet. Resnikovs blaue Augen zogen sich zusammen. Jake warf einen raschen Seitenblick zur Tür.

»Die Woche des Wiedersehens«, murmelte er.

»Was?« fragte Honor.

»Schlangenauge. Nicht hinsehen. Vertrau mir.«

Sie unterdrückte eine spontane Antwort. »Wer ist denn seine Begleiterin?«

»Er ist allein.«

»Das überrascht mich nicht. Sogar ein Spiegel würde sich nicht gern mit ihm sehen lassen.«

Jake prustete kurz. Dann sah er Resnikov an. »Freund oder Gegner?«

»Pavlov?« Er zuckte mit den Schultern. »Das weiß ich nicht.«

Jake glaubte ihm kein Wort.

Noch einmal öffnete sich die Tür. Conroy betrat die Bar, in Begleitung eines jungen, kräftigen Mannes, der wahrscheinlich ein Rekrut war. Jake legte salutierend zwei Finger an die Schläfe. Conroy erwiderte mit einem Nicken und strebte zur Bar.

»Wer ist das?« fragte Resnikov scharf.

»Ein alter Freund.«

»Wird er zu uns kommen?«

»Das weiß ich nicht. Wird er?«

Resnikov schien darüber nachzudenken, dann schüttelte er verneinend den Kopf. »Für dich wäre es besser, eure Freundschaft irgendwoanders aufzufrischen.«

Jake war nicht überrascht. »Richtig. Was wolltest du von mir?«

Ehe Resnikov antwortete, sah er sich in dem verräucherten Raum um. Die Tische in ihrer Nähe waren besetzt. Dahinter waren einige Stühle frei. Und dann waren da noch die üblichen Gäste, die die Invasion ihres Gebietes mit säuerlicher Miene beobachteten.

»Man hat mir erzählt, daß dies eine tolle Bar sein soll«, meinte der Russe. »Vielleicht sollten wir jedoch lieber auf mein Schiff gehen. Es wäre nicht klug, dir den Bernstein hier zu zeigen.«

Honor zog scharf den Atem ein. Noch ehe sie etwas sagen konnte, legte Jake ihr unter dem Tisch eine Hand auf das Bein.

»Was für Bernstein?« fragte er. Obwohl er die Worte deutlich ausgesprochen hatte, konnte außer ihnen kein anderer sie verstehen.

»Eine, äh, Kostprobe? Ist das das richtige Wort?«

»Beinahe. Muster von was?«

»Von Bernstein, natürlich. Meine Vorgesetzten würden gern deine Meinung über den Wert der Stücke hören.«

»Warum haben sie dich nicht danach gefragt?«

»Sie wollten die Meinung des Besten. Ich bin nur ziemlich gut.«

Honor blickte von Resnikovs überraschend elegantem Äußeren zu Jakes kantig geschnittenem Gesicht. Unter seinem unerschütterlichen Verhalten fühlte sie eine Spannung, die sie gefangennahm. Jetzt erinnerte er sie an den Geliebten, der in nur einer einzigen Nacht ihre ganze Welt auf den Kopf gestellt hatte.

Aber um Sex ging es Jake in diesem Augenblick nicht. Hier ging es um Bernstein.

Er liebt den Bernstein so, wie einige Menschen Gott lieben.

»Es gibt hier ein Hinterzimmer«, meinte Jake. »Ich werde nachsehen, ob wir es benutzen können.«

Zwei Minuten und vierzig Dollar später, führte er Resnikov und Honor in ein schmuddeliges Hinterzimmer. Der Russe stellte sein Bier ab und einen kleinen Koffer, der dem von Jake ähnelte. Resnikov kramte eine Zigarette hervor, zündete sie an und setzte sich dann. Vor ihm war ein runder Tisch, dessen verkratzte Oberfläche irgendwann einmal grün gewesen sein mußte, doch jetzt hatte sie eher die Farbe von schmutzigen Händen. Genau wie das Kartenspiel, das neben dem übervollen Aschenbecher lag.

Jake zog sich einen Stuhl heran, von dem aus er die Tür sehen konnte, durch die sie gerade eingetreten waren. Eine andere Tür führte zur Straße. Auch die konnte er von seinem Platz aus sehen. Er zog einen anderen Stuhl sehr nah neben seinen, klopfte darauf und lächelte Honor an.

»Komm zu Papa«, sagte er.

»Du bist zwar alt, Butterblümchen, aber *so* alt nun auch noch nicht«, entgegnete sie mit unbewegtem Gesicht.

Resnikov kicherte. »Sie ist genau wie ihr Bruder, ja?«

»Nicht in den Dingen, auf die es wirklich ankommt«, wehrte Jake ab, musterte Honor von Kopf bis Fuß und grinste dann.

Sie warf ihm eine Kußhand zu aus einem Mund, der sich am liebsten wütend verzogen hätte. Als sie bemerkte, daß der Russe ihr einen eigenartigen Blick zuwarf, griff sie nach Jakes Hand und knabberte an seinem Daumen. »Du hast mir versprochen, es würde nicht lange dauern, nicht wahr?«

Jake zog die Augen zusammen. Er bemühte sich gar nicht erst, das Verlangen zu verbergen, das Honors spielerischer Biß in ihm geweckt hatte.

»Du hast sie gehört«, wandte er sich mit rauher Stimme an Resnikov. »Laß mich den Bernstein sehen.«

Rensikov öffnete seinen Koffer, holte ein Stück heraus und legte es auf den Tisch. Jake nahm das Stück in seine Hand. Es war halb so groß wie seine Handfläche. In hellerem Licht wäre es von einem recht schwachen Gelb gewesen. Der Bernstein war unpoliert, noch immer in seiner oxidierten, opakfarbenen »Schale«.

Er legte das Stück zurück auf den Tisch, stellte seinen eigenen Koffer auf den Tisch und öffnete ihn. Honor erhaschte einen flüchtigen Blick auf eine dicke Nadel, ein Feuerzeug, einige Flaschen und Gegenstände, deren Funktion sie nicht kannte, und eine schwarze Pistole, deren Funktion sie dagegen nur zu gut begriff. In der oberen Hälfte des Koffers lagen Bernsteinmuster in durchsichtigen Fächern.

Jake zog eine Flasche hervor, träufelte einen Tropfen Flüssigkeit daraus auf die blasse Oberfläche des Steins und verschloß dann die Flasche sorgfältig. Der durchdringende Geruch von Äther stieg Honor in die Nase. Er wartete einen Moment und strich dann über die Oberfläche.

»Neuseeland Copal«, sagte er abwertend. »Du verschwendest meine Zeit.«

Er warf das Stück Resnikov zu, der es mit einer geschickten Handbewegung auffing.

»Ist das kein Bernstein?« fragte Honor überrascht.

»Nicht in einer Million Jahren«, wehrte Jake verdrossen ab. »Bernstein ist ein fossiles Harz. Dieses Stück hier ist viel zu jung, um sich so nennen zu dürfen.«

»Aber woran kannst du das erkennen?«

»Äther macht das Copal klebrig. Bei echtem Bernstein ist Äther völlig wirkungslos.« Er blickte zu Resnikov. »Wenn dein Arbeitgeber nichts Besseres zu bieten hat, dann braucht er mich nicht. Er sollte sich eine vernünftige Quelle suchen.«

Resnikov lächelte sanft. »Geduld, mein sehr amerikanischer Freund. Diese Leute kennen dich nicht so, wie ich dich kenne. Sie haben darauf bestanden, daß ich, äh, deine Arbeitsweise überprüfen soll.«

»Willst du damit sagen, sie wollen mich all meine Gangarten vorführen lassen?« fragte Jake.

»Ist das ein Idiom? Alle Gangarten vorführen ... sehr nett. Sie hoffen, dich für den niedrigsten Preis auf ihre Seite ziehen zu können, du verstehst schon.«

»Amerikanische Dollars, britische Pfund, deutsche Mark, japanische Yen, russische Rubel?«

»Eine wesentlich angemessenere Bezahlung. Bernstein.«

»Sie wollen mich in Bernstein bezahlen?«

Resnikov nickte, dabei tanzte das Licht auf seinem blonden Haar. »Der Bernstein wird so beschaffen sein wie der, den ich bei mir habe.«

Jake zog die Augenbrauen hoch. »Interessant. Wenn ich mich also mit einer Fälschung zufriedengebe, werde ich auch damit bezahlt.«

»Aber natürlich. Ist das nicht immer so?«

»Und was passiert, wenn sich herausstellt, daß ich sehr, sehr teuer bin?« fragte Jake.

»Dann werden sie jammern. Sie werden schreien. Sie werden zahlen.«

Jake grunzte. »Ich hoffe, du hast etwas bei dir, das verteufelt viel besser ist als Copal.«

Mit einem amüsierten Lächeln holte Resnikov etwas aus seinem Koffer, das in ein dunkles, weiches Tuch gewickelt war, stellte es auf den Tisch und bedeutete Jake, sich an die Arbeit zu machen.

Behutsam wickelte Jake das Tuch auf. Ein Juwel verbarg sich darin. Die ovale Kamee war mehrere Zentimeter lang, opak, irgendwo in der Farbe zwischen Butter und Sahne und hatte einen wunderschönen seidigen Glanz. Ein Frauengesicht war im Relief geschnitzt. Eine feine silberne Fassung im viktorianischen Stil machte das Schmuckstück zu einer herrlichen Brosche.

»Ich habe keine ultraviolette Lampe bei mir«, erklärte Jake und legte die Brosche in seine Handfläche. »Aber ich nehme an, sie wird weiß fluoreszieren.«

»Wirklich?« fragte Resnikov.

Jake wog die Brosche auf seiner Hand. »Hast du etwas dagegen, wenn ich die heiße Nadel einsetze?« fragte er.

»Nein. Aber du wirst natürlich vorsichtig sein.«

Jake legte das Stück beiseite und nahm ein Feuerzeug und

eine dicke Nadel aus seinem Koffer. Er entzündete das Feuerzeug und hielt die Nadelspitze in die Flamme. Als er davon überzeugt war, daß die Nadel heiß genug war, drehte er die Brosche um und hielt die Nadel an eine Ecke des Steines, wo die winzige Markierung nicht zu sehen sein würde. Sofort stieg der bittere Geruch nach angebrannter Milch auf.

»Wie ich es mir schon dachte«, nickte Jake. »Kasein.«

»Was?« fragte Honor.

»Imitierter Bernstein, aus Milchproteinen und Formaldehyd gemacht. Er ist nur ein Drittel so schwer wie der wirkliche Bernstein.« Er fuhr mit dem Daumen leicht über die Schnitzerei und bewunderte die zarte Linienführung. »Sehr hübsch gearbeitet. Wahrscheinlich hundert Jahre alt. Ist sie zu verkaufen?«

»Warum?« fragte Honor, noch ehe Resnikov etwas sagen konnte. »Du hast doch gesagt, es ist eine Fälschung.«

»Die Hälfte der Ausstellungsstücke in den Museen sind Fälschungen. Dies hier«, noch einmal rieb Jake über die Brosche, »ist ein kunstvoll gearbeitetes Stück Geschichte, aus der Zeit, noch bevor der Kunststoff es einfach und billig machte, Bernstein nachzuahmen. Es würde gut in meine Sammlung passen.«

»In deine Sammlung von Fälschungen?« fragte Honor ungläubig.

Resnikov lachte laut auf.

Bei Jakes Lächeln blitzten seine Zähne weiß hinter seinem kurzen, dichten Bart auf. »Nicht alles aus meiner Sammlung sind Fälschungen.«

»Du bist zu bescheiden«, gluckste Resnikov. »Deine Sammlung antiken, geschnitzten Bernsteins ist eine der feinsten in privater Hand.«

»Was hast du sonst noch in deinem Koffer?« bohrte Jake nach.

Der Russe schüttelte den Kopf, legte die Stücke zurück, die Jake bereits angeschaut hatte und holte eine Schachtel aus dem Koffer. Er öffnete sie und hielt ihm dann den Inhalt mit einer schwungvollen Bewegung hin.

»Du wirst es mit der gewohnten Sorgfalt behandeln«, warnte der Russe.

Honor beugte sich vor. »Was ist es?«

»Wahrscheinlich ein Anhänger«, mutmaßte Jake und sah sich das Stück an, ohne es aus der Schachtel zu holen. »Etruskischer Stil mit übergroßen Augen und einer Nase, die wir heute römisch nennen. Zerbrochen und repariert, dort wo das Bein des Jungen zwischen denen der Frau liegt.«

»Junge? Für mich sieht das nach einem Mädchen aus«, wunderte Honor sich. »Es ist eine kleinere Gestalt als die andere, mit größeren Augen und zierlicheren Zügen.«

»Das ist kulturelle Voreingenommenheit«, widersprach Jake. »Etruskische Göttinnen und wahrscheinlich auch die wohlhabenden etruskischen Frauen hatten wesentlich jüngere Geliebte. Das Gesicht einer erwachsenen Frau ist voller gearbeitet als das eines Jungen. Auf jeden Fall«, er reichte Honor die Lupe, »sieh dir mal die Stelle an, an der die beiden Gestalten sich fast vereinen.«

Nach kurzem Schweigen reichte ihm Honor die Lupe zurück. »Du hast recht. Ganz bestimmt ist die Gestalt nicht weiblich. Aber auch nicht gerade zierlich.«

Jake feixte. »Der Position der beiden Gestalten nach zu urteilen, war dies ganz sicher ein Fruchtbarkeitsfetisch.«

»Dann ist das Stück echt«, meinte Resnikov mit der Überzeugung eines Mannes, der eine Tatsache ausspricht.

»Ich würde es nicht kaufen.«

Überraschung gepaart mit unterdrücktem Zorn flackerte über das aristokratische Gesicht des Russen. Honor fragte sich, ob Resnikov, genau wie Jake, ebenfalls eine Pistole in seinem Koffer verborgen hielt, zusammen mit all den anderen Dingen.

Auch Jake mußte sich das wohl gefragt haben. Bei dem unangenehmen Schweigen, das seinen Worten folgte, beobachtete er genau Resnikovs Hände.

16

Resnikov legte seine feingliedrigen Hände ausgebreitet auf den Tisch, als hätte er sie am liebsten Jake um den Hals gelegt. »Was behauptest du da?« erkundigte sich der Russe eisig.

Jake zuckte mit den Schultern, doch in der Art, wie er sich auf einen möglichen Kampf vorzubereiten schien, lag nichts Lässiges. »Diese Schnitzerei hat etwas, das mir nicht gefällt.«

»Erkläre. Aber du solltest nicht den Stein selbst in Frage stellen oder testen. Er ist echt, ganz ohne Zweifel. Das garantiere ich dir.«

»Es ist nicht der Bernstein, der mich stört.«

»Ausgezeichnet. Weiter.«

»Ich bin kein Historiker«, erklärte Jake ruhig. »Aber mit dem Faltenwurf oder den Schwingen oder was das auch immer an dem weiblichen Körper sein soll, stimmt etwas nicht. Es ist schwer zu sagen bei einem so kleinen Stück.«

»Dann untersuch es genauer.« Als hätte er zum ersten Mal selbst die kalte Wut in seiner Stimme gehört, zwang Resnikov sich zu einem Lächeln. »Bitte.«

Jake nahm den Bernstein in die Hand, legte es auf die Linse seiner Taschenlampe und knipste die Lampe an. Licht schien durch die kleine Skulptur und brachte sie zum Leuchten.

»Die Risse sind nicht sehr dick«, sagte er und betrachtete das Netzwerk haarfeiner Risse auf der Oberfläche, das dem Bernstein Struktur gab.

»Wenn das Stück aus einem Grab stammt und lange Jahrhunderte von Sauerstoff und Licht abgeschlossen war, dann könnten sich keine sehr großen Risse entwickelt haben«, argumentierte Resnikov.

Obwohl Jake nickte, schien er nicht überzeugt zu sein. Er beugte sich vor und betrachtete die kleine Schnitzerei lange durch die Lupe.

»Sieh dir einmal diese Kante hier an«, sagte er, als er sich wieder aufrichtete. »Sie ist rauh, und die anderen sind alle glatt. Es sieht aus, als wäre hier etwas abgebrochen worden, nachdem die Schnitzerei beendet war. Dennoch sind die Risse an der rauhen Ecke genauso groß wie auf der anderen Oberfläche.«

»Es wäre möglich, daß das Stück während der Begräbniszeremonie zerbrochen ist.«

»Tja, möglich schon.«

»Aber das glaubst du nicht«, sagte Resnikov.

»Nein, ich glaube, es ist eine Kopie eines echten Stückes. Eine Kopie, die ohne Vergrößerung gemacht wurde und dann in einem Ofen oder heißem Sand gebacken wurde, um ihr den Anschein zu geben, natürlich gealtert zu sein.«

Resnikov nahm die Taschenlampe und die Schnitzerei. Ohne auf seine Bitte zu warten, reichte Jake ihm die Lupe. Schweigen legte sich über den Raum, während der Russe sich über den Bernstein beugte. Er begann, leise in seiner Muttersprache zu sprechen. Doch der Ausdruck in seinem Gesicht sagte Honor, daß er nicht gerade ein Liebessonett komponierte.

Mit verzogenem Gesicht legte er den Bernstein zurück in die Schachtel. Seine mangelnde Vorsicht verriet mehr als Worte, daß sich seine Meinung über das Kunstwerk geändert hatte.

»Wie ich schon sagte«, murmelte er. »Ich bin nur ziemlich gut. Du bist der Beste.«

Während er den kleinen Koffer noch ein Stück weiter öffnete und nach einem anderen Stück griff, schwang plötzlich die Tür auf, die zum Barraum führte. Jake brauchte den Kopf nicht zu bewegen, um Ellen zu entdecken, die sich in dem Raum umsah. Obwohl sie nur einen kurzen Blick riskierte, entging ihr nichts.

»Oh«, sagte sie, als sei sie überrascht. »Entschuldigung. Ich suchte die Toilette und dachte, dies sei die richtige Tür.« Sie lächelte freundlich und zog sich sofort zurück.

Die Tür schloß sich nicht ganz hinter ihr.

Resnikov stand auf, griff nach einem Stuhl und schob ihn unter die Türklinke. Die Tür zur Straße sicherte er auf die gleiche Art. Erst dann öffnete er eine andere Schachtel und reichte sie Jake.

Auf burgunderfarbenem Samt lag ein Schmuckstück, das elfenbeinfarben glänzte. Honor nahm an, daß es wirklich Elfenbein war, bis Jake es so vorsichtig in die Hand nahm, wie er sonst nur Bernstein anfaßte – oder eine Geliebte. So hatte er sie angefaßt – als wäre sie geschaffen aus Mondlicht und Zeit.

»Rosenkranz«, sagte Jake. »Für ein Jahrzehnt. Wahrscheinlich aus dem sechzehnten Jahrhundert. Vielleicht sogar noch älter. Facettierte weiße Bernsteinperlen mit einigen Fichtennadeln-Einschlüssen. Sehr selten. Ausgezeichnete Metallarbeit. Perlen aus Goldfiligran, die die Jahrzehnte voneinander trennen. Sehr feines Kreuz aus Silberfiligran. Darf ich meine Lupe bitte haben?«

Resnikov legte die Lupe in Jakes ausgestreckte Hand. Dieser nahm das Glas vor die Augen und betrachtete die Perlen.

»Erste Qualität«, lobte er. »Ich könnte die Perlen mit der Nadel prüfen, aber das ist nicht wirklich nötig.«

»Warum nicht?« wollte Honor wissen.

»Die Kanten der Facetten und die Bohrlöcher in den Perlen zeigen die leichte Abnutzung, die einem Schmuckstück dieses Alters zukommt. Nachgemachtes Bernstein nutzt sich nicht dadurch ab, daß die Perlen gegen die seidene Schnur reiben, mit der sie zusammengehalten werden. Nur reines Bernstein reagiert so.«

Jake legte den Rosenkranz in die Schachtel zurück, sorgfältig und mit einem merkwürdigen Lächeln.

»Was ist?« fragte Honor.

»Ich dachte gerade an den Zusammenhang zwischen Bernstein und dem menschlichen Verstand«, sagte er. »In all seinen Hunderten von Farben wurde Bernstein in der frühesten Zeit als Talisman benutzt, als Mittel, das Böse abzuwehren und das Gute anzuziehen. Rosenkränze wie dieser wurden von ihren

Eigentümern so stolz getragen, daß Bernstein für Rosenkränze im dreizehnten und vierzehnten Jahrhundert verboten wurde. Man beschloß, einfach Knoten in einer Schnur wären alles, was ein frommer Mensch brauchte, um die Gebete zu zählen.«

Honor blickte von Jakes langem Zeigefinger zu seinen halbgeschlossenen Augen, die im schwachen Licht wie Quecksilber leuchteten. Doch es war seine Stimme, die sie gefangenhielt, tief und rauh, reich an Erinnerung und Gefühl, aus der ein menschliches Verlangen klang nach allem, was selten und schön war.

»Ich wette, der Bann hat nicht lange gehalten«, sagte sie. »Die Menschen haben schon immer Schönheit benutzt, um ihre Götter und ihr eigenes Leben zu feiern.«

»Nein, es hat nicht gehalten«, stimmte er ihr zu. »Der Bernsteinhandel blühte auf, ab der Zeit, als die Frauen, die an den Stränden der Ostsee Feuerholz sammelten, feststellten, daß die ›Seesteine‹, die an den Strand angespült wurden, noch besser brannten als Holz.«

»Sie haben Bernstein verbrannt?« fragte Honor entsetzt.

»Ich kann es nicht beweisen, aber ich bin ganz sicher, daß sie das getan haben. Das Klima an der Ostsee ist kalt, naß und elend. Jeder, der je versucht hat, nasses Holz zum Brennen zu bringen, kann gar nicht anders, als etwas zu schätzen, daß so unkompliziert und wundervoll brennt wie Bernstein. Die Bauern und Soldaten in den Bernsteinminen kannten es auf jeden Fall. Während der Kriege haben sie rohen Bernstein verbrannt, um am Leben zu bleiben.«

»Mein Gott. Stell dir nur die Schätze vor, die sie zerstört haben müssen.«

»Nein, danke«, antwortete Jake. »Ich stelle mir lieber die Frauen vor, die Feuerholz gesammelt und die erbeuteten Tiere zerlegt haben, die die Männer mit nach Hause brachten. Ich wette, diese Frauen waren die begabten Künstlerinnen, die auch Holz und Bernstein bearbeitet haben. Wenn sie Holz geschnitzt haben, dann ist es in einem oder zwei Jahrhunderten verrottet und verschwunden. Wenn sie aber Bernstein geschnitzt haben, ist es niemals verrottet. Also haben dieselben Frauen, die Bernstein in ihren Feuerstellen verbrannt haben, auch seltene, ungewöhnliche Stücke Steinzeitkunst geschaffen, Stücke, die ihre Schöpfer überdauert haben, ihre Kindeskinder und ihre ganze Kultur.«

Honor erinnerte sich an das, was Kyle ihr über den Mann erzählt hatte, den er Jay nannte – ein Sammler von Bernsteinschnitzereien aus der Steinzeit. Was Kyle ihr nicht verraten hatte, war, daß Jakes Leidenschaft für die Bernsteinüberreste vergangener Kulturen intellektuell und sinnlich war und nicht nur einfach auf Gier und Besitzerstolz beruhten.

Resnikov holte eine weitere Schachtel aus seinem Koffer. Diesmal war das Innere der Schachtel mit cremefarbener Seide ausgekleidet. Der Bernstein selbst war von einem dunklen Zimtton, und der überwiegende Teil seiner Länge von ungefähr zehn Zentimetern war leuchtend klar. An einer Seite war ein Teil des Bernsteins unbearbeitet. Das restliche Objekt war in Form eines leicht spitz zulaufenden, unregelmäßigen Zylinders geformt, dessen dickeres Ende in dem unbearbeiteten Bernstein lag.

Honor runzelte die Stirn, als sie sich das Stück ansah. Die Form selbst kam ihr irgendwie bekannt vor. Dort, wo das Stück poliert war, besaß es fließende Linien und verlockende, verschwommene Wellen, die in ihr den Wunsch weckten, mit dem Finger über jede Rundung und Höhlung zu fahren. Sie streckte gerade die Hand aus, um sich ihren Wunsch zu erfüllen, als sie begriff, warum die Form ihr so bekannt vorkam. Rasch zog sie die Hand wieder zurück.

»Nur los«, forderte Jake sie belustigt auf. »Es wird dich nicht beißen.«

»Ist das auch ein Fruchtbarkeitsfetisch?« fragte sie.

»Wahrscheinlich nicht. Bernstein wurde schon immer als

übernatürlich angesehen. Den baltischen Überlieferungen zufolge glaubte man, daß eine Halskette aus Bernstein einen Menschen erwürgen würde, wenn er log. Talismane in allen Formen wurden geschnitzt, um Krankheit, Unfälle oder böse Wünsche abzuwehren. Ein Phallus aus Bernstein, so wie dieser hier, wurde als einer der mächtigsten Talismane angesehen. Er schützte seinen Träger gegen jegliche Art von böser Zauberei.«

»Das muß eine patriarchalische Kultur gewesen sein, die so etwas geschaffen hat«, meinte Honor.

»Zweifellos. Die meisten Kulturen waren das.«

»Aber erst, nachdem die Frauen es ihnen beigebracht hatten.«

Jake lächelte. »Halt das mal fest, ich muß etwas holen.«

Ehe sie sich weigern konnte, hielt sie den handgroßen Phallus schon in der Hand. Als sie ihn dann genauer betrachtete, erkannte sie, daß die Arbeit fachmännisch und ausgezeichnet ausgeführt war. Der Bernstein selbst fühlte sich warm an unter ihren Fingerspitzen. Nicht zum ersten Mal stellte sie diese einzigartige Eigenschaft des Bernsteins fest, aber zum ersten Mal wurde sie rot dabei.

Doch selbst als ihr diese heiße Röte in die Wangen stieg, mußte sie daran denken, wie sie diesen uralten Talisman in ein Stück dekorative Kunst umarbeiten würde. Vielleicht zu einer Brosche. Oder zu einem Anhänger. Jawohl, ein Anhänger an einer handgearbeiteten goldenen Kette, mit langen, wunderschönen Ranken, die sich um den Phallus rankten und ihn in die prächtige Wärme gehämmerten Goldes hüllten …

»Reib ihn hiermit«, sagte Jake, ohne von seinem Koffer aufzusehen. »Und sieh, ob er danach ein Stückchen eines Papiertaschentuches anzieht.«

Honor grübelte noch immer über die Möglichkeiten ihres Entwurfes. Sie nahm das Stück Stoff, das er ihr hinhielt, und rieb damit über die glatte Fläche des Phallus.

»Das sollte genügen«, sagte Jake. »Jetzt das Taschentuch.«

Sie hielt das stumpfe, gerundete Ende über ein kleines Stück eines Papiertaschentuches. Das Papier hob sich und klebte an dem Bernstein wie eine sehnsüchtige Geliebte.

»Sehr viel Elektrizität«, sagte sie und bemühte sich um eine ausdruckslose Stimme.

»Einige Kunststoffe besitzen diese Eigenschaft«, erklärte Jake und beschäftigte sich mit seinem Feuerzeug und einem kleinen Kanister mit Butan. »Darf ich die Nadel benutzen?« fragte er Resnikov.

»Wenn es sein muß«, meinte der Russe. »Ich muß zugeben, daß mich diese Aussicht betrübt.«

»Ich werde es tun«, sagte Honor und funkelte Jake mit großen bösen Augen an. »Ich werde ganz vorsichtig sein, so als wäre er noch immer angewachsen.«

Jake bedachte sie mit einem wissenden Blick, während er die Nadel über dem frisch gefüllten Feuerzeug erhitzte. Als der Stahl heiß war, berührte er damit vorsichtig das unbearbeitete Ende der Schnitzerei. Kurz darauf stieg der Geruch von uraltem Harz und Millionen Jahren von Sonnenschein in seine Nase.

»Kein Kunststoff«, sagte er.

Er holte die Lupe hervor, knipste die Taschenlampe an und untersuchte den Phallus unter dem starken Licht.

»Ambroid«, erklärte er nach einiger Zeit. »Man kann die Flußlinien und die Blasen erkennen, die vom Druck der Form zusammengepreßt wurden.«

»Noch eine Fälschung?« fragte Honor.

»Für einige schon. Für andere einfach nur eine ›nachgebesserte‹ Form von Bernstein. Auf jeden Fall ist das Stück nicht alt. Die Technik, ein großes Stück Bernstein aus kleinen Stücken zu formen, wurde erst im späten neunzehnten Jahrhundert entdeckt.«

Jake gab das Stück Resnikov zurück, der es wieder verstaute. Honor beobachtete traurig, wie der Phallus verschwand.

»Das würde eine wundervolle Halskette abgeben«, schwärmte sie. »Stell dir nur vor, wie sicher ich damit wäre.«

»Du hast schon einen Phallus aus Bernstein«, erklärte Jake. »Erinnerst du dich? Damit bist du sicher, von innen und von außen.«

Honor zwang sich, nicht zu erröten. »Den habe ich aber noch nicht mit der heißen Nadel getestet. Vielleicht ist es ja eine Fälschung.«

»Trau mir. Er ist echt.«

»Das sagen sie alle.«

Resnikov kicherte, er stellte eine flache Schachtel auf den Tisch und nahm dann den Deckel ab.

In dem Kästchen verbanden sich kleinere Stücke aus Bernstein zu einem komplizierten, wunderschönen Mosaik in Form eines königlichen Wappens. Einige Stücke fehlten.

»Bernstein?« fragte Honor.

»Die Frage kannst du mir in ein paar Minuten noch einmal stellen«, meinte Jake. »Tu ihr einen Gefallen, Pete. Erzähl ihr von *ginteras*.«

»Das ist ein altes litauisches Wort«, wandte sich Resnikov an Honor. »Allgemein bedeutet es ›Verteidiger‹ oder ›Beschützer‹, doch ganz besondere Bedeutung hat es für einen Talisman aus Bernstein, den man um den Hals trägt. Jake trägt auch so einen Talisman, in Form von zwei verschlungenen Drachen. Er stammt aus China. Die alten Chinesen glaubten, Bernstein sei die Seele eines toten Tigers.«

Honor erinnerte sich – ein durchsichtiger, zimtfarbener Anhänger im dichten krausen Haar auf Jakes Brust. Sie hatte den Bernsteinanhänger gesehen, als ihr Wecker geschrillt und Jake nackt vor ihrer Tür gestanden hatte. In der letzten Nacht hatte sie ihn nicht bemerkt.

»Trägst du ihn jetzt auch?« fragte sie Jake.

»Ja.«

»Warum hast du ihn gestern abend nicht getragen?«

»Später«, wehrte er ab, ohne den Blick von dem Bernstein vor ihm zu nehmen.

Während Jake vertieft in seine Untersuchung war, erzählte Resnikov Honor von dem Bernstein, der sich wie Sonnenschein durch die Dunkelheit der uralten baltischen Kulturen wob. Bernstein, um Krankheiten zu heilen, Bernstein, um den Körper im Krieg zu schützen, Bernstein, um die Seele auf ihrer letzten Reise zu begleiten. Bernstein als Zeichen des keltischen männlichen Sonnengottes. Bernstein, heilig für die Mutter der Antike. Bernstein als kostbarer Überrest von Tränen, die von der Göttin Juarate geweint worden waren, die sich in einen sterblichen Mann verliebte und damit seinen Tod verursachte und ihre immerwährende Trauer …

Bernstein, immer wieder Bernstein, der einzige Stein, der warm war, wenn man ihn berührte, der einzige Stein, den man mit einem einfachen Messer schnitzen konnte, der einzige Stein, der lebendig wurde, wenn man ihn an einem Pelz rieb, der einzige Stein, der auf der geheimnisvollen Brust des Ozeans schwamm. Bernstein, das Göttliche greifbar gemacht. Bernstein, der brennende Stein des menschlichen Verlangens.

»Sehr hübsch«, sagte Jake und sah auf. »Ein hervorragendes Muster der Schnitztechnik des achtzehnten Jahrhunderts. Und jemand hat der Versuchung widerstanden, die fehlende Teile durch Bernstein aus der Dominikanischen Republik zu ersetzen.«

Resnikov grinste. »Du hast mir noch immer nicht diesen Tisch verziehen, nicht wahr? Aber das war ein ehrenwerter Fehler.«

Jake grunzte.

»Ich hätte gern das ganze Bernsteinzimmer gesehen«, sagte der Russe unvermittelt und beobachtete den Mann vor sich scharf. »*Oder nur eine einzige Tafel davon*. Man sagt, den Raum zu betreten war, als würde man in einer Welt aus reinem Sonnenschein wiedergeboren.«

Ein eisiger Schauer fiel über Jakes Rücken. »Ich stehe auf der Seite von denen, die behaupten, das Zimmer sei im Zweiten

Weltkrieg zu Asche verbrannt.« Er schob seinen Stuhl zurück, als wolle er gehen.

»Nicht so schnell, mein Freund«, hielt ihn Resnikov zurück. »Es gibt noch andere Stücke, die deine feine Hand erfordern.«

Jake warf Honor einen fragenden Blick zu.

»Du könntest mich nicht mit Pferden aus Bernstein hier herausholen«, reagierte sie sofort. »Dieser Bernstein ist phantastisch. Entwürfe flitzen mir durch den Kopf wie Blitze.«

Das Lächeln, mit dem er sie bedachte, war so warm wie der Bernstein. Sie erwiderte es, ehe sie noch über all die Gründe nachdenken konnte, warum sie genau das nicht tun sollte.

Resnikov holte eine längliche flache Kiste aus seinem Koffer, die äußerst sorgfältig gearbeitet worden war. Die Kiste selbst war in kunstvoll gearbeitetes Leder eingeschlagen, dessen Prägung mit Gold verziert war. Der Verschluß und die Scharniere waren aus reinem Gold geschmiedet. Im Inneren war die Kiste mit dunklem, sehr feinem Wildleder ausgeschlagen. In acht ungleichen Unterteilungen lagen Bernsteinschnitzereien, die im Gegensatz zu der wunderschönen Kiste sehr schlicht, beinahe grob gearbeitet schienen.

Jake stieß einen leisen Pfiff aus. »Wie viele Menschen hast du dafür umgebracht?«

»Ah, Jacob. Immer der Spaßvogel, wie?«

»Diesmal nicht.«

»Dann wirst du erfreut sein zu erfahren, daß kein Blut vergossen worden ist«, erklärte der Russe aalglatt.

»Ich wäre erfreut, wenn ich dir glauben könnte.«

»Es ist die Wahrheit.«

»Dann müssen einige Menschen eines natürlichen Todes gestorben sein«, erklärte Jake, den er nicht hatte überzeugen können. »Du würdest einem Sammler diese Stücke nur entreißen können, wenn er tot ist. Oder auch einem Museumskustos. Niemand wird sich aus freien Stücken von diesen Kunstwerken trennen … wenn sie echt sind.«

»Dafür bist du ja hier, nicht wahr? Du sollst feststellen, ob sie echt sind.«

Ohne ein weiteres Wort beugte sich Jake über die Kiste. Der Unterschied in seiner Haltung war offensichtlich für Honor. Als er die anderen Stücke begutachtet hatte, war er aufmerksam, interessiert und voller Anerkennung gewesen. Jetzt war er vollkommen konzentriert. Er strahlte eine Eindringlichkeit aus, die sie erst einmal zuvor an ihm bemerkt hatte – in der letzten Nacht, als er ihr so vieles über die Sinnlichkeit und die Leidenschaft beigebracht hatte.

Das erste Stück Bernstein schien ein kleiner, abgenutzter Kopf einer Axt zu sein, aus blassem Butterbernstein geschnitzt. Als Jake prüfend mit der Fingerspitze darüberfuhr, stieg eine Erinnerung und neues Verlangen in Honor auf. Sie hielt, ohne es zu wissen, den Atem an und sah ihm zu, wie er mit den empfindsamen Fingerspitzen über den kleinen Kopf der Axt fuhr, als sei er blind und würde Blindenschrift lesen.

»Unglaublich glatt«, sagte er dann. »Die Bohrlöcher, mit denen sie verziert ist, fühlen sich an, als wären sie poliert worden, nachdem das Stück gearbeitet worden ist.«

»Ist es ein Fetisch?« fragte Honor.

»So könnte man es nennen«, erwiderte Jake. »Man glaubte, daß Bernstein seinem Besitzer Unsterblichkeit verlieh. Die Jagdgesellschaften der Jungsteinzeit haben ihre Mitglieder manchmal mit Grabgöttern aus Bernstein begraben. Äxte aus Bernstein waren wahrscheinlich ein sehr geschätztes Geschenk für die Toten.«

Resnikov nickte, doch er sagte nichts. Er beobachtete eher Jake und nicht den Bernstein.

Jake fuhr vorsichtig mit dem Daumennagel über die Oberfläche des Kunstwerks. Wie er erwartet hatte, hinterließ sein Nagel keinen Abdruck.

»Ich werde es nicht mit der heißen Nadel untersuchen«, sagte er.

»Dann ist es also echt?« wollte Honor wissen.

»Das weiß ich nicht. Aber wenn es echt ist, wäre es ein Verbrechen, es auf irgendeine Weise zu beschädigen.«

»Dann bist du also in einer Sackgasse?« fragte sie.

»Nein.«

Vorsichtig legte Jake die Axt in die Kiste zurück. Dann kramte er in seinem Koffer und holte etliche Dinge daraus hervor. Als er fertig war, standen ein paar fest verschlossene Gläser vor ihm. Jedes hatte ungefähr die Größe eines Kaffeebechers und war teilweise mit einer klaren Flüssigkeit gefüllt. Er öffnete den Schraubverschluß von einem der Gläser, nahm den kleinen Axtkopf und warf ihn hinein. Der Bernstein sank auf den Boden des Glases.

»Was ist das für eine Flüssigkeit?« fragte Honor.

»Destilliertes Wasser.«

Jake holte das Kunstwerk wieder heraus, trocknete es sorgfältig ab und öffnete dann das zweite Glas. Obwohl die Flüssigkeit genauso aussah wie die im ersten Glas, schwamm die Axt darauf wie ein Stück dünnes opakfarbenes Eis.

»Was ist da drin?« fragte Honor.

»Salzwasser mit einem spezifischen Gewicht von eins Komma null fünf«, erklärte Jake, der den Bernstein nicht aus den Augen ließ. »Wenn dies durchsichtiger Bernstein wäre und nicht opakfarbener, dann hätte ich das dritte Glas benutzt. Dieses Wasser hat einen höheren Salzgehalt, das bedeutet ein höheres spezifisches Gewicht.« Er fischte das Stück aus dem Wasser und trocknete es behutsam ab. »Klarer Bernstein ist dichter als der wolkige, weil die ›Wolken‹ von sehr winzigen Luftblasen verursacht werden.«

Jake legte die Miniaxt in ihr Fach in der kunstvollen Kiste zurück und wählte ein anderes Stück. Honor fühlte seine wachsende Erregung. Sie sah es am Leuchten seiner Augen und der leichten Anspannung um seinen Mund. Die Veränderung in ihm war so unterschwellig, daß sie ihr nicht aufgefallen wäre, hätte sie nicht die Nacht damit verbracht, die Tiefe seiner Gefühle zu erfahren, die er hinter seinem Bart und seinem ausdruckslosen Gesicht verbarg.

Sie musterte Resnikov und fragte sich, ob auch er etwas bemerkt hatte. Wenn das so war, dann zeigte er es nicht. Der Russe beobachtete Jake wie ein Fischer seinen Angelhaken mit Köder beobachtet, der unter der Oberfläche des Wassers verschwindet – mit einer Mischung aus Unsicherheit und Hoffnung.

Jake nahm ein anderes Stück aus der Kiste. Die Form der Figur schien ein Pferd darzustellen. Es war ungefähr zehn Zentimeter breit und etwa sieben Zentimeter hoch.

Obwohl es nach modernen Maßstäben grob geschnitzt war, war es dennoch eigenartig kraftvoll. Eine Reihe winziger Bohrungen, beinahe wie eine Tätowierung, bedeckten den dicken Hals des Pferdes, den kurzen Rücken, bis hinunter zu den stämmigen Schenkeln. Die Hufe standen eng beieinander. Das Pferd hatte eine Haltung, die zwar gebeugt schien, aber gleichzeitig in sich selbst ruhte.

»Es sieht aus wie eines dieser uralten Pferderassen«, meinte Honor. »Die Art, die sie gerade wild in Nepal oder Tibet entdeckt haben.«

»Wahrscheinlich wurde es genau nach so einem Tier gestaltet«, sagte Jake. »Vor siebentausend Jahren waren sie noch nicht so selten wie heute.«

»Siebentausend Jahre?« fragte sie erstaunt.

»Mindestens.«

Honor beugte sich vor und starrte das kleine Pferd genauer an. Es sah aus, als wäre es aus fossilem Elfenbein oder Knochen geschnitzt worden. Dennoch zeigte ihr die Art, wie Jake das Pferd behandelte, daß es wohl Bernstein war. Vorsichtig legte er es in eines der Gläser mit der Flüssigkeit. Das Pferd schwamm darauf wie das Stück zuvor.

»Bernstein«, sagte er.

Keiner antwortete ihm. Das sanfte Schaukeln der Figur, die auf dem Salzwasser schwamm, sprach für sich.

Schweigend holte Jake Stück um Stück aus der Kiste. Jedes, das klein genug war, um in das Glas zu passen, schwamm auf dem Wasser.

Das achte Stück, das er untersuchte, war eine primitive Statue eines Menschen. Es war zirka dreizehn Zentimeter hoch, fünf Zentimeter breit und war offensichtlich vor so langer Zeit unter dem Knie abgebrochen worden, daß die Bruchstelle sich dem übrigen angepaßt hatte. Das Gesicht war nur sehr oberflächlich geschnitzt – grüblerische, eingesunkene Augen und eine gerade, kräftige Nase. Der Mund war entweder abgenutzt oder von dem Künstler für nicht wichtig genug erachtet worden, um herausgearbeitet zu werden. Zwei kleine Löcher waren in die Achselhöhlen gebohrt.

»Vielleicht ein Anhänger, vielleicht ein Amtsabzeichen, vielleicht ein Fetisch, der an einem Höhleneingang hing und die Familie in der Höhle beschützen sollte«, sagte Jake und fügte leise hinzu: »Ein sehr, sehr schönes Stück.«

»Einige der anderen sind sorgfältiger gearbeitet«, wies ihn Resnikov zurecht.

»Und deshalb sind sie weniger mächtig.« Jake hielt die Figur in seiner Hand. »Es scheint so, als hätte der Künstler vermieden, dieses Männchen zu naturgetreu nachzubilden. Die Menschen in der Steinzeit sahen das Leben nicht so, wie wir es heute tun, als eine gerade Linie zum Tode. Ich nehme an, sie kannten viele Arten des Lebens, viele Ebenen des Todes.«

Jake legte die Statue zurück, ohne irgendeinen Test damit zu machen. Er wog sie nur in der Hand und fuhr mit dem Fingernagel über die Oberfläche.

»Ist sie echt?« fragte Honor.

»Sie sieht echt aus, fühlt sich echt an, und mein Fingernagel hat keinen Kratzer darauf hinterlassen. Auf jeden Fall ist sie zu groß für die Gläser, die ich mitgebracht habe.«

»Und die heiße Nadel?« fragte sie.

»Verkneif dir das.« Dann griente er sie gewinnend an. »Laß nur. Damit werde ich mich bei dir später beschäftigen.«

»Du machst mich atemlos.«

Die Worte klangen bei weitem nicht so bissig, wie Honor es sich gewünscht hätte. Jakes Lächeln hatte etwas, das sogar einen Panzer entwaffnen konnte. Und was für ihren Seelenfrieden äußerst abträglich war. Sie war aus wesentlich weicherem Stoff gemacht als ein Panzer.

»Großartig«, sagte Jake und berührte die kleine Statue noch einmal, als sie wieder in der Kiste lag. »Kunst, Schöpfung und Juwel in einem. Sozusagen unbezahlbar.«

»Alles hat seinen Preis«, meinte Resnikov. Auch wenn er nichts weiter sagte, so machte sein Benehmen doch deutlich, daß er Jake in die Dinge mit einbezog, die käuflich zu sein schienen.

Honor hielt den Atem an, weil sie erwartete, daß Jake Resnikov an die Gurgel gehen würde. Doch er lächelte nur. Es war allerdings nicht die Art von Lächeln, bei dem einer Frau warm ums Herz wurde.

»Ich höre«, sagte Jake und packte seine Sachen wieder in den Koffer.

»Wenn du damit einverstanden bist, für mich zu arbeiten, wird Emerging Resources keine Schwierigkeiten mehr in der gesamten russischen Föderation haben.«

Jakes Hand hielt für den Bruchteil einer Sekunde mitten im Zusammenräumen inne, doch das war alles. Es war seine einzige Reaktion darauf, daß man ihm gerade das angeboten hatte, wonach er gestrebt hatte – eine Gelegenheit, seine Gesellschaft von der Liste derer, die in Rußland unerwünscht waren, zu tilgen.

»Wenn du deine Aufgabe erfolgreich beendest«, lockte Resnikov weiter, »dann wirst du der einzige Vertreter für die ganze Welt für baltischen Bernstein werden, roh und auch bearbeitet.

Wenn du es willst, wird jedes einzelne Stück Bernstein der russischen Föderation durch deine Hände gehen, ehe es verkauft wird.«

Honor hielt den Atem an bei dem Angebot, das Resnikov dem Mann unterbreitete, der Bernstein mehr liebte als alles andere. Doch als sie Jake ansah, schloß der seinen Koffer, als wäre absolut nichts Wichtiges vorgefallen.

»Ob du nun erfolgreich bist oder nicht in deiner Aufgabe«, führte der Russe weiter aus, »wirst du einhundert Kunstwerke aus Bernstein bekommen, die in der Qualität denen, die du heute abend als echt eingestuft hast, entsprechen oder sie sogar noch übersteigen. Man wird dir erlauben, sie selbst auszuwählen aus einer Sammlung von vierhundert Exponaten.«

Jakes Augen weiteten sich ein wenig, doch dann runzelte er die Stirn. »Also arbeitest du noch immer für die russische Regierung.«

»Tut das was zur Sache? Ganz gleich, wer mein Auftraggeber ist, die Qualität deiner Bezahlung ist durch deine eigene Sachkenntnis garantiert.«

Schweigen. Dann fragte Jake: »Was soll ich dafür denn tun?«

»Finde die Tafel aus dem Bernsteinzimmer, die Kyle Donovan gestohlen hat, um sie zu ...«

»Mein Bruder hat nichts gestohlen!«

Resnikov bedachte Honor mit einem verschleierten Blick und einem Lächeln, das nicht weiterreichte als bis zu seinen Zähnen. »Natürlich. Vergeben Sie mir. Ich werde meine Bitte anders formulieren.« Er beobachtete Jake, der gerade seinen Koffer schloß. »Finde die Tafel des Bernsteinzimmers, die Kyle Donovan von Kaliningrad nach Rußland gebracht hat. Diese Tafel wird als Echtheitsgarantie für den Verkauf des gesamten Bernsteinzimmers gesehen. Ich glaube, es wurden sechzig Millionen US-Dollar erwähnt als Anfangspreis für die Auktion.«

Honor machte ein ersticktes Geräusch.

»Was läßt dich glauben, daß nicht ich die Tafel gestohlen habe, sondern Kyle die Verantwortung dafür tragen muß?« fragte Jake mit ausdrucksloser Stimme.

»Du?« Der Russe lachte erheitert. »Du bist viel zu – wie sagt man das? – ehrenhaft wie ein langer Tag?«

»So ehrlich, wie ein Tag lang ist.«

»Jawohl.« Resnikov nickte. »Genau das ist das richtige Wort. Selbst wenn du weniger ehrlich wärst – es ist nicht dein Stil, einen Freund zu betrügen.«

Die Sicherheit des Russen ärgerte Honor. »Wie lange kennen Sie Jake schon?«

»Viele Jahre, sowohl als Verbündeten als auch als, sagen wir, Konkurrenten. Ich habe intime Kenntnis davon, daß er seine Freunde nicht betrügt.« Er musterte Jake. »Was meinst du?«

»Wessen Interessen vertrittst du?« hakte Jake unbeeindruckt nach.

»Der Bernstein, den du bekommen wirst, ist nicht mit Blut befleckt. Jedes einzelne Stück wurde aus der Lagune hinter der Halbinsel Samland geborgen.«

»Vor kurzem?«

»Nein. Viele Museen haben Stücke an den Eigentümer abgegeben, der diese Kiste hat arbeiten lassen.«

»Abgegeben, wie? Richtig nett von ihnen.«

»Das Sowjetreich war einmal groß und wohlhabend.« Resnikov zuckte mit den Schultern. »Jetzt ist es viel kleiner und auch ärmer.«

»So etwas passiert.«

Jake betrachtete noch einmal die unglaublichen Kunstwerke, die voller Ehrfurcht und Respekt von menschlichen Händen vor so langer, langer Zeit geschaffen worden waren. Dann schloß er sachte den Deckel der Kiste und befestigte den goldenen Verschluß.

»Nein, danke, Pete. Ich arbeite nur für einen Freund gleichzeitig.«

Resnikov erstarrte. »Ich kann nicht glauben, daß du Teil des Komplotts von Kyle Donovan bist.«

»Das bin ich nicht.«

»Warum weigerst du dich dann, mit mir zusammenzuarbeiten? Unsere Länder sind nicht länger Feinde.«

»Das hat mit Politik überhaupt nichts zu tun.« Jakes große Hand legte sich auf die von Honor. Er zog ihre kühlen Finger an seine Lippen. »Ich arbeite für Miss Donovan. Wir sind ... sehr gute Freunde.«

Sie konnte den Schauer nicht unterdrücken, der durch ihren Körper lief, als sein warmer Atem über ihre Haut strich. Und auch ihre Erleichterung nicht.

Honor hatte nicht geahnt, wie allein sie sich fühlen würde, wenn sie ohne Jake nach Kyle suchen müßte.

»Du brauchst mir heute abend noch nicht zu antworten«, sagte Resnikov leicht enttäuscht. »Denk einen Tag lang darüber nach. Laß dich nicht von deinem Starrsinn leiten, Jacob. Du bist nicht stark genug, um das Bernsteinzimmer zu besitzen.«

»Das will ich auch gar nicht.«

Der Russe sah Jake an, vier Atemzüge lang, dann nickte er, weil er ihm glaubte.

»Für diesen Fall habe ich einen zusätzlichen Vorschlag«, erklärte Resnikov glatt. »Fahr mit deiner hübschen *Freundin* nach Paris oder Rom oder London, auf meine Kosten. Bleib mindestens einen Monat lang dort.« Absichtlich öffnete er die Kiste mit dem Bernstein noch einmal. »Ganz gleich, wie deine Entscheidung nach diesem Monat ausfällt, behalte dies hier, als kleines Zeichen unserer Freundschaft.«

Verborgen in den dunklen Schatten der Kiste309
schimmerten aus dem uralten Bernstein Zeit, Geheimnis und das Verlangen der Menschen, die schon lange tot waren.

Jake stand auf und zog Honor mit sich hoch. »Morgen wird meine Entscheidung auch nicht anders aussehen. Kein Verkauf und auch keine Auszeit. Hast du mich verstanden?«

Bedächtig nickte Resnikov. »Und du, J. Jacob Mallory, hast du verstanden?«

»Darauf kannst du dein Leben verwetten. Sag auf Wiedersehen, Honor.«

Jake reichte ihr den Koffer, nahm mit der linken Hand ihren Arm und dirigierte sie zur Hintertür.

»Solltest du deine Meinung ändern«, versuchte Resnikov ihn aufzuhalten, »kannst du mich im Ana Curtis Hotel erreichen.«

»Das werde ich nicht.«

»Ich glaube, du wirst es doch tun. Meine Auftraggeber können sehr überzeugend sein.«

Jake trat den Stuhl unter der Türklinke weg, schob Honor auf die Straße und folgte ihr. Sie hatte nicht bemerkt, daß er eine Pistole in der Hand hielt, die er gegen sein rechtes Bein drückte, die Wagenschlüssel mit der linken Hand aus seiner Tasche nahm und sie ihr zuwarf.

»Du fährst.«

Sie wagte nicht zu widersprechen.

17

»Bieg hier ab«, befahl Jake. »Wir fahren zu meiner Hütte.«

»Du vielleicht«, sagte Honor und ignorierte seinen Befehl. »Ich fahre zu Kyles Hütte.«

Sie reckte kampflustig ihr Kinn.

»Erlaube mir, dir zu erklären, was da eben passiert ist«, begann er leise.

»Ich war dabei, erinnerst du dich?«

»Dein Körper war dabei. Dein Verstand nicht, denn sonst würdest du wissen, wie abenteuerlich es klingt, wenn du davon sprichst, allein zu Kyles Hütte zu fahren.«

Honors Instinkt sagte ihr, daß Jake recht hatte, aber sie hatte nicht die Absicht, dieses Gefühl mit ihm zu teilen. Sie fühlte sich viel zu sehr aus der Bahn geworfen, um sich selbst zu trauen, falls er in der Dunkelheit der Hütte nach ihr greifen würde.

Oder falls er es nicht tat.

»Resnikov glaubt, daß du mich nicht betrügen wirst«, nahm Honor den Faden erneut auf. »Aber er weiß ja auch nicht, was geschehen ist, nicht wahr?«

»Was geschehen ist, ist, daß ich in der letzten Stunde einige Kunstwerke aus Bernstein untersucht habe, Kunstwerke, die ...«

»Ich war dabei, erinnerst du ...«

»... die aus russischen Staatsmuseen hätten stammen können. Das hat verschiedene Dinge zu bedeuten. Pete könnte ein Vertreter der offiziellen Regierung sein, in einer offiziellen, aber verdeckten Stellung. Er könnte aber auch einem Zweig der Mafia von Kaliningrad angehören, die den Abbau und die Verteilung von Bernstein in den baltischen Staaten kontrolliert oder zu kontrollieren hofft. Er könnte die Stücke, die wir heute abend gesehen haben, gestohlen haben, in der Hoffnung, mich damit bestechen zu können, um noch wertvollere Dinge in seine Hände zu bekommen.«

»Wie zum Beispiel das Bernsteinzimmer?«

»Oder die Information darüber, wer es gestohlen hat oder wie es aus Rußland geschmuggelt wurde oder, was noch viel wichtiger ist, warum.«

»Aus Gier«, mutmaßte Honor.

»Natürlich. Aber Gier nach *was*? Nach dem Bernstein selbst? Nach Geld? Rache? Nach politischer Macht? Pete könnte hinter all dem her sein. Er ist weder ängstlich noch dumm311 noch zimperlich.«

Honor streifte Jake mit einem unbehaglichen Blick. In dem schwachen Licht, das durch die Wolken drang, sah sein Gesichtsausdruck nicht gerade einladend aus. Er war so abweisend wie die finsterste Mitternacht. Ein Gefühl der Beklemmung beschlich sie. Dies war der Jake, den sie nicht kannte, der Mann, der eine entsicherte Pistole in der Hand hielt mit der Absicht abzudrücken, wenn es sein mußte.

»Was glaubst du denn, wer den Bernstein gestohlen hat?« fragte sie leise.

»Kyle hat für die Ladung unterschrieben und ist damit aus Kaliningrad hinausgefahren. Ich konnte seinen Weg bis nach Rußland verfolgen, ehe die Leute von Donovan International damit begannen, mir die Türen vor der Nase zuzuschlagen.«

»Was hat das zu bedeuten?«

»Genau das, was ich gesagt habe. Donovan International ist mächtiger als ich. Sie wollten nicht, daß ich irgendwelche Fragen stellte.«

»Das ist doch lächerlich. Wir wollen Kyle genausosehr finden wie du. Mehr noch. Wir lieben ihn.«

»Ja. Und das ist auch der Grund dafür, daß deine Familie nicht will, daß ich ihn finde.«

»Hör mal«, knirschte Honor, »Archer hat mir gesagt, daß die Beweise gegen Kyle ein wenig zu offensichtlich waren, um sie glauben zu können. Es war so, als hätte man ihn in eine Falle gelockt.«

»Vielleicht ist er nicht unbedingt klug vorgegangen bei dem, was er getan hat.«

»Warum kannst du nicht glauben, daß er unschuldig ist?«

»Weil ich dann der Schuldige wäre. Nein, danke, Butterblümchen. Ich werde nicht für die Sünden deines Bruders hängen.«

»Könnte es nicht sein, daß jemand anders diese verdammte Tafel gestohlen hat und sie dann zwischen dem legitimen Bernstein versteckt hat? Warum müssen unbedingt du oder Kyle das gewesen sein?«

Jake murmelte etwas vor sich hin. Zum zehnten Mal in den letzten zwei Minuten warf er einen Blick in den Rückspiegel.

Noch immer folgte ihnen niemand. Er sicherte seine Pistole und legte sie ins Handschuhfach.

»Dein Bruder war verrückt nach einer litauischen Freiheitskämpferin – oder Terroristin, das hängt ganz von deiner Sicht der politischen Lage ab.«

»Verrückt? Liebe ist ein ganz normales Wort, wie jedes andere auch. Du kannst es ruhig aussprechen. Dir wird dabei nicht die Zunge abfallen.«

»Unsinn.«

»Das ist auch so ein Wort«, gab sie mit kühler Stimme zurück. »Ganz im Gegensatz zu einigen anderen Männern ist Kyle sehr wohl der Liebe und auch der Lust fähig.«

»Soll das ein Seitenhieb auf mich sein?«

»Es ist eine Tatsache. Das kannst du erst einmal verdauen.«

»Ich habe es verdaut. Und jetzt will ich dir mal ein paar Tatsachen verklickern. Sie werden dir genausowenig gefallen, wie es mir gefallen hat, hereingelegt worden zu sein, indem man mir Kyles Vergehen in die Schuhe geschoben hat.«

Honors Hände umklammerten das Lenkrad fester.

»Ich besitze eine Firma mit Namen Emerging Resources«, sagte Jake. »Der hauptsächliche Geschäftszweig ist es, Firmen aus der Ersten Welt zu beraten, die Geschäfte in der russischen Föderation abschließen wollen, und das bedeutet einen Seiltanz zu veranstalten zwischen der Zweiten Welt und der Toilette.«

Er sah wieder in den Rückspiegel an der Beifahrerseite.

»Mit Intelligenz, mit viel Schweiß und Glück«, setzte er fort, »kann man Rußland davon abhalten, in einem finanziellen und sozialen Chaos zu versinken – und einen großen Teil der restlichen Welt mit sich zu ziehen. Eine harte Währung ist ein Schlüssel zum Überleben eines Landes. In Kaliningrad und Litauen war ich so eine Art inoffizieller Berater dafür, wie die Regierung die meiste harte Währung aus dem Bernstein bekommen konnte. Verstehst du den Unterschied zwischen harter und weicher Währung?«

»Eine harte Währung kann man in jede andere Währung der Welt umtauschen«, sagte Honor gepreßt. »Eine weiche Währung nicht. Außerhalb des Landes, das diese Währung ausgibt, kann eine weiche Währung weniger wert sein als gutes Toilettenpapier.«

»Du bist eine Donovan.« Er feixte anerkennend. »Du verstehst das internationale Geschäft. Ohne eine harte Währung, mit der man Waren auf dem Weltmarkt kaufen kann, ist für die Länder der russischen Föderation nicht viel mehr möglich als Almosen, Armut, Stagnation und schließlich Revolution. Einfühlsame Menschen wissen das und passen ihre nationale Politik dem an.«

»Und wie paßt der Diebstahl des Bernsteinzimmers dort hinein?«

»Auf keinen Fall unter die Sparte der Vernunft, soviel ist sicher.«

Als Honor auf den Marine Drive einbog, schoben sich Wolken vor das Licht, und es wurde noch dunkler.

»Das Bernsteinzimmer gehört zu der Sparte Gier, Rache und Politik«, erklärte Jake. »Für Rußland ist es ein Symbol der Gier der Nazis, des russischen Blutes und des Schmerzes des Zweiten Weltkrieges, dazu noch der Großartigkeit des Goldenen Zeitalters der Zaren, von dem die Russen fürchten, es nie wieder zu erleben. Der Kommunismus hat die Wirtschaft ausgebrannt und auch den Geist der Menschen, viel schlimmer als die Zaren es je geschafft haben.«

Honor erinnerte sich an die explosive Unterhaltung, die sie mit dem Donovan gehabt hatte, als sie zum ersten Mal vorgeschlagen hatte, daß sie und Faith Geschäfte auch außerhalb der Länder der Ersten Welt machen sollten. Er war absolut nicht begeistert gewesen davon, trotz der Tatsache, daß die Männer der Donovans genau das taten.

»Dad verkündet so ziemlich das gleiche«, seufzte sie. »Das ist das einzige, in dem er und Archer übereinstimmen. Aber warum sollte die russische Regierung das Bernsteinzimmer stehlen?«

»Aus dem gleichen Grund, aus dem die italienische Mafia eines der großartigsten Gemälde Italiens gestohlen hat – *Christi Geburt* von Carvaggio. Konkurrierende Interessen. Das Verbrechen und die legitime Regierung mögen sich überschneiden, doch sind sie nicht das gleiche. Noch nicht.«

»Du hast etwas von litauischen Terroristen gesagt. Wozu sollten sie das Bernsteinzimmer haben wollen? Um es gegen Waffen einzutauschen?«

»Das wäre eine Möglichkeit. Wenn sie wirklich schlau wären, dann würden sie es als Druckmittel benutzen, um sich weiter von Rußland zu lösen und ihre eigene Währung zu bekommen, eine ernsthafte und keine zahnlose lokale Regierung, echte Autonomie, all diese Dinge. Doch leider kann Rußland es sich momentan nicht leisten, noch mehr Teile seines früheren Reiches zu verlieren, ohne den totalen Zusammenbruch zu riskieren.«

»Und was ist mit dieser Frau? Wo liegen ihre Interessen?«

»Marju?«

»Nein. Die in der roten Jacke.«

»Oh. Das ist Ellen Lazarus. Wir haben einmal für dieselbe Einrichtung gearbeitet.«

»Die US-Regierung?« fragte Honor mit ausdrucksloser Stimme.

»Für einen Teil davon. Niemand arbeitet für die ganze Regierung, nicht einmal der Präsident. Und was Ellen angeht, ist das recht einfach. Sie will das Bernsteinzimmer haben.«

»Warum?«

»Das hat sie nicht gesagt.«

»Und was vermutest du?«

»Politik. Internationales Druckmittel. Du streichelst mich, und ich streichle dich, und es wird uns allen gutgehen, solange es dauert.«

»Jake Mallorys erstes Prinzip«, erklärte Honor sarkastisch. »Solange es dauert.«

»Immer noch besser als Feenstaub über Liebe, Leben oder Land für immer, Welt ohne Ende, Amen. Nichts ist für immer, meine Süße.«

»Auch nicht Bernstein?« forderte sie ihn heraus.

»Auch das nicht. Obwohl es dem schon ziemlich nahe kommt. Wenn du eine Skulptur aus der Jungsteinzeit in der Hand hältst, dann fällt die Zeit davon ab, bis du beinahe die Sehnsüchte der Völker berühren kannst, die ihre Seele in eine so schichte Schnitzerei gelegt haben ...«

Jakes rauhe Stimme ließ einen erneuten Schauer durch Honors Körper laufen. Er liebte antiken Bernstein so, wie sie sich stets die Liebe eines Mannes erträumt hatte.

Und dennoch hatte er genau das abgelehnt, was er so sehr liebte.

»Warum?« fragte sie.

»Warum was?«

»Warum hast du Resnikovs Angebot abgelehnt? Hast du geglaubt, er würde seine Versprechen nicht einhalten?«

»Das tat nichts zur Sache. Nein, ich arbeite immer nur für einen Auftraggeber gleichzeitig.«

»Für dich selbst?«

»Meistens. In letzter Zeit mußte ich feststellen, daß ich für ein scharfzüngiges Butterblümchen arbeite.«

»Die ihrerseits feststellen mußte, daß sie der Arbeitgeber eines tödlichen Lieblings ist«, gab sie zurück.

»Manchmal genügen Blumen nicht, um einen Job zu erledigen.«

Zitternd atmete Honor durch. Sie wünschte sich so sehr, in Jakes Nähe zu bleiben, daß es ihr angst machte. Sie war Hals über Kopf in diese Sache hineingeraten, auf jede nur mögliche Art. Sie würde es letztlich überleben, sich in den falschen Mann verliebt zu haben.

Doch sie würde es nicht überleben, dem falschen Mann vertraut zu haben, in einem tödlichen Spiel von Gier und Bernstein.

»Wenn es dir hilft«, meinte Jake, »als dein offizieller *ginteras* habe ich sogar die Zustimmung von Donovan International.«

»Was?«

»Im Gegensatz zu einem scharfzüngigen Butterblümchen hat Archer sehr schnell herausgefunden, daß ich nicht die Absicht habe, seiner kleinen Schwester etwas anzutun. Er hat mir angeboten, meinen Namen reinzuwaschen, wenn ich dich aus der direkten Schußlinie heraushalte.«

»Das verstehe ich nicht.«

»Stell dich nicht blöd«, fuhr er sie grob an.

Sie biß sich auf die Lippe, um die häßlichen Worte zurückzuhalten, die ihr auf der Zunge lagen. Eine Schimpftirage würde jetzt nicht helfen, auch wenn es ihr genauso guttun würde, Jake Mallory so sehr zu schütteln, daß seine strahlendweißen Zähne klapperten.

»Laß mich das mal klarkriegen«, sagte sie tonlos. »Archer hat dir angeboten, deinen Namen reinzuwaschen, wenn du mich von hier wegbringen würdest?«

»Jawohl.«

Honor verschlug es die Sprache.

»Du glaubst mir nicht«, nahm Jake an und beobachtete sie scharf.

»Ich weiß nicht, was ich glauben soll.«

»Ah, die Lady lernt.«

»Hör mir zu, du selbstgefälliger …«

»Tut mir leid«, unterbrach er sie. »Ich selbst bin auch ein wenig nervös, okay? Wenn ich nicht wüßte, daß du verflixt intelligent bist, hätte ich dich in einen Zwinger gesteckt und dich so schnell wie möglich zu den Donovans zurückgeschickt.«

»Danke, glaube ich. Du hast Resnikovs Angebot abgelehnt, und du hast auch Archers Angebot abgewiesen. Warum?«

»Ich traue Resnikov nicht.«

»Traust du denn Archer?«

»In allem, nur jetzt nicht. Wenn es zur Sache geht, heißt es, entweder ich oder Kyle. Ich weiß, auf welche Seite sich jeder einzelne Donovan schlagen wird.«

»Archer würde sein Wort dir gegenüber nicht brechen.«

»Er liebt dich, und er liebt Kyle. Nur ein Dummkopf verlangt von einem Mann, zwischen zwei Dingen zu wählen, die er beide gleich liebt. Du kannst das Ergebnis nicht vorhersagen.«

Honor öffnete den Mund, schloß ihn dann aber wieder. Sie wußte, daß Jake recht hatte. Wenn sie zwischen ihren Geschwistern wählen sollte …, das konnte sie nicht.

Es begann zu regnen. Sie schaltete die Scheinwerfer ein und betätigte die Scheibenwischer. Schmutz von der Straße klebte auf dem Fenster, und Jake beugte sich vor und stellte die Scheibenwaschanlage an. Das Glas wurde sauber und die Sicht besser.

»Was glaubst du denn?« fragte Honor schließlich.

»Scheiß auf den Glauben.« Jakes Stimme klang frostig. »Ich *weiß*, daß ich den Bernstein nicht gestohlen habe und erst recht nicht die angebliche Tafel aus dem Bernsteinzimmer.«

Sie wollte an seinen Worten zweifeln.

Sie wollte ihm glauben.

Man verlangte von ihr, zwischen zwei Menschen zu wählen, die sie liebte, Kyle und Jake. Ihr Verstand konnte ihr eine überwältigende Anzahl von Gründen geben, sich für Kyle zu entscheiden. Ihr Gefühl wehrte sich jedoch dagegen, die eine oder die andere Wahl zu treffen.

»Wenn es noch einen anderen Verdächtigen gäbe, irgendeinen Verdächtigen«, fragte Honor beinahe verzweifelt. »Würdest du dann glauben, daß Kyle unschuldig ist?«

»Teufel, ja! Ich habe darüber nachgedacht, seit ich von dem Diebstahl gehört habe, habe nach irgendeiner Erklärung gesucht. Ich glaubte immer, dieser charmante Schuft sei mein Freund.«

Sie wollte etwas sagen, überlegte es sich dann aber anders. Anstatt ihren Bruder zu verteidigen, hörte sie ihrem Geliebten zu, einem Geliebten, wie man ihn nur einmal im Leben fand.

»Zuerst konnte ich nicht glauben, daß Kyle mich so betrogen hatte«, sagte Jake. »Ich glaubte sogar, er würde in Schwierigkeiten stecken, und ich könnte ihm helfen. Himmel, was war ich doch für ein Blödmann.«

Bei dem Schmerz und der Selbstverachtung, die sie aus Jakes Stimme hörte, verkrampfte sich Honors Herz. Es war genau das gleiche, was sie gefühlt hatte, als Archer ihr verraten hatte, wer ihr Fischereiführer in Wirklichkeit war.

»Ich begann, Fragen zu stellen«, erzählte Jake weiter. »Und Donovan International kam über mich wie eine Jahrhundertflut. Das nächste, an das ich mich erinnere, war, daß Leute mir damit drohten, mich umzubringen, falls ich nicht den Mund halten und aus der Stadt verschwinden würde. Doch ich habe weitergebohrt. Dem Donovan-Clan hat das nicht gefallen. Sie haben dafür gesorgt, daß ich aus dieser Hälfte der Welt herausgeworfen wurde.«

Eine bedrückende Stille lastete zwischen ihnen. Nach ein paar Minuten durchbrach Honor sie. »Und was ist mit dieser Frau?«

»Ellen?«

»Nein. Mariyoo, oder wie sie heißt.«

Jake sah sie verwundert an, doch dann verstand er. »Oh, *Marju*. Was soll mit ihr sein?«

»Wenn Kyle etwas gestohlen hat – und ich will damit nicht sagen, daß er es tatsächlich getan hat –, besteht dann nicht die Möglichkeit, daß sie gewußt hat, was los war?«

»Doch.«

»Und?«

»Sie hat behauptet, daß Kyle sie benutzt hat, um an das Bernsteinzimmer zu kommen.«

»Das ist nicht sein Stil.«

Jake blieb stumm.

»Verdammt, es ist die Wahrheit!« rief Honor. »Kyle würde so etwas nicht tun, ganz besonders würde er so etwas keinem Menschen antun, den er liebt.«

»Du sprichst wohl nicht von Liebe, sondern von Lust. Das ist nicht das gleiche.«

»Red keinen Mist«, antwortete sie bitter.

Jake verspürte den Wunsch, mit den Fäusten auf das Armaturenbrett zu dreschen. Das Gefühl, daß Honor ihm entglitt, hatte seine Beherrschung auf eine harte Probe gestellt. Er versuchte, sich all die Gründe einzureden, warum sie das Recht hatte, sich ausgenutzt zu fühlen. Er holte tief Luft und dann gleich noch einmal.

Aber nach wie vor verspürte er den dringenden Wunsch, das Armaturenbrett mit den Fäusten zu bearbeiten.

»Was macht dich denn so sicher, daß Marju Kyle nicht ausgenutzt hat?« fragte Honor.

»Sie hatte kein Motiv.«

»Und wie ist es mit sechzig Millionen Mäusen?«

»Und was ist mit der Tatsache, daß Marju durch die Bruderschaft des Waldes Verbindung zu der Tafel hatte?« gab Jake zurück.

»Und?«

»Sie ist eine hochklassige litauische Patriotin. Die Bruderschaft des Waldes ist eine litauische patriotische Organisation. Sie könnte das Bernsteinzimmer von ihrer einen Liebe, der Bruderschaft, stehlen und es einer anderen Liebe, Kyle, übergeben. Aber sie würde es niemals sowohl von der Bruderschaft als auch von Kyle stehlen. Dazu hätte sie kein Motiv. Auf jeden Fall hatte sie das verdammte Ding bereits in ihrem Besitz. Warum also sollte sie es von sich selbst stehlen?«

»Und was ist mit Schlangenauge?«

»Wenn er das Bernsteinzimmer in seinem Besitz hätte, würde er hier nicht rumhängen.«

»Das gleiche könnte man auch von allen anderen sagen.«

»Bis auf Kyle«, vollendete Jake. »Er ist nicht hier.«

»Das ist Archer auch nicht. Bedeutet das etwa, daß er es gestohlen hat?«

»Für mich würde es einen Sinn ergeben. Archer ist derjenige, der Rußland für mich verschlossen hat.«

Erneutes Schweigen trat ein.

»Und was ist, wenn Kyle die Tafel nicht gestohlen hat«, fragte Honor schließlich, »man ihn aber dafür verantwortlich macht?«

»Tolle Idee. Und wer hat sie dann gestohlen?«

»Das weiß ich nicht. Vielleicht haben sie es alle getan und haben sich verschworen, Kyle dafür verantwortlich zu machen.«

»Sie? Meinst du damit Rußland, Litauen, die Vereinigten Staaten und noch verschiedene andere internationale Halunken mit unsicherer Herkunft, mich eingeschlossen?«

»Es ist einfach für dich, das alles ins Lächerliche zu ziehen. Bis jetzt habe ich allerdings nicht gehört, daß du eine bessere Lösung parat hättest.«

»Das brauche ich auch nicht. Ich habe bereits einen Verdächtigen, auf den alle Fakten passen.«

»Deine Fakten müssen dringend unter anderen Gesichtspunkten beleuchtet werden.«

Jake fluchte unflätig. »Jeder von etwa tausend Leuten könnte die Tafel gestohlen haben, aber das erklärt nicht, warum Kyle und die ganze Ladung zusammen verschwunden sind, nicht wahr?«

»Aber jemand hätte die Tafel heimlich zu der anderen Ladung dazutun können, als sie verladen wurde. Kyle braucht damit gar nichts zu tun zu haben.«

»Ich habe jedes einzelne Teil der Ladung selbst verpackt. Es gab nichts anderes als unbearbeiteten Bernstein. Nichts.«

Honor blinzelte und schwieg.

»Ich habe Kyle den Truck übergeben«, berichtete Jake. »Er sollte ihn zu dem Fahrer bringen, den er dafür eingestellt hatte.

Noch ehe der Truck Kaliningrad verlassen hatte, war der Fahrer umgebracht und am Straßenrand liegen gelassen worden. Ein Mann, auf den Kyles Beschreibung paßte, ist dabei beobachtet worden, wie er den Truck über die russische Grenze gefahren hat. Seitdem ist der Truck nicht wiederaufgetaucht. Kyle allerdings schon. Hier. Vor zwei Wochen. Noch nicht einmal in den vier Wochen, seit er vermißt wird, hat er seine liebende Familie angerufen und ihr versichert, daß es ihm gutgeht. Und jetzt sag mir, wie ich, ein kaltherziger Schuft, glauben könnte, daß dein Bruder unschuldig ist?«

Honors Gesichtsausdruck wechselte von ablehnend zur Verzweiflung.

Jake hätte sich eigentlich besser fühlen müssen, weil sie ihm endlich zu glauben schien. Doch das war nicht so. Es fiel ihm schwer, sich gut zu fühlen, wenn Honor gleichzeitig aussah, als wäre sie von einem Laster überrollt worden.

In der nachfolgenden Stille hörte sich das Klicken des Blinkers so laut an wie eine Trommel.

Der Polizeiwagen parkte unverdrossen in der kleinen Wendebucht in der Nähe der Hütte.

»Er wird dort noch verrosten«, knurrte Honor.

»Wer?«

»Der Cop mit seinem Radarmeßgerät.«

»Er ist nicht daran interessiert, Protokolle für zu schnelles Fahren auszustellen. Er beobachtet die Hütte, nicht den Verkehr.«

»Wundervoll. Und wenn ich ihn nun einfach anrempeln würde, nur um ihm zu zeigen, daß ich Mitleid mit ihm habe?«

»Er hat eine Schicht von acht Stunden. Er kann sie damit verbringen, dir das Leben schwerzumachen, oder er kann einfach nur in seinem Wagen sitzen und Pornohefte lesen.«

Honor hielt beide Hände am Lenkrad, als sie in die Einfahrt zur Hütte einbog.

»Wie lange wird es dauern, bis du gepackt hast?« fragte Jake.

»Ich werde nicht packen.«

Nur mit Mühe gelang es Jake, sich zu beherrschen.

»Was hast du dagegen, mit in meine Hütte zu kommen?« fragte er gefährlich ruhig. »Mein Bett ist viel größer als deines. Du wirst deinen ganzen verdammten Koffer zwischen uns beide aufstellen können.«

Honor ignorierte ihn und stieg aus dem Wagen.

Jake öffnete das Handschuhfach, nahm seine Pistole heraus und holte Honor ein, ehe sie an der Haustür angekommen war.

»Nein«, zischte er zwischen zusammengebissenen Zähnen hervor. »Laß mich erst das Haus durchsuchen.«

»Ich habe abgeschlossen.«

Er schnaufte verächtlich. »Du besitzt doch einen Verstand, Butterblümchen. Dann benutze ihn bitte.«

Sie warf einen genervten Blick auf die Pistole. »Es fällt mir schwer zu glauben, daß ich eine ... eine Art Zielscheibe sein soll.«

»Das kannst du ruhig glauben. Du bist der Schlüssel zum Schloß der Donovans. Jemand könnte dich entführen und dann Verhandlungen für das Bernsteinzimmer beginnen.«

»Ich habe es doch gar nicht.«

»Aber die Donovans haben es.«

»Den Teufel tun sie!«

»Beweise es.«

Honor schluckte schwer.

»Jetzt kapierst du langsam«, sagte er. »Du kannst nicht beweisen, daß es nicht stimmt. Gib mir den Schlüssel.«

»Ich dachte immer, daß all diese Geheimagententypen einen Dietrich mit sich rumtragen.«

»Einen Dietrich? Aber sicher. Ich habe einen, gleich hier.« Jake hob den Fuß, um die Tür einzutreten.

»Laß nur«, wehrte Honor hastig ab. »Hier.«

»Bleib draußen, bis ich dich holen komme.«

»Das ist doch lächerlich.«

»Amen. Bleib hier.«

Hin- und hergerissen zwischen Zorn und nagender Angst, wartete Honor. Auch wenn es nicht lange dauerte, bis Jake wieder an der Tür erschien, so kam es ihr doch vor, als sei eine Stunde vergangen.

»Wie ich schon sagte«, murmelte sie, als sie an ihm vorbei die Hütte betrat, »ist das … Verdammt! Das habe ich vergessen.«

»Ich nicht. Paß auf, wohin du trittst. Papier kann genauso glitschig sein wie Eis.«

Honor hob alles auf, was ihr im Weg lag, und bahnte sich einen schmalen Pfad durch das Chaos, das der Einbrecher hinterlassen hatte. Schließlich erreichte sie Kyles Schreibtisch. Das Licht am Anrufbeantworter blinkte nicht.

»Möchtest du wirklich nicht lieber mit zu mir kommen?« fragte Jake. »Ich bin zwar nicht der perfekteste Haushälter der Welt, aber besser als hier ist es bei mir allemal.«

Verbissen schwieg sie.

»Teufel«, knurrte er. »Ich sehe auf dem Boot nach, dann komme ich zurück, um dir beim Aufräumen zu helfen.«

Ehe Jake noch an der Haustür war, läutete das Telefon. Mit bitterer Miene dachte er, daß derjenige, der die Hütte ausspionierte, ein gutes Netzwerk an Berichterstattern besitzen mußte. Er und Honor waren noch nicht fünf Minuten im Haus, und schon begann der Spaß.

Honor griff nach dem Hörer. »Hallo?«

»Hallo. Wer ist da?«

»Honor Donovan. Und wer sind Sie?«

»Wir kennen einander nicht, aber Kyle hat mir viel von Ihnen erzählt. Mein Name ist Marju. Kyle ist mein Verlobter. Darf ich zu Ihnen kommen und mit Ihnen reden?«

18

»Nun?« fragte Honor ungeduldig und versuchte, über Jakes Schultern zu lugen. Sie konnte es kaum erwarten, die Frau zu sehen, die behauptete, Kyles Verlobte zu sein.

»Sie ist allein.«

Er beobachtete, wie Marju aus dem zerbeulten Mietwagen ausstieg und sich dann einen Weg durch den Schlamm und die Pfützen vor der Haustür suchte.

»Ich frage mich, ob sie und Ellen nicht dieselbe Schule besucht haben«, meinte Jake.

»Die Spionageschule?« frage Honor perplex.

»Die Schule für Bewegungen.«

»Was meinst du ... ach, das«, sagte sie und begriff, als sie sah, wie Marju ging. Auch wenn der schwarze Rock und der Pullover nicht besonders modisch waren, an ihr sahen sie aus, als wären sie Pariser Originale. »Donnerwetter. Ich glaube, einige Frauen werden mit so einem Gang geboren. Sie brauchen erst gar nicht zu üben.«

»Du solltest das wissen.«

Sie musterte Jake stirnrunzelnd. »Ich bewege mich nicht so.«

»Du machst es noch besser.«

»Ha. Auf keinen Fall gehe ich so, als hätte ich das Geheimnis des Universums zwischen meinen Schenkeln verborgen.«

Er gab ein eigenartig ersticktes Geräusch von sich, lachte dann laut auf und strich ihr sanft mit dem Handrücken über die Wange und ihre Lippen. »Du bist mir schon eine, meine Süße. Was auch immer geschieht, ich werde es nie bedauern, dich kennengelernt zu haben.«

Honor sah das Lachen, aber auch die Schatten in Jakes Augen und wußte, daß er die Wahrheit sagte. Noch ehe sie so recht darüber nachdenken konnte, hauchte sie ihm einen Kuß auf seine Finger. Egal, was sein Motiv gewesen war, als er sich auf ihre Anzeige hin gemeldet hatte, er hatte sie ebenso beschützt, wie er sie benutzt hatte. Und er war ein leidenschaftlicher, großzügiger Geliebter gewesen, der ihr das Gefühl gegeben hatte, die begehrenswerteste Frau seit Eva zu sein.

»Soll das heißen, daß du mir verziehen hast?« fragte er mit rauher Stimme.

»Das bedeutet ... ich weiß nicht, was es zu bedeuten hat.« Doch fürchtete sie, daß sie es ganz genau wußte. Es bedeutete, daß sie ein Dummkopf war. Sie räusperte sich. »Das bedeutet, daß wir einander brauchen, bis dieses Tohuwabohu vorüber ist, und deshalb ist es auch besser, wenn wir unsere Differenzen begraben.«

»Schon wieder einmal bin ich verdammt durch dein Lob. Aber ich nehme an. Es ist besser als dein eisiges Schweigen oder deine messerscharfe Zunge.« Es klopfte an der Tür, deshalb blieb Honor die Antwort erspart. Sie öffnete, wollte etwas sagen, starrte aber nur noch. Auch wenn man Marju nicht schön im eigentlichen Sinn nennen konnte, so hatte sie doch etwas Elektrisierendes an sich. Charisma, rein animalische Sinnlichkeit – diese Frau strahlte alle Wellen der Sexualität aus.

Honors Herz sank. Sie verstand nur zu gut, daß ihr Bruder wegen dieser Frau den Kopf verloren haben sollte.

»Komm rein«, forderte Jake Marju auf. »Mach dir keine Sorgen über das Schweigen. Honor wird schon sehr bald die Sprache wiedergefunden haben.«

»Jay? Bist du das wirklich?« fragte Marju. Ihre riesigen, dunklen Augen wurden noch größer. Die kleinen goldenen Flecken um die schwarze Iris waren von der gleichen Farbe wie ihr glänzendes blondes Haar. Eine kleine blasse Hand schloß sich um Jakes Handgelenk. »Wo ist Kyle? Geht es ihm gut?«

»Ja, und zweitens, ich weiß es nicht.« Er zog Marju ins Haus und schloß die Tür hinter ihr. »Honor Donovan, darf ich dir Marju vorstellen. Ich würde dir ja auch ihren Nachnamen nennen, aber du würdest ihn nicht aussprechen können. Sprich sie einfach mit Jones an. Kyle hat das auch getan. Marju, die von Ehrfurcht ergriffene Frau ist Kyles Schwester.«

Honor streckte ihr die Hand entgegen. »Hallo, Marju. Susa würde einen Mord begehen, um Sie malen zu können.«

Marju schüttelte Honor die Hand und sah sie verdutzt an.

»Susa ist meine Mutter«, erklärte Honor. »Alle ihre Kinder nennen sie Susa. Sie malt. Normalerweise nur Landschaften, aber bei besonders interessanten Gesichtern macht sie eine Ausnahme.«

Marju lächelte unsicher. »Oh. Ist das gut?«

»Wenn es Ihnen nichts ausmacht, für sie stillzusitzen, ist es großartig. Kommen Sie, setzen Sie sich. Sie werden meine erste Schwägerin sein. Sobald wir Kyle finden, natürlich. Kaffee? Tee? Vielleicht etwas Stärkeres?«

Lange, natürliche Wimpern warfen Schatten über Marjus Augen. Wieder lächelte sie unsicher.

Jake seufzte, dann begann er zu übersetzen. Seine Kenntnis der litauischen Sprache war nur mittelmäßig, aber sein Russisch war ausgezeichnet. Genau wie das von Marju.

Honor hatte keine Ahnung von Russisch. Sie wartete mit wachsender Ungeduld.

»Okay«, meinte Jake schließlich und wandte sich an Honor. »Marju spricht vier Sprachen, einschließlich Englisch, und sie versteht noch drei weitere. Aber Schulenglisch und wirkliches Englisch ist nicht das gleiche. Slang ist ein Problem für sie.«

»Klar«, sagte Honor. »Ah, ich meine, ich verstehe.«

»Wenn es Ihnen keine Mühe macht«, sagte Marju lächelnd, »eine Tasse Kaffee würde ich begrüßen.«

»Ich hole ihn«, sagte Jake. »Ihr beide könnt euch unterdessen miteinander bekannt machen.«

»Und was ist mit dir?« fragte Honor ihn.

»Jones und ich kennen einander bereits.«

»Im wahrsten Sinn des Wortes?« murmelte Honor vor sich hin, noch ehe sie die Worte zurückhalten konnte.

Er antwortete ihr nicht.

Marju setzte sich graziös auf das abgewetzte Sofa und schlug ihre eleganten Beine übereinander. Obwohl Honor und Jake das schlimmste Durcheinander beseitigt hatten, ehe Marju kam, schauten noch immer einige Papiere unter den Kissen hervor. Honor sammelte sie schnell ein, legte sie auf Kyles Schreibtisch und zog sich dann einen Sessel heran.

Trotz der Tatsache, daß Marju ein paar Zentimeter größer war als Honor, sah sie beinahe zerbrechlich aus auf der kleinen Couch. Sie hatte ihre Hände ineinander verschränkt und sie so sehr zusammengepreßt, daß die Fingerknöchel weiß hervortraten. Ihr anmutiger langer Hals war gebeugt vor Müdigkeit – oder weil sie ihr Leben lang mit kleineren Menschen hatte reden müssen.

»Haben Sie von Kyle gehört?« fragte Marju gespannt.

»Nein. Sie?«

»Oh, nein.« Die langen Wimpern klimperten. Tränen traten in ihre Augen. »Ich hatte gehofft …«, flüsterte sie. »Er liebt seine Familie so sehr …«

»Aber sicher doch nicht mehr als die Frau, die er heiraten wird?«

Marju lächelte matt. »Sie sind sehr freundlich, aber ich weiß nicht sehr viel über Männer. Sie wollen immer nur Sex von einer Frau, aber sie lieben sehr wenig. Frauen lieben sehr und hoffen, daß sie ein wenig geliebt werden für ihren Sex.«

Honor schluckte und versuchte, nicht an sich selbst und Jake zu denken. »Einige Männer sind anders.«

»Natürlich«, stimmte ihr Marju zu. Eine Träne tropfte über ihre rechte Wange. »Ich habe einmal geglaubt, daß auch Kyle ein solcher Mann war. Er ist es nicht, aber trotzdem kann ich meine Liebe zu ihm nicht abstellen.«

Eine Schachtel mit Taschentüchern stand plötzlich zwischen den beiden Frauen. Das Blumenmuster schien in Jakes großen Händen sehr unpassend.

»Jones kann keinen Abend überstehen, ohne Tränen zu vergießen«, sagte er. »Das ist ihr litauisches Blut. Sie hat das Drama mit der Muttermilch eingesogen.«

Marju bedachte ihn mit einem tränenfeuchten Lächeln. »Ah, Jay, du hast mir noch immer nicht verziehen, daß ich Kyle gewählt habe.«

»Du machst wohl Spaß?« meinte Jake entsetzt. »Ich falle zweimal am Tag auf die Knie und danke meiner ersten Frau.«

»Für was?« fragte Honor verletzt.

»Dafür, daß sie mir beigebracht hat, daß der Sex ungefähr drei Wochen, nachdem die Tinte auf der Heiratsurkunde getrocknet ist, nachläßt. Trinkst du deinen Kaffee nach wie vor mit einem Schuß Wodka, Jones?«

»Ja, bitte.«

»Ich werde nachsehen, ob Kyle welchen hat.«

Honor versuchte, sich ihre Reaktion nicht anmerken zu lassen. Sie mochte schon unter normalen Bedingungen keinen Wodka. Im Kaffee allerdings schien er ihr undenkbar. Aber Kyle war schon immer versessen auf exotische Dinge. Blond, dunkle Augen, anmutig wie eine Katze, Marju »Jones« konnte exotischer nicht sein.

»Äh, wie haben Sie Kyle kennengelernt?« fragte Honor.

»In einer Bierhalle. Die Engländer nennen es wohl eine Kneipe. Ich war dort mit meinem Cousin, der in einer Bernsteinmine arbeitet. Kyle saß mit Jay dort. Oh, sie haben so viel gelacht. Er war so ungekünstelt, so voller Selbstvertrauen, so *amerikanisch*. Ich denke, ich habe mich sofort verliebt.«

»Da sind Sie nicht die erste«, erklärte Honor gelassen. »Kyle hat sie alle umgehauen – äh, ich meine, er zieht das andere Geschlecht unwiderstehlich an –, seit er gelernt hat zu lächeln. Genau wie Sie, denke ich.«

»Bitte?«

»Sicher wissen Sie doch, wie Sie auf Männer wirken, wenn Sie einen Raum betreten?«

Marju zuckte mit den Schultern. »Aber das hält nicht an.«

»Solange es dauert, macht es sicher Spaß«, sagte Honor wehmütig. »Und Sie haben direkt an Jake vorbei zu Kyle gesehen?«

»Jake?«

»Jay.«

»Ah. Er ist *très magnifique*, sehr männlich, aber neben Kyle ... der Vergleich ist nicht fair. Kein Mann kann neben meinem süßen Engel Kyle bestehen.«

Honor blinzelte. »Süß? Engel? Kyle? Sprechen wir über denselben Mann, der mir einen Frosch ins Bett geschmuggelt, mir eine Schildkröte zwischen mein T-Shirt gesetzt und mir Honig in die Zöpfe geschmiert hat?«

»Es ist anders für eine Schwester, nein?«

»Es ist anders, ja!«

Marju lachte entzückt. »Sie sind Kyle so ähnlich. So offen. So freundlich. So ...«

»Amerikanisch?« frage Jake aus der Küche. »Du meinst wohl naiv?«

»Ja!« Marju klatschte in die Hände. »Naiv. Es ist perfekt!«

Honor betrachtete ihre begeisterte zukünftige Schwägerin und sagte sich, daß diese Frau nicht genug Englisch verstand, um zu begreifen, daß *naiv* nicht unbedingt ein Kompliment war. Kleine Hunde und Kätzchen und Kinder im Vorschulalter waren naiv. Erwachsene mit diesen unschuldigen Eigenschaften wurden schlicht als blöd abgetan.

»Ich nehme an, Kyle hat dich nicht hier erwartet«, meinte Jake und reichte Marju eine Tasse Kaffee. »Kein Wodka.«

Marju bedachte ihn mit einem sanften, traurigen Lächeln und nippte dann an ihrem Kaffee. »Ah, das hat sich nicht verändert, nicht wahr? Du machst hervorragenden Kaffee, sogar ohne den kleinen, netten Schluck Wodka.«

»Nur eine meiner vielen charmanten Eigenschaften.«

Auch wenn Jake lächelte, so erkannte Honor doch, daß ihm

nicht sehr viel an Marju lag. Aber das überraschte sie nicht. Egal, ob er gesagt hatte, er sei dankbar, nicht Marjus Aufmerksamkeit erregt zu haben – es ärgerte ihn sicher, daß diese ihm Kyle vorgezogen hatte.

»Verzeihen Sie mir, wenn ich sofort zum Punkt komme«, sagte Honor nun.

»Wann haben Sie zum letzten Mal von Kyle gehört?«

»Vor vier Wochen. In dieser Nacht habe ich ihm eigenhändig eine Tafel des Bernsteinzimmers gegeben.«

Honor verschlug es die Sprache.

Doch Jake platzte heraus. »*Mist.* Ich habe Kyle gesagt, daß du ihm nur Schwierigkeiten machen würdest.«

»Ich bin es, die die Schwierigkeiten hat«, sagte Marju, und ihr rannen die Tränen die Wangen hinunter. »Er hat gesagt, er würde die Tafel verkaufen, und wir würden in Brasilien leben, wo es warm ist und wir für den Rest unseres Lebens in Sicherheit sein können. Ich habe ihm geglaubt! Ich habe meine Familie betrogen, mein Volk, mein Land. Alle. Für ihn.« Sie bekreuzigte sich. »Möge Gott mir vergeben. Ich liebe ihn noch immer. Ich glaube noch immer, daß er mich anrufen wird ...«

Mit einem verächtlichen Knurren drückte Jake Marju ein Taschentuch in die Hand. »Hier. Putz dir deine Nase.«

Honor schloß die Augen und versuchte, Marjus Beschreibung der ihres Bruders anzupassen, den sie immer geliebt hatte.

Es war unmöglich.

Ein unvernünftiger Zorn stieg in Honor auf, ein primitiver Haß für diese wunderschöne Fremde, die Kyle mit jedem Wort, mit jeder Träne, verurteilte. In dieser Minute verstand sie, warum Tyrannen die Botschafter umbrachten, die ihnen schlechte Nachrichten brachten. Im Moment haßte Honor alles an der göttlichen Miss »Jones«.

»Wem wollte Kyle die Tafel verkaufen?« fragte Jake, als Marjus Tränenstrom nachließ.

»Das hat er mir nicht gesagt.«

Jake grunzte. »Wie hast du denn überhaupt dieses angebliche Stück des Bernsteinzimmers in deine Hände bekommen?«

»Angeblich? Es besteht kein Zweifel!«

»Unsinn. Es bestehen immer Zweifel.«

»Wenn du die Tafel sehen würdest, würdest du nicht mehr zweifeln«, beharrte Marju.

»Wo haben Sie sie her?« fragte Honor, noch ehe Jake aufbrausen konnte.

»Es gibt eine alte patriotische Gruppe, die Bruderschaft des Waldes«, begann Marju. »Sie begannen im ...«

»Vergiß die Geschichtsstunde«, unterbrach Jake sie ungeduldig. »Wie sind sie an das Bernsteinzimmer gekommen?«

»Geschichte ist notwendig«, entgegnete Marju, und in ihrer Stimme klang Verärgerung. »Nur Amerikaner leben in einer Welt, die jeden Tag neu ist. Der Rest von uns lebt in jeder Sekunde mit der Vergangenheit!«

»Ja. Und dann verbringt ihr die Zukunft damit, die Kriege, die eure Vorfahren verloren haben, noch einmal zu kämpfen«, versetzte Jake sarkastisch.

»Du bist so amerikanisch!« Marju hob verzweifelt beide Hände.

»Danke.«

Honor räusperte sich. »Also, die Bruderschaft des Waldes und das Bernsteinzimmer ...?«

Marju blitzte Jake verärgert an, bevor sie sich wieder zu Honor wandte. »Am Ende des Zweiten Weltkrieges haben die Deutschen versucht, das Bernsteinzimmer von den Russen zu stehlen. Einige Männer der Bruderschaft des Waldes haben geholfen, deutsche Schiffe in Königsberg, das heute Kaliningrad heißt, zu beladen. Die Bruderschaft hat den anderen verraten, treuen Litauern in der russischen Marine, welche Schiffe sie versenken sollten. Danach haben sie das Bernsteinzimmer aus dem gesunkenen Schiff geborgen und haben es tief unter dem Altar einer uralten Kirche in den Katakomben versteckt. Sie haben darauf gewartet, daß Litauen befreit werden würde.« Sie verzog bitter den Mund. »Aber die Russen haben unser Land erobert.«

Honor warf Jake einen Blick zu. Er zuckte nur mit den Schultern. Er hatte schon so viele Jahre ähnliche Geschichten über das Bernsteinzimmer gehört, daß es ganz unmöglich war zu sagen, welche davon stimmen könnte.

»Wie hat denn die Bruderschaft das Geheimnis so lange bewahren können?« wollte Honor von Marju wissen. »Vor allem ein so großes Geheimnis.«

»Tote Männer reden nicht mehr«, antwortete diese schlicht. »Die Russen haben bis auf zwei Männer alle aus der Bruderschaft umgebracht. Das Wissen über das Bernsteinzimmer ist durch diese Männer an die Familie meiner Mutter weitergegeben worden. Ein Cousin hat mir davon erzählt.«

»Warum?« fragte Honor.

»Er wollte mich haben.«

Daran zweifelte Honor nicht. »Und Sie sind mit der wunderbaren Neuigkeit zu Kyle gelaufen.«

»Zu der Zeit kannte ich Kyle noch nicht so gut.«

»Zu schade, daß das nicht so geblieben ist«, warf Jake spöttisch ein. »Wann hast du es ihm gesagt?«

»Vor sechs Wochen. Damals hat er von Liebe und von Heirat und Brasilien geredet. Und ich arme Idiotin, ich habe ge-geglaubt, daß er m-mich liebt!«

Honor zog ein Taschentuch aus der Box und hielt es ihr hin. »Nase putzen.«

Ihr Mitleid schien Marju zu beruhigen. Sie schneuzte sich und tupfte die Tränen aus ihren unglaublich großen Augen. Honor freute sich insgeheim darüber, daß auch ein so exotisches Geschöpf wie Marju nicht weinen konnte, ohne daß es ihrer Schönheit abträglich war. Dic rotc Nasc lenkte jetzt vom Rest ihrer Schönheit ab.

Marju holte zitternd Luft, seufzte und rang um Fassung, während sie an ihrem Kaffee nippte.

»Wie groß ist die Tafel?« fragte Jake.

»Vielleicht ein mal zwei Meter«, antwortete Marju.

»Schwer?«

»Nicht so schwer wie ein Stein. Aber der Hintergrund aus Holz und der Rahmen machen sie etwas unhandlich.«

»Wer hat dir geholfen?« wollte Jake wissen.

»Niemand! Ich konnte niemandem trauen außer meiner eigenen Liebe. Und dennoch hätte ich … hätte ich … auch ihm nicht t-trauen dürfen.« Erneut flossen die Tränen.

Jake reichte ihr ein weiteres Taschentuch und wartete geduldig, bis sie sich wieder gefaßt hatte. Er hatte nie verstanden, warum Kyle Marjus Tränen und ihre Tiraden ertragen hatte. Unter den baltischen Völkern waren die Litauer bekannt dafür, schon bei den geringsten Anlässen die Schleusen zu öffnen, ebenso wie sie einen fatalen Hang zum Dramatischen hegten. Für Jake war das eine zu anstrengende Kombination.

»Reiß dich zusammen«, riet er schließlich grob. »Mit deinen Heularien hilfst du niemandem.«

Marju warf Honor einen verletzten Blick zu. Honor seufzte, lächelte und tätschelte Marju die Schulter.

»Machen Sie sich über Jakes Reaktion keine Sorgen«, sagte Honor. »Amerikanische Männer können Tränen nicht ausstehen, aber er wird sich nun zurückhalten.« Sie schnitt Jake eine unwillige Grimasse. »Nicht wahr?«

Er schaute auf seine Uhr und dann aus dem Fenster. Selbst in der geschützten Bucht zeigten sich weiße Schaumkronen auf den Wellen. Die Haro-Meerenge würde wie eine feuchte Achterbahn sein. Und auch in dem »geschützten« Wasser um die Inseln herum würde es nicht besser aussehen.

»Plärr dich nur aus, Jones«, forderte Jake sie heraus. »Momentan ist es auf dem Wasser sowieso nicht sehr angenehm.«

»Zuviel Slang«, erinnerte Honor ihn.

»Du nimmst wohl an, sie hört auf etwas anderes als auf ihr eigenes Schluchzen.«

Honor stemmte die Hände in die Hüften. »Das mag ja vielleicht ein Schock für dich sein, *Butterblümchen*, aber wenn eine Frau entdeckt, daß der Mann, den sie liebt, sie betrogen hat, dann hat sie das Recht, sich auszuweinen!«

»Das hast du doch auch nicht getan. Aber unter all deinem Zorn hast du wahrscheinlich die ganze Zeit über gewußt, daß ich dich nicht wirklich betrogen habe.«

»Die Jury hat sich in dem Fall noch nicht entschieden«, blaffte sie. »Du solltest nicht noch darauf herumreiten.«

»Also nur ein Waffenstillstand und kein Ende des Krieges, wie?«

»Bingo.«

Beide waren sich bewußt, daß Marju sie mit einem äußerst konzentrierten Blick beobachtete, als hätte sie Schwierigkeiten, ihren Worten zu folgen.

»Tut mir leid«, wandte Honor sich wieder an sie. »Wir wollten Sie nicht ausschließen. Wie Sie zweifellos wissen, kann Jake sehr ... schwierig sein.«

»Aber natürlich«, stimmte Marju ihr verwirrt zu. »Er ist ein Mann.«

Honor lachte.

»Richtig«, knurrte Jake. »Du hast also die Tafel mit deinen eigenen kleinen Händen zu Kyle gebracht. Was ist danach passiert?«

»Ich habe einen Karren benutzt, nicht meine Hände. Zusammen mit Kyle habe ich die Tafel dann in den Truck geladen. Danach ist er losgefahren, um den Fahrer in einer Kneipe am Wasser abzuholen, du erinnerst dich daran?«

»Ich erinnere mich. Und was dann?«

»Das weiß ich nicht. Schon bald hat Kyles Bruder ...«

»Welcher Bruder«, unterbrach Jake sie.

»Der kalte. Archer? Ist das sein Name?«

»Ja.«

»Er war nicht sehr verständnisvoll«, meinte Marju und

kämpfte wieder mit den Tränen. »Er wollte gar nicht hören, daß Kyle mich benutzt ... mich benutzt hatte, um zu ...«

»Teufel«, fluchte Jake inbrünstig. Er wartete, bis sie nicht mehr ganz so heftig schluchzte, ehe er fragte: »Wo befindet sich der Rest des Bernsteinzimmers?«

Marju schüttelte den Kopf und breitete ihre zartgliedrigen Hände aus, als wolle sie zeigen, daß sie leer waren. »Das hat mir niemand gesagt. Mein Cousin hat mir nur die Tafel gebracht, ich habe sie zu Kyle geschafft, und wir haben sie in den Truck geladen, wie ich es dir erzählt habe.«

»Also weiß nur dein Cousin, wo das Bernsteinzimmer jetzt ist?« fragte Jake.

»Jawohl.«

»Wo ist er?«

»Das weiß ich nicht.«

Für Jake war das keine Überraschung. »Wie kannst du dich mit ihm in Verbindung setzen?«

»Ich? Das ist nicht möglich.«

»Sicher ist es das. Er ist dein Cousin. Ruf eine Tante an oder deine Großmutter oder sonst jemanden.«

»Meine gesamte Familie ist gegen mich! Würdest du der Frau trauen, die alle betrogen hat wegen ihres Geliebten?« fragte sie bitter, und von neuem schossen Tränen in ihre Augen.

Jake brummte vor sich hin. »Und warum bist du dann hier?«

»Ich dachte, ich könnte mit Kyle r-reden, er würde ... würde ...« Die Rinnsale flossen über ihre Wangen. Marjus wunderschöne Augen verschwanden hinter einem zerknüllten Taschentuch.

»Himmel«, zischte Jake.

Er blickte zu Honor und deutete dann mit dem Kopf in Richtung Küche. Sie zögerte kurz, dann folgte sie ihm jedoch wortlos.

»Ich muß einige Sachen aus meiner Hütte holen«, sagte er. »Aber ich will dich hier nicht allein lassen.«

»Ich bin nicht allein.«

Das herzzerreißende Weinen aus dem Wohnzimmer unterstrich Honors Worte.

Jake verzog angewidert das Gesicht. »Wenn du innerhalb einer halben Stunde nichts von mir gehört hast, dann ruf diese Nummer hier an«, sagte er und zog eine Visitenkarte aus der Tasche seines wollenen Hemdes.

»Ellen Lazarus, Beraterin«, las Honor laut. Sie warf ihm einen fragenden Blick zu. »Ist das die Dame in der roten Jacke?«

»Jawohl. Nach mir und Archer ist sie deine beste Verbündete.«

»Für was?«

»Um durch diesen ganzen Feenstaub zu kommen, ohne daran zu Tode zu ersticken. Eine halbe Stunde, einverstanden?«

Honor nickte. »Aber w...«

Sie kickste erstaunt, als Jake ihr einen Kuß auf den Mund drückte und dabei schnell mit der Zungenspitze über ihre Lippen strich.

»Jake!«

»Waffenstillstand, du weißt doch?«

»Das ist aber nicht meine Vorstellung von einem Waffenstillstand!«

»Du hast recht.« Er senkte den Kopf und küßte sie noch einmal gründlich. Sie reagierte nicht so, wie er es gehofft hatte. Aber sie wehrte sich auch nicht gegen ihn. Zögernd hob er den Kopf. »Schon besser, aber bei weitem noch nicht so wie vorher. Gut, daß wir noch viel Zeit haben, um an den Feinheiten zu arbeiten in unserem Waffenstillstand.«

»Aber ich habe nichts vom Küssen gesagt oder ...«

»Vergiß nicht«, unterbrach er sie und öffnete die Hintertür. »Eine halbe Stunde. Ab jetzt.«

Die gute Neuigkeit war, daß niemand auf dem Highway gegenüber der Einfahrt zu Jakes Hütte parkte. Die schlechte

Neuigkeit waren Reifenspuren auf dem Lehmweg zu seiner Hütte, die zu keinem Wagen gehörten, den er je besessen hatte. Sie sahen auch nicht so aus, als gehörten sie zu Ellens flottem Mietwagen. Diese Reifen waren völlig abgefahren. Es war ein Wunder, daß das Fahrzeug es überhaupt durch den Lehm geschafft hatte, ohne von der Straße in den Wald zu rutschen.

Jake drehte das Steuer scharf herum und brachte seinen Wagen mit rutschenden Rädern zum Halten, so daß er die Einfahrt blockierte. Die Hütte war von hier aus noch nicht zu sehen. Auch sonst konnte er nichts entdecken, außer triefenden Fichten, die sich unter Regen und Wind bogen.

Mit einer Hand stopfte Jake die Wagenschlüssel in die Tasche seiner Jeans. Mit der anderen öffnete er das Handschuhfach, griff nach der Pistole und schob sie unter seinen Gürtel im Rücken. Man hatte ihm gesagt, daß manche Menschen sich sicher fühlten, wenn sie eine Waffe trugen. Für ihn fühlte sich das Ding ganz einfach nur kalt an.

Er verfluchte Kyle, alte Kriege und modernen Feenstaub, stieg aus, schloß leise die Wagentür und verschwand im Wald. Als er etwa hundert Meter gelaufen war, rann ihm schon das kalte Wasser der vom Wind hin und her gepeitschten Fichten in den Kragen und über Kinn und Hände. Er ignorierte es, konzentrierte sich auf den Wald, den unebenen Weg und die Hütte, die aus dem Dämmerlicht vor ihm auftauchte.

Es gab kein Anzeichen eines Autos. Einen Moment lang hoffte Jake, daß jemand sich einfach nur verirrt hatte, es bemerkt und dann zurück auf den Highway gefahren war. Doch irgend etwas an der Szenerie vor ihm stimmte nicht. Jake würde sich nicht bewegen, bis er herausgefunden hatte, was los war.

Verborgen in der tropfenden Umarmung des Waldes wartete er, während der Sturm durch die Bäume heulte und alle anderen Geräusche übertönte, bis auf das Schlagen der aufgewühlten Wellen an die Klippen in der Nähe. Plötzlich stieß eine Windböe die Hintertür der Hütte weit auf.

Jake starrte in die dunkle Öffnung. Es war möglich, daß er vergessen hatte, die Tür abzuschließen, daß sie nur angelehnt gewesen war und der Wind damit gespielt hatte … Möglich war es schon, doch nicht sehr wahrscheinlich.

Er zog die Pistole aus dem Gürtel, entsicherte sie und huschte dann über die kleine Lichtung in der Nähe der Hintertür der Hütte. In der nächsten Sekunde war er geräuschlos durch die Tür in der Hütte und sah sich blitzschnell um. Nichts zeigte sich vor dem Lauf seiner Pistole außer zwei Küchenstühlen, einem elektrischen Herd, der Spüle und dem Tisch, auf dem die Post noch ungeöffnet lag.

Feuchte Fußspuren glänzten auf dem Boden. Wer auch immer in der Hütte gewesen war, war noch nicht lange wieder weg.

Vorsichtig atmete Jake aus, dann lauschte er. Ein leises Schaben aus der Richtung des Schlafzimmers drang an sein Ohr. Er lächelte. Der Schuft war also noch nicht fertig.

Er ignorierte den Lehm und den Schmutz des Waldes an seinen Stiefeln und schlich zum Schlafzimmer. Ein Mann stand mit dem Rücken zu Jake und durchsuchte gerade mit ungeduldigen Bewegungen seiner Hände die Schubladen der Kommode. Doch trotz all seiner Eile hinterließ er kein Durcheinander.

Ein Profi. Keine gute Neuigkeit. Doch Jake hatte eigentlich nichts anderes erwartet.

Der Einbrecher fühlte sich offenbar sehr sicher – bis sein Kopf gegen die Wand der Hütte geschmettert wurde und von hinten der Lauf einer Pistole unter seinem Kinn lag, auf eine Art, die es ihm unmöglich machte zu sehen, wer ihn festhielt. Er konnte sich auch nicht zur Seite werfen oder sich fallen lassen. Er war gefangen wie in einem Schraubstock.

Sobald der Eindringling merkte, daß Gegenwehr nutzlos war, verhielt er sich regungslos.

»Schon fertig?« fragte Jake auf russisch.

Der Mann atmete erleichtert auf und begann dann, in derselben Sprache zu fluchen, zu fragen, was sein Partner hier tat –

sie sollten sich doch erst später an der Reklametafel der Immobilienfirma ein Stück weiter die Straße herunter treffen.

»Und wie steht es mit deinem Englisch?« fragte Jake in Englisch.

Der Mann versteinerte.

»Gut genug, um mich zu verstehen«, meinte Jake. »Wonach suchst du hier?«

Schweigen.

Jake donnerte den Kopf des Mannes gegen die Wand. Dabei bewegte sich der Lauf der Pistole keinen Zentimeter vom Kinn des Russen weg. Sein Kopf wurde durch den Druck ungemütlich rückwärts gepreßt.

»Falsche Antwort«, erklärte Jake ruhig.

»Geld. Alkohol.«

Jake riß den Kopf des Mannes an den Haaren hin und her. »Ich verliere die Geduld.«

»Drogen!« keuchte der Mann.

Diesmal wackelte sogar die Uhr auf der Kommode, als der Russe unfreiwillig die Wand küßte.

»Sie zahlen dir nicht genug, um ein Held zu sein«, knirschte Jake. »Aber bis jetzt war der ganze Tag ziemlich mies für mich. Wenn du Hardball spielen willst, dann hast du gerade den richtigen Werfer gefunden.«

Er wiederholte seine Worte auf russisch, um sicherzugehen, daß der Mann ihn auch verstanden hatte.

Dennoch dauerte es noch weitere fünf Minuten, bis Jake ihm die Spielregeln mit Hilfe der Kloschüssel klargemacht hatte. Zu diesem Zeitpunkt hatte der Eindringling beschlossen, daß er das Match nicht weiterspielen wollte.

Jake zog den Kopf des Russen aus der Toilette und hielt ihn gegen die Toilettenschüssel gedrückt. Hustend und spuckend rang der Mann nach Luft.

»Fang an zu reden«, befahl Jake. »Ich habe Besseres zu tun, als dir das Gesicht zu waschen.«

»Die Kiste!« sagte der Mann auf russisch. »Ich geben, nicht stehlen!«

Jake verkrallte die linke Hand im Haar des Mannes, drückte ihm den Lauf der Pistole erneut unter das Kinn und zog ihn hoch. So, wie er ihn hielt, wäre es dem Russen schwergefallen, Jake mit der Hand – oder dem Fuß – zu erreichen, selbst wenn er dazu noch den Wunsch verspürt hätte.

»Wo?« fragte Jake.

»Wo?« Der Russe blinzelte heftig. »Wo was?«

Als der Mann das nächste Mal japsend das Gesicht aus der Toilette hob, hatte er keine Schwierigkeiten mehr zu begreifen, was Jake von ihm wollte, ganz gleich in welcher Sprache er mit ihm redete. Der Russe führte ihn, wenn auch ein wenig geschwächt, zu dem Korb, in dem Jake seine schmutzige Wäsche verwahrte. Unter den Hemden, Unterhosen, Socken und einem Handtuch lag die kunstvoll gefertigte Kiste, die Resnikov ihm erst wenige Stunden zuvor gezeigt hatte.

Jake rührte sie nicht an. Er sah sie nur an und dachte an all die Möglichkeiten. Egal, wie er es drehte, der Tag war noch schlimmer geworden als zuvor.

»Du brauchst mehr Zeit, um Englisch zu lernen«, wandte sich Jake an seinen Gefangenen. »Wenn du jemandem so etwas ›gibst‹, dann nennt man das, jemandem etwas anzuhängen. Aber mach dir keine Sorgen, ein paar Jahr für Einbruch und Diebstahl werden für die Beherrschung deiner amerikanischen Sprache Wunder wirken.«

Wie zu erwarten war, schien dem Mann dieser Gedanke absolut nicht zu gefallen. Was Jake wenig kümmerte. Er verschnürte den Russen auf eine Art, daß die Fesseln immer enger wurden, je mehr er sich dagegen wehrte. Dann rief Jake Honor an. Sie hob sofort nach dem ersten Läuten den Hörer ab.

»Ist alles in Ordnung mit dir?« fragte er.

»Alles. Aber langsam habe ich keine Kleenex mehr.«

»Gib ihr einfach eine Rolle Toilettenpapier.«

»Du bist wirklich äußerst mitfühlend.«

»Das hast du also schließlich doch gemerkt, wie? Ich brauche noch eine Stunde, von jetzt an. Und wenn ich bis dahin nicht zurück bin, dann rufst du ...«

»Ellen Lazarus an«, beendete sie den Satz für ihn. Dann, als ging es ihr gegen den Strich, fragte sie. »Ist bei dir alles in Ordnung?«

»Ja. Ich habe nur noch einige Dinge zu erledigen. Wir sehen uns dann in einer Stunde.«

Jake legte den Hörer auf und rief dann im Chowder Keg an. Wie er gehofft hatte, war Resnikov gerade dabei, in aller Ruhe ein Mahl aus Muscheln und Bier zu verspeisen, während er darauf wartete, daß seine Männer zurückkamen und ihm berichteten, daß sie die Kiste in Jakes Hütte versteckt hatten, wo sie darauf wartete, entdeckt zu werden, wann immer Resnikov der US-Regierung etwas darüber ins Ohr flüstern würde.

»Pete, hier ist Jake.«

»Mallory?« Resnikovs Stimme klang überrascht und auch erfreut. »Ich habe nicht erwartet, daß du so schnell deine Meinung ändern würdest. Oder ist es ganz einfach so, daß du nicht länger bei der bezaubernden Miss Donovan bist und jetzt endlich frei sprechen kannst?«

»Hör mir zu. Das ist wichtig.«

»Ja?«

»Ich schicke dir dein Geschenk zurück«, erklärte Jake überdeutlich. »Wenn ich es noch einmal wiedersehe – oder irgendwelchen anderen Bernstein, den man als aus russischen Museen gestohlen identifizieren kann –, dann werde ich ihn höchstpersönlich verbrennen und über dem Feuerchen meine Socken trocknen. Danach werde ich nach dir suchen.«

Jake legte den Hörer auf, stopfte die Kiste unter die Fesseln des Russen und zog ihn hinaus in den Regen, zu dem Treffen an der Reklametafel der Immobilienfirma, ein Stück weiter die Straße herunter.

19

Nachdem Marju gegangen war, machte Honor einen Lachssalat, in dem Bemühen, etwas Normales zu tun, während sie das zu verdauen versuchte, was Marju ihr über ihren Bruder erzählt hatte, den sie schon ihr ganzes Leben lang zu kennen geglaubt hatte. Sie hatte den Lachs fast entgrätet, als es an der Tür klopfte.

»Komm rein, Jake. Die Tür ist offen«, rief sie. Dann erinnerte sie sich daran, daß das nicht stimmte. Sie hatte den Riegel vorgelegt. Das Ziel eines Angreifers zu sein war nicht nur beunruhigend, sondern im höchsten Maß lästig. »Ich komme schon!« rief sie und wischte sich die Hände an ihrer Jeans ab, als sie die Küche verließ.

Sie blieb vor der Tür stehen, als sie durch das Fenster einen fremden Wagen in der Einfahrt entdeckte.

»Wer ist da?« fragte sie durch die geschlossene Tür.

»Ellen Lazarus und Spezialagent Mather. Wir würden gern mit Ihnen reden.«

»Was für ein Spezialagent?«

»Von der US-Regierung«, antwortete eine Männerstimme.

Honor überlegte, die beiden draußen im Regen stehenzulassen, doch dann entschied sie sich dagegen. Jake hatte Ellen ihre Beschützerin genannt, nach ihm selbst und Archer.

»Es wäre nicht gut, die freundlichen Geister zu verärgern«, murmelte Honor. Doch es war trotzdem ein verlockender Gedanke. Marjus Enthüllungen hatten Honor in eine lausige Stimmung versetzt. Sie mußte ständig an Kyle denken und an Bernstein ... dennoch konnte sie nicht glauben, daß ihr Bruder ein Dieb sein sollte. Sie konnte es einfach nicht. Es war *falsch*.

Abrupt schob Honor den Riegel an der Tür zurück, öffnete und ließ die beiden ein. Unter ihren tropfenden, wasserfesten Mänteln trugen beide Agenten Anzüge. Mathers war dunkelblau mit feinen Nadelstreifen, der von Ellen von einer tiefen Burgunderfarbe, dunkelblau abgesetzt. Keiner von beiden machte Anstalten, sich zu identifizieren.

»Ich nehme an, es wäre ein wenig unverschämt, Sie zu bitten, sich auszuweisen, da wir auf der gleichen Seite stehen«, begann Honor gedehnt. »Also werde ich mich damit zufriedengeben, wenn Sie mir Ihre Visitenkarten geben, für meine Sammlung.«

Ellen knipste ihre dunkelblaue Handtasche auf, die groß genug war, um eine Katze darin zu verstecken. Mather griff in die Brusttasche seines Anzuges. Beide reichten ihr freundlich eine Visitenkarte.

Honor stellte fest, daß Mather, genau wie Ellen, sich als Berater ausgab. »Beraten Sie irgend jemand Besonderen?« fragte sie und steckte die beiden Karten in die Tasche ihrer Jeans.

»Wir sind Berater für allgemeine Dinge«, antwortete Mather zuvorkommend. »Falls Sie etwas Spezielles wünschen, dann können wir die Leute herbeirufen, die Abzeichen tragen.«

»Danke, aber ich glaube kaum, daß mein Herz eine solche Aufregung überstehen würde.« Honor wandte sich um und ging zur Küche. »Sprechen Sie bitte hier mit mir. Ich bereite gerade das Essen vor. Aber wenn Sie gekommen sind, um über irgend etwas zu jammern, dann vergessen Sie das lieber. Ich habe nämlich nicht ein Papiertaschentuch mehr, selbst in meiner Tasche nicht.«

Als wolle sie die Wahrheit von Honors Worten überprüfen, warf Ellen einen Blick auf den Rucksack, der halb geöffnet neben der Couch lag. Beide Agenten folgten ihrer unwilligen Gastgeberin in die Küche. Nach dem ungeschriebenen Gesetz, daß eine Frau eine andere immer besser versteht, als jeder Mann das kann, übernahm Ellen das Wort.

»Sie sehen nicht danach aus, als hätten Sie geweint«, sagte sie.

»Das habe ich auch nicht, aber die Verlobte meines Bruders.« Honor suchte den Lachs weiter nach Gräten ab. »Sie haben vielleicht schon von ihr gehört. Marju, sie stammt aus Litauen.«

»Wir haben von ihr gehört«, stimmte Ellen zu. »Seit mehreren Wochen versuchen wir, uns mit ihr in Verbindung zu setzen.«

»Warum?«

Mather verzog kurz ungeduldig das Gesicht, doch er schwieg. Ellen tat so, als habe sie die Frage gar nicht gehört.

»Hat Marju Ihnen verraten, wo sie abgestiegen ist?« fragte Ellen.

»Nein.«

»Finden Sie das nicht eigenartig?«

Honor zuckte mit den Schultern. »Ich habe sie gerade erst kennengelernt. Das gibt mir keine Möglichkeit, aus ihrem Benehmen irgendwelche Schlüsse zu ziehen.«

»Was wollte sie denn von Ihnen?«

»Das gleiche, was auch alle anderen wollen. Kyle.«

»Wenn die beiden verlobt sind, dann stehen sie doch sicher miteinander in Verbindung«, meinte Ellen.

»Nicht in letzter Zeit, wenn ich ihr glauben darf.«

»Glauben Sie ihr denn?« hakte Mather nach.

»Warum sollte ich ihr nicht glauben? Der Himmel allein weiß, daß ihre Tränen echt waren. Außerdem, wenn sie wüßte, wo Kyle ist, warum sollte sie sich dann an meiner Schulter ausweinen?«

»Vielleicht hat sie geglaubt, daß Kyle etwas nach Hause geschickt hat«, meinte Mather. »Oder zu Ihnen.«

Honor nahm ein Stückchen von dem Lachs, steckte es in den Mund und kaute nachdenklich. »Das wäre möglich.«

»Daß Kyle Ihnen etwas geschickt hat?« fragte Ellen.

»Nein, daß Marju geglaubt hat, er hätte es getan.«

»Hat Ihr Bruder Ihnen etwas geschickt?« fragte Mather geradeheraus.

»Welcher Bruder? Ich habe immerhin vier davon.«

»Kyle«, sagte Ellen knapp.

»Er hat mir etwas geschickt. Es liegt auf dem Schreibtisch.

Aber seien Sie bitte vorsichtig damit. Bernstein kann zerbrechen wie Glas.«

Mather verließ den Raum mit olympiareifer Geschwindigkeit. Kurz darauf kam er zurück und hielt das Stück Bernstein in der Hand. »Dies hier?«

Honor blickte von der Schüssel auf, in die sie den Lachs gelegt hatte. »Das ist es. Ein großartiges Stück, nicht wahr? Es besitzt Klarheit für Glanz und rauchige Ansätze von Wolken für Geheimnis.«

Keiner der beiden Agenten schien von ihren Worten beeindruckt zu sein.

»Ist das alles, was Sie von ihm erhalten haben?« fragte Mather Honor.

»Nein. Es waren noch zwölf andere Stücke dabei.«

»Roh oder bearbeitet?« wollte Ellen wissen.

»Roh, genau wie dieses Stück.« Honor holte Mayonnaise aus dem Kühlschrank und suchte nach einem Löffel. »Faith bearbeitet den Bernstein selbst, genau wie die anderen Edelsteine auch.«

»Was hat Kyle Ihnen sonst noch geschickt?« fragte Mather.

»Wann?«

»Im letzten Monat.«

»Nichts. Nicht einmal eine Postkarte. Und auch keinen Brief. Ebenso hat er nicht angerufen.« Der Löffel klirrte in der Schüssel, als Honor die Mayonnaise davon abschlug. »Aber ich nehme nicht an, daß Sie mir glauben. Also, tun Sie uns allen einen Gefallen. Suchen Sie nach dem, was Sie glauben, daß Kyle mir geschickt haben könnte, und lassen Sie mich in Ruhe mein Essen verspeisen.«

»Sie haben nichts dagegen, daß wir das Haus durchsuchen?« fragte Ellen.

»Sie wären nicht die ersten«, murmelte Honor.

»Was?« fragte Mather alarmiert.

»Von was für einer Art der Durchsuchung reden Sie überhaupt?« lenkte Honor ab. »Von einer Durchsuchung, wo alles, was größer ist als eine Streichholzschachtel, auf den Kopf gestellt wird?«

»Nein.«

»Größer als eine Butterbrotdose?« fragte sie.

Mather warf Ellen einen Blick zu.

»Ja«, sagte Ellen.

»Größer als ein Computer?« bohrte Honor weiter.

»Was soll das? Ist das ein Quiz?« fuhr Ellen sie an.

»Nein«, schnappte Honor. »Ich versuche nur herauszufinden, wieviel Durcheinander Sie bei Ihrer Suche anrichten werden.«

»Sechzig mal sechzig Zentimeter ist die kleinste Größe, die uns interessiert.«

»Fein«, meinte Honor. »Durchsuchen Sie nur das Haus. Durchsuchen Sie die Garage. Teufel, durchsuchen Sie den Grill. Und wenn Sie schon einmal dabei sind, können Sie auch gleich das Boot durchsuchen. Damit ersparen Sie sicher der Küstenwache eine Menge Arbeit. Wenn ich es jedoch genau überlege, vergessen Sie das Boot. Es wäre mir lieber, wenn ich sehen könnte, wie Kapitän Conroy in diesem Wetter die Schwimmleiter der *Tomorrow* hinauf- und wieder hinuntertanzt.«

Zu ihrer Überraschung lächelte Mather. Sein Lächeln hielt zwar nicht lange, doch gab es Honor Hoffnung, daß sich unter den Nadelstreifen und dem Schlips ein menschliches Wesen verbarg.

»Falls Sie nicht ernsthaft Einspruch dagegen einlegen«, meinte Mather, »werde ich das Boot durchsuchen.«

»Tun Sie das ruhig. Aber wenn Sie etwas finden, müssen Sie es mir zeigen.«

Mather wandte sich um und wollte gehen.

»Warten Sie«, hielt Honor ihn zurück.

Er blieb stehen.

»Sie haben mir keine Antwort gegeben«, sagte sie. »Wenn

Sie etwas finden, dann möchte ich das sehen. Anderenfalls können Sie losfahren und sich einen offiziellen Durchsuchungsbefehl holen, auf dem steht, daß ich Sie auf den Grund und Boden meines Bruders lassen muß. Haben wir uns verstanden?«

Mather warf Ellen einen Blick zu, doch die zuckte nur mit den Schultern. »Aber sicher«, meinte sie. »Fang in der Küche an. Ich bezweifle, daß wir auf dem Boot etwas finden werden.«

Mather begann, die Schränke in der Küche zu öffnen. Er war schnell, gründlich und ordentlich.

Honor ignorierte ihn, sie begann, Sellerie und grüne Zwiebeln für den Lachssalat zu schneiden. Noch ehe sie damit fertig war, war Mather bereits ins Wohnzimmer gegangen.

»Wie haben Sie Jake Mallory kennengelernt?« wollte Ellen wissen.

Honors Hand mit dem Messer zögerte nur für den Bruchteil einer Sekunde, dann schnitt sie die letzte Zwiebel. »Er hat sich auf meine Anzeige für einen Fischereiführer gemeldet.«

»Hat er Ihnen gesagt, daß er Fischereiführer ist?«

»Das könnte man so sagen.«

»Und Sie haben ihm geglaubt?« Die Belustigung in Ellens Stimme reichte schon beinahe an Sarkasmus.

Honors Messer hackte wütend durch den Sellerie. »Er kann ein Boot fahren, und wir haben einen Fisch gefangen«, sagte Honor. »Für mich ist das gut genug.«

»Miss Donovan ...«, begann Ellen.

»Die bin ich«, unterbrach Honor sie und gab den Sellerie und die Zwiebeln in die Schüssel. Sie griff nach einer Zitrone, halbierte sie und preßte den Saft über den Lachs, als hätte sie etwas in ihrer Hand, das viel interessanter war als nur eine Zitrone.

»Sind Sie wegen Jake uns gegenüber feindselig eingestellt?« wollte Ellen wissen.

»Nein.«

»Warum denn? Wenn Sie nichts zu verbergen haben ...« Ellen lächelte und wartete voller Hoffnung.

Aus dem Wohnzimmer hörte man, wie Schubladen geöffnet wurden. Honor stockte der Atem. Das waren die gleichen Geräusche, die sie in der vergangenen Nacht aufgeweckt hatten. Sie hielt inne, als sie eine zweite Zitrone aufschneiden wollte. Sie konnte kaum glauben, daß sie erst in der vergangenen Nacht schreiend den Weg entlanggelaufen war, in Jakes Arme.

So viel war geschehen, in so kurzer Zeit, und nichts würde wieder sein wie zuvor. Dennoch schien es ihr, als wäre Kyle schon seit ewiger Zeit vermißt, als wäre sie schon immer voller Angst gewesen und als würde sie Jake schon seit einer Ewigkeit kennen.

Du drehst durch, sagte Honor sich. *Reiß dich zusammen. Die lächelnde blauäugige Dame, die auf deine Antwort wartet, ist keine Barbie-Puppe. Sie ist sehr intelligent und ehrgeizig. Und sie will die Tafel aus dem Bernsteinzimmer.*

Mather ging weiter ins Schlafzimmer. In der Küche glitt das Messer durch eine dritte Zitrone.

»Was wollen Sie von mir?« fragte Honor schließlich.

»Zusammenarbeit.«

»Die haben Sie.« Honor drückte den Saft aus den Zitronenhälften in den Lachssalat.

»Wirklich?«

»Korrigieren Sie mich, wenn ich mich irren sollte, aber ist das nicht Ihr Partner, der gerade meinen Schrank durchsucht, ohne eine offizielle Erlaubnis dafür zu besitzen?«

»Wenn Sie diese Art der Störung in Zukunft vermeiden möchten, warum lassen Sie dann nicht Mather Ihr, äh, Ihr Fischereiführer sein?«

»Kann er auch mit einer SeaSport umgehen?«

»Wenn er das nicht kann, dann bin ich sicher, daß wir jemanden finden werden, der es kann.«

»Den habe ich bereits gefunden. Sein Name ist Jake Mallory.«

»Sie kennen ihn, wie lange – zwei Tage?«

»Der Beweis dafür liegt im Pudding. Oder in diesem Fall, im Lachssalat.«

»Er ist sehr gut im Bett, nicht wahr?« fragte Ellen mit derselben beiläufigen Stimme.

»Der Lachs? Woher soll ich das wissen? Ich habe noch nie mit einem geschlafen.«

Ellen lächelte gewinnend. »Sie wissen, daß ich Jake gemeint habe. Er hat enormes Durchhaltevermögen. Das ist ungewöhnlich für einen Mann, der älter ist als zwanzig.«

»Ich verlasse mich da auf Ihr Wort.«

»Da Sie gerade dabei sind, Sie können sich auch noch auf etwas anderes verlassen. Jake will von Ihnen das gleiche, das wir auch wollen.«

»Dann haben Sie Pech gehabt. Ein Dreiecksverhältnis ist nicht mein Stil. Ich bin da eher altmodisch – nur immer einer von einem Geschlecht gleichzeitig.«

Honor hatte die Zitronen ausgedrückt und begann jetzt, die gesamten Zutaten umzurühren, mit viel mehr Schwung, als es angebracht war. Ellens Fingernägel trommelten einen kurzen Takt auf ihrer Handtasche. Aus dem Schlafzimmer hörte man, wie die Schubladen der Kommode aufgezogen und wieder geschlossen wurden.

»Glauben Sie wirklich, daß alles, was Jake von Ihnen will, Ihr recht durchschnittlicher Körper ist?« fragte Ellen liebenswürdig.

»Was hat das damit zu tun, daß Mather meine Unterwäsche durchsucht?« gab Honor zurück. Sie hoffte nur, daß ihr Gesichtsausdruck nicht verriet, was sie dachte: Nach den außergewöhnlichen Frauen wie Marju und Ellen wußte Honor nun, wie sich eine kleine braune Henne in einer Parade von Pfauen fühlen mußte.

Ellen versuchte es aus einer anderen Richtung. »Haben Sie je etwas vom Bernsteinzimmer gehört?«

»Ja. Es liegt nicht in meinen Schubladen. Das kann ich Ihnen garantieren.«

»Entweder Sie sind sehr klug oder ziemlich dumm.«

»Wenn Sie das herausgefunden haben, können Sie es ja jemandem verraten, der sich dafür interessiert.«

»Und wenn ich Ihnen nun verraten würde, daß man Jake aus Rußland herausgeworfen hat und daß man annimmt, er hätte Ihren Bruder hereingelegt, damit man ihm den Diebstahl einer Tafel aus dem Bernsteinzimmer anlastet?«

Honor holte einen Laib Brot aus dem Schrank, schnitt eine Scheibe davon ab und schmierte den Lachssalat darauf. Eigentlich war sie froh, daß sie die traurige Wahrheit über Jay/Jake Mallory bereits kannte. Trotzdem hätte sie am liebsten die erstaunliche, gesprächige Miss Lazarus gepackt und von der Klippe geschubst.

»Miss Donovan? Haben Sie gehört, was ich gesagt habe? Jake ist möglichenfalls Ihr Konkurrent, schlimmstenfalls sogar der Mörder Ihres Bruders.«

»Ist das die offizielle Version der US-Regierung?«

»Eine davon.«

»Die gefällt mir nicht. Nennen Sie mir noch eine.«

»Kyle hat die Tafel des Bernsteinzimmers gestohlen.«

»Nein. Die gefällt mir auch nicht.«

»Suchen Sie sich etwas aus.«

»Keines von beiden.«

Honor legte eine zweite Scheibe Brot auf die erste und biß dann hinein. Es schmeckte wie Pappkarton. Sie hatte vergessen, Salz und Pfeffer in den Salat zu tun. Doch sie würde, verflixt noch mal, jetzt nicht zeigen, wie abgelenkt sie gewesen war, indem sie den Salat nachwürzte. Mit gerunzelter Stirn kaute sie, schluckte und biß erneut in das Brot.

Mather kam zurück in die Küche. »Ich habe zufällig mitgehört, worüber ihr gesprochen habt«, begann er.

»Ja, richtig«, spottete Honor. »Dieses ploppende Geräusch,

das wir gerade gehört haben, war wohl Ihr Ohr, das an der Tür geklebt hat.«

»Da es offensichtlich ist, daß Miss Donovan bereits den wahren Grund von Jakes Interesse an ihr kannte«, fuhr Mather ungerührt fort, »warum erzählen wir ihr nicht etwas, das sie noch nicht weiß?«

Ellen legte den Kopf etwas schief und schien darüber nachzudenken. »Wir sollen also an ihren Verstand appellieren?«

»Bei einigen Menschen wirkt das.«

»Aber nur bei verdammt wenigen«, meinte Ellen. Schließlich zuckte sie mit den Schultern. »Okay, schieß los.«

»Als ein Mitglied einer Familie, die sich mit internationalem Handel beschäftigt«, fing Mather an, »ist es Ihnen vielleicht bewußt, daß die Welt eine neue Dynamik bekommen hat, seit die Berliner Mauer gefallen ist.«

Honor nickte und ging zum Kühlschrank, um sich eine Limonade zu holen. Sie brauchte dringend etwas, um das Sandwich ihren trockenen Hals hinunterzuspülen. Sie hoffte nur, daß das ausdrucksloses Gesicht, das sie sich im Überlebenskampf mit vier Brüdern angeeignet hatte, ihr auch diesmal wieder helfen würde. Diesem Hai in Nadelstreifen wollte sie keine blutenden Wunden zeigen.

»Länder, die einmal von einer riesigen Zentralregierung abhängig waren für Ordnung, Wirtschaft und politische Richtung, wurden ohne Vorbereitung mit einer freien Marktwirtschaft konfrontiert«, erklärte Mather weiter. »Einige Nationalisten und Religionen nahmen die Überreste ihrer Reichtümer aus der Sowjetzeit und zettelten einen Krieg an. Sie machten finanziell einen großen Schritt rückwärts. Sie wurden, oder sie werden sehr schnell, wirtschaftlich zu Ländern der Dritten Welt. Können Sie mir folgen?«

»Panzer, Bomben und Gewehrkugeln allein sind keine Grundlage, auf der man eine neue Gesellschaft aufbauen kann«, sagte Honor und stellte mit einer ungeduldigen Handbewegung eine Dose Limonade auf die Anrichte. »Eine zivile Infrastruktur ist die erste Lektion in einer nichtkommunistischen Wirtschaft. Einige der Völker dort drüben müssen das noch lernen. Je länger sie warten, desto tiefer versinken sie im Sumpf der weichen Währung, der Armut und der Anarchie.«

Mather schien erleichtert zu sein. »Gut. Sie verstehen das. Es wird uns allen eine Menge Arbeit ersparen.«

Honor bezweifelte das. Doch wie unbeteiligt nahm sie noch einen Bissen von ihrem Sandwich und konzentrierte sich darauf, zu kauen und zu schlucken.

»Aus amerikanischen Zeitungen können Sie das nicht erfahren«, sagte Mather, »aber es gibt Dutzende von Gruppierungen, die in der früheren Sowjetunion nach Macht streben. Wir hören nur von den auffälligsten, von denjenigen, die ...«

»Wir haben nicht viel Zeit«, unterbrach Ellen ihn. »Die Tatsache ist einfach: Die neue russische Föderation ist eine Ansammlung atomarer Bomben, deren Zünder schon brennen. Wenn die falsche Gruppe das Bernsteinzimmer in die Hände bekommt, wird es einen häßlichen Krieg geben. Und wir alle werden in Windrichtung des radioaktiven Niederschlages sein.«

Bei Mathers enttäuschtem Gesichtsausdruck hätte Honor beinahe gelächelt; er sah genauso aus, wie sie sich gefühlt hatte, als Jake ihr nicht erlaubt hatte, der Küstenwache etwas über den Motor der SeaSport zu erzählen. Offensichtlich war die Wirtschaft der jetzt aufkommenden früheren Ostblockstaaten Mathers heimliche Leidenschaft.

»Äh, ja«, meinte Mather. »Marju Uskhopchik-Mikniskes ist eine litauische Separatistin.«

»Kyles Marju?« fragte Honor.

»Ja. Miss Uskhopchik-Mik...«

»Nennen Sie sie Jones«, griente Honor.

Mather zögerte. »Sie ist, oder sie war, Teil eines Planes, das Bernsteinzimmer zu verkaufen und mit dem Geld gegen Rußland zu kämpfen.«

»Mit Panzern, Bomben und Gewehrkugeln?« fragte Honor.

»Genau«, nickte Ellen. »Aber Marjus Spielgefährten sind mittlerweile nicht mehr im Spiel. Wir glauben, daß sie das Bernsteinzimmer, oder wenigstens eine Tafel davon, von der Kaliningrad-*Mafia* gestohlen hat. Sie haben von ihr gehört?«

»Wenn ich Archer glauben kann, besitzen sie die Klasse eines kolumbianischen Kartells und doppelt so viel Brutalität«, sagte Honor. »Sie haben mehr internationale Verbindungen und eine breitere Steuerbasis als Jelzin.«

»Wenn Archer das weiß, warum hält er uns dann auf Armeslänge von sich entfernt?« fragte Mather ungeduldig. »Er muß doch wissen, daß sie hinter Kyle her sind.«

Beide Agenten musterten Honor scharf.

»Da müssen Sie Archer fragen«, antwortete sie. »Er gibt mir nur Befehle, keine Erklärungen.«

»Kein Wunder, daß Sie ein so flinkes Mundwerk haben«, stellte Ellen fest. »Ältere Brüder haben immer diese Wirkung.«

Honor lächelte leicht und entschied, daß sie Ellen vielleicht doch nicht die steile Klippe hinunterwerfen würde. Sie würde sich dafür eine niedrigere aussuchen. Gerade hoch genug, um ihr sorgfältig frisiertes Haar durcheinanderzuwirbeln.

»Möchten Sie ein bißchen Lachssalat?« fragte Honor.

Ellen schüttelte den Kopf. »Danke, aber ich mache gerade eine Diät.«

Honors Laune besserte sich noch mehr. »Das ist noch schlimmer, als einen älteren Bruder zu haben. Wie steht es mit Ihnen, Mather?«

»Ich bin ein älterer Bruder.«

»Warum überrascht mich das nicht?«

»Oh, so übel ist er gar nicht«, lobte Ellen und bedachte Mather mit der Art von Seitenblick, der einem Mann das Gefühl gab, hundert Prozent gesund zu sein. »Er lernt schnell.«

»Das tun Gorillas auch«, versetzte Honor. Sie biß erneut in ihr Sandwich, seufzte und griff nach dem Salz.

»Hat Jake Ihnen verraten, daß vielleicht auch die Organizatsiya in die Sache verwickelt ist?« fragte Ellen.

»In die Sache mit den Gorillas?« fragte Honor.

Mather schlug seine Augen gen Decke, als erwarte er, einen hilfreichen Gott dort vorzufinden. »Nein, in die Sache mit dem Bernsteinzimmer.«

»Jake hat die *Mafia* erwähnt.«

»Das ist nicht das gleiche«, sagte Ellen. »Die Organizatsiya ist ein Export. Sie machen sich an russische Emigranten in den verschiedensten Ländern heran. Die *Mafia* bleibt zu Hause. Die Organizatsiya ist ziemlich unabhängig von der Alten Welt, obwohl sie sich um Leute kümmert, die in Rußland auf der schwarzen Liste stehen und ihnen einen sicheren Ort vermittelt, bis sie zu Hause vergessen oder mit Geld zum Schweigen gebracht worden sind. Die *Mafia* zahlt ihnen das zurück, indem sie in Rußland Arbeit findet für die Kerle der Organizatsiya, nach denen man in den Vereinigten Staaten oder anderen Ländern sucht.«

»Wie nett«, bemerkte Honor. »Was halten denn die Vereinigten Staaten von einem Auslieferungsvertrag mit der russischen Föderation?«

»Wir arbeiten noch daran«, versicherte ihr Ellen. »Aber die Organizatsiya und die *Mafia* sind nicht die einzigen Mitspieler, wenn es um das Bernsteinzimmer geht. Es gibt da noch einige legale Teile der russischen Regierung, die ebenfalls mitmischen. Da wäre zunächst einmal natürlich die Jelzin-Fraktion. Einer der engsten Berater Jelzins ist ein wiedererwachter russischer Nationalist. Für ihn ist das Bernsteinzimmer der Heilige Gral, ein Sammelplatz für die Vereinigung Rußlands.«

Honor griff nach der Pfeffermühle und beschäftigte sich mit dem Rest ihres Sandwiches. Doch sie hörte aufmerksam zu, und Ellen wußte das.

»Dieser Berater wird alles tun, was nötig und ihm möglich ist, um an das Bernsteinzimmer zu kommen«, sprach Ellen weiter. »Und er hat den Rückhalt der legalen Regierung. Die zweite größere Fraktion wird von den Kommunisten beherrscht. Sie sehnen sich nach den schlechten alten Tagen. Alles, was Jelzin hilft, schadet ihnen.«

»Den Kommunisten wäre es lieber, wenn das Bernsteinzimmer verschwunden bliebe?«

»Für den Augenblick, ja«, mischte sich Mather wieder ein. »Auf jeden Fall. Doch das könnte sich ändern, wenn ...«

»Darüber werden wir uns Sorgen machen, wenn es so weit ist«, unterbrach ihn Ellen. »Momentan haben wir bereits genug Schlangen auf unserem Teller.«

»Zwei Arten legaler russischer Fraktionen, zwei Arten illegaler«, faßte Honor zusammen. »Zusätzlich noch die litauischen Befreiungskämpfer. Ist das alles?«

»Das sind nur die bekannteren Gruppen«, antwortete Ellen. »Es gibt noch mindestens fünf weitere, denen es um Litauen geht. Keine von ihnen ist sich mit einer der anderen Gruppen einig, bis auf die Tatsache, daß sie die lokale Konkurrenz ausschalten und dann die internationale Szene säubern wollen. Über die gesamte frühere Sowjetunion verstreut gibt es ähnliche Gruppen, legale und illegale, die von Nationalismus, Stammesdenken, Religion, Überlebenskampf, Rache und schlichter Geldgier motiviert werden.«

Honor verzog das Gesicht. »Man kann nicht wissen, wer die Mitspieler sind, wenn man nicht ein Spieleprotokoll besitzt.«

»In der neuen russischen Föderation«, erklärte Ellen, »ändern sich die Mitspieler so schnell, daß man beim besten Willen kein Spieleprotokoll aufstellen kann.«

Statt einer Antwort biß Honor in ihr Sandwich. Nichts von dem, was sie bis jetzt gehört hatte, würde es ihr leichter machen, Kyle zu finden.

»In den baltischen Staaten und in Rußland stellt das Bernsteinzimmer ein sehr wichtiges kulturelles Symbol dar«, meinte Mather. »Es bedeutet jeder der Gruppen etwas anderes.

Jeder, der vom russischen Staat einen Gefallen erwartet oder ihn zu einem Zugeständnis zwingen will, will das Bernsteinzimmer als Verhandlungsgrundlage besitzen.«

»Und Sie glauben, daß mein Bruder es gestohlen hat.«

»Ganz gleich, wer es gestohlen hat«, lenkte Ellen schnell ein. »Kyle ist derjenige, der die heiße Kartoffel in seinen Truck geladen hat, dann verschwunden ist und einen toten litauischen Fahrer zurückgelassen hat.«

»Was bedeutet, daß Sie auch davon überzeugt sind, daß Kyle diesen Mann umgebracht hat.«

»Auf jeden Fall ist der Mann nicht an einem Herzinfarkt gestorben«, gab Mather zurück.

Honor preßte die Lippen zusammen. Sie nahm noch einen kleinen Bissen von ihrem Sandwich. Salz und Pfeffer hatten den Geschmack des Lachssalates etwas verbessert, doch nichts konnte das trockene Gefühl der Furcht aus ihrem Mund vertreiben. Sie nippte an der Dose mit der Limonade, wartete, bis die Kohlensäure sich etwas verflüchtigt hatte, und schluckte dann.

»Hören Sie«, begann sie. »Kyle hat mich nicht angerufen. Er hat mir nicht geschrieben. Er hat mir auch keinen Teil des Bernsteinzimmers geschickt.«

»Und wie steht es mit Ihrer Familie?« fragte Ellen.

»Wenn sie wüßten, wo Kyle ist, würden sie mich nicht im Ungewissen darüber lassen, ob er noch lebt oder ob er tot ist oder verletzt oder ...« Honor hielt inne. Sie schluckte und legte dann das halb aufgegessene Sandwich beiseite.

Ellens Gesichtsausdruck verriet ihr, daß sie nicht derselben Meinung war wie Honor, was die Familie Donovan betraf, doch sie verkniff sich eine Bemerkung. »Warum sind Sie hierhergekommen?«

»Archer hat mich darum gebeten.«

»Warum?«

»Keine Ahnung.«

Mather murmelte etwas, das sich so ähnlich anhörte wie »ein wirklicher Haufen Scheiße«. Unter all den Nadelstreifen versteckte sich wohl die Seele eines Straßencops mit Fäkalsprache.

Honor rührte das nicht.

»Haben Sie Archer gefragt?« wollte Ellen wissen.

»Ja.«

»Und was hat er geantwortet?«

»Das tut nichts zur Sache. Er hat mir auf jeden Fall keine Erklärung gegeben.«

»Also haben Sie Ihre Koffer gepackt wie eine liebe kleine Schwester und sind gleich gerannt?« fragte Ellen voller Sarkasmus.

Honor kam wieder auf ihre ursprüngliche Idee zurück: Ellen, eine steile Klippe und ein langer Fall.

»Jawohl«, brachte Honor zwischen zusammengebissenen Zähnen hervor. »Es mag für Sie vielleicht schwer zu verstehen sein, Miss Beraterin, aber ich liebe meine Brüder, auch wenn sie mich oft zur Verzweiflung treiben. So ist das nun mal mit der Liebe. Wenn man Menschen liebt, verlangt man keine langen Erklärungen und Rechtfertigungen. Man tut ganz einfach, was man kann, wenn sie einen brauchen. So etwas nennt man Treue.«

»So etwas nennt man Dummheit«, grunzte Mather.

»Nur, wenn man danach immer wieder das schmutzige Ende des Stocks in der Hand hält«, schnappte Honor. »Bis jetzt ist die Rechnung in dieser Beziehung ziemlich ausgeglichen, obwohl ich das niemals zugeben würde, wenn meine Brüder es hören könnten.«

»Aber …«

»Gib auf, Ellen«, kam Jakes Stimme aus dem Wohnzimmer. »Das ist der Donovan-Clan, und zum Teufel mit dem Rest der Welt.«

Honor und Mather schauten zum Wohnzimmer, Ellen fluchte, ehe sie sich umdrehte.

Jake sah aus, als hätte er sich in einer Schlammpfütze gewälzt.

»Was ist denn mit dir passiert?« fragte Honor.

»Ich gehe gern im Regen spazieren.«

»Beim nächsten Mal nimmst du Seife mit und wäschst deine Kleidung dabei.«

Lächelnd ging Jake zwischen den beiden Agenten hindurch und blieb vor Honor stehen. Er lächelte, doch das Lächeln erreichte seine Augen nicht. Er nahm ihr Gesicht in seine kühlen Hände und küßte sie. Honor erstarrte, doch sie zuckte nicht zurück. Sie fühlte, daß er der US-Regierung mit diesem Kuß eine Botschaft sandte, und die hatte mit Sex nichts zu tun.

Sie hatte recht. Und dennoch irrte sie sich. Jakes Blick war vielleicht abwesend, aber unter seiner dreckigen Jeans war er hart und erregt.

Das deutliche Verlangen seines Körpers, die Zärtlichkeit seines Kusses und der vorsichtige Ausdruck seiner Augen verstärkten Honors Gefühl, daß alles, was er von ihr wollte, die Möglichkeit war, Kyle zu finden. Aus dem Gleichgewicht gebracht, verwirrt, körperlich und seelisch erschöpft von den letzten Wochen, hielt sie sich an Jakes Armen fest, um nicht umzukippen.

Er küßte sie noch einmal, nicht mehr so sanft, viel eindringlicher. Als er sie ansah, lag in seinen Augen ein brennendes Verlangen. Seine Hände hatten Lehmspuren auf ihrem Gesicht hinterlassen.

»Du hattest recht«, wandte sich Mather an Ellen.

»Klar, mein Junge«, nickte sie. »Dieses lässige, alles verschlingende Grinsen von Jake schafft es doch immer wieder.«

Honor wurde über und über rot. Jake legte seinen Daumen auf ihren Mund, in einer Geste, die gleichzeitig eine Liebkosung wie eine Warnung war.

»Tut mir leid, daß ich so spät komme«, sagte er zu ihr und ignorierte die beiden Agenten. »Hätte ich gewußt, daß du Gesellschaft hast, hätte ich einen kürzeren Spaziergang gemacht.«

»Wie lange bist du schon hier?« fragte Honor.

Jake blickte von ihrem sinnlichen Mund zu ihren Brüsten, deren Spitzen sich deutlich unter ihrem weichen bronzefarbenen Pullover abzeichneten, zu ihren Hüften, die sich gegen ihn drängten ... und griente breit. Es sah so aus, als hätte er sich am liebsten über die Lippen geleckt. »Ellen irrt sich. An deinem Körper ist wirklich gar nichts gewöhnlich.«

Honor wußte, daß sie nicht lachen sollte, daß sie sich über seine Bemerkung nicht freuen sollte, daß sie alle drei aus ihrem Leben rausschmeißen sollte – und doch wußte sie, daß sie das nicht tun würde. Wenn sie einem der drei trauen wollte, dann hatte sie keinen Zweifel, wem von ihnen.

Bis sie Kyle gefunden hatte, war sie an Jake Mallory gebunden, so fest, als hätte sie den Eheschwur ausgesprochen.

Und danach? fragte Honor sich insgeheim.

Die Antwort kam prompt und ohne Trost. Sie würde mit dem Chaos ihrer Gefühle genauso fertig werden, wie sie es mit dem Durcheinander tun würde, das Kyle angerichtet hatte. Eine Katastrophe nach der anderen.

Sie holte tief Luft und fuhr dann mit dem Finger über Jakes Schnurrbart. »Du«, flüsterte sie mit rauher Stimme, »bist ein sehr unartiger Hund.«

»Heißt das, du wirst mich schlagen?«

Bei seinem hoffnungsvollen Blick mußte Honor lachen.

Trotz ihres Lachens war Jake nicht entgangen, wie nahe sie dem Zusammenbruch war. Er nahm ihre Hand, drückte einen Kuß in die Handfläche und wandte sich dann an die beiden Agenten.

»Noch irgendwelche Fragen?« wollte er wissen.

»Arbeitet mit uns zusammen«, forderte Ellen.

»Oder wir werden euch aus dem Spiel nehmen.«

»Wenn du geglaubt hättest, daß das etwas nützen würde, dann hättest du es schon längst getan«, sagte Jake. »Nächste Drohung?«

»Verdammter Kerl«, schnauzte Ellen ihn an. »Du glaubst wohl, du bist der allmächtige Gott.«

»Nein, das glaubst du. Deshalb hast du jedesmal solche Schwierigkeiten, wenn nicht alle auf dein Kommando hören.« Er musterte Mather. »Haben Sie noch etwas dazu zu sagen?«

»Ich bin nur neugierig. Warum wollen Sie nicht mit uns zusammenarbeiten?«

»Wieso glauben Sie, daß wir das nicht wollen?«

»Was?« riefen sowohl Ellen als auch Mather gleichzeitig aus.

»Denkt darüber nach. Und während ihr das tut, solltet ihr euch um Petyr Resnikov kümmern.«

Ellen betrachtete Jake, wie ein barfüßiger Wanderer eine Schlange beobachtet, die sich neben ihm durch das Gras schlängelt.

»Was ist mit Resnikov?« fragte sie.

»Wenn ich dir meines zeige, wirst du mir dann auch deines zeigen?« fragte Jake.

Ellen lachte kurz auf. »Baby, wir beide haben einander nichts Neues zu zeigen.«

»Solange wir unsere Kleidung anlassen, vielleicht doch.«

Honor zuckte zusammen und starrte auf ihre Füße. Sie wußte, daß es sie nicht stören sollte, daß Ellen und Jake miteinander geschlafen hatten, doch es störte sie gewaltig. Ellen war so verdammt sexy, daß es überhaupt keinen Mann geben konnte, der nicht bedauerte, sie verloren zu haben. Und was noch viel bedrückender war, in Ellens hinreißendem Körper steckte offensichtlich ein äußerst wacher Verstand.

Grob sagte sich Honor, daß es ihr egal sei. Sie würde sich keine Sorgen machen müssen über ein langes Leben unglücklicher Vergleiche in Jakes Kopf, was Frauen betraf. Sie und Jake hatten, wie Ellen es ausdrücken würde, nicht mehr viel Zeit.

»Wußtest du, daß Pete mich kaufen wollte?« fragte Jake nun.

»Hat er das versucht?« staunte Ellen.

»Was glaubst du?«

Sie ließ sich Zeit mit ihrer Antwort. Offensichtlich dachte sie über die Bedeutung und die möglichen Auswirkungen nach, die es haben würde, wenn sie auf Jakes Frage reagierte.

»Also gut«, meinte sie schließlich. »Resnikov konnte dich nicht kaufen, also hat er es anders versucht. Was ist passiert?«

»Gehört er zu euch?« fragte Jake noch einmal.

»Er gehört genauso zu uns wie Rußland in dieser tapferen neuen Welt unser Verbündeter ist.«

»Das bedeutet, die meiste Zeit über neutral, manchmal ein paar kleine Gefallen und niemals Vertrauen«, faßte Jake zusammen.

»Das ist richtig. Sprich weiter!«

»Als ich nicht damit einverstanden war, mich offen kaufen zu lassen, habe ich einen seiner Männer in meiner Hütte erwischt, der gestohlene Kunstschätze aus Bernstein dort zu verstecken versuchte.«

Honors Kopf fuhr so schnell hoch, daß ihre Haare flogen. »Was ist passiert? Bist du deshalb so schmutzig? Ist alles in Ordnung?«

»Waren die Kunstschätze aus dem Bernsteinzimmer?« verlangte Mather zu wissen.

Jake verschränkte seine schmutzigen Finger mit denen von Honor und drückte sie sanft, sagte ihr auf diese Art, daß sie sich keine Sorgen zu machen brauchte.

»So modern waren sie nicht«, erklärte Jake. »Kunstschätze aus der Steinzeit. Sehr, sehr schöne Stücke. Von der Qualität, wie man sie in Museen findet. Eines davon hatte sogar eine Inventarnummer auf dem Rücken.«

Mather holte sein Handy hervor und begann eine Nummer zu wählen.

»Und wo sind die Stücke jetzt?« fragte Ellen.

»Ich habe sie an Pete zurückgeschickt, mit einer Botschaft.«

»Ja, das wette ich.« Glänzend rote Fingernägel trommelten auf blaues Leder. Sie beobachtete Mather, der leise in das

Handy sprach, doch nicht so leise, daß die anderen nicht mithören konnten.

»Vergiß es«, sagte Mather. »Wir wissen bereits, daß die Hauptverdächtigen wieder beisammen sind.«

Jake beugte sich vor und raunte in Honors Ohr: »Was ist das für ein Gefühl, offiziell eine Hauptverdächtige der US-Regierung zu sein?«

Eine Gänsehaut kribbelte auf Honors Armen, als sie seinen warmen Atem in ihrem Haar fühlte, und sie atmete heftig aus.

»Sitzt Resnikov immer noch vor seinen Muscheln?« fragte Jake.

Ein langes Schweigen herrschte, während Mather dem lauschte, was ihm jemand am anderen Ende der Leitung erzählte.

»Bleibt dran«, beendete er das Gespräch. »Und sag dem SEAL, er soll an dem Boot dranbleiben. Wir bleiben in Verbindung.«

Honor blickte zu Jake. »Dem SEAL? Du meinst, so wie in Bellen, bellen, gib mir einen Fisch?«

»Nein, das ist ein Marinekommando«, erklärte er ihr und hoffte, daß er Ellens SEAL nicht persönlich kennenlernen mußte.

Mather klappte sein Handy zu und steckte es zurück in seine Tasche.

»Und?« fragte ihn Ellen.

Stirnrunzelnd blickte Mather zu Jake.

»Meinetwegen brauchen Sie sich keine Sorgen zu machen«, klärte Jake ihn auf. »Ich habe schon herausgefunden, daß jedesmal, wenn Pete scheißen geht, einer von euch in der Kabine daneben sitzt. Also hat euer Mann euch gerade erzählt, daß zwei Clowns voller Lehm gerade im Chowder Keg angekommen sind und Pete das gesagt haben, was er bereits wußte – daß es keinen Kauf gibt. Noch einmal. Und was den SEAL betrifft, der dort auf euch wartet – das ist der breitschultrige Kerl in der

Lederkleidung, der Satan auf zwei Beinen, der jedesmal das Beste aus dem Bayliner herausholt, wenn wir auf dem Wasser sind.«

»Hat Jake irgend etwas vergessen?« fragte Ellen Mather.

»Nur das, was Resnikov zu seinen Männern gesagt hat.«

»Ach ja?«

Mather zuckte mit den Schultern. »Er hat Russisch gesprochen. Aber unser Mann konnte so viel erraten, daß Resnikov ihnen nicht gerade einen Orden an die Brust geheftet und ihre haarigen Wangen geküßt hat.«

Ellen nahm das Trommeln mit den Fingernägeln gegen ihre Tasche wieder auf.

»Hast du den ganzen Lachssalat gegessen?« fragte Jake Honor.

»Woher weißt du, daß ich Lachssalat gemacht habe?«

Er beugte sich zu ihr, küßte sie und flüsterte: »Das habe ich geschmeckt.«

»Er steht im Kühlschrank«, murmelte sie.

»Was für eine Bestechung würde ich dir bieten müssen, um dich dazu zu bringen, mir ein Sandwich zu machen, während ich dusche?«

»Sorg dafür, daß wir unsere Gäste loswerden. Ich habe die Nase voll von ihnen.«

»Okay.« Jake reckte sich. »Auf Wiedersehen, Ellen. Und nimm deinen Freund mit. Wenn ich etwas habe, das ich jemandem anvertrauen möchte, wirst du die erste sein.«

Ellens rotlackierte Fingernägel hielten inne. Sie sah ihn prüfend an und entschied, daß dies wohl der beste Handel war, den sie momentan herausholen konnte. Resigniert forderte sie Mather auf: »Komm. Wir wollen mal sehen, wo Marju Unaussprechlich abgestiegen ist.«

Die Haustür hatte sich gerade eben hinter ihnen geschlossen, als Jake Honor befahl:

»Pack deine Sachen!«

»Ich möchte nirgendwo ...«

Sie vollendete den Satz nicht, denn niemand hörte ihr mehr zu. Jake war zur Hintertür hinausgestürmt. Mit den Händen auf den Hüften sah sie ihm nach, wie er den Weg zum Boot hinuntereilte. Kurz darauf kam er zurück, mit einer Nylontasche in der Hand. Er hatte sich wohl nur saubere Sachen geholt.

Honor machte ihm kommentarlos ein Sandwich mit Lachssalat. Ganz gleich, wie zornig sie auch war, eine Abmachung war eine Abmachung.

Aber wenn er wollte, daß irgend etwas gepackt wurde, dann würde er das schon selbst machen müssen.

20

Als Jake aus dem Bad kam, trug er frische Jeans, ein sauberes wollenes Hemd und Bootsschuhe.

»Was ist in deiner Hütte passiert?« fragte Honor ihn, als er die Küche betrat.

»Das, was ich Ellen erzählt habe. Eine hübsche Kette hast du da an. Hast du sie selbst entworfen?«

»Ja. Und was hast du Ellen nicht gesagt?«

Er gab die Bemühung auf, das Thema zu wechseln. »Die Männer waren von der Organizatsiya, aus der Niederlassung in Seattle. Das ist die ...«

»... überseeische Variante der russischen *Mafia*«, beendete Honor ungeduldig den Satz.

Jake zog die Augenbrauen hoch.

»Ellen hat das erwähnt«, erklärte Honor. »Woher hast du gewußt, für wen diese Männer arbeiten? Haben sie etwa Mitgliedskarten bei sich getragen oder besondere Pistolen oder was?«

»Ich habe sie gefragt.«

»Und sie haben es dir mitgeteilt?«

»Jawohl.«

»Einfach so?«

»Bist du sicher, daß du das wissen möchtest?« fragte er leise.

Honor blickte in Jakes Augen. Jetzt war darin viel mehr Dunkel als Silber zu sehen.

»Richtig«, sagte sie. »Nächstes Thema. Soll das heißen, daß dein guter Freund Pete von der *Mafia* ist?«

»Nicht unbedingt.« Jake fuhr sich mit den Fingern durch sein nasses Haar. »Außerdem tut das nichts zur Sache. Gauner sind Politiker, und Politiker sind Gauner, und alle tun einander Gefallen und tauschen ihre Huren aus, wenn sie glauben, daß sie niemand dabei beobachtet.«

»Du besitzt aber eine charmante Sicht der Welt.«

»Danke. Es ist das Resultat eines lebenslangen Studiums. Hast du vor, dieses Sandwich zu essen, oder steht vielleicht mein Name drauf?«

Sie reichte ihm das Sandwich und ein Papiertuch als Serviette.

»Hast du schon gepackt?« fragte er.

»Ich war damit beschäftigt, in der Küche Hausarbeit zu machen.«

Jake kaute, schluckte und beobachtete dabei Honor ganz genau. Sie hatte sich abgewandt und spülte gerade den mit Mayonnaise beschmierten Löffel ab.

»Leckeres Sandwich«, lobte er. »Ich werde hier alles in Ordnung bringen, während du packst.«

»Das wird nicht nötig sein.«

»Warum denn nicht?«

»Ich werde nirgendwo hingehen, wo ich mich umziehen müßte.«

»Es ist immer ein guter Gedanke, ein paar Sachen an Bord des Bootes zu haben.«

»Ich bin nicht an Bord eines Bootes.« Honor sah hinaus auf

das grauweiße Wasser der vom Wind umtosten Bucht. »Gott sei Dank nicht.« Sie musterte Jake. »Oder soll der Wind nachlassen?«

»Heute nicht.«

Sie biß sich auf die Lippe. Die Erleichterung, daß sie in der rauhen See nicht rauszufahren brauchte, kämpfte mit der eisigen Furcht, die nie aufgehört hatte an ihr zu nagen: Kyle brauchte Hilfe, und sie war der einzige Mensch, der ihm helfen konnte.

Jake hatte keine Mühe, Honors Gedankengang folgen zu können. Ihr Gesicht war beinahe genauso ausdrucksstark wie ihr Körper es gewesen war, als sie sich geliebt hatten. Er legte das Sandwich auf die Anrichte, tauchte eine Ecke des Papiertuches in das laufende Wasser und drehte dann Honor in seinen Armen zu sich herum.

»Was ...«, begann sie verwirrt.

»Du hast Schmutz auf deiner Wange. Da das meine Tat ist, ist es doch nur fair, wenn ich sie auch wieder tilge.«

Honor stockte der Atem, als er sie mit dem kühlen Papiertuch berührte und die Spuren abwischte, die seine lehmigen Finger auf ihrem Gesicht hinterlassen hatten, als er sie zuvor geküßt hatte. Er schien sich zu erinnern, zögerte und küßte sie dann erneut.

»Ich hatte aber keinen Lehm an meinem Mund«, protestierte sie.

»Aber klar hattest du das.«

»Ich werde nicht packen.«

»Okay.«

Sie blinzelte, er hatte sie aus dem Gleichgewicht gebracht. »Einfach so? Okay?«

»Einfach so. Und so.«

Er küßte sie noch einmal und ließ dabei sein Verlangen so stürmisch aufflammen, daß sie beide atemlos wurden. Als er sie schließlich freigab, sah sie ihn verwirrt mit ihren goldgrünen Augen an.

»Jake?«

»Ja?«

»Was soll ich nur mit dir tun?«

»Ich hätte da ein paar bescheidene Vorschläge.«

»Bescheiden?« fragte sie skeptisch.

»Vielleicht ist *bescheiden* nicht das richtige Wort. Komm, wir ziehen uns nackt aus, und ich versuche dann, das richtige Wort zu finden.«

Sie lächelte, doch es wurde ein trauriges Lächeln.

Jake war das nicht entgangen, und er kannte auch den Grund dafür. Sie wollte nicht nach einem Mann verlangen, dem sie nicht wirklich trauen konnte. Er durfte ihr nicht einmal einen Vorwurf machen, weil sie nicht glaubte, daß er sich mehr nach ihr sehnte als danach, ihren Bruder in die Finger zu bekommen. Er an ihrer Stelle hätte wahrscheinlich genauso gefühlt. Doch ihr Mangel an Vertrauen in ihn würde alles noch viel gefährlicher machen. Für sie beide.

»Ich hätte dich heute morgen an Bord der *Tomorrow* bringen und mit dir davonfahren sollen, noch ehe Archer anrufen oder Ellen den Brunnen vergiften konnte«, erklärte Jake leise. »Dann würdest du mir noch immer vertrauen. Aber der Zeitpunkt ist vertan, und jetzt vertraust du mir nicht mehr, und wir müssen sehen, wie wir damit klarkommen. *Mist.*«

Honor wollte etwas sagen, doch sie schüttelte nur den Kopf. Er fuhr mit den Fingerspitzen über ihre Wange, in einer sanften Liebkosung, dann gab er sie frei.

»Hat Marju irgend etwas Nützliches gesagt?« fragte er.

»Was meinst du mit *nützlich*?«

»Etwas, das uns helfen könnte, Kyle zu finden oder den Bernstein oder beides.«

»Nein. Sie wollte bei mir einziehen.«

Er wandte sich abrupt zu ihr um. »Und?«

Honors Mund wurde schmal. »Ich habe ihr all mein restliches Bargeld gegeben und ihr erklärt, daß hier kein Platz für eine dritte Person sei. Das macht mich vielleicht zu einem gefühllosen Luder, aber im Augenblick schleppe ich so viele Ketten mit mir herum, daß ich gerade noch über Wasser bleiben kann. Sie kann ich nicht auch noch tragen.«

Jake stieß die Luft aus, die er unwillkürlich angehalten hatte. Er hatte sich schon gefragt, wie er Marju wieder loswerden könnte, ohne wie ein gefühlloser amerikanischer Flegel dazustehen.

»Marju ist ein großes Mädchen«, beruhigte Jake sie. »Sie hat Kriege überlebt, die du dir nicht einmal vorstellen kannst. Sie wird auch allein ganz gut zurechtkommen.«

»Sie schien schrecklich aufgeregt zu sein.«

»Das hat etwas mit ihrer Kultur zu tun. Die Litauer sind die Italiener der baltischen Staaten, berühmt dafür, ihren Gefühlen ständig freien Lauf zu lassen. Glaub mir, du bist viel angespannter, als Marju es ist.«

»Das hoffe ich.«

»Das weiß ich. Wieviel Lachssalat hast du gemacht?« fragte er.

»Ungefähr ein Viertel vom Lachs habe ich verbraucht. Es ist noch genug übrig für ein Omelett und für Pasta morgen abend.«

Insgeheim überschlug Jake die Lebensmittelvorräte in seinem Truck, in ihrer Küche und die, die bereits an Bord der *Tomorrow* waren. Die Nahrungsmittel würden wahrscheinlich länger halten als der Benzinvorrat, sogar bei einem so schlechten Wetter.

Er beobachtete das Wasser, das hinter dem geschützten Strand von Amber Beach lag. Lange, vom Wind getriebene Wellen hatten sich auf dem graublauen Wasser gebildet, von weißen Schaumkronen verziert. Sehr bald würden Warnungen für kleinere Boote durchgegeben werden, wenn das nicht sogar bereits geschehen war.

Er hatte vorgehabt, mit seinem eigenen Boot an die Stelle zu fahren, die Kyle als letzte in seinen Kartenplotter eingegeben hatte. Doch die *Better Days* war nicht so groß wie die *Tomorrow*. Und auch wenn sein Boot seetüchtig genug war, um stürmische Winde zu überstehen, so hatte doch die Küstenwache das Recht zu entscheiden, welches kleinere Boot rausfahren und welches im Hafen bleiben mußte, solange die Warnung für kleinere Boote bestand.

Die *Tomorrow* war acht Meter lang, technisch gesehen also größer als die sogenannten »kleinen Boote«. Keines der Boote, die ihnen gefolgt waren, war so groß, bis vielleicht auf die geheimnisvolle Olympic, die Conroy gesehen hatte und der es immer wieder gelang, sich seinen Blicken zu entziehen. Wenn die anderen ihm mit ihrer kleinen Spielzeugmarine folgen wollten, dann würden sie eine haarsträubende Fahrt vor sich haben.

Mit nur mühsam gezügelter Ungeduld überlegte Jake, was getan werden mußte, ehe er wieder aufs Wasser konnte. Es würde noch Stunden dauern, bis es dunkel genug war, damit er sich wegschleichen, seine Taucherausrüstung anlegen und dann über Bord der dümpelnden *Tomorrow* springen konnte, um nach kleinen Geschenken zu suchen, die die SEALs der Marine von der Whidbey-Insel zurückgelassen hatten. Die verbleibende Zeit hätte er lieber damit verbracht, nackt mit Honor in einem Bett von der Größe von Texas zu liegen. Doch es war nicht sehr wahrscheinlich, daß es ihm gelingen würde, sie momentan dazu zu bewegen, seinem Verlangen nachzugeben. Und vermutlich auch nicht in der nahen Zukunft.

»Zum Teufel mit all der Geheimniskrämerei«, murmelte er vor sich hin. »Es ist ja nicht so, daß es eine große Überraschung sein wird. Wahrscheinlich fragen sich bereits alle, warum ich das nicht schon längst getan habe.«

»Hallo?« fragte Honor. »Sprichst du mit mir?«

»Ich werde tauchen gehen.«

Sie sah aus dem Fenster. Etwas rann ihr kalt und unangenehm über den Rücken bei dem Gedanken, draußen auf dem Wasser zu sein. Selbst an dem kleinen, geschützten Strand fühlte man die Wucht des Sturmes. Statt sanft auf den felsigen Strand zu rollen, schlugen die Wellen hoch aufspritzend gegen die Steine, und der Schaum, der dabei aufstieg, wurde auf das Land getrieben. Gischt bedeckte die Felsen am Ufer. Große, mächtige Fichten wurden wie Federn zerzaust und gebeugt.

»In *dem* Wasser willst du tauchen?« fragte Honor.

»Nein. Unter dem Wasser.«

»Du bist verrückt.«

»Deine Schuld. Gegen meine viel bessere Idee hattest du etwas einzuwenden.«

»Wovon redest du überhaupt? Ich habe nichts eingewendet ...«

»Sicher hast du das«, unterbrach er sie. »Weißt du nicht mehr? Wir, im Bett, nackt?« Er lächelte, als er ihren Gesichtsausdruck sah. »Keine Sorge, mein Schatz. Ich habe eine andere Art von Tauchen im Sinn. Aber den Gedanken an uns solltest du nicht vergessen.«

»Ich würde mich wesentlich besser fühlen, wenn dein Lächeln auch deine Augen erreichen würde.«

»Ich auch. Aber das Lügen ist nun mal beschissen und ...«

»... dann stirbst du«, beendete sie den Satz für ihn, mit einem rauhen Unterton in der Stimme. »Jake, du darfst nicht tauchen. Das ist viel zu gefährlich.«

Honor wußte, daß es dumm war, ihm ihre Sorge um ihn zu zeigen, doch sie konnte nichts dagegen tun. Auch wenn ihr Verstand und ihr Instinkt heftig gegeneinander kämpften, was Jake Mallory betraf, so verspürte sie doch bei dem Gedanken, daß ihm etwas zustoßen könnte, den Wunsch, sich in seine Arme zu werfen und ihn für alle Ewigkeiten festzuhalten.

Und dann wurde ihr klar, daß er sie bereits in seinen Armen hielt und sie sanft gegen seine Brust drückte.

»Es ist schon gut«, beruhigte Jake sie. »Ich tauche nur vom Dock aus. Ich würde dich nie verlassen, damit du den Wölfen allein gegenübertreten mußt.«

Sie konnte sich gerade noch zurückhalten, sonst hätte sie ihm gestanden, daß sie sich die Sorgen nicht um sich selbst machte. Doch es wäre wirklich zu blöd gewesen, ihm das zu verraten. Sie steckte in weitaus größeren Schwierigkeiten als er.

Er kämpfte nicht zusätzlich zu all den anderen Widrigkeiten auch noch gegen sich selbst.

Honor ging neben Jake den Weg zum Boot entlang und zog ihre Windjacke vor der Brust zusammen. Die Temperatur lag zwar über fünfzehn Grad, doch der Wind war so eisig, daß es sich anfühlte, als wäre sie niedriger als Null. Jake schien es gar nicht zu bemerken. Er trug einen Taucheranzug, der wie eine zweite Haut seinen Körper umhüllte, auf den Rücken hatte er eine Preßluftflasche geschnallt. Enge schwarze Handschuhe bedeckten seine Hände. Große Schwimmflossen und eine Tauchermaske hielt er in der rechten Hand, über seine Schultern hingen Schläuche und ein Meßgerät.

Er hätte eigentlich merkwürdig auf sie wirken müssen, doch Honor sah geradezu durch ihn durch: beinahe nackt und sexy genug, um sie all die Gründe vergessen zu lassen, warum sie nicht an etwas anderes als ein Bett denken sollte.

»Dir muß doch eiskalt sein«, sagte sie.

»Noch nicht. Das wird erst kommen, nachdem ich eine Weile im Wasser bin.«

»Dann geh nicht rein!«

Er antwortete nicht.

»Warum mußt du dir denn die Schiffswand der *Tomorrow* ansehen? Hat sie etwas ein Leck?«

»Ich will nur mal nachsehen.«

Sie wartete, doch mehr schien er ihr nicht mitteilen zu wollen über den Grund, warum er in diesem Sturm unbedingt tauchen wollte. So hatte er sich die ganze letzte Stunde benommen – entweder hatte er geschwiegen oder das Thema gewechselt.

»Warum willst du es mir nicht verraten?« fragte sie.

»Weil du auch schon genug Sorgen hast.«

»Und du glaubst, das wird mir jetzt helfen?«

Jake seufzte. »Ich stelle mir vor, daß die SEALs die *Tomorrow* als Übungsobjekt benutzt haben. Ich will nur sichergehen, daß sie keinen Schaden angerichtet haben.«

Das war zwar nicht die komplette Wahrheit, doch mehr wollte er ihr nicht sagen. Sie war sowieso schon angespannt genug. Wenn sie wußte, daß er die Absicht hatte, nach Einbruch der Dunkelheit mit Kyles Boot hinauszufahren, wäre sie womöglich explodiert.

»Du glaubst, sie haben die *Tomorrow* sabotiert?« fragte Honor erschreckt.

»Nein. Ich will nur vorsichtig sein.«

»Du bildest dir etwas ein.«

»Das auch.«

Ein Windstoß brachte Honor zum Stolpern. Mit seiner freien Hand hielt Jake sie fest.

»Geh zurück in die Hütte«, riet er ihr. »Ich komme allein zurecht.«

»Ich komme allein zurecht«, imitierte sie ihn böse. »Den Teufel tust du. Du sollst nicht allein tauchen.«

Das wußte Jake, doch er würde es trotzdem tun. Manchmal war es sicherer, die Regeln zu mißachten, als der einzige zu sein, der sie einhielt.

Er ging auf das Dock hinaus. Honor folgte ihm.

»Geh zurück in die Hütte«, bat er noch einmal. »Es wird nicht lange dauern.«

»Gut. Ich werde nämlich die ganze Zeit über hier bleiben.«

»Wir haben keinen zweiten Taucheranzug. Wenn ich also wirklich in Schwierigkeiten komme, was willst du dann tun?«

»Ich werde einen Freudentanz auf dem Deck vollführen.«

»Du möchtest wohl dabeisein, wenn man mir den Garaus macht, wie?«

Sie erschauerte. Der Gedanke, daß ihm etwas zustoßen

könnte, war schon schlimm genug. Der Gedanke, daß er dabei sterben könnte, ließ sie bis in die Seele frieren.

»Es tut mir leid, wenn ich dich enttäusche, mein Butterblümchen«, sagte er. »Aber es wird keinen Freudentanz über meiner Leiche geben.«

»Das ist nicht komisch«, knirschte sie zwischen zusammengebissenen Zähnen hervor.

»Für mich nicht. Aber ich bin auch nur halb so wütend auf mich wie du.«

In dem Schweigen, das seinen Worten folgte, sah Honor zu, wie Jake die Taucherausrüstung komplettierte. Fertig angezogen drehte er das Ventil an der Preßluftflasche auf und überprüfte es. Zufrieden, daß alles in Ordnung war, nahm er das Mundstück zwischen die Zähne. Kurz darauf ließ er sich am tiefsten Ende des Docks ins Wasser sinken und verschwand unter der Oberfläche.

Honor konnte in all dem Wind und dem Schaum auf dem Wasser kaum die Spur der Luftblasen erkennen. Immer, wenn sie die Spur aus den Augen verlor, dachte sie darüber nach, wie es sein würde, wenn er nicht wieder auftauchte.

»Komm gefälligst wieder nach oben, Jake Mallory«, zischte sie dem dunklen Wasser zu. »Ich bin bei weitem noch nicht wütend genug auf dich!«

Als er endlich wieder auftauchte, hatte Honor über viele Dinge nachgedacht, doch keines davon gab ihr ein warmes Gefühl. Jakes Leichtigkeit, mit der er sich aus dem kalten Wasser auf das Dock zog, sagte ihr, daß es ihm wesentlich besserzugehen schien als ihr. Sie konnte ihre Finger kaum noch fühlen, und ihre Zehen waren taub. Sie war nicht warm genug angezogen für einen solchen Wind.

»Hast du es gefunden?« wollte sie wissen, sobald er sich die Maske vom Gesicht entfernt hatte.

»Was gefunden?«

»Das Ding, mit dem man uns aufspüren kann«, sagte sie ungeduldig. »Oder hat das Wasser dir vielleicht den Verstand eingefroren?«

»Ich kann mich nicht daran erinnern, ein solches Ding erwähnt zu haben.« Er setzte sich aufs Dock und zog sich die Flossen von den Füßen.

Wind blies Honor ins Gesicht und zerzauste ihr Haar. Ungeduldig strich sie es sich hinter die Ohren. »Im Gegensatz dazu, wie ich mich gestern verhalten habe, bin ich nicht völlig blöd. Die SEALs werden uns auf keinen Fall in die Luft jagen, aber sie werden es Ellen und den Jungs leichter machen, uns aufzuspüren. Also, hast du es gefunden?«

»Ja.«

»Und wo ist es jetzt?«

»Ich habe es am Dock festgemacht.«

»Fein, das wird ihnen den Eindruck vermitteln, daß wir nirgendwo hinfahren wollen.«

»So ist das gemeint«, grinste er und stand auf. »Komm. Laß uns hier verschwinden.«

Mit gerunzelter Stirn folgte Honor Jake den Weg zur Hütte hinauf. Sie war ganz sicher, daß ihr etwas entgangen war. Sie grübelte noch immer darüber nach, während Jake ins Schlafzimmer ging, um seinen Taucheranzug auszuziehen. Obwohl er dabei die Tür des Schlafzimmers offenließ, folgte sie ihm nicht. Sie traute sich ohne Komplikationen nicht zu, ihm aus dem Anzug zu helfen. Sie war so voller Sorgen um ihn gewesen, daß es ihr jetzt fast unmöglich schien, wütend auf ihn zu sein.

Jake trat unter die Dusche und wusch den Taucheranzug ab. Er trocknete ihn wie eine zweite Haut, dann zog er die Kapuze des Anzuges vom Kopf und schälte sich heraus.

»Haben sie denn nicht jemanden, der das Haus beobachtet?« rief Honor aus dem Wohnzimmer. »Ich meine den Kerl, den Mather angerufen und ihm verraten hat, daß die ›Hauptverdächtigen‹ wieder beisammen waren?«

»Doch.«

»Glaubst du, er kann das Dock sehen?«

»Wahrscheinlich.«

»Dann wird er doch Bescheid wissen, was du mit dem Ding gemacht hast.«

Jake dachte, daß er Honor ruhig noch etwas länger dem kalten Wind draußen hätte aussetzen sollen. Ihr Verstand arbeitete leider nach wie vor messerscharf.

»Schon möglich«, gab er schließlich zu. Seine Stimme klang gedämpft, weil er sich mit dem Taucheranzug abmühte.

»Was sollte sie dann davon abhalten, ein neues Ding anzubringen?«

»Nichts.«

»Und warum hast du dir dann die Mühe gemacht, das Ding überhaupt abzufummeln?«

Jake seufzte, dann beichtete er Honor das, was sie eigentlich gar nicht wissen wollte und sollte. »Weil sie erst zurückkommen werden, wenn es ganz dunkel ist, und bis dahin wird die *Tomorrow* nicht mehr da sein.«

Schweigen herrschte, dann fragte Honor: »Und wo wird sie sein?«

»Dort draußen«, erklärte er und wedelte in Richtung der Inseln.

Honor konnte die Inseln vom Fenster des Schlafzimmers aus sehen. Wie weit entfernte blauschwarze Wale erhoben sie sich aus dem aufgewühlten Wasser.

»Du machst Spaß, nicht wahr?« fragte sie und fürchtete, daß er es ernst meinte.

»Falsch.«

Er hatte sich aus der oberen Hälfte seines Taucheranzuges geschält und ging noch einmal unter die Dusche, um seine Flossen, die Handschuhe und die Halterung für die Preßluftflasche abzuspülen. Er konnte Honor trotz des Geräusches des laufenden Wassers noch hören, doch er tat so, als würde er nichts verstehen. Er wußte bereits, daß sie absolut nichts davon hielt, bei diesem Wetter rauszufahren. Normalerweise würde es ihm genauso gehen. Doch was war in letzter Zeit normal?

Honor kam ins Bad, die Hände hatte sie in die Hüften gestützt, ihre Wangen waren vor Zorn gerötet. Ihn nackt vor sich zu sehen, mit nicht mehr als einem Suspensorium bekleidet, wie es die Taucher trugen, besserte ihre Laune keineswegs.

»Jacob Mallory, sieh dir das Meer doch einmal an!«

»Ich bin schon in schlimmerem Wetter draußen gewesen.«

»Aber ich nicht!«

»Das ist in Ordnung. Du wirst ja auch nicht mit mir kommen. Du wirst Ellen anrufen und ihr erzählen, daß wir uns schrecklich gestritten haben und daß du bereit bist, dich mit ihr zu verbünden.«

»Nein«, erklärte Honor mit ausdrucksloser Stimme.

»Das heißt also, du willst mit mir kommen?«

»Aber …«

»Eine andere Möglichkeit gibt es nicht«, erklärte Jake liebenswürdig und schob sich an ihr vorbei aus dem Bad, um ins Schlafzimmer zu gehen. »Ich werde dich nämlich nicht allein lassen, solange jemand wie Schlangenauge hier herumläuft.«

Honor folgte Jake ins Schlafzimmer, doch dann wünschte sie, sie hätte es nicht getan. Vom Schlafzimmer aus hatte man eine atemberaubende Sicht auf das Wasser. Bis zu diesem Moment hatte sie den Ausblick genossen. Doch jetzt verspürte sie den Wunsch, sich zu verstecken; das Meer war so wütend und gewalttätig wie in ihren schlimmsten Alpträumen, in denen sie verängstigt und mit dem Gesicht nach unten in einem lecken Boot lag, das nach Fisch roch.

»Ruf Ellen an«, sagte Jake leise und strich Honor zärtlich über ihre blasse Wange. »Sie wird sich um dich kümmern.«

»Nein.«

»Sieh mich an.«

Honor wandte den Kopf weg vom Wasser. Trotz Jakes sanfter Stimme waren seine grauen Augen nicht friedlicher als das Meer.

»Wenn ich Kyle finde«, erklärte Jake ihr, »werde ich alles tun, um ihn sicher zu dir zurückzubringen. Das verspreche ich dir.«

»Nein«, flüsterte sie.

Zorn und Ungeduld und noch etwas anderes, etwas, das ihn schmerzte, zeichnete sich auf seinem Gesicht ab. »Du traust mir wirklich nicht.«

»Das ist es nicht.«

»Zum Teufel, natürlich.« Er wandte sich ab und holte eine Jeans samt Unterwäsche aus der Tasche, die er mitgebracht hatte. »Nun, du hast kein Glück, Butterblümchen. Entweder Ellen oder ich.« Er zog sich das nasse Suspensorium aus und schlüpfte in eine trockene Unterhose. »Eine dritte Möglichkeit gibt es nicht.« Er kramte nach Socken. »Ich habe keine Zeit, dir jetzt Gepäckträger zu besorgen, die dich nach Tahiti bringen. Ellens Boß wird langsam ungeduldig. Sie könnten mir den Boden unter den Füßen wegziehen, und dann hätte ich genausowenig Glück wie du.«

»Jake, das ist nicht …«

Er sprach ungerührt weiter. »Wenn die Elefanten erst einmal zu spielen beginnen, dann werden unbedeutende Grashalme wie ich in den Matsch getrampelt. Kyle hat immerhin noch die Donovan-Familie, die ihn wieder reinwaschen und sich um seine Wunden kümmern kann. Ich habe niemanden außer mir selbst. Ich muß die Wahrheit über den Bernstein herausfinden. Das bedeutet, daß du zu Ellen gehen wirst und ich auf das Meer hinausfahre. Wenn sich das mit deinen Plänen nicht vereinbaren läßt, dann ist das, verdammt noch mal …«

Er hielt mitten in seiner Tirade inne. Zwei kalte, sanfte Hände strichen über seinen Rücken.

Jake wandte sich so schnell um, daß er Honor beinahe umgeworfen hätte. »Was tust du da?« schnaubte er.

»Ich versuche, mit dir zu argumentieren.« Sie streichelte über seine Brust, ihre Finger zupften an der seidenen Schnur, an der sein Medaillon aus Bernstein hing.

»Argumentieren?« fragte er.

»Hmm. Und es klappt. Siehst du, wie vernünftig dein Ton schon geworden ist?« Honors Fingerspitzen fuhren über die verschlungenen Drachen und die warme männliche Haut darunter. »Warum hast du das nicht getragen, als wir uns zum ersten Mal geliebt haben?«

»Du wußtest doch nicht, wer ich war. Das Medaillon hätte viel zu viele Fragen aufgeworfen, und die wollte ich nicht beantworten.«

»Bernsteinmann«, sagte sie mit trauriger Stimme.

Er zuckte mit den Schultern, doch dann stockte sein Atem, als ihre Finger von dem Medaillon zu seiner Brustwarzen glitten. Unter ihren Fingern wurden sie hart und richteten sich auf.

»Ein hübscher Versuch, aber du hast trotzdem nur zwei Möglichkeiten«, brachte Jake durch zusammengebissene Zähne hervor. »Ellen oder ich.«

»Ich denke nach.«

Honors rechte Hand wanderte über seine Brust bis hinunter zu seinem Nabel und dann zu der fingerbreiten Spur schwarzen Haares, die unter seiner Unterhose verschwand. Mit einer Geschwindigkeit, die eine heiße Welle der Erregung durch Honors Körper schickte, hob er sich ihr entgegen.

»Woran denkst du?« fragte er.

»Ich habe gerade überlegt, wie du wohl schmecken würdest.«

Jake japste nach Luft. »Du solltest über deine Möglichkeiten nachdenken – Ellen oder das Boot. Ganz gleich, wie sehr ich dich auch haben will oder wie gut du es für mich machen wirst, du hast nur zwei Möglichkeiten.«

»Wirfst du mir etwa vor, dich verführen zu wollen, um deinen Verstand zu umnebeln?« fragte Honor.

Schlanke, liebkosende Finger schoben sich unter das Gurtband seiner Unterhose. Jetzt waren ihre Hände nicht länger kalt. Oder wenn das so war, bemerkte er es nicht.

»Tust du das?« fragte er.

»Würde es etwas nützen?«

»Nein. Ja.« Er zog scharf den Atem ein, als sie ihn sanft streichelte. »Verdammt, ich kann nicht denken, wenn du das tust.«

»Und wie ist es, wenn ich das tue?«

Ihre Hände bewegten sich schnell, und seine Unterhose glitt hinunter bis zu seinen Knien und dann zu seinen Füßen. Ihre Lippen waren so heiß, wie es ihm seine kühnsten Träume vorgegaukelt hatten. Er versuchte sich einzureden, daß er stärker, härter, gemeiner war. Er mußte sie nur an den Armen packen und sie hochziehen. Das würde ihren Plan zum Scheitern bringen, daß er seine Meinung womöglich änderte.

Klar, er würde diese Sache beenden – wenn er sicher war, es nicht länger ertragen zu können. Bis dahin würde er es wie ein Mann auf sich nehmen, schweigend, mit angespanntem Körper – wenn auch von Kopf bis Fuß in Schweiß gebadet, heftig atmend wie ein Rennpferd, das gerade ein Rennen hinter sich gebracht hat.

»Das reicht«, krächzte er rauh.

»Aber ich habe gerade erst den Dreh heraus«, protestierte sie und fuhr mit der Zungenspitze über die Stelle, an der eine Ader heftig pulsierte.

Jake schob mit dem Fuß seine Unterhose beiseite, hob Honor hoch und legte ihre Beine um seine Taille. »Dann solltest du es einmal mit diesem Dreh versuchen.«

Ihre Pupillen weiteten sich erfreut, als er ihr die Hose hinunterschob und tief in sie eindrang. Ihre Muskeln zogen sich rhythmisch zusammen und umschlossen ihn so heiß, daß er beinahe die Kontrolle über sich verlor. Wild und ungezügelt nahm sie ihn in sich auf, und er flog zu den Sternen, und die Welt versank um ihn.

»Ich verliere«, keuchte er.

Honor hörte ihn nicht. Sie war bereits verloren.

21

Als Jake mit seiner Tasche in der Hand in die Küche kam, war Honor gerade dabei, Lachssandwiches einzupacken, die sie mit auf das Boot nehmen wollten. Andere Lebensmittel standen bereits auf der Anrichte bereit.

»Hast du genügend Strippe gefunden, um deinen Zodiac festzubinden?« fragte sie.

»Ja.«

»Ich kann gar nicht glauben, daß er unter das Gewölbe des Radars gepaßt hat.«

»Das war relativ einfach. Den Zodiac in diesem Wind hinunter zum Boot zu bringen hat viel mehr Spaß gemacht.«

»Du hättest mich helfen lassen sollen.«

Jake stimmte ihr insgeheim zu, doch ehrlich sagen würde er das nicht. »Ich bin noch immer der Meinung, daß du Ellen anrufen solltest. Dann bist du wenigstens in Sicherheit.«

»Ich würde durchdrehen vor Sorgen um dich und Kyle.«

»Du vertraust mir deinen Körper an, aber nicht deinen Bruder, stimmt das?«

»Nein. Tut es nicht.«

Er betrachtete im Profil ihr störrisch vorgeschobenes Kinn. »Ich glaube dir nicht.«

»Dagegen kann ich nichts tun.« Sie verstaute die Sandwiches in eine Plastiktüte und ignorierte ihn einfach.

Jake verkniff sich eine grobe Bemerkung. Egal, ob sie ihm vertraute – nicht einmal hatte sie von Liebe gesprochen in den hemmungslosen, leidenschaftlichen Stunden, die sie miteinander im Bett verbracht hatten, bis es völlig dunkel wurde ... und sich wünschten, daß es das nie werden würde.

»Was willst du tun, wenn ich dich jetzt einfach packe und bei Ellen abliefere?« knurrte er.

»Ich würde ihr verraten, wo du bist.«

»Das wirst du nicht wissen.«

»Auf dem Seal Rock.«

Alarmiert starrte er sie an. »Wann hast du gelernt, mit dem Kartenplotter umzugehen?«

»Ich habe dich beobachtet. Seal Rock ist die einzige Route, die Kyle eingegeben hat, die wir noch nicht ausprobiert haben.«

»Es besteht aber keine Garantie, daß er irgendwo dort in der Nähe ist.«

»Ich weiß.«

»Und warum willst du dann dorthin?«

»Das habe ich dir doch gesagt.«

»Wenn du mir vertrauen würdest, würdest du an Land bleiben.«

»Typisch männliche Logik – falsch.« Honor nahm die Tüten mit den Lebensmitteln und sah Jake fest in die Augen. »Du verschwendest nur deine Zeit.«

»Und was ist, wenn dir etwas zustößt?«

»Was ist, wenn dir etwas zustößt?«

Er preßte die Lippen zusammen. In Gedanken ging er noch einmal all die Argumente durch. Er hatte sie ihr schon mindestens zweimal vorgehalten. Und daß er eigentlich nach Kyles Leiche suchte und sie dazu hundertprozentig nicht brauchte, konnte er ihr schlecht beibringen.

Als er die Furcht und den Schmerz in ihren Augen las, kam er sich vor wie ein Mörder.

»Bleib hier«, forderte er sie erneut auf. »Glaub mir, es wird leichter sein für dich.«

»Nein.«

»Du bist unvernünftig!«

»Um das behaupten zu können, mußt du selbst es auch sein.«

Er stellte die Tasche auf den Tisch und begann, die übrigen Lebensmittel darin einzupacken. »Wenn du seekrank wirst und Angst bekommst, dann rechne nicht mit meinem Mitleid.«

»Darauf stelle ich mich ein.«

Jake zweifelte nicht daran. Mit einem gemurmelten Fluch knipste er das Licht aus und tauchte die Küche in die gleiche Dunkelheit wie all die anderen Räume auch, bis auf das Schlafzimmer. Ungeduldig wartete er darauf, daß sich seine Augen an die Finsternis der mondlosen Nacht gewöhnten.

»Was ist mit dem Licht im Schlafzimmer?« fragte Honor.

»Laß es an.«

»Warum?«

»Wenn der Spion glaubt, daß wir einen Ringkampf im Bett veranstalten, wird er sich nicht wundern, warum das restliche Haus dunkel ist.«

»Machen die Leute denn nicht das Licht aus, wenn sie sich lieben?«

»Haben wir das denn getan?«

»Ich habe nicht darauf geachtet. Haben wir?«

Trotz seiner Verärgerung mußte Jake lächeln bei dem Gedanken, wie leidenschaftlich Honor gewesen war und danach so befriedigt und schläfrig. Dann hatten ihre forschenden Lippen ihn wieder erregt, und er hatte sie beobachtet und sich gefragt, warum er nur so viel Glück und gleichzeitig so viel Pech haben konnte. Honor war eine Geliebte, deren hungrige Sexualität mit der seinen meßbar war; und dennoch traute sie ihm nicht wirklich.

Er hatte die dumpfe Ahnung, daß sie beabsichtigte, ihre Affäre zu beenden, nachdem sie Kyle gefunden hatten.

»Ich habe den Anblick aufs äußerste genossen«, meinte Jake. »Ganz besonders den Ausdruck in deinem Gesicht, als du beim letzten Mal gekommen bist.«

»Jake!«

»Was denn? Sag bloß nicht, daß es dir nicht auch gefallen hat.«

Honor haßte sich dafür, daß sie bei seinen Worten feuerrot wurde. Sie kam sich vor wie ein Schulmädchen. Jakes amüsiertes Lächeln war selbst in dem schwachen Licht zu erkennen, und es verriet ihr, daß es ihm Spaß machte, sie zu necken. Genausosehr machte es ihm Spaß, sie zu befriedigen.

»Du versuchst nur, mich von unserem stürmischen Ausflug abzulenken, nicht wahr?« fragte sie.

»Glaubst du das?«

»Ja.«

»Und, klappt es?« grinste er.

»Manchmal.«

Doch es lag ein Unterton in ihrer Stimme, der Jake verriet, daß das diesmal nicht der Fall war. Er legte ihr einen Arm um die Schultern, zog sie an sich und tröstete sie, obwohl er sich geschworen hatte, das nicht zu tun.

»Deine letzte Möglichkeit«, sagte er leise. »Bleib bei Ellen.«

»Nein.«

Einen Augenblick lang drückte er die Lippen in Honors Haar. Dann gab er sie frei und verließ das Haus durch die Hintertür. Zusammen liefen sie den Pfad zum Wasser hinunter. Einen Teil des Weges wurden sie von den Bäumen des Waldes gegen neugierige Blicke geschützt. Den Rest der Strecke mußten sie sich auf ihr Glück und die Dunkelheit verlassen.

»Das Dock wird rutschig sein«, raunte Jake warnend. »Und auch das Boot.«

Honor nickte. Sie konnte die salzige Luft beinahe schmekken. Und sie fühlte, wie der Wind ihr die Feuchtigkeit ins Gesicht pustete.

Obwohl der Mond noch nicht aufgegangen war, war das Licht der Sterne hell genug, um ihnen die Schaumkronen auf dem Wasser zu zeigen. Selbst in der geschützten Bucht waren die Wellen mehr als dreißig Zentimeter hoch. Sie peitschten gegen die Pfeiler des Docks und überspülten den Weg. Das einzig Gute daran war, daß kein Niedrigwasser herrschte – die Rampe zum Dock hinunter war nicht so steil, wie sie in einigen Stunden sein würde, und auch nicht so glitschig.

Honor hielt die Tasche mit den Lebensmitteln in der Hand

und tappte vorsichtig über das Dock. Ehe sie das Boot erreichte, hatte Jake bereits seine Tasche im Boot verstaut und nahm ihr die ihre ab. Er stellte die Lebensmittel in die Kabine und kehrte auf das Dock zurück, während sie ins Boot kletterte.

Jake hatte recht, es war glatt. Hätte sie ihre Deckschuhe nicht getragen, würde sie sich jetzt wohl auf Händen und Knien einen Weg suchen.

Er schob sie beiseite, öffnete die Motorhaube und hockte sich hin. Intensiv schnupperte er. Es roch nicht nach Benzin. Er würde es riskieren.

Doch zuerst holte er eine kleine Taschenlampe aus seiner Jackentasche und leuchtete damit in den Motorraum. Alles sah genauso aus, wie er es verlassen hatte – vollkommen in Ordnung und bereit loszufahren. Er stand auf und schloß die schwere Motorhaube wieder.

»Ich werde das Gebläse anmachen«, flüsterte Honor.

»Nein. Setz dich auf den Sitz des Lotsen, und rühr nichts an.«

»Aber ...«

»Kein Gebläse«, unterbrach er ihren Protest. »Keine Lichter. Nichts.«

»Aber ...«

»Entweder du tust, was ich sage – oder du verläßt das Boot.«

Der leise, ausdruckslose Befehl machte Honor deutlich, wie ernst es ihm war. Außerdem war er der Experte und nicht sie. Weshalb sollte sie ihm widersprechen?

Sie verschwand in der Kabine, warf ihren Rucksack auf die Koje und kletterte dann auf den Lotsensitz.

Jake kam gleich hinter ihr her. Er nahm den Steuersitz ein und startete den Motor. Selbst der brausende Sturm konnte das laute Brummen nicht völlig übertönen. Sicher würde bald irgend jemand vermuten, daß dieses Geräusch zu einem Boot gehörte. Dann würde Ellen einen Anruf bekommen. Jake bezweifelte, daß sie auf dem Bayliner schlief. Sie würde ein paar

Minuten brauchen, um zu ihrem Boot zu gelangen. Das war zwar kein großer Vorsprung für ihn, doch es mußte reichen.

Statt dem Motor Zeit zum Aufwärmen zu geben wie üblich, hechtete Jake sofort wieder aufs Dock und löste die Leinen. Mit der Heckleine in der Hand sprang er ins Boot zurück und griff nach dem Steuer.

Sobald sich seine Hände um das Steuerrad schlossen, stieß Honor den Atem aus, den sie unbewußt angehalten hatte. Schnell hatte die *Tomorrow* das Dock hinter sich gelassen und fuhr hinaus auf das vom Sturm aufgewühlte Wasser. Als sie den Schutz des Festlandes zu beiden Seiten von Amber Beach verließen, waren die Wellen doppelt so hoch.

Honor versuchte sich einzureden, daß das nicht so schlimm war. Schließlich schwamm ein Boot auch auf Wellen, die weitaus höher waren. Sie wünschte, sie könnte ihrem Gefühl genauso vertrauen wie ihrem Kopf. Es schien, daß ihr Instinkt und ihr Verstand miteinander kämpften, seit dem Zeitpunkt, als Jake Mallory in ihr Leben getreten war.

Sofort schalt sie sich, daß das nicht fair Jake gegenüber war. Kyle war derjenige, der ihr Leben auf den Kopf gestellt hatte. Jake hatte lediglich das Chaos von innen nach außen gekehrt – und sie dazu.

Doch für Reue war es zu spät. Sie hatte ihre Wahl getroffen und war der Gnade des Windes, des Meeres und eines Mannes ausgeliefert, dem sie viel mehr vertraute, als sie sollte.

In bedrücktem Schweigen beobachtete Honor Jake, der sich über den Kartenplotter beugte, das Menü aufrief und auf einige der Tasten drückte. Eine gepunktete Linie erschien auf dem Radarschirm. Er drehte den Bug so, daß sie auf Kurs lagen, und gab dann mehr Gas.

Einige Zeit ertrug Honor die Anspannung und den Tanz auf den Wellen schweigend. Endlich begann sie, Fragen zu stellen. »Glaubst du, wir sind weggekommen, ohne daß es jemand bemerkt hat?«

»Das bezweifle ich. Doch ehe sie etwas dagegen unternehmen können, sollten wir eigentlich schon aus ihrer Reichweite sein.«

»Und was ist mit der Küstenwache?«

»Ihr Hubschrauber ist in Sand Point stationiert, zwanzig Minuten entfernt von hier. Bis der uns zu suchen beginnt, sind wir hoffentlich weit weg.«

»Werden sie nach uns suchen?«

»Wolken, Wind und die Nacht sind auf unserer Seite. Wir werden ohne Lichter im Windschatten der Inseln fahren und beten, daß die Küstenwache uns dort nicht findet.«

Die SeaSport schwankte, als sie in ein Wellental stürzte. Auch wenn Jake nicht so raste wie sonst, so war das Tempo dennoch beachtlich. Honor mußte sich am Schott festhalten, um nicht von ihrem Sitz zu fallen.

Einige Schalter klickten, und die Scheibenwischer wischten das Salzwasser von den Fenstern. Doch das brachte nicht viel. Ohne das Licht des Mondes und ohne das Buglicht waren sie fast blind.

Das Heulen des Windes und das Krachen der Wellen, die gegen das Boot donnerten, zerrten an Honors Nerven. Je mehr ihre Augen sich an die Dunkelheit gewöhnten, desto deutlicher sah sie, wie sehr die Wellen schäumten.

»Wie steht es mit Baumstämmen?« fragte sie schließlich.

»Siehst du welche?«

»Nein.«

»Ich auch nicht.«

Wieder senkte sich Schweigen über sie. Die Kabine war dunkel, nur der Kartenplotter und das unheimliche Grün des Radarschirms, auf dem sich die Inseln und ab und zu auch der helle Fleck einer Navigationsmarkierung zeigten, gaben ein schwaches Licht.

»Was ist das, da links von uns?« fragte Honor.

»Ein Schlepper mit einem Lastkahn dahinter.«

Honor starrte auf den Radarschirm. »Woher weißt du das?«

»Sieh aus dem Fenster. Erkennst du die Lichter an dem ›Weihnachtsbaum‹?«

»An dem was?«

»Der große Mast. Alle Schlepper haben ihn. Die Anzahl der Lichter sagt dir, wie lang die Schleppleine ist. Die Farbe der laufenden Lichter sagt dir, ob er kommt oder wegfährt. Dieser hier hat sie Steuerbord, er fährt hinaus. Wir werden ein ganzes Stück hinter ihm und dem Lastkahn, den er zieht, seine Bahn kreuzen.«

Honor schaute über das Wasser. Das Schiff hatte wirklich eine vertikale Linie mit Lichtern am Mast. »Nicht meine Vorstellung von einem Weihnachtsbaum. Viel zu schmal.«

Ohne ihr zu antworten, stellte Jake den Radarschirm auf die höchste Reichweite ein. Außer einem großen Tanker auf dem Weg nach March Point gab es nichts auf dem Wasser – außer dem Wind, den Wellen und den Inseln. Er bereitete sich auf eine lange, stürmische Fahrt vor.

»Irgendwelche Lichter hinter uns?« fragte er nach einer Weile.

»Nicht bei den letzten zwanzig Mal, als ich das geprüft habe.«

Er lächelte.

»Was zeigt der Radarschirm?« wollte sie wissen.

»Niemand folgt uns.«

»Glaubst du, wir sind ihnen entkommen?«

Statt einer Antwort brummte er nur.

Die Fahrt wurde noch rauher, als die *Tomorrow* sich aus dem Windschatten einer kleinen Insel entfernte.

»Es sieht so aus, als seien wir ihnen entwischt«, sagte Jake und lächelte Honor an. »Wenn uns jetzt irgend jemand außer der Küstenwache entdeckt, wirkt das so, als ob wir Urlauber wären, die sich entschieden haben, den Anker zu lichten und sich ein ruhigeres Plätzchen zum Schlafen zu suchen.«

»Wie lange wird es dauern, bis wir am Seal Rock sind?«

»Keine Ahnung. Das kommt ganz darauf an, wie stark der Wind außerhalb der Inseln ist.«

Honor umklammerte das Schott, als das Boot zur Seite geschleudert wurde. Sie war sicher, daß die Wellen höher geworden waren.

»Jake?« fragte sie.

»Alles in Ordnung, mein Schatz. Wenn ich der Meinung gewesen wäre, daß die Fahrt gefährlicher ist, als dich zurückzulassen, dann hätte ich dich geknebelt und gefesselt und in einen Schrank gesperrt.«

»Das hättest du nicht gewagt.« Doch während sie protestierte, wußte sie, daß ihn davon wenig abgehalten hätte. »Warum hast du es nicht getan?« fragte sie, nun neugierig geworden.

»Ich wußte, das hättest du mir nie verziehen. Aber wenn ich mich irre und dir etwas zustößt, dann werde *ich* mir das nie verzeihen.«

»Mach dich nicht lächerlich. Alles, was passiert, ist nicht deine Schuld. Ich bin ein vernünftiger, erwachsener Mensch und in der Lage, meine eigenen Entscheidungen zu treffen und mit dem Ergebnis zu leben.«

»Ich bin sicher, deine Brüder werden das auch so sehen«, entgegnete Jake sarkastisch.

»Das ist ihr Problem.«

»Solange sie dabei hinter mir her sind, ist es ebenso mein Problem.«

Honor öffnete den Mund, doch sie schloß ihn gleich wieder. Jake hatte recht. Die Männer der Donovans hatten einen sehr ausgeprägten Beschützerinstinkt, wenn es um ihre Schwestern ging. Manchmal war es liebenswert. Doch meistens war es eine Last.

»Leg dich in die Koje, und versuch zu schlafen«, riet Jake. »Es könnte eine lange Nacht werden.«

»Ich soll schlafen? Bei diesem Wetter?«

Honor hielt sich fest, als die *Tomorrow* von einer Woge plötzlich vorne hochgehoben wurde, um gleich darauf in ein tiefes Wellental zu sinken.

»Es sieht viel schlimmer aus, als es ist«, beruhigte Jake. »Du solltest sehen, wie es in den Aleuten aussieht, wenn dort ein Sturm wütet und die Wellen zehn bis zwanzig Meter hoch sind. Natürlich sind dort auch die Schiffe ein ganzes Stück größer.«

»Fünfundzwanzig Meter!«

»Und noch höher.«

»Warum fährt jemand bei einem solchen Sturm hinaus?«

»Geld.« Er musterte aufmerksam den Radarschirm und wartete, bis er sich einige Male gedreht hatte. Der blinkende Punkt, den er zu sehen geglaubt hatte, erschien nicht mehr. »Geh und versuche zu schlafen.«

»Ich beobachte lieber die Wellen und mache mir Sorgen, als daß ich sie nicht sehe und mir noch größere Sorgen mache.«

Außerdem war es besser, als an Kyle und seine sexy, verloren wirkende Verlobte denken zu müssen, an die Frau, die ihn unbewußt verdammt hatte, mit jedem Wort, das sie sprach.

Ich habe ihm geglaubt. Ich habe meine Familie verraten, mein Volk, mein Land. Alle. Für ihn. Möge Gott mir vergeben, ich liebe ihn noch immer. Ich glaube noch immer, daß er mich anrufen wird …

Mit grimmigem Gesicht klammerte sich Honor an das Schott, starrte hinaus auf das dunkle, tobende Meer und versuchte, an gar nichts zu denken.

Honor wachte sofort auf, als Jake versuchte, sich neben ihr aus der Koje zu schieben. Nicht weit über ihrem Gesicht konnte sie durch die durchsichtige Lukenabdeckung das silberne Mondlicht erkennen, das Jake die restliche Stunde der Fahrt erleichtert hatte, obwohl sie ihr durch die Deutlichkeit noch viel schlimmer erschienen war.

Es wäre ihr lieber gewesen, nicht zu sehen, wie aufgewühlt das Meer war. Schließlich waren sie im Windschatten einer Insel vor Anker gegangen und hatten dort Schutz gesucht.

»Wo gehst du hin?« fragte sie. »Es ist noch nicht einmal hell.«

»Ich überprüfe nur kurz das Boot. Schlaf weiter.«

»Oh, sicher. ›Schlaf weiter‹«, ahmte sie ihn nach. »Wenn ich das nächste Mal zu einem Tennisspiel gehe, werde ich genau nachempfinden können, wie der Ball sich fühlt.«

»So schlimm war es doch gar nicht.«

»Es war noch viel schlimmer.«

»Beim nächsten Mal werde ich dich wirklich in den Schrank stecken.«

»Beim nächsten Mal werde ich es dir sogar erlauben.«

Sein Lächeln blitzte im Mondlicht, dann beugte er sich zu ihr und gab ihr einen Kuß auf den Mundwinkel. »Ich werde dich daran erinnern.«

Dreißig Sekunden nachdem Jake die Koje verlassen hatte, begann Honor zu frieren. Der Schlafsack, mit dem sie sich zugedeckt hatten, war wunderbar mollig gewesen, als Jake neben ihr gelegen hatte. Ohne ihn fühlte sich die Koje an wie ein Eisschrank. Sogar völlig angekleidet mit Schuhen, Leggings, Jeans, Pullover und Sweatshirt fror sie noch.

Sie schob sich an den elektronischen Geräten vorbei zur Kabine. Die Anspannung in ihrem Körper war schon so sehr ein Teil von ihr geworden, daß sie sie kaum mehr bemerkte. Doch ihre Träume waren etwas anderes. Daran konnte sie sich nicht gewöhnen – nicht an die heftige Furcht und das Gefühl, daß sie, ganz gleich, was sie auch tat, ihr Ziel nicht erreichte und daß Kyle ihren Namen und seine Unschuld in die Dunkelheit und den Wind hinausschrie und ihr immer weiter entglitt, mit jedem Schrei …

Die Tür zum Bug öffnete und schloß sich hinter Jake wieder. Zitternd schob sie sich auf den engen Gang an ihm vorbei zur Toilette.

»Weißt du noch, wie man sie benutzt?« fragte er.

»Ja. Ich erinnere mich genau daran, wie kalt der Sitz ist.«

»Das ist mir noch nie aufgefallen.«

»Dann solltest du einmal versuchen, dich hinzusetzen, wenn du Pipi machen mußt.«

Die Tür schloß sich hinter ihr, und Jake war allein. Nur das Knacken aus dem Funkgerät war zu hören. Er feixte. Sie war wirklich kein Morgenmensch. Aber in der Mitte der Nacht ...

Er drehte das Funkgerät lauter, stellte die Wetterstation der Marine ein und lauschte, während er Wasser für den Kaffee aufsetzte. Er hörte noch immer zu, als Honor frierend von der Toilette kam. Er reichte ihr eine grellorangefarbene Schwimmweste. Sie war zu groß für sie, doch sie würde sie ein bißchen wärmen.

»Wie ist das Wetter?« fragte sie, während sie die Schwimmweste überzog.

»Der gleiche Mist, ein anderer Tag, bis sich das Wetter ändert.«

»Wunderbar«, knurrte sie voller Sarkasmus.

»Das kannst du sagen. Solange der Wind anhält, brauchen wir uns keine Sorgen zu machen, daß wir von der Tupperware-Marine überrollt werden.«

Honor blinzelte.

Trotz der drängenden Ungeduld, die an ihm nagte, lächelte Jake über ihren verschlafenen, verwirrten Gesichtsausdruck. »Ausflugsboote«, erklärte er. »Gefertigt aus billigem Plastik.«

Die Anstrengung, mit der sie lächelte, sagte ihm, wie unwohl sie sich fühlte. Unter ihrer erzwungenen Ruhe war sie angespannt wie eine zu straff gespannte Saite.

Genau wie er. Er hatte ihr die Vorteile des Windes erklärt, doch nicht seine Nachteile. Das Tauchen würde kein Vergnügen sein, für beide nicht.

Er wechselte die Frequenz und lauschte. Nichts war zu hören. Etliche Male ging er sämtliche Kanäle durch. Nichts.

Nach dem, was das Funkgerät signalisierte, war ihnen die Flucht geglückt.

Er wünschte, er könnte das wirklich glauben.

Sie spülten die Lachssandwiches mit heißem Kaffee hinunter. Die Morgendämmerung zeigte sich als schwacher grauer Schein am östlichen Horizont. Jake stellte das Gebläse an. Ein paar Minuten später erwachte der Motor zum Leben. Während er langsam warm wurde, beschäftigte sich Jake noch einmal mit dem Kartenplotter. Doch auch dort gab es nichts Neues.

»Seal Rock?« fragte Honor.

Er brummte nur.

»Du klingst nicht gerade begeistert«, stellte sie fest.

»Das bin ich auch nicht. Es wird kalt werden, rauh und windig.«

»Gibt es denn dort keine windgeschützte Seite?«

»Nur, wenn du ein Seehund bist, zusätzlich Ebbe ist und die Felsen aus dem Wasser ragen.«

»Aber warum fahren wir dann hin? Kyle wird nicht dort sein.«

»Hast du eine bessere Idee?« forderte er sie heraus.

Sie biß sich auf die Lippe und schüttelte den Kopf. Es war nicht Jakes Fehler, daß sie sich fühlte, als hätte sie in einen sauren Apfel gebissen.

Jake seufzte und fluchte innerlich. Er wollte ihr nicht erklären, daß sie auf Seal Rock nach etwas suchten, das keinen Sauerstoff brauchte – wie zum Beispiel Bernstein oder eine Leiche.

»Tut mir leid.« Er zog Honor an sich. »Im Augenblick bin ich nicht glücklicher über dieses ganze Durcheinander als du.«

»Er ist nicht dein Bruder«, grummelte Honor in Jakes Flanellhemd.

»Aber du bist seine Schwester.«

Während Honor noch versuchte, den Sinn in Jakes Worten zu begreifen, ging er hinaus in den Bug und holte den Anker ein.

Noch ehe sie überhaupt die Möglichkeit hatte, sich Sorgen darüber zu machen, daß sie führerlos wegtrieben, saß er schon wieder am Steuer. Ängstlich blickte sie nach Osten. Sie sehnte sich nach dem Licht der Morgendämmerung. Wenn es hell genug war, dann konnten sie doch sicher herausfinden, wo Kyle war, oder?

Doch die Morgendämmerung ließ auf sich warten. Anders als der Wind. Der traf sie, sobald sie den Windschatten der Insel verließen. Als sie es dann schließlich durch die tiefen Wellentäler bis Seal Rock geschafft hatten, war auch genügend Licht, um alles erkennen zu können.

Es gab nichts zu sehen, bis auf die Schaumkronen im Wasser.

Auch wenn ihr Verstand nichts anderes erwartet hatte, packte Honor maßlose Enttäuschung.

Kyle, wo bist du?

»Er kann nicht tot sein«, erklärte sie mit rauher Stimme. »Er ist mein Bruder …«

Jake sah, wie eine Träne über ihre Wange lief. Er hatte versucht, sie darauf vorzubereiten, daß die Insel nicht mehr als eine Klippe war. Offensichtlich war ihm das nicht gelungen.

»Du glaubst, daß er tot ist, nicht wahr?« klagte sie. »Er ist ein Dieb, ein Mörder, und er ist *tot!*«

»Das wäre eine Erklärung für sein Verschwinden«, meinte Jake in bemüht ausdruckslosem Ton.

»Er ist nicht tot«, erklärte sie, und ihre Stimme drohte zu brechen. »Was gibt es sonst noch in dieser Gegend hier?

»Wasser.«

»Du weißt, was ich meine!«

»Es mag dich vielleicht überraschen«, meinte Jake bitter. »Aber ich bin nicht hierhergekommen, um dir die Erklärung für Kyles Verschwinden zu liefern. Dies ist der letzte Ort, den Kyle auf seinem Kartenplotter gespeichert hat. Schluß. Aus. Ende.«

»Wenn Kyle gar nicht hier sein kann, warum machst du dir dann die Mühe?«

»Weil die Möglichkeit besteht, eine winzige Möglichkeit, daß die Tafel aus dem Bernsteinzimmer hier irgendwo in der Nähe des Seal Rock auf dem Boden verankert ist.«

»Und wenn du die findest, bist du wieder im Geschäft.«

Jake schwieg.

Honor legte den Kopf in den Nacken und schloß die Augen, als wolle sie verhindern, daß die Tränen über ihre Wangen rannen. Doch es klappte nicht. »Wie lange wird es dauern, nach dem Bernstein zu suchen?«

Er verzog das Gesicht. Ihre Stimme war vollkommen leer, kein Gefühl, kein Leben klang daraus.

»Nicht sehr lang«, antwortete er. »Es gibt nur wenige Stellen, an denen man die Tafel sicher verstecken könnte.«

Sie blinzelte und betrachtete dann die zerklüfteten Felsen und das aufgeschäumte Wasser. »Wovon redest du? Hier draußen könntest du die Queen Mary verstecken.«

»Wenn irgend etwas dort unten ist, muß es sicher sein vor den Gezeiten, den Strömungen und Stürmen. In dieser Gegend gibt es ziemlich unterschiedliche Gezeiten, man muß also mindestens fünf Meter tief suchen.«

Widerwillig sah Honor Jake an. Sein Gesichtsausdruck war angespannt, seine Augen blitzten, als er auf den gefährlich gezackten Felsen starrte.

»Kyle wurde durch den Vorrat an Luft in seiner Sauerstoffflasche eingeschränkt, selbst wenn er noch eine Ersatzflasche bei sich hatte«, erklärte Jake. »Ich wette, daß er ohne Preßluft getaucht ist, um sich die möglichen Verstecke anzusehen. Ich bezweifle, daß er dabei tiefer getaucht ist als sechs Meter, denn dort unten ist es ziemlich dunkel, und die Luft wird einem aus den Lungen gedrückt in dieser Tiefe, wenn man nicht an das freie Tauchen gewöhnt ist.«

»Soweit ich weiß, ist er immer nur mit Preßluftflasche getaucht.«

»Das dachte ich mir. Wenn ich den Karten glauben kann,

dann gibt es ungefähr fünf Stellen in der Nähe von Seal Rock, die die erforderlichen Anforderungen erfüllen, die die Gezeiten, relativ ruhiges Wasser und die Tiefe haben, nach denen er gesucht hat.«

»Du hast aber eine Menge Zeit damit verbracht, darüber nachzudenken, nicht wahr?«

Jake ignorierte den Vorwurf in Honors Stimme. »Ja. Seit ich herausgefunden habe, daß ein Teil von Kyles Ausrüstung fehlt, einschließlich seines Zodiacs.«

»Warum hast du mir nichts davon gesagt?«

»Du glaubst, daß er unschuldig ist. Da gibt es nicht mehr viel zu sagen, nicht wahr?«

»Und du glaubst, er ist schuldig. Da gibt es auch nicht mehr viel zu sagen, nicht wahr?«

»Und was ist mit mir?« hakte Jake bitter nach. »Glaubst du, daß ich schuldig bin, daß ich den Bernstein gestohlen habe?«

»Nein.«

Seine Augen weiteten sich überrascht. »Archer glaubt das aber.«

Sie zuckte mit den Schultern. »Archer irrt sich.«

»Was macht dich da so sicher?«

»Meine Beobachtungen. Ich habe dich gesehen, mit dem Bernstein von Resnikov. Du wußtest ihn zu schätzen, aber deine wahre Leidenschaft galt nur den Schnitzereien aus der Steinzeit. Das Bernsteinzimmer stammt nicht aus der Steinzeit.«

»Du glaubst also nicht, ich würde es für sechzig Millionen Mäuse stehlen?« fragte Jake.

»Geld gehört auch nicht zu deiner Leidenschaft.«

Es wäre ihm lieber gewesen, wenn Honors Vertrauen in ihn auf etwas basiert hätte, das wärmer war als reine Beobachtung – etwas wie zum Beispiel die uneingeschränkte Liebe, die sie ihrem Bruder entgegenbrachte. Doch Jake war nicht in der Lage, wählerisch sein zu dürfen.

»Kyles Leidenschaft ist uralte Jade«, fügte Honor hinzu. »Und nicht alter Bernstein. Geld braucht er auch keines.«

»Wenn du nach einem Motiv suchst, solltest du Kyles andere Leidenschaft nicht vergessen«, rief ihr Jake mit ausdrucksloser Stimme ins Gedächtnis. »Die sehr moderne Marju.«

»Er hat sie verlassen!«

»Hat er das? Oder hatte er einfach nur Pech, als er sich überreden ließ, auf diese Weise sein Liebesleben zu finanzieren?«

Honors heruntergezogene Mundwinkel verrieten Jake, daß ihr die Sache mit der Verlobten ihres Bruders nicht gefiel – es war ein zu heißes Motiv für eine echte Dummheit.

»Trotzdem brauchte er kein Geld«, wiederholte Honor.

»Wie lange hätte Kyles Scheckbuch wohl gehalten, wenn er in Brasilien gelebt hätte? Und damit meine ich nicht das Geld der Donovan-Familie, sondern sein eigenes.«

Ein Schauer lief durch Honors Körper, ein Signal der Anspannung, unter der sie stand und die mit jedem Wort von Jake noch zunahm.

»Verlang nicht von mir zu glauben, daß Kyle ein Dieb ist«, wehrte Honor heftig ab. »Bitte, *tu das nicht*!«

Jake streckte die Hand nach ihr aus, um sie tröstend in seine Arme zu nehmen. Sie zuckte jedoch zurück, als wolle er sie schlagen. Er preßte die Lippen zusammen, aus Ärger und Frustration. Sie traute ihm vielleicht und genoß es, mit ihm zu schlafen. Aber sie glaubte nach wie vor, er sei der Feind ihres Bruders.

»Das Wasser wird bald zu sinken beginnen«, meinte er und wandte sich ab. »Ich werde den Anker auswerfen und meine Taucherausrüstung vorbereiten.«

Statt ihm zu antworten, griff Honor nach der Angel und dem Köder und ging ins Heck des Bootes. Die schlingernden Bewegungen des Bootes waren ihr schon so vertraut, daß sie nicht mehr darauf achtete. Sie spreizte die Beine weit, hob die Angel und warf sie dann mit einer Heftigkeit aus, die sowohl ihre Furcht als auch ihren Ärger zeigte.

Honor blieb stumm, als Jake vom Heck des Bootes mit seinem Tauchanzug, der Maske, der Kapuze, Flossen und Schnorchel ins Wasser glitt. Sie schien es auch nicht zu bemerken, als er zurückkletterte und die Preßluftflasche holte. Doch als er dann unter der Oberfläche des kalten Wassers versank, lief ein frostiger Schauer durch ihren Körper. Nachdem sie die Angel noch ein paarmal ausgeworfen hatte, holte sie sie schließlich ein, stellte sie in die Halterung und dehnte ihre schmerzenden Arme.

Ganz gleich, wie sorgfältig Honor auch das Meer um den Seal Rock herum mit den Augen absuchte, sie entdeckte kein Anzeichen von Jake, bis auf die Taucherboje, die er ausgesetzt hatte. Damit die Zeit rascher verging, setzte sie sich in die Kabine und versuchte zu zeichnen. Der Bleistift in ihrer Hand fühlte sich eigenartig an. Die Bilder in ihrem Kopf waren eher beängstigend als kunstvoll.

Mit einem frustrierten Ausruf legte sie den Skizzenblock beiseite. Zu Hause wäre sie jetzt nervös auf und ab getigert. Doch hier auf dem Boot war nicht genug Platz, und der Ersatz dafür – die Angel auszuwerfen – machte auch keinen Spaß.

Das Funkgerät knackte, und sie fuhr zusammen. Sie hörte die Durchsage der Küstenwache an alle Stationen, nach einer acht Meter langen SeaSport mit dem Namen *Tomorrow* zu suchen, die mit dem wahrscheinlichen Ziel der San-Juan- oder Golf-Inseln unterwegs war. Schnell trat sie an das Steuer und stellte das Funkgerät auf die Abhörfrequenz.

Niemand antwortete auf die Anfrage der Küstenwache.

Nachdem Honor noch ein paar Minuten gelauscht hatte, atmete sie erleichtert auf. Ihr Blick fiel auf den Kartenplotter. Jake hatte ihn angelassen. Er zeigte die letzte Route, die Kyle dort gespeichert hatte. Sie starrte auf den Seal Rock auf dem Plotter und die gestrichelten Linien, die um den Felsen herumliefen. Sieben »Treffer« waren angegeben.

Honor drückte auf den Knopf für das Menü und rief die erste Route auf, die Kyle gespeichert hatte. Nichts hatte sich geändert, seit sie die letzten zehn Male darauf gestarrt hatte. Sie rief die zweite Route auf. Nichts Neues. Die dritte Route. Die vierte. Die fünfte. Die sechste.

»Wo bist du, Kyle?« sagte sie laut in die Stille. »Verdammt! Wo bist du?«

Eine nach der anderen durchforstete sie all die Routen, die Kyle im Kartenplotter gespeichert hatte. Doch genau wie bei ihrem Versuch zu zeichnen, so stellte sich auch jetzt keine Inspiration ein.

»Wenn du nicht etwas verbergen wolltest, warum verrät dann dein Logbuch nicht, daß du diese Orte angefahren hast?«

Schweigen und der langsam nachlassende Wind waren die einzigen Antworten.

Honor zog Kyles Logbuch vom Armaturenbrett zu sich heran und blätterte darin, wie schon so oft zuvor. Nichts Neues konnte sie entdecken.

»Kyle, du wirst mir helfen müssen. Ich habe den Schlüssel, aber er nützt mir nichts, ohne das richtige Schloß. *Wo hast du das Schloß versteckt?*«

Im selben Augenblick, als sie diese Worte aussprach, packte sie die Erregung. Sie fürchtete sich beinahe, es zu glauben, es zu versuchen und dann wieder nur die Enttäuschung zu fühlen. Deshalb schaltete sie mit bebenden Fingern den Kartenplotter aus. Doch schon im nächsten Augenblick stellte sie ihn wieder an, als wäre sie gerade erst an Bord gekommen und würde das Boot für einen Tag zum Fischen vorbereiten.

Zwei verschiedene Reihen von Schaltern leuchteten auf. Sie waren der einzige Zugang zu den normalen Funktionen des Tiefenradars und des Kartenplotters. Sie waren auch der einzige Zugang zu all den zusätzlichen Funktionen, die Kyle in die Elektronik eingebaut hatte.

»Welche Reihe der Schalter ist das Schloß?« fragte Honor und starrte auf die Maschine. »Oder sind es beide, die Hälfte auf der einen, die andere Hälfte auf der anderen? Und welche Hälfte? Oder gelten sie abwechselnd, hin und zurück?«

Es gab nur eine Möglichkeit, das herauszufinden. Sie begann mit den Tasten, die Buchstaben aufwiesen und keine Zahlen, damit gab sie Kyles Paßwort ein, das man in Nummern, aber auch als Wort ausdrücken konnte. Egal, auf welche Art es auch eingegeben wurde, erlaubte es Zugang zu seinem Bankkonto, seinem Computer, seinem Anrufbeantworter, zu allem.

Nichts geschah.

Sie ballte die Hände zu Fäusten, schaltete erneut die Elektronik aus und wieder an. Diesmal tippte sie das Paßwort in die obere Reihe der Tasten. Das Bild auf dem Kartenplotter flackerte, dann wurde der Bildschirm schwarz. Honors enttäuschtes Aufstöhnen wurde zu einem erstaunten Aufschrei, als der Bildschirm kurz darauf zu flackern begann und sich eine völlig andere Karte entwickelte.

Honor starrte noch immer auf den Bildschirm. Sie versuchte, herauszufinden, wohin diese Route führte, als sie bemerkte, wie sich das Boot bewegte, als Jake über die Schwimmleiter in das Boot kletterte. Sie glitt aus dem Sitz und stürzte zur offenen Tür.

»Jake …«, haspelte sie aufgeregt.

»Nein«, unterbrach er sie knapp und begann, die Taucherausrüstung abzulegen. »Ich habe nichts gefunden.«

»Aber ich.«

22

Es dauerte eine Stunde, ehe Honor und Jake Kyles letzte, versteckte Route gefunden hatten: die Jade-Insel. Sie war sehr klein, unbewohnt und zu weit weg von den gewöhnlichen Routen, um durch Schiffahrtsmarkierungen gekennzeichnet zu sein. Die Insel war die meiste Zeit unerreichbar und wenn, dann höchstens mit einem Zodiac oder einem Kajak. Während der Flut gab es verschiedene schmale Kanäle durch die Felsen und Seegrasfelder zu der Insel, doch es gab nur wenige Menschen, die ihr Boot riskieren würden auf dem Weg durch die unmarkierten Felsen.

»Ich verstehe, warum Kyle den Zodiac genommen hat«, meinte Jake, nachdem er einmal um die Insel herumgefahren war. »Wir haben Glück, daß im Augenblick Flut ist. Denn sonst würdest du die Möglichkeit haben, herauszufinden, wie es dir in einem von unten offenen Boot gefällt.«

Honor erschauerte.

Jake versuchte es zuerst an der südlichen Seite der Insel. Nachdem er sich durch die Hindernisse hindurchmanövriert hatte, entdeckte er eine Art Kanal, in dem das Wasser tiefer war und der fast um die gesamte Insel herumführte. Auf dieser Insel gab es keine Frischwasserquelle, keine Strände, höchstens bei Ebbe. Zusätzlich war es kein gutes Gewässer zum Fischen oder zum Krabbenfangen; alles in allem gab es nichts, was für die Jade-Insel sprach, höchstens ihre Isolation und die Landschaft.

Jake stand im Heck des Bootes. Er trug noch immer seinen Taucheranzug und steuerte die *Tomorrow* mit dem Können eines Mannes, der nicht erst über seinen nächsten Schritt angestrengt nachdenken mußte.

Ein Stück neben ihm stand Honor und blickte durch das Fernglas auf die felsige, unebene Wand, die sich aus dem Meer erhob. Sie hatte das Gefühl, hundert Jahre alt zu sein, und sie fror bis ins Mark. Sie hatte nicht einmal mehr Tränen, um sich Erleichterung zu verschaffen. Die Enttäuschung, die sie fühlte, war so groß, daß es ganz unmöglich war zu weinen. Sie hatte sich so wunderbar gefühlt, als sie endlich die geheimnisumwitterte Karte entdeckt hatte, so erleichtert, daß ihr beinahe schwindlig geworden war.

»Laß mich mal sehen«, sagte Jake und nahm ihr das Fernglas ab. »Dir wird noch übel werden, wenn du die ganze Zeit durch das Ding schaust.«

Auch wenn der Wind nachgelassen hatte und die Schaumkronen auf den Wellen weniger wurden, so schwankte die *Tomorrow* noch immer heftig. Doch es war nicht Seekrankheit, die bewirkte, daß Honors Körper von kaltem Schweiß überzogen war. Es war die erstickende Angst, daß sie alles getan hatte, was in ihrer Macht stand, und daß sie dennoch ihrem Bruder gegenüber vollkommen versagt hatte.

Es gab nichts auf dieser winzigen Insel als Felsen, Fichten und noch mehr Felsen.

Jake teilte seine Aufmerksamkeit zwischen dem langsam fahrenden Boot und dem Fernglas. Benommen wartete Honor darauf, daß er ihr das sagen würde, was sie bereits selbst festgestellt hatte: Kyle war hier nicht.

Doch als Jake das Fernglas von den Augen nahm, sagte er nur: »Laß es uns auf der Nordseite versuchen.«

Ihr Schulterzucken sagte mehr als Worte. Sie glaubte nicht, daß die andere Seite der unwirtlichen Insel ihr etwas anderes zu bieten hatte als eine weitere Enttäuschung.

Vorsichtig fuhr die *Tomorrow* an der Nordseite der Insel entlang, suchte sich einen Weg durch die felsigen Hindernisse ins tiefere Wasser in der Nähe des Ufers. Abgesehen davon, daß sie hier im Windschatten des südöstlichen Windes waren und es hier noch mehr Bäume gab, sah die nördliche Seite der Insel nicht viel anders aus als die südliche. Es gab keine Stelle, an der man mit einem Zodiac an Land hätte gehen können, denn es gab keinen wirklichen Strand.

Honor wandte der Insel den Rücken zu und kämpfte gegen die Woge der Verzweiflung, die sie zu überwältigen drohte. Sie war so sicher gewesen, daß Kyle hier sein würde, in Sicherheit und in der Lage, ihr alles, was geschehen war, zu erklären …

So sicher, und sie hatte sich so sehr geirrt!

»Wie sieht es unter uns aus?« fragte Jake streng.

Honor antwortete ihm nicht.

Er biß die Zähne zusammen. Er war in denkbar schlechter Laune, seit er entdeckt hatte, wie wenig Honor ihm vertraute; sie hatte Kyles Geheimcode gekannt, doch erst vor einer Stunde erwähnt.

Seine Vernunft mahnte Jake, daß er ihr deswegen keinen Vorwurf machen konnte. Doch momentan fühlte er sich nicht sehr vernünftig.

»Geh in die Kabine und guck in das Fischsuchgerät«, befahl er, ohne das Glas von den Augen zu nehmen. »Ich muß wissen, wie es unter uns aussieht. Ich werde dir sagen, wenn ich etwas finde.«

Honor trollte sich in die Kabine und stellte den Bildschirm auf das Fischsuchgerät um. Sie beobachtete das blau-rote Display, während das Boot sich behutsam der Insel näherte. Der Winkel, den Jake gewählt hatte, war sehr flach. Jedesmal, wenn sich die Tiefe änderte, rief sie sie laut nach draußen.

»Vierundvierzig, einundvierzig, zweiunddreißig – es wird schnell flacher. Fünfundzwanzig, zwanzig. Vierzehn. Neun!«

Jake legte den Rückwärtsgang ein, und das Boot verlor an Geschwindigkeit.

Honor blickte von dem Gerät auf, und ihr stockte der Atem. Die felsige Klippe erhob sich so nahe vor ihr, daß sie sie beinahe berühren konnte. »Jake, der Felsen!«

»Ich sehe ihn. Wir können noch näher ran, wenn es sein muß. Es ist noch immer genügend Wasser unter dem Kiel. Was zeigt der Radarschirm?«

»Er zeigt vor uns eine Insel, was sonst?«

»Hinter uns«, fuhr er sie an.

Sie zwang sich, ihre Blicke von dem Felsen loszureißen und statt dessen auf den Radarschirm zu sehen. Hinter ihnen lag auch eine Insel. Sie versuchte, sich an den Namen zu erinnern. Doch alles, was sie fühlte, war ihr Versagen, das schmerzhafte

Gefühl, der Wahrheit so nahe gekommen zu sein, doch nicht nahe genug, um etwas zu erreichen.

»Ich kann die kleine Insel sehen, an der wir eben vorbeigefahren sind«, rief ihm Honor zu. »Die unbewohnte Insel auf der linken Seite, ungefähr eine Meile hinter uns. Du weißt, welche ich meine?«

»Ja.«

Jake wußte auch, daß sich ein kleines Boot sehr gut im Radarschatten der Insel verstecken konnte. Doch es hatte keinen Zweck, Honor damit zu beunruhigen. Sie war schon jetzt unglücklich genug.

Außerdem konnte er nicht sicher sein, ob sie verfolgt wurden. Vermutlich war es nicht mehr als ein zufälliges Aufflackern am Rande des Radarschirms. Das war die Auswirkung davon, wieder in Ellens Welt eingetaucht zu sein. Er mochte es nicht, an einem Ort zu leben, wo jeder ein falsches Lächeln zeigte, mehrere verborgene Motive hatte und höchst geheime Programme.

Er korrigierte den Kurs, um an einer schmalen Felsnase vorbeizutuckern, dann ging er in die Kabine und setzte sich auf den Steuersitz. Honor stierte aus dem Fenster. Ihr ausdrucksloses Gesicht verriet ihm genau, was sie dachte.

Jake reichte ihr das Fernglas. Schweigend nahm sie es, wandte ihm den Rücken zu und begann, das Ufer abzusuchen.

Sachte umkurvte die *Tomorrow* eine kleine Landspitze. Die gegenüberliegende Seite der Insel besaß eine sehr flache Bucht, die bei Ebbe wahrscheinlich einen schmalen, felsigen Strand hatte, doch im Augenblick war keine Ebbe. Ein leichter Wind blies über den Abhang hinunter zum Ufer. Fichten wuchsen bis ans Wasser, ihre zerzausten Äste hingen im Wasser.

»Halt!« sagte Honor plötzlich.

Jake hatte zwar keine Bremse, doch er tat, was er konnte. Er nahm den Gang heraus, dann legte er für wenige Sekunden den Rückwärtsgang ein und nahm den Gang erneut heraus. Das

Boot begann zu treiben. Er korrigierte die Bewegung mit der Gangschaltung und nicht mit dem Steuer und hielt die *Tomorrow* auf der Stelle, so gut es ging in dem Wind und der Strömung.

Das Ufer war weniger als zehn Meter entfernt. Das Wasser war hier ungefähr fünf Meter tief. Er beobachtete Honor, den Tiefenmesser und das Ufer. Ohne das Fernglas von den Augen zu nehmen, öffnete sie das Seitenfenster und lehnte sich hinaus.

»Was ist?« drängte er.

»Ich weiß nicht. Lenk zurück zu der Ansammlung von Fichten, die bis zum Wasser hinunterwachsen, und fahr so nahe ans Ufer, wie nur möglich.«

Er schaute nach links und sah ein Dickicht von jungen Fichten. Vorsichtig fuhr er rückwärts, bis das Boot auf der gleichen Höhe mit den Bäumen war. Abrupt wurde das Wasser flacher.

»Das ist alles«, meinte er und fuhr ein Stück rückwärts. »Hier ist ein Riff. Wenn ich noch näher ans Ufer fahre, werden wir die Felsen schrammen.«

Mit einem unwilligen Knurren lehnte sich Honor noch weiter aus dem Fenster. Sie stieß sich die Ellbogen an in ihrem Bemühen, besser sehen zu können. Noch immer war das Ufer etwa drei Meter weit weg, die Äste der Fichten bewegten sich im Wind, und das Boot schwankte auf dem unruhigen Wasser.

»Ich kann nicht sehen, ob es ...«, begann sie. Dann stieß sie ein eigenartiges Geräusch aus. »Es ist eine Preßluftflasche!«

Jake konnte nichts sehen, weil ihm ihr Kopf im Weg war. Er beobachtete das felsige Ufer, das mit jeder Sekunde ein Stück näher kam. Er blickte nach unten und entschied sich. Für kurze Zeit würden sie hier ankern können. Wenigstens waren sie auf der windabgewandten Seite der Insel, solange der Wind nicht drehte.

Er legte alle Hebel um, fuhr noch ein Stück zurück und nahm dann den Gang heraus. »An der Stelle werden wir ankern.«

Honor bemerkte kaum, daß er in den Bug ging und den Anker auswarf. Das Geräusch des Motors erstarb. Gebannt starrte sie durch das Fernglas, bis ihre Augen tränten, dabei betete sie, daß sie ihren Bruder entdecken würde.

Doch alles, was sie sehen konnte, war das Aufblitzen des Metalls der Preßluftflasche, die im Dickicht der Fichten lag.

»Kyle?« rief Honor. »Bist du da? Geht es dir gut? Kyle! Kannst du mich hören?«

Doch das Rauschen der Bäume und das Rollen der Wellen gegen die Felsen waren die einzigen Geräusche.

»Weißt du, wie man mit einer Schußwaffe umgeht?« fragte Jake.

Honor zog den Kopf so schnell durch das Fenster, daß sie ihn sich heftig anstieß. »Ein bißchen Ahnung habe ich, warum?«

»Wieviel?« fragte er.

»Das Ende mit dem Loch richtet man auf das Ziel. Schließ nicht die Augen, wenn du abdrückst.«

»Das ist ziemlich wenig.« Er bückte sich und öffnete ein Fach unter dem Tisch. »Und wie gut kannst du schießen?«

»Ich würde wahrscheinlich besser treffen, wenn ich die Pistole an das Ende meiner Angel binden würde und sie auswerfen würde wie einen Köder.«

Jakes Mundwinkel zogen sich zu einem kleinen Lächeln hoch. »Ich wette, das würdest du.« Er richtete sich wieder auf, mit einer Pistole in der Hand, und ging zum Heck des Bootes. »Die werde ich mitnehmen.«

»Was?« Sie starrte auf das schwarze Metall und rannte sofort hinter ihm her. »Warum brauchst du die denn?« fragte sie, während er die Waffe in die wasserdichte Tauchtasche schob und sie sich mit einem Gürtel um die Taille schnallte. »Kyle schießt nicht auf dich! Wozu brauchst du das Monstrum?«

Jake blickte auf. Jetzt lag kein Lächeln mehr auf seinem Gesicht. »Ich habe nicht die Absicht, deinen kostbaren Bruder zu erschießen. Ich habe dir versprochen, daß ich ihm kein Leid antun würde. Mein Wort hat für dich vielleicht keine Bedeutung, für mich allerdings schon.«

»Das habe ich doch nicht gemeint«, wehrte Honor ab und legte Jake eine Hand auf den Arm. Doch sie fühlte nur kühles Neopren. »Du hast von Kyle keine Gefahr zu erwarten, warum also nimmst du eine Pistole mit?«

»Ich bin eben ein nervöser Typ.«

»Verdammt, Jake, warum erklärst du es mir nicht?«

Er zischte einen leisen Fluch und sah in Honors wütende, ängstliche Augen. Es wäre so viel einfacher für sie beide, wenn sie ihm vertrauen würde. Doch sie tat es nicht.

»Wenn ich Ellen Lazarus glauben will«, begann er, »dann wurden zwei Russen ausgeschickt, um sich um Kyle zu kümmern. Einer der Killer wurde tot an den Strand gespült. Der andere nicht. Fühlst du dich jetzt besser, nachdem ich dir das gesagt habe, was ich dir bis jetzt verschwiegen habe?«

»Nein.« Honor legte beide Hände um Jakes Oberarm. Sie war erschrocken, als sie fühlte, wie angespannt und kräftig sein Körper war. »Wenn dort ein ... ein Killer auf dich wartet, dann darfst du nicht ans Ufer gehen!«

Als Jake begriff, daß sie sich um ihn beinahe genausoviel Sorgen machte wie um ihren Bruder, löste sich die Anspannung in seinem Körper ein wenig.

»Du denkst nicht ganz klar, meine Süße. Jemand muß diese Preßluftflasche untersuchen.« Er beugte sich zu ihr und küßte sie schnell und eindringlich. »Du brauchst dir keine Sorgen zu machen, nur weil ich es tue. Ich bilde mir immer alle möglichen Dinge ein, das weißt du doch. Das bedeutet, daß du dich nicht länger über die Reling hängen und nach deinem Bruder rufen sollst.«

Unglücklich biß sich Honor auf die Lippe, doch sie widersprach ihm nicht.

»Bleib hier, bis ich dich holen komme«, befahl ihr Jake. »Wenn du Schüsse hörst, dann gehst du an das Funkgerät und rufst die Küstenwache. Und du bleibst auf dem Boot, bis die SEALs über die Schwimmleiter auf das Boot klettern. Geh nicht ans Ufer. Okay?«

»Kann ich dir denn nicht helfen?«

»Sicher. Wenn du irgend jemanden siehst, der nicht Kyle ist oder ich, dann drückst du auf das Signalhorn des Bootes.«

»Ich meinte, wenn ich mit dir an Land kommen würde. Ich kann das kalte Wasser ein paar Meter weit ertragen.«

»Du würdest überrascht sein, wie schnell es dich schafft. Aber selbst wenn du es ertragen könntest, ich möchte nicht, daß du das Boot verläßt.«

»Aber ...«

»Erinnerst du dich an die Nacht, in der der Kerl Kyles Haus durchsucht hat?« unterbrach Jake sie.

»Ja.«

»Schleich dich nicht an mich an«, erklärte er schlicht. »Das würden wir beide bedauern. Okay?«

»Nein, ich werde auf dem Boot bleiben«, lenkte Honor ein. »Es sei denn, du oder Kyle wirst verletzt und brauchst mich. Dann werde ich das tun, was ich für nötig halte, und das schließt auch ein, daß ich ans Ufer gehe.«

Das war zwar nicht die Antwort, die Jake hören wollte, doch es war besser als eine offene Weigerung. Er trat über das Dollbord im Heck auf die Schwimmleiter. Für die etwa sechs Meter bis zum Land brauchte er keine Flossen. Er glitt ins Wasser und bewegte die Beine, bis er stehen konnte. Als er das Ufer erreicht hatte, waren die Tauchschuhe, die er trug, besser als nackte Füße, doch es waren nicht gerade Kletterstiefel.

Fluchend kroch er über die glatten Steine bis zu den jungen Fichten. Es dauerte nicht lange, bis er die Preßluftflasche gefunden hatte, die jemand dort versteckt hatte. Es stand ein Name darauf: »Kyle Donovan.«

Ohne sich zu bewegen, musterte Jake das Fichtendickicht. Es gab keine Anzeichen, daß jemand hindurchgeschlüpft war, kein Pfad führte durch das dichte Grün, kein primitives Lager konnte er zwischen den Zweigen entdecken.

Aber auch keine Leiche.

In Gedanken ging er die Stellen am Ufer durch, an dem man einen aufgemotzten Zodiac verstecken konnte. Es gab keine. Und was die Insel selbst betraf, er hatte nicht viele Stellen entdeckt, an denen ein Mensch sich verstecken konnte, geschweige denn, an denen er ein geschütztes Lager aufbauen konnte.

Jake zog sich aus dem Fichtendickicht zurück und kletterte den Felsen hinauf, dabei benutzte er eine schmale Rinne als Weg. Die Rinne führte bis hinauf zum höchsten Punkt der Insel, der ungefähr sechzig Meter hoch lag. Doch so weit kam er nicht. Nach einem kurzen, steilen Stück des Weges erreichte er eine weitere Ansammlung von windzerzausten Fichten.

Und er blickte in den Lauf von Kyle Donovans zweiundzwanziger Pistole.

»Wenn du mich erschießt«, riet ihm Jake mit rauher Stimme, »dann solltest du nicht auch noch den nächsten erschießen, der den Hügel hinaufkommt. Das ist nämlich deine Schwester Honor.«

Kyles Augen zogen sich zusammen, in dem Bemühen, den Mann zu erkennen, der sich vor dem hellen Himmel abhob. »Jay? Was zum Teufel tust du denn hier?«

»Ich suche nach dir.«

Mit geschultem Blick erfaßte er Kyles ausgemergeltes Gesicht, die tiefliegenden Augen und die zitternde Hand, die die Pistole hielt. Sein dunkelblondes Haar war schmutzig, und seine grün-goldenen Augen brannten fiebrig. Sein Tauchanzug hatte einen Riß in der Schulter, der von einem Fall, einem Messer oder einer Kugel herrühren konnte.

»Was war das mit Honor?« fragte Kyle spröde.

»Honor ist bei mir.«

»Sorg dafür, daß sie hier verschwindet.«

»Warum?«

»Es ist gefährlich!«

»Du bist der einzige, den ich hier mit einer Pistole sehe. Hast du vor, sie zu erschießen?«

»Teufel, nein.«

»Und wie steht es mit mir? Hast du vor, mich umzubringen?«

Kyle sah ihn mit ausdruckslosem, ungläubigem Blick an. »Warum sollte ich so etwas tun? Der einzige, gegen den ich etwas habe, ist dieser Russe, der ein Loch in meinen Zodiac geschossen hat, nachdem ich seinem Kumpel den Ellbogen in den Hals gerammt habe.«

»War das vor ungefähr einer Woche?«

»Ich denke schon. Die Tage fließen irgendwie ineinander ...« Kyles Augen schlossen sich erschöpft. Das Adrenalin ließ nach, und die Erschöpfung, die von Hunger und Durst und Schlafmangel herrührte, übermannte ihn. »Hast du Wasser?«

Jake rückte ein Stück näher an ihn und wartete darauf, daß die Erschöpfung Kyle matt setzte. »Ich kann dir Wasser holen, aber nicht, solange du die Pistole auf mich richtest.«

Kyle blickte auf die Pistole, als sei er überrascht, daß er sie überhaupt in seiner Hand hielt.

Und plötzlich war sie nicht länger in seiner Hand. Jake hielt sie in seiner, und den Arm hatte er gegen Kyles Kehle gepreßt und drückte ihn damit auf die Felsen. Kyle schlug mit dem Kopf auf, als er sich zu wehren versuchte, dann hielt er still.

»Du kannst von Glück sagen, daß ich Honor versprochen habe, dir nichts zu tun«, knirschte Jake. »Ich mag es nämlich nicht, wenn mich jemand mit der Pistole bedroht.«

Abrupt richtete er sich auf und gab Kyle frei, der sich halb aufsetzte.

»Ich wußte doch nicht, daß du das warst.« Kyle schüttelte vorsichtig den Kopf.

Jake brummte unwillig.

Mit einem Seufzer sank Kyle zurück in die Felsspalte, in der er sich versteckt hatte.

Schnell untersuchte Jake Kyle Donovan. Zusätzlich zu der blutigen Wunde an seiner linken Schulter war sein Taucheranzug schmutzig und an einem Knie aufgerissen. Seine Tauchschuhe waren zerfetzt. Sein großer, muskulöser Körper mit den langen Beinen und Armen war in keiner guten Verfassung. Offensichtlich strengte es ihn schon an, sich nur aufzusetzen. Seine Hände waren aufgerissen und blutig, sein Gesicht bleich, er sah ausgezehrt und erschöpft aus, doch er schien nicht in direkter Lebensgefahr zu schweben.

Jake atmete erleichtert auf. Er wäre Honor nicht gern mit Kyles Leiche gegenübergetreten.

»Wegen des Wassers ...«, flüsterte Kyle heiser.

Statt etwas zu sagen, hockte Jake sich hin und griff nach Kyles Handgelenk. Sein Puls war schwach und zu schnell. »Streck die Zunge raus.«

»Was?«

»Himmel, du und Honor. Ihr würdet euch eher über die Farbe des Himmels streiten, als einen simplen Befehl zu befolgen. Streck deine verdammte Zunge raus.«

Kyle grinste. Dabei rissen seine rauhen Lippen auf und begannen zu bluten. Gierig leckte er die Flüssigkeit auf und streckte dann Jake die Zunge raus. »Wie sieht sie aus?«

»Ziemlich schrecklich, aber nicht gefährlich ausgetrocknet. Wann hast du zum letzten Mal etwas getrunken?«

»Hat es in der letzten Nacht geregnet?«

»Ja.«

»Dann war es in der letzten Nacht. Aber es war nicht genug.«

»Hattest du denn kein Wasser bei dir?«

»Doch, aber ich hatte nicht vor, eine ganze Woche zu bleiben.«

»Und wie steht es mit Lebensmitteln?«

»Menü für Schiffbrüchige«, erklärte Kyle rauh. Seine Augen schlossen sich. »Schellfisch und Seetang.«

Das Mitleid, das Jake mit ihm fühlte, machte ihn beinahe genauso zornig, wie er es gewesen war, als ihn Kyle mit der Pistole empfangen hatte. »Wo ist der Bernstein?«

»Das Zeug, das du mir übergeben hast, ist in einem Fischerei-Camp in Kamtschatka.«

»Und was ist mit dem Rest?«

Kyle öffnete die Augen. »Wie bitte?«

»Das Bernsteinzimmer«, erklärte Jake heftig. »Was ist damit?«

Unvermittelt sah Kyle doppelt so ausgezehrt aus wie zuvor. »Also warst du *wirklich* in die ganze Sache verwickelt. Mist! Ich konnte nicht glauben, daß du mich tatsächlich so reingelegt hast, daß ich dabei ums Leben kommen sollte!«

»Das habe ich auch nicht, aber du hast es so eingerichtet, daß man mich für den Diebstahl des Bernsteins verantwortlich gemacht hat.«

»Den Teufel habe ich getan«, keuchte Kyle. »Ich habe nicht einmal gewußt, daß irgend etwas nicht stimmt, bis der Fahrer, den ich abgeholt habe, versucht hat, mich umzubringen.«

»Also hast du seine Leiche einfach aus dem Wagen geworfen und ...«

»Als ich ihn verließ, war er noch am Leben«, unterbrach Kyle ihn.

»Aber nicht mehr, als man ihn gefunden hat.«

Kyle schloß die Augen und verzog schmerzlich das Gesicht. Er sah aus wie ein Mann, der die Grenze des Erträglichen erreicht hat.

Jake seufzte und fluchte inständig. Was bis jetzt eine einfache, wenn auch bitter-schmerzliche Schuldzuweisung gewesen war für den Diebstahl des Bernsteins, hatte sich als äußerst komplizierte Sache entwickelt. Dennoch war Jake froh, daß Kyle hereingelegt worden war und sich nicht als der Schuft erwiesen hatte, als den er ihn verdächtigt hatte.

»Du brauchst kein Mitleid zu haben mit dem Kerl, den du

aus dem Wagen geworfen hast«, sagte Jake. »Er war derjenige, der dich hereingelegt hat.«

Kyle antwortete nicht.

»Wann hast du herausgefunden, daß du eine Tafel des Bernsteinzimmers im Wagen hattest?« fragte Jake.

Angestrengt öffnete Kyle die Augen. Sie waren trüb und blickten abschätzend, als bedauere er den Verlust seiner Pistole. Seine Körperhaltung hatte sich geändert. Trotz seiner Erschöpfung war er noch immer in der Lage anzugreifen. »Woher weißt du davon?«

»Ein früherer Verbündeter hat es mir erzählt.«

»Ein Russe?«

»Amerikaner. Einige der Leute, für die ich gearbeitet habe, ehe ich meine eigene Firma gegründet habe.«

»Ach, die. Teufel, das ist wirklich eine äußerst verwickelte Geschichte, wie?«

»Ja. Hast du den Bernstein?«

Kyle nickte.

»Hier?« wollte Jake wissen.

»Da draußen.« Er deutete mühsam auf das Wasser.

Jake drückte Kyles rechte Schulter und stand auf. »Ich bring dir das Wasser. Und Honor wird zweifellos auch mitkommen wollen. Ich sollte dir den Hals brechen dafür, daß du deiner Familie nicht gesagt hast, daß du lebst, aber ich habe versprochen, dich nicht anzurühren.«

»Hol das Wasser, und sorg dafür, daß sie verschwindet.«

»Du denkst nicht mehr klar. Die Dame läßt sich keine Befehle geben, genausowenig wie alle anderen Donovans auch.«

»Und wie steht es mit dir?«

»Aber sicher. Ich bin ein ehrlicher kleiner Chorknabe.«

Kyle bedachte ihn mit einem müden Lächeln und versank in einen Zustand, der weder Bewußtsein noch Schlaf war, eher ein Schweben, das ständig unterbrochen wurde durch eine nie versiegende Wachsamkeit bei jedem ungewöhnlichen Geräusch.

Das nächste, was in Kyles Bewußtsein vordrang, war Honor, die neben ihm kniete und versuchte, ihn aufzurichten.

»Zieh ihn nicht an diesem Arm«, warnte Jake. »Er ist verletzt.

»Aber du hast gesagt, es geht ihm gut!«

Als er all die Wut, die Angst und die Liebe in ihrer Stimme hörte, wollte Kyle lächeln, doch er hielt sich zurück – seine Lippen waren viel zu aufgerissen. Genau wie seine Augen. Sie brannten, und er sehnte sich nach Dunkelheit.

»Deinem Bruder fehlt nichts, was ein wenig Antibiotika, ein Glukose-Tropf und vierundzwanzig Stunden Schlaf nicht wieder heilen könnten«, sagte Jake. »Bist du wach, Kyle?«

»Ziemlich«, antwortete dieser rauh. »Wasser?«

»Gleich hier. Ich werde dir jetzt helfen, damit du dich aufsetzen kannst, denn sonst wirst du dich verschlucken.« Jake schob einen Arm unter Kyles Schultern und hob ihn hoch.

Kyle atmete scharf ein.

»Was ist los?« fragte Honor.

»Meine Rippen«, stöhnte Kyle. »Der Schuft hat mich getreten.«

»Der Fahrer?« fragte Honor und dachte daran, was Jake ihr erzählt hatte, als er ihr in den Zodiac geholfen hatte.

»Einer der Russen, die sie hinter mir hergeschickt haben«, krächzte Kyle.

»Derjenige, der vor etwa einer Woche angespült wurde?« fragte Jake interessiert.

»Laß ihn erst einmal trinken, ehe du ihn ausquetschst«, schalt Honor ihn.

Sie drehte den Verschluß der Zweiliterwasserflasche und hielt sie Kyle an die Lippen. Zuerst tropfte mehr Wasser in seinen Bart und lief über sein Kinn als in seinen Mund. Doch nach ein paar Schlucken begann Kyle gierig zu trinken.

»Langsam«, ermahnte ihn Jake und schob die Flasche weg. »Wenn du weiter so trinkst, dann wirst du dich übergeben müssen, und zwar direkt über deine kleine Schwester.«

Seufzend schloß Kyle die Augen und lehnte sich in Jakes Arm zurück, doch dann zuckte er zusammen, als er eine Berührung an seinen rauhen Lippen fühlte.

»Ganz ruhig«, sagte Jake. »Honor fettet deine Lippen ein, damit sie nicht jedesmal zu bluten anfangen.«

»Womit?« fragte Kyle.

»Mit Hühnermist«, antwortete sie. »Damit du es nicht gleich wieder ableckst.«

Er prustete, doch dann zog er scharf den Atem ein, als seine Rippen schmerzten.

»Was ist mit deinem Arm geschehen?« fragte Honor.

Kyle warf ihr einen Blick zu, als überlege er, wie wenig er ihr erzählen konnte, damit sie ihm trotzdem noch glaubte.

»Vergiß es, sie beschützen zu wollen«, riet ihm Jake. »Sie ist viel härter, als du glaubst.«

»Ich bin einer Kugel zu nahe gekommen«, gestand Kyle. »Aber die Rippen schmerzen viel mehr.«

Honor stieß einen unterdrückten Schreckenslaut aus.

»Halt still«, befahl Jake Kyle. »Ich werde den Ärmel öffnen, um nachzusehen.«

Er holte das Tauchermesser aus seiner Hülle und schnitt dann vorsichtig das Material an Kyles linker Schulter auf. Honor holte tief Luft und beugte sich dann vor. Genau unterhalb der Schulter war der Arm und auch der Taucheranzug verkrustet mit einer Mischung aus Schmutz und Blut. Eine fingerbreite Wunde zeigte sich an seinem Arm. Die Haut war geschwollen, und die Wunde näßte.

Ganz vorsichtig berührte Honor die unverletzte Haut um die Wunde herum. Sie fühlte sich heiß an. »Die Wunde ist entzündet«, sagte sie und verzog das Gesicht.

»Aber nicht gefährlich«, lenkte Jake ein.

»Woher willst du das wissen?«

»Er hat keine roten Streifen am Arm.« Er sah Kyle an. »Wie geht es deinem Magen?«

»Gut«, antwortete Honor.

»Nicht deinem. Dem von Kyle.«

»Durstig.«

Jake musterte die See und sah nur das, was er auch schon zuvor gesehen hatte – Wasser, Felsen, Inseln. Doch er konnte die Erinnerung an das schwache Blinken am Rande des Radarschirms nicht vergessen und auch nicht an die Olympic, von der Conroy gesprochen, die Jake allerdings nie entdeckt hatte.

»Du kannst soviel trinken, wie du willst, wenn wir erst an Bord des Bootes sind«, sagte Jake. »Wir werden dich hier wegbringen.«

»Der Bernstein«, ächzte Kyle. »Ich muß ...«

»Sag mir, wo er ist«, unterbrach Jake ihn ungeduldig. »Ich werde zurückkommen und ihn holen, sobald du und Honor in Sicherheit seid.«

Kyle wollte etwas sagen, doch dann schüttelte er nur den Kopf.

»Was ist?« fragte Honor.

»Das Risiko ist zu groß«, wehrte ihr Bruder ab.

»Wie meinst du das?«

Kyle schüttelte erneut den Kopf. Unter dem einen Monat alten Stoppelbart hatte sein Gesicht sich genauso unnachgiebig verzogen, wie Jake es von Honor kannte. Die Donovans waren störrisch von den Haarspitzen bis zu den äußersten Enden ihrer Zehennägel.

»Kyle?« fragte Honor. »Was kannst du nicht riskieren?«

»Mir allein den Bernstein anzuvertrauen«, erklärte Jake heftig. »Aber das sollte dich doch nicht überraschen, mein Butterblümchen. Du traust mir ja auch nicht.«

»Das ist nicht – Teufel«, schimpfte Kyle grob. Es machte ihm zuviel Mühe, es zu erklären, besonders wo sein Mund so trocken und sein Verstand so umnebelt war. »Hast du eine Preßluftflasche dabei? Meine ist nämlich leer.«

»Ich habe eine«, sagte Jake.

»Auch ein Satellitennavigationssystem, ein GPS?«

»Ja.«

Kyle seufzte und hätte beinahe gelächelt. »Kein Wunder, daß du eine eigene Firma besitzt. Dir entgeht nicht sehr viel.«

»Wo ist denn dein GPS?« fragte Jake.

»Es ist gesunken, zusammen mit meinem Zodiac.«

Honor zog scharf den Atem ein. »Was ist passiert?«

»Kugeln«, sagte Kyle nur, und seine Stimme klang genauso erschöpft, wie er sich fühlte. »Jay, du mußt mir dein Wort geben, daß du den Bernstein hochholst, ehe du mich von der Insel bringst.«

»Nein!« widersprach Honor. »Du brauchst viel dringender einen Arzt, als wir den Bernstein brauchen, völlig egal, wie großartig er sein mag.«

Auch wenn sie rot und entzündet waren, so hatten Kyles Augen dennoch ihre Eindringlichkeit nicht verloren. Er blickte Jake an und wartete.

»Deine Schwester hat recht«, stimmte Jake Honor zu. »Du brauchst einen Arzt.«

»Ich werde es schon noch eine Weile aushalten.«

»Der Bernstein auch.«

»Das ist es ja gerade. Ich hatte es eilig, als ich ihn versteckt habe. Er könnte sich jeden Augenblick losreißen und davonschwimmen.«

»Dann laß ihn doch«, schlug Honor vor.

»Das ist wohl nicht dein Ernst«, protestierte Kyle.

»Und ob es der ist!« Honor malmte mit dem Unterkiefer.

»Erklär du es ihr«, bat Kyle Jake inständig.

»Ich schaffe das nicht.«

Während Kyle die Wasserflasche noch einmal an seine Lippen hob, wandte sich Honor entschlossen zu Jake und sah ihn mit ihren grün-goldenen Augen an, die denen von Kyle so ähnlich waren.

»Es gibt nichts, was du sagen kannst, das mich dazu bringen

wird, den Bernstein als kostbarer einzustufen als Kyles Leben«, knirschte sie.

»Gerade darum geht es«, begann Jake seufzend, denn er wollte nichts lieber, als Honor von der Insel weg in Sicherheit zu wissen. Doch unglücklicherweise hing ihre Sicherheit jetzt direkt mit dieser Tafel des Bernsteinzimmers zusammen. »Dein Bruder war der letzte, der diese Tafel gesehen hat. Wenn du jemand wärst wie zum Beispiel Schlangenauge, würdest du dann glauben, daß Kyle diese Tafel verloren hätte?«

»Aber ...«

Jake sprach unbeirrt weiter. »Oder würdest du nicht eher glauben, daß er sie irgendwo versteckt hat und abwartet, bis sich die ganze Aufregung gelegt hat? Und weil Schlangenauge genau das glaubt, wird er sich das holen, von dem er annimmt, daß es Kyle zum Reden bringt. Seine sehr geliebte jüngere Schwester zum Beispiel.«

»Das ist doch lächerlich«, wehrte Honor verbissen ab.

Jake schüttelte den Kopf und versprach Kyle: »Ich gebe dir mein Wort. Wo hast du den Bernstein versenkt?«

23

Honor war so wütend auf die beiden starrköpfigen Männer in ihrem Leben, daß sie an Bord der *Tomorrow* blieb, während Jake seinen tragbaren GPS-Empfänger und den Zodiac zu der Stelle brachte, die Kyle ihm angab – genau in die Mitte zwischen den Felsen im Wasser. Kyle schaffte es bis ans Ufer, weiter nicht. Er saß mit dem Rücken gegen einen mächtigen Stein gelehnt, nippte an der Flasche mit Wasser und betrachtete die Taucherboje, die Jake ungefähr dreißig Meter vom Ufer und in der gleichen Entfernung von der *Tomorrow* ausgelegt hatte.

Kyle meinte genau das, was er angekündigt hatte. Er würde

die Jade-Insel nicht eher verlassen, als bis der Bernstein in Sicherheit war. Selbst mit dem GPS-Sender würde es schwierig sein, die versunkene Tafel wiederzufinden. Fünfzehn Meter waren ein weiter Weg in den kalten, dunklen, unberechenbaren Gewässern der San-Juan-Inseln.

Zornig wartete Honor im Heck der *Tomorrow*. Sie hatte nicht genügend Platz, um nervös hin und her zu laufen, und es gab auch keine andere Möglichkeit, ihre Nervosität zu beruhigen, als ihren Bruder anzukreischen, daß er ein solcher Macho-Idiot war und sich Sorgen um sie machte statt um sich selbst. Doch das nutzte gar nichts. Er ignorierte sie einfach.

Sie blickte auf die Angel in der Halterung links neben der Kabinentür. Sie war bereit, ausgeworfen zu werden. Die Spitze bog sich unter dem Gewicht des Köders.

»Das kann ich auch noch probieren«, zeterte sie vor sich hin. »Eigentlich könnte ich sogar einen Fehler machen, könnte aus Versehen in die falsche Richtung werfen und ›ganz zufällig‹ meinen vernagelten Bruder damit treffen. Vielleicht würde ein Schlag auf den Kopf bei ihm mehr Verstand mobilisieren.«

Aber Honor machte keine Anstalten, die Angel in die Hand zu nehmen. Ruhelos, verängstigt, nervös und mit dem Gefühl, gleichzeitig verfolgt und eingesperrt zu sein, trabte sie, so gut es ging, auf dem engen Platz im Heck der *Tomorrow* hin und her. Mittlerweile tat es ihr leid, nicht mit an Land gegangen zu sein, wo sie ihren Bruder ausschimpfen konnte, ohne ihre Stimme dabei zu sehr strapazieren zu müssen.

Unvermittelt tauchte eine flache Kiste aus dem Wasser hoch, ungefähr neun Meter hinter dem Rumpf der *Tomorrow*. Gleich danach schoß auch Jake an die Wasseroberfläche.

»Ich habe es gefunden!« brüllte er.

Trotz seiner aufgesprungenen Lippen mußte Kyle lächeln, er hob die Wasserflasche in einem schweigenden Salut. Noch ehe er genügend Kraft gesammelt hatte, um Jake zu gratulieren, tat das schon ein anderer.

»Großartig, mein Freund! Und jetzt bring es an Land, ehe ich gezwungen bin, Miss Donovan zu erschießen.«

Honor wirbelte herum.

Sechzig Meter über Kyle hockte Petyr Resnikov auf dem Gipfel des Abhanges der Insel. In der Hand hielt er ein Gewehr.

Der Lauf des Gewehrs zielte auf sie.

»Bewegen Sie sich nicht, bitte«, rief Resnikov mit einer Stimme, die klar zu hören war. »Ein Unfalltod zu diesem Zeitpunkt wäre wirklich sehr bedauerlich, und dabei habe ich schon so viel zu bedauern, seit die Berliner Mauer gefallen ist. Ich würde zwar eine weitere Enttäuschung überleben, Miss Donovan allerdings nicht. Jacob, wenn du deine Hände unter Wasser hältst, werde ich deine wunderschöne Geliebte erschießen müssen. Haben wir uns verstanden?«

Jake verstand nur zu gut. Im Moment war er genauso hilflos wie Kyle. »Ich verstehe.«

»Ausgezeichnet. Mit ein wenig Verständnis wird es gar nicht nötig sein, jemanden umzubringen. Miss Donovan, treten Sie einen Schritt nach vorn, und schließen Sie die Tür der Kabine hinter sich. Nur das. Mehr nicht.«

»Ganz ruhig, Honor«, sagte Jake. »Mach bitte keine Dummheiten. Pete hat nur Angst, daß du an das Funkgerät gehen könntest. Sorg dafür, daß er sich gut fühlt.«

Honor konnte nicht feststellen, ob der Lauf des Gewehres ihren Bewegungen folgte, als sie den einen Schritt zur Kabinentür machte, doch sie war sich dessen ziemlich sicher. Heftig schlug sie die Tür zu.

»Bleiben Sie in meinem Gesichtskreis, Miss Donovan«, sagte Resnikov. »Wenn Sie das nicht tun, werde ich leider Ihren Geliebten und Ihren Bruder töten müssen. Das wäre höchst bedauerlich und völlig unnötig.«

Honor dachte nicht länger daran, über Bord zu springen oder sich auf den Boden zu werfen, damit sie aus der Reichweite Resnikovs kam.

»Jacob. Bring die Kiste an Land. Denk daran, ich kann deine Hände sehr gut sehen durch das Zielfernrohr, du dagegen kannst nicht sicher sein, worauf ich meine Aufmerksamkeit richte.«

Das hatte Jake bereits begriffen. Was er allerdings nicht wußte, war, wie er den Abhang hinaufkommen sollte, um Resnikov das Gewehr abzunehmen, ehe dieser sie alle erschoß.

Langsam legte Jake die Hände auf die Kiste. Er schwamm mit den Füßen und schob dabei die Kiste vor sich her.

»Zuerst hat deine Anwesenheit mich besorgt gemacht«, sagte Resnikov zu Jake. »Du bist ein ausgezeichneter Gegner. Doch dann habe ich entschieden, daß es für uns alle ein Glück ist, daß du hier bist. Du hast die Erfahrung, nicht, äh, nicht deine Ruhe zu verlieren und mich dazu zu zwingen, jemanden umzubringen. Du weißt, daß es nicht nötig ist, daß einer von uns stirbt. Nur das Bernsteinzimmer ist wichtig. Bring es mir, Jacob.«

Es bestand zwar die Möglichkeit, daß Resnikov tatsächlich niemanden umbringen würde, wenn man ihn nicht dazu zwang. Aber darauf wollte Jake sich nicht verlassen. Er wollte auch niemanden verlieren. Ganz besonders nicht Honor.

»Langsam, mein Freund«, warnte Resnikov ihn, als Jake schließlich in hüfthohem Wasser stand und die Kiste vor sich her auf das Ufer zuschob. »Ich muß immer deine Hände sehen können. Du wirst die Flossen nicht ausziehen, wenn du an Land gehst.«

»Warum nicht?« fragte Jake, als er durch das knietiefe Wasser watete. »Ich kann damit kaum vorwärts gehen, und du hast doch das Gewehr auf mich gerichtet.«

»Ja. Das ist ein Trost, nicht wahr? Laß die Flossen an! Die Preßluftflasche kannst du allerdings abnehmen.«

»Fürchtest du, daß eine Kugel davon als Querschläger abgelenkt werden könnte?« spottete Jake.

»Möglich ist so was immer, nicht wahr?«

Fluchend watete Jake an Land, so laut und so ungeschickt,

wie es ihm nur möglich war. Doch das war nicht schwer. Die großen Flossen eigneten sich zum Tauchen im Meer hervorragend, jedoch nicht für einen Spaziergang über ein felsiges Ufer. Während er ächzend herumplanschte und dann seine Preßluftflasche und die Taucherbrille auszog, bemühte er sich, nicht zu Kyle zu sehen.

Jake war sicher, daß Honors Bruder etwas plante. Er hoffte nur, daß Kyle genügend nachdachte und wartete, bis Resnikov den Abhang hinunterkam, um sich den Bernstein anzusehen. Bis dahin hatten sie nicht die Chance einer Schneeflocke in der Hölle, den Russen in ihre Finger zu bekommen, ohne vorher umgebracht zu werden.

»Kyle, wenn du daran denkst, aufzustehen oder dich zwischen die Bäume fallen zu lassen, tu das lieber nicht«, rief Resnikov. »Ich würde ganz sicher deine Schwester erschießen. Du weißt doch, es wäre mir lieber, wenn ich niemanden zu erschießen brauchte.«

»Aber tun wirst du es trotzdem«, hetzte Kyle ihn auf.

»Das wäre nur die letzte Möglichkeit. Bitte sorg dafür, daß es nicht meine einzige Möglichkeit ist.«

Blaß und angespannt stand Honor wie erstarrt und sah zu, wie ihr Bruder seine Haltung lockerte. Nur sie konnte den Felsbrocken erkennen, den er in der Faust hielt.

»Nimm den verdammten Bernstein und verschwinde«, fuhr Kyle ihn an.

»Das werde ich auch«, versicherte Resnikov ihm. »Doch zuerst werde ich prüfen, ob ich auch die richtige Ware bekomme. Du wirst mir dabei helfen, nicht wahr, Jacob?«

»Aber sicher«, entgegnete Jake zynisch. »Ich bin doch immer wieder glücklich, wenn ich einem Freund unter die Arme greifen kann.«

Honor konnte die Reaktion des Russen nicht sehen, sein Gesicht verbarg sich hinter dem Gewehr und dem Zielfernglas.

»Öffne die Kiste, mein Freund«, forderte Resnikov ihn auf.

Jake blickte auf die Kiste. Sie war zugenagelt. Von allen Seiten lief Wasser aus ihr heraus. Die Ecken paßten nur ungenau aufeinander. Das Holz war im Salzwasser aufgequollen und die Kiste undicht. Die aufgedruckten Buchstaben darauf waren verblaßt und verschmiert, doch man konnte sie noch entziffern. »Großartige Möglichkeiten zum Fischen/Camp von Kamtschatka.« Noch ein anderer Aufdruck war zu sehen: »Trockeneis, Fische, VERDERBLICH.«

»Ich soll sie aufmachen, wie?« rief Jake Resnikov zu. »Für dich mag das ja eine einfache Forderung sein. Ich aber habe keine Brechstange.«

»Nimm das Messer, das du bei dir hast. Wenn du fertig bist, wirfst du das Messer ins Wasser.«

Ohne ein Wort zog Jake sein Tauchermesser aus der Hülle und machte sich umständlich an der Kiste zu schaffen. Sie zu öffnen war viel einfacher, als er angenommen hatte. Genau wie die Kiste, so waren auch die Nägel aus minderwertigem Material hergestellt. Sie hatten bereits zu rosten begonnen.

Er riß den Deckel ab und warf ihn achtlos beiseite. Eine dicke braune Plastikplane lag oben auf der Kiste. Er hockte sich hin und schlitzte sie an einer Seite mit dem Messer auf. Als er damit fertig war, schob er das Messer zurück in die Hülle.

»Nein!« schnauzte Resnikov. »Wirf sofort das Messer ins Meer.«

»Es gibt noch mehr Verpackung.«

Resnikov zögerte einen Augenblick, ehe er ihn aufforderte: »Also gut, mach weiter. Aber vergiß nicht, daß du das Messer wegwerfen sollst, nachdem du fertig bist, Jacob.«

»Für einen Mann, der als einziger ein Gewehr in der Hand hält, bist du aber sehr nervös.«

»Ich habe dich in Aktion gesehen«, meinte der Russe. »In dieser Kneipe in Kaliningrad. Für mich war das sehr aufschlußreich, wahrscheinlich genausosehr wie für Kyle Donovan.«

»Sei doch realistisch«, widersprach Jake. »Du bist doppelt so schnell wie ich.«

»Das habe ich auch einmal geglaubt. Jetzt möchte ich es lieber nicht ausprobieren müssen.«

Jake suchte unter der Plastikplane herum, bis er schließlich ein rechteckiges, in einer Klarsichtfolie verpackten Etwas daraus hervorholte, das ungefähr einen Meter lang und einen Meter zwanzig breit war und weniger als dreißig Zentimeter dick. Vorsichtig durchschnitt er das durchsichtige Klebeband, das die Klarsichtfolie verschloß.

Goldenes Feuer glänzte durch die Öffnung, die er geschaffen hatte.

»Wirf sofort das Messer ins Wasser!« rief Resnikov ungeduldig.

Jake schaute den Abhang hinauf. Er konnte die Augen seines Gegners nicht erkennen, doch das Gewehr hielt er sehr ruhig und voller Selbstvertrauen in den Händen. Sein helles Haar leuchtete im Licht der Sonne wie eine andere Art von Bernstein. Das Gewehr hatte keine glänzenden Stellen, die die Aufmerksamkeit anziehen konnten. Es war ein besonderes Stück, ein Stück moderner Militärkunst. Es bedeutete Geschäft, und dieses Geschäft war das Töten.

»Ich glaube, unter der Klarsichtfolie ist noch mehr Verpackung«, versuchte Jake ihn abzulenken.

»Dann wirst du dafür deine Zähne benutzen müssen. Das Messer, Jacob. *Sofort.*«

Jake schleuderte das Messer ins Wasser. Es sank sofort. Behutsam untersuchte er den Inhalt der Kiste. Zum ersten Mal in seinem Leben war er nicht ungeduldig, den Bernstein zu sehen, der in seinem schützenden Nest aus Plastik und Folie ruhte. Vorsichtig begann er die Folie abzudecken, bis nur noch der Bernstein selbst vor ihm lag.

Es war, als hätte er ein Stück Sonnenschein ausgepackt.

Hundert verschiedene Goldtöne leuchteten unter seinen

Händen. Und während Jakes Kunstsachverstand die außergewöhnliche Fertigkeit des namenlosen Meisters registrierte, der dieses Mosaik aus Bernstein geschaffen hatte, lief ein Schauer durch seinen Körper, und die kleinen Härchen an seinen Armen richteten sich auf.

Langsam hob er das Mosaik hoch und hielt es zuerst in eine Richtung und dann in die andere, damit sich das Licht in seiner Oberfläche spiegelte. Eingebettet in dem strahlenden Gold des Bernsteins war ein wunderbar gearbeitetes R aus rotem Bernstein. Über dem R befand sich die schmucklose Krone der Romanovs, ebenfalls aus rotem Bernstein – schmucklos zwar, doch weit entfernt davon, bescheiden zu wirken. Der prächtige, seltene Bernstein zeugte von der Anwesenheit einer der großartigsten königlichen Familien in der Geschichte der Menschheit.

Großartig und tot. Macht war ein Schwert mit keinem zuverlässigen Griff und vielen tödlichen Kanten.

»Ist es echt?« drängte Resnikov.

»Ob es nun echt ist oder gefälscht, auf jeden Fall ist es verdammt außergewöhnlich«, rief Jake sehr deutlich. Er drehte die Tafel ein wenig und nahm das Bild in sich auf, als würde es wirkliche Wärme ausstrahlen. »Sonnenschein und Reichtum und Stolz, greifbar gemacht. Eine Erklärung ewiger Macht, die nur beweist, wie vergänglich die Macht ist. Sieh meinen Namen und wisse, wie großartig ich bin ... oder war, denn ich bin jetzt so tot wie ein Sargnagel, genau wie mein Reich.«

»Ist es echt?« fragte Resnikov noch einmal.

»Teufel, Pete, wie soll ich das wissen?«

»Du solltest meine Geduld nicht auf eine so große Probe stellen.«

»Zur Zeit kann ich gar nichts auf die Probe stellen. Mein Koffer liegt nämlich in meinen Truck. Komm doch und sieh es dir selbst an.« *Bitte*, fügte Jake im stillen hinzu. *Komm nur für eine Sekunde in meine Reichweite.*

Nur für eine Sekunde.

»Bist du an Ort und Stelle?« rief Resnikov.

»Was ...«, begann Jake, doch dann hielt er inne.

Die Frage war nicht an ihn gerichtet. Sie galt der Frau, die weniger als sechs Meter von ihm entfernt aus einem Versteck trat, mit einer Maschinenpistole in der Hand.

Plötzlich ergaben einige Dinge, die ihm bisher unverständlich geblieben waren, einen Sinn. Doch leider war es jetzt zu spät.

»Hallo, Jones«, sagte Jake. »Ich habe mich schon gefragt, wie Resnikov wohl den Abhang herunterkommen würde, ohne das Gewehr herunterzunehmen. Jetzt weiß ich es. Hast du ein Spurensuchgerät in Honors Rucksack geschmuggelt, während du dich an ihrer Schulter ausgeweint hast?«

Marju lächelte. »Aber natürlich. Sie ist Kyle so ähnlich. So herrlich naiv.«

Honor starrte Marju an und wünschte sich nichts sehnlicher, als dieser Frau die Finger um ihren anmutigen Hals zu krallen. Die Erkenntnis, daß sie schuld daran war, daß Kyles Feinde ihn hatten finden können, machte sie ganz elend.

»Naiv, wie?« fragte Jake. »Nun, auf jeden Fall ist es besser als das, was du von dir behaupten kannst.«

»Und was ist das?«

»Dumm. Gegen Naivität kann man etwas tun. Dummheit allerdings geht bis auf die Knochen.«

»Ich bin dumm? Aber wer hält denn die Waffe in der Hand? Und wer nicht?«

»Nun ...«, meinte Jake und richtete sich auf.

»Nicht aufstehen!« befahl Resnikov Jake. »Und nimm die Hände nicht von der Tafel! Setz dich auf den Boden, die Füße nach vorn. Sofort!«

Auch wenn Resnikovs Englisch unter dem Druck, unter dem er stand, immer schlechter wurde, gab es doch keinen Zweifel daran, was er wollte. Jake setzte sich.

Unter dem Schutz der Tafel hatte er die unhandlichen Flossen von den Füßen gestreift. Jetzt hielt er die Tafel fest und wartete darauf, daß Marju ihre Dummheit bewies, indem sie ihm nahe genug kam. Er beobachtete sie aufmerksam, während sie sich in dem felsigen Gelände einen Weg an Kyle vorbei suchte, außerhalb der Reichweite des jungen Mannes.

»*Tu es nicht, Kyle*«, knurrte Jake ihm zu. »Pete hat noch immer das Gewehr auf Honor gerichtet.«

»Ich hatte es auch nicht vor«, raunte Kyle. »Ich habe gelernt zu erkennen, wenn sie mich reinlegen will. Ich würde dieses Luder nicht einmal mit einer Kneifzange berühren.«

Jake atmete tief durch. Offensichtlich hatte Kyle die Situation begriffen, ohne daß er seinen Kopf verlor. Das war eines der Dinge, die Jake an Kyle wirklich sehr schätzte – wenn sein Unterleib nicht mit im Spiel war, war er äußerst schlau. Natürlich konnte man das gleiche auch von anderen Männern behaupten – zum Beispiel von Männern wie J. Jacob Mallory.

Aus den Augenwinkeln sah Jake, wie Marju näher kam. Sie wählte eine Position in der Mitte zwischen ihm und Kyle. Das bedeutete, daß sie Honor den Rücken zudrehen mußte, doch das schien Marju keine Sorgen zu machen. Viel mehr war sie daran interessiert, beide Männer vor dem Lauf ihrer Maschinenpistole zu haben.

»Ich bin bereit, Petyr«, rief sie.

Langsam ließ Resnikov die Waffe sinken. Er wußte, daß die größte Gefahr auf ihn wartete, während er den Hügel hinunterstieg, weil er dann nicht gleichzeitig alle vor seinem Gewehr hatte.

Auch Jake wußte das. Er wünschte, er könnte Honor zurufen, noch eine Weile länger ruhig stehenzubleiben, nur noch so lange, wie Resnikov damit beschäftigt war, die Balance auf dem steilen Abhang nicht zu verlieren, und sich daher um nichts anderes kümmern konnte. Doch wenn er jetzt etwas sagte, würde er nur die Aufmerksamkeit von Resnikov und Marju auf Honor lenken.

Das war das letzte, was er wollte. Deshalb blieb er ruhig sitzen, während ihm unter seinem Taucheranzug kalt der Schweiß über den Rücken lief.

Mit dem Gewehr in der einen Hand, stützte sich Resnikov mit der anderen Hand an den Felsen ab und kletterte langsam den Abhang hinunter. Jake beobachtete ihn bei jedem Schritt. Normalerweise war der Russe ein geübter Turner, doch er hatte lange in den kalten Felsen verborgen gelegen, und seine Muskeln waren steif geworden. Beim dritten Schritt glitt er aus. Doch sofort fing er sich wieder, blieb stehen und starrte auf die Menschen unter sich.

Niemand hatte sich bewegt.

Vorsichtiger, auf lockere Felsbrocken achtend, bewegte sich Resnikov weiter nach unten.

Jake maß den Abstand, und was er sah, gefiel ihm nicht. Marju war vielleicht einfältig genug gewesen, Resnikov zu trauen – und auch umgekehrt –, aber sie verriet mit keiner Regung, was sie vorhatte. Wenn Resnikov nicht wie eine Lawine den Abhang hinunterstürzte, würde er nicht in ihre Nähe kommen.

Der Fuß des Russen rutschte aus. Er hüpfte zum nächsten Felsbrocken und traf ihn nicht. Dadurch machte er einen hastigen Schritt nach vorn – und verlor endgültig den Halt. Mit einem lauten Fluch polterte er zu Boden.

Honor riß die Angel aus der Halterung und warf den Köder mit aller Macht aus. Ein halbes Pfund Blei und ein Haken bohrten sich in Marjus Hinterkopf. Sie stolperte und schrie vor Schmerz und Überraschung auf.

Jake war blitzartig vom Boden aufgesprungen. Mit einem gezielten Handkantenschlag schlug er Marju bewußtlos, nahm sich die Maschinenpistole und lief damit auf Resnikov zu.

Kyle hatte den Russen schon gepackt.

»Geh mir aus dem Weg!« schrie Jake und richtete die Maschinenpistole auf Resnikov. »Ich habe Marjus Waffe.«

Es gab ein wildes Durcheinander von Knien und Ellbogen. Dann rollte sich Kyle zur Seite und kam mühselig auf die Beine. Resnikov gab ein paar pfeifende Geräusche von sich, doch er bewegte sich nicht mehr.

»Mach dir um den keine Sorgen«, versicherte ihm Kyle mit rauher Stimme. »Alles, was ihn jetzt noch interessiert, ist, nach Luft zu ringen.«

Auch Jake holte tief Luft und ließ sie dann wieder zischend entweichen.

»Kyle!« rief Honor. »Ist mit dir alles in Ordnung.?«

»Ich bin müde. Durstig. Empört. Überrascht. Wann hast du gelernt, eine Angel so auszuwerfen?«

»Jake hat es mir beigebracht.«

Kyle sah zu dem Mann, der gerade Marjus Maschinenpistole in seinen Tauchergürtel steckte. »Du hast ihr beigebracht, mit einer Angel umzugehen? Da mußt du aber ein verflixt toller, äh, Lehrer sein.« Der Ton seiner Stimme signalisierte Jake, daß es Kyle nicht entgangen war, daß Resnikov Honor Jakes Geliebte genannt hatte.

»Vielleicht ist sie ja auch nur eine tolle Schülerin«, grinste Jake.

Er ging zu Resnikov und betrachtete ihn skeptisch. Ohne Vorwarnung schoß dann Jakes Hand hervor und traf den Kopf des Russen. Der gab ein ersticktes Geräusch von sich, und sein Körper sackte zusammen.

»Binde sie mit Angelschnur zusammen, ehe sie wieder zu sich kommen«, befahl Jake Kyle und wandte sich zum Boot. »Ich muß einen Anruf erledigen.«

»Ellen?« fragte Honor.

»Ja. Mach dir keine Sorgen. Ich bin ein guter Unterhändler. Wenn ich mit ihnen fertig bin, wird dein Bruder ein verdammter Held sein.«

»Und was geschieht mit Marju und Pete?« fragte Honor. »Was wird aus ihnen werden?«

»Aus wem?« fragte Jake sarkastisch.

»Was soll das denn nun heißen?«

»Das kann Ellen dir bestens erklären. Sie kann jemanden ganz vorzüglich davon überzeugen, daß das, was geschehen ist, überhaupt nicht geschehen ist.«

24

»Ich finde trotzdem, daß du im Krankenhaus hättest bleiben sollen«, meinte Honor und sah Kyle mit gerunzelter Stirn an. »Den ganzen Weg von der Klinik hierher hast du dich auf Archers Arm gestützt.«

Kyle blinzelte sie aus seinem bequemen Bett heraus an. »Die Aussicht ist hier viel besser, und es wird ein herrlicher Sonnenuntergang werden«, griente er und deutete mit der Hand zum Fenster. »Die Krankenschwester ist allerdings ein ziemlicher Quälgeist.«

»Die Krankenschwester?« gab Honor zurück und zog ihm die Decke bis zum Kinn. »Ich bin der Doktor, sonst spiele ich nicht mit, das weißt du doch. Und als dein Arzt denke ich, du solltest …«

»Dich entspannen«, unterbrach Archer sie. Er stellte eine Kanne mit Saft und ein Glas auf den Nachttisch. »Wie der echte Arzt schon gesagt hat, Kyle wird es gutgehen, solange er genügend Flüssigkeit zu sich nimmt, die weder Alkohol noch Koffein enthält.«

»Für dich ist das leicht gesagt«, meinte Honor und blickte hoch – sehr hoch – zu ihrem ältesten Bruder. »Immerhin bist du nicht derjenige, der hier im Bett liegt.«

Archer lächelte erschöpft. »Der wäre ich aber gern.«

Er sah tatsächlich bettreif aus – in seiner zerknitterten Kleidung, mit den dunklen Bartstoppeln und den tiefen Linien, die sich zu beiden Seiten seines Mundes eingegraben hatten. Er hatte das schwarze Haar seiner Mutter geerbt und die Augen seines Vaters, eine Mischung aus Blau und Grün, eine Farbe, die sich veränderte, je nachdem, welche Kleidung er trug oder in welcher Stimmung er war. Zur Zeit waren Archers Augen beinahe so dunkel wie die Ringe, die darunter schimmerten.

Honor kämpfte gegen das Mitleid an, das sie für ihren Bruder empfand. Trotz der tiefen Augenschatten war er noch immer beunruhigend fit und viel zu schnell, als daß seine kleine Schwester sich dabei wohl fühlen konnte. Seine großen Hände waren kräftig und ruhig, als er Kyle ein Glas Saft eingoß.

»Hör auf, dir Sorgen um ihn zu machen«, ermahnte Archer sie noch einmal, stellte das Glas auf den Tisch und wandte sich an Honor. »Morgen wird er dich schon wieder ärgern.«

»Ich kann das alles nicht so leicht vergessen. Gestern nacht bin ich in heftigem Sturm auf einem kleinen Boot aufs Meer gefahren, habe mir kurz nach der Dämmerung heute morgen einen Weg durch gefährliche Felsen gesucht, habe Leute getroffen, die mit tödlichen Waffen gezielt haben auf ...«

»Es ist vorbei«, unterbrach Archer sie und nahm sie so fest in seine Arme, daß ihre Füße den Boden verließen. Er schaukelte sie, als sei sie wieder ein kleines Mädchen. »Kyle geht es gut, und dir doch auch. Alles ist nun in Ordnung.«

Honor wollte weiter aufbegehren, doch momentan sah man ihrem älteren Bruder seine vierunddreißig Jahre deutlich an.

Normalerweise wäre sie voller Mitleid gewesen. Aber die Entdeckung nagte gewaltig an ihr, daß Archer, Lawe und Justin ihr zwei Wochen lang verschwiegen hatten, daß Kyle verschwunden war – natürlich nur für ihren eigenen Seelenfrieden, wie die drei keß behaupteten. Die Tatsache, daß sie in genau diesen Wochen ständig an ihn hatte denken müssen, beeindruckte Archer nicht im mindesten.

Männliche Logik war wirklich aus höllische Qual.

»›Nimm es leicht‹«, meinte sie bissig. »›Alles ist in Ordnung.‹

Klar, genau wie du. Du siehst aus, als ob du dem Totengräber gerade noch von der Schippe gesprungen bist. Wann hast du zum letzten Mal geschlafen?«

Archer stellte sie wieder auf die Füße, lächelte ein wenig schief und wandte sich dann an Kyle. »Ich habe Justin und Lawe erreicht. In ein paar Tagen werden sie hier eintreffen. Der Donovan fliegt morgen hierher. Mom hat ihr letztes Projekt aus dem Stand fallenlassen und wird, von Kopf bis Fuß mit Farbe bekleckert, Dad begleiten.«

»Vielleicht sollte ich es mir doch noch einmal überlegen, ob ich nicht besser ins Krankenhaus flüchte«, knurrte Kyle halb im Spaß. »Dad wird mir wieder Schreibtischjobs zuschieben wollen, und ich bin zur Zeit nicht in der Lage, mich gegen ihn zu wehren.«

Archer reichte Kyle das Glas Saft. »Trink. Du wirst all deinen Verstand und deine Reflexe brauchen, um mit dem alten Herrn zurechtzukommen.«

»Da wir gerade von Reflexen sprechen, wo ist Jay?« fragte Kyle. »Ich krieg's noch nicht recht auf die Reihe, wie elegant er mit Marju und Pete fertig geworden ist.«

»Jay ist bei Ellen Lazarus«, berichtete Archer und gähnte ausgiebig. »Ein schmutziger Job, aber irgend jemand muß ihn halt machen.«

Kyle warf Honor einen beruhigenden Blick zu. »Das mit Jay und Ellen ist schon lange vorbei.«

»Man kann aufhören, aber man kommt aus dem Spiel nicht raus«, informierte Archer.

»Du mußt es ja wissen«, murmelte Kyle.

Honor wandte sich an ihren ältesten Bruder. »Du kennst Ellen?«

Ohne ihr eine Antwort zu geben, griff Archer nach der Thermosflasche mit Kaffee, den Honor ihm gemacht hatte. Natürlich nicht ohne ihn nebenbei nach Herzenslust zu beschimpfen.

»Nein. Archer kennt Ellen nicht«, antwortete Kyle für seinen Bruder. »Aber er kennt das Spiel.«

»Welches Spiel?« fragte Honor.

Archer schüttelte die Thermosflasche. Sie war leer. Mit einem hoffnungsvollen Blick wandte er sich an seine Schwester.

»Nein«, wehrte sie ab. »Ich habe die erste Kanne gekocht. Jetzt bist du dran.«

»Wartet auf Jay«, riet Kyle ihnen. »Er zaubert großartigen Kaffee.«

»Was kümmert dich das?« gab Archer zurück. »Du wirst sowieso vierundzwanzig Stunden lang keinen Kaffee trinken.«

»Allein der Gedanke, daß ich einen von dir gebrühten Kaffee trinken müßte, genügt, um mich garantiert ins Krankenhaus zu jagen«, spottete Kyle.

»In dem Fall werde ich dir höchstpersönlich die erste Tasse davon servieren«, versprach ihm Archer.

Das Wortgeplänkel erinnerte Honor an Jake. Sie runzelte die Stirn, weil ihr Archers Beschreibung von Jake einfiel: ... *bewegt sich wie ein Kämpfer.*

Kyle war Honors gefurchte Stirn nicht entgangen. »Es ist wirklich längst vorbei zwischen Jay und Ellen.«

»Jake ist ein großer Junge«, wehrte sie ab und zuckte mit den Schultern. »Und Ellen ist ein großes Mädchen. Was die beiden tun, ist ihre Sache.«

»Das ist nicht dein Ernst.«

»Ich meine es genau so, wie ich es gesagt habe«, erklärte Honor mit ausdrucksloser Stimme. »Ich habe Jake angeheuert, damit er mir hilft, dich zu finden. Jake hat mein Angebot angenommen, um seinen Namen reinzuwaschen. Wir haben beide das bekommen, was wir wollten. Jetzt ist sein Job beendet, und das mit uns ist auch vorüber.«

»Aber ...«

Es klopfte an der Tür der Hütte, und Kyle verschluckte seinen Einwand.

»Ich mach schon auf«, erbot sich Honor und lief aus dem Zimmer, ehe Kyle zu Wort kommen konnte. Es war außerordentlich schwierig, seinem Bruder zu erklären, daß der Mann, von dem man glaubte, er sei der richtige, einen nur für eine kurze, hitzige Affäre haben wollte.

Sex verblaßt, ungefähr drei Wochen nachdem die Tinte auf der Heiratsurkunde getrocknet ist.

Als Honor gerade die Hand auf die Türklinke legte, kamen ihr die Lektionen, die sie in den letzten Tagen gelernt hatte, in den Sinn. »Wer ist da?« fragte sie.

»Besuch«, antwortete Jake.

Honor brauchte ein paar Sekunden, um ihr Gesicht zu einer ausdruckslosen Maske werden zu lassen, während sie gleichzeitig die Krümel des Toasts von ihrem schwarzen Sweatshirt und der engen, verwaschenen Jeans wedelte. Dann holte sie tief Luft. Immerhin war sie dreißig Jahre alt. Das machte sie wohl doch fähig, einem früheren Geliebten in die Augen zu sehen, ohne zu erröten, und all die albernen Worte zu vergessen, die sie über Liebe gefaselt hatte.

Sie öffnete die Tür. Jake, Ellen und Resnikov standen auf der schmalen Veranda.

»Die anderen beiden hättest du ruhig ebenfalls erwähnen können«, maßregelte sie Jake.

»Ich habe doch gesagt, ›Besuch‹.«

»Und was willst du?«

»Ich gehöre zur Familie, also bin ich kein Besuch.« Er musterte die beiden ›Besucher‹ streng. »Denkt an unseren Handel. Jeder nur fünf Minuten und sonst nichts mehr, ohne die zupackende Macht des Gesetzes.«

Geschickt schob er sich an Honor vorbei und betrat das Haus.

Resnikov und Ellen reagierten wie Menschen mit einem dringenden Job und wenig Zeit. Sie folgten ihm eilends ins Haus. Beide sahen frisch gewaschen aus, ihre Kleidung war makellos. Ellen trug wieder ihre leuchtendrote Jacke.

»Kyle ist zu krank, um etwas auszusagen«, erklärte Honor giftig.

»Nein, das ist er nicht«, rief Archer aus der Küche. »Ihr habt jeder fünf Minuten, und das ist alles, was ihr ohne eine offizielle Vorladung bekommt.«

»Er klingt wie eine verdammte Schallplatte«, wandte Ellen sich an Jake. »Habt ihr beide schon vorher darüber gesprochen?«

»Das war nicht nötig. Archer ist genau wie ich – er kennt die ungeschriebenen Gesetze. Pete, du hast den kürzeren gezogen, deshalb darfst du den Anfang machen. Und denk dran, Honor und ich haben dir letztendlich deinen Hintern gerettet.«

»Darüber bin ich ja gar nicht informiert«, wunderte sich Ellen, zu Jake gewandt. »So, wie ich es gehört habe, hast du Petyr auf seinen Allerwertesten katapultiert.«

»Damit habe ich ihm einen lebensverlängernden Gefallen getan. Mit Marju war Pete in der Position einer männlichen Gottesanbeterin, die ein Weibchen umwirbt«, klärte Jake sie ironisch auf.

»Und was soll das heißen?« wollte Ellen wissen.

»Die Weibchen verspeisen die Männchen während der Begattung, dabei heben sie sich den nützlichen Teil bis zum Schluß auf. Um zu verhindern, nur eine schmackhafte Erinnerung zu werden, schenkt das Männchen dem Weibchen einen saftigen Käfer, um es abzulenken. Nach der Kopulation springt er schnell auf und hofft, daß er über alle Berge ist, ehe sie den Käfer gefressen hat.«

Ellen warf Resnikov einen grüblerischen Blick zu. »Es ging also um einen Schlagabtausch mit Marju?«

Der Russe schien verwirrt, ehe Jake ihm übersetzte, was das bedeutete. Resnikov lachte kurz, dann zuckte er gelangweilt mit den Schultern und ging zum Schlafzimmer, ohne daß ihm jemand zu zeigen brauchte, wo es war.

»Also war er das«, murmelte Jake vor sich hin.

»Was?« fragte Honor.

Jake antwortete nicht.

Resnikov öffnete die Schlafzimmertür und trat ein, die Tür ließ er hinter sich offen.

»Die Bernsteintafel«, begann er ohne Umschweife. »Wie hast du sie nach Petropavlosk bringen können?«

Kyle griff wortlos nach dem Glas Orangensaft und trank. Selbst nachdem er es leergetrunken hatte, blieb er stumm.

»Wir werden herausfinden, wer dir geholfen hat«, warnte Resnikov.

»Nicht über mich.«

»Ich kann Donovan International große Schwierigkeiten machen in ihrer Arbeit in der russischen Föderation.«

»So etwas passiert nun einmal.«

»Deine Familie denkt vielleicht anders darüber.«

»Seine Familie«, unterbrach Archer ihn, der am Türrahmen lehnte, »steht hinter ihm, bis zum letzten Tropfen von Blut, Schweiß und Tränen.«

Jake lächelte säuerlich. Das war für ihn keine Neuigkeit. »Nächste Frage, Pete. Deine Zeit läuft ab.«

»Hast du Marju aufgefordert, die Tafel zu stehlen?«

»Nein.«

»Sie behauptet etwas ganz anderes.«

»Nur weil sie für dich arbeitet, bedeutet das noch lange nicht, daß du ihr vertrauen kannst«, sagte Kyle.

Die Erschöpfung in seiner Stimme konnte an seinem Zustand liegen, doch Honor nahm an, daß sie einen anderen Ursprung hatte. Von jemandem benutzt zu werden konnte selbst einen Heiligen an der Menschheit zweifeln lassen.

Und Kyle war kein Heiliger.

»Marju arbeitet nicht auf die Art für mich, wie du es vielleicht annimmst. Unsere Zusammenarbeit entwickelte sich erst später. Es war eine Sache zu beiderseitigem Nutzen«, behauptete Resnikov. »Wie ist sie an den Bernstein gekommen?«

»Keine Ahnung«, antwortete Kyle.

»Das fällt mir sehr schwer zu glauben.«

»Warum? Traust du denn jedem, mit dem du schläfst?«

Der Russe schien belustigt. »Das wäre nicht weise.«

»Marju hat mir nicht vertraut. Sie hat mich benutzt. Das ist ein großer Unterschied.«

Honor schluckte schwer. Sie hatte Mitleid mit ihrem Bruder.

»Weißt du irgend etwas, das mir weiterhelfen könnte?« fragte Resnikov Kyle.

»Das kommt ganz darauf an«, sagte Jake, noch ehe Kyle antworten konnte. »Wenn du für die russische Regierung arbeitest, dann können wir dir nichts erzählen, was du nicht sowieso schon weißt. Marjus Cousin, wenigstens hat sie das behauptet, war ihre Verbindung zu dem Bernstein.«

Resnikov wandte sich abrupt zu Jake. »Glaubst du das?«

»Ich glaube, daß ihr Cousin ein schnell nach oben gekommener Star der *Mafia* ist. Dessen Kumpel hat versucht, Kyle umzubringen und ist dann schließlich selbst dabei getötet worden. Wenn die *Mafia* in Kaliningrad die Tafel besessen hat, dann war dieser Cousin Marjus Verbindung dazu.« Jake warf einen Blick auf seine Uhr. »Jetzt bin ich dran«, wandte er sich an Resnikov. »Warst du derjenige, der dieses Haus durchsucht hat?«

»Ja.«

Honor versteinerte.

»Warst du auch auf dem Frachter, der uns beinahe überrannt hätte?« bohrte Jake weiter.

»Nein.« Resnikov sah Honor an. »Mit diesem Mißverständnis hatte ich nichts zu tun. Der Kapitän verachtet kleine Boote. Und was Vasi betrifft, er hat für seinen Anteil an der Sache von mir eine harte Lektion erteilt bekommen. Er kennt sich in der englischen Sprache genügend aus, um dich hätte warnen zu können, aber es macht ihm Spaß – wie sagt man?«

»Ein Arschloch zu sein?« vollendete Jake hilfreich.

»Ja. Das ist auch der Grund, warum er Rußland verlassen hat.«

»Wenn er mir noch einmal mit diesem Fischerboot unter die Nase kommt, dann wird er sich um einen neuen Ort kümmern müssen, an dem er leben kann.«

Resnikov nickte. »So etwas Ähnliches habe ich ihm auch erklärt.«

»Du warst also auch nicht an Bord des Fischerbootes«, stellte Jake fest. »Du warst in Vasis Olympic und hast uns im Auge behalten, indem du die Küstenwache verfolgt hast.«

Der Russe feixte. »Du hast mich in der Morgendämmerung beinahe erwischt.«

»Es waren zwei Leute an Bord. Wer war die andere Person?«

»Marju.«

»Sie schon wieder«, sagte Jake fast anerkennend. »Sie ist wirklich etwas Besonderes.«

»Sie hat gewiß ihre Vorteile«, nickte Resnikov. »Als du mein Angebot abgelehnt hast, habe ich sie eingesetzt, um die Schwester ihres angeblichen Verlobten in unsere Sache einzubeziehen.«

»Marju und ich waren nie durch mehr miteinander verbunden als durch Sex«, erklärte Kyle unverblümt.

»Aber das wußte Honor glücklicherweise nicht. Was wäre natürlicher gewesen, als daß eine liebende Schwester einer trauernden Verlobten geholfen hätte?«

Kyles Gesicht verzog sich. »Es ist nur gut, daß es nicht geklappt hat, Pete. Ich hätte dich auseinandergenommen, wenn du Honor in die Sache mit hineingezogen hättest.«

»Aber warum denn? Sie war doch bereits ein Teil des Spieles«, wehrte Resnikov gelassen ab.

»Honor hatte überhaupt nichts damit zu tun«, schnauzte Kyle.

»Genausowenig wie Jacob Mallory.«

»Sie waren derjenige, der mir geraten hat, Jake loszuwerden«, platzte Honor heraus. »Deshalb ist mir Ihre Stimme auch so bekannt vorgekommen.«

»Was mir leider nicht gelungen ist«, sagte Resnikov geradezu schwermütig. Sein Gesichtsausdruck zeigte, daß dies eine Niederlage war, die ihn arg beutelte.

»Waren Sie auch der Anrufer, der sich nicht gemeldet hat?« fragte Honor.

Resnikov runzelte verdutzt die Stirn. Jake sprach ein paar schnelle Sätze auf Russisch, und noch ehe er geendet hatte, schüttelte Resnikov den Kopf.

»Ich nehme an, das war Pavlov«, beantwortete Jake die Frage an Honor. »Ihm macht es Spaß, Frauen Angst einzujagen.«

»Wo ist Marju jetzt?« wollte Honor wissen.

Resnikov sah Ellen an. Sie erwiderte ausdruckslos seinen Blick.

Jake schaute auf seine Uhr. »Noch eine Frage, Pete.«

»Die Tafel«, sagte dieser sofort. »Ist sie echt?«

»Das gleiche wollte ich dich fragen.«

»Du hast sie untersucht.«

»Du auch.«

»Du bist besser.« Resnikov wurde ungeduldig.

»Ich bin nicht gut genug, um ein Stück anzusehen und ja oder nein oder vielleicht zu sagen. Ich würde erst ein paar Tests machen müssen. Um das zu tun, müßte ich die Tafel erst einmal haben. Aber ich habe sie nicht. Onkel Sam hat sie.«

»Der Bernstein ist echt«, erklärte Resnikov.

»Echter Ostsee-Bernstein, oder ist er aus Mexiko, der Dominikanischen Republik oder aus allen drei Orten?« fragte Jake.

»Nur von der Ostsee.«

»Wenn du das weißt, dann hast du eine bessere Vermutung als ich.«

»Aber …«

»Deine Zeit ist um. Sag auf Wiedersehen, Pete. Ellen möchte bei ihren Fragen allein sein.«

Resnikov zögerte, dann gab er nach. Er war nicht in der Position, Ansprüche zu stellen, und das wußte er. »Es wird eine andere Möglichkeit geben.«

»Nicht, wenn ich etwas dagegen tun kann«, versicherte ihm Jake.

Ellen wartete, bis sich die Haustür hinter Resnikov geschlossen hatte und sein Wagen aus der Einfahrt bog.

»Wie bist du mit der Tafel durch ganz Rußland gekommen?« fragte sie dann Kyle.

»Dollars«, erklärte er. »Du würdest staunen, was man in der früheren Sowjetunion für harte Währung alles kaufen kann.«

»Und wen hast du gekauft?«

»Dieselben Leute wie du – alle, die sich dafür hergaben.«

Ellen musterte Kyle kühl. »Du bist nicht gerade sehr hilfreich, mein Schatz.«

»Es sei denn, du schuldest jemandem mehr als nur Geld«, wandte sich Jake an Kyle, »dann erzähl Onkel Sam die Methoden, und behalte die Namen für dich.«

Kyle zögerte.

Archer kam wieder ins Schlafzimmer und lehnte sich gegen den Türrahmen. »Das ist ein guter Rat. Mach dir keine Feinde, wenn es nicht unbedingt nötig ist.«

»Ich habe das russische Militär in Kaliningrad bestochen«, rückte Kyle heraus. »Sie haben schon seit so langer Zeit kein Geld mehr bekommen, daß sie alles verkaufen, von ihren Socken bis hin zu ihren Kampfjets, nur um etwas zu essen zu haben. Sie haben mich und meine Ladung nach Kamtschatka gebracht. Ich habe den Truck jemandem gegeben, der meine Größe hatte und mir ähnlich sah. Er ist nach Rußland gefahren und dann mit dem Truck verschwunden, um die Leute von meiner Spur abzulenken.«

Archer und Jake warfen einander einen wissenden Blick zu.

»Gute Arbeit unter einem solchen Zeitdruck«, war alles, was Archer dazu zu sagen hatte.

Jake nickte.

Kyle wiederum wünschte sich, schon viel früher schlau gewesen zu sein – zum Beispiel was Marju betraf.

Für ungefähr zehn Sekunden war das Klackern von Ellens rotlackierten Fingernägeln auf ihrer Ledertasche alles, was man in der Stille hören konnte.

»Okay«, nickte sie dann. »Du warst in Kamtschatka. Und was dann?«

»Du hast doch die Kiste gesehen, in der der Bernstein lag«, meinte Kyle, und seine Stimme klang spröde. »Was glaubst du wohl?«

»Ich denke, daß du in diesem Fisch-Camp auf der Kamtschatka-Halbinsel warst und daß Vlad Kirov dich, zusammen mit dem Bernstein, dort herausgeholt hat.«

Kyle nickte.

»Also warst du das wirklich, der durch SeaTac ins Land gekommen ist?« fragte Ellen.

»Jawohl.«

»Teufel. Ich bin dem Kerl bei der Einwanderungsbehörde einen Zwanziger schuldig. Ich habe wirklich geglaubt, es sei der angeschwemmte Tote gewesen, der deinen Paß benutzt hat. Wie hast du ihn umgebracht?«

Jake und Archer sprachen gleichzeitig. *»Nein.«*

Mehr sagten sie nicht. Mehr brauchten sie nicht zu sagen. Ellen ging, ohne zu zögern, zu ihrer nächsten Frage über.

»Falls du von Marju betrogen worden bist, warum hast du dann deine Familie nicht angerufen, als du Hilfe brauchtest?«

Kyle stöhnte. »Ich dachte, ich könnte für mich selbst sorgen. Auf keinen Fall wollte ich, daß ihnen durch meine Taten ein Schaden zugefügt wurde.«

»War Jake in dieser Sache mit Marju verbündet?«

Kyle starrte sie verdattert an.

»Ach, komm schon«, drängte ihn Ellen ungeduldig. »Es wäre nicht das erste Mal in der Geschichte, daß ein bester Freund mit der Freundin seines Freundes unter die Decke kriecht und dann einen aus diesem Dreiecksverhältnis über die Klinge springen läßt.«

»Jay mochte Marju doch überhaupt nicht. Er hat im Gegenteil versucht, mich vor ihr zu warnen.« Kyle zuckte mit den Schultern. »Ich wollte nicht auf ihn hören. Wenn es um Marju ging, dann fand mein gesamter Verstand unterhalb der Gürtellinie statt.«

Ellen setzte zur nächsten Frage an.

Doch Jake kam ihr zuvor. »Wie hast du das mit der Bernsteintafel herausgefunden?«

»Mit anderen Worten, wer hat Kyle betrogen?« fragte Ellen.

»Jawohl.«

»Marju.«

»Falsche Antwort«, erklärte Jake Ellen. »Marju besitzt nicht die Art von Verbindungen, um dich reinlegen zu können.«

»Was wirst du mir geben, wenn ich es dir verrate?« forschte Ellen.

»Was willst du denn haben?« antwortete Jake mit einer Gegenfrage.

»Ist die Tafel echt?«

»Wie ich Pete schon gesagt habe, ich habe sie noch nicht getestet.«

»Alles, was ich will, ist deine Meinung, die Meinung eines Experten«, sagte Ellen.

»Die wirst du bekommen. Wer hat Kyles Fluchtweg und sein Ziel den Russen verraten?«

Die schwarzen Augenbrauen der Agentin zogen sich hoch und enthüllten noch mehr das eindringliche Blau ihrer Augen. »Du planst wohl eine kleine Rache, wie?«

»Wieso? War die undichte Stelle etwa bei euch?«

»Nein. Die undichte Stelle war Kirovs Schwager. Er ist ein Betrüger mit einer Leidenschaft für das Spiel. Er hat die Information über die Bernsteintafel gegen seine Spielschulden bei der *Mafia* eingetauscht.«

»Und Pete hat davon erfahren.«

Ellen zuckte mit den Schultern. »Du kennst Resnikov besser als ich, mein Schatz.«

»Das bezweifle ich. Von Anfang an warst du hinter dieser Tafel her, wie eine Katze, die ihren Kot verscharrt«, stellte Jake richtig. »Das sagt mir, daß du bereits von dem Betrug mit dem Bernsteinzimmer gewußt haben mußt.«

»Du glaubst also, die Tafel ist eine Fälschung?« fragte Ellen prompt.

»Seit mehreren Jahren hat die russische Regierung ganz offen Duplikate des Bernsteinzimmers angefertigt und hat versucht, ein Teil ihres verlorenen Erbes zurückzuholen«, erklärte Jake. »Dann hatte die Regierung kein Geld mehr für die Kunst und auch für sonst nichts. Als sie damit begannen, selbst Kunstwerke aus Bernstein herzustellen und sie auch auf die bekannte Weise zu verkaufen – selbst –, hat sich die *Mafia* eingeschaltet. Sie haben den Bernstein aus den baltischen Minen verteuert oder ihn direkt aus den Minen gestohlen. Dann befahlen sie den Künstlern, Kopien der alten imperialistischen Großartigkeit herzustellen und sie nach Übersee zu verkaufen.«

»War die Tafel, die du gesehen hast, ein Teil dieses Betruges?« seufzte Ellen.

»Das wäre möglich. Sie könnte aber auch echt sein. Ehe du mich zu einer Meinung zwingst, solltest du deinen Boß anrufen.«

Ellen erstarrte. »Warum?«

»Wenn das Bernsteinzimmer wirklich gefunden worden ist und die kommunistischen Nostalgiker im Militär es besitzen oder die litauischen Separatisten, dann befindet sich Rußland in größten Schwierigkeiten. Wenn das Zimmer gefälscht ist und sich in den Händen der Leute befindet, die eher auf Macht aus sind als auf Geld, dann hat die legitime Regierung Rußlands noch immer das Problem, die Fälschung zu beweisen. Wenn das Zimmer allerdings ein offener Schwindel der *Mafia* ist, wird eine Menge Geld den Besitzer wechseln, und dann ist wieder alles beim alten. Ehe du deinem Boß meine Antwort in die Ohren pustest, solltest du sichergehen, daß es auch die Antwort ist, mit der Onkel Sam leben kann.«

Schweigen, nur das Klopfen der Fingernägel war zu hören. Dann bedachte Ellen Jake mit einem warmen Lächeln und schritt zur Haustür. »Es ist wirklich eine Schande, daß du nicht mehr im Geschäft bist. Man sieht sich, mein Schatz.«

Die Tür schloß sich hinter ihr.

Jake stieß laut den Atem aus.

»Gehört Pete zur *Mafia*, zur Regierung, oder arbeitet er allein?« fragte Kyle.

»Gute Frage«, antwortete Jake. »Er war früher bei der Regierung, doch das bedeutet nicht, daß er sich weigert, für die Straßenseite zu arbeiten, auf der er sich gerade befindet.«

Honor begann, ihre Schläfen zu massieren. Der Versuch, nicht den Faden zu verlieren, wer was tat und mit wem oder gegen wen oder warum, bereitete ihr heftige Kopfschmerzen.

»Man könnte Pete einen Unternehmer des einundzwanzigsten Jahrhunderts nennen«, schlug Archer vor. Er sah Jake an. »Wird Marju von Ellens Leuten befragt?«

»Wahrscheinlich. Wenn Marju mit Onkel Sam kein Abkommen erreicht, das ihr gut genug erscheint, wird sie zurück nach Rußland gehen und die litauischen Freiheitskämpfer gegeneinander aufmischen. Vielleicht arbeitet sie aber auch als Doppelagentin für sie gegen die Russen. Die Tatsachen deuten in beide Richtungen.«

»Ich wette, sie arbeitet für beide Seiten gleichzeitig«, mischte Kyle sich bitter ein.

»Wieso?« wollte Jake wissen.

»Die einzige wahre Leidenschaft, die sie je gezeigt hat, war die, Litauen von Rußland zu befreien.«

»Aber warum hat sie sich dann mit Resnikov zusammengetan?« fragte Honor.

Kyles Mund verzog sich zu einem zynischen Lächeln. »Ich bezweifle nicht, daß sie die Absicht hatte, Resnikov bei aller Liebe umzubringen und dann die Tafel für ihre kostbare Bruderschaft zu sichern. Wir können von Glück sagen, daß wir von ihr verschont worden sind.«

Honor atmete tief durch. »Und was ist mit Schlangenauge? Ich nehme an, er ist die gute Fee in der ganzen Sache?«

»Nein«, widersprach Jake. »Er gehört zur *Mafia*. Marjus Cousin hat ihm wahrscheinlich von der Tafel erzählt, und er wollte sie haben.«

»Wo ist Schlangenauge jetzt?«

»Wenn er schlau ist, ist er auf dem Weg nach Kaliningrad«, mischte sich Archer in die Unterhaltung ein. »Wenn nicht, wird man ihn schnappen, ihn austauschen und zurückschicken.«

»Austauschen?« fragte Honor.

»Er wird als Spion zurückgeschickt, als Ausgleich dafür, daß er in den Vereinigten Staaten nicht ins Gefängnis muß.«

»Das reicht!« erklärte Honor und schloß die Augen. »Ich habe Kopfschmerzen.«

Sekunden später riß sie die Augen wieder auf. Jake war ihr so nahe, daß sie seinen warmen Atem auf ihrer Haut fühlen konnte. Seine Finger glitten in ihr Haar, und er massierte ihre Kopfhaut, knetete all ihre Muskeln, vom Nacken bis hinauf auf den Kopf.

»Kopfschmerzen, wie?« fragte er. »Dagegen habe ich genau das richtige Mittel.«

»Seit wann kuriert sensationeller Sex Kopfschmerzen?« gab sie zurück.

Dann erst erinnerte sie sich daran, daß ihre beiden Brüder im selben Zimmer waren.

Archer kicherte.

»Wer hat denn hier von Sex geredet?« fragte Jake, doch seine Augen sagten ihr, daß ihm der Gedanke gefiel. »Ich sprach davon, mit der *Better Days* durch die Passage nach Alaska zu fahren.«

»Wer ist denn *Better Days*?« fragte sie.

»Jakes Boot. Auch eine SeaSport«, grinste Kyle.

Jake richtete seine volle Aufmerksamkeit auf Honor. »Was hältst du von einer Bootsfahrt, die lang genug dauert, um dir alles beizubringen, was ich weiß?«

»Über das Fischen?« fragte sie ungläubig. »Warum sollte ich so etwas wollen?«

»Du darfst auch meine Rute benutzen«, bot er ihr mit mühsam unterdrücktem Glucksen an.

Honor öffnete den Mund, doch keine Silbe kam über ihre Lippen.

»Es ist doch üblich, daß ein jungverheiratetes Paar Flitterwochen macht«, klärte Archer nüchtern auf.

»Halt dich da raus, Archer«, fauchte Jake. »Denk lieber daran, was ich dir zuvor gesagt habe.«

Honor sah ihren ältesten Bruder fassungslos an. »Wovon redet Jake zum Teufel?«

»Er hat mir gedroht, wenn ich dich unter Druck setzen oder wenn ich mich zwischen euch beide stellen würde, dann würde er dich so weit weg vom Donovan-Clan bringen, daß dich eine E-Mail erst nach einer Woche erreicht.«

Ihre Augen weiteten sich. Sie blickte vorsichtig zu Jake, fürchtete sich davor zu hoffen und konnte dennoch nicht anders. »Wir sind nicht verheiratet, also ergeben sich keine Flitterwochen.«

»Wir werden es aber bald sein«, versetzte Jake unbeirrt.

»Warum?«

»Weil du mich liebst.«

Sie schloß die Augen und lächelte traurig. »Falsche Antwort, Jake.«

»Weil ich dich liebe.«

Sie riß die Augen auf, groß und fragend.

»Darauf gebe ich dir mein Wort«, versicherte er ihr ernst und betrachtete sie so liebevoll, daß Honor vor Seligkeit fast schwindelig wurde. Sie stellte sich auf die Zehenspitzen und schlang die Arme fest um seinen Hals. »In dem Fall, laß uns fischen gehen.«